DAVID LODGE'S CRITICAL WRITINGS by DAVID LODGE
This edition arranged with CURTIS BROWN-U. K
Through BIG APPLE AGENCY, INC. , LABUAN, MALAYSIA.
2018 CHINA SOCIAL SCIENCES PRESS
All rights reserved.

DAVID LODGE'S CRITICAL WRITINGS
戴维·洛奇文论选集

[英]戴维·洛奇 (David Lodge)

罗贻荣 译

中国社会科学出版社

图字号：01-2018-5583

图书在版编目（CIP）数据

戴维·洛奇文论选集／（英）戴维·洛奇著；罗贻荣编译 .—北京：中国社会科学出版社，2018.9

（知识分子图书馆）

书名原文：David Lodge's Critical Writings

ISBN 978-7-5203-2584-4

Ⅰ.①戴… Ⅱ.①戴…②罗… Ⅲ.①小说研究—英国—现代—文集 Ⅳ.①I561.074-53

中国版本图书馆 CIP 数据核字（2018）第 123389 号

出 版 人	赵剑英	
责任编辑	张　浠	
责任校对	姜志菊	
责任印制	李寡寡	

出　　版	中国社会科学出版社	
社　　址	北京鼓楼西大街甲 158 号	
邮　　编	100720	
网　　址	http://www.csspw.cn	
发 行 部	010-84083685	
门 市 部	010-84029450	
经　　销	新华书店及其他书店	

印　　刷	北京君升印刷有限公司	
装　　订	廊坊市广阳区广增装订厂	
版　　次	2018 年 9 月第 1 版	
印　　次	2018 年 9 月第 1 次印刷	

开　　本	650×960　1/16	
印　　张	31.25	
字　　数	401 千字	
定　　价	98.00 元	

凡购买中国社会科学出版社图书，如有质量问题请与本社营销中心联系调换
电话：010-84083683
版权所有　侵权必究

《知识分子图书馆》编委会

顾　　问　弗雷德里克·詹姆逊
主　　编　王逢振　J.希利斯·米勒
编　　委　（按姓氏笔画为序）
　　　　　J.希利斯·米勒　王　宁　王逢振
　　　　　白　烨　弗雷德里克·詹姆逊　史慕鸿
　　　　　李自修　刘象愚　汪民安　张旭东
　　　　　罗　钢　郭沂纹　章国锋　谢少波

总　序

1986—1987年，我在厄湾加州大学（UC Irvine）从事博士后研究，先后结识了莫瑞·克里格（Murray Krieger）、J.希利斯·米勒（J. Hillis Miller）、沃尔夫冈·伊瑟尔（Walfgang Iser）、雅克·德里达（Jacques Derrida）和海登·怀特（Hayden White）；后来应老朋友弗雷德里克·詹姆逊（Fredric Jameson）之邀赴杜克大学参加学术会议，在他的安排下又结识了斯坦利·费什（Stanley Fish）、费兰克·伦屈夏（Frank Lentricchia）和爱德华·赛义德（Edward W. Said）等人。这期间因编选《最新西方文论选》的需要，与杰费里·哈特曼（Geoffrey Hartman）及其他一些学者也有过通信往来。通过与他们交流和阅读他们的作品，我发现这些批评家或理论家各有所长，他们的理论思想和批评建构各有特色，因此便萌发了编译一批当代批评理论家的"自选集"的想法。1988年5月，J.希利斯·米勒来华参加学术会议，我向他谈了自己的想法和计划。他说"这是一个绝好的计划"，并表示将全力给予支持。考虑到编选的难度以及与某些作者联系的问题，我请他与我合作来完成这项计划。于是我们商定了一个方案：我们先选定十位批评理论家，由我起草一份编译计划，然后由米勒与作者联系，请他们每人自选能够反映其思想发展或基本理论观点的文章约50万至60万字，由我再从中选出约25万至30万字的文章，负责组织翻译，在中国出版。但

1989年以后，由于种种原因，这套书的计划被搁置下来。1993年，米勒再次来华，我们商定，不论多么困难，也要将这一翻译项目继续下去（此时又增加了版权问题，米勒担保他可以解决）。作为第一辑，我们当时选定了十位批评理论家：哈罗德·布鲁姆（Harold Bloom）、保罗·德曼（Paul de Man）、德里达、特里·伊格尔顿（Terry Eagleton）、伊瑟尔、费什、詹姆逊、克里格、米勒和赛义德。1995年，中国社会科学出版社决定独家出版这套书，并于1996年签了正式出版合同，大大促进了工作的进展。

　　为什么要选择这些批评理论家的作品翻译出版呢？首先，他们都是在当代文坛上活跃的批评理论家，在国内外有相当大的影响。保罗·德曼虽已逝世，但其影响仍在，而且其最后一部作品于去年刚刚出版。其次，这些批评理论家分别代表了当代批评理论界的不同流派或不同方面，例如克里格代表芝加哥学派或新形式主义，德里达代表解构主义，费什代表读者反应批评或实用批评，赛义德代表后殖民主义文化研究，德曼代表修辞批评，伊瑟尔代表接受美学，米勒代表美国解构主义，詹姆逊代表美国马克思主义和后现代主义文化研究，伊格尔顿代表英国马克思主义和意识形态研究。当然，这十位批评理论家并不能反映当代思想的全貌。因此，我们正在商定下一批批评家和理论家的名单，打算将这套书长期出版下去，而且，书籍的自选集形式也可能会灵活变通。

　　从总体上说，这些批评家或理论家的论著都属于"批评理论"（critical theory）范畴。那么什么是批评理论呢？虽然这对专业工作者已不是什么新的概念，但我觉得仍应该略加说明。实际上，批评理论是60年代以来一直在西方流行的一个概念。简单说，它是关于批评的理论。通常所说的批评注重的是文本的具体特征和具体价值，它可能涉及哲学的思考，但仍然不会脱离文本价值的整体观念，包括文学文本的艺术特征和审美价值。而批评理论则不同，它关注的是文本本身的性质，文本与作者的关系，文本与读者的关系以及读者的作用，文本与现实的关系，语言的作用和地位，等等。换句话说，它关注的是批评的形成过程和运作方式，批评本身的特征和价值。由于批评可以涉及多种学科和多种文本，所以批评理论不限于文学，而是一个新的跨学科的领域。它与文学批评和文学理论有这样那样的联系，甚至有某些共同的问题，但它有自己的独立性和自治性。大而化之，可以说批评理论的对象是关于社会文本批评的理论，涉及文学、哲学、历史、人类学、政治学、社会学、建筑学、影视、绘画，等等。

批评理论的产生与社会发展密切相关。60 年代以来，西方进入了所谓的后期资本主义，又称后工业社会、信息社会、跨国资本主义社会、工业化之后的时期或后现代时期。知识分子在经历了 60 年代的动荡、追求和幻灭之后，对社会采取批判的审视态度。他们发现，社会制度和生产方式以及与之相联系的文学艺术，出现了种种充满矛盾和悖论的现象，例如跨国公司的兴起，大众文化的流行，公民社会的衰微，消费意识的蔓延，信息爆炸，传统断裂，个人主体性的丧失，电脑空间和视觉形象的扩展，等等。面对这种情况，他们充满了焦虑，试图对种种矛盾进行解释。他们重新考察现时与过去或现代时期的关系，力求找到可行的、合理的方案。由于社会的一切运作（如政治、经济、法律、文学艺术等）都离不开话语和话语形成的文本，所以便出现了大量以话语和文本为客体的批评及批评理论。这种批评理论的出现不仅改变了大学文科教育的性质，更重要的是提高了人们的思想意识和辨析问题的能力。正因为如此，批评理论一直在西方盛行不衰。

我们知道，个人的知识涵养如何，可以表现出他的文化水平。同样，一个社会的文化水平如何，可以通过构成它的个人的知识能力来窥知。经济发展和物质条件的改善，并不意味着文化水平会同步提高。个人文化水平的提高，在很大程度上取决于阅读的习惯和质量以及认识问题的能力。阅读习惯也许是现在许多人面临的一个问题。传统的阅读方式固然重要，但若不引入新的阅读方式、改变旧的阅读习惯，恐怕就很难提高阅读的质量。其实，阅读方式也是内容，是认知能力的一个方面。譬如一谈到批评理论，有些人就以传统的批评方式来抵制，说这些理论脱离实际，脱离具体的文学作品。他们认为，批评理论不仅应该提供分析作品的方式方法，而且应该提供分析的具体范例。显然，这是以传统的观念来看待当前的批评理论，或者说将批评理论与通常所说的文学批评或理论混同了起来。其实，批评理论并没有脱离实际，更没有脱离文本；它注重的是社会和文化实际，分析的是社会文本和批评本身的文本。所谓脱离实际或脱离作品只不过是脱离了传统的文学经典文本而已，而且也并非所有的批评理论都是如此，例如詹姆逊那部被认为最难懂的《政治无意识》，就是通过分析福楼拜、普鲁斯特、康拉德、吉辛等作家作品来提出他的批评理论的。因此，我们阅读批评理论时，必须改变传统的阅读习惯，必须将它作为一个新的跨学科的领域来理解其思辨的意义。

要提高认识问题的能力，首先要提高自己的理论修养。这就需要像经济建设那样，采取一种对外开放、吸收先进成果的态度。对于引进批评理论，还应该有一种辩证的认识。因为任何一种文化，若不与其他文化发生联系，就不可能形成自己的存在。正如一个人，若无他人，这个人便不会形成存在；若不将个人置于与其他人的关系当中，就不可能产生自我。同理，若不将一国文化置于与世界其他文化关系之中，也就谈不上该国本身的民族文化。然而，只要与其他文化发生关系，影响就是双向性的；这种关系是一种张力关系，既互相吸引又互相排斥。一切文化的发展，都离不开与其他文化的联系；只有不断吸收外来的新鲜东西，才能不断激发自己的生机。正如近亲结婚一代不如一代，优种杂交产生新的优良品种，世界各国的文化也应该互相引进、互相借鉴。我们无须担忧西方批评理论的种种缺陷及其负面影响，因为我们固有的文化传统，已经变成了无意识的构成，这种内在化了的传统因素，足以形成我们自己的文化身份，在吸收、借鉴外国文化（包括批评理论）中形成自己的立足点。

今天，随着全球化的发展，资本的内在作用或市场经济和资本的运作，正影响着世界经济的秩序和文化的构成。面对这种形势，批评理论越来越多地采取批判姿态，有些甚至带有强烈的政治色彩。因此一些保守的传统主义者抱怨文学研究被降低为政治学和社会科学的一个分支，对文本的分析过于集中于种族、阶级、性别、帝国主义或殖民主义等非美学因素。然而，正是这种批判态度，有助于我们认识晚期资本主义文化的内在逻辑，使我们能够在全球化的形势下，更好地思考自己相应的文化策略。应该说，这也是我们编译这套丛书的目的之一。

在这套丛书的编选翻译过程中，首先要感谢出版社领导对出版的保证；同时要感谢翻译者和出版社编辑们（如白烨、汪民安等）的通力合作；另外更要感谢国内外许多学者的热情鼓励和支持。这些学者们认为，这套丛书必将受到读者的欢迎，因为由作者本人或其代理人选择的有关文章具有权威性，提供原著的译文比介绍性文章更能反映原作的原汁原味，目前国内非常需要这类新的批评理论著作，而由中国社会科学出版社出版无疑会对这套丛书的质量提供可靠的保障。这些鼓励无疑为我们完成丛书带来了巨大力量。我们将力求把一套高价值、高质量的批评理论丛书奉献给读者，同时也期望广大读者及专家学者热情地提出建议和批评,以便我们在以后的编选、翻译和出版中不断改进。

王逢振

1997 年 10 月于北京

编　者　罗贻荣

译　者　罗贻荣　中国海洋大学文学与新闻传播学院
　　　　童燕萍　清华大学人文学院
　　　　任东升　中国海洋大学外国语学院
　　　　王振平　天津财经大学外国语学院
　　　　陈秋红　青岛大学文学院
　　　　刘　爽　中国海洋大学文学与新闻传播学院
　　　　郭　建　中原工学院外国语学院
　　　　迟　欣　天津职业技术师范大学外国语学院
　　　　任丽丽　曲阜师范大学外国语学院
　　　　王维青　临沂大学外国语学院
　　　　张　璐　中国人民解放军海军潜艇学院
　　　　薛新红　安徽财经大学金融学院
　　　　刘远航　澳大利亚科廷大学（博士在读）

目 录

前言 …………………………………… 罗贻荣 撰（1）

《小说的语言》第二版"后记"（1984）……… 薛新红 译（1）
十字路口的小说家 ………………… 刘远航 罗贻荣 译（20）
什么是文学 ………………… 迟 欣 译 罗贻荣 校（62）
两类现代小说 …………………………… 任丽丽 译（81）
隐喻和转喻（节选）……………………… 罗贻荣 译（102）
现代主义，反现代主义与后现代主义 ……… 任丽丽 译（129）
化不幸为金钱：小说与市场 ……………… 任东升 译（149）
盎格鲁—美国姿态（1965）：英美小说中的
　　范式 ………………………………… 郭 建 译（161）
《巴赫金之后》导言（节选）……………… 罗贻荣 译（172）
当今小说——理论与实践 ………………… 罗贻荣 译（181）
现代小说的模仿与叙述 …………………… 童燕萍 译（202）
劳伦斯、陀思妥耶夫斯基和巴赫金 ………… 张 璐 译（235）
现代小说中的对话 ………………………… 张 璐 译（262）
巴赫金之后 ………………………………… 罗贻荣 译（281）
今日小说家,仍在十字路口吗？ …………… 罗贻荣 译（301）

作为交流方式的小说 ………………………… 罗贻荣　译（319）
小说、影视剧、舞台剧：讲故事的三种形式
　　………………………………………………… 刘　爽　译（340）
意识与小说（节选）…………………………… 王维青　译（359）
文学批评与创作 ……………………………… 王振平　译（416）
亨利·詹姆斯年，或时间即一切：小说的
　　故事（节选）……………………………… 陈秋红　译（437）

后记 …………………………………………… 罗贻荣　撰（469）

前　言

在西方文学中，戴维·洛奇的文学理论研究和文学批评有着不可忽略的重要性；正如他的小说在国内外拥有大批读者一样，他的文论在中外学界也广为人知。本书作为国内第一部较为全面、系统译介戴维·洛奇文论的著作，希望有助于对洛奇文论进行更深入研究，也有助于广大读者对他的文学创作的更好理解。

本书的选编原则是力图展现戴维·洛奇文学理论和文学批评的如下几个方面：洛奇文论的发展演变过程（文章编排以发表时间先后为序）及各个阶段（新批评、结构主义、巴赫金理论、新世纪）的理论精华；洛奇所倡导的和探索的诸种文学理论以及他的批评实践对这些理论的应用；洛奇对英国现代文学发展史及其各流派的经典分析。

具体来说，本书选入的文章包含以下几个方面的内容：一、小说诗学探索，包括"小说的语言"、小说话语类型学、小说与意识的关系、传记小说的特征等；二、小说发展史的梳理和研究；三、现代文学，特别是英国现代文学发展史的梳理和研究；四、小说创作实践研究，包括作家与读者及其接受的关系、作家及其创作与出版和文学市场的关系研究；五、小说与其他媒介的关系研究；等等。

本书所选文章的内容偶有重合，但论述角度和详略各不相同。

在此，编者将对全书内容做一个基本上属于描述性的概述，粗线条地、但力图完整地勾勒洛奇文学理论与文学批评的发展过程，呈现他在各时期的理论要点，交代其背景，体现其演变的逻辑和整体性。

戴维·洛奇一直致力于小说诗学的探索和建构。《小说的语言》一书就是他最初的尝试。此书主要写作于 1963—1964 年。在书中，他提出了著名的"小说批评的所有问题都归结为语言问题"的观点，强调"小说家的媒介是语言，无论他做什么，作为小说家，他都是使用语言并通过语言来做"。① 此书出版后一些重要评论家和包括《卫报》、《每日电讯报》在内的著名媒体纷纷发表评论文章进行评介。洛奇在 2002 年为此书再版所写的"前言"中写道，一个年轻人出版的一本学术著作受到如此关注在今天是不可想象的，其原因除了他当时已是三部小说的作者而小有名气外，主要在于 20 世纪 60 年代的文学批评作者还有可能写作同时为专业学者和普通读者所理解的著作，而且那时书市上此类著作尚未出现过剩。他暗示，这本书跟自己的创作经验无关，他于 1986 年从大学退休后，才开始将文学批评与对自己"写作实践"的反思结合起来。②

在确定本书篇目时，编者原本打算将洛奇较为全面阐述《小说的语言》观点的《走向小说诗学：一种语言研究方法》(*Towards a Poetics of Fiction: An Approach through Language*)③ 一文编入本书，以便读者对《小说的语言》一书的内容有一个概

---

① David Lodge, *Language of Fiction*, London and New York: Routledge, 2002, p. XIII.

② Ibid., p. XI.

③ David Lodge, *The Novelist at the Crossroads*, London: Routledge & Kegan Paul, 1971, pp. 55–68.

要性的、感性的了解。但尊重洛奇教授的意见而放弃了那篇文章。不过洛奇1984年为《小说的语言》第二版所写并收入本书的"后记"部分地弥补了这一缺憾。

在《〈小说的语言〉第二版"后记"》中洛奇写道，对于写于二十多年前的《小说的语言》的第二部分，除了有关哈代创作和夏洛蒂·勃朗特的《简·爱》的部分，他不想收回任何观点也不会做任何重大修改。第二部分都是关于单个文本或者作家的评论文章，它们通过"相似模式"、"平行结构"、"重复"和"对称性对立"等所谓"空间形式"对小说的"整体意义"进行解读，并试图表明，这种形式批评的范式也适用于传统现实主义小说。

洛奇对《小说的语言》一书的保留意见主要集中在第一部分的理论阐述。现在，洛奇不再坚持"新批评关于抒情诗的所有论断都适用于小说"、"小说批评的所有问题都归结为语言问题"、作家控制小说人物和情节发展变化的一些"决定"和"抉择"与文本的"表层结构"不可分割等观点，因为他认识到，建立在抒情诗基础上的诗学不能简单移植到叙事文学上来。当初提出所谓的"不可分割论"并付诸批评实践的原因，在于当时新批评作为一种成功的形式主义批评方法，其应用并不涵盖小说；另一方面，主导小说批评的则是主题式和道德化批评话语，并不涉及小说的"叙事元素"。

直到后来，洛奇才发现一种真正可以将文本的"深层结构"与"表层结构"综合起来、将英美新批评与欧陆结构主义结合起来的小说诗学。

戴维·洛奇"十字路口的小说家"这一著名说法源于20世纪60年代小说创作在模式和题材方面惊人的多样性。洛奇说当时的文学批评也是如此，所以《十字路口的小说家》这本书的书名实际上应为"十字路口的批评家"。该书集结的批评文章在形式和内容上也是变化多端。自己的批评实践使洛奇开始意识到,《小说的语言》一书限制了文学批评的目的和方法的多元化,而这恰好是他在《十字路口的小说家》一书中定义并为之辩护的。虽然他仍然使用语言研究方法,但他承认,极力为《小说的语言》进行辩护的《走向小说诗学:一种语言研究方法》一文中"所有好的批评都是对语言的反应"的观点放在这本书中也许令人"费解"。[①]

洛奇认为,文学批评的多元化跟学术批评、文学创作和文学报刊的相互渗透、贯通是联系在一起的,而这正是当时文坛的显著特征。[②]

与本书同名的论文《十字路口的小说家》无疑是该书在文学观点、方法方面都最具代表性的文章。文中,通过评论《叙事的本质》和《寓言编撰者》两部著作,洛奇从类型学上对小说发展进行梳理,并探讨"小说向何处去"的问题。洛奇认为,从文学发展史来看,现实主义小说是容纳历史、罗曼司和寓言等因素而形成的综合体;当今小说家(主要是英国小说家)站在一个十字路口,他站在一条向前伸展的传统现实主义之路,即虚构模式和经验模式的妥协之地,十字路口伸出两条方向相反的岔道,一条通往"非虚构小说",另一条通往"寓言编纂"。小说家在十字路口的犹豫使第四种小说,也就是所谓的"问题小说"出现,它将小说创作所提出的美学和哲学问题本身写进小说,让读者分享这些问题。洛奇强调,我们似乎身处史无前例的文化多元时期,各种艺术的多样形式同时蓬勃发展,没有一种成功占据主导地位,批评家必须避免拿适用于一种形式的标准去评判另一

---

① David Lodge, *The Novelist at the Crossroads*, London: Routledge & Kegan Paul, 1971, p. IX.

② Ibid., p. X.

种形式。该文的结论是对现实主义小说未来信心的适度肯定。

什么是文学？什么是现实主义？文学形式和内容之间的关系是什么，构成当代文学形式和风格变化的基础是什么？要回答这些问题，需要一个综合性文学话语类型学，它可以描述和区分所有文本类型（包括现实主义小说），避免未审先判。这是洛奇在《现代写作模式》一书中所探讨的问题。

接触雅各布森理论之前洛奇注意到，在使用比喻修辞方面，一批反现代主义作家（奥威尔、格林等）偏爱使用明喻而不是隐喻，而另一批现代主义作家（乔伊斯、伍尔夫等）则刚好相反，他们大量使用隐喻。随着研究的深入，他所发现的这一区别很快融入了一种更为强大的理论，即雅各布森的隐喻/转喻区分理论。原来，为了为布拉德伯里主编的《现代主义》（1974 年出版）一书撰稿，他循着法国结构主义批评家们对雅氏的引用，查阅了雅氏《语言的两个方面和失语症的两个类型》一文，他将阅读那篇文章的经历描绘为"受到雷击般的震撼，顿如醍醐灌顶"。[①] 他发现，隐喻/转喻区分理论不仅仅是一个远比隐喻/明喻区分更为有效的用于区别现代主义和反现代主义小说语言的方式，它还提供了建立一种适用于一切写作模式的文学话语类型学。雅氏关于现实主义小说转喻特征的简短评论，使洛奇特别为其显而易见的强大解释力而兴奋。雅氏理论还为他提供了打开一些紧闭的结构主义理论之门的钥匙。

洛奇说他自己一直是个形式主义批评家，醉心于小说研究的部分原因是小说这种文体对形式主义批评的抗拒所带来的挑战。如上所述，他写作《小说的语言》一书时认为，"小说批评的所

[①] David Lodge, *The Modes of Modern Writing*, London: Edward Arnold, 1979 (reprint), p. viii.

有问题最终必然归结为语言问题"。他认为这一论断在理论上无可辩驳，但它导致方法论上的困难和缺陷，导致语言或者文体跟情节、人物等范畴形成对立。而隐喻和转喻这一对对立概念是形式主义理论的结构主义变体，它有资格化为一个更具涵盖力的文学形式理论。"从单个短语或句子，到情节结构或者情节类型，**一切**都是形式"；"在最小的和最大的结构单位之间有某种共同的东西，因为一切都卷入同一个基本的选择与组合、替代和删除过程。"隐喻/转喻区分理论"揭示的不是内容，而是符号的系统性结构，内容在这一结构中得到理解"。①

本书选入了反映《现代写作模式》一书基本理论思路和观点的《什么是文学》一文，分析 20 世纪上半叶英国文学各种写作模式此消彼长格局的《两类现代小说》一文，以及洛奇系统阐述雅各布森隐喻/转喻区分理论，并对其进行完善和发挥的《隐喻和转喻》一文。

《什么是文学？》一文分析了形成二元对立的两类文学定义，提出需要建立一种新的文学话语类型学，借此既能区分文学话语和非文学话语，也能克服文学理论中模仿论和审美论两种派别厚此薄彼、水火不容的倾向，更重要的是，这种话语类型学将使传统批评所忽略的散文小说进入诗学的范畴。洛奇认为，捷克结构主义的"前景化"理论有望为一种"综合"理论提供基础。该文援引穆卡洛夫斯基的"扭曲"说和雅各布森的诗学理论，结合韩茹凯的话语分析理论和托多洛夫、费什、卡勒、威寞森等人的有关论述，力图形成一个可以回答"什么是文学"这一问题的"综合"理论。文中批评了对阅读角色的片面抬高，强调写作与阅读、作者与读者之间的辩证关系。

---

① David Lodge, *The Modes of Modern Writing*, London: Edward Arnold, 1979 (reprint), p. X.

在《两类现代小说》中，洛奇以著名的"钟摆"理论勾勒出英国20世纪上半叶文学（特别是小说）发展的轨迹。在20世纪头十年，崭露头角的现代主义运动受到压制，现实主义引领文坛；10年代，部分现实主义作家向象征主义发展；20年代现代主义名家、名作辈出；30年代在形式上回归纪实性现实描述标准，挑战现代主义；战后英国小说也可以被称为反实验时期，现代主义在40年代出现复兴。洛奇对20世纪上半叶的英国小说家们进行了归类。他指出，现实主义与现代主义之间的摆钟运动已经加速。在现实主义与现代主义之间的"何谓现实"之争中，与其争得你死我活，不如接受两种现代小说持续共存的局面。为此，他指出，我们需要一种能够描述所有写作类型的小说诗学。

《隐喻和转喻》（《现代写作模式》第二部）就是洛奇试图建立上述小说诗学的新尝试。洛奇说，这里与其说是雅各布森理论的概述，不如说是对它所做的理论性拓展。① 洛奇认为，雅各布森在隐喻和转喻这一对二元对立的概念中，对转喻可谓轻描淡写甚至忽略，而他提出可以用转喻的"删除"对应选择的替代，以填补雅氏留下的空白；传统上人们将隐喻和转喻看成同一类修辞，洛奇指出，根据本体和喻体之间是否存在相邻性可以确定隐喻和转喻之间的界限或者对立性质；雅各布森创造性地应用结构主义语言学理论研究失语症的两种类型，为其隐喻/转喻区分理论提供了依据，而洛奇则似乎在对失语症的病理分析中找到了打开现代主义文学"晦涩"之门的钥匙；针对文学理论严重地偏向韵文文学而不是散文文学，为了维持其二元结构的平衡，洛奇提出以"相邻性原则从组合轴向选择轴的投射"这一命题对应"对等原则从选择轴向组合轴的投射"，以描述诗性功能的转喻

---

① David Lodge, *The Modes of Modern Writing*, London: Edward Arnold, 1979 (reprint), p. XI.

性方面;该文还分析了为什么诗学里缺乏对转喻模式的论述,转喻模式何以成为"诗性的",为什么要重视转喻模式的写作等问题;洛奇还提出,可以以隐喻中本体和喻体之间的距离来确定文本的文学性和文体类属。以隐喻/转喻区分为理论模式,洛奇用5个描写城市的文本片段,比较分析了文学文本和非文学文本的差异,并将5篇表现死因的小说从转喻极到隐喻极进行排列,形成一个话语光谱图,逐一分析其隐喻性和转喻性。

洛奇坦言,没有人可以否认六七十年代欧洲结构主义对文学和文学批评产生的深刻影响。对它进行抵制是徒劳的。洛奇对结构主义的态度在下面将要讨论的这本书的书名上就得到了反映:《结构主义的运用》(*Work with Structuralism*)。"working with"包含的意思不仅是指将某物作为有用的工具来运用,还指"与它共事"(working *alongside* it)",也就是说,认可其存在但不受其支配。洛奇说其实本书还可以命名为 *Living with Structuralism*,意为"忍受结构主义"。[①] 由此看来,汉译书名"结构主义的运用"是不准确的或者不全面的,但此译名似乎已约定俗成。现有译名反映了中国学术界对结构主义强势影响的认同(在"运用"/"应用"和"共事"两个义项中选择前者),也可以说,它反映了翻译表达的局限性。

结构主义席卷学术界的结果是学术界的多重分裂,学院内部是教学与研究的分裂,学院外是学术批评语言和普通评论与文学刊物语言的断裂,作家和文学记者像18世纪那样对学术批评又怕又恨,同仇敌忾。而积极卷入以上四项活动(大学教学、学术批评、为文学刊物撰稿、写小说)的洛奇,力图维护四种话

---

① David Lodge, *Working with Structuralism*, London and New York: Routledge, 1991(reprint), p. Ⅷ.

语之间的联系和连续性。

《结构主义的运用》所收文章作于70年代，它反映了洛奇所亲身经历的结构主义的影响。部分文章虽然吸收了结构主义的影响，但没有由此变得对除极少数专家之外的大多数人晦涩难懂。洛奇将结构主义分为"经典结构主义"和"后结构主义（即解构主义）"，认为后结构主义的故弄玄虚和吓唬读者的行径经典结构主义只是偶尔为之，而本书文章"运用"的几乎只是经典结构主义批评话语。洛奇的兴趣就是运用结构主义的概念与方法为文学批评添砖加瓦。[1] 该书的主体部分是"运用"结构主义理论对经典现实主义小说进行形式主义分析。值得注意的是，洛奇在哈代小说精心设计、独具一格的结构中，居然发现雅各布森"对等原则从选择轴向组合轴的投射"这一美学原则被运用到了传统现实主义小说所能容许的极致。[2]

《现代主义、反现代主义与后现代主义》一文的重要部分是应用俄国形式主义、布拉格学派以及欧洲结构主义文论的若干概念，从文学内部，也就是从形式上寻找百年现代英国文学的发展规律；并以上述理论为依据，定义英国现代文学中现代主义、反现代主义和后现代主义三种类型：现代主义主要是隐喻模式，反现代主义主要是转喻模式，而后现代主义则挑衅这两种模式并找到了新的写作原则：矛盾、并置、中断、随意性、过分和短路等。"陌生化"使我们在社会历史动因之外找到了文学演变之美学上的和形式上的动因，隐喻/转喻区分理论则解释了英国文学为何往复循环（即呈现所谓"钟摆运动"），并总是重复上一种风格之前的风格。

《化不幸为金钱》一文跟结构主义并没有关系。它收入《结

---

[1] David Lodge, *Working with Structuralism*, London and New York: Routledge, 1991 (reprint), p. IX.
[2] Ibid., p. X.

构主义的运用》一书，如洛奇所言，反映了他为之辩护的批评话语的多元主义。此文也代表了洛奇文学批评的另一个重要方面，即对文学作为一种文化产业的探讨。老牌的文化产业和软实力强国英国在20世纪70年代发生的出版业危机（特别是小说出版危机）和洛奇对它所做的分析，可资借鉴。洛奇认为，小说的命运与经济发展、技术进步以及文化产业的发展息息相关，70年代的出版危机就是以上因素综合作用的结果。对小说家来说，写小说是一项高度个人化且竞争激烈的活动，作品在市场上的命运是评判其创作成功与否的基本标准。政府的干预作用有限。英国的文学市场仍然发挥着大浪淘沙、择优汰劣的功能，但目前（70年代）的危机如果持续下去，也许会走向炒作为王、成本高企的文学市场之美国模式。

《盎格鲁—美国姿态（1965）：英美小说中的范式》一文选自洛奇评论集《写下去》。跟洛奇此前甚至之后发表的批评著作相比，《写下去》一书有两个特点：一是明显没有统一的主题或理论方法，都是受约而作或因"要写点什么"的冲动而作，二是据洛奇本人说，该书文章是写给范围更广的读者而不只是专业学者看的。① 不过《盎格鲁—美国姿态（1965）：英美小说中的范式》一文选入本书出于编者专业上的兴趣。该文认为，美国小说缺少英国小说的坚实、均衡和完整，但是它更为大胆，而且更为深入地触及人类境况。美国文学一个重要的传统是把美国方言土语作为文学的活力源泉。而英国小说家创造并保持着他们独特的作者声音，这种声音将形式和对自身经验的感觉融为一体，并说服读者接受它们的合法性。美国作家脱离传统文学范式标准的相对自由，既导致其缺陷也带来了巨大的优势。文学召唤一种

---

① David Lodge, *Write on*, London: Penguin Books, 1988, p. IX.

新的范式，一种非范式的范式。

《盎格鲁—美国姿态（1965）：英美小说中的范式》一文对英美当代小说各有褒贬，但洛奇 20 年后在为再版《写下去》一书写的"前言"中表示，让 1986 年的他再来比较当代英国和美国小说，他就不会对后者那么恭敬了。①

洛奇在《巴赫金之后》一书的前言中，回顾了他与巴赫金理论结缘的过程，以及巴赫金理论对当代文学批评和创作，乃至当代哲学思潮的意义。他认为，如果说 20 世纪 60 年代属于结构主义，70 年代属于解构主义和其他后结构主义，那么 80 年代就是巴赫金著作的发现和传播时代。巴赫金的理论给那些开始怀疑解构主义之后批评理论是否已死的文学批评家以新的希望；对于马克思主义的信仰者来说，它复活了语言和文学的社会建构功能的概念；对于人文主义者来说，它复活了一种历时的、基于语言学的文学研究的合法性；对于形式主义者来说，他又为分析和归纳叙事话语开辟了新的可能性。对洛奇本人来讲，巴赫金的理论使他认识到他在《现代写作模式》中仍没有完全摆脱大多数文体批评将小说语言当成一个纯一实体的倾向，认识到小说是多种文体、语言，或者声音的混合体。巴赫金的理论还解释了洛奇为何是小说家而不是诗人，为何醉心于拼贴和滑稽模仿。最后，他指出，巴赫金对当代文学批评做出的最伟大贡献，是他及时重新肯定了作者创造和交流的权利，而这是结构主义和解构主义都进行诋毁并试图以"文本自动生产"和读者理论取而代之的概念。

洛奇说"巴赫金之后"有一丝"挽歌"的味道，因为后结构主义影响下的当代学术性文学批评背离了批评的初衷，而他此后也将不再写作他所说的学术性批评文章。

---

① David Lodge, *Write on*, London: Penguin Books, 1988, p. X.

收入《巴赫金之后》一书的文章，大都是巴赫金话语类型学在文学批评中的应用。在《当今小说——理论与实践》一文中，洛奇指出，在传统人文主义关系模式下，小说与批评之间有着积极的互动和影响；但在七十年代和八十年代，正如他在《结构主义的运用》一书中所指出的那样，后结构主义的流行导致批评与小说创作及其接受的分离。后结构主义颠覆作者的概念和小说与现实关系的概念，作为小说家的洛奇对这两点都提出异议。不过小说家的确面临与生俱来的事实与虚构的矛盾，这是现实主义小说中隐含的问题，而元小说让它走上前台并得到彰显。巴赫金的小说理论超越人文主义和后结构主义之间的对立，为小说的存在进行辩护。洛奇认为，英国当代文学，包括劳伦斯、伯吉斯、托马斯等人和洛奇本人的作品中可以找到杂语性、狂欢化等一系列复调小说特征。

洛奇认为，现代小说话语复杂而精妙，柏拉图的模仿/叙述区分理论不足以曲尽其妙，将它与巴赫金的话语理论结合起来，便可以形成一个完善的分类系统。《现代小说的模仿与叙述》运用这一分类系统对以《尤利西斯》为代表的现代小说的话语模式和英国小说演变的历程进行了分析。对这个话语分类系统来说，《尤利西斯》就像一个百科全书式的文本，它包含了叙述、模仿以及将二者融为一体的自由间接风格，还有包括仿格体、滑稽模仿、口述体、暗辩体在内的所有"双向话语"。洛奇指出，18世纪英国小说保持了模仿和叙述之间的平衡；19世纪的经典小说沿袭这一模式，但间接引语的使用打破了叙述和模仿之间的清晰界限；现代主义小说模仿多于叙述；后现代主义在形式上最突出的特征是对叙述的重视，叙述者将叙述活动中的有关难题和写作过程写进小说，在那里，现代主义的意识流变成后现代主义的叙述流。

如果说《现代小说的模仿与叙述》一文重点分析了比较典

型的"复调"式文本《尤利西斯》，洛奇在《劳伦斯、陀思妥耶夫斯基和巴赫金》一文中则尝试以被认为跟"复调"看似没有相似之处的 D. H. 劳伦斯的创作来验证巴赫金理论的适用性。一般认为，D. H. 劳伦斯的小说风格单一，观点统一，但洛奇认为，他的某些作品以及一些作品的某些方面，都包含巴赫金所定义的复调小说的特征。洛奇指出，劳伦斯的创作与巴赫金理论的契合不仅限于形式，在社会政治涵义和哲学观点上都存在有趣的相似之处。

洛奇在《现代小说中的对话》一文中进一步扩大他运用巴赫金理论研究现代小说的范围，认为沃作品中的反讽，拉德纳、亨利·格林和伯内特的标点使用以及状语修饰语的使用，都形成了巴赫金所说的"双声语"。他指出，许多经典小说（包括现实主义小说）中都存在语言多样性，任何一种文学话语都含有暗辩体。

巴赫金理论留下了一个哲学难题。洛奇在《巴赫金之后》一文（该文与《巴赫金之后》一书同名）中指出："既然对话是语言的固有本质，为什么还会有独白话语？"洛奇尝试对此进行分析和解释。他认为，也许在书面语里由于语言接收者缺席于语言行为语境，致使写作者忽略或者压制语言的对话维度，就此产生独白话语的假象。巴赫金曾以"小说化"这一概念描绘文学发展过程中小说文体对诗歌文体的渗透，就此模糊对话文体和独白文体的界限。洛奇认为，可以在主导性和"倾向性"的意义上应用对话/独白的区分，将它们看成两种互不排斥的类型，即根据文本是利用和称颂生活言语固有的对话本质，还是为了某种特定的文学效果而压抑和限制它，来发展一种写作体裁或者模式的类型学。

1987 年是洛奇人生的一个重要转折点，他从此辞去教职，成为全职作家。此后他的文学批评主要是从各个方面聚焦写作实践，纯理论研究较少。1996年出版的《写作实践》一书便体现了这一转变。洛奇说他"最喜爱写作和阅读这样一类文学批评，即探讨文学和戏剧作品如何创作，描绘创作过程中产生作用但并不总是处于作者控制之下的许多不同要素。"[①]《写作实践》一书诞生的另一重要背景是当时英国高校文学创作课程（Creative Writing courses）的兴起，它有取代19世纪六十年代后期开始的传统理论课之势，该书为教学文学、创作和媒体的师生提供了一种有益的参考，也算应运而生。

《今日小说家：仍在十字路口吗？》是20年前写的《十字路口的小说家》一文的姊妹篇，从题目来看，它研究的问题跟前篇一样，但从其内容则可以看出，洛奇的文学批评写作风格和关注点已经大不相同。洛奇认为，二十年后，《十字路口的小说家》所呼吁的美学多元主义已是文学生活中被普遍接受的事实。现实主义仍然顽强地存在，寓言编纂依然兴旺，非虚构小说主要在美国流行，问题小说或者元小说也继续发展。《十字路口的小说家》分析的是不同作品的不同模式，而今天小说创作的突出特征是"交叉"，即在一部小说中，上述一种或者多种文类与现实主义混合，形成所谓"交叉小说"。不过，大批最有声望的小说家仍然完全使用传统现实主义的话语方式进行创作。二十年后，文学生产面临的新形势是，文艺小说（literary novel）在八十年代获得了商业上的价值，但九十年代的经济衰退使出版业经济和小说家的生计难以为继。社会经济状况、新的传播方式和技术对作品的形式和作家对读者的态度，以及作家对商业活动的参与等都产生着影响。这种强大的影响力被普遍认为有着文化上的破坏性。

---

① David Lodge, *The Practice of Writing*, Secker & Warburg, London, 1996, p. IX.

《作为交流方式的小说》是洛奇在剑桥大学做的一篇命题演讲。论述小说作为交流方式的特征,他一如既往地批判解构主义对作者地位的消解,捍卫作者在文学中的交流地位。洛奇指出,传统小说家将自己视为致力于跟读者交流的对话者,而现代主义小说家常常在作品中传达交流困难或者交流根本不可能的信息。在巴赫金看来,语言本质上是对话性的,我们所做的每一个表述都直接指向某个要接受它的他者:作者就是通过创作跟过去和未来的"他者"交流。

《小说、影视剧、舞台剧:讲故事的三种形式》包含洛奇对跨媒介写作的理论探讨和亲身实践经验的分析。本文旨在回答如下几个问题:三种叙事形式的独特性是什么,是什么因素使艺术家倾向于一种叙事形式而不是另一种,什么促使作家转行尝试另一种叙事形式,转行后他们对叙事的本质有什么发现。他指出,小说家的交流媒介几乎只有语言,在小说出版并接受读者评鉴之前,小说家可以保持对文本的绝对控制;因为戏剧和影视的多媒介协作性质,剧作家不可能不根据合作方意见对自己的剧本做任何修改,但合作中的某些冲突和争论可以形成创造性的艺术张力。小说家用来将素材变成艺术的一些手段,戏剧或电影中几乎是不可用的;反之亦然;小说使用较多冗余以强化对人物的理解,并让阅读变得轻松,而电影中的冗余主要是影像,电影对白的冗余越少越好。从事剧本创作有苦有乐,演员的表演可以让你意想不到地挖掘出你写的台词的潜在表现力,你的作品有了以多种不同渠道进行共时交流的可能性。

洛奇继续为非专业读者写作非纯理论性批评文章,但发表于2002年,并与洛奇的新评论集同名的文章《意识与小说》算是个例外,虽然这里的"理论性"并非后结构主义式的。20世纪九十年代中期,洛奇发现意识成为科学的热门话题,而且科学关于意识的结论挑战了传统人文主义关于自我和人性的概念。在某种程度上是这一发现使他萌生了创作小说《想……》的想法。为此他研究了大量有关理论文献,这些研究又促使他对小说这种文学形式进行了反思。这些研究和反思就形成了这篇十分"理论化"和"专业化"的文章。洛奇认为,在意识受到科学和人文双重关注的情况下,把握意识的最佳方式是科学和小说结合。因为意识是个体化的、第一人称的、复杂的,而科学是追求规律和公理的,是第三人称的,简约化的;只有小说既是个体化的,也可以是第一人称的,可以以其修辞和技巧表现意识的复杂性。小说观念的基础是人文主义的自我和个体概念,而自我和个体,以及随之出现的身份认同问题都和意识紧密相连。人的意识所具备的叙事特征决定了小说与意识的天然关系。小说的自由间接手法融合第一人称和第三人称,这种叙事形式契合科学与小说结合的诉求。似乎在洛奇看来,意识与小说的关系是本质性的。

文学创作与文学批评关系的难题也跟意识有关。洛奇在《文学批评与创作》一文中将文学批评与文学创作的关系分为四类:补充型、对立型、创造型、包含型。批评的难题是文学批评试图理解文学创作的本质,而文学创作是意识活动,意识活动的"多重草稿"模式决定了其变动不居、难以把握的性质。

洛奇后期的文学批评如他所言,都聚焦于作家的创作实践,从《写作实践》一书开始,到《意识与小说》、《亨利·詹姆斯年,小说的故事》(2006)和《写作人生》(2014),[①] 内容基本上都是对小说家写作经历的研究以及从创作实践角度对他们的作品所做的分析,部分文章谈的是他自己的创作。对于讲述自己的"小说的故事",洛奇知道要冒被视为"自恋"和"自大"的风

---

① David Lodge, *Lives in Writing*, Harvill Secker, 2014.

险,但有些故事因为"其若干奇特的、非同寻常的性质而值得一讲",比如他的小说《作者,作者》的故事。《作者,作者》与其他几部写亨利·詹姆斯或从亨利·詹姆斯获得灵感的小说几乎同时于2004年出版,在文坛掀起不小的波澜,也给他本人"带来痛苦的、具有讽刺意味的结果",所以,洛奇也将《亨利·詹姆斯年,或时间即一切:小说的故事》一文称为"小说家的故事",它所谈论的是小说家耗时几年的创作,其中许多内容是自传性趣闻轶事。洛奇希望此文对更为清晰地从心理、社会、经济方面了解21世纪初期的作家职业以及创作过程本身,有某种普遍的意义和价值。[①] 文中写道,由于种种原因,图宾的同一题材传记小说先于《作者,作者》出版,这极大地影响了对后者的接受和评价,因此洛奇发出"时间即一切"的感叹。除了披露《作者,作者》一书的酝酿、创作和读者接受过程中的苦乐,《亨利·詹姆斯年,或时间即一切:小说的故事》一文也没有忘掉小说类型学或者小说诗学的探讨,文中分析了传记小说兴起的原因,它的特征,以及它与历史叙事和传记叙事之间的联系和区别。

以上"概述"只是了解本书内容的一个线索。洛奇睿智的语言、富于启发性的论说、深入浅出的阐释、精辟的分析和独到的见解,尽现于本书精选的各篇论文。

本书各篇文章的"概要",除了《亨利·詹姆斯年,或时间即一切:小说的故事》之外,均为本书编者所加。书中所有注释,除了注明"译者注"或"编者注",均为原作者所加。

---

① David Lodge, *The Year of Henry James: The story of a novel, with other essays on the genesis, composition and reception of literary fiction*, Penguin Books, 2006, pp. XI – XII.

因为原文注释中提到的绝大部分文献都没有对应的中译出版物，若将其译为中文往往反而令读者因无法还原为英文而失去查找文献的线索，故本书保留了所有论文的英文原注，只有少数篇目的注释被译为中文，但也保留了英文原注，使其以双语形式呈现。

书中部分专名，在忠实原文的前提下，保留了不同译者的不同译法。

罗贻荣
2017 年 10 月于青岛

《小说的语言》第二版"后记"(1984)

薛新红 译

【来源】

Afterword to the Second Edition. 选自戴维·洛奇《小说的语言》,*Language of Fiction*, Routledge, London and New York, 2002, pp. 286 – 300. 《小说的语言》首次出版于1966年。

【概要】

对于写于二十多年前的《小说的语言》的第二部分,除了有关哈的创作和《简·爱》的评论,不想收回其他部分的任何观点也不会做任何重大修改。第二部分都是关于单个文本或者作家的评论文章,它们通过"相似模式"、"平行结构"、"重复"和"对称性对立"等"空间形式"对小说的"整体意义"进行解读,并试图表明,这种形式批评的范式也适用于传统现实主义小说。

保留意见主要聚焦于第一部分的理论阐述。现在,作者不再坚持"新批评关于抒情诗的所有论断都适用于小说"、"小说批评的所有问题都归结为语言问题"、作家控制小说人物和情节发展变化的一些"决定"和"抉择"与文本的"表层结构"不可分割等观点,因为叙事文学作品和抒情诗之间有着很大的区别，建立在后者基础上的诗学不能简单地移植到前者身上；情节、人物和主题的范畴，还有逼真性、说服力和洞察力的标准等问题并不能真正归结为语言问题；叙事借以产生的某些关键性的决定和选择先于文本表层结构的表达，或者说，它们在比文本表层结构更深的层面起作用，无须参考表层结构就可以对这些决定和抉择加以分析；小说家用几种同时相互依赖着起作用的代码编织他的小说（顺序代码、因果关系代码、体裁代码、心理代码、历史代码、道德代码、公认的智慧和修辞代码等），其中只有修辞代码完全与具体的词语形式相关。当初提出"不可分割论"这一观点并付诸实践的原因，在于当时新批评作为一种成功的形式主义批评方法并不针对小说；另一方面，主导小说批评的是主题式和道德化批评话语，并不涉及小说的"叙事元素"。

《小说的语言》首次于1966年出版，大部分写于1963年至1964年间。这是一本写于二十多年前的书，它所探讨的话题在二十年间一直是批评家们拼智力的一片热土，我本人也一直对它热情不减，因此，如果我仍然赞同书中的每一句话，那才令人惊讶。事实上，对于其中涉及的许多话题，我的观点都已经改变。试图修订《小说的语言》使其跟上最近二十多年小说批评理论的发展，或者使其与我现在的批评实践保持一致，都将是徒劳的，这会剥夺此书依然具有的那种连贯性和趣味。然而，现在似乎是个恰当的时机，对书中的观点做一次个人的重新评价，将它们与我自己及其他人在相同领域的后续工作联系起来。

我现在对《小说的语言》的保留意见大部分聚焦于第一部分的理论阐述。在我看来，第二部分中对单个文本和作家的批评研究虽然属于一种公认的过时的批评话语，却经受住了时间的考验。可能除了关于《德伯家的苔丝》(Tess of the D'Urbervilles, 1891) 那一章和关于《简·爱》(Jane Eyre, 1847) 的一章，我不打算收回我发表的任何看法，也不会对其做重大的修改。我想，在关于《苔丝》的那章中列举的所谓哈代的缺点，我不会再那样苛刻地对待了哈代了。写完那章之后，我阅读了他更多的作品，我认识到，作为小说家，哈代的独特力量不在于他表面上保持其传统的"经典现实主义文本"的品质，而在于与此完全不同的品质，对于这些品质我们应该到 19 世纪美国象征主义小说家如霍桑和梅尔维尔那里寻找相似之处，或者与现代电影化叙事相比较，因此，我对他的尊敬当然与日俱增〔在《结构主义的运用》(Working with Structuralism) (1981) 中，我已经在三篇文章里阐述了对哈代的这种看法〕。

我体验了从头到尾重阅读《简·爱》，这是我写关于那部作品的评论以来的第一次，在我看来，该章的重点内容依然基本上是正确的。从浪漫主义小说一词最完整、最表示尊敬的意义上讲，《简·爱》是一部个人寻求自我实现的浪漫主义小说。其中通俗剧式的非原创的爱情故事，伴随被隐藏了的家庭关系的秘密，本质上是给女主人公安排一系列精神和情感危机与斗争的托词，隐喻性很强的描写和对话表现了危机与斗争的激烈程度。如果现在让我写这一章，我可能会更着重强调这部小说在新奇方面的进取心。例如，在它之前有没有一部英语小说对描写天气以及天气对人类的影响如此重视呢？在这方面即使是《呼啸山庄》也不能与之比肩。

就它同时代的长篇小说而言，《简·爱》的叙事"核心"比较少，叙事核心是现代叙事学家为情节中的事件起的一个名字，这些事件提出了关于主人公命运的问题，必须以这种或那种方式得到回答，而且如果删除它们就会使故事发生根本性的改变。① 《简·爱》情节的大部分是对平淡无奇或习以为常的活动的叙述，与增加神秘感和悬念相比，更重要的是揭示女主人公的心理状态，不断的气象观察显然也有这方面的作用。同样不足为奇的是，女主人公的几个很重要的抉择时刻都以舞台化的方式（比如，像戏剧中的场面那样，以对话的方式）详尽地表现出来。

有两个最重要的此类场景，一个是简与罗切斯特的请求做斗争。当罗切斯特已婚的事实被揭露，他们的婚姻由此受阻，罗切斯特请求简在自己的庇护下到法国南部去生活（第27章）；另一个场景（其实是一连串场景，但只有一个单一的主题）（第34—35章）是简与圣·约翰·里维尔斯的建议做斗争。里维尔斯建议简作为自己的妻子跟自己去传教地，"现在我被他所困扰，几乎就像当初我受到另一个人的不同方式的困扰一样。"②简说到第二次斗争时，显然是在参照第一次的斗争。实际上，这两个场景互有联系并彼此对立，将它们联系和对立起来的是相同的自然力的意象，我在文章中做了引证，而且还有其他类型的平行结构和倒装，这种对应和倒装是结构性的、而非修辞性的。这不仅仅在于简在第一种情形下拒绝没有婚姻的爱情，在第二种情形下拒绝没有爱情的婚姻。在向简建议与自己一起生活时，罗切斯特自称无意让简做他的情妇，他这个似是而非的说法（对此简反驳道："要是按你的希望同你一起生活，我岂不成了你的情妇？别的说法都是诡辩——是欺骗。"）与后一个场景正好形成平行对应。在后一个场景中，简提出以"妹妹"而非妻子的身份陪圣·约翰·里维尔斯去传教地。就当时的社会习俗而言，

---

① See Roland Barthes, "Introduction to the Structural Analysis of Narrative" in *Image-Music-Text*, ed. and trans. Stephen Heath, 1977.

② 文中《简·爱》一书引文见夏洛蒂·勃朗特著，《简·爱》，黄源深译，译林出版社1994年版。下同。

圣·约翰·里维尔斯反对这样做的理由——"除非你跟我结婚，要不我这样一个不到30岁的男人怎么能带一个19岁的姑娘去印度呢？"——是绝对无可辩驳的，而简却要坚持她这种相当不切实际的想法：她和他一起去——只是为了和他，因为她拒绝被介绍给一对从事相同工作的已婚夫妇——但不是作为他的妻子。于是，像这部小说里经常出现的那样，社会行为层面上的现实主义被置于次要地位，而且很可能被牺牲掉了，而象征意义和结构上的平行对应居于首要地位。

简精神生活和感情生活里的这些危机都由一种超自然的现象化解。第一次是一个从天而降的女性幽灵，以极易被识破的梦的形式出现：

> 它对我的灵魂说起话来，声音既远在天边，又近在咫尺，在我耳朵里悄声说：
> "我的女儿，逃离诱惑吧！"
> "母亲，我会的。"

在《小说的语言》一书对这部小说的讨论中，我将这个形象等同于简的大自然母亲，于是便很轻易地上了夏洛蒂·勃朗特为维多利亚时代虔诚而多愁善感的读者设下的圈套。更仔细地阅读会发现，这个幽灵是简后来仓促逃离桑菲尔德庄园后所祈求的"万物之母大自然"的化身："我没有亲人，只有万物之母大自然。我会投向她的怀抱，寻求安息。"（第二十八章）。在与圣·约翰·里维尔斯做意志斗争的高潮，简莫名地听到某处传来简单的呼唤，"简！简！简！"——这是返回桑菲尔德庄园的召唤，简认为来自同一力量："是大自然的功劳。她苏醒了，虽然没有创造奇迹，却尽了最大的努力。"正如她随后发现的那样，数英里之外，罗切斯特在阵阵悲伤、渴望和忏悔中祈祷时——不过他当然是在向上帝,而非万物之母大自然祈祷——发出了这样的呼唤。夏洛蒂·布朗特在描写简与罗切斯特的和解与团聚时,着重强调了正统的新教信仰,像是在极力掩盖非正统的、泛神论的超验主义观点,这似乎才是她的小说中真正基本的形而上学。以它的拟人化语言而言,基督教新教派本质上是男权中心主义的,而且在小说中也与占统治地位的男性人物关联,例如布罗克赫斯特先生和圣·约翰·里维尔斯,简的非正统的浪漫主义信念却要化身为女性形象,让人隐约联想到天主教的圣母玛利亚和远古异教的生育女神。女性主义批评在《小说的语言》写成后兴起,正如它正确地强调的那样,《简·爱》讲述的是一个女性追求自我实现的故事,在她所描写的19世纪早期英国社会,进行这种追求极端困难,作品以一种丰富而又复杂的方式描绘了当时的妇女在社会、性爱和心理上的挫败。

尽管《小说的语言》没有提到约瑟夫·弗兰克(Joseph Frank)的《现代文学中的空间形式》(Spatial Form in Modern Literature)(1945)(最早发表在《塞沃尼评论》(Sewannee Review))一文,而且我想在写《小说的语言》时我也没有读过这篇文章,但我一定是通过马克·肖勒(Mark Schorer)这样读过这篇文章的批评家,间接地受到其影响。关于《简·爱》的那章以及其他大部分的个文本研究,其实都是对"空间形式"的研究,也就是对相似性模式(patterns of similarity)、平行结构(parallelism)、重复(repetition)和对称性对立(symmetrical opposition)的研究,这些都可以从叙事文本的连续性(它可以通过时间体验)中提炼出来,他们是理解整体意义(整体意义永远不可能被精确把握)的关键。意义的"空间"组织是包括小说在内的现代派文学的本质特征,这是弗兰克非常具有说服力的论点。《小说的语言》的目的就是要证明,这种范式的运用并不局限于现代派小说,在传统的现实主义小说中也可以找到。因此，阅读传统现实主义小说也应该像现代派文本那样，一丝不苟地对形式加以观照。许久之后，我将从罗曼·雅各布森（Roman Jacobson，1896—1982）给文学性下的定义——"对等原则从选择轴投射到组合轴"——中找到了运用这种方法的理论上的正当性，在他对隐喻和转喻的区分中，我找到了一个强有力的工具，来分析文学文本在各个层面上这一原则的体现。[①] 然而，20世纪60年代初，我却不知晓欧陆结构主义诗学传统，这一传统始于俄国形式主义，雅各布森的著作也属于其中一部分。在英美新批评相当松散、不成系统的诗学中，形式主义意味着对"书页上的词语"的"细读"，也就是说，对文学文本表层结构（或者通常称为"语言肌质"）做一种经验主义的、直觉的反应，这种反应由阐释和评价的目标控制。我用以寻求理论支持的，正是这种新批评理论，它特许抒情诗作为文学言语的典型模式。因此，要证明形式主义批评方法运用于所有种类和各个时期的散文小说的合理性，似乎有必要论证新批评关于抒情诗的所有论断也都适用于小说。从根本上讲，这正是《小说的语言》第一部分（题为"小说家的媒介和小说家的艺术"）试图做的：

> 我希望我已经说明，如果我们可以将诗歌艺术视为语言艺术，那么小说艺术亦是语言艺术……同样，我们很自然地认为诗歌批评就是精细的、细腻的语言分析，那么，小说批评也别无他法。（第47页）

这个主张作为一般原则我依然坚持，但"小说家的媒介和小说家的艺术"中由此原则推导出的观点《走向小说诗学：一

[①] See my *The Modes of Modern Writing: metaphor, metonymy and the typology of modern literature*, 1977.

种运用语言的方法》（Toward a Poetics of Fiction: an Approach through Language）一文对这一观点做了不顾一切地辩护，该文后来在《十字路口的小说家》（The Novelist at the Crossroads, 1971）一书中重印，我不再坚持。那就是，小说批评的所有问题都归结为语言问题。

现在我坦承，叙事文学作品和抒情诗之间有着很大的区别，建立在后者基础上的诗学不能简单地移植到前者身上。我承认叙事本身就是一种语言，是独立于具体文字表达而起作用的意义代码（或者像一根多芯电缆似的代码束）。把叙事从一种语言翻译成另一种语言，或者从一种媒介转化成另一种媒介时，叙事产生的一部分意义会保持不变；在某种意义上，叙事借以产生的某些关键性的决定和选择先于文本表层结构的表达，或者说，它们在比文本表层结构更深的层面起作用，无须参考表层结构就可以对这些决定和抉择加以分析。

那么以《简·爱》为例，我已经说过，尽管小说中严格意义上的叙事趣味被取代，取而代之的是一种抒情式的和戏剧化的对精神状态的表现。但是很显然，个人追求自我完善的浪漫主义主题还是在一定程度上被植入了一连串的事件中。这些事件使女主人公经历了贫困、痛苦和危险，最终过上了富裕的生活，并与所爱之人团聚，即便是这部小说最粗劣，最庸俗的电影改编也会保留这个基本主题，只要它可以被认定为《简·爱》。同样显而易见的是，将《简·爱》翻译成另一种语言时，不可避免地会有一些意义的丢失和改变，但许多最重要的美学效果不会受到翻译的影响——它们源于夏洛蒂·勃朗特的决定：以简的视角来讲述故事，让她做自己故事的叙述者，让她作为叙述者向读者隐瞒自己知道故事的结局是幸福的，用五个章节来专述她在洛伍德学校的最初几个月，只用几页纸来叙述之后的八年，等等。如果从罗切斯特的视角，以怀旧的方式从幸福的已婚状态开始回顾叙述，《简·爱》将会是一部完全不同的艺术作品，而且将这种不同说成是"语言"的不同也很迂腐，即便我谈到的一切都是通过语言传达给读者的。虽然脱离语言就无法思考，但并不是说，作为批评家我们只能如此讨论语言。小说家用几种同时相互依赖着起作用的代码编织他的小说——顺序代码、因果关系代码、体裁代码、心理代码、历史代码、道德代码、公认的智慧和修辞代码——其中只有修辞代码完全与具体的词语形式相关。罗兰·巴特（Roland Barthes，1915—1980）在研究巴尔扎克《S/Z》（1970）中，很好地证明了这一点。我依然坚持认为，《萨拉辛》（Sarrasine，1830）或者《简·爱》的独特艺术成就主要是由独特的词语和句子决定的，作为读者，我们就是从这些词句中体验到作品艺术成就，我也依然反对《小说的语言》中所称的"由糟糕写作得来的论据"。但是如今在我看来，小说批评家的任务不是将一切都简化为文体或修辞问题，而是要阐明小说中修辞代码与其他起作用的代码之间的关系。

关于代码概念的使用价值，可以参考《小说的语言》对凯瑟琳·曼斯菲尔德的《苍蝇》（The Fly）的讨论（第43—46页）。F. W. 贝特森（F. W. Bateson，及其合著者夏科维奇B. Shakevitch）和我本人争议的焦点，是现实主义小说中特异性（specificity）的美学功能。贝特森和夏科维奇辩称，这样的细节是随意挑选的，随便哪个都一样，作为"共同现象世界（common phenomenal world）"的象征物整体起作用，由此创造了现实主义小说特有的生活幻象。我的观点是，虽然这类细节确实有这样的累积效果，但是每一个都为文本增添了独特的、个体的意义。

凯瑟琳·曼斯菲尔德的故事是这样开头的：

"你这儿真舒适",老伍迪菲尔德吸着烟对他的老板朋友说道,他坐在老板办公桌边的绿皮革扶手椅中向外张望,如同从婴儿车中向外张望的婴孩。

贝特森评论到:"老板的扶手椅无疑是……由于情节和人物刻画的需要而产生的,是功能性的;绿色是一个非功能性的细节,添加上这个细节才体现了现实主义的传统"。我曾回应道:"扶手椅的绿色是否是功能性的,如果是红色的会不会有什么不同……对于这些疑问,我们的研究方法还不够精确,无法给出明确的答案。……但是可以肯定的是,小说里的现象细节绝对不会是随意的"。这么说肯定没错,但是对讨论中的这段文字进行语言方面的分析评论,来证明这种说法的正确性,我那时还做不到。在后巴特主义看来(Post-Barthes),"绿色"显然是作为一种文化代码在起作用,有着类似"惯例"的内涵。对于商用办公室里的软垫家具而言,绿色是常用的色彩。故事讲述了老板的自满之情被形而上学的疑虑侵扰。面对死亡,生命极为脆弱,正是这一点引发了他的疑虑。他的脑海中浮现出三个例证:他(死于战争)的儿子、(由于心脏病突发而残疾的)伍迪菲尔德先生,还有那只苍蝇。老板把苍蝇从墨水池里救了出来,让它免遭淹死,然后又做实验似地将一滴滴墨水不断地滴在它身上,直到它最终死去。既然老板的自满是以转喻的方式通过坚固、奢华和体面的工作环境来象征的,那么绿色的内涵(等同于惯例)就是功能性的,而黑色、褐色或者红色的椅子可以有同样的内涵这一事实就无关紧要了。粉色、黄色或者白色的椅子不会有相同的内涵。这样一来**绿色**表现的并不是它与其他颜色之间的符号意义上对立(这个说法是一元论的文体概念),而是就语境而言,常规色(绿色、黑色、褐色、红色等)与偏离色(粉红色、黄色、白色等)之间的符号对立。虽然这一点是通过语言表达的,却不能说与特定的语言表达方式不可分割，因为完全相同的信息也可以通过非语言的方式表达——例如通过电影里或舞台上的布景。简言之之，此处是以中性的、指称的方式使用语言，意指意义上**并非**中性、但文化上被编码的东西。

凯瑟琳·曼斯菲尔德选择把扶手椅描写成绿色，这依然属于文本的表层结构。我刚才所说的"相比文本在表层结构上的表达，更重要的或者在更深的层面起作用的"那些抉择又怎样呢？据我个人的经验，创作中的小说家很多时候都是盯着空白页或者空白格，思考。思考是需要通过语言（words）进行的，却不总是关于语言。他们考虑的是"接下来会怎么样，这个人物现在该怎么办？"这样的问题。叙事是对过程的描写，描写在特定情境下发生的变化——没有变化就没有叙事（这是其与抒情诗的主要区别）。任何一种可能的变化或者发展都会对整个叙事产生数种影响，这些影响必须在相互关照中考量。在一定程度上，小说就是编造和引导虚构的人物的命运——他们的命运在时间上平行发展，空间上相互交错；小说家的部分工作就是管理这些相互关联的人物命运，以便他们能够同时并且持续不断地符合所有（逻辑、衔接、意义等方面）的标准，这标准是小说家通过他调动的代码召唤来的。因此，在 X 情景里，人物的行为可能需要同时满足（i）（在现实主义小说中）按照自然规律是可能的，心理上是合理的；（ii）（在喜剧小说中）有趣的；（iii）（当要突显剧情的突转时）令人吃惊的；（iv）与他/她自己或者其他人物的后续行为相协调，这对整个叙事的设计至关重要。这一点仍然是对的，即解决这些问题只是创作过程的一部分，要成功地解决这些问题，还需要通过特定的语言形式把这些抉择和决定清晰地表达出来。不过，有一点是不对的，即认为，要分析小说，这种解决问题的活动与文本的表层结构是不可分离的，正如我在《小说的语言》里试图主张的那样。现在看来这一切如此显而易见,以至于一个质疑不可避免,即为什么我要费心在《小说的语言》第一部分压制或否定"分离论"。当然无须为了证明第二部分的批评实践的合理性而采取如此极端和固执的立场。第二部分以一种松散的方式有选择地对特定文本的语言进行了研究,鉴别文本中某个反复出现的语言特征,或者细察文本中的某个代表性选段,以说服读者接受阐释或评价文本的某种观点。情节、人物和主题的范畴,还有逼真性、说服力和洞察力的标准,它们在那些鉴别和细察中并没有被以理论导论似乎要求的严密性归结为语言数据,而只是隔靴搔痒或者不过是想当然。《小说的语言》的几位评论家都指出了这种理论与实践之间的脱节,给予不同程度的对比强调和指责。

指责主要来自语言学家和文体学家,虽然事实上我已在第一部分中明确否定了任何自封的系统、科学的小说语言研究方法,现在我觉得那样做并无不妥。尽管这几十年在计算机数据存储和检索方法的帮助下,文体学研究不断发展,这些工作也有自身的益处和价值,但是,寻找批评性评判和对语言事实的实证主义描绘之间的因果关系从而使文学批评在评价和阐释功能上更像"硬(hard)"学问的旧梦,已经被证明永远是水中捞月。[①] 语言学整体上对话语或**言语**——使用中的语言,而非脱离语境而存在的语法书中的例句——这样的语言越来越感兴趣,因此也认识到,话语中决定"意义"的因素具有多样性,不是所有的因素都可以准确地描绘或者列举出来。所以,现在大部分开明的文体学实践者都承认,小说文体与(时间、视角等)更大的叙事结构范畴不可分割,与实证主义文体学范围之外的认识论问题(例如文本是根据历史和意识形态构建的世界模型,文本有不确

[①] For a mordant and witty demonstration of why this is so, see Stanley Fish, "What Is Stylistics and Why Are They Saying Such Terrible Things About It?" in *Is There a Text in this Class*? Mass.: Cambridge, 1981.

定性等）也不可割裂。杰弗里·利奇（Geoffrey Leech，1928—）和迈克尔·H. 肖特（Michael H. Short）合著的《小说文体：英语虚构散文语言导论》(*Style in Fiction: a linguistic introduction to English fictional prose*)（1981）就是很好的例子，尽管书名暗示了聚焦于语言风格的狭隘视野，其实却像西摩·查特曼（Seymour Chatman，1928—）的《故事与话语》(*Story and Discourse*)（1978）那样触及了更宽泛的小说诗学所涉及的大部分话题。

利奇和肖特的著作总体上说合情合理，作者提出，对于语言的意义与形式之间的关系存在三种不同的观点。根据一元论观点，语言的意义与形式是一体的，不可分割的（这一点常常被作为文学话语独有的典型特征）；根据二元论观点，它们是可分的，语言独特的文学维度（the specifically literary dimension of language）受限于形式，文体是在表达"同一"事物的不同方式间进行的选择；多元主义观点认为在包括文学话语在内的所有话语中，语言都有不止一种功能，有些功能带来意义与形式的不可分割性，有些则没有。两位作者认同多元主义，我本人现在也接受这个立场；但是《小说的语言》第一部分却采取了一种极端的一元主义的立场，事实上还被利奇和肖特引作了一元主义观点的例子。

回到早前提出的问题——为什么？——我认为存在几个相互关联的原因，其中一些已经论及。作为年轻批评家和大学教师，我当时感兴趣的是，建立一种形式主义的小说批评方法。在我那时看来（现在依然如此），要主张一种文学批评原则，取决于有一种独特的方法来处理自己的研究对象，在诗歌和诗剧批评方面，新批评已经证明它拥有这种方法，但他们的批评不包括小说。除了（《小说的语言》前言里的提到的）几个例外，英美新批评的主要人物要么忽视小说这一体裁，要么就对其进行主题式和道德化解读，把文学假定为生活的影像，而同样的方法如果用在莎士比亚或者多恩（Donne）身上，就会为同样这些批评家所不屑。我发现这种悖论或矛盾在F. R. 利维斯的批评著作中得到了生动的体现。在《伟大的传统》（The Great Tradition）（1948）一书中，他根据"一种必不可少的体验能力，一种面对生活的坦诚，和一种极强烈的道德感"之类的标准将英国小说家分为好坏两种，这部满是偏见的书当时产生了巨大的影响。小说更广阔的模仿策略（人物和事件的安排）就这样被主题式和道德化批评话语所取代，这样也许就能理解，为什么我要转向"语言"，将它作为形式主义小说批评的基础，并有争议地将小说文本的所有其他层面也归于"语言"。

我那时没有看到对文学文本中特定的**叙事**元素进行形式主义批评的可能性。英美新批评贬低了这些元素的重要性，上文第四页引用的马克·肖勒在《作为发现的技巧》（Technique as Discovery，1948）一文中的话就是例证：

> 与诗歌术语相比，（小说）技巧使用了较为平淡无奇的术语，所谓构成情节的事件的安排，或者，情节里的悬念和高潮的安排，或者，揭示人物动机、人际关系和变化的方法，或者视角的运用之类，相对来说都是显而易见的东西了。

这种轻蔑的态度大概源于这一事实，即在一定程度上，新批评的动机是要证明现代派写作实验的合法性，而现代派小说至少从表面上看对叙事不那么感兴趣，它要突显的是文体实验。弗吉尼亚·伍尔夫在《现代小说》（1919）一文中抨击了阿诺德·本涅特（Arnold Bennett, 1867—1931）和威尔斯（Herbert GeorgeWells, 1866—1946）精心写就的小说。相反，对乔伊斯的意识流写作大加赞扬。四十年后，她的做法得到了马克·肖勒的回应。在《作为发现的技巧》中肖勒把威尔斯的《托诺－邦盖》(Tono-Bungay, 1909) 与乔伊斯的《青年艺术家画像》做了比较,认为前者不及后者。在我本人有关《托诺－邦盖》的章节中,我试图纠正肖勒小说语言分析中的现代派偏见,但是我们真正需要的是一种更为综合(comprehensive)的"技巧"理论,即一种小说诗学,它使批评家可以在文本的"深层结构"——就是在这种"深层结构"里,最原初的故事素材被通过次序、视角等安排组织起来——里自由穿行,穿行到文本以具体语言形式实现的表层结构。

这样的小说诗学现在已经存在。维克多·什克洛夫斯基(Victor Shklovsky, 1893—1984)和鲍里斯·托马舍夫斯基(Boris Tomashevsky, 1890—1957)这样的俄国形式主义者是其先驱。20 世纪六七十年代的法国批评家,如茨维坦·托多洛夫(Tzvetan Todorov, 1939—)、A. H. 格雷马(A. H. Greimas)、热拉尔·热奈特(Gérard Genette, 1930—)和罗兰·巴特对其进行了阐发,并融合了罗曼·雅各布森和克劳德·列维·斯特劳斯(Claude Lévi-Strauss, 1908—)的结构主义语言学和人类学的一些观点。自此这种小说诗学在一些著作中已经与英美新批评及文体学互相吸收和综合,例如西摩·查特曼的《故事与话语》。在《现实主义文本的分析与阐释:欧内斯特·海明威的〈雨中的猫〉》一文中,我尝试对这类著作做一个总结概述,并证明这种小说诗学的适用性。这篇文章收录在《结构主义的运用》一书中,此处不再累述①。

我认为《结构主义的运用》的理论基础比《小说的语言》更合理、更综合,但我发现两本书在致力于单个文本的批评方面

---

① For a fuller, more up-to-date, and very fair account of the present state of the art, see Shlornith Rimmon-Kenan, *Narrative Fiction: contemporary poetics*, 1983.

有持续性。我分析海明威小说的切入点与《曼斯菲尔德庄园》(*Mansfield Park*, 1814)、《简·爱》及《小说的语言》中讨论的其他小说的一样,也是作品引发的阐释性问题。每篇文章都试图阐明这些问题,揭示被认为已植入文本的意义,质疑某些错误的或者无根据的解读。我认为这两本书所讨论的文本都已经或者应该在文学经典中占有一席之地,因为它们都一致具备意义的丰富性。那些批评文章都致力于识别和描绘文本的结构性技巧,文本的"隐含作者"就是通过这种结构性技巧使文本获得美学上的统一性,而隐含作者就是我们所称的"欧内斯特·海明威"、"简·奥斯丁"、"夏洛蒂·勃朗特"等创作个体。简言之,我一贯赞成文学是一种交流方式的观点,在这个交流过程中,意义主要朝着一个方向流动,从作者流向读者。因此,有人可能说(评论我近期著作的"后结构主义"批评家已经说过),我只吸收了结构主义的某些方面,用来提炼和完善一个批评实践模型,这一模型本质上属于英美经验主义和自由人文主义传统。后结构主义批评家的代表凯瑟琳·贝尔西(Catherine Belsey)将这种文学观的特点描述为"表达现实主义(expressive realism)":

> 这种理论认为,文学是经验现实(the reality of experience)的反映,(极富天赋的)个体感知到这种经验现实,用其他人可以认同为真实的话语**表达**出来。[①]

后结构主义主体理论和语言理论源于罗兰·巴特、雅克·拉康(Jacques Lacan, 1901—1981)、雅克·德里达(Jacques Derrida, 1930—2004)、路易·阿尔图塞(Louis Althusser, 1918—1990)和米歇尔·福柯(Michel Foucault, 1926—1984)等人,

---

① Catherine Betsey, *Critical Practice*, p. 7.

他们做过各种不同的阐述。根据凯瑟琳·贝尔西的说法,这种理论已经使得表达现实主义不但不堪一击,而且显得"实在匪夷所思"。她提出了无作者文学这一概念来取而代之,无作者文学的意义由阅读作品的主体生产。

> 《作者之死》(*The Death of the Author*, 1968)亦即文学的绝对主体之死,意味着文本从赋予它意义的在场权威中解放出来。摆脱了单一明确的意义的束缚,文本变得多产、多元、对立、多变。
>
> (p.134)

对于凯瑟琳·贝尔西在她那本引起争议的书中所定义的"表达现实主义",我本人要跟它划清界限,但是作为一种文本生产模式,我认为它比那个后结构主义替代品更有意义。我想说的是,文学反映的并不是**现实**经验,而是**某种**现实经验,读者不会把它当作"事实",而是认为它是"真实的"、"令人信服的"、"合理的"或者可能仅仅是"有趣的"。我不认为在阐释自己的文本时,作家是至高无上的权威,或者对可能在文本中发现的意义有超越文本的控制(我是维姆萨特所说的反意图论者)。作家所用的语言和一套习规已经被他人使用过,写作因此必然是"互文的",这个观点我当然接受。我也认同,阅读不是被动的,而是主动的;在对文本做出反应时,读者常会生产出作家没有意识到或者无法预知的意义;文本的意义无穷无尽,原因之一就在于接收文本的环境在不断地变化。

承认这一切并不会影响这一事实,除了极少数例外,文学文本并非巧合之作。它们是有目的的行为,其明显意图是交流(即便所要传达的是交流的困难或不可能性,也是为了交流,许多现代文本就是如此)。解构主义批评家醉心于在他们细心研读的文本中寻找缝隙、矛盾和谜题（aporias），这些东西之所以有趣，之所以可以被领悟到，只是因为它们在作者显性的交流设计之内存在，而尽管有这种显性的交流设计，阅读首先要做的必须是把它们（从文本中）辨别出来。没有比完全不合逻辑、完全多元的文本更容易写作、更无趣的了，正如罗兰·巴特颇感滑稽地发现的那样，当时有人把根据他的后结构主义诗学写成的作品寄给他，这些作品将它们的意图性表露无遗：

> 许多（还没有发表的）先锋派文本不靠谱：如何对它们进行评价、分类，如何预测它们的前景和最终的命运？它们会令人满意？还是令人厌烦？它们显著的特点是听命于为理论服务的意图。然而这个特点不妨说是勒索（对理论的勒索）：爱我、保留我、维护我，因为我符合你倡导的理论，我做的不正是阿尔托（Artaud）、凯奇（Cage）等做过的吗？——但是阿尔托不只是先锋派的，还是一种写作；凯奇也有某种魅力……——可这些正是理论不予认可的属性，有时甚至被理论所厌恶。至少让你的品味与思想匹配，等等。（情景继续，没有终了。）①

事实上，我并不相信清除作者和否认文学是一种交流方式的观点来自后结构主义极有说服力和启发性的语言理论与主体理论。但是在此处讨论这一点既不现实，我个人也觉得没有必要。我不赞同凯瑟琳·贝尔西的立场，不是因为理论信仰，而是出于实践，即小说写作的实践。上文中我已经指出，据我的经验，小说创作工作又辛苦又复杂，大部分批评家无须这种经验也可以从小说分析中推断：作家在文本创作中会遇到无数错综复杂的问

---

① Roland Barthes, *Roland Barthes*, trans. Richard Howard, 1977.

题、抉择和决定。我无法想象如何可以完成所有这些工作，而心里不考虑它对想象中的他可能产生的影响，这个他者就是我的文本的隐含读者，正如对他而言我是文本的隐含作者一样。我相信完全赞同《批评实践》（*Critical Practice*，1980）一书理论的人不曾创作过小说——如果有，也肯定不会是我写的那种小说，关于这一点，我从写《小说的语言》开始，就一直在自己的批评著作中谈及。

十字路口的小说家

刘远航　罗贻荣　译

【来源】

The Novelist at the Crossroads. 选自戴维·洛奇著作《十字路口的小说家》，*The Novelist at the Crossroads*, Routledge and Kegan Paul Ltd, London, 1971. 本文首次于1969年发表于《批评季刊》(*Critical Quarterly*)。

【概要】

从文学发展史来看，现实主义小说是容纳历史、罗曼司和寓言等因素而形成的综合体；当今小说家（主要是英国小说家）站在一个十字路口，他站在一条向前伸展的传统现实主义之路，即虚构模式和经验模式的妥协之地，十字路口伸出两条方向相反的岔道，一条通往"非虚构小说"，其代表是诺曼·梅勒的《夜幕下的大军》，另一条通往"寓言编纂"，巴斯的《羊孩贾尔斯》是其代表。

第四种小说是"问题小说"，它采用以上类型中的两种或者多种模式，但又无法将它们调和，也不完全投身其中任何一种模式，而是将自己在十字路口的困难和犹豫写进小说，即将小说创作所提出的美学和哲学问题直接形象化地体现在叙事中，以图让读者分享这些问题。

朱利安·米切尔的《未发现的国度》是一个十分有代表性也极其有趣的范例。

我们似乎身处史无前例的文化多元时期，各种艺术的多样形式同时蓬勃发展，没有一种成功占据主导地位，批评家必须避免拿适用于一种形式的标准去评判另一种形式。

本文结论是对现实主义小说未来信心的适度肯定。现实主义形式上调和经验与虚构，思想意识上崇尚妥协。非虚构小说和寓言编纂都是极端的小说形式，它们的动力来自对世界的极端反应；而大部分读者实际上认可现实主义所模仿的现实，只要这种现实感存在，现实主义的这种模仿就会继续存在。

马文问山姆，他是否放弃了小说，山姆说："暂时放弃了。"他找不到一种形式，他解释说。他不想写一部现实主义小说，因为现实已不再现实。

——诺曼·梅勒：《瑜伽练功者》

罗伯特·斯科尔斯（Robert Scholes）最近的著作《寓言编撰者》（*The Fabulators*）（牛津大学出版社1967年版）激起了人们对"小说向何处去？"这一古老的猜谜游戏新的兴趣。至少，它促使我试着对自己在这一问题上的探索做一番归纳整理。然而，要做这件事，要理解《寓言编撰者》一书，首先有必要回顾一下斯科尔斯先生早前与罗伯特·凯洛格合著的《叙事的本质》（*The Nature of Narrative*）（1966）一书。作者在书中提出，存在两种基本的、对立的叙事模式：一种是**经验主义**模式，它主要忠实于现实；另一种是**虚构**模式，它主要忠实于理想。经验主义叙事可细分为忠于事实的历史，以及作者所称的忠于经验的模仿（Mimesis）（比如，现实主义的模仿）。虚构叙事可以细分为诉诸美、旨在提供愉悦的罗曼司（romance），以及诉诸善、旨在教化的寓言。这一文类理论与一个大型的文学分类表结合在一起。根据那个分类表，史前口耳相传的史诗是经验主义模式和虚构模式的综合，它在各种文化压力之下（主要是从口头到书面传播形式的转型）又分裂成不同的组成部分；这种分裂发生过两次：一次是在晚期古典文学中，另一次是在欧洲各国的民族语言文学中，在那些文学中，不同的模式要么独立发展，要么以部分综合的形式发展。在中世纪晚期和文艺复兴时期，叙事文学中出现了一种显而易见的走向经验主义模式与虚构模式新综合的运动，在 18 世纪，这一运动终于造就了长篇小说。然而，到了现代，在叙事作者的实验中，随着动画一类新媒体的出现，斯科尔斯和凯洛格发现了那种综合将再次分化的证据。

现在，尽管这个雄心勃勃的分类表在涉及细节之处显然易于受到学术上的攻击，但我认为，在我们试图对长篇小说的本质和发展进行总结概括时，它是有启发性的，也是有用的。比如，我们有一种模糊的直觉，史诗属于古代文明，而长篇小说属于现代和后文艺复兴时期文明，这一分类表为我们的直觉找到了某种根据。也许更重要的是，通过提出长篇小说是既有的两种叙事传统新的综合，而不是那些传统中某一种的延续，也不是一种前所未有的新的文学现象，这一分类表证明了长篇小说形式巨大的变易性和包容性——它具有一种虽被不同的作家推向历史（包括自传）、寓言或者罗曼司等不同方向，但依然不失为"小说"（"the novel"）的能力。请注意，我这段话里没有提到斯科尔斯和凯洛格分类表中的第四个概念（方向）——他们所称的"模仿（mimesis）"而我宁愿将"模仿"称为"现实主义"。如果说长篇小说"虽然被推向现实主义方向，但仍然不失为小说"这句话不太讲得通，因为很难设想长篇小说和现实主义——无论你主要是从形式的（formal）意义上使用这个有弹性的术语（就像我所做的那样，意指一个特定的表现模式，大致说来，就是把虚构的事件当作一种历史来处理），还是在更为定性的（qualitative）意义上使用它，意指一种揭示真相（truth-telling）的文学美学——之间存在兴趣冲突。长篇小说发展史的大部分时间里，现实主义的这两个概念都倾向于互相包含。即使现实主义表现形式实际上不是18世纪小说家和他们19世纪的继承者所发明，也可以肯定地说，他们发展了它，并以文学史上前所未有的规模使用它；而当所有必要的例外和限制条件已经确立时，就大致上可以说，那个时期的大多数小说家通过运用某种"现实主义的"美学原则，证明了这一形式的合法性，也证明了他们自己对它所做的贡献的合法性。

如此，如果斯科尔斯和凯洛格将小说看作既有叙事形式新的综合是正确的，那么，其主导模式，即综合性要素，就是现实主义。是现实主义在不稳定的综合中同时容纳历史、罗曼司和寓言，在由杂乱无章的事实组成的世界（历史）和被精心编织的、被删繁就简的艺术与想象世界（寓言和罗曼司）之间架起一座桥梁。在所有文学形式中，只有小说极大地满足了我们赋予经验以意义的渴望，同时又没有否定我们经验观察中的随意性和特殊性。因而，它就要以一种妥协为基础，只是从理查生和菲尔丁往后，这种妥协容忍了其重心从一方转移到另一方的变化，并经受住了无数次企图打破它的尝试。哥特小说就是这样一种尝试。哥特小说是一种对现实主义的反叛，主要由二流人物们支持，19世纪大部分作家要么对它进行嘲讽（比如简·奥斯丁），要么对它加以改造利用，使其成为更具现实主义特色的经验描写（比如勃朗特姐妹）。可以肯定，这种妥协

（或者综合）在欧洲总比在美国稳定。不过，甚至霍桑和麦尔维尔这样受到历史、寓言和罗曼司强烈吸引的作家，现实主义对他们所发挥的影响也是强烈的，虽然是断断续续的；而在《哈克贝利·费恩》这部被海明威视为现代美国文学第一部重要作品的小说中，我们看到了古典小说的成就：虚构的和主题的兴趣控制了作品，并通过对独特经验的现实主义描绘得到表达。

如果以上观点得到认同，由此可知，小说综合性的分裂应该与对作为文学模式的现实主义的极端破坏联系在一起；而这正是《叙事的本质》中提出的观点。我们可以说，文学现实主义描绘的是共同现象世界的个人经验，[①] 而斯科尔斯和凯洛格指出，这种文学实践的两部分都在现代文化中承受着压力。在人类知识，特别是心理学领域知识的影响下，当作家追踪个人的经验现实越来越深地进入潜意识或无意识之时，共同的感知世界退隐，独一无二的个人这个概念渐渐远去：作家突然发现自己身处一个满是神话、梦幻、象征和原型的地带，要求他用"虚构"而非"经验"模式来表达。"对人物内心生活进行模仿的冲动，不可避免地溶解在触及心灵避难所的神话虚构的、表现主义的模式中。"[②] 另一方面，如果作家坚持追求公平对待共同的现象世界，今天，他会发现自己处在与新媒体的竞争当中，比如磁带、动画，它们有权声称自己做得更有效。

[①] 这似乎是现实主义的形式定义（比如伊恩·瓦特《小说的兴起》[The Rise of the Novel] 中的定义）和定性定义（比如雷蒙·威廉斯《漫长的革命》[The Long Revolution] 第七章中的定义）两者共同的依据。

[②] 这当然不是绝无仅有的后精神分析学的发现，爱伦坡（Poe）和刘易斯·卡罗尔（Lewis Carroll）的作品就证明了这一点；它也不是不能见容于现实主义，理查生的《克莱丽莎》便是见证。但要说明这一评论与现代文学的关联，乔伊斯从《都柏林人》到《芬尼根的守灵》的发展是一个很好的例证。

斯科尔斯先生在《寓言编撰者》一书中着手探讨并发展了后一个观点，这部著作是《叙事的本质》的续篇，它比《叙事的本质》更为引人注目，也引起了更多争议：

> 影院给小说中垂死的现实主义以致命一击。现实主义主张——它一直主张——语言从属于它的指涉对象，从属于它所谈及的事物。现实主义抬高生活贬低艺术，抬高事物而贬低语言。可是谈到表现**事物**，一幅图能顶千言万语，一个动画能顶长篇累牍。面对影院的竞争，小说必须放弃其"表现现实"的企图，更多地靠语言的力量去刺激想象。

斯科尔斯先生著作的大部分内容是对一大批当代作家的欣赏性研究，在他看来，这些作家都认定现实主义已经过时，因而传统小说也过时了，他们都在以现代的精明老道探索纯虚构模式的寓言和罗曼司。他复活了已不通用的"寓言编撰"一词来描绘这种叙事。这种叙事的出现显然为他所欣然接受。"小说也许正在死去，"他说，"但我们不必为未来担忧。"

书中主要讨论了劳伦斯·杜雷尔（Lawrence Durrell）、爱丽丝·默多克（Iris Murdonch）、约翰·哈克斯（John Hawkes）、特里·萨瑟恩（Terry Southern）、库特·冯尼格（Kurt Vonnegut）和约翰·巴思（John Barth）等作家。杜雷尔的《亚历山大四重奏》（*Alexandria Quartet*）被视为迷宫诡计的精心利用和亚历山大传奇（适当的）反转。默多克的《独角兽》（*The Unicorn*）被解读为精心编织的多面体寓言，有着哥特小说的形式，写的是世俗与宗教态度的冲突。哈克斯、"黑色幽默作家"萨瑟恩和冯尼格，被视为在实践超现实主义形式的流浪汉小说。巴思的《羊孩贾尔斯》（*Giles Goat-boy*, 1966）是神话、罗曼司和寓言模式的丰富多彩的混合，是斯科尔斯理论的完美范例，也是作者的获奖展品。①

"处理文学作品'意图'的唯一正当方式",斯科尔斯评论道,"是通过具有高度辨识意义的文类理论"。就这方面来说,他对那些作品的阐释是有益的,也是有见地的,但就价值评估而言,那些阐释则缺乏判断力。我第一次在斯科尔斯先生的指导下读《独角兽》,跟以前读默多克小姐的小说相比,我觉得我对她所要表达的东西有更清晰的理解;但书中的"思想",或者它复杂难解的、戏剧性的情节,或者从其情节中抽

---

① 对于那些不甚了解这部卓越作品的读者们,我在这里做一个简述,也许可以提供关于"寓言编撰"这个概念更多的解释。在《羊孩贾尔斯》中,世界被构想成一个大型校园,在经过两次"校园暴乱"之后,它形成了东校区和西校区的分裂,而现在则被"寂静暴乱"所分裂。这两个敌对校区被各自的输电线隔开,这些输电线为两台被称为"EASCAC(东部管理中心)"和"WESCAC(西部管理中心)"的大型电脑供电,他们控制着各个校区学生的生命并拥有使用"吞噬电波"摧毁对方的能力。通讨对现实世界的这番寓言性描述,作者巴思引入神话维度和罗曼司维度来讲述故事——由羊孩贾尔斯自己讲述的英雄故事。像所有的传统英雄一样,他的身世是神秘的,但是看上去他似乎是通过 WESCAC 让处女受孕而孕育,这套系统被设定为生产贾尔斯(具有伟大的向导意义的模范,实验室的优生标本),但是作为一个阴谋的产儿,他被马克斯·斯派尔曼,一个聪明的自由主义莫伊杉(Moishan,隐喻犹太人)科学家收养,斯派尔曼为自己第二次校园暴动中摧毁阿姆拉瑟斯(Ameratsus,隐喻日本)行动中的所作所为感到十分后悔,最终退休回到了牧羊农场,在那里,他把主角当作自己的小羊来养育。贾尔斯从未完全摆脱早期以羊为伍的环境对他的影响;然而,在获悉了自己的人类天性和关于身世的蛛丝马迹之后,他有了这样的想法,即他命中注定就要成为一个"大导师"(救世主),他将通过解除 WESCAC 的武装以及教导学生如何"通过考核"和避免"被挂科"为整个校园带来和平。于是,他出发前往西校区最富有的、权力最大的学院新坦慕尼(New Tammany)学院也是他的出生地,"幸运的"雷克斯福德校长控制着这个学院(他和肯尼迪总统惊人地相似)。除了雷克斯福德和一众明显映射历史显贵的人物之外,贾尔斯还和更多形象模糊的人物产生了联系,尤其是阿娜斯塔西亚。这是一个"永恒之女性"的形象,永远都在抱怨却异常地天真(innocnet);她的丈夫莫里斯·斯托克是一个恶魔般的无政府主义者,管理着新坦慕尼的发电站;还有一个是贾尔斯神秘的敌人,哈罗德·拜恩,他声称自己才是真正的大导师,但最终却只是所谓的"挂科院长"(Dean O'Flunks)。和传统模式一样,主人公的使命要求他通过重重考验并执行多项任务。他似乎不止一次地把救世主的角色(相当恰当地)换成替罪羊的角色。或者,这两种角色归根到底有什么不同吗?——这也是这部作品中持续提出的那类问题。

象出思想的过程是否产生巨大的愉悦或者教益，在我看来仍然是值得怀疑的。这是一个斯科尔斯先生几乎从未面对的问题：对他来说，拒绝现实主义而支持寓言编撰这一意图本身就是价值的保证。

考虑到这种观点，英国读者需要仔细地、带着某种自觉意识去阅读。有大量证据表明，英国的文学精神是钟情于现实主义的，这种精神对非现实主义文学模式的抵制已经达到了我们可以描述为不公平的程度。这在当代文学史上已是老生常谈之事，比如，"现代"实验小说由风格各异的乔伊斯、弗吉尼亚·伍尔夫、D. H. 劳伦斯所代表，它有打破现实主义小说稳定的综合模式之势，它就遭到随后两代英国小说家的排斥。而且，回顾英国二十世纪的小说史，我们很难避免将传统的文学现实主义的复活和艺术家成就的明显式微联系起来。在鲁宾·拉宾诺维茨先生（Rubin Rabinovitz）的近作《英国小说对实验的抗拒 1950—1960》（*The Reaction Against Experiment in the English Novel* 1950—1960，哥伦比亚大学出版社 1968 年版）的结尾处揭示了这样一个令人不安的真相：

> 英国文坛的批判情绪已经产生了这样的一种氛围，在那里传统小说得以繁荣发展，但是除此之外任何异常的小说模式都被冠以"实验"这一抹黑标签并且被忽略掉……英国当代小说家最大的恐惧就是犯下"失言"的大罪；他们不敢越雷池一步，这样做的结果看上去是聪明的，在学术上是称职的，但是最终却导向了平庸……英国成功的小说家很快就变成了文学权威的一分子……他会常常利用自己作为批评家的权力来一再地吹嘘自己写作的小说类型而攻击与他取向不同的异类。

尽管拉宾诺维茨先生并没有提供极其新颖和有趣的观点，但是通过对 50 年代英国小说进行批判性评论，他深入探查了那个时代的新闻出版档案并获得了一些有意思的资料。比如说，具有启发意义的是，我们了解到（或者被提醒）沃尔特·艾伦（Walter Allen）在当时的《新政治家周刊》（*New Statesman*）上对《蝇王》做了以下评论：

> 《蝇王》就像一个噩梦的碎片，尽管如此，它是被以轻松的口吻讲述的。它博得的是勉强的赞同：是的，毫无疑问，事情可以如此，从唱诗班蜕变为矛矛党人（Mau Mau）只有一步之遥。当读者在文中嗅到寓言的味道，真正的困难就开始了。"世上不存在如此弱小却要背负着小十字架的孩子。"在我看来，对于戈尔丁先生的小说可能得出的结论来说，这些孩子身上的十字架过于违背常情地沉重，果真如此的话，不管这部小说的叙事技巧多么娴熟，它不过是一个让人不甚愉快的、做廉价煽情的故事。

这篇评论背后未经检验的假设（assumption）认为，寓言必然是文学的弊病，因为它使书中的情节显得"背离常情"，破坏了"事情可以如此"的必要标准，如果不能满足这些标准，所有的"技巧"都是徒劳，而这种本质上属于现实主义的假设十分典型地代表了战后英国文学特性。在今天看来，以上假设似乎是对《蝇王》不恰当的解读，至少艾伦先生已经通过在《传统与梦想》（*Tradition and Dream*，1964）中称赞《蝇王》而承认了这一点，但是这个例子却是具有警醒意义的。戈尔丁此后的大部分作品都招致类似的异议，至少刚发表时如此。

在斯科尔斯先生大力称赞的作家之中，我们发现有两位作家（默多克和杜雷尔）在国外享有的知名度要超过本国，他们两人后期的作品在英国本土也越来越不受欢迎；而列举出的四位美国作家相比之下也只是对英国读者产生了微弱的影响。英国读冯内古特的人并不多，尽管英国北部地区就是因为声名狼藉的《糖果》（Candy）而名声大噪的，但是这也丝毫无益于冯内古特建立自己在英国文坛的声誉。霍克斯的小说在遇到少数坚定的支持者之前，在英国所遭受的是灾难性的失败，而这些支持者中最为卖力的是克里斯托弗·瑞克斯（Kristopher Ricks），他最近为霍克斯的小说争取到了尊重，但人们对它们的关注是勉强的。巴思的《羊孩贾尔斯》在美国大受欢迎，但是在英国却被大多数的评论家一再贬低。

当我们把拉宾诺维茨和斯科尔斯的著作放在一起的时候，我们就会得到这样的一幅图景——面对生机勃勃的寓言编纂的进攻，与世隔绝的英国文坛仍然无可救药地保卫着已经过时的现实主义——然而，这幅图景是对现状的过度简化。一方面，拉宾诺维茨笔下所描述的那种对英国文学观的公论从 60 年代就已经开始剧烈动摇；另一方面，当代叙事作家正在探索的传统现实主义的替代选择并非只有寓言编纂。

我首先探讨后一个问题。斯科尔斯先生认为，今天，小说在自己一向狂热而又不稳定的历史上比任何时候都更加趋向于分裂，这种看法也许是正确的，但他在《寓言编纂者》一书中对小说现状下的结论是片面的。因为在他看来，经验和虚构的综合模式已经不值得再维持下去，他建议叙事应该充分利用虚构模式，他对此模式有着个人偏好，而且或多或少是排他的。但是，依据逻辑，叙事也可以往相反的方向发展——导向经验叙事，远离虚构。而这也是我们发现的正在发生的事实。

我相信，"非虚构小说（non-fiction novel）"这个术语为杜鲁门·卡波蒂（TrumanCapote）在描述自己的作品《冷血》（*In*

Cold Blood）时首创，这部小说描述了1959年发生在堪萨斯的一桩残忍的连环谋杀案。书中的每一个细节都是"真实的"，经过长期艰苦的调查发掘出来——比如，卡波蒂为了了解谋杀犯们的性格特征和人生背景，长时间在监狱里和这些杀人犯待在一起。然而《冷血》读起来还是像一部小说。作品的创作依然带着小说家对自己的构思的审美可能性、偶然性细节的启示和象征属性、结构上的完美与反讽对照的眼光。这部小说某些部分激起道德上的抗议——例如，人们指控书中对经验如此富于"文学性"的描绘令人痛苦地真实而直接，这种描绘冷酷而没有人性——就是这部作品坐跨在小说和新闻报道的传统边界之上的标志之一。

诺曼·梅勒的《夜幕下的大军》（*The Armies of the Night*）横跨在这一边界上的事实已经由它的副标题清晰地彰显："作为小说的历史——作为历史的小说。"这部小说描述发生在1967年反越战民众向五角大楼的进军，第一部（即"作为小说的历史"）是作者对此事件亲身经历的详细描述，从他最初不情愿地参加进军，经历了进军前夕众人在华盛顿大使剧院聚集的混乱场面——在那里，醉醺醺的梅勒坚持要掌控活动进程，这让大部分在场的人感到愤慨和尴尬——，到进军的最初阶段，梅勒的自求逮捕、坐牢、受审以及释放。用梅勒自己的话来讲，这部分"仅仅是一段私人历史，它在细节上极力忠实于作者的记忆"。梅勒用第三人称视角写自己，这使作品区别于直接的自传性叙事，从而在他复杂的人格上建立了一种反讽距离，这是书中主要亮点之一：

"让我们为他们唱首歌，小伙子们，"梅勒（在把被捕的示威者运往监狱的巴士上）喊叫着。他不能自已——他身体里的江湖骗子本性让他感觉自己正在扮演温斯顿·丘吉尔的角色。十分钟前，他还沉迷于关于四个老婆的冗长缓慢的思绪之中——现在再次拥有舞台,他觉得自己并非胆小怕事。"这可能吗?"他自己思量道,"我作为小说家荒废了二十年,而作为演员也一直潦倒了二十年?"

这种第三人称叙事方式带来的自我反讽,也允许梅勒用一种恶作剧般的坦率来描写其他进军参与者,比如德怀特·麦克唐纳(Dwight MacDonald)和罗伯特·洛威尔(Robert Lowell),这种坦率在传统自传中也许看上去是相当无礼的,同时也使梅勒可以沉溺于大量预言性的关于美国文化的概括,对这种概括,我们就像判断小说的"思想"一样,根据他们的合理性、修辞力量以及跟语境的相关性来判断,而不是根据较为严格的逻辑的、有据可查的标准来判断——比如说:

> 这个美国小镇已装不下膨胀了的自己,一次次向外蔓延,它的人民四处奔波,为政府卖命,通过在异国他乡的战争来找寻安全感。那些以往在小镇的风中传播着的噩梦如今随着喷火器顶端的喷嘴四处蔓延,现在没有关于野蛮人的贪欲、被屠杀的村子、血淋淋的战争的梦想了,没有了,也不再需要它们了。科技已经将疯狂从风中驱逐,将它驱逐出了阁楼,驱除出了所有失落的原始之地。人们要想找到它,就必须找到一个集狂热、暴力和机械为一体的地方,在拉斯维加斯,在赛车跑道上,在橄榄球比赛中,在黑人种族动乱中,在郊区的纵酒欢宴中——所有这些都不够——人们不得不在越南找到它;正是在那里,这个小镇找到了自己的刺激点。

要是将自由间接引语换成了传统文章中的陈述性现在时态,以上段落将大为不同。

要想对《夜幕下的大军》第二部的叙事原则进行描述就不太容易了，部分原因是梅勒本人对这个问题都有些困惑。在"作为历史的小说"开篇，他谈及"小说家……将他的接力棒交给了历史学家"的时候，他似乎意指第一部的叙事方式将会被转换成历史学的叙事方式，前者是詹姆斯小说式的从一个单一的、被限制的视角观察所有事件，后者则是收集和核对不同来源的资料，然后形成对一系列复杂事件的连贯叙述。

> 围绕进军五角大楼这一事件的大众媒体发布了海量的不实报道，它们会遮蔽历史学家的努力；我们的小说已经向我们提供了这种可能性，不，它甚至提供了观察事实的工具，以及可以想见的对事实研磨镜片般的研究。

我把这句话理解为，不论对作家还是我们读者而言，作品第一部对自我进行的研究揭示并清除了任何人类报告不可避免的偏见。因此，"小说"给予了"历史"一种独一无二的可靠性。但是，在第二部分的中途，梅勒放弃了这种主张。当他写到大批军人和游行示威者隔着"六英寸无人区"对阵时，他声称第二部"现在是作为一部小说合集的某种浓缩版展现在世人面前——这也就是承认，对五角大楼事件谜团的解释不能用历史的方法，——而只能依靠小说家的天分。"由此，梅勒要求得到使用生动的虚构来增强叙事力量的自由——比如说，他对军队拿到简报时的想象是这样的：

> "好了，各位，"少校说道，"我们的任务就是保卫五角大楼免受骚乱者的进攻，任何超出游行范围想要毁坏公物的行为必须制止，听明白了吗？重点是要记住，士兵们，外面那帮人难道不是行使宪法权利表达自己抗议的美国公民

吗——但是这并不意味着我们会让他们在咱们头上拉屎——宪法是一个有着循环论证（circular）的复杂文件，可以根据不同情况做出不同解释，这么说吧，我有弟兄此时此刻正落到了越南共产党的虎口里，我不愿意表达自己的抗议吗，不是，永远记得两件事——我们都知道外面那帮人也许带着炸弹或者爆破筒，但是你却要带着没有子弹的步枪去面对他们，所以感谢上帝你还有把 45 毫米口径的手枪。除此之外还要记住一件事——是他们先惹我们的，他们将后悔自己离开了纽约，除非你在我们冲上去逮捕他们时被杀。是的，先生们，你们不要被吓得屁滚尿流，以防跟在你们后面的人也惹得一身尿臊气。"

当然，这一段违背了现代历史学方法的规则（尽管这种规则在经典的历史编纂中是常见的），以此凸显小说家运用讽刺手法的天赋。[①]

从作者这方面来说，《夜幕下的大军》并不包含小说作为一种文学形式已经幻灭的意思：相反，它重申了小说作为一种探索和解读经验的模式的重要性。然而，像寓言编纂一样，非虚构小说常常和这种幻灭联系在一起。一个有说服力的例子就是年轻的英国作家 B. S. 约翰森（B. S. Johnson）的作品，他在小说《阿尔伯特·安其罗》（*Albert Angelo*）中十分明确地表明要跟传统小说分道扬镳。这部小说四分之三的内容都在讲述一个年轻建筑师的故事，他不能从事自己的专业工作，不得不在许多刻板的伦敦

[①] 与此相反的是，小说家约翰·赫塞（John Hersey）在《阿尔及尔汽车旅馆事件》（*The Algiers Motel Incident*）中对 1967 年发生在底特律的种族骚乱进行纪实性描写时，他感觉到自己不得不放弃作为小说家的特权："首先，需要不折不扣的说服力。这就意味着事件的描述不能似乎为无所不知的小说家无所不见的天眼所见证。不管为艺术还是效果见见，小说中哪怕出现一点对事物是否经过了改造，是否出于编造的怀疑，结果都将是灾难性的。书中不应该有'创造性重建'的存在。"

学校里做代课老师糊口。主人公是一个我们都很熟悉的英国式战后英雄，或者反英雄的形象：年轻，受挫，无阶级，略显叛逆，情场失意。尽管约翰森使用了许多实验性表现手法（以双栏形式同时展示对话进行时的思想活动，在书页上挖洞让读者看到即将发生的事情），但是小说的叙事读上去依旧像现实主义小说。接着，在第四章开头，让人震惊的事情发生了：

> 去他妈的骗子嘴脸我真正想要写的不是关于建筑的乱七八糟的东西我想要写的是关于我自己的写作尽管这称号很无用但我是我自己的英雄，我是我的第一个人物然后我想要通过建筑师阿尔伯特来说说自己可是不断掩盖掩盖遮盖假装假装我能通过他说些什么又有什么意义这就是我有兴趣说的任何事……

简单说来，约翰森开始暴露并摧毁他苦心经营的叙事虚构性，不断告诉我们故事背后"真实的"事实——比如说，他告诉我们小说中抛弃阿尔伯特的那个姑娘的真实姓名，在现实生活中其实是约翰森本人抛弃了这个姑娘。当然，读者不得不相信作者这部分在讲真话；但是就算有人怀疑这些，这个关于阿尔伯特的故事已被彻底剥离亨利·詹姆斯所谓的"权威"。这是一种为了达到真实和可靠效果而采用的极端策略，尽管它在书中出现得太晚，以致我们更多地将它看成是一种姿态而不是一种成就。作者炸掉了自己身后的虚构之桥后，在小说结尾站在事实的空地之上，不可一世而又不堪一击。在他随后的小说《拖网》(*Trawl*)和《不幸者》(*The Unfortunates*)中，他都保持着柏拉图式原教旨主义立场，认为"讲故事就是撒谎"，但同时又做形式实验，以使创作更接近生活。

比如说，《不幸者》将二十七个互不相关的篇章囊括进一个盒子。第一章和最后一章按序排列，但是其余的篇章任意排序，如果读者愿意，也可以进一步"洗牌"。根据护封上的内容简介，设计这种非传统的形式"是为了表现思维活动的随意性，而不在书中制造人为的连贯性"，但实际上这并非如此。在作品的**每一部分之内**，叙述者头脑中的感觉和联想的随意流动都被单词、从句和句子所模仿——一种乔伊斯式意识流技巧。这种随意性只是在时间上影响这种意识的叙事呈现。由于拒绝将其本身禁锢于任何一种选择，它清楚地表明，在呈现一个特定的事件序列时，作家拥有的选择几乎是无限的。然而，人类思维的特点却是这样——我们阅读时运用引人注目的第一部分的基调，在头脑中将书中的事件按照历时顺序进行排列；由此，被引入阅读体验的拼图或者说游戏元素就产生了这样的效果，即将书中痛苦的、私人的、"真实的"经验放置在一段审美距离之外，使它读起来更像小说而不是自传。考虑到作者之前声明过的写作意图，产生这种效果很有讽刺意味，但依我看也是很有利的。

我们可以从约翰森的作品轻易推断，对他来说，卸掉现实主义小说伟大传统重负所需要的努力是巨大的。但对于其处女作《停止时间》（*Stop-time*，1967）引起广泛注意的美国年轻作家弗兰克·康罗伊（Frank Conroy）来说，显然未做任何努力。稍早年代的年轻作家或许会将自己的成长经历加工为成长小说，但他仅仅写了自传（这种写作形式传统上被认为由老人或者名人所独享），但他写的却是一部自传，用约翰·梅勒意味深长的赞辞中的话来说，一部有着"小说毫不隐晦、毫不设防的直率"的自传。下面是一个标本式片段——作者关于父亲的回忆：

> 我努力把他看作神智正常的人，但我不得不承认他做过一些古怪的事情。当他被迫参加一个有益于治疗的疗养院舞会的时候，他用尿液梳理自己的头发，让自己表现得像个南

方绅士。他经常脱下自己的裤子并扔出窗外（我对此心怀秘而不宣的崇拜）。他可以眨眼间就在阿博菲奇服饰店花掉一千美元之后消失在西北部的旷野里成为一个户外活动爱好者。他也会十分焦虑地度过好几个星期来说服自己相信我命中注定会成为一个同性恋。而我当时只有六个月大。我也记得我八岁的时候去一家疗养院看望他。我们一起走过一个草坪坡地，然后他给我讲了个故事，那个故事我当时就知道是假的，故事说一个男人坐在一把嵌在公园长椅上的折叠小刀打开的刀刃上。（看在上帝的份上，他为什么要向自己八岁的儿子讲那样的一个故事？）

哈利·列维（Harry Levin）曾经在研究乔伊斯的书中评论说："现实主义小说的历史表明，小说有向自传发展的趋势。对小说家社交和精神方面细节的不断增长的需求，只能以作者本人的经历来满足。那些使他成为局外人的力量让他将观察聚焦于自身。"约翰森和康罗伊，也许会有人在这里将亨利·米勒［Henry Miller］作为这种非虚构小说形式的先驱而提及，将这条原则带到了其逻辑上的终结。如果对个人经验的重新加工不可避免地歪曲事实，如果作家不再觉得有必要或者有责任保护自己和他人的隐私，从这个角度来看，自传体小说的存在就是多余的。

斯科尔斯和凯洛格在《叙事的本质》一书中似乎认同这一观点：

> 如果一定要说出自传和自传体小说之间的差别，它并不存在于各自对于事实的忠实度，而是存在于它们各自感知和讲述事实的独创性。艺术正是存在于认识和讲述中，而不是在事实中。（p. 156）

最后一句话显然是正确的，但却模糊了一个要点，即自传体小说作者可以自由地改变、重新安排以及增添"事实"；而行使这种自由不仅为了保护个人隐私，也是为了保持文学的各种价值，比如说典型意义和形式上的连贯性。事实上，读者很少能够十分肯定地判断出自传或者自传体小说是不是"忠于事实"，但是读者与每一类作品签订了不同的"合同"，将不同的期待视野带进阅读经验之中。像《不幸者》和《停止时间》这样的作品，把两种不同的文体形式特质结合在一起，从而延迟了判断的过程并且使它变得复杂化；但是我认为，读者迟早会决定，把前者当成小说读，而把后者当成自传读。

人们可以从 B.S. 约翰森的作品中发现塞缪尔·贝克特以及其他的一些从事新小说写作的年轻作家的影响。然而在法国非虚构（non-fiction novel）实验中，被从小说中清除的虚构与其说是传统小说所鼓励的创造人物和情节的技巧，不如说是哲学上的"杜撰（fiction）"或者谬误，也就是说，宇宙易于受到人类阐释的影响。我们能够从阿兰·罗布-格里耶的理论著作中找到这个观点最纯粹的陈述。他的基本观点是，传统现实主义通过将人类的意义（human meanings）强加于现实从而扭曲现实。也就是说，我们在描述世界万事万物时，不愿意承认它们不过是**事物**而已，它们有自己存在的意义，与我们无关。我们为了安心而认定它们具有人类意义（meanings）或者"表意（signification）"属性。通过这种方式，我们在人和物之间建立起一种虚幻意义上的一致。

> 在文学领域这种一致性主要通过对类比或者类比关系的系统性探索来表达，……隐喻绝不是一种无辜的（innocent）修辞……不管对于类比词汇的选择有多么简单，它总是不仅限于对纯物理数据的描述……在宇宙和生活于其中的人类之间建立一种持久的、和谐一致的关系……整个文

学语言必须改变……视觉的（visual）或者描述性的形容词——满足于度量、定位、限制、定义的词——为未来的小说指出了一条困难但却最有可能的道路。①

现在，在非现实主义叙事（比如寓言）中，罗布-格里耶所反对的类比语言（the language of analogy）比在小说中得到更为精心的使用，可以说，由于亨利·詹姆斯所谓的"细节刻画的实在性（solidity of specification）"，它比过去所有形式的文学都更好地为"事物"彼此分离的世界增了光。然而罗布-格里耶正确地看到，现实主义小说中的精确描述假定了个别与共同现象世界之间一种有意义的联系；以他的观点来看，传统现实主义在利用这种联系的同时又对其进行**掩饰**——将隐喻意义偷偷输入表面上看来无辜的对家具、裙子、天气等事物的事实性描述——使其更具破坏性。

对于罗布-格里耶消除本人叙事中的类比牵连的努力，斯科尔斯在《寓言编纂者》中写道：

> 这并不能解决问题，所有的语言都是人类的产物，因此它会将自己触及的一切事物赋予人性。作者必须要么了解这一事实并且接受它作为自己作品的条件之一，要么转向跟电影一样的没有文字的艺术——正如罗布-格里耶已经几次十分明智地做过的那样。

我完全同意这段陈述的头一部分；但也正是因为这个原因，我无法认同斯科尔斯先生的论点（先前引述过的），他认为文学

---

① Quotations taken from *The Modern Tradition*, ed. Richard Ellmann and Charles Feidelson, 1965, pp. 361 ff.

上的现实主义"使语言从属于事物"。作为一种言语媒介，它做不到如此——它只是不断地将"事物"转化为"语言（words）"。也许它确实制造了一种使文字从属于事物的**假象**，这也许涉及利用文学的语言资源方面的某种限制。但是在罗布－格里耶或者（更尖锐的也更意味深长的）贝克特作品中对这种限制的极端实践并不是现实主义小说的规范，历史上，现实主义规范尽可能多地给了许多伟大的作家他们所需要的自由，用以发展自己所使用的媒介在表达上的可能性。我们很难因为简·奥斯汀或者乔治·艾略特或者福楼拜或者亨利·詹姆斯对现实主义的投入而认为他们的语言使用缺乏创造性。

同时，我也不相信，在人类的手中，摄影比语言更加中性，或者它会使文学现实主义成为多余之物。确实，罗布－格里耶本人求助于电影来定义"新现实主义"，并希望将它赋予小说；其他作家也以同样的精神求助于电影媒介。J. D. 塞林格的小说《祖伊》（*Zooey*）中的叙述者将整个故事描述为一部"单调的家庭录像"。多丽丝·莱辛的《金色笔记》——此书是作者努力调整、辨识、表达现实的痛苦记述——中的主要人物发现自己不断提到电影，来说明她在写作中寻找的那种完全真实的模仿品质；而她最终的、最令自己满意的对自己人生经历的洞察，却是以一种幻觉的形式出现的，在幻觉中，她似乎将自己的一生看成了一部自导自演的电影。然而，这些都是修辞策略——借助影视媒介以增强语言的交流力量。就是为了这个目的，电影被当成一种代表高度模仿的艺术。的确，它是一种代表高度模仿的艺术；但电影有电影语言，它和文字语言一样是"人类产品"，这已是老生常谈。电影有自己的规则、习惯和选择的可能性，艺术家和观众都必须学习它们，这使大量五花八门的效果成为可能，而这些效果没有一个是全然中立和客观的。事实上，当代电影和当代小说一样，向我们展示了大量的不同风格，从"非虚构"地下电影，比如《帝国大厦》（Empire State Building）或者关于人们的屁股的电影，到"虚构"的电影，比如斯坦利·库布里克（Stanley Kubrick）的《2001太空漫游》，戈达尔（Godard）的《周末》或者《黄色潜水艇》。

同样的情况也存在于当代剧院，在那里，一丝不苟地表现现实幻象的"佳构剧（well-made play）"（现实主义小说在戏剧中的对应物，从很多方面来说，它是小说形式占据文化上的主导地位的副产品）已经在很大程度上被实验作品所取代，而这些实验作品大致上是对叙事作品中的寓言编纂和非虚构小说的回应。一方面，我们有充分利用舞台表演人工性的戏剧，常常不受限制地进行虚构和想象，例如布莱希特（Brecht）、尤内斯库（Ionesco）、N.F.辛普森（N.F.Simpson），另一方面又有"舞台事实"剧［霍赫胡特（Hochhuth）、魏斯（Weiss）］，或者跟那些美国"生活舞台剧公司"（Living Theater Company）那样，力图打破将观众和演员隔离的形式传统，与此同时又使双方都投身于不受控制也不可预料的"偶发事件"。

确实，我们似乎身处史无前例的文化多元时期，它使各种艺术的多样形式同时蓬勃发展。尽管在很多情况下，这些形式在美学方面和认识论方面都是针锋相对的，但是没有一种形式成功占据主导地位。面对这种形势，批评家必须加快自己的步伐。当然，他并不需要赋予这些形式同等的喜爱，但是他必须避免犯下拿适用于一种形式的标准去评判另一种形式的错误。他需要的是斯科尔斯先生所谓"高超的文体辨识能力"。然而，对于从事创作的艺术家来讲，令人眼花缭乱的多种艺术形式呈现出来的各种问题没那么容易解决；我们也不必对许多当代小说家表现出来的极度不安全感、神经过敏、甚至偶尔的精神分裂倾向感到惊讶。

当今小说家的处境可以比作一个人站在十字路口。他（我想到的主要是英国小说家）站立的这条道路是现实主义小说，即虚构模式和经验模式的妥协之地。在 50 年代,人们十分相信它是英国小说的主要道路以及重要传统,它从维多利亚时代和爱德华七世时代一直延续下来,中途被现代派的实验主义短暂地引上岔道,但很快被〔奥威尔(George Orwell)、伊修伍德(Isherwood)、格林、依夫林·沃、鲍威尔(Powell)、安格斯·威尔逊(Angus Wilson)、C. P. 斯诺,艾米斯(Amis),艾伦·西利托(Alan Sillitoe),约翰·韦恩(John Wain)〕重新引回了自己的正途。然而,50 年代对现实主义小说狂热追捧的浪潮已经极大地减退了。原因首先是,那十年的小说赖以为生的新奇的社会经验,亦即资产阶级主导的阶级社会的分崩离析已不复存在。更为重要的是,"运动"背后的文学理论建设致命地薄弱。例如,C. P. 斯诺这样说道:

> 回顾往昔,我们就能发现"实验"小说是一个多么古怪的东西。首先,"实验"惊人地保持三十年一贯制。多萝西·理查森(Dorothy Rechardson)是一位伟大的开拓者,弗吉尼亚·伍尔夫和乔伊斯也是:但是从 1915 年《尖屋顶》(*Pointed Roof*)到 1945 年它的同类作品(大部分出自美国),这期间这类小说没有任何有意义的发展。事实上它也不可能有任何发展,因为其实质就是通过感觉瞬间表现无理性经验,这实际上丢弃了小说的--些方面,而正是这些方面使一种生机勃勃的传统得以传递。反思必须牺牲掉,道德意识和观察力也必须牺牲掉。这样的代价实在太大,因此"实验"小说……被饿死了,因为它对人类生活的摄取量实在太低。①

---

① *Sunday Times*, 27 December 1953. Quoted by Rabinovitz, *op. cit.*, p. 98.

或者如金斯利·艾米斯所说：

> 实验是英国小说生命线的观点很难消除。在这种语境下，不管结构上——多重视角以及诸如此类——还是文体上，"实验"常常被归结为"强加的怪异"；似乎创作题材或者态度以及语调方面的创新并不真的重要。句子中途变换场景，削减动词或者定冠词，你就会把自己置于最前沿，至少在那些深受乔伊斯和弗吉尼亚·伍尔夫影响并对近期发展有偏见的人看来如此。①

斯诺的评论简直跟文学史一样，没有避免成为最草率的分析（从《一个青年艺术家的肖像》到《芬尼根的守灵夜》没有发展？从《尖屋顶》到《喧哗与骚动》也没有任何发展？）。艾米斯的评论有某种讽刺的力量，有说服力，它瞄准的是较为脆弱的目标，但这种应时而兴的"有教养的实利主义"不可能无期限保持下去，即便艾米斯也不会，更别说其他人了。

人们还在继续创作现实主义小说——很容易忘记的是，英国出版的大多数小说仍然属于这一类别——但是对文学现实主义的美学前提和认识论前提的怀疑产生的压力如此之大，以致很多小说家不是自信地往前直行，而是至少会考虑一下十字路口伸出来的两条方向相反的岔路。这两条岔路一条通往非虚构小说，另一条就通往斯科尔斯先生所说的"寓言编纂"。

为了充实后一种类别，我们可以添加上《寓言编纂者》中讨论过的例子：君特·格拉斯，威廉·巴特勒，托马斯·品钦，莱昂纳德·科恩（《美丽的失败者》），苏珊·桑塔格（《死亡之匣》），以及安东尼·伯吉斯的一些小说，还包括一些忠实于现

---

① *Spectator*, 2 May 1958. Quoted by Rabinovitz, *op. cit.*, pp. 40–41.

实主义的小说家的单个作品，比如说索尔·贝娄的《雨王汉德森》，厄普代克的《半人马》，马拉默德的《天生好手》，安格斯·威尔逊的《动物园里的老人》（The Old Man at the Zoo），以及安德鲁·辛克莱（Andrew Sinclair）的《高格》（Gog）。这些叙事在很大程度上悬置现实主义的幻象，以便自由设计作品的罗曼司式情节，或者为了对意义进行毫不掩饰地寓言式操控，或者两种原因兼具。他们也倾向于从某种流行的文学或者亚文学形式中汲取灵感，在这些通俗文学形式中，对最基本的虚构（诸如奇迹，美梦成真，悬念）嗜好的唤起与满足，只是宽松地被现实主义原则控制着，尤其是在科幻小说、色情小说和惊险小说中。

在这三类小说中，科幻小说拥有最尊贵的血统，它可以追溯到乌托邦幻想、启示录预言，以及讽刺性奇幻作品，比如《格列佛游记》《老实人》《爱丽丝梦游仙境》和《埃瑞璜》（Erewhon）。正是这一传统使寓言编纂在现实主义小说占主导地位的时期存活，它也持续为那些想要试验一种更为"虚构化"叙事的小说家提供了最显而易见的工具。色情小说和惊险小说是次等艺术形式，人们对它较为小心翼翼，但是，在诸如对詹姆斯·邦德的狂热追捧（在这一追捧成为大众时尚之前，只是上流人士的时尚）这类现象中，它所拥有的对当代文学想象之魅力是不容忽略的。金斯利·艾米斯在这里似乎成为一个代表人物。他对弗莱明（Fleming）的吸收（参看《詹姆斯·邦德档案》）以及对科幻小说的热爱（参见《地狱新地图》）与他50年代采取的立场是很难取得一致的，作为小说家和批评家，作为传统现实主义文学的捍卫者都是如此，只有他表现出对寓言编纂的欲望（被他的文学"审查制度"所抑制的欲望），在不追求传统文学价值的领域寻找出口，他才跟他50年代的立场形成一致。他以罗伯特·马卡姆（Robert Markham）为笔名写的一本詹姆斯·邦德的小说《孙上校》(1968)就是一例：——作为一位现实主义小说家，向现实主义请个假，尝尝罗曼司的禁果，但并不献身于此项事业。(我希望，我没有必要赘述这一观点，即詹姆斯·邦德系列小说本质上是罗曼司，而其表面上的现实主义呈现——描述性场景，满嘴的名人名牌，各种科技知识的炫耀——并不能使那些不切实际的陈规俗套变得可信，不过为其添加了一种当代世故的注解，并有助于读者心甘情愿地暂时悬置怀疑而已。事实上，《孙上校》比大部分弗莱明小说更为现实主义（比如说，艾米斯的邦德更多地是凭借自己的智慧和运气得以逃生，而不像弗莱明的邦德那样依靠一些像中世纪罗曼司的魔法武器之类的小玩意儿），但也更无聊。这并不让人惊讶，因为这种小说形式显然秉承笃定的模仿精神，它要求艾米斯限制使用滑稽模仿和紧缩型（deflatiing）喜剧现实主义天然才能。安东尼·伯吉斯的《蓄意的颤慄》(*Tremor of Intent*, 1966)是一部向这种文类献礼的作品，它是更有娱乐性的精英之作，部分原因是因为它对邦德主题和动机的滑稽模仿性夸张。这是一部技巧精湛的作品，伯吉斯下决心要让它盖过弗莱明作品获得的每一种效果，并且成功达到目标：性更加露骨，暴力更加粗俗，上层社会更加奢华，情节的触发和逆转更加炫目、自然，风格也就生动、煽情得多。然而，从整体效果来看，这部作品一方面通过过度夸张来滑稽模仿邦德，一方面又追求某种真实、逼真感，并在两者之间摇摆不定。因此在书中某处，一个早熟的男孩为了拯救主人公必须射杀另一个人，但他之后立刻感受到强烈的厌恶："他走到角落并站在那里，就像一个淘气的男孩。他的肩膀上下起伏，就好像要把现代世界吐出来一样。"这幅令人震惊的画面显得过于严肃，是作品叙事所不具备的特征，它也只是起到了这样的作用：提醒我们这个人物要吐出来的并不是现代世界，而是关于现代世界的一幅怪诞的连环画。

我认为，在所谓对色情文学的"滑稽模仿"或者"讽刺"中，有一种类似的写作动机的含混和立场的不稳固，它给人一种印象，即在自诩的讽刺漫画或者文体上的精湛技巧展示的掩盖下，退化的或者堕落的奇幻想象受到纵容，比如说，《糖果》（1958）、史蒂芬·施内克（Stephen Schneck）的《夜班管理员》（*The Night Clerk*）、戈尔·维达尔（Gore Vidal）的《米拉·布来金里治》（*Myra Breckinridge*）（1968）。在这三部小说中，维达尔的小说固然是最复杂也是最多才多艺的一部，他不仅对色情文学而且对非虚构小说的法兰西变体进行了滑稽模仿和尖锐的评论——

> 没有什么东西跟其他事物是相似的。事物完全就是它们自己，它们并不需要阐释，只需要给予它们的完整性最低限度的尊重。墙上的记号是两英尺三英寸宽，四英尺八点零几英寸高。这样我还是没能做到完全准确。我必须写"零点几"是因为我不戴眼镜是看不到尺子上的小数字的，但是我从来不戴眼镜。

——这类观点斯科尔斯先生在维达尔之前就提出来了，他认为电影已经取代了文学的模仿的可能性：

> 如果仅仅因为1935年到1945年这十年间美国没有生产任何脱离时代的电影，泰勒对四十年代电影的细致研究就使他成为我们时代的重要思想家。在这十年中，人类（亦即美国人）所有的传奇故事都被搬上银幕，而对这些卓越的作品进行的任何深刻研究，都注定要清楚地解释人类状况。比如说，随便举个例子吧，约翰尼·韦斯穆勒（Johnny Weismuller）电影中健壮的泰山（Tarzan）向我们提供的，仍然是有关柔弱的人类与严酷的环境之间关系这一课题的终

极结论……正午攀爬在石灰岩悬崖上闪闪发光的硕大身躯解释了一切。奥登（W. H. Auden）曾经写了整整一首诗来赞美石灰岩，①他没有意识到，《泰山和女战士》（Tarzan and the Amazons）（1945）上千幅电影画面中的任何一幅都出现在它的诗之前，并且使他的努力显得无关痛痒。

《米拉·布来金里治》是一部出色但却又枯燥和绝望的作品，维达尔本人极度蔑视当代先锋派以及培育了此派的文化大气候——"后古登堡时代，前预言时代"，但从这部作品来看，维达尔本人似乎已经放弃了积极抵制这两者当中任何一个的努力，只是玩世不恭地在最肆无忌惮地走极端方面跟它们一决高下。

我们确实有足够的理由不去热情地期盼小说消失并被非虚构小说或者寓言编纂取而代之。尤其是对那些想象力已经受到过去那些伟大的现实主义作家滋养的人来说，这两条岔路似乎很容易将他们引到沙漠或者泥沼——弄巧成拙的陈词滥调或者无节制的自我放纵。但是，就像我已经指出的那样，巨大的阻碍使人们无法继续风平浪静地走虚构现实主义之路。任何有点自觉意识的小说家，站在十字路口至少会犹豫一下；而许多小说家在面对两难处境时采取的解决方案就是**把自己的犹豫写进小说**。在小说、非虚构小说、寓言编纂之外，我们必须加上第四种类型：那种采用这些类型中的一种以上模式但又不完全投身其中任何一种模式的小说，它是关于自己的小说，是诡计小说，游戏小说，迷局小说，它引导读者（那些天真的、希望能够被告知该去相信什么的读者）穿过充斥着幻象和骗局、哈哈镜、出其不意在脚下打开的陷阱之门的集市，最终没有留给他们任何简单的或者确定的信息和意义，留给他们的只有艺术与生活关系的悖论。

---

① 见奥登，《石灰岩颂》（The Praise of Limestone）（1948）。——译者注。

我将把这类小说称为"问题小说",它和非虚构小说以及寓言编纂显然有着密切联系,但恰好因为两者都发挥了作用,它依然是独特的。比如说,斯科尔斯先生的寓言编纂者们跟读者玩戏法,暴露自己的虚构机制,戏弄审美悖论,其目的就是摆脱严格的现实主义清规戒律,使自己获得虚构和操控的自由。然而,在我所考虑的这种小说中,现实原则绝不会完全消失——它的确经常被非虚构小说精神所调用,用来暴露传统现实主义幻象的人为性质。寓言编纂者对"现实"不耐烦,非虚构小说家对"虚构"不耐烦,而我所谈论的这种小说家则保持对两者的忠实,但缺少正统小说家对将两者调和的可能性的信心。在某种意义上,他使这一使命的困难性成为小说的主题。

这类小说的鼻祖是《项狄传》(*Tristram Shandy*)(1759—1767)——这也就是说,我们承认我们并不是在谈论一个全新的现象。但是一个有重要意义的事实是,我们很难在18、19世纪找到和《项狄传》匹敌的作品(除去那些苍白无力的模仿之作),而18、19世纪是现实主义小说发展成熟的时期,但我们不难在现代文学中找到与《项狄传》类似的作品。以J. D. 塞林格的格拉斯(Glass)家族故事为例。当我们把那些故事和《项狄传》进行比较时,两位作家的作品在本质上的相似性让人大为惊讶:作品主要由一个叙述者(不过这个叙述者和事实上的、历史上的作者有着某种显而易见但却带有调侃意味的相似之处)忠实地、详尽地记录对一个极其古怪的家庭的回顾和赞颂,叙述者就是家庭成员之一,其叙述内容主要是对家庭生活的观察,带着对说话方式、语言习惯和姿势细节的极度关注,他部分地依靠其他家庭成员来提供有关自己的信息,以混合着追忆与重现的反复无常、喋喋不休、离题万里的语流直接跟读者交谈,随意评说自己事业的艰辛,整个行文中将个人环境的描述混入作品叙事。在我看来,塞林格的故事似乎受到了越来越多的冷待,因为人们一直对它们作为一门新宗教的虚伪的福音书的表面价值做过多的解读，而忽略了它们文学上的实验。尽管这个特质与《项狄传》相比没有那么明显，但是当读者按照作品的各部分的顺序通读的时候，还是相当清楚的。于是，随着对格拉斯家庭的记录越来越效仿现实的杂乱无章和随意，随着叙述者（巴蒂·格拉斯）的语气越来越私人化、独特、非文学化——简而言之，就是当作者开始越来越在有关"真实"人物的奇闻轶事层面挑起我们兴趣的时候，我们一定会发现，微妙地增长着的、十分不同寻常的、客观上不可能而且事实上也不合理的信息是如何被传达的。因此，在《木匠们，把屋梁升高》(Raise High the Roofbeam, Carpenters)（1955）中，根据描述，弗兰尼·格拉斯记得在她十个月大的时候她的哥哥西摩（家族权威）给她读书的事，西摩则在日记中记录了触摸到一些东西之后长红疹子的经历。在《西摩序曲》(Seymour: An Introduction)（1959）中，巴蒂向我们讲述了他是如何通过把"一本看上去毫无害处的布莱克抒情诗集放在上衣口袋里"来缓解胸膜炎疼痛的，他还声称，从自己童年起一直到三十岁，他每天读书的字数几乎不低于两万字，经常是四万字。换句话说，随着这一家族系列小说的叙事风格越来越倾向于非虚构叙事风格，其内容则变得越来越多地出自虚构。在项狄家族怪诞的强迫观念和怪癖与特里斯舛对它们进行的一丝不苟的、现实主义式细致入微的描述之间，也存在着相似的张力。在这两个案例中，叙事小说的常规都遭到叙述者自己的揭示和暗中破坏，而读者对书中所述故事采取的立场的稳固性总是受到威胁。

　　事实上，之所以成为"问题小说"，是由于作者本人把他对其写作意图的未决性质（problematic nature）的感觉转移进了小说（这种转移要么是幽默的，要么极其严肃），他通过将小说创作所提出的美学和哲学问题直接形象化地体现在叙事中，以图让读者分享这些问题。我十分乐意把这类小说扩大到足够大的范围，将纪德的《伪钞制造者》、弗莱恩·奥布莱恩的《双鸟戏水》(*At Swim Twobirds*)、纳博科夫的《微暗的火》、萨特的《恶心》、博尔赫斯的迷宫一样复杂的寓言、沃的《吉尔伯特·潘福德的磨难》(*The Ordeal of Gilbert Pinford*)、金斯利·艾米斯的《我喜欢它在这儿办》、穆丽尔·斯巴克的《劝慰者》(*The Comforter*) 以及多丽丝·莱辛的《金色笔记》囊括在内。读者们当然可以想到其他一些例子，就算他们想到的例子不是彻头彻尾的问题小说，但至少具备问题小说的某些特征。正如伊丽莎白·哈德维克 (Elizabeth Hardwick) 最近写到的那样：

> 很多出色的小说表现出对形式的恐慌。从哪里开始到哪里结束，说多少让人相信的话开多少玩笑，制造多少悬疑；如何把偶发事件和精心设计的事件及后果结合……作者的倾向性是承认操作和设计，在想象的场景里充分利用作者的身份行为。①

问题小说的一个十分"纯粹"的范本是 1968 年发表于英国的《未发现的国度》(*The Undiscovered Country*)，我认为这部小说应该获得比现在大众给予它的更密切的关注。可以确定的是，它虽然算不上一部被忽略的杰作，但对于我们理解十字路口的当代小说家（尤其是英国小说家）的处境来说，它是一个十分具有代表性的，也极其有趣的范例。确实，朱利安·米切尔 (Julian Mitchell) 的这部小说触及到了本文所探讨的所有问题和话题，正因为如此，我想较为详细地探讨一下这部小说。

---

① "Reflections on Fiction," *New York Review of Books*, 13 February 1969, pp. 15 – 16. This article has a good deal of ground in common with the present essay, which was half-completed when the former appeared.

如果我提出米切尔先生是我们所能找到的最"典型"的战后英国作家的话，希望不会冒犯他。也许，要有十足的代表性，他应该去上一所好的文法学校而不是普通公立学校，他应该拿到牛津的英文优等学历而不是历史学学历；不过大学毕业后他的职业生涯就是十分常见的了——做学术研究，拿研究奖金去美国，决定成为一名自由作家，靠写评论、做播音员、写电影剧本为生，居住在切尔西。（讨论米切尔先生私人生活的原因稍后就会显而易见）带着同时代作家所具有的早熟，他25岁发表了自己的第一部小说《幻想的玩具》（Imaginary Toys），随后发表了另外五部小说。除去最近的小说（《未发现的国度》），这些小说都是相当传统的现实主义作品，描述了他从生活经验中了解的那种生活——中产阶级的生活〔《令人不安的影响》（A Disturbing Influence，1962）〕、大学生活〔《幻想的玩具》（Imaginary Toys）〕、英国人在美国的生活〔《能走多远走多远》（As Far As You Can Go，1963）〕、伦敦"场景"〔《白色父亲》（The White Father，1964）〕。这些都是上乘之作，技艺精良，极具才智和观察力，而且在大范围内获得英国评论家的好评。同时，以严苛的文学价值评价尺度衡量，如作者本人在《未发现的国度》中所坦陈的那样，这些小说都只是二流小说。

"二流（minor）"成为一种表示蔑视的称呼是毫无道理的。经验告诉我们，能够出版的作品中仅有少于百分之一的作品可能成为"一流（major）"作品，因此成为一个好的二流作家并不是什么不体面的抱负，也不是平庸的成就。伊夫林·沃在《吉尔伯特·潘福德的磨难》中就表达了这样的观点（可以说，沃将二流小说推到了完美的顶峰）：

> 也许在接下来的一百年中，今天的英国小说家会像我们所推崇那些十八世纪晚期的艺术家和匠人一样被人们推崇。

那些非凡的原创者消失了，在他们的位置上，生存着并谦逊地活跃着因其优雅和多样的创造才能而著称的一代人。

然而，在沃所处的时代，小说基本上还享有这样的地位：当代经验最敏锐的艺术表现形式。他是在那个时代学习和实践了他的写作技艺。而现在，不仅小说，所有书写文字的地位都受到其他媒体形式的争夺，在这样的时代，作者很容易认为，只有取得一流成就才能为继续写下去找到合法理由。美国作家受到的教养就是要追寻"伟大的美国小说"（Great American Novel）圣杯，对他们来说，有这样的抱负是自然的，结果，美国小说也许就有比成功的二流小说更多的失败的一流小说。但是对当代英国小说家而言，由于受自己国家日渐萎缩的实力和不断衰落的国际地位的影响，以及受到那种心理上的防御机制——反讽，谦虚，犬儒主义，"常识"——的影响，我们已经适应那种环境，所以，这样的野心并不会轻易产生，英国小说家最有可能接近那种野心的进取心，也许是将多部二流小说连串成一部大河小说。

的确，在 50 年代，缺乏野心成为"愤怒的青年"文学运动的一部分。"这将变得引人注目，"金斯利·艾米斯在给《观察家报》做小说评论期间写道，"相对于没有野心的小说家，我更讨厌那些野心勃勃的小说家。"[①] 这样的态度对于清除文学界的自命不凡是有用的，它显然也可以很快地降低为对平庸的辩护。因此，英国当代小说家会感到自己正徘徊在两个世界之间，一个世界已经失落，另一个却无力脱颖而出。现实主义小说的伟大传统，或者由詹姆斯、康拉德、福斯特、乔伊斯、曼、普鲁斯特等作家对其所进行的早期现代主义发展的丰富性正在受到文学批评产业肆无忌惮的破坏，它们早晚有一天会让英国当代小说家对美

[①] *Spectator*, 19 November 1954. Quoted by Rabinovitz, *op. cit.*, p. 40.

学的捉襟见肘感到不满，可是任何替代品都显得虚伪、自命不凡、"做作"。用形式的或者技术性的术语来说，这导致对"精心打造"的现实主义小说之文学规范的无法忍受，同时又无力将自己全身心投入到任何一种极端选择，比如寓言编纂或者非虚构小说。

我怀疑，某些此类症状就隐藏在《未发现的国度》之后。这本书分为两部。第一部是以作者本人即朱利安·米切尔的口吻写的回忆录，纪念自己的朋友查尔斯·汉弗莱斯，后者是一个兼具天赋和魅力但却任性而善变的人。我们得知作者和查尔斯的友谊形成于学前教育时期，尽管查尔斯在职业、意识形态、性、生活方式等方面进行了各种疯狂的实验，但这份友谊还是不甚牢靠地一直存活到了两人的成人时期。朱利安·米切尔对这些实验的大部分都持反对态度，但与此同时，他总感觉到一种荒谬的罪恶感和责任感，似乎在很多关键时刻自己并没有全身心投入到和查尔斯的友谊中，而这一点在某种程度上让查尔斯感到失望。查尔斯变得越来越神经质，也越来越不开心，最终在1965年自杀，留下了一部小说，一部断断续续的、题为《新萨蒂利孔》（*The New Satyricon*）的讽刺奇幻故事。那部小说，加上朱利安·米切尔给它写的序言和评注，呈现在《未发现的国度》第二部。

这种写作结构一直在用这样一个问题——查尔斯·汉弗莱斯是否虚构人物——不断挑逗读者（这也是问题小说的特征）。普通读者很可能带着查尔斯是虚构人物的假定开始阅读小说，因为无论如何，朱利安·米切尔是小说家，他有把一部虚构小说伪装成真实回忆录的想法不足为奇。但是米切尔想尽一切办法劝服我们，让我们相信第一部是纪实文档。关于朱利安·米切尔本人生活的所有细节（这部分写他自己和写查尔斯·汉弗莱斯一样多）都是真实的：它们跟书本封套上印着的作者生平简介是一致的，而且和读者恰好得知的关于作者生活的其他一些细节相吻合——

比如，1962 年他为《星期日泰晤士报》所做的书评：

> 我离开牛津回到伦敦，在圣约翰伍德区奥利维亚·曼宁的房子里租了一间地下室。由于某种巧合，我们都在为星期日泰晤士报写小说评论，每隔一周做一次的样子。这种巧合让人相信真的有串通评论。

随口说出奥利维亚·曼宁这样的名字——那是一些读者可能会听说过的真实人物的名字，提到他们的私人生活而不是公众生活，这一点在第一部里得到很充分的利用，因为它远远超越了虚构性回忆录的普通惯例，在很大程度上有助于营造小说的纪实报道效果。它用流畅但相当枯燥和单调的散文写成，其事实上的精确先于文学气氛和优雅得体的表达；这跟朱利安·米切尔的小说划清了界限，这种切割通过两种方式达成，一是通过明确声明：

> 这太难写了。查尔斯已经死了。我是个二流小说家，我原原本本地讲述事实。我就是自己书中的一个人物……

二是提及他那些小说是如何创作的，以此强调它们对本回忆录中如实报道的人物经历所做的虚构处理：

> 曾经读过一部叫作《能走多远走多远》的小说的读者，若发现书里一个叫艾迪·约翰森的人物在某种程度上是根据查尔斯虚构的，不会感到惊讶……

或早或晚，读者很有可能会做出判断，他在开始读《未发现的国度》时带着读小说的期待是正确的。他会注意到，大量验证小说的叙述者，即朱利安·米切尔其人真实性的细节，并不能以同样的逻辑用在查尔斯·汉弗莱斯身上；他也会注意到，尽管朱利安·米切尔做了最大的努力，但是查尔斯突然出现在他生活里的方式已经在使他们周围出现一股明白无误的虚构经营和巧合的味道。然而，要点在于，读者从来不被允许舒适地停留在这样的假定当中：对他来说，作品对小说常规的背离过于执着，以致他不能完全排除它也许完全属实的可能性（这也是我之前写作品概述时使用过去时的原因，如果按写小说梗概的惯常做法使用现在时，就会在一开始露出马脚）。因此，《未发现的国度》第一部是一种非虚构小说——一种尽其所能将自己伪装成事实的小说，这种伪装一部分是通过混入大量未经修饰的事实实施的。

第二部完全相反，它是沉迷于其虚构的小说，拥有想象、变形的机会，具有因抛弃现实的假象以及现实主义小说的一致性、持续性、精细性和历史真实性等属性而提供的文体上的丰富性。总而言之，第二部是寓言编纂。尽管文学史家认为佩特洛尼乌斯（Gaius Petronius Arbiter，c. 27 – 66 AD）的《萨蒂利孔》（*Satyricon*）是现实主义散文小说最早也是最为罕见的代表作，也是这类小说的鼻祖，但汉弗莱斯的《新萨蒂利孔》是一个奇幻故事，它只是模仿了佩特洛尼乌斯经典作品的碎片式结构和讽刺性主题。这个故事随着叙述者亨利到达某个想象中的、未确切说明的国家的机场开始。他住进一家酒店但进错了房间，打断了一个叫作"恩科尔普人"（Encolpians）的团体正在进行的某种奇怪的仪式。这个团体致力于探索新的性交姿势从而提升性爱乐趣。亨利可以说是这个领域的大师级人物，大家当然欢迎他加入这个团队。与此同时，当亨利第二次瞥了一眼那个美丽的造物（性别不确定）的身形时，他爱上了他或者她。就这样，剩余的故事就是读者跟随主人公对这个模糊不清的爱情对象的追寻，他穿过硕大的酒店的许多房间和走廊，而这个酒店的角色就像《羊孩贾尔斯》中的大学，是整个现代世界的缩影。如此，冷战被呈现为酒店管理层和厨房员工之间的冲突，肯尼迪的遇刺被表现为（但并不是刻意追求类似的一致性）这个酒店所在国家国王的死亡。亨利追寻自己的爱人或者躲避酒店里粗暴的房客时，跌跌撞撞地闯入一些房间，在这些房间里，各种活动正在举行，这些活动构成了对当代文化各个方面的滑稽模仿和讽刺：流行音乐、荒诞派戏剧、詹姆斯·邦德、文学学术批评、"新派"基督教、精神分析、色情文学等等。亨利被变成一个女人，落入了一大帮激进女同性恋者手里，他只能在讲了一个神秘莫测的关于鸭子的故事把她们全哄睡之后逃之夭夭；但是他很快就被恩科尔普人抓住并且遭到强奸。这次历险之后，亨利又经历了一场变形，他变成了一个双性人。他同为双性人的情人把他从酒店的顶层带到了下层，这次的下降模仿了久负盛名的文学原型，反映故事中道德环境的蜕变和对叙述者本人灵魂更加隐秘的探究。亨利使用特里斯舛式的风格讲述自己的出生。在一个古怪而又做作的美食家宴会上，他听到了一个似乎是自己父亲的人发表的关于欠发达国家问题的麻木不仁的演讲，同时，他也为自己的情人与自己父亲、母亲以及自己的孪生同胞拥有相似之处而感到十分困惑。稍后，在被某个共产主义法庭进行了一通审判之后，他被要求去为一场婚礼服务，最后却发现新娘正是他的情人，他还被自己的父亲出卖给恩科尔普人的头人。主持婚礼的牧师发表的愤世嫉俗的反布道（anti-sermon）言论让亨利寻找人生意义的绝望陷入危机。由于新娘认出亨利并且逃跑，导致婚礼中断，亨利追着新娘来到了酒店地下室的土耳其浴室，被弄瞎了眼睛并被另外一个女人所引诱。《新萨蒂利孔》以亨利的死亡结束，他的死亡以两种形式同步展示——纳粹毒气室里的死亡以及被自己的父亲杀害用于祭祀（模仿亚伯拉罕和以撒模式）。

从故事梗概来看，《新萨蒂利孔》显然包含斯科尔斯先生所定义的关于寓言编纂的大部分要素。它和《羊孩贾尔斯》的一致之处也令人惊讶（也许这也只是巧合）。我们在这两部作品中都找到了一种非现实主义模式的混合——寓言、罗曼司、滑稽模仿、超现实主义，这种混合被应用于流浪汉小说式的追寻故事中，这种追寻包括对知识、身份、以及与爱人团聚的寻求。然而，相较于《羊孩贾尔斯》，《新萨蒂利孔》是十分肤浅和缺乏笃定气质的。这就把我们带回第一部中关于文学，尤其是关于小说的某些探讨。

在这些探讨当中，朱利安·米切尔维护了相当正统的美学立场（关于小说，他的观点本质上是亨利·詹姆斯式的），他反驳了查尔斯从各个角度发起的颠覆性进攻。如此，米切尔的观点与汉弗莱斯的萨特式存在主义观点形成对立，米切尔认为，在成功的小说中，就像在所有被完全认可的艺术当中一样，对原始经验材料进行的形式编排赋予了小说超越时间的普遍价值；而汉弗莱斯的观点却是，"一部小说的价值由它贡献的乐趣和是否有助于对生产它的社会的理解来决定"。在另外一个场合，汉弗莱斯指责米切尔在写作中采用非人格化写作方式来逃避对自我进行诚实但却痛苦的审视。"所有你那些冒牌的古典主义、超然、非人格化，甚至是你作品的该死的优雅风格——哦，没错，令人压抑的优雅——整个就是防御。你画地为牢。"的确，汉弗莱斯被允许对米切尔的作品进行某些严厉的批评，指责米切尔的软弱（weakness），而这种软弱常常被人，比如说，拉宾诺维茨（Rabinovitz）先生归结为作为团体的一代英国小说家的属性——他们缺乏野心，害怕暴露自己，他们生活其中的近亲繁殖的文学环境将他们与"现实生活"隔绝，在朝生暮死的新闻业或者大众媒体的其他行业虚耗精力，等等。最终，这些攻击刺激了米切尔，他向汉弗莱斯发起挑战，让他自己来写点什么。"任何一个该死的傻子都会批判他人"，《新萨蒂利孔》就是挑战的结果。

《新萨蒂利孔》与"朱利安·米切尔"创作的小说迥然有别，而且在《未发现的国度》的内部修辞范围内，它似乎代表了朱利安·米切尔无力创作的那种小说类型，进而使他自己坚定了对自己作品的幻灭之感，他说："面前的这本书让我觉得，我不大可能再去花那么长的时间写一本自己的书了。"当然，朱利安·米切尔已经写出了《新萨蒂利孔》，如果这本书获得巨大成功，它的影响将会是积极和富有解放意义的，也会成为作者事业发展中令人激动的新篇章。事实上，《新萨蒂利孔》并没有取得巨大成功，而且（我希望）它注定不会获得成功。我说"我希望"是因为朱利安·米切尔对于查尔斯·汉弗莱斯小说的评论引起了关于小说论调和反响（tone and response）的巨大的、也许无法解决的问题。只要我们接受米切尔和汉弗莱斯是两个单独的、真实存在的个体这一前提，米切尔对汉弗莱斯小说的赞扬就是可以接受的，也是自然而然的。但是只要读者相信或者怀疑这两个人是一个人或者同一个人，他就会认为这些赞扬其实是自我吹捧进而心生厌恶。米切尔指出《新萨蒂利孔》的弱点，这也不能完全解决问题，因为这种批评的影响是难以确定的。

总而言之，我倾向于认为，尽管朱利安·米切尔也许希望我们比现在更推崇《新萨蒂利孔》，但是他并没有把它作为一个完全成功的作品提供给我们，他对它所做的批评向我们解释了他作为正统小说家对寓言编纂持保留意见的原因。《新萨蒂利孔》的主题似乎是对现代文明的"堕落感"进行批判，在这种"堕落感"中，真理和现实都被理性化（rationalization）或者唯美主义持续规避。但这也正是寓言编纂文学模式——当然也包括《新萨蒂利孔》——最易遭受的那种反对。正如米切尔在引言中所说的那样，《新萨蒂利孔》并没有真正完成汉弗莱斯本人的文学理论：

我们曾经大量探讨关于艺术与生活、现实与虚构之间的关系，查尔斯总是挖苦讽刺小说家们"毫无羞耻的谎言"。通过将作者从作品中移除从而产生现实主义假象，我曾为此辩护，但查尔斯说，作家能做的唯一诚实的事情就是通过小说或者在小说中展现自己……他为《新萨蒂利孔》所选择的写作模式当然就是把叙述者稳稳当当地放在了读者和叙事之间……十分奇怪的是，对我而言，这种模式并没有把我认为我所知道的查尔斯展现出来；与其说它是进攻性的，不如说它是防御性的。但这也许是有意为之，不过是充斥小说的反双重欺骗（counter-double-bluffing）的一部分而已。

当然，以上陈述本身就可能是一种欺骗，因为米切尔同时既是《新萨蒂利孔》的作者又是它的评论者。

在《未发现的国度》的第一部，查尔斯·汉弗莱斯对朱利安·米切尔进行了毫不客气的评论，他说"但是他是我的朋友，另一个我，我的二重之身，我的秘密分享者"，这句话是一个关于前者身份的线索，一条没有在书中披露的信息证实了这个线索——也就是说，作者的全名是查尔斯·朱利安·汉弗莱斯·米切尔。查尔斯似乎代表了作者性格中被隐藏的一面，这一面被根据符合美学原则的社会的或者道德的原则否认和压制，而正是根据那些原则，米切尔写出了最早的五部小说。通过对查尔斯的描写和他的书，作者对这隐藏的一面进行了一些展示，但是是以一种精心限制和保护的方式来展示的。《未发现的国度》没有对自己面对的冲突提出解决方案。从文学意义上来说，为了支持两个完全相反的写作模式——第一部中的非虚构小说和第二部分的寓言编纂类小说，作者放弃了对介于事实与虚构之间的现实主义的妥协，但是所有的反双重欺骗都不能泯灭两者均不令人满意的事实。

因此，尽管从整体效果来看，《未发现的国度》从某种程度上来说是一部消极的，失败主义的作品，但我认为我们不必把它对传统小说的幻灭感太当回事。问题小说通常不是告别辞，并不意味着作者将要放弃自己的写作生涯。它们多半起到一种净化或者祛魅的作用：作家生活中和/或工作中的问题积累到一定的程度造成"笔涩"的威胁时，作家只有立刻处理它们才能把自己解放出来——这之后，他经常可以重获信心继续前进。

这就可以让我得出结论，这个结论是对现实主义小说未来信心的适度肯定。从某种程度上说，这是将个人偏好合理化。我喜爱现实主义小说，我自己也倾向于写作现实主义小说。精心制定的、统管现实主义小说创作的文学规范——比如说，与历史的一致性，坚定不移的具体、明晰风格，等等——对很多上文讨论过的作家来讲似乎是制约，是不可捉摸的，或者繁复的，但在我看来是（至少它们是能够成为）有价值的准则和力量的源泉。诗歌有韵律和诗节形式规范，它们防止诗人将即刻想到的东西随心所欲地说出来，使他专注于声音和意义的辛苦推敲，如果他足够机敏，这种推敲便产生优于即兴表达的诗章，同理，现实主义小说的创作规则使叙事作品的作者避免想到什么故事就随手写出什么故事，这种故事很可能不是自传就是奇幻作品，而创作规则会促使作者关注自己构思的多种可能性，从而使他获得对他所要讲的故事的新的、不可预知的发现。在小说中，个人经历必须经过探索和蜕变，直到它能够独立于现实来源而获得真实性和说服力；与此同时，使探索和蜕变得以完成的虚构性想象本身要符合准确、逼真的经验主义标准。调和这两种对立要求从本质上说是修辞学问题，要成功解决需要极好的语言学才智和技巧。（当然，我不是在否认寓言编纂和自传体或者非虚构小说有自己的内在规范和挑战，我只是试图定义现实主义小说的规范和挑战。）

如果为现实主义的辩护有其思想意识内核，那就是自由主义。妥协美学原则自然伴随着妥协的思想意识，这两者在当今时代都面临着压力并不是一个巧合。非虚构小说和寓言编纂是**极端的**小说形式，它们的动力来自对我们栖居其中的世界的极端反应——《夜幕下的大军》和《羊孩贾尔斯》都是末世想象的产物。隐藏在这些实验背后的假设，就是我们的"现实"太反常、太可怕、太荒谬了，以致传统现实主义的模仿手法已不敷使用。① 当生活本身显得虚幻，还小心翼翼地写作虚构生活的小说便毫无意义。有趣的是，萨德侯爵（Marquis de Sade）曾经使用这一观点，他在法国大革命期间用它来解释哥特小说，同时暗示自己的色情小说对哥特小说做出的贡献。② 艺术再也不能在同等条件下和生活竞争，通过个别来表现一般了。可供选择的要么是个别——"如实描述"，要么是完全放弃历史，建构纯粹的虚构，以感性的或者隐喻的方式反映当代经验的嘈杂。

对这个问题，现实主义的，也是自由主义的回答一定是这样的，虽然当代经验的很多方面都激发一种极端的、末世的反应，但我们大部分人都认为（assumption）现实主义所模仿的现实实际上是存在的，并据此继续过着我们的大部分生活。从哲学意义上来说，历史可能是一种虚构，但如果是我们错过火车或者某人发动了一场战争，我们就不会这么觉得了。我们意识到自己是独特的、真实存在的个体，依靠某种共有的设想和交流方式共同居住在社会中；我们意识到不管大事还是小事都会决定我们的身份认同感、快乐和悲伤；我们力图以个体或者集体的方式调整自己

---

① 参见开篇诺曼·梅勒引文。尽管我将梅勒作为非虚构小说的代表，他在《迈阿密和芝加哥之围》（*Miami and the Siege of Chicago*, 1968）中延续了这种风格，但后来写了小说《美国梦》（*American Dream*, 1965）和《我们为什么在越南》（*Why Are We in Vietnam*? 1967），其风格偏向相反的方向：寓言编纂。

② See Mario Praz's Introduction to the Penguin *Three Gothic Novels* (1968), p. 14.

的生活，使之适应某种秩序或者价值系统，但是我们知道，这种秩序或者价值系统总是受偶然性和意外事件的支配。这就是现实主义所模仿的现实感；看起来只要这种现实感存在，现实主义的这种模仿就会继续存在。

乔治·奥威尔于二战初期的1939年写过一篇评论小说的论文，其中表达了他对小说未来的诸多疑虑。在"鲸鱼腹中"（Inside the Whale）里，他说小说无可摆脱地和自由主义的个人主义捆绑在一起，而在他所预见的独裁集权的时代小说将无法存活。在表达对亨利·米勒的《北回归线》的欣赏时，奥威尔似乎认可忏悔性的非虚构小说是唯一可行的替代选择（"进入鲸鱼腹中……将自己交给世界进程，停止和它搏斗，也别假装你控制着它，只是接受它，忍受它，记录它。这似乎是任何一个敏锐的作家都乐意接受的妙方"）。但是，奥威尔的预言是不正确的。在大战之后不久，英国出现了现实主义小说的显著复兴，这场复兴的部分灵感来自奥威尔创作于三十年代的小说；尽管这些小说没有一部是真正的一流小说，但它们并不是不值一提的作品。许多极具天赋的美国战后小说家——比如说，约翰·厄普代克，索尔·贝娄，伯纳德·马拉穆德（Bernard Malamud）以及菲利普·罗斯，在很大程度上都是依现实主义小说常规写作。现在为小说举办葬礼跟1939年一样为时尚早。

什么是文学

迟 欣 译 罗贻荣 校

【来源】

What is Literature? 选自戴维·洛奇著作《现代写作模式》，*The Modes of Modern Writing: Metaphor, Metonymy, and the Typology of Modern Literature*, Edward Arnold, 1979 (reprint), London, pp. 1 – 9, 70 – 71. 该书首次出版于 1977 年。

【概要】

本文分析了形成对立的两类文学定义，指出各自的合理成分和缺陷；提出需要建立一种新的文学话语类型学，借此既能区分文学话语和非文学话语，也能克服文学理论中模仿论和审美论两种派别厚此薄彼、水火不容的倾向，更重要的是，这种话语类型学将使传统批评所忽略的散文小说进入诗学的范畴。现存两类文学定义都不能单独成立。捷克结构主义的"前景化"理论有望为一种"综合"理论提供基础。本文援引穆卡洛夫斯基的"扭曲"说和雅各布森的诗学理论（语言的诗性功能是"因为自身原因而指向信息"），并结合韩茹凯的文学文体学（"统一性""双重象征""统领要素"等）、托多洛夫、费什、卡勒、威姆森等人的有关论述，力图形成一个完善的、可以回答"什么是文学"这一问题的"综合"理论。文中批评了对阅读角色的片面抬高,强调写作与阅读、作者与读者的辩证关系。

我们似乎都很清楚什么是文学,但是显然文学的定义却是很难确定的。学术期刊《新文学史》(*New Literary History*)最近辟专刊(1973年秋季号)对上述问题展开了研讨,大多数投稿人都一致认可:不可能产生一个抽象而正式的文学定义。哲学家们告诉我们,这种"本质先于存在论"的探寻是徒劳的,① 他们说,文学的定义,就像维特根斯坦(Ludwig Wittgenstein,1889—1951)的"游戏说",不过是一种"家族相似说的概念(family resemblance concept)",即家族成员由相互交叠的相似性形成的网络将他们联系在一起,而没有任何一个相似点是所有家族成员所共有的。② 维特根斯坦是难以驳倒的,而且对某些学者有着吸引力,因为它给理论上的惰性以哲学支持。然而,所有的游戏都有被玩的共性;尽管我们在诗学里还找不到一个对等的动词,但是探讨在文学内部是否存在某种导致或者说容许我们把它作为文学来体验的东西是有价值的(原因我已经在前言里说明)。

按照茨维坦·托多洛夫(Tzvetan Todorov,1939—)的观点,③ 文学的定义大致分成两类:一类认为,文学是一种为了达到模仿目的而使用的语言,也就是说,为了形成虚构而使用的语言;另一类认为,文学在某种意义上是一种让人体验到审美愉悦

---

① Anthony O'Hear, commenting in *The New Review*, II/13, 1975, p. 66, on an earlier and longer version of this chapter ("A Despatch From The Front", *TNR* I/11, 1975, pp. 54 – 60). For my reply see *TNR* II/14, 1975, pp. 60 – 61.

② For example, John R. Searle, at the beginning of his article "The Logical Status of Fictional Discourse", *New Literary History* VI, 1975, pp. 319 – 332. See Wittgenstein, *Philosophical Investigations*, I. 66—67.

③ Tzvetan Todorov, "The Notion of Literature," *New Literary History* V, 1973, p. 8.

的语言，这唤起我们对它本身作为媒介的关注。托多洛夫抨击了一些现代理论家，比如说勒内·韦勒克（Rene Wellek，1903—1995）和诺思洛普·弗莱（Northrop Frye，1912—1991），因为他们暗地里游走在两类定义之间。托多洛夫认为，这两类定义之间没有必然联系，而且两者都不能单独成为文学的令人满意的定义。我将论证这两类定义之间的确有必然联系，不过他说哪一类定义都不能单独成立是对的。比如，以第一类定义为例，也有文学不是虚构（比如传记），而虚构的东西也不都是文学（比如以叙事形式出现的广告）。这一类文学定义的另一缺陷是："虚构（fiction）"的概念应该有所延伸，以涵盖论述（propositions）和描写（descriptions），因为大量的文学（比如抒情诗和教诲诗）由论述而不是描写构成。最近，有人试图将奥斯汀（J. L. Austin，1911—1960）的演讲行为理论应用于文学理论，这有助于加强我们对虚构或者模仿话语构成的理解，但是，这并不能解释有意识的纪实性书写如何能获得文学身份。① 这看上去

---

① See particularly Richard Ohmann, "Speech Acts and the Definition of Literature," *Philosophy and Rhetoric* IV, 1971, pp. 1 – 19. Austin discriminates between three kinds of acts that one performs as a speaker: the locutionary (which is simply to say what one says), the illocutionary (which is to use the conventions of a given speech community to perform a specific kind of speech act, e. g. to state, to command, to question etc.) and the perlocutionary (which is to produce a specific effect or consequence by speaking) . Ohmann shows that literary texts are abnormal on the illocutionary level, that they appear to work without satisfying Austin's criteria of "illocutionary felicity". He therefore proposes that "A literary work is discourse whose sentences lack the illocutionary forces that would normally attach to them. Its illocutionary force is *mimetic* . . . a literary work *purportedly imitates* (or reports) a series of speech acts, which in fact have no other existence. By doing so, it leads the reader to imagine a speaker, a situation, a set of ancillary events, and so on." However, Ohmann explicitly limits his definition to "imaginative" literature, excluding history, science, biography, etc. from his discussion, and is obliged to say that Truman Capote's "non-fiction novel" *In Cold Blood* is not a work of literature because it meets all Austin's criteria. John Searle, in the article cited above, uses essentially the same terminology to distinguish between fictional and non-fictional discourse, maintaining that it is impossible to distinguish formally between literary and nonliterary discourse.

好像我们只能在脆弱的、消极的意义上将文学看成虚构，按照这种理解，文学文本中的描写和论述**不需要**被作为"真实的（true）"东西来提出或接受。

另一类定义认为，文学在某种程度上是一种让人体验到审美愉悦的语言，语言本身作为媒介引起人们的注意，这种观点植根于古典修辞学，并且延续到现代形式主义批评。简言之，这种理论是将文学与大量的比喻修辞（tropes and figures）结合在一起，这一观点也很容易被驳倒。韩茹凯（Ruqaiya Hasan），当今另一位该问题的研究者评论说："这种公认的技巧在长篇散文作品中使用的频率，是否与高质量新闻报纸的特写中使用的频率有显著不同，人们一直持高度的怀疑态度。"[1] 英美"新批评派"企图把文学看作一种特殊的修辞技巧——隐喻、反讽、悖论、含混——，显然没有成功。一个比较有希望（promising）的方法是来自于捷克结构主义学派的理论：文学话语以连续的、系统性的"前景化"（foregrounding）[2] 为特征。

"前景化"是捷克语 *aktualisace* 已被接受的英语翻译，它是20 世纪 30 年代活跃于布拉格的语言学学派和诗学学派的核心概念。（罗曼·雅各布森［Roman Jakobson，1896—1982］在离开俄罗斯后前往美国之前也属于这一学派。）这一学派的思想体系认为，美学是与功利主义相对立的。话语中任何项目因其自身原因而不是单单作为信息载体而引起关注，就是被前景化。"前景化"依赖"背景（background）"中的"自动化（automatized）"部分，"自动化"部分就是被以习以为常的、可以预见的方式使用因而**不会**引起关注的语言。"前景化"一词由捷克著名理论家穆卡洛夫斯基（Jan Mukarovsky，1891—1975）定义为"对语言

---

[1] Ruqaiya Hasan, "Rime and Reason in Literature," *Literary Style*, ed. Seymour Chatman, 1971, p. 308.

[2] "Foregrounding"亦译为"置于前景""突出"等。——译者注

构成要素的审美性的、有意识的扭曲"。① 这一点既非特指文学——随意谈话间双关语的使用就是"前景化"的一个恰当实例——亦非意指一种通用的语言规范,因为,一种话语中的"自动化"内容被转换到另一种话语时,它将会变成"前景化"(比如,在随意的日常谈话中使用科技语)。将文学话语与非文学话语区别开来的,并不是按照文学话语中"前景化"要素出现的频率,而是文学话语前景化的连贯性和系统性特征,以及以下一个事实:文学话语中,前景化、背景和二者之间的关系,都具有美学上的意义;而非文学话语中,只有"前景化"要素有美学上的意义。此外,文学话语的"背景"是双重的:普通语言(标准语言的规范)和相关的文学传统。②

二者之上还应该加上第三种类型的背景:即作品本身建立起来的语言规范。比如艾略特的诗歌《夜莺中的斯威尼》(*Sweeney Among the Nightingales*,1919)就被前景化了,首先,它使用韵律、节奏、某种诸如"the horned gate""Gloomy Orion"等古语和文学词汇,因而违背标准语言规范的背景;其次,它违背了19世纪英语抒情诗的规范背景,因为作为一首现代诗它包含低俗主题和措辞:

> Gloomy Orion and the Dog
> Are veiled; and hushed the shrunken seas
> The person in the Spanish cape
> Tries to sit on Sweeney's knees

---

① Paul L. Garvin (ed.) *A Prague School Reader on Aesthetics, Literary Structure and Style*, Washington, 1964, pp. vii – viii.
② Jan Mukařovský, "Standard Language and Poetic Language" in Garvin, *op. cit.*, pp. 20 – 23.

阴郁的猎人星座和天狗星座
蒙了面纱；使那缩小的海洋无声；
那个披着西班牙斗篷的娘们
想要在斯维尼的膝上坐正

还因为诗中所述各个事件之间并没有解释性连接。
第三，诗的最后一小节：

And sang within the bloody wood
When Agamemnon cried aloud,
And let their liquid siftings fall
To stain the stiff dishonoured shroud

夜莺曾在鲜血淋淋的林子里，
那是阿伽门农正高声疾呼，
洒下它们湿漉漉的杂质
沾污那僵硬而不光彩的尸布。①

也是被"前景化"的，这与诗歌其余部分的背景也是相违背的，因为在这一小节，不雅的语言**缺席**了，时态也从现在时转到了过去时。起初，我们为现在和过去的鲜明对比所震撼：现在是粗俗、卑劣的，过去则是高贵、典雅、神话般的，夜莺显然要为这伟大的过去"歌唱"，而我们也为之倾倒。然后，我们也许意识到："*liquid sifting*"根本就不是鸟儿歌唱的隐喻，而是鸟拉屎的委婉语，而夜莺（作为大自然和美的象征）无论对阿伽门

---

① 以上《荒原》中译参阅了裘小龙译本，载《外国诗》，外国文学出版社 1983 年版。——译者注

农还是斯威尼都是无关紧要的,两个人在选择死亡的方式上,也都没有那么多好的选择。值得注意的是,在某种情况下被"前景化"的东西,在另一种情况下则成了背景。

布拉格学派的诗学理论认为,以这种方式定义的"前景化"足以成为文学性(literariness)的标准,但韩茹凯认为,文学的"前景化"需要某种"动机(motivation)"来解释它。她在文学文本的"统一性(unity)"中,也就是话题或主题的统一性中,找到了这种动机,就是它控制(regulate)着话语的进展但并不在话语中以文字的形式出场:

> 文学有两层象征:语言代码的范畴被应用于象征一系列场景、事件、过程、实体等(如同我们日常使用的语言);这些场景、事件和实体反过来又象征一个主题或主题群。我认为我们至此已经有了对文学语言基本特征的认识。……就目前文学自身特性而言,文学作品的主题(或者起控制作用的原则)可以被看作一种概括或者提炼(a generalization or an abstraction),并与各种形式的假设建筑(hypothesis-building)密切相关。某种场景系列、一种事件布局等等不仅仅被看作其本身(亦即特殊的偶发事件[particular happening]),而且应该被看作某种深层的、潜在的原则的显现。①

韩茹凯也承认上述观点与亚里士多德关于特殊表现一般的诗学理论有共通之处。然而,亚里士多德将文学等同于虚构,将历史和哲学排除在外,韩茹凯的理论也是如此。它们并不能直接解释为什么詹姆斯·鲍斯威尔(James Boswell,1740—1795)的

---

① Hasan, *op. cit.* pp. 309 – 310.

《约翰生传》（*Life of Johnson*，1791）和亚历山大·蒲伯（Alexander Pope，1688—1744）的《人论》（*Essay on Man*，1734）被认作文学，因为那些文本中似乎没有第二层象征，没有二次主题：鲍斯威尔只关心具体事件，而蒲伯直接谈及一般性问题，这些文本语言都直接向我们呈现起控制作用的主题（regulating themes）或话题——一个是约翰生，另一个是人类在宇宙中的地位。你可能可以克服这个困难，只要宣称鲍斯威尔的《约翰生传》**确实**（really）是关于天才的本质问题或者传记写作问题，而《人论》**确实**是关于18世纪人们心里在面对怀疑论的恐惧问题，或者是如何将哲学论述通过押韵对句表达出来的问题，这样就可以从这类动机里找到话语的起控制作用的原则。诚然，文学阅读的基本特性之一就是诘问文本到底写的是什么，这个诘问包含这样的意思，即它的答案不会是不证自明的。我们不单单是对文字信息进行解码——我们还对它进行阐释，我们可能会得到比发送人有意识地放进文字的信息更多的东西。不幸的是（出于给文学下定义的目的），所有的话语都可以做同一类阐释，正如最近出版的语言学和文化研究的著作所显示的那样。罗兰·巴特（Roland Barthes，1915—1980）的《神话集》（*Mythologies*，巴黎，1957年）就是一个很好的例子。这个例子说明：韩茹凯所指的第二层象征可以在新闻报纸、广告和非语言场景，比如脱衣舞和摔跤中觅到踪影。

所有支持韩茹凯理论的人都认为：文学文本召唤（invite）这种阐释，确实也需要这样的阐释来成就它。而非文学文本不会召唤阐释，而且事实上会受到这种阐释的破坏。例如，巴特分析过清洁液和肥皂粉广告中形成鲜明对比的修辞策略，"暗示（氯化清洁液）为传奇，（"液体火焰"）就是指对事物进行暴力的、以毁损为方式的修正，言外之意就是它是一种化学的或者致人伤残的东西：这种产品"杀死"尘垢。而肥皂粉则含具分离功能的药剂，它的理想角色是：将物品从不完美的环境解放出来，将尘垢"挤"出来而不是杀死……①）巴特认为它们没有效力：本来作为现实呈现，可揭示的却是一个（从贬损的意义而言的）神话。然而，将《鲁滨孙漂流记》阐释成为资产阶级个人英雄主义的神话，亦如伊恩·沃特（Ian Watt，1917—1999）的巧妙阐述一样②，就不会破坏故事在现实层面使我们兴奋让我们着迷的力量，而是解释和增强了这种力量；在这里，神话是指称一种有助益的虚构的敬语，这种虚构叙事可以跟那些无法证实其真伪，但却有充分依据的假说相提并论。

我们再回到关于文学的虚构定义和修辞定义之间是否有必然联系这一问题上。穆卡拉夫斯基始终坚定地认为："真实性"是不适用于诗歌主题的，对于诗歌而言，"真实性"也没有任何意义……这个问题与作品的美学价值没有任何关系，它只是用于确定作品在多大程度上具有文献价值。③ 文学作品的指称维度只被布拉格学派认作"语义成分"，评论家严格地从它跟其他成分的结构关系方面来考虑它。在他们的理论中，韩茹凯在主题或话题里寻找的是起控制作用的原则，也就是**统领要素**（dominant）——这一成分"调节和引导所有其他成分，决定它们之间的关系"。④ 既然文学写的并不是现实世界，文学必须关乎它自身：

> 在诗歌语言中，前景化最大限度地将交流作为表达的对象推进背景，并最大限度地为了其自身缘故而被使用；前景

---

① Roland Barthes, *Mythologies*, trans. Annette Lavers, St Albans: Paladin edn., 1973, p. 36.
② Ian Watt, *The Rise of the Novel*, 1957, pp. 86 - 96.
③ Garvin, *op. cit.* p. 23.
④ Ibid., p. 20.

化的作用不是交流,而是为了将表达行为,也就是言语行为自身放进前景。①

这一原则更为著名也更为简洁的表述是罗曼·雅各布森的论断,他认为语言的诗性(亦即文学)功能(poetic function)② 是"因为自身原因而指向信息(the set towards the message for its own sake)"。"信息",在这里代表任何一种语言交际,就此雅各布森分析如下:

> **发送者**将信息传递给**接收者**。为了有效传递,信息需要指向一个**语境**,……发送者与接收者都完全共有或者至少是部分共有的一个**代码**,……最后就是**接触**(CONTACT),发送者与接收者之间的物理通道和心理连接。

雅各布森根据以上各种要素中哪种为统领要素而提出他的话语类型学。指称性信息(referential message),比如事实陈述具有指向**语境**的特点;表示情感的信息(emotive message)指向发送者(比如脱口而出的语言);表示意欲的信息(conative message,比如命令)指向接收者;交际性信息(phatic message)被认为是接触(打电话时惯常的开场白);元语言信息(metalingual message)被认为是代码(比如单词的定义);诗性信息(poetic message)则以"为了其自身原因"而指向信息为特征。③

雅各布森(和穆卡洛夫斯基)文学艺术定义的反对者认为,

---

① Garvin, *op. cit.* p. 24.

② 原文"poetic function"中的"poetic"译为"诗性[的]"而不是"诗歌[的]",因为后者易于被理解为专指诗歌(不包括散文/小说),而这正是洛奇在本书中所批评的一种偏向。参见本书《隐喻和转喻》一文。——编者注。

③ Roman Jakobson, "Closing Satement: Linguistics and Poetics" in *Style in Language* ed. Thomas E. Sebeok, Mass.: Cambridge, 1960, pp. 350 – 377.

这样的定义过于偏向那种具有强烈自觉意识的、高度偏离常规（deviant）的文学（比如现代主义抒情诗），它无法解释那种指称性和交流性要素占据中心地位的文学（比如现实主义小说和自传），它还从逻辑上导致了这样的论断：文学作品的主题不过是让某些语言技巧发挥作用的借口。① 斯坦利·费什（Stanley Fish，1938—）完全就是基于这样的理由拒绝接受雅各布森的文学定义，并将其描绘为"信息减（message-minus）"定义。他同样对把文学描述成"比普通语言较为有效的信息传递者"的"信息加（message-plus）"定义不屑一顾，因为这一观点的支持者总是致力于贬低那些其文体要素既不反映也不支持一个命题核心（propositional core）的作品②——而这些恰恰是"信息减"定义要抬高的一类作品。对于费什和托多洛夫而言，现有的文学定义都有所偏颇，因为这些定义排除和贬低了实际上可以定义为文学的文本，托多洛夫认为其错误在于形成了文学和非文学之间的对立二分。他认为：

> 从结构主义观点来看，每一种被当作文学的话语类型都有非文学的亲戚，它跟这些亲戚有着比跟其他话语类型更多的相似之处。比如，某类抒情诗跟祈祷文有着比跟历史小说《战争与和平》更多的相同规律。如此，文学和非文学的对立二分应该由话语多样化的类型学取代。③

托多洛夫没有解释如果没有文学的定义，我们如何能够区别

---

① For example, of the Russian Futurist poets Jakobson said: "A number of poetic devices found their application in urbanism." Quoted by Victor Erlich, *Russian Formalism: History Doctrine*, The Hague, 1965, p. 195.

② Stanley Fish, "How Ordinary is Ordinary Language?" *New Literary History*, V, 1973, pp. 46ff.

③ Todorov, *op. cit.* pp. 15 – 16.

同一话语类型中的文学性和非文学性文本——比如，如何区分不是文学的祈祷文和是文学的赫伯特（Herbert, 1593—1633）的诗歌；但是他可能会说这是"功能上的"（不同于结构上的）区分，这种区分依赖于特定时期读者的文化价值取向。费什更是明确表明："文学……是一个开放的范畴……要定义它……只需看我们决定往里放些什么。"① 对他来说，错误就是使文学语言和非文学或者说"普通"语言形成对立二分。**"根本就没有什么普通语言**，至少从这个术语常常意指的'天然的'这个意义上说如此……可供选择的观点可以是：人类交际的目的与需求赋予了语言活力，并且构成了语言的结构。"② 否认文学与非文学语言使用上的区别当然会引来各方严厉的批判，因为这样将难以坚持文学形式和内容是不可分离的。③ 然而，这里将文学作品的语言形式和其语言传递意义的功能混淆在了一起。威窦森（H. G. Widdowson）对二者做了有益的区分，将它们区分为"文本"（text）和"话语"（discourse），他评论道："尽管文学作为文本不需要偏离常规，但它的特性决定了它作为话语必须偏离常

---

① Fish, *op. cit*. p. 52.

② Ibid., p. 49.

③ Fish's argument begins to falter somewhat as he sees precisely this difficulty looming up: "Everything I have said in this paper commits me to saying that literature is language… but it is language around which we have drawn a frame, a frame that indicates a decision to regard with a particular self-consciousness the resources that language has always possessed. (I am aware that this may sound very much like Jakobson's definition of the poetic function as *the set towards the message*; but this set is exclusive and aesthetic—towards the message *for its own sake*—while my set is towards the message for the sake of the human and moral content all messages necessarily convey. " (p. 52) . Literature, here, is identified by a decision to pay particular attention to linguistic form; in order to dissociate this position from Jakobson's (message-minus) position, Fish hastens to say that attention is paid to literary messages for the sake of the kind of content *all* messages necessarily convey. But if all messages are alike in this respect, the only distinguishing characteristic of literary messages must be the attention-worthy form in which the content is expressed: literature as message-plus. Fish cannot in the end find a position outside the message-minus and message-plus definitions he has rejected. It would seem that literature must be *either* one *or* the other.

规。"① 我坚信这种偏离常规最恰当的术语是虚构性，就其最有弹性的意义而言。我认为，文学话语要么是不言自明的虚构，要么是其可以被人们当成虚构而广泛阅读，促使（compel）或者允许这种阅读行为的正是它自身的组成部分，它的系统性的"前景化"。正如威窦森所说的那样：

> 区分我们对文学话语的理解，取决于我们对语言组织的识别模式，这些模式实际上被叠加在代码所要求的东西上，也取决于我们对一些特别价值观的推测，这些价值观被语言项目作为要素限定在这些被建立起来的模式里。②

然而，我们必须谨防把文学等同于"优秀文学"，托多洛夫和费什的论述就隐含这样的观点。另外一个《新文学史》专号投稿人，戴尔·海姆斯（Dell Hymes，1927—）认为：

> 给伟大的、平庸的，或者业余水平的雕塑作品分类并没有什么特别的困难。一部歌剧因为不伟大或者不优秀就不将它称为歌剧，我们没有这样的评论习惯。确实，除了歌剧，它还可以作为什么别的东西的糟糕例子呢？就文学而言，也没有明显的理由有什么不同。③

事实上，的确**有**明显的理由，理由恰好就在于某些文学作品可能成为别的东西的例子。但是戴尔的暗示把我们带上了一条通往解决我们的难题的答案的漫漫长路。很明显，文学属于非常灵

---

① H. G. Widdowson, *Stylistics and the Teaching of Literature*, 1975, p. 47.
② Ibid., p. 46.
③ Dell Hymes, "An Ethnographic Perspective," *New Literary History* V, 1973, p. 196.

活的范畴,被纳入这一范畴的作品的总量也会随着时代变迁和个人观点不同而不同。有大量文本始终被认作文学,因为它们成不了其他东西,这就是说,没有其他公认的话语范畴将它们容纳进去。我们称它们是"自动文学"(automatically literary)。《仙后》(*The Faerie Queen*, 1590)、《汤姆·琼斯》(*Tom Jones*, 1749)和《在学童中间》(*Among School Children*, 1928)是这类文本范例,但是也有无数拙劣的、浮华的、文笔欠佳并昙花一现的诗歌与故事属此类文本。它们也被归为文学,是因为它们不可能成为其他任何东西,它们的美学价值问题被放到次要地位来考虑。然而,如果一个文本归属于另一种话语范畴,也会由于文化舆论而被归为文学范畴,价值观成为首要评判标准。正如托多洛夫所言,任何文本都可以当作文学来读(这只意味着这类解读适用于那些被称作自动文学的文本)——但并不是所有的文本都能从这样的阅读中读出门道来。然而,这并不影响那些属于自动文学的文本的身份地位。无论你是否喜欢《爱情故事》(*Love Story*),它都是文学,即便没有一个人喜欢它,它也是文学。历史、神学和科学著作只是在拥有相当多的读者因其"文学"色彩而喜欢上它们之时,才"变成"文学。——并且,如果它们失去了原有的历史、神学和科学身份,仍能保持文学身份。如此,我们这样说是有意义的:比如说,弗洛伊德的一个文本是文学著作也是科学著作,或者,即使不被公众认作科学著作,它仍然是文学作品。但是,如果指摘它**不是**一部文学作品是没有意义的,因为它原本要成为科学著作,只有读者可以使它成为文学。(当然,批评**他们**这样做也是合情合理的)这两类文本的不同就在于,在第一个例子中,"信息指向(the set towards the message)"的识别对文本的阐释是必不可少的,而在第二个例子中则是可选择的。

尽管文学中的论述和描写可能因为使用同样的代码而具有非

文学的论述和描写的外表,文学话语所言(whatissaid)的充足性(adequacy)仍然"在任何直接意义上都不受任何先于并独立于其所言的情况掌控"。① 不言自明的文学文本的系统性前景化常常首先标志着情况就是如此——标志着确定真实性的普通规则并不适用——通过使文学文本前景化,使其跟非文学的背景形成对比。如果说此类文本成功,是因为系统性前景化也填补了不在场的事实及逻辑内涵语境的空缺,而正是事实和逻辑内涵使非文学话语合法化;有人可能会说,它将语境包裹进信息,将语境限制和安排在文本各组成部分之间的动态关系系统里——以图在个别中表现一般,私下里对每个读者言说也公开对所有读者言说,它还做所有其他使文学在传统上获得价值的事情。如果一个文本**没有**被前景化为文学,它依旧可以通过对文学阅读的反应而成为文学,它可以如此,仅仅是因为它拥有着一种系统性的内在的前景化,就是这一前景化让文学所有组成部分在美学上相互关联起来,它还有"语言组织的识别模式,这些模式实际上被叠加在代码所要求的东西上"。(我们从诺思洛普·弗莱记录的事实里发现,读者大众对这一观点有直觉上的认同:"文体……是首要的文学术语,它适用于一般被归为非文学类的散文作品。"②) 正是这一点允许我们阅读那些"似乎"真实性标准并不适用于它

---

① J. M. Cameron, *The Night Battle*, 1962, p. 137. I have described Cameron's argument at greater length in *Language of Fiction*, 1966, pp. 33 – 38. Cf. Widdowson, *op. cit.* p. 54: "Literary discourse is independent of normal interaction, has no links with any preceding discourse and anticipates no subsequent activity either verbal or otherwise. Its interpretation does not depend on its being placed in a context of situation or on our recognition of the role of the sender or of our own role as receiver. It is a self-contained whole, interpretable internally, as it were, as a self-contained unit of communication, and in suspense from the immediate reality of social life." This incidentally explains why advertisements that use fictional narrative are not axiomatically literary texts—they depend for their interpretation as advertisements on the prior existence of the product and the possibility of purchasing it. There is, however, no reason in principle why advertisements should not acquire the status of literature in the same way as other nonliterary texts, by responding satisfactorily to a literary reading.

② Northrop Frye, *Anatomy of Criticism*, Princeton, 1957, p. 268.

们的文本。那么鲍斯威尔笔下的约翰生似乎变成了虚构人物,而《约翰生传》实际上被当作一种小说来阅读——不过这并没有让它不再是传记:我们同时从两个层面,即文学层面和历史层面来阅读这个作品,而约翰生的其他传记则只被认作历史,可以想象作为历史它们也许优于鲍斯威尔所写的传记。乔纳森·卡勒(Jonathan Culler,1944—)在他的那部富于创见的著作《结构主义诗学》(*Structuralist Poetics*)中写道:"与其说……文学文本是虚构的,我们也许不如把这说成一种文学阐释的习规(convention),说把一个文本作为文学阅读就是把它作为虚构阅读。"①

只要承认虚构性的习规源于被**坚持**当作虚构来阅读的文本,我可以接受这一表述。这个先决条件很重要,因为卡勒跟托多洛夫和费什一样(尽管基于不同的理由),暗示"文学"这一概念只有从阅读过程的角度看,才能完全解释清楚——就是说,它的确是一个阅读过程的范畴,而不是文本特质的范畴。可是,强调文学依赖特定的阅读模式只是真理的一半,而另一半则是那些阅读模式也有赖于文学的存在。这一过程是辩证的,正如萨特(Jean Paul Sartre,1905—1980)在《什么是文学》(*What is literature?*)一文中所阐述的那样:

> 写作的操作包含阅读操作,这两者具有辩证关系,这两个互相联系的动作注定要有两个不同的主体。是作家和读者的共同努力导致实有的和想象的物体的出场,它们都是头脑的产物。②

接受这种关于文学过程的说法并不一定要接受萨特关于文学

---

① Jonathan Culler, *Structuralist Poetics*, 1975, p. 128.
② Jean-Paul Sartre, *What is Literature?* trans. Bernard Frechtman, New York, 1965, p. 37.

介入（literary engagement）的训诫，因为萨特将作家和读者之间的这种约定联系定义为对"自由"的吁求，而这种联系也完全可以定义为对别的东西，比如可理解性（intelligibility）（用一个卡勒本人喜欢用的词来说）的吁求。关键点在于，文学不是一批偶然间形成的、我们已经凭感觉决定以某种特定的方式去阅读的文本。被我们作为文学阅读的大部分话语，都同样表达书写文学的意向性（intentionality），就是从这种话语中，我们获得了被卡勒称作"文学资格（literary competence）"的文本阐释习规，它使我们接下来可以实验性地攻击**不**表达这种意向性的话语。写作需要阅读使其完善，但它也教给人们它所需要的阅读方式。

理论上说你可以将任何类型的话语放进文学，从这个意义上说我将接受文学是一个开放的范畴的说法——但先决条件是，这类话语跟你无法从文学中排除出去的话语有共同之处：这个共同之处是一种结构，它要么表明文本的虚构性，要么使文本读起来像虚构故事。我现在打算用特意挑选的一个文本来检验这一理论以回应其反对者。

［此处有删节］

我们在前几个小节考察了文学理论和实践的许多不同问题，研究了形形色色的文本、作家和文学批评流派。但是，我认为，根据其将文学内容还是形式，或者"写什么"还是"如何写"视为优先，我们评论过的所有态度和论点都可以分为对立的两大派别。

一方的基本原则是艺术模仿生活，与这一原则相关的问题是：艺术必须揭示生活的真相，并对让生活变得更加美好或者比较容易承受有所贡献。这是艺术的一个经典定义也是为它所做的辩护，在这个定义之下，关于什么是理想的模仿方式有大量千变万化的观点和分歧——比如，艺术应该模仿实际存在的生活还是理想的生活。模仿说从柏拉图、亚里士多德时期一直主导西方美学，直到19世纪初才开始受到浪漫主义想象理论的挑战；到了19世纪末，该定义出现完全的反转："生活模仿艺术"，奥斯卡·王尔德宣称，① 这意味着（一种结构主义**先锋派**文学）我们按心智结构构建现实，这种心智结构源自文化而不是自然世界，也意味着在那些结构变得陈腐和机械的时候，最有可能改变和重塑它们的是艺术。（"若不是印象派，我们从哪里得到那些美妙的棕色的雾，它爬过街道，朦胧了街灯，将房屋变成鬼魅般的阴影？"）② 那么，以这个观点看来，艺术又模仿什么呢？答案当然是其他艺术，特别是同一类属的其他艺术。诗歌不是由经验构成，它由诗歌总体（poetry）（也就是说，使用语言的各种可能性来创造诗性的这样一种传统）构成。艾略特的"传统与个人才能"就是对这一概念的经典阐述。这一观点不常用于散文小说（prose fiction），可是长篇小说（novels）显然也由其他长篇小说构成。没有人能不先读小说而写小说。简言之，艺术是自治的。

这两种艺术理论带来的困难是它们都听上去言之成理但又互相对立。人们在不同的时代认同二者中不同的理论是可能的——也许我们大多数人都是如此——但很难同时信奉这两种理论。一旦它们被放到同一概念空间，斗争就会产生。这是一场无休止的战斗，我试着追踪了20世纪关于小说的争议，其战斗场面蔚为壮观；但是看上去并没有取得多大进展。我们发现正反两方的冲突几乎没有以辩证方法综合（synthesis）的前景。因为艺术完全是形式的领地，而文学又是语言艺术，我认为这种综合只有在语

---

① Oscar Wilde, "The Decay of Lying", *De Profundis and Other Writings*, p. 74.
② Ibid., p. 78.

言形式中才能找到。这种综合应该是普遍适用的：它必须解释和回应那种一般以内容和模仿概念进行研究的写作，也能解释和回应那种通常以形式和自治概念进行研究的写作。在本书的下一部分，我将描绘一种语言理论，我认为，它为这种综合提供了基础。这个理论应该属于欧洲形式主义/结构主义传统，因而已经进入新批评的语汇，这一点在热拉尔·热奈特（Gerard Genette）的著作中显而易见，但是作为一种诗学的基础，它拒绝巴特及其追随者那种有争议的对写作厚此薄彼的倾向。当然，这种综合理论将只能首先满足那些钟情于形式主义的人士。可能存在的内容无以计数，其中有许多无法在伦理学、意识形态和实际应用层面做到互相协调。基于内容的批评理论就其本性来说是不可能总括一切的。但从结构来说文学形式的数量是有限的。事实上，在某种意义上，文学形式可以缩约为两种类型。如果这看上去显得过于简化，不要忘了大多数当代形式主义批评都只对一种类型作评论。

两类现代小说

任丽丽 译

【来源】

Two Kinds of Modern Fiction. 选自戴维·洛奇,《现代写作模式》,*The Modes of Modern Writing*: *Metaphor*, *Metonymy*, *and the Typology of Modern Literature*, Edward Arnold, 1979 (reprint), London, pp. 41 – 52. 该书首次出版于1977年。

【概要】

爱德华时期(1901—1910)崭露头角的现代主义运动(唯美主义和早期象征主义)受到压制,现实主义(信息"饱和"论)引领文坛;10年代,部分现实主义作家向象征主义发展;20年代的战争创造了一个易于接受艺术革命的氛围,现代主义名家名作辈出;30年代典型的英国写作通过在形式上回归纪实性现实描述标准,挑战现代主义版的现实。战后时期英国小说也可以被称为反实验时期,不过这一反抗来得有些晚;现代主义在40年代出现了一段有限的复兴。

现代主义和现实主义两类小说有各自的美学原则和艺术特征。英国现代主义由詹姆斯和康拉德开创,乔伊斯使其得到最充分的发展,弗吉尼亚·伍尔夫、斯泰因独具特色,晚期的福斯特、D. H. 劳伦斯和福特都跟这一运动有联系;而奥威尔、伊舍伍德、格林、贝内特、威尔斯、高尔斯华绥、C. P. 斯诺、金斯利·艾米斯、安东尼·鲍威尔、玛格丽特·德拉布尔等人承袭了狄更斯的现实主义传统。不过现实主义与现代主义之间的摆钟运动已经加速,以至同一个作家的创作模式可能兼具两种流派的特性,或者对二者之间的各种可能的创作方式兼收并蓄。二十世纪文学批评关于小说的论争从未间断,现实主义与现代主义之间的"何谓现实"之争,内容和形式、价值(信仰)和"游戏"之争,等等,从未有任何结论。小说评论应该接受两种现代小说的持续共存,接受它们的亚种和交叉品种,我们需要一种能够描述所有写作类型的小说诗学。

《老妇谭》(*The Old Wives' Tale*,阿诺德·贝内特著)于1908年出版。到那时亨利·詹姆斯已经发表了(除其他作品之外的)《大使》(*The Ambassadors*, 1903)和《金碗》(*The Golden Bowl*, 1904),康拉德发表了《黑暗的心》(*Heart of Darkness*, 1902)和《诺斯托罗莫》(*Nostromo*, 1904):从我们当前的文学视角来看,这些书相比较来说,贝内特的小说似乎在技巧上已严重过时了,因此我们很难理解詹姆斯在《新小说》(*The New Novel*, 1914)(此文我已引用过)一文中对他的那种恭敬。当然,如果我们能从整体上来阅读这篇文章(文章以对康拉德的大加赞赏结尾)并且阅读时留意到詹姆斯的晚期风格的话,那么我们就可以清楚地看出他对贝内特(和威尔斯)的保留意见是严重而且损害性的。隐藏在客气的恭维之下,包裹在詹姆斯暗示性的措辞和错综复杂的句法的面纱之中的,是依稀可辨的对贝内特和威尔斯所运用的小说艺术方式的绝对蔑视。詹姆斯用了几十年的时间一直在宣扬自己的小说有机体形式这一理念并努力将其付诸实践——即对手段和目标的精细调整,不铺张,不离题,但是极度精妙缜密。贝内特和威尔斯远远达不到他的严格标准。比如,关于《克莱亨厄》(*Clayhanger*, 1910, 贝内特著),詹姆斯写道:

> 阿诺德·贝内特先生这篇最重要的可供吟诵的不朽名篇,它的姊妹篇《希尔达·莱斯韦斯》(*Hilda Lessways*, 1911) 也算在内……它之所以可被描述成不朽确实不在于一种想法,一种努力追求和达到的意义,或者简言之任何其他原因,而是仅仅在于它其中恰好包含的大力搜寻聚集起来的东西,石头和砖块和碎石和水泥和乱七八糟的各种各样的成分都在文中堆积,正因为这些东西这本书自己也堆成了巨大的一堆……一个巨大的各式各样东西的集合体,没有可追寻的线索,可预测的方向和布局的效果……[1]

同样讽刺性的评论基本上也应用到了赫伯特·乔治·威尔斯身上:

> 这位作者不断学习,学得越多,或者不管怎样知道得越多,我们的这一印象就越深刻,那就是对我们来说他对这本书已经掌握得足够好了,如我们这样的人,他应该把自己的想法和书的内容用任何随意、熟悉的方式,从一个高高的永远开着的窗户里展示给我们看——这样一种娱乐应该丰富多彩,就像任何一种场合中都需要的一样,至少在我们能更清楚明白地向更好的人表达我们的权利之前是如此。[2]

---

[1] Henry James, "The New Novel" in *The Future of the Novel*, p. 271.
[2] Ibid., p. 273.

为什么詹姆斯的抨击如此隐晦和犹豫呢？当然，部分原因是隐晦和犹豫是他的天性。部分是因为他由衷地钦佩贝内特和威尔斯在他们小说中做到的对主题的延展，还有他们相对的自由，免于受到维多利亚式过分拘谨和多愁善感的侵扰①。但是在他这篇文章中使用迂回战术最可能的原因是，在那个时候，即1914年早期②，詹姆斯对贝内特和威尔斯的直接抨击看上去会像酸葡萄的例子。詹姆斯自己的文学生涯几近结束，并且并未在任何真正意义上给他带来名和利。贝内特和威尔斯却广受喜爱，非常成功，同时享有严肃艺术家和进步思想家之美誉。正如詹姆斯语带讥讽但显然也是嫉妒的说法，他们真可谓"奖杯埋身"③。这种文学形势是20世纪头十年英国对现代主义运动的压制或阻滞所导致的。贝内特是法国现实主义者和自然主义者如左拉（Emile Zola，1841—1902）、龚古尔兄弟（Goncourt Edmond de，1822—1896；Goncourt Jules de，1830—1870）和莫泊桑（Guy de Maupassant，1850—1893）的自觉信徒，但是他恰在现实主义开始变成象征主义（例如，在《黑暗的心》、《金碗》和《都柏林人》中就是如此）之前就停止了脚步。从欧洲大陆引入，由英国颓废派发起的观念革新在爱德华时代以失败告终——的确有人认为，奥斯卡·王尔德（Oscar Wilde，1854—1900）的实验在英国激起了平庸俗人对于所有艺术先锋派的强烈抵制。④ 英国在诗歌方面象征主义方向的发展希望无疑被吉卜林（Rudyard Kipling，1865—1936）、纽波特（Henry Newbolt，1862—1938）和布里奇

---

① Henry James, "The New Novel" in *The Future of the Novel*, pp. 263 – 264.
② "The New Novel" was originally published in two articles entitled "The Younger Generation" in the *Times Literary Supplement* for 14 March and 2 April 1914.
③ Ibid., p. 260.
④ See C. K. Stead, *The New Poetic*, 1964, and Cyril Connolly, *Enemies of Promise*, 1938.

斯（Robert Seymour Bridges，1844—1930）的霸权统治扼杀了。甚至叶芝在这个世纪的前十年里都灰心丧气，作品相对减产。在小说方面，詹姆斯和康拉德继续被误解忽视，得不到赏识，乔伊斯的书则找不到出版商。

当詹姆斯在《泰晤士文学副刊》发表《新小说》一文时，文学形势正因两个原因要发生改变。首先是埃兹拉·庞德（Ezra Loomis Pound，1885—1972）要把伦敦变成新的先锋派中心这一个人使命快要大功告成了。他在 1914 年与乔伊斯联系并见过了 T. S. 艾略特（Thomas Stearns Eliot，1888—1965），忙于推介他们的作品。他敬畏地观察到，艾略特已经"自己将自己现代化"了。乔伊斯的散文，他宣称，在《一个青年艺术家的画像》的第一部分就可证明，是"不错的，不像其他近代英国散文，却像詹姆斯和赫德逊（Hudson）[①] 的，值得一读，康拉德的一些文章也值得一读。"[②] 庞德所选的这些模范代表和他的赞扬用词同样有趣：对于当时的大部分人来说，詹姆斯和康拉德正是不"值得一读"的。第二个原因是第一次世界大战，它起初看上去会阻挠庞德的计划——它会转移公众对艺术问题的注意力，解散小团体，驱散艺术家和诗人，在战场上把他们中的很多人送进坟墓——但它最终却创造一种更易于接受艺术革命的氛围，从而确保了现代运动的胜利。第一次世界大战动乱过后，爱德华时期的安逸和自满还未重新站稳脚跟，现代主义令人惊讶地迅速发展，英国文学舞台已经搭建好，在几年内见证了一部又一部杰作的涌现，如《休·赛尔温·毛伯利》（*Hugh Selwyn Moberly*，1920）、

[①] 威廉·亨利·赫德逊（William Henry Hudson，1841—1922），《绿厦》（*Green Mansions*，1904）的作者。他的声望并未流传长久，但是在 20 世纪前几十年里深受文学先锋派的看重。比如弗吉尼亚·伍尔夫，曾在她的 1919 年的重要论文《现代小说》中称赞过他。

[②] Quoted by Richard Ellmann in *James Joyce*, 1959, pp. 360 – 361.

《恋爱中的女人》(Women in Love, 1920)、《荒原》(The Waste Land, 1922)、《尤利西斯》(Ulysses, 1922)、《印度之行》(APassage to India, 1924) 和《达洛维夫人》(Mrs Dalloway, 1925)：跟这些作品相比，贝内特和威尔斯的小说突然间显出了自己的本来面目——明显地保守且形式过时。

1914 年春天詹姆斯在《泰晤士文学副刊》上发表他的文章时，对于即将到来的战争还有它会对整个社会和文化的影响当然一无所知；尽管与庞德相熟，他也不会在庞德的办公室看到一本名叫《自我主义者》(the Egoist) 的小杂志的二月号，《一个青年艺术家的画像》第一章就是在庞德的帮助下在该刊发表。而且即使他看到了，那他就能意识到这部作品对于小说的未来的影响吗？可能答案是否定的。毕竟他都没有肯定《儿子与情人》的重大影响，在《新小说》中将劳伦斯与康普顿·麦肯齐 (Compton Mackazie, 1883—1972) 归为一类，认为他的观点与贝内特和威尔斯所践行的"饱和的 (saturated)"现实主义同属一类，是这一观点狂热而又散漫的倡导者：考虑到做这一判断时的文学发展时间，他的这个误判同样可以理解。《新小说》通篇有着一种自卫的、惆怅的、讽刺的、略带责备的语气，就像一位老师因自己的学生不能从自己的课中获益，却被迫承认他们以自己的方式获得了世俗的成功一样。詹姆斯明显地感觉到自己代表了小说艺术的一种看法——这一看法赋予了形式最大的价值，因为"只有形式才能获得、保持和存留实质"[①]，但是这一看法并未受人待见。

弗吉尼亚·伍尔夫在 1919 年的文章《现代小说》中的语气则大不相同，更加自信且咄咄逼人。尽管她的论点和攻击目标跟

[①] Letter to Hugh Walpole, *The Letters of Henry James*, ed. Percy Lubbock, 1922, Vol. II, p. 246.

詹姆斯在《新小说》中的一致，但是跟他不同，她的文章对于她本人和未来小说所属的初期先锋派文学充满信心。对于贝内特、威尔斯和高尔斯华绥，她直率地说："英国小说最好还是（尽可能有礼地）背离他们，大步走开，走到沙漠里去也不妨，而且离开得越快，就越有利于拯救英国小说的灵魂。"[1] 起初她的评论似乎是基于一种对内容而非形式的呼吁：

> 如果我们给所有这些书加一个标签的话，那就是一个词，物质主义者（materialists），意思是他们写的都是琐碎的东西；他们浪费了无量的技巧和无穷的精力，去使琐屑的、暂时的东西变成貌似真实的、持久的东西。

但是很快人们就明显地看到，正是贝内特、威尔斯和高尔斯华绥所使用的形式和小说技巧，注定了他们内容的琐碎和暂时性："他们花费巨大的力气来证明自己故事的完整性和与生活的相似性，这些力气本该省掉却被他们用错了地方，以至于其模糊遮盖了思想的光辉。"（比较一下詹姆斯对贝内特的评论："对，对——但是就只有这个吗？这些是兴趣的条件——我们知道了，我们知道了；但是兴趣本身在哪里呢，兴趣的中心在哪里又是什么呢，我们又该如何用那个来衡量呢"）[2] 弗吉尼亚·伍尔夫用"生活"替代了"现实"；而"生活"，她断言，是传统现实主义无法捕获的。"由于每一页都充斥着这种依法炮制的东西，我们忽然感到片刻的怀疑，一阵反抗情绪油然而生。生活难道是这样的吗？小说非得如此不可吗？"不，"生活并不是一连串左右

---

[1] Virginia Woolf, "Modern Fiction", *Collected Essays*, 1966, Vol. II, p. 105. 伍尔夫《现代小说》一文的引文汉译参见李乃坤选编，《伍尔夫作品精粹》，河北教育出版社 1990 年版。——译者注。

[2] Henry James, "The New Novel", op. cit. p. 267.

对称的马车灯；生活是一圈明亮的光环，生活是与我们的意识相始终的、包围着我们的一个半透明的封套。把这种变化多端、不可名状、难以界说的内在精神——不论它可能显得多么反常和复杂——用文字表达出来，这难道不是小说家的任务吗……？"她选择了詹姆斯·乔伊斯作为接受这一挑战的小说家的例子（虽然略有存疑），当时乔伊斯的《尤利西斯》正在《小评论》(*Little review*) 上连载；她提出：

> 对于现代人来说……兴趣的集中点很有可能就在心理学暧昧不明的领域之中。因此，侧重点马上和以往稍有不同，而强调了迄今为止被人忽视的一些东西。一种不同的形式轮廓，立刻就变得很有必要了；对此我们感到难以掌握，我们的前辈感到难以理解……世界是广袤无垠的，……除了虚伪和做作之外，没有任何东西——没有一种"方式"，没有一种实验，甚至是最想入非非的实验——是禁忌的。①

弗吉尼亚·伍尔夫此处所用"现代"一词有种定性的感觉，尽管有些小说家（比如贝内特）虽然仍在"现代"时期写作，却被排除在外了。为了区分这两种现代小说，评论家在其中一种上加了一个字节，称其为现代主义（*modernist*），以此让人注意到它是在世界性的所有艺术领域中都在发生的运动。现代主义小说（modernist fiction）在英国由詹姆斯和康拉德开创，在乔伊斯的作品中达到了最充分的发展。弗吉尼亚·伍尔夫和格特鲁德·斯泰因（Gertrude Stein, 1874—1946）展示了一些最具特征的独特风格。晚期的福斯特，早期的海明威，D. H. 劳伦斯和福特·马多克斯·福特（Ford Madox Ford, 1873—1939）与这一运动稍

---

① Virginia Woolf, *op. cit.* p. 108.

有联系。他们之间的联盟和敌对状况——这些人物所宣称的自己遵循的传统——多变而复杂。詹姆斯钦佩康拉德但不欣赏哈代。弗吉尼亚·伍尔夫钦佩康拉德和哈代。劳伦斯钦佩哈代和康拉德，但严重地有所保留；他过去好像对詹姆斯兴趣较少而且憎恨乔伊斯。乔伊斯憎恨劳伦斯。除劳伦斯之外每个人都钦佩福楼拜。福斯特对詹姆斯表现出优越感，但是钦佩劳伦斯，也理所当然地钦佩弗吉尼亚·伍尔夫，但是对乔伊斯却很冷漠。海明威似乎钦佩过詹姆斯，但从格特鲁德·斯泰因身上学到的更多。福特跟康拉德合作，很明显从詹姆斯身上学到很多，但他却是最先指出劳伦斯优点的人之一。如此等等。很显然这其中并无正统说法，也没有单一的美学观念（assumption）或文学目标；但同样明显的是，现代主义小说家之间有一种"家族相似性（family resemblance）"。① 有一些特点我们不断地在他们的作品中碰到，尽管它们从未一起出现或者在同一个组合中出现。从这些特点中我们可以为现代主义小说勾勒出一个用容貌拼具拼成的画像来。

那么，现代主义小说就是在形式上的实验或创新，表现出与既存的文学和非文学话语模式的明显偏离。现代主义小说关注的是人类大脑意识，还有潜意识和无意识的活动。因此为了给内省、分析、沉思和幻想留出空间，对于传统叙述艺术来说至关重要的外部客观事件在范围和规模上有所减少，或者是有选择地或拐弯抹角地展现，或者几乎完全消失。现代主义小说没有真正的"开始"，因为我们被突然拉进了意识之流中，只有通过推理和联想的过程才能慢慢熟悉小说内容；而且小说的结尾往往是"开放式"的或者模糊不清的，使读者对人物的最终命运充满疑惑。为了弥补叙事结构和整体性（unity）的缺失，其他的美学

---

① "家族相似性"即指家族成员由相互重叠的相似性形成的网络将他们联系在一起，而没有任何一个相似点是所有家族成员所共有的。——编者注。

调度变得更加突出,比如对于文学模式或神话原型的引述或模仿,对于主题、形象、象征稍作改变的重复——这一技巧有不同的描述,如"节奏"、"主旋律"和"空间形态"。① 现代主义小说避免以时间先后次序安排情节,避免使用一位可靠的、无所不知和闯入式的叙述者。相反,它要么使用单一、有限的视角,要么使用多重视角,这些视角都或多或少的受限或不可靠;它倾向于流动的或复杂的时间处理,包括很多跨越行为正常时序跨度的前后互相参照。

对于非现代主义的现代小说,除了"现实主义"(有时用"传统的"或"习惯上的"或"社会的"来描述)我们尚无术语来表示。作为"现代主义"的对立面,它既令人困惑又差强人意,因为现代主义者们声称他们代表"现实"而且确实比现实主义者们离现实更近一步。实际上他们中的大部分人开始写作的时候还是在传统的现实主义框架内,有一些从未跟现实主义断然决裂。但是最具代表性的现代主义作家(比如乔伊斯、伍尔夫和斯泰因)在追寻他们所认为的真实的过程中发现,有必要扭曲他们的话语形式,直到它与历史现实的描述相似之处越来越少——这一做法,如我之前所提出的,为现实主义文学提供了最重要的纪实文学(nonliterary)模式。因为历史现实的描述标准在过去二、三百年间一直非常稳固,所以我无法接受"现实主义"是一个彻底相对主义的概念这一说法。比如说,我们可以看到,20 世纪 30 年代典型的英国写作通过在**形式上**回归纪实性现实描述标准,挑战了现代主义版的现实,这种标准跟贝内特和威尔斯所遵循的标准相差无几。当然奥威尔、伊舍伍德(Isherwood)和格雷厄姆·格林(仅列举 20 世纪 30 年代的三位代表

---

① See E. M. Forster, *Aspects of the Novel*, 1927, Chap. 8; Stuart Gilbert, *James Joyce's "Ulysses"*, rev. edn., 1957, Part I, chap. 2; and Joseph Frank, "Spatial Form in Modern Literature", *Sewanee Review*, 1945.

作家）也受到了现代主义的影响并且从他们身上得到了教益；当然他们也并非仅仅重复爱德华时代现实主义者的技艺。遭受了弗吉尼亚·伍尔夫谴责的阿诺德·贝内特的"物质主义者"理念——我们可以说，他对资本主义阶级社会价值观念和假定的默认——显然未被 20 世纪 30 年代的作家所接受；而爱德华时代小说的信息"饱和"论，这个被詹姆斯乐此不疲地认可的理论，则在 20 世纪 30 年代被一种更巧妙地选择使用的纪实细节所取代。但不管怎样，这两类作家之间总有一种确定的连续性，这种连续性最终可回溯到十九世纪古典现实主义。奥威尔、伊舍伍德、格林的小说，如同贝内特、威尔斯和高尔斯华绥的小说，还有乔治·艾略特、斯科特和简·奥斯汀的小说，都基于一个假设，那就是有个共同的现象世界（common phenomenal world）可以用经验主义历史方法来进行可靠的描述——哪怕对于属于这一传统的后期作家们来说，这个世界到底**如何解释**是一个十分有争议的问题。从这一假设衍生出来的小说形式我们已经同现实主义联系起来了：它是公众和私人经验的混合，通过第三人称过去式作者叙述模式，或自传式—忏悔式体裁传达的内心和外部世界的历史。这一传统在后面一两代很多被高度推崇的英国小说家的作品中得以延续：安格斯·威尔逊（Angus Wilson，1913—1991）、查尔斯·珀西·斯诺（Charles Percy Snow，1905—1980）、金斯利·艾米斯（Sir Kingsley William Amis，1922—1995）、安东尼·鲍威尔（Anthony Powell，1905—2000）、艾伦·西利托（Alan Sillitoe，1928—2010）、玛格丽特·德拉布尔（Margaret Drabble，1939—），等等。战后时期的确也可以称为英国小说的反实验时期，[1] 即使这一反抗来得有些晚。（应该承认的是，20 世纪

---

[1] Rubin Rabinowitz, *The Reaction Against Experiment in the English Novel*, 1950—1960 (1968).

40年代有一段间歇期，现代主义正是在那时出现一段有限的复兴。）

20世纪30年代热衷于政治的作家们——奥登（Auden）、伊舍伍德、斯彭德（Spender）、麦克尼斯（MacNeice）、戴·刘易斯（Day Lewes）和厄普沃德（Edward Upward）——批评了前一辈现代主义诗人和小说家们的精英文化观念，还有他们拒绝或者未能成功地去建设性地参与当前公共问题和无法与广大读者交流的弊端。《新记》（*New Signatures*, 1932）开启了奥登一代人的诗风，在麦克尔·罗伯茨（Michael Roberts）为《新记》选集所做的引言中，他发表了关于前一辈诗人的看法：

> 诗人鄙视自己所处的社会却又没有坚定的信念，没有讽刺的基础，变得游离于日常事务，创作出轻浮矫饰或卖弄才学的深奥难懂之作。①

"写《新记》的诗人们"，路易斯·麦克尼斯（Louis Macneice）在《现代诗学》（*Modern Poetry*, 1938）中写道，"回归到了他们更喜欢的希腊式文化信息或表述。首要的要求是有话可说，然后必须尽可能好地把话说出来。"② 在《雄狮暗影》（*Lions and Shadows*, 1938）中，克利斯朵夫·伊舍伍德描述并否认了他在写作第一部小说《所有的阴谋者》（*All The Conspirators*, 1928）中运用的艺术假想，当时"实验"还是个时髦的口号：

> 我过去认为小说（因为我希望能学习写小说）本质上要靠技术，就像魔术，就像国际象棋。我对自己说，小说家

---

① Quoted by John Lehmann, *New Writing in Europe*, Harmondsworth, 1940, p. 27.
② Quoted by George Orwell in "Inside the Whale", *Collected Essays, Journalism and Letters*, Harmondsworth, 1970, Vol. I, p. 560.

是在跟自己的读者玩游戏；他必须一直不停地用花招，用陷阱，用非凡的策略，用虚假的高潮和错误的方向来欺骗他，让他感到惊讶。我想象小说就像一种奇妙精巧的设计——就像一辆摩托车一样，它得依靠相互关联的各部分的精确合作才能前进；或者是像魔术师的桌子，装着镜子、隐蔽的袋子或暗门。我认为小说像是某种密实紧凑的东西，依据着自己的自然法则，并且要相对短小。实际上我依据的范例根本就不是小说，而是侦探故事，还有易卜生和契诃夫的戏剧。我在几个月后第一次读了《战争与和平》，它扰乱并且改变了我所有的想法。①

伊舍伍德在小说艺术方面的观点从高度形式主义的角度发生了转变，这一转变应该是受到了托尔斯泰的影响——也就是说20世纪30年代托尔斯泰的现实主义对于一个青年作者来说似乎仍然合理可行——这证明现实主义文学概念存在着连续性和连贯性，尽管有些评论家认为现实主义是一个完全相对的概念。

形式主义对于现代主义艺术来说是合理的审美观，尽管并非所有现代主义作家接受或承认这一点。艺术为我们提供了一个了解现实的特殊角度，从这一点我们可以自然地推演出艺术创造了自己的现实，之后我们又可以推演出艺术根本就不关心现实而是一种自治行为，一种高级游戏。俄国形式主义一开始就试图为俄国写作中的早期现代主义实验，尤其是未来派诗歌做解释和辩护，伊舍伍德以嘲弄的口吻总结的小说观点，正是社会主义现实主义成为苏联文学正统之前很多形式主义者的郑重声明。尽管乔治·奥威尔与马克思主义，还有20世纪30年代很多同道者都断绝了关系并且不太尊重他们的作品，认为他们的作品不会像

---

① Christopher Isherwood, *Lions and Shadows*, Signet edn., 1968, pp. 159–160.

《尤利西斯》或《荒原》一样名留千古，但不管怎样，在谴责 20 世纪 20 年代作家对当代现实表现出来的冷漠，还有他们对形式的痴迷和对内容的忽视这方面来说，他还是自己时代的代表人物。

> 我们的目光被带到了罗马、拜占庭、蒙帕纳斯、墨西哥，带到了伊特鲁利亚人身上，带到了潜意识、心窝——所有的，除了那些真正有事情在发生的地方。当我们回望 20 年代，最奇怪的事情是在欧洲的每一个重要事件都逃脱了英国知识分子的注意……在"文化"圈为艺术而艺术几乎扩大到了一种对无意义崇敬的地步。文学应该仅仅在于对文字的操控。以主题来判断一本书是种不可原谅的罪过，甚至想到书的主题也被看作是审美失误。①

格雷厄姆·格林在思想上与奥登 - 伊舍伍德一派没有多少共同点，与奥威尔也没有多少共同点，但是对于当时的文学历史学家约翰·莱曼（John Lehmann, 1907—1987）来说，在他的著作《欧洲新小说》（*New Writing in Europe*, 1940）中格林似乎属于

> 运动派，因为他在风格上的目标和他所选择的环境……就像普利切斯特（V. S. Pritchett, 1900—1997）和伊舍伍德一样，着重追求快速对话，简洁的小说结构和措辞的口语化。因此他极具可读性，而且没有西里尔·康纳利（Cyril Connolly, 1903—1974）所说的做作……。并且他像"伯明翰学派"中的人一样对描述普通的城市和郊区劳动生活情景感兴趣。实际上，他跟他们完全有同样的权利被称为现实

---

① George Orwell, "Inside the Whale", *op. cit.* I p. 557.

主义者——而且他可以像奥威尔一样让肮脏的环境臭味扑鼻。但是在那个世界中他所关注的事物是完全不同的。①

他所"关注的事物"当然是宗教和精神上的——有关善与恶、拯救和诅咒的问题,这些问题以令人难忘的强度通过《布莱顿硬糖》(Brighton Rock)中的三流流氓和《权利与荣耀》(The Power and the Glory)中废弃的墨西哥城中的牧师和农民揭示出来。这些个人关注点将他拉入了我们正在讨论的对小说传统的个人解读上来。从这一点上来说,他在1945年的关于弗朗索瓦·莫里亚克(Francois Mauriac,1885—1970)先生的文章特别有趣,值得我们详细引述。他以回忆和优美地描述——亨利·詹姆斯的《新小说》开篇:

> 亨利·詹姆斯去世后,一场灾难突袭了英国小说:甚至早在他去世之前我们已经可以想象出那个安静的、令人印象深刻的、颇为自得的人物形象,就像木筏子上的最后一位幸存者,眺望着满目残骸的大海。他甚至在《泰晤士文学副刊》的一篇文章中记录下了自己的感想,记录下了他对青年小说家的希望——但那是真正的希望呢还是仅仅是他无敌的东方式礼貌的一种表现形式呢?——这些小说家包括康普顿·麦肯齐先生(Compton Mackenzie,1883—1972)和戴维·赫伯特·劳伦斯先生,我们这些劫后余生的人能明白他这些希望的徒劳。
>
> 因为随着詹姆斯的去世,英国小说失去了宗教意识,随着宗教意识的丧失,也失掉了人类行动的重要感。就好像小说世界失掉了一个维度:著名作家如弗吉尼亚·伍尔夫太太

---

① John Lehmann, *op. cit.* p.134.

和 E. M. 福斯特先生笔下的人物像硬纸板符号一样在一个薄如纸张的世界里游荡。甚至在我们伟大的小说家中最唯物的人——特罗洛普——身上我们都能意识到另一个世界的存在，以这个世界为背景，人物的行动变得轮廓鲜明。笨拙的牧师穿着黑靴子小心翼翼地在泥巴里走着，笨拙地打着伞，更不用说他可怜的薪水和结婚计划中遇到的磕磕绊绊了，他的存在方式绝不是是伍尔夫太太的拉姆齐先生的存在方式，因为我们知道，拉姆齐先生不仅存在于他所面对的女人的世界，同样也存在于上帝的眼中。他在感觉世界的微不足道恰如他在另一个世界的至关重要。

那些小说家可能是不自觉地意识到了自己的窘境，于是去求助于主观性小说。仿佛通过开掘迄今为止尚未有人涉足的个性层面他就能揭露"重要性"的秘密似的，但是在开掘作业中他又失掉了另一个维度。对于他来说，可见的世界和精神世界一起完全不复存在。在丽晶街①上走着的达洛维夫人能意识到橱窗玻璃的闪光，汽车流畅的通行，购物者们的交谈，但这只是把达洛维夫人眼中的丽晶街传达给读者而已：丽晶街变成了一首迷人的、古怪的、相当感伤的散文诗：一阵风，一点气味，一个玻璃的闪光。但是我们抗议，丽晶街也有存在的权利；它比达洛维夫人更真实，我们怀着乡愁回望那些小饭馆，那些丑陋的法院，静止的狄更斯星期日街。狄更斯笔下的人物有着永恒的重要性……因此莫里亚克先生对于英国读者的首要价值，在于他属于伟大的传统小说家一类：对于他这样的作家，可见世界并未终止存在，他的人物有着人类的顽强和价值，有待解救或迷失的灵魂，而且他要求拥有小说家传统的和基本的权利，

---

① 实际应为邦德街。

去评论，去表达观点的权利。①

到底格林是要以英国小说宗教意识的最后一位监护人还是最终扼杀了宗教意识的那位小说家来介绍詹姆斯，尚不完全清楚。文章开篇（还有格林专论詹姆斯本人的文章②）似乎暗示前者，但是我们刚才的引文还未结束："对于教条式的'纯'小说，这一由福楼拜创立，并在英国在亨利·詹姆斯的创作中达到恢宏而又歪歪扭扭的顶点的传统，我们已经厌倦已极……对作者的驱逐可能太过分了。即使是作者，可怜的家伙，也有权存在，而莫里亚克先生重申了这一权利。"实际上福楼拜与詹姆斯都没有真正驱逐作者，在后詹姆斯时代大规模地行使了作者评论这一特权的 D. H. 劳伦斯和 E. M. 福斯特却未能赢得格林的赞赏。

这篇引人入胜的文章令人困惑的主要原因，是格林以两个相当独立的理由来反对现代主义或象征主义的写作模式，并且他想在这两个理由之间设立一种因果关系。理由之一是文学的，并且是他那一代作家大部分都赞同的：他们谴责现代主义写作中对于个人意识和情感的强调，因为这似乎消解并否认了"可见世界"的经验主义现实（"但是我们抗议，丽晶街……比达洛维夫人更真实。"对此抗议弗吉尼亚·伍尔夫当然已经在她 1924 年的文章《贝内特先生和布朗太太》中奉上了回应："但是我问自己，什么是现实？谁才是现实的裁判？"③）。理由之二是道德和宗教的，这一点基本上仅限于格林本人（尽管另一位天主教皈依者伊芙林·沃在某种程度上也赞同其中一些看法）。他认为现代主义小说的写作方式与一个基督徒的世界观的表达是势不两立的。我们

---

① Graham Greene, *Collected Essays*, 1969, pp. 115–116.
② See Greene, *Collected Essays*, pp. 23–74.
③ Virginia Woolf, "Mr Bennett and Mrs Brown" in *Criticism* ed. M. Schorer, J. Miles and G. McKenzie, rev. edn., New York, 1958, p. 69.

能理解其原因：基督教是基于历史的线性理解，从创世纪到世界末日，并且假定个人心灵的独特性，现实主义小说正是基于线性情节和自治"角色"的理念；然而现代主义写作却被异教徒或新柏拉图式的宗教所强烈吸引，信奉历史循环论和再生理念。但是实际上现实主义小说与自由人文主义的共同点比它与基督教或异教世界观的共同点都要多。当然在文学中对"可见世界"的经验式尊重和基督教信仰之间本没有必然的联系，尽管这格林竭力坚持有这种联系。

格林文章的导论部分旨在将弗朗索瓦·莫里亚克（也包含格林本人呢，因为在这一时期他的写作技巧与莫里亚克类似）标榜为一个坚守了现实主义伟大传统的小说家，但这一伟大传统经过了修正，承认早期信徒想要排斥的基督教末世论。这都是老生常谈了，特罗洛普笔下的牧师——就此而言，还有简·奥斯汀笔下的牧师——最惊人之处在于他们对上帝缺乏兴趣；而作的注解暗示上帝也对他们感兴趣。乔治·艾略特在那段经常被引用的与迈尔斯在三一学院学者花园的谈话中断言，上帝不可思议，永生难以置信，唯有责任是绝对的而且霸道专制[1]，正教在她的小说中主要充当的不过是她自己人文主义"同情学说"（doctrine of sympathy）[2] 的一个隐秘的隐喻罢了。狄更斯的小说中援引来世的章节是最缺乏说服力的部分。总之，尽管全知作者这一说法可能源自于全知的神的概念，而且尽管这一叙述方法可以用来表示宗教的世界观，它们的联系却并非不变的甚至标准的。在现实主义小说中，第三人称全知模式更常用来主张或暗示社会、历史的存在，而非天堂和地狱的存在。确实，现实主义的前提越往前推，他们固有的唯物主义甚至无神论就越明显，就像我们在法国

---

[1] Gordon Haight, *George Eliot*, Oxford, 1968, p. 464.
[2] See my introduction to George Eliot, *Scenes of Clerical Life*, Harmondsworth, 1973, p. 8.

和美国自然主义者身上看到的那样。在英国狄更斯和特罗洛普的真正继承者是吉辛（George Gissing，1857—1903）、贝内特、威尔斯和高尔斯华绥；正如詹姆斯的真正继承者是弗吉尼亚·伍尔夫、福特·马多克斯·福特和 E. M. 福斯特一样。这两组作家继承的都不是基督教，但是哪一组更"虔诚"，当然毫无疑问。"罪"的理念处于福特最好的书的核心；《印度之行》充满了对超凡的追求，即使最终也未能实现；弗吉尼亚·伍尔夫不正是为了贝内特、威尔斯和高尔斯华绥的"物质主义"而谴责他们的吗？

稍后我们发现了 C. P. 斯诺，他与贝内特脾气兴趣很相似，当然绝非基督徒，对于实验小说他采取了基本上与格林一样的立场，牵强地对文学史做了相似的曲解：

> 回顾起来，我们会发现"实验"小说真是一个古怪的现象。不说别的，"实验"三十年来居然出人意料地保持一成不变。多萝西·理查逊小姐是一位伟大的先驱，弗吉尼亚·伍尔夫和乔伊斯也是：但是在一九一五年的《尖屋顶》和它在一九四五年的基本上是美国的仿效者之间不存在什么显著的发展。实际上不可能有任何发展；因为这创作方法的本质是通过感觉的瞬间来反映未加提炼的经验；它所彻底抛弃的正是小说创作中传统得以延续的方方面面。思考不得不放弃，道德意识和喜欢追根究底的智性也是如此。这样的代价真是太大了，于是"实验"小说……因饥饿而死，它摄入的人生养料太少。①

---

① C. P. Snow, *Sunday Times*, 27 December 1953; quoted by Rabinowitz *op. cit.* p. 98.

二十年后，我们发现 B. S. 约翰逊（B. S. Johnson，1933—1973）在他英年早逝前不久写文章严厉谴责那些在 20 世纪继续实践"十九世纪小说"的作家们（斯诺勋爵本也该名列其中）："不管这些尝试十九世纪小说的作家们有多优秀，它在我们的时代也行不通，写十九世纪小说是过时的、无效的、离题而且反常的。"① 这听起来与弗吉尼亚·伍尔夫对爱德华时代现实主义者的评论如出一辙："但是那些工具不是我们的工具，那些事情也不是我们的事情。对于我们来说，那些传统意味着毁灭，那些工具就是死亡。"② "生活可不讲故事，"约翰逊继续道，"生活是混沌的、流动的、任意的；它留下了千千万万个开放的、凌乱的结局。"这听起来熟悉吧？"生活并不是一连串左右对称的马车灯……"

不管停在 20 世纪的哪个时间，我们似乎都能看到正在进行着的关于小说的相同争议。很明显我们无法预知这种争议的结果，但是我们可以提出，在现实主义和现代主义风尚之间的摆钟运动已经加速，加速到了两极间所有可能的写作模式现在对同一代作家（还有诗人、剧作家，甚至画家和雕刻家，因为相同的基本问题出现在了有相似潜能的所有艺术领域）同时可用的地步。有些作家，也可能大部分作家，对于一个宽容的美学多元化不满意，感觉有必要采取这一方或那一方的立场。这种想法我们可以理解，而且这也可能是产生创作能量的一种必要的方式。但是对于文学评论家来说，却没有理由或借口去做同样的事情。正如诺思洛普·弗莱（Northrop Frye，1912—1991）所言，评论家"把他恰好喜欢的东西定义为真正的艺术，进而按照上述定义宣

---

① B. S. Johnson, *Aren't You Rather Young To Be Writing Your Memoirs?*, 1973, p. 14.

② Virginia Woolf, "Mr Bennett and Mrs Brown", *op. cit.* p. 72.

称他恰好不喜欢的东西就不是艺术"①,这是不合理的。因此,小说评论有必要接受两种现代小说的持续共存,接受它们的亚种和杂交品种。但是当我们观察小说评论时经常发现,如我们在活跃于文坛的小说家的附言（*obiter dicta*）中所看到的一样,好争议的党争精神的反复出现,这是一种互相倾轧的文学政治（后来在法国成为文学恐怖主义）。

我们需要有一种讨论小说的单一方式,一种批评方法,一种小说诗学或美学,它能描述这种写作的所有种类。要想达到这一目标,最主要的阻力来自于现实主义小说一方,因为它隐藏自己的创作艺术,通过这种方式,它产生一种内容上而非形式上,伦理学和主题上而非诗学和美学上的讨论,并召唤人们来进行这种讨论。

---

① Northrop Frye, *Anatomy of Criticism*, pp. 26 – 27.

隐喻和转喻(节选)

罗贻荣　译

【来源】

Metaphor and Metonymy. 选自戴维·洛奇著作《现代写作模式》，*The Modes of Modern Writing*: *Metaphor, Metonymy, and the Typology of Modern Literature*, Edward Arnold, 1979 (reprint), London, pp. 73 – 124. 该书首次出版于 1977 年。

【概要】

1. 雅各布森在隐喻和转喻这一对二元对立的概念中，对转喻语焉不详或者忽略；若以"删除"对应选择的替代，可以填补雅氏留下的空白；传统上人们将隐喻和转喻看成同一类修辞，根据本体和喻体之间是否存在相邻性可以确定隐喻和转喻之间的界限或者对立性质。

2. 雅各布森创造性地应用结构主义语言学理论研究失语症的两种类型，为其隐喻/转喻区分理论提供了依据；在对失语症的病理分析中可以找到打开现代主义文学"晦涩"之门的钥匙。

3. 雅各布森用隐喻/转喻区分理论对形形色色文化现象（包括各类文学）进行了解读，文章解释了这一理论有着强大解释力的原因。

4. 隐喻/转喻区分理论在电影和戏剧上的应用。

5. 如果文学以语言的诗性功能占据支配地位为特征，而诗性功能又以"对等原则"占主导地位，那么整个文学的理论就严重地偏向韵文文学而不是散文文学。为了维持其二元性结构的平衡，应该以"相邻性原则从组合轴向选择轴的投射"对应"对等原则从选择轴向组合轴的投射"，以描述诗性功能的转喻性方面。

6. 以五个描写城市的文本为例，用隐喻/转喻区分理论分析非文学文本和文学文本之间的差异，以及它们在隐喻和转喻两极之间所处的不同位置，强调隐喻和转喻是一对相互包容的相对概念。

7. 将五部表现死刑的作品做横向排列，形成从转喻极到隐喻极的话语光谱图，并逐一分析其隐喻性和转喻性；

8. 分析为什么诗学里缺乏对转喻模式的分析，转喻模式何以成为"诗性的"，为什么要重视转喻模式的写作。

9. 进一步展开分析隐喻中本体和喻体之间的距离如何决定文本的文学性和文体类属。

限于本书篇幅，此文部分段落将以节选加概述（概述部分采用方正舒体）的形式出现。

一　雅各布森的理论

二元对立的隐喻（metaphor）和转喻（metonymy）概念可以追溯到俄国形式主义。埃尔利赫（Erlich）注意到，日尔蒙斯基（V. M. Zirmunskij）在 1928 年的一篇论文中"认为隐喻和转喻分别是浪漫主义和古典文体的主要标志。[①] 罗曼·雅各布森记录他

[①] Victor Erlich, *Russian Formalism*, p. 231.

在论现实主义（1927）和帕斯捷尔纳克（1935）的文章中对语言艺术中的转喻性转向大胆地做了粗略的评论，并且早在1919年就"将这个概念用于绘画"。① 维勒克和沃伦在《文学理论》一书中简短提到："转喻和隐喻可能是诗歌文体的两种标志性结构，即因邻近性而联想（association by contiguity）、在话语的单一世界之内运动的诗，以及因对比而联想（association by comparison）、有多元世界加入的诗歌"，他们向读者推荐雅各布森论帕斯捷尔纳克的文章、卡尔·比勒（Karl Buhler）的《语言理论》（sprachtheorie，1934）和斯蒂芬·J. 布朗（Stephen J. Brown）的《意象世界》（The world of Imagery, 1927）。② 然而，对这一概念做最为系统、全面（尽管极为简略）阐述的是雅各布森的论文《语言的两个方面和失语症的两种类型》（Two Aspects of Language and Two Type of Aphasic Disturbances），本文首次发表在雅氏和莫里斯·哈勒（Morris Halle）合著的《语言基础》（Fundamentals of Language, 1956）一书中，此文成为当代结构主义批评理论中被引用最频繁的资源。在1958年印第安纳语言文体研讨会上，③ 雅各布森又发表了"最后陈述：语言学和诗学"的演讲，他提到了同样的区分，但其论述不太均衡，加重了文学批评对隐喻模式的偏重和对转喻模式的忽略，而转喻模式是他本人在早前的论文中发现的。然而，其会议演讲比早前的论文更为英美批评家所知。也许，那篇论文的题目"语言的两个方面和两种失语症"在文学批评家看来不是很诱人，而且，快速瞥一眼文章内容也可能让人完全失去进一步研究它的勇气。

---

① Roman Jakobson and Morris Halle, *Fundamentals of Language*, The Hague, 1956, p. 78n.

② René Wellek and Austin Warren, *Theory of Literature*, Harmondsworth, 1963, p. 195.

③ Roman Jakobson, "Closing Statement: Linguistics and Poetics", *Style in Language*, ed. Thomas A. Sebeok, Cambridge, Mass., 1960, pp. 350 – 377.

这一富于创意的隐喻和转喻两极的区分被压缩在六页的篇幅里，几乎像附在语言障碍专题研究之后的一个追记。对支撑这一区分的语言理论的阐述高度浓缩，很少照顾到非专业读者。在本书接下来对这篇文章的解释中，我试图通过扩展和举例说明，让我所理解的这篇文章的内容和含义清晰起来，这也许会让已经熟悉结构主义语言文学思想的读者觉得这些显得浅显或者累赘。

雅各布森首先阐述了他从索绪尔理论发挥而来的一个结构主义语言学基本原理：语言和其他符号系统一样，有双重性特征。使用语言涉及两项操作——选择和组合。

> 言语包含对某种语言单位的选择，并将它们组合成更为复杂的语言单位。①

这一选择和组合之间的区分对应结构主义语言学和符号学中的语言（*langue*）和言语（*parole*）、纵向聚合（或系统）和横向组合、代码和信息之间的二元对立。分析诸如服装、食物和家具等有着符号功能的具体事物也许最易于理解。罗兰·巴特在其《符号学原理》中提供了一些有用的例说。比如，对于 garment（衣着）来说，**语言/纵向聚合/系统/代码**属于"布片、零件或者细部的集合，它们不可能同时全部穿戴在身体的同一部位，零件的变动对应于服饰意义的改变"，而 garment 的**言语/横向组合/信息**则是"成分不同的同一类衣服的并置"。② 试想一下一位身着 T 恤衫、牛仔裤和凉鞋的女孩：这套衣着的信息就是告诉你她是什么类型的人，或者她在干什么，或者她心情如何，或者以

---

① Roman Jakobson, "Two Aspects of Language and Two Types of Linguistic Disturbances", in Jakobson and Halle, *Fundamentals of Language*, p. 58.

② Roland Barthes, *Elements of Semiology*, trans. Annette Lavers and Colin Smith, 1967, p. 63.

上所有事情，这要根据语境来判断。她选择了这些服饰单位并将他们组合成"更为复杂"的衣着单位。她从一系列上半身衣服中选择了 T 恤，从下半身衣服中选择了牛仔裤，从鞋类中选择了凉鞋。她的选择过程取决于她知道那是些什么集合——取决于她的衣橱里的分类系统将哪些东西跟 T 恤归为一类，比如短衫和衬衣，它们都跟 T 恤功能一样但她只需要一件。组合的过程取决于她了解衣着可接受的组合规则：比如，凉鞋——不是那种船形高跟浅帮的宫廷鞋——就是配牛仔裤的（不过时装搭配规则如此变动不居，你对此不能过于教条）。简言之，T 恤—牛仔裤—凉鞋组合就是一种句子。

以"轮船横穿大海（Ships crossed the sea）"这个句子为例。这是在通过选择某些语言单位并将它们组合成更为复杂的语言单位（横向组合）而组成的句子：从具有同一语法功能（即名词）并属于同一语义领域（比如，**扁舟**、**舰船**、**小艇**等）的词语集合（纵向聚合）中选择**轮船**；从具有同一基本意义的动词（比如**跨越**、**驶过**、**横渡**等）里选择**横穿**，又从另一个诸如**大洋**、**水域**等的名词集合里选择**大海**。做出选择后，这些语言单位就根据英语语法的规则组合起来。说"大海横穿轮船"是荒唐的，如同上身穿牛仔裤下身穿 T 恤（这两个都是尚未掌握基本言说规则和衣着规则的婴儿会犯的错误）。

选择涉及对相似性的感知能力，将系统项目［items］分类使其成为诸种集合，它包含替代的可能性（**短衫替代 T 恤，小艇替代轮船**）。就是这个过程生成了隐喻，因为隐喻就是在某种相似性基础上的替代。如果我将句子由"轮船横穿大海"改为"轮船**耕过**大海"，因为感知到犁耕过土地和轮船横穿大海的运动之间的相似性，我用**耕过**替代了**横穿**。然而，需要注意的是，这里不能排除对轮船和犁之间**差异**的认识：这对隐喻来说其实是本质性的问题。正如史蒂芬·乌尔曼（Stephen Ullmann）所评论的那样:"本体和喻体①之间必须有一定距离,这是隐喻的本质性特征。它们的相似性必须与差异感相伴;它们必须属于不同的思想领域。"②

和隐喻相比,转喻是个人们不太熟悉的术语,至少在英美批评理论中如此,尽管它在言说和写作中完全是个流行的修辞方法。《简明牛津英语词典》将转喻定义为"以所指事物的属性之名或者其附属物之名替代该事物本身之名的修辞手法,如以**权杖**替代**权威**"。理查德·A. 拉纳姆(Richard A. Lanham)在《修辞学术语手册》中的定义稍有不同:"以原因替代结果或者结果替代原因,以专有名词替代其某种特质或者相反;如说巴斯妇是一半维纳斯一半马尔斯,是指她混合着爱与斗的独特性格。"转喻与提喻(synecdoche)密不可分,拉纳姆如此定义提喻:"部分替代整体,类替代种或者相反,如'所有人手集合(All hands on deck)'。"③俗语"摇动摇篮之手/就是统治世界之手"中包含了这两种比喻——"手"指"人"(推断应为"母亲")是提喻,"摇篮"指"孩子"是转喻。在雅各布森的分类表里,提喻包含在转喻中。

从亚里士多德至今的修辞学家和批评家都基本上认为,转喻和提喻都是隐喻的形式,或者是其亚种,找到其原因并不难。表面看来它们就是同一种东西——文字表达的比喻性转换。跟隐喻一样,转喻和提喻似乎都包含替代,以上引用的两个术语的定义

---

① 这是 I. A. 瑞恰兹在《修辞哲学》中创造的术语,以区分隐喻或者明喻中的两个要素。"轮船耕过大海"中"轮船的运动"是本体,"犁"是喻体。Terms coined by I. A. Richards in *The philosophy of Rhetoric* to distinguish the two elements in a metaphor or simile. In 'Ships ploughed the sea', 'Ships' movement' is the tenor and 'plough' the vehicle.

② Stephen Ullmann, *Style in the French Novel*, Cambridge, 1957, p. 214.

③ Richard A. Lanham, *A Handlist of Rhetorical Terms*, Berkeley, 1969, pp. 67 and 97.

的确都使用"替代"一词。然而,雅各布森提出,隐喻和转喻是对立的,因为它们根据对立的原理生成(结构主义方法也许胜过基于日常经验的方法,这个例子再突出不过了)。

正如我们所见,隐喻属于语言的选择轴;转喻和提喻属于语言的组合轴。如果将我们的例句转化为"**龙骨横穿深渊**"(*Keels crossed the deep*),我们使用了提喻(*Keels*)和转喻(*deep*),它们不是基于相似性而是相邻性。*Keel*(龙骨)可以代表**轮船**,不是因为它与轮船相似而是因为它是轮船的一部分(龙骨与轮船有相同形状纯属偶然,换成也可以作为提喻的**帆**,便没有相同的形状了)。*deep* 可以代表大海,不是因为它们之间有任何相似,而是因为深是大海的属性。也许会有人反驳说,这些比喻所使用的仍然是替代——龙骨替代轮船,深替代大海,所以他们基本上跟隐喻无异。要回答这个问题,我们需要在雅各布森的术语表里加上一项。在他的分类表中,选择与组合对立,而替代与"构造(contexture)"对立,构造是一个过程,通过它,"任何语言单位一度同时为较为简单的单位充当语境,并且/或者在较为复杂的语言单位中找到自己的语境"。① 可是"构造"不是一个跟"替代"完全一样的可选择的操作,不如说它是一个语言规则。我认为,我们需要添加的术语是**删除**(deletion):删除之于组合,正如替代之于选择。转喻和提喻是构造的**压缩**(*condensation*)。"**龙骨横穿深渊**"(非隐喻模式,但仍然是比喻性表达)是一个理论上的(notional)句子"**轮船的龙骨横穿深深的大海**"(它本身就是若干较为简单的核心句的组合)通过使用删除而得到的句子。它成为一种修辞格而不是摘要(précis),是因为被删除的项目似乎在逻辑上并非可有可无。因为**轮船**一词包含龙骨的概念,在事件较为简要的陈述中**龙骨**从逻辑上来说是多余的,

---

① Jakobson, "Two Aspects of Language", p. 60.

显然它理应被省略，同样的道理也适用于**深**（*deep*）。简言之，转喻和提喻通过删除自然组合中的一个或多个项目而产生，但所删除的并非最应该省略的项目；这种不合逻辑性跟隐喻中相似性与差异性的同时存在如出一辙。

当然，从实用层面看，转喻也许仍然被视为一个替代过程：我们在手稿里删去**轮船**插进**龙骨**，并未有意识地经历上文所描绘的扩展和删除过程。这并不影响隐喻和转喻结构上的基本对立，这种对立建立在选择和组合之间对立的基础上。

> 选择（和与其对应的替代）处理集合在代码中而不是给定的信息中的诸多单位，而对组合来说，它所处理的单位集合在二者之中或者仅仅在实际信息中。①

耕过的选择使其优先于或者替代了其他那些表示运动和贯穿的动词（如**穿过**、**刺透**、**刻划**），这些动词集合于英语代码中（其依据是它们同属于一类意义大致相似的动词）而不是信息中（因为需要的只是它们中的一个）。而**龙骨**和**轮船**则同时既在代码中（作为名词、作为航海词汇中的项目）也在概念上的信息（**轮船的龙骨**等）中结合。**龙骨**和**轮船**的相邻性在许多可能的信息以及代码中反映它们在现实（也就是语言学所称的"语境"）中实际存在的相邻性，而犁和轮船之间则没有这种相邻性。

二 失语症的两种类型

雅各布森认为隐喻和转喻是对应于语言的选择轴和组合轴的两极对立关系，他的失语症（严重的语言障碍）研究为这一观

---

① Jakobson, "Two Aspects of Language", p. 61.

点提供了令人印象深刻的论据。传统上失语症是在发送和接受语言信息两个方面进行研究。但雅各布森循着选择和组合之间的路径在方法论上"切"入了一个不同的维度（结构主义胜过解决这个问题的经验式方法的又一个突出例证）：

> 我们区分失语症的两种基本类型——区分它们根据其病症是在选择或者替代方面出现较大缺陷，伴随着组合和构造（contexture）方面的相对稳定；还是反过来，在组合和构造方面出现较大缺陷，而选择和替代方面保持相对正常的水平。①

在语言的选择轴有困难的失语症患者——用雅各布森的话来说就是患有"选择缺陷"或者"相似性紊乱"——严重依赖语境，比如，依赖相邻性，以保持话语。

> 他的表达越有语境依靠，他完成语言任务越好。如果既没有对话者的提示也没有实际情景，他就感觉无法说出一个句子。除非看到实际上正在下雨，说话者说不出"下雨了"这个句子。②

更为突出的是，一位患者被要求重复"不"一词，他回答："不，我做不到。"语境让他可以使用的词，他无法从抽象的纵向聚合中"选择"。在这类失语症患者的言语中，句子在语法上的主语往往模糊［以"东西（thing）"、"它（it）"表达］、被省略或者不存在，而那些以语法上的一致关系或者支配关系自然地相互组合的词，以及那些跟语境有内在关联的词，像代词和副

---

① Jakobson, "Two Aspects of Language", p. 63.
② Ibid., p. 64.

词，往往可以幸存。定义宾语要通过提及具体的语境性变体，而不是通过一个综合性的类属措辞［一位患者说不了刀（knife），只能说**削铅笔的**（pencil-sharpener）、**削苹果皮的**（apple-parer）、**面包刀**（bread knife）、**刀叉**（knife and fork）］。而最有意思的是，这类失语症患者会犯这样的"转喻性"错误，即将组合和删除修辞转移到选择和替换轴；

  叉子替代**刀子**，**桌子**替代**灯**，**烟**替代**管**，**吃**替代**面包烤箱**。海德（Head）记录了一个典型病例："要是他回忆不起'黑'这个词，他就将其描绘为'死人会得到的东西'，将它简化为'死了'。"

  这种转喻的特征以从一种惯常语境线投射到替代和选择线：一个符号（如**叉子**）通常跟另一个符号（如**刀子**）一同出现，他也许会用这个符号而不用另一个。①

  在与之对立的失语症类型——"构造缺陷"或者"相邻性紊乱"——中，产生困难的是将语言单位组合成更为复杂的单位，而相似性紊乱表现为相反向的特征。语序变得混乱，介词、连词和代词这样纯语法功能（也就是连接功能）的词语消失了，但主语往往保留下来，在极端的病例中，每个句子仅由一个单独的主语词构成。这类失语症倾向于犯"隐喻性"错误：

  "说一事物是什么，就是说一事物像什么，"杰克逊记录道……限于替代方向（一旦有构造缺陷）的患者处理相似性，他大概的识别是带有隐喻性质的……**小望远镜**替代**显微镜**，或者**火**（fire）替代**煤气灯**（gaslight）是这类准隐喻

---

① Jakobson, "Two Aspects of Language", p. 69.

表达（此为杰克逊所命名）的典型的例子，因为跟修辞或者诗歌的隐喻相比，它们不包含精心的意义转换。①

这些来自失语症临床研究的依据不仅本身十分有趣而且令人信服地为雅各布森的一般语言理论提供了支持；我相信，它也跟现代文学及其臭名昭著的"晦涩"研究有着直接关系。如果说大部分现代文学无一例外地难以理解，其原因只能是语言的选择轴或者组合轴存在某种脱节或者扭曲；而某些现代文学作品，比如格特鲁德·斯泰因、塞缪尔·贝克特的作品，不夸张地说，它们就追求失语症症状。后文将在适当的时候对此进行进一步研究；接下来将讨论雅各布森论文的最后一部分"隐喻和转喻两极"，他在其中将隐喻和转喻区分理论应用到所有话语以及所有文化的研究。

三　隐喻和转喻两极

话语的发展可能伴随着两种不同的语义路线发生：一个话题导向另一个话题可能要么通过它们的相似性，要么通过它们的相邻性。隐喻方式是更合适前者的术语，转喻方式则是后者更恰当的术语，因为它们分别在隐喻和转喻里找到了自己最精简的表达。在失语症里，两种作用方式（process）中的一个或另一个出现了障碍……在正常的语言行为中两个作用方式都连续运转，但通过细致的观察人们会发现，由于受文化模式、个性和语言风格的影响，两个作用方式中的一个占据优先地位，而另一个受到压制。②

---

① Jakobson, "Two Aspects of Language", p. 72.
② Jakobson, *op. cit.* p. 76.

雅各布森根据这一区分理论对大量各式各类的文化现象进行了分类。如此，戏剧基本上是隐喻模式而电影基本上是转喻模式，不过在电影艺术内部，蒙太奇技法是隐喻性的，特写技法则是提喻。在弗洛伊德的释梦理论里，梦的作用方式中的压缩和移植涉及转喻方面，而认同（identification）和象征则涉及隐喻方面。① 绘画中的立体主义"将物体转化为一套提喻"，它是转喻模式，而超现实主义是隐喻模式（大概因为被组合的物体本质上不具相邻性，并根据相似性和对照原则选择和替代视觉/触觉价值观。）② 弗雷泽（Frazer）在《金枝》中区分的两类巫术，即基于相似性的顺势疗法（homeopathic）巫术或者模仿巫术，以及基于接触的感染（contagious）巫术也对应于隐喻/转喻区分。文学中的俄罗斯抒情歌谣是隐喻模式，英雄史诗是转喻模式。散文"本质上由相邻性促成"，它偏向转喻极，而诗有自己的格律，使用押韵和其他强调相似性的音韵学技法，它偏向隐喻极。浪漫主义和象征主义写作是隐喻模式，而现实主义写作是转喻模式："沿着相邻关系的路径，现实主义作家转喻性地从情节偏离到环境氛围，从人物偏离到时空背景。他喜爱提喻式细节描写。在安娜·卡列尼娜的自杀场景，托尔斯泰的艺术关注聚焦于女主人公的手袋……"③

---

① 梦有几种基本作用方式，通过这些方式，其潜在意义——作为梦的动机的现实焦虑或者欲望——被转化成显在内容，即梦本身。通过压缩，梦的潜在意义被高度紧缩，所以一个项目代表许多不同的梦思维，而通过移植，把触发梦的焦虑和罪感从中心转移，替换为别的不重要的东西。如此，梦中的琐事也许就有现实中的某种重要意义，二者之间的联系可以通过联想法循着相邻性的路径追溯。梦的象征是一个熟悉的作用方式，通过这种方式，比如说，长而尖的物体代表男性性事，而圆的孔穴代表女性性事。
② ［此处略去一个作品片段——译者］Cf. Max Ernst, *Beyond Painting* (New York, 1948), quoted in *The Modern Tradition*, New York, 1965, ed. Richard Ellmann and Charles Feidelson Jr. p. 163.
③ Ibid., p. 78.

"这里讨论的二分法",雅各布森说,"看来对所有语言行为和一般人类行为都有着根本意义和重要性。"有人可能要质疑,这种提供了这么多解释的理论,即便它是正确的,有什么用呢?我相信有用,因为它是一个适用于通则(generality)的不同层面材料(data)的二元系统,在这一理论中,一种特质胜于另一种特质但它们并不互相排斥。如此,这一区分理论既可以用来解释 A 类和 B 类之间的差异,也可以解释 A 类中 X 项和 Y 项的差异。为了更清晰的说明这一点,有必要更为详尽地考察雅各布森的一些二元对立概念,对其论文中一些仅提供了隐晦线索的东西进行进一步追踪研究。不过为了查阅方便,先将论文中的主要观点以图表的形式概括如下:

隐喻	转喻
纵向聚合	横向组合
相似性	相邻性
选择	组合
替代	[删除]构造
相邻性紊乱	相似性紊乱
构造缺陷	选择缺陷
戏剧	电影
蒙太奇	特写
梦的象征	梦的压缩 & 移植
超现实主义	立体主义
模仿巫术	感染巫术
诗	散文
抒情诗	史诗
浪漫主义 & 象征主义	现实主义

四　戏剧和电影

[概述] 戏剧艺术在文化史上所显示的总体上的特征是隐喻模式。它起源于宗教仪式。观众所理解的戏剧是它与现实相似，而不是对现实的直接模仿。跟戏剧相比，电影更加致力于也更易于制造"生活幻象"；跟在剧院相比，我们在电影院更容易因同情而产生强烈的身体反应，逼真可以解释为电影媒介的转喻性功能。电影特写是提喻式的，以部分表现整体。但这些并不意味着电影没有隐喻模式技巧，它也可能被推向隐喻模式结构；蒙太奇的并置就是以相似与对照原则而不是相邻性原则为基础。

五　诗歌、散文与诗性

雅各布森说散文体（prose）"本质上由相邻性促成"，这一描绘与基于常识的观点不谋而合，常识认为散文是适于描绘概念与概念或者实体与实体或者事件与事件之间逻辑关系的媒体。诗歌的形式规则——格律、押韵、诗节形式等——则基于相似性关系，它们打断话语的逻辑进程。散文和诗歌印刷品的排列形式就能说明它们的区别。

［此处有删节］

雅各布森在他的"语言学与诗学"一文中说，"［语言的］诗性（poetic）功能[①]就是将对等（equivalence）原则从选择轴投射到组合轴。"[②]

[①] 根据上下文，原文"poetic function"中的"poetic"译为"诗性［的］"而不是"诗歌［的］"，因为后者易于被理解为专指诗歌（不包括散文），而这正是洛奇在文中所批评的一种偏向。——译者注。

[②] Roman Jakobson, "Closing Statement: Linguistics and Poetics", *op. cit.* p. 358.

这是雅各布森最有名也最常被引用的观点，但这里的"诗性"一词遇到了争议，我认为它并未得到广泛认可：在理论上它包含所有文学；可在雅氏这篇文章中，它几乎专用于诗歌作品。"诗学（poetics）"，雅各布森在论文开篇写道，"首先要解决的问题，是**什么使语言信息成为艺术品**？"其答案在本书第一部分已经提到，他说，"如此对待**信息**的态度（*Einstellung*），即因为自身原因而指向信息，就是语言的**诗性**功能。"① 他很快又指出（跟随穆卡洛夫斯基［Mukarovsky］的"前景化"［FOREGROUNDING］理论），诗性功能不是专指诗歌信息（它也在广告、政治口号和日常言语中出现），不过它是诗歌信息"占支配地位的、决定性的功能，而在其他语言活动中它只作为补充的、附加的部分存在。"②

［此处有删节］

如果文学（作为艺术品的语言信息）以语言的诗性功能占据支配地位为特征，而诗性功能又以"对等原则"占主导地位，那么整个关于什么构成"文学"的理论就严重地偏向韵文文学而不是散文文学。……在"语言学和诗学"一文中，"对等原则从选择轴向组合轴的"投射是作为"语言学和诗学"中的诗性功能提出来的，而实际上只是根据"语言的两个方面"为隐喻模式的替代所下的定义。

［此处有删节］

为了维持这一普遍理论的二元特性结构，应该有某种与"对等原则从选择轴向组合轴的投射"对应的表述，以描述诗性功能的**转喻性**方面。从逻辑上说，这个表述应该是："相邻性原则从组合轴向选择轴的投射"。不过要是我们从有说服力的意义

---

① Roman Jakobson,"Closing Statement: Linguistics and Poetics", *op. cit.* pp. 350 and 356.
② Ibid.

上解释这一表述，作为一种偏离常规的（deviant）或者被前景化的策略，我们发现它适用于以相似性紊乱为特征的语言错误，比如**叉**代替**刀**，**桌**代替**灯**，**烟**代替**管**等，对此，雅各布森评论道，"这类转喻也许可以描述为从习常语境线向替代和选择线的投射。"而如果我们从不太有说服力的意义上解释这一表述，完全意指相邻性或者语境对选择领域的控制，那么我们得到的不过是对普通的指称性话语（referential discourse）运作方式的简单描述。这实际上也许是我们所期待的，因为以转喻模式写成的文学作品倾向于将自己伪装成非文学（参见奥威尔《绞刑》），但它确实无助于我们将这种作品纳入基于语言学的诗学。恰好相反，它使我们可以完全从内容的意义上讨论这种文学。

六　描写的类型

我早前提出，作为比喻的转喻和提喻都是由组合和非逻辑的删除过程产生的文字的核心表达（kernel statements）的转换。这似乎可以对应于我们通常所称的小说家在叙述描写中的细节"选择"。E. B. 格林伍德（E. B. Greenwood）宣称，这些细节"是替代物，……替代被观察到的、现实中一直存在的大量细节。"[1] 那么，如果说对隐喻模式文本恰当的对应批评方法是建构一种公平对待其对等系统的超语言，对转喻模式文本恰当的对应批评方法似乎就是尝试恢复被删除的细节，将文本放回进它作为源头的总体语境。的确，我们最熟悉的一种现实主义小说批评遵循的完全是这一路经。这种批评与其说是对小说系统的分析，不如说是寻找真实性的证据，或者小说是否能代表人类全部的知识和智慧，是否对这些知识和智慧有贡献，与它们是否相吻合。

---

[1] "Critical Forum", *Essays in Criticism* XII, July 1962, pp. 341–342.

迄今为止，以这种传统方法讨论现实主义是合适的，的确也是不可避免的，学校的文学教学以教学生在此水平上做文学批评作为起步也是正确的。但这种传统做法绝不能为小说"诗学"提供基础，因为从本质上说它的取向是内容而不是形式。在最糟糕的情况下，它不过是反刍小说家本人已经表达的东西，只是更善辩、更直白而已。也许这就是雅各布森所说的现实主义文学"抗拒阐释"时要表达的意思。

然而，将现实主义文本描述为转喻模式，只要我们没有忘记转喻是一种**非逻辑性**删除修辞手段，就不一定导致我们采用上述传统批评模式。我们就是在这里找到了细节选择的具体文学动机。既然我们无法在给定的文本里描述所有事物，我们便选择某些项目而放弃另一些项目；所有的话语都是如此。可是在完全没有"诗性"的话语（雅各布森所说的"实用散文"）里，项目的选择却是基于纯粹的逻辑原则：被表现的食物包含不在场的事物，整体代表部分，事物代表其属性，除非部分或者属性本身对信息是必不可少的（在这种情况下，它是作为整体或者凭自身资格被带入信息的）。例如，这是美国百科全书的英国伯明翰市词条：

> 伯明翰 英国第二大城市（人口 111.234 万），沃里克郡；大型工业中心。面积 80 平方英里。附近有铁、煤，以金属制造（metal mfg.）闻名。英国大部分黄铜和青铜硬币都在这里铸造。公用事业和一家银行为城市所有。有著名的城市管弦乐队。多座英国国教教堂、罗马天主教教堂以及伯明翰大学所在地。二战中遭到严重轰炸。①

---

① *The Columbia-Viking Desk Encyclopaedia*, New York, 1964.

此类参考书版面很贵，所以在任何可以省略字词又不导致混乱的情况下使用缩略词和省略句。这种书写和句法的压缩是典型的语义性文本组织方式。比如，它的确没有提到伯明翰的空中轮廓所展示的许多工厂烟囱——它被"大型工业中心"所包含。"公用事业"包括若干机构和服务，但不包括银行，所以银行必须另行提及。伯明翰不因整体上的艺术而闻名，只以其管弦乐队闻名，所以具体提到管弦乐队；但它没有告诉我们关于该管弦乐队的任何事情，由此可以推断它作为交响乐队是普通的。简言之，只有当整体不充分包含个别时，整体才被个别替代，个别决不代表整体——除非到了整个事实一览表全体来"代表"实际城市的程度。只有在文本不是隐喻模式的意义上，它才因此是转喻模式。它选择某些细节而不是另外一些细节，并将它们组合在一起——不过任何文本都是如此。关键之处在于，在上述选择和组合模式中，没有对应真正的转喻和提喻修辞的比喻或者修辞。就因为是**选择性的**，这个词条对伯明翰的描述当然不是中立的也不是客观的。但是可以放心地假定，信息的选择受一般惯例和百科全书的功利主义目的左右，而不是受作者的特别兴趣和观察的影响，也不受根据读者情感而做的任何设计的支配。

[此处有删节]

现在让我们来看看两部经典小说的城市描写。它们都出现在各自文本的开头。第一例是 E. M. 福斯特的《印度之行》。

除了离城二十英里处的马拉巴山洞之外，没有特别引人注目的地方。恒河从昌德拉普尔旁边不是奔流而过，而是缓缓流淌。这小城沿着河岸伸展了几英里长，河岸和小城随便堆置的垃圾简直无法区分。河滩没有沐浴的台阶，因而此处的恒河不是圣地；真的，这儿看不出哪是河滩，印度人的居住区遮住了宽阔、多变的恒河。这儿街道鄙陋，寺庙冷清，虽然也有几所漂亮的住宅，然而不是隐蔽在花园之中，就是隐蔽在幽深的巷子里。巷子里污物成堆，除了应邀而来的客人之外，无人不望而却步。昌德拉普尔从来就不是个庞大或美丽的城市，但在两百年以前，它却是印度北部（那时还是莫卧儿帝国）通往海上的必经之地，几所漂亮的住宅便是那个时候修建的。这儿的人们在 18 世纪的时候就失去了装饰的兴趣，这兴趣好像从来也不是属于平民的。在印度人居住区，看不到任何绘画艺术，也没有什么雕刻作品，树木都像是用泥做成的，居民走在街上则好像泥土在移动。在这儿所看到的一切，都是那么卑微而败落，那么单调而无生气。恒河发了大水，都希望把赘疣冲进泥土里，可大水一来，房子倒塌，人被淹死，尸体腐烂，无人料理，然而昌德拉普尔城的轮廓却依然存留着，只是这儿扩大了一点，那儿缩小了一点，活像一种低等而又无法毁灭的生物体。①

……这个开篇段落读起来有着知识丰富和真实可信的效果，部分是由于它娴熟地模仿旅行指南和游记的口吻与方法。然而，这个段落只提到了三个具体地理项目——马拉巴山洞（十分蓄意地以一个倒装句将读者注意力引到最好的位置）、昌德拉普尔城本身和恒河。大部分其他实体都使用模糊概括的复数——印度人居住区、寺庙、街道、小巷、漂亮住宅、花园。没有游记里通常见到的那种旨在再现"氛围"和地方色彩的明显的转喻和提喻。

［此处有删节］

……这个段落的修辞手段是什么？……我认为答案要在重

---

① 引文中译引自 E. M. 福斯特著《印度之行》，杨自俭、邵翠英译，译林出版社 2003 年版，第 3 页。

复、平衡和对照（antithesis）——特别是对仗（isocolon）（长度相等的、通常结构一致的短语的重复）中寻找：*edged rather than washed……the streets are mean, the temples ineffective……no painting and scarcely any carving……The very wood seems made of mud, the inhabitants of mud moving. So abased, so monotonous……houses do fall, people are drowned……swelling here, shrinking there……*这些句式和语序，以及它们形成的节奏和韵律，很像雅各布森所分析的诗歌中的"声音修辞"一样，它们也许是散文中最接近"对等原则从组合轴向选择轴的投射"的东西了。这些东西冒失地用在游记和旅游手册中，就是非诗性话语的"诗性功能"外表的最恰当例子。在这类写作中，修辞模式产生某种美学上的愉悦——一切节奏所固有的愉悦——它有助于增加所传递的信息的吸引力，同时跟这个信息是分离的——用雅各布森的话来说，它是"作为补充的、附加的部分存在"。[①] 通过赋予话语以相似的声调而使它有了人性化效果，也让互不相连的事实之间可以优雅地过渡，使文本大致上更易接近和接受，用通用的措辞来说就是更有"可读性"。那本百科全书的伯明翰词条可以以这种文体改写而不变更所传达的任何信息……但要是以百科全书的文体风格改写福斯特的描写段落而又不损失或者改变其效果是不可能的，因为其语调是那个段落的意义必不可少的部分。那些考究的倒装句、尖锐的对照、精致的顿挫、巧妙的重复不仅仅是事实的可意包装，从任何角度看，它们都是在以一种方式组织和表现"事实"，这种方式使其潜在的消极和缺失主题得到强调。

不过这还不是彻底的"对等原则从选择轴向组合轴投射"……

……即使它包含少许隐喻没有转喻，但它是转喻模式写作；

[①] Jakobson, "Linguistics and Poetics", p. 356.

它是结构上的转喻模式,其话题与话题之间以相邻性而不是相似性连接。对昌德拉普尔城的描写是从恒河开始的,接着写河岸,再写到沿河而建的印度人居住区,然后街道和小巷将读者带离恒河,间或提到漂亮房子和花园。在那里,描写暂停下来,插进一个简短的历史闲笔(这一"闲笔"循时间上的而不是空间上的相邻性),然后从漂亮房子折返,回到印度人聚居区并最终回到恒河。这样整个段落就是一种交错配列(chiasmus),在历史闲笔处回转,形成一个对称结构,大规模地重叠单句中处于支配地位的重复和平衡修辞。它结束于地理上的起点,模拟观者在昌德拉普尔城找寻某种"不寻常"事物的失败。

下面是另一个例子:

> 伦敦。米迦勒节刚过,大法官坐在林肯法学会的大厅里。这是糟糕的十一月天气。街上满是泥泞,好像洪水刚从地表退去,如果遇到一条十来英尺长的斑龙,像一只庞大的蜥蜴一样蹒跚爬上霍尔本山,也不足为奇。煤烟从烟囱顶上飘落,化作一阵黑色毛毛雨,其中夹杂大雪片般的煤屑,人们也许会想象这是为死去的太阳哀悼。狗,满身泥浆,难辨真容。马,也好不到哪里去,眼罩都溅上了泥水。行人,全都染上了坏脾气,手里的伞你碰我撞,一到街角就站不稳脚步,从破晓起(如果这天有破晓的话),就有成千上万的其他行人在那里滑倒,跌跤,往一层层泥巴上添新的积蓄。这些泥巴紧贴路面,等着收复利。[①]

这是一段比任何其他例子都更接近隐喻极的散文。它的基本结构就是一个相邻性项目一览表,但这些项目被以隐喻模式详尽

---

① Charles Dickens, *Bleak House* [1852—3], 1892, p.1.

描述，而不是以转喻模式表现，这一倾向显而易见。［此处有删节］原意的泥产生了新的隐喻性漂移。将泥"等着收福利"跟福斯特的"树木都像是用泥做成的，居民走在街上则好像泥土在移动"两种比喻做个比较是值得的。因为本体和喻体的语境关系，后者的隐喻力量弱小得多：因为恒河出现在场景里，泥似乎就不无相邻性，也不是一个突兀的类比资源。被比作泥的树木和人实际上和泥有物质上的联系（和泥具有相邻性）。而在狄更斯那里，泥是隐喻的本体，而作为喻体"复利"①则跟它没有物质上的相邻性——因为"复利"是个抽象概念，也不可能有这种相邻性。不过，它们之间又的确**存在**一种语境关系，曾经有人常常指出之一点；就是说，小说的背景是唯利是图（俗话所说的"发不义之财"）的伦敦，而造成人物苦难的是大法官厅对金钱的贪欲，这是小说的主要主题。如此，通过看似牵强的比喻"收复利"，泥不仅成为十一月的伦敦的标志，也成为它的机构的标志：它变成了一种隐喻性转喻模式，或者我们通常所说的象征。本章稍后会详述泥（跟下一段引入的雾一样）的象征意义：

> 再浓密的雾、再深的泥泞也比不上那些戴银发的罪人中最罪大恶极的大法官厅那天在天地注视下摸索和深陷的状况。②

那么，在《荒凉山庄》开篇中的这一段里，"对等原则"大规模地"投向组合轴"。这部小说属于或者至少倾向于隐喻极的另一个标志，是它的任何电影改编都不可避免地倚仗蒙太奇技巧……

---

① 原文"compound interest"，指金融上的"利滚利"。
② Ibid., p. 7.

［此处有删节］必须强调的是，隐喻和转喻两个术语无论如何是相对概念。任何散文叙事，不管它多么"隐喻"，它可能都比抒情诗更受转喻构造的限制。……

［此处有删节］

七　死刑再探

如果我们将以上讨论过的五个文本以横向顺序如此排列：

　　　　1　　　　2　　　　3　　　　4　　　　5
《百科全书》《卫报》《印度之行》《荒凉山庄》《荒原》

这里就形成了一种从转喻极到隐喻极的话语光谱图。不管我们从编号文本之间什么地方划一条竖线，右边的文本都比左边的文本更具"隐喻性"，而左边的文本比右边的文本更具"转喻性"。……

本书第一部分讨论过的五个描写死刑的文本也可以做类似的排列：

　　　　1　　　　2　　　　3　　　　4　　　　5
《米迦勒湖写真》《绞刑》《老妇谭》《裸体午餐》《里丁监狱之歌》

［此处有删节］

八　作为隐喻的转喻性文本

早前我们注意到，甚至雅各布森本人也有点儿对如何分析转喻模式写作感到棘手；我们追溯这一困难发现，在他的分类表里，**诗性**（亦即文学）对应隐喻模式，转过来又跟转喻模式形成对立（opposed）。那么，转喻模式何以成为**诗性**的？

解决方案似乎在于一种认识，即我们以普遍性的最高层次应用隐喻/转喻区分理论，认为文学本身是隐喻模式，而非文学是转喻模式。文学文本总是隐喻模式，因为我们对它进行阐释的时候，揭示韩茹凯（Ruqaiya Hasan）所说的文本的"统一体（unity）"的时候，我们使它变成一个总体隐喻：文本是喻体，世界是本体。正如我们已经指出的那样，雅各布森本人认为，超语言（metalanguage）（和文学批评一样，是应用于目的语的语言）与隐喻类似，并用这一事实解释文学批评更多地关注隐喻模式比喻而不是转喻模式比喻的原因。同样，在话语层面，跟以转喻模式写成的文本相比，以隐喻模式写成的文本更容易被整体看成一种用于现实的隐喻。我们不大可能将《李尔王》和《失乐园》阐释为现实的文字报道，从任何意义上来说这些作品都在表明自己作为整体上的隐喻的身份。人类状况，莎士比亚说就"是"《李尔王》，弥尔顿说就"是"《失乐园》。然而，转喻模式文本——比如《爱玛》或者《老妇谭》——则向我们表明自己不是隐喻而是提喻，不是现实的模板而是现实有代表性的一小部分。它们的作者似乎在说，人类生活"像（is like）"《爱玛》，像《老妇谭》——在这里，"像"表明一种相邻性关系而不是相似性关系，因为作者要制造的一种幻象是，他们的故事是历史的一部分，这些故事截取自历史，它们是历史的代表。因为更为偏向转喻极，这类作品常常被描绘为一个"生活片段（slice of life）"。不过，这一表明现实主义文本的提喻特性的短语本身也是一个隐喻；我们知道，文学艺术家不可能使自己局限于像切奶酪一样截取现实，仅仅是揭示现实的结构和机理而不改变它，原因很简单，他的媒介不是现实本身而是符号。因为同样的原因，尽管转喻文本延迟和抗拒将其转化为整体隐喻的阐释行动，但它无法无限延迟这一行动。正如盖依·罗瑟拉托（Guy Rosolato）所说：

> 描述性最强的或最为写实的作品达到的最高境界是隐喻，但这隐喻暗含并贯穿在连续的叙述之中，在某些地方显露出来，最明显的是在作品的结尾："生活"、"现实"、"对象"的隐喻就这样被融于作品之中，作品受限于书的篇幅，止于其结尾。①

文学教学和文学批评所有开场白中最具特征的话题进一步证实这一命题的真实性：这部小说**写的是什么**（What is the text about）？……

［概述］许多小说家不情愿被阐释，但被阐释终究不可避免。

……关于文本的最基本的信息或者观点的交流会立刻将参与者卷入其初级步骤（"这本书太棒了"——"噢，它写的是什么"），不管参与者老到不老到，游戏都会不可避免地由纯粹的复述转到阐释。对转喻模式文本和隐喻模式文本都是如此。一篇评论《爱玛》的典型的专业批评文章开头写道：

> 《爱玛》的主题是婚姻。以这种方式评论《爱玛》捉襟见肘得荒唐可笑，因为它——我们本能地觉得——不是可以用一个词就能概括的任何东西。然而评论也可以以坚称这部小说的确有一个主题开始……
>
> 《爱玛》写的是婚姻。开始于一桩婚姻始，那就是泰勒夫人的婚姻，结束于三个新的婚姻并有两个婚姻在酝酿之

---

① Guy Rosolato, "The Voice and the Literary Myth"; Macksey and Donato, *The Structuralist Controversy*, p. 202.

中。小说的主题是婚姻；但不是抽象意义上的婚姻。这里跟道德寓言无关；的确，构想出其主题是不可能的，除非说出它的具体表达，那就是情节。①

文章作者重复其原创命题的限制条件，表明他尊重这部小说的隐喻性结构和文本机质（texture），也表明他渴望避免对文本的缩略性"隐喻式"解读，这种解读忽略了细节的丰富内涵和微妙，就是通过这些细节，"婚姻"的主题显露出来。然而，要使文学批评不仅仅是重复文本词句，一些此类缩略就不可避免。在文学批评的超语言中，转喻最终让位于隐喻——或者转化为隐喻。

因为转喻模式看上去与文学本身格格不入（这是常常指向现实主义小说的一个挑战），有人会质疑我们为什么要重视以转喻模式写成的作品。我们也许应该这样回答，转喻模式抵制概括性阐释，使我们难以从其中抽象出其意义，而正是这种抵制，使我们最终从文本中抽象出来的意义显得有充分的依据和价值。不经过努力解码得到的信息不可能有什么价值，隐喻模式也有自己的方式使阐释变得困难而富有成果：尽管它自己热切地邀请阐释，但它也用过量的可能的意义让我们感到迷惑。相反，隐喻模式的文本用海量的材料（data）淹没我们，我们寻求使这些材料合为一体而形成一种意义。除此之外，我们必须永远记得，我们讨论的不是一种互相排斥的话语类型的区分，而是基于优势地位的区分。隐喻模式作品如果要让人理解，它就不可能完全忽略连续性，相应的，转喻模式的文本不可能消除所有可供进行隐喻式阐释的符号。

---

① Arnold Kettle, "Emma", in *An Introduction to the English Novel*, 1951; reprinted in David Lodge, ed. *Jane Austen's "Emma": a Casebook*, 1968, p. 89.

九　隐喻和语境

　　除了转喻性文本最终要屈从于"隐喻性"阐释这一事实，大部分这类文本（当然包括现实主义小说）还包含相当多局部性隐喻，其形式既有公开的比喻也有隐含的象征。一些有形式主义倾向的解释性批评家［比如马克·肖莱尔（Mark Schorer）］特别关注转喻性文本的这个层面是不足为奇的。然而，现实主义小说隐喻策略的使用有某些规则，雅各布森的理论有助于弄清楚这一点。基本观点很简单，在有关电影蒙太奇的部分有所提及：就是说，在转喻性文本里，隐喻性替代跟语境或者相邻性有着高度敏感的关系。隐喻的本体（它是语境的一部分）和喻体之间的距离（实体上的、概念上的、情感上的距离）越远，隐喻的语义效应越强，而且，对话语中项目之间关系的干扰就越大，从而对现实主义幻象的干扰也越大。这种干扰在某种程度上因为使用明喻而不是严格意义上的隐喻而减弱，因为，尽管明喻创造了不同事物之间的相似性关系，但它是沿着组合线展开的（组合线易于被隐喻的极端替代策略所破坏）。有人说，隐喻维护认同，明喻仅仅维护相似性，[①] 也许正因为如此，前一种比喻通常被认为更具"诗性"。

　　［此处有删节］

　　我考察了一个较短时间范围内各式各样的文本，[②] 努力展现雅各布森提出的隐喻/转喻区分理论在回答本书第一部分提出的文学本体论和类型学问题的可能性。……

---

　　① Richard A. Lanham, *A Handlist of Rhetorical Terms*, p. 66.
　　② 这些文本包括伍尔夫的《海浪》、奥威尔的《绞刑》、普鲁斯特的《追忆似水年华》、艾略特的《荒原》、华兹华斯的诗作等。——译者注。

现代主义,反现代主义与后现代主义

任丽丽 译

【来源】

Modernism, Antimodernism and Postmodernism. 选自戴维·洛奇,《结构主义的运用》, *Working with Structuralism*, Routledge, 1991 (reprint), London and New York, pp. 3 – 16. 该书首次出版于1981年。

【概要】

本文重要部分是应用俄国形式主义、布拉格学派以及欧洲结构主义的若干概念,从文学内部,也就是从形式上寻找百年现代英国文学的发展规律;并以上述理论为依据,定义英国现代文学中的现代主义、反现代主义和后现代主义三种类型:现代主义主要是隐喻模式,反现代主义主要是转喻模式,而后现代主义则挑衅这两种模式并找到了新的写作原则:矛盾、并置、中断、随意性、过分和短路等。"陌生化"使我们在社会历史之外找到了文学演变美学的、形式上的动因,隐喻/转喻区分理论则解释了英国文学为何往复循环(即呈现所谓"钟摆运动"),并总是重复上一种风格之前的风格。

人们对英文教授的一种偏见是，认为他们所宣称的东西并无特别高深之处。另一种偏见就是，为了尽力使自己宣称的东西显得高深，他们毁掉了普通人的单纯乐趣，这些普通人清楚自己的喜好，并且乐于读书。对于学术批评的这种态度很容易找到例证。请允许我引用一段现代著名作家 D. H. 劳伦斯（D. H. Lawrence，1885—1930）的话：

> 文学评论只是评论家对于他所要评论的书在其心中唤起的感情的一种逻辑描述而已。评论永远不会是一门科学：首先，评论太私人化；其次，评论所关注的价值观念正是科学所忽视的。文学评论的试金石是情感，而非理智。我们是根据艺术作品对于我们的真诚而切身的情感所产生的作用来对其做出判断的，而不是其他。所有的评论只是对风格和形式的玩弄，所有这些以简单模仿的方式对书籍所做的伪科学的分类和分析仅仅是胡扯，多半是枯燥无味，玩弄术语的评论。

我想有相当多的读者对劳伦斯的观点持有一种秘而不宣的——或者并非如此隐秘的同情感。但是我必须尽力说服他们相信劳伦斯是错的——或者至少他的结论是错的。我所引用的这一段话，是劳伦斯 1928 年关于约翰·高尔斯华绥（John Galsworthy，1867—1933）的一篇文章的开篇，它展示了作者的显著特点，并且随着文章的深入展开，这一特点变得越来越强烈和偏激。作者开头的观点还比较合理："文学评论只是评论家对于他所要评论的书在其心中唤起的感情的一种逻辑描述而已。"但我要坚持——同时我认为大多数文学评论家也会同意这个看法——假设文学评论如劳伦斯所言要"有逻辑"，那么它就必须涉及他所不屑一顾的分类和分析，甚至还要涉及一定数量的术语。

比如说，没有一本书籍能在真空中拥有自己的任何意义。书籍的意义大部分来源于它与其他书籍之间的同与异。如果一部小说与其他小说没有任何相似之处的话，我们或许不知如何去阅读它；如果这部小说与其他小说毫无差别，那么我们根本就不想去读它。因此，任何文本的充分阅读都涉及在内容、类别、形式、时代等方面跟其他文本的鉴别和分类。文学分类永远不会像植物学分类那样精确，但这不会影响我们的基本原则：将数据划分到较大的组群或种类——哪怕比如只有动物、植物和矿物——是人类智慧的初始行为。没有这些分类，我们将无法理解自然和文化。同样，即使我们同意劳伦斯所谓文学批评的根本核心在于一本书对一位个体读者所产生的影响的话，那么这种影响，或者他所谓的"感情"，也都是由语言产生并且仅由语言产生。这就意味着只有我们对于"风格和形式"有了一些理解之后，方能解释语言是如何产生影响的。简言之，如果没有作为一个系统的文学——这个系统是一个可能性系统，全部文学作品是这个可能性系统的部分实现——的某种理解的话，那么，劳伦斯对于批评家要依靠自己"真诚而切身的情感而非其他"的建议本身极有可能导致文学批评变成闲聊胡扯，对那些缺乏品味而所具备的修辞技巧又非常有限的批评家而言尤其如此。

在此，我将简洁而概括地以几种方式对构成现代英国文学的汗牛充栋的文本进行分类整理。这一分类整理将勾勒出现代（我所认为的现代是过去一百年左右）文学史（关于写作而非作者的历史，关于文体、风格或者模式，当代法国批评家所谓"écriture"的历史——的概要；而且它将反映我本人对小说的偏好，有时还会超越英美文学的界限，采用欧洲结构主义语言学和诗学传统中的分析概念和方法。

我刚才已经在援引结构主义的概念了。我将文学描述成一个可能性系统，全部文学作品是这一可能性系统的部分实现，这本质上来自索绪尔（Ferdinand de Saussure，1857—1913）对语言和言语做出的区分，即一种语言和使用这种语言的个体言说行为之间的区分。索绪尔将语言符号或词语定义为能指（即语音或语音的书写符号）和所指（即概念），并且声称能指和所指之间的关系是任意性的。也就是说，在英语中，用"cat"表示一只猫科四足动物，用"dog"表示一只犬科四足动物是没有天然的或必要的原因的。如果在这一系统中，将"cat"和"dog"互换位置，只要语言的使用者意识到了这种改换，那么英语同样行得通。语言任意性的核心，是指使得词可以用来交流的是词之间的系统关系，而非词与事物之间的关系。它指出关于任何词与物有任何"相似性"的想法都是错误的。既然语言为所有符号系统都提供了一个范例，那么这一说法对于文化整体研究都会有深远的启示。简言之，这意味着形式优先于内容，能指高于所指。

定义独属于现代时期艺术的方法之一——我称其为"**现代主义**"，以将它跟同一时期的非现代主义区别开来——定义现代主义艺术，特别是现代主义文学的方法之一，是说它直觉地接受或者预见到了索绪尔关于符号和现实之间关系的观点。现代主义摒弃了艺术即模仿的传统说法，以艺术是一种自治活动的看法取而代之。现代主义最典型的口号是沃尔特·佩特（Walter Pater，1839—1894）的主张，"诸艺造妙皆向往于音乐之空灵澹荡"——音乐是所有艺术中最纯粹形式上的，最不具指事性的系统。或者我们可以说，音乐是一个只有能指而无所指的系统。现代之前美学的基本原则是艺术模仿生活，因此艺术总会回应生活：艺术必须讲述生活真相，并且促使生活变得更加美好，或者最起码更容易让人忍受。当然，到底哪种模仿最合适，人们的观点始终不一——到底是应该模仿真实的还是理想中的生活——但是艺术模仿生活这一基本前提在西方从古典主义时期一直盛行不衰，直到18世纪末期才开始受到浪漫主义想象理论的冲击。这一理论在19世纪因现实主义小说的巨大成就暂时得以巩固，但到19世纪末便走向衰微了。奥斯卡·王尔德（Oscar Wilde, 1856—1900）宣称，"生活模仿艺术"，意思是我们通过源于文化而非自然的精神结构来构筑我们所理解的现实，当精神结构变得陈腐或无法让人满意时，最有可能改变和更新这些结构的便是艺术。"如果不是从印象派那里，那么我们又是从哪儿得到那些美妙的褐色浓雾呢？这些浓雾弥漫街头，模糊了汽灯，把房子变成了鬼魅般的阴影。"

但如果说生活模仿艺术，那么艺术又从何而来呢？答案是：其他艺术，尤其是同样种类的艺术。诗歌不是由经验构成，它由诗歌总体（poetry）（也就是说，使用语言的各种可能性来创造诗性的这样一种传统）构成——当然，诗人会用个体的特殊经验加以修饰，但并非这种经验的直接表述。T. S. 艾略特的《传统与个人才能》(*Tradition and the Individual Talent*, 1917) 或许是关于这一观点最著名的论述，但在马拉美（Stéphane Mallarmé, 1842—1898）、叶芝（William Butler Yeats, 1865—1939）、庞德（Ezra Pound, 1885—1973）和瓦雷里（Paul Valery, 1871—1945）的文章中，我们也能很容易地找到类似的说法。这便产生了我们所谓象征主义的诗（Symbolist, S大写）——这些诗与普通指事性文本的区别在于，它们的语法毫无章法，语域混乱转换，而且在这些诗中内涵高于外延，没有叙事性或逻辑性的高潮，取而代之的是跳跃的、暗示的、模糊的意象和象征。

因为现实主义小说在十九世纪所取得的重大成就，现代主义小说的兴起稍显迟缓。发生的情况似乎是，首先在法国，然后在英国，詹姆斯（HenryJames, 1843—1916）、康拉德（Joseph Conrad, 1857—1924）、乔伊斯（James Joyce, 1882—1941）还有劳伦斯（以自己的特殊方式）以一定的强度追求用叙事小说来捕捉现实的努力，将他们带到了"现实主义"的另一面。不管要传递的经验是怎样地醒醍或庸腐，他们的散文文体都被高度热切地精心打磨，因而文体不再是无形的，而是以从表层结构可以瞥见的华丽反射引起人们对其本身的注意。然后，现代主义小说家不再从公开的经验常识世界追求现实，而是从个人的意识或潜意识，甚至集体无意识中去寻求现实；现代主义抛弃了传统上的时间顺序和逻辑因果叙事结构，因为这对于本质上杂乱无章含糊未知的主观经验来说是不真实的；他们发现自己越来越依赖诗学，尤其是象征主义诗学的文学策略和技巧，而不再依赖散文技巧了：比如，文学模型和神话原型的引用，意象、象征和其它主题（E. M. 福斯特将其描述为小说"节奏"，这是将小说和音乐联系在一起的又一例）的重复等。

  对于现代主义诗歌和小说的这种描述我们已经习以为常了，但并不是现代时期的所有作品都是现代**主义**的。在这一时期至少还有另一种流派，因为没有更好的说法，我在论文标题中将其命名为反现代主义（antimodernist）。反现代主义延续了现代主义所反对的传统。它相信，只要加以适当修改，将人类知识与物质环境的变化考虑在内，传统现实主义仍然行得通并且仍具价值。反现代主义艺术并不渴求音乐的身份（condition），相反，它渴求的是历史的身份。它的散文并不接近诗歌，相反它的诗学接近散文。它认为文学是现实的交流，这种现实高于交流行为并且独立于它而存在。对于王尔德半开玩笑半认真的说法，即我们对于雾的感知来自印象主义，反现代主义者会回应说，相反，我们对于雾的感知是来自于工业资本主义。工业资本主义建起了大城市，用煤烟污染了空气，清楚地揭示这一因果关系正是作家的职责所在；或者，假如他必须详述由雾形成的独特而扭曲的视觉效果的话，最起码也要像狄更斯（Charles Dickens，1812—1870）一样，将这些雾描述成从根本上异化人类生活的象征。因此，反现代主义者的写作认为内容优先，无法忍耐形式实验，认为这种形式实验模糊、阻碍了交流。它所包含的语言模式与索绪尔的相对立，乔治·奥威尔（George Orwell，1903—1950）在《政治与英语》（*Politics and the English Language*，1947）中给作家的建议也许描述了这一观点：

> 首要的是让意义来选择词汇而非相反……或许最好是尽量推迟使用词汇而用图画或感觉来尽可能清晰地获取意义……之后，我们可以选择——而非简单接受——能最好表达意义的措辞……

我们可以轻松驳斥奥威尔关于我们不必用语言概念来思考的观点，但这种谬见未必能削弱他本身作品的可信性。没有这种要为一个先在的意义寻找合适词汇的天真信念，埃里克·布莱尔或许创造不出绝对真诚、值得信赖，讲真话的作家角色乔治·奥威尔。[①] 当菲利普·拉金（Philip Lakin，1922—）说："我对形式不感兴趣，内容才是一切"时，我们可以轻易地指出，他要么是在骗自己，要么就是试图欺骗我们，但这样做毫无意义可言。在现代时期反现代主义作家作为理论家和美学家清一色表现不佳：为了将自己与现代主义者区分开来，他们似乎被迫对创作过程采取了天真、虚伪、庸俗的态度。对于早期如威尔斯（Herbert George Wells，1866—1946），阿诺德·本涅特（Arnold Bennett，1867—1931）是如此，后来的奥威尔和拉金亦然。反现代主义者的作品毫不例外地比支撑它们的理论有趣得多；而现代主义者的作品，有时情况则恰恰相反。

我认为，现代主义和反现代主义两种写作流派不仅贯穿整个

[①] 乔治·奥威尔（George Orwell，1903—1950）本名埃里克·亚瑟·布莱尔（Eric Arthur Blair）。——译者注。

现代时期，而且还可以细分两种流派交替主导的阶段。现代主义在十九世纪末期影响英国，它陆续出现在王尔德和其他所谓"颓废派"艺术家，还有早期叶芝和康拉德，后期的亨利·詹姆斯的作品里。在20世纪的前15年间，人们似乎反对这种世界性的先锋派，想要回归更传统的本国文学模式：这段时期成功且声名卓著的诗人有吉卜林（Rudyard Kipling，1865—1936）、哈代（Thomas Hardy，1840—1928）、布瑞吉斯（Robert Bridges，1844—1930）、纽波特（Henry Newbolt，1862—1938），还有乔治五世时期的诗人如鲁伯特·布鲁克（Rupert Brooke，1887—1915）等。此时詹姆斯和康拉德被世人忽视，而乔伊斯无法出版自己的作品。叶芝则告别了象征主义流派，转向了更为冷峻、更具主题性的诗歌。就是在这样的文学背景下，庞德（Ezra Pound，1885—1972）为自己设定了使诗歌现代化的任务，特别是通过推介他在1914年遇到的T. S. 艾略特和乔伊斯的作品来实现这一目标。第一次世界大战同年爆发，导致了文化、社会和人们心理上的剧变，这或许为现代主义艺术的推广创造了有利的环境。接踵而来的战后时期在几年内相继见证了一批杰作的发表，如《库尔的野天鹅》（*The Wild Swans at Coole*，1917）、《休·赛尔温·莫伯利》（*Hugh Selwyn Mauberley*，1920）、《恋爱中的女人》、《荒原》、《尤利西斯》、《印度之行》和《达洛维夫人》。20世纪20年代当然是被现代主义统治的时代。然而到了30年代，钟摆又摇回了另一极。这十年里的年轻而又热衷于政治运动的作家们——奥登（Wystan Hugh Auden，1907—1973），伊舍伍德（Christopher Isherwood，1904.8.26—1986.1.4），斯彭德（Stephen Spender，1909—），麦克尼斯（Louis MacNeice，1907—1963），戴·刘易斯（Cecil Day Lewis，1904—1972）和厄普沃德（Edward Upward，1903—2009）——批评了前一辈现代主义作家们的精英主义文化观念，以及他们拒绝建设性地参与当前大众话题，和无法成功与广大读者交流的弊端。"写《新记》的诗人们"，路易斯·麦克尼斯在1938年写道，"回归到了他们更喜欢的希腊式文化信息和表述。首要的要求是有话可说，然后必须尽可能好地把话说出来。"——这恰是奥威尔的观点。20世纪30年代"现实主义"重新受到欢迎。"当今艺术家有一个转向外部现实的倾向，"斯蒂芬·斯彭德在1939年发表的一本名为《新现实主义》(The New Realism, 1937)的书中说道，"因为形式实验阶段被证明毫无建树。"这一时期的代表性小说家——奥威尔、伊舍伍德、格林、沃——渐渐摆脱了现代主义小说偏重神话和诗性的影响，重新运用传统小说从电影中学来的技巧，历史不再是如斯蒂芬·迪达勒斯（Stephen Dedalus）①所描绘的一个作者试图从中醒来的梦魇，而是他热望参与的事业——西班牙内战为我们提供了可仿效的机会。30年代的写作倾向于以历史类文本为范例——自传、目击者报告、旅行日志：《战地行》(Journey to a War, 1939)、《冰岛来信》(Letters from Iceland, 1937)、《通往威根码头之路》(The Road to Wigan Pier, 1937)、《没有地图的旅行》(Journey Without Maps, 1936)、《秋天日志》(Autumn Journal, 1939)，"柏林日记"是一些代表性的著作。

20世纪40年代，二战后钟摆再次摇向现代主义一极——虽未全部摇回，但却足以引起人们的关注。要说英国小说重新开始实验似乎有些夸张，但是"精细写作"确实重返舞台，人们对描画个人情感更感兴趣而不再关注集体经验。亨利·詹姆斯迎来复兴，查尔斯·摩根（Charles Morgan, 1894—1958）被认为是他的现代接班人。人们对于诗体戏剧的显见复兴激动不已，尤其是看到T. S. 艾略特和克里斯托弗·弗赖伊（Christopher Fry,

---

① 斯蒂芬·迪达勒斯（Stephen Dedalus）是乔伊斯早期作品《一个青年艺术家的画像》主人公，以乔伊斯本人为原型。——译者注。

1907—）的作品之后。最受热捧的年青诗人是狄兰·托马斯（Dylan Thomas，1914—1953），他很明显地继承了现代主义诗歌的传统。

在20世纪50年代中期，新一代作家开始对钟摆施加反向压力。在诗歌方面，他们有时被称为"运动派"，在小说和戏剧方面，则更具新闻特色地被称为"愤怒的青年"。这两个团体成员部分交叠，其中一些关键人物包括：金斯利·艾米斯（Kingsley Amis，1922—）、菲利普·拉金（Philip Larkin，1922—1985）、约翰·韦恩（John Wain，1925—1994）、约翰·奥斯本（John Osborne，1929—1994）、约翰·布莱恩（John Braine，1922—1986）、唐纳德·戴维（Donald Davie，1922—1995）、D. J. 恩莱特（D. J. Enright，1920—2002）、阿兰·西利托（Alan Sillitoe，1928—）等。这些作家还有20世纪50年代渐渐崭露锋芒的作家如C. P. 斯诺（C. P. Snow，1905—1980）和安格斯·威尔逊（Angus Wilson，1913—1991）等，对实验主义写作持有不真正算敌意但是怀疑的态度。在写作技巧上，他们满足于使用20世纪30年代和爱德华时代的现实主义写作成规，仅仅对其稍加修饰，他们的创新多半是在语言、态度和题材方面。对于诗人来说，狄兰·托马斯被迫代表了他们所深恶痛绝的一切：语言晦涩，理论上自命不凡，想象过分狂热。他们自身旨在用枯燥的、遵循语法的、略带忧伤的语言来清晰、诚实地交流他们对真实世界的感知。总之，这些作家属于反现代主义，他们在自己的散文和评论中对此也毫不掩饰。

我所讨论的这些文学风尚的变化通常是根据外部环境——社会、政治和经济环境——对于作家的影响加以解释的：第一次世界大战的冲击，20世纪30年代极权主义的出现，"二战"后富裕与社会流动性带来的社会隔膜等。我将现代主义和反现代主义的交替主导与钟摆的可预知性运动做了对比，但是现代主义和反现代主义在现代英语写作上交替主导的规律性启示我们，这个过程不能只考虑偶然的外部因素，在文学系统本身应该存在某些原因。这方面我们可以利用20世纪20年代俄国结构主义批评理论和继他们之后30年代的布拉格学派语言学家和美学家的理论，尤其是他们的陌生化（defamiliarisation）和前景化（forgrounding）概念。俄国形式主义批评家维克托·什克洛夫斯基（Victor Schklovsky, 1892—1984）认为艺术的目的和理由在于它可以将那些我们因习惯而熟视无睹的事物陌生化，让我们对世界进行全新的体验。

> 习惯化吞噬一切事物，衣服，家具，一个人的老婆，甚至于对战争的恐惧……艺术之存在，是为了唤回我们对生活的感觉，使我们感受到事物，使石头作为石头被感受。艺术的目的是引起对事物的感受，而不是提供识别事物的知识。艺术的技法是使事物"不熟悉"，使形式变得困难，加大感知的难度和长度。[①]

正如这段文字所述，陌生化概念偏向于现代主义的实验写作——什克洛夫斯基在紧随其后的后革命时期成为俄国艺术先驱的辩护人。但是文学风尚正如衣服、家具和妻子一样，都会因习惯而变得乏味无趣，这一理论毋庸置疑。人们也可以对实验主义如此熟悉以致它无法再刺激我们的感知，而更简单直接的写作方式可能会显得惊人地新鲜和大胆。借用布拉格学派的术语：前一代作家前景化的东西成为后一代作家的背景。因此，艾略特和庞德逆着20世纪初期流行传统诗歌品位的背景而行，使用令人迷

---

① 参见维克托·什克洛夫斯基（Victor Schklovsky, 1892—1984），《作为技巧的艺术》（Art as Technique, 1965）。——译者注。

惑的词义变化、错乱的语法和深奥的引述，将自己的诗歌前景化。20世纪30年代的诗人反过来逆艾略特—庞德的现代主义模式背景而行，采用了更为一致的语态语调，较少偏离传统的语法，并且在诗中大量指涉当代生活事实。狄兰·托马斯和天启派（Apocalyptic）逆30年代的诗歌背景，前景化自己的诗篇。他们使用极度混杂的隐喻，扭曲变形的语法，宗教的、深奥而玄妙的引述。拉金和运动派诗人逆天启派背景，使用枯燥、谦逊的语态，避免浪漫的修辞，选择质朴的日常主题。这一过程正是索绪尔"符号依靠彼此间的区别得以交流"这一观点的历史例证。文学创新通过对广泛接受的传统的反拨和对比而实现。如果我们想知道为什么这一过程似乎总是多多少少不可避免地回归到一个正统，答案在同一个结构主义传统的另一个理论中可以找到，即罗曼·雅各布森（Roman Jakobson，1816—1982）对于隐喻和转喻两极的区分。

根据雅各布森的理论，一种话语将一个话题与另一话题连接起来，要么是因为它们在某种意义上彼此相似，要么是因为它们的时空关系在某种意义上相临近；对于任何一个言说者或作者，这两种关联总有一种处于支配地位。雅各布森分别称它们为隐喻性关联和转喻性关联，因为隐喻和转喻这两种修辞方法是卷入其中的作用方式（process）的模式，它们概括了这一作用方式。隐喻是基于相似性的替换修辞，如一位国王因其对臣民的权力和重要性而被称为太阳；而转喻和与之密切相关的提喻则源于临近关系，由事物的一种特征替代事物本身，原因替代结果，部分替代整体或反之，如用王冠、王座或王宫来表示君王。大部分话语两种修辞手法兼用，但我们在莎士比亚的作品中更有可能发现用隐喻手法指代王室，而在报纸报道中则更多使用转喻，因为在连接话题的方式上，这两种话语在结构上分别是隐喻模式和转喻模式。在任何表达中都涉及这两种基本的作用方式：选择和组合，隐喻和转喻实际上是这两个作用方式修辞上的应用。为了组成句子，我们从语言聚合体中选择某些项目，然后根据规则将它们组合起来。隐喻在于选择和替代，转喻在于组合和语境。雅各布森这一区分理论重要性的部分证据，是语言病理学表现出了相似的二元特征。难以"选择"词汇的失语症患者转而依靠组合、连续体、上下文，他们犯的是转喻型错误，用"刀子"表示"叉子"，用"公交车"代表"火车"；而难以将词汇正确"组合"成更大单元的失语症患者使用的是准隐喻表达法，比如说，称煤气灯为"火"，或者称显微镜为"望远镜"。几年前有个电视节目叫作"地平线"，是关于如何教黑猩猩用手势语来交流的实验。当黑猩猩能够自然选择和组合学过的符号来描述新情况时，实验获得了至关重要的突破。据报道说，有一只叫"瓦肖"的黑猩猩称鸭子为"水鸟"；而另一只叫"露西"的黑猩猩称西瓜为"甜饮料"。这两种表达分别是隐喻模式和转喻模式。

如果这两只黑猩猩继续发展下去能够写书的话，我们可以预言露西将会是位现代主义者，而瓦肖则会是位反现代主义者，因为雅各布森的区分恰好与我对现代时期两种写作方式的区分相对应。以两本现代主义作家的代表作《荒原》和《尤利西斯》为例：这两个书名都是隐喻，召唤读者对文本做隐喻性阅读。艾略特的诗确实也无法用其他方式来阅读。其中的片段都是完全基于相似和反讽性对比（一种反相似）连接起来的，几乎没有依据叙事因果关系，或时空连续性连接的。《尤利西斯》确实包含一个故事——我们可以说是一个都柏林人的日常生活故事；但是这一故事与另外一个故事——荷马的《奥德赛》相呼应和类似，布卢姆、斯蒂芬和摩莉分别再现或模仿了奥德休斯、忒勒马科斯和珀涅罗珀。因此乔伊斯的小说结构基本上是隐喻的，基于事物的同或异，在时空上相隔较远。与之相反，现实主义的反现代主义小说——如阿诺德·贝内特（Arnold Bennett, 1867—1931）

的《老妇谭》(*The Old Wives' Tale*, 1908)——基本上是转喻的：它倾向于尽量如实地模仿事物之间时空上的实际联系。人物、人物行为以及人物做出这些行为的背景，都因地理邻接、时间次序和因果逻辑关系结合在一起，它们在文本中通过精选的提喻性细节——部分代表整体加以表现。反现代主义诗人也是向着同样的方向推动诗歌的发展，很少使用隐喻，主要依靠转喻和提喻——以退休的赛马唤起的记忆为例：

> 起跑线上的丝衣：衬着天空
> 号码和阳伞：在外面
> 一排排的空车，和热浪
> 狼藉的草地：然后一声长长的呼喊
> 萦绕不退，直到消失在
> 街边的最新新闻栏

作者是菲利普·拉金 (Philip Larkin, 1922—1985)。但我想在某种情况下有人会误认为作者是麦克尼斯 (Louis MacNiece, 1907—1963)，或者某种语气上像奥登，甚至某个乔治无视时代的诗人。

那么，这种隐喻/转喻的区分理论启示我们为什么文学史有种循环轮转的规律，为什么创新往往在某种意义上总是上一种风尚之前风格的回归；因为，如果雅各布森是正确的，那么文本除了这两极再也无处可去。

但是，在现代时期却有着另外一种艺术，另外一种写作方式，声称自己既非现代主义又非反现代主义，有时人们称之为后现代主义。其历史可远远追溯至1916年在苏黎世开始的达达运动。汤姆·斯托帕德 (Tom Stoppard, 1937—) 的搞笑舞台剧《谐谑》(*Travesties*, 1974) 以当时的时间和地点为背景，描述了达达主义创始人之一特里斯坦·查拉（Tristan Tzara, 1860—1963），让他与分别代表现代主义和反现代主义艺术观点的詹姆斯·乔伊斯和列宁发生滑稽可笑的冲突。但是后现代主义作为现代写作的重要力量，是一个比较新近的现象，除了戏剧领域，它在美国和法国比在英国更为突出。后现代主义延续了现代主义对传统现实的批判，但是它力图超出、绕过或者僭越现代主义；因为，无论现代主义进行了多少实验或显得何等复杂，它还是向读者提供了作品的意义，尽管不止一个意义。"地毯中的图案在哪里？"唐纳德·巴塞尔姆（Donald Barthelme, 1931—1989）的《白雪公主》（*Snow White*, 1967）中有一个角色问道，他暗指的是亨利·詹姆斯所写的一个故事的标题，这是如何解读文本的形象化说法，以广为评论家所知："地毯中的图案在哪里？或者它只是……地毯吧？"许多后现代主义作品暗示，经验就是一张地毯，我们从中识别出的任何有意义的图案，都纯粹是虚假的、宽慰人的虚影幻象。对于读者来说，后现代主义作品的困难并不在于意义上的隐晦——隐晦总是可以搞清楚的，而是在于意义的不确定，这是它特有的性质。比如说，在贝克特（Samuel Beckett, 1906—1989）的作品《莫洛伊》（*Molloy*, 1951）中，莫兰遇到了一个身着笨重外套，头戴帽子，手拄拐杖的男人。而不管我们怎么样耐心地研究也无法确定这个男人的身份。我们永远无法弄清楚约翰·福尔斯（John Fowles, 1926—2005）《大法师》（*The Magus*, 1965）或阿兰·罗伯·格里耶（Alain Robbe-Grillet, 1922—2008）《窥视者》（*Le Voyeur*, 1955）或者托马斯·品钦（Thomas Pynchon, 1937—）《拍卖第49批》（*The Crying of Lot 49*, 1966）的故事情节，因为这些小说都像没有出口的迷宫一样让人迷惑。

更直率地讲，雅各布森的理论坚持认为任何文本都必须按照相似或临近原则相关联，而且通常会偏爱其中一种方式。后现代主义写作试图寻找其他原则来挑战雅各布森的理论。我将这些原则命名为：矛盾、并置（Permutation）、中断（Discontinuity）、随意性（Randomness）、过分（Excess）和短路（TheShortCircuit）。

塞缪尔·贝克特《无名者》（*The unnamable*，1958）中的叠句和结束语是矛盾原则的最佳范例："一定要走下去，我走下去了，我还要走下去。"每一个分句都是前面一句的否定，正如叙述者在小说通篇都在不可调和的欲望和主张中犹豫不决一样。伦纳德·迈克尔斯（Leonard Michaels，1933—2003）在一则故事中探讨了这一极端矛盾写作原则，"不可能在有小说或没有小说的情况下生活。"库尔特·冯内古特（Kurt Vonnegut，1922—2007）《猫的摇篮》（*Cat's Cradle*，1963）中剥壳教①的基础是"令人心碎的对现实撒谎的必然性和令人心碎的对现实撒谎的不可能性。"最强有力的矛盾象征，最能挑战最基本二元系统的事物之一，是阴阳人，因此后现代主义小说中的人物常常在性别上出现矛盾就不足为奇了——比如说，布里基·布罗菲（Brigid Brophy，1929—1995）的《运送途中》（*In Transit*，2002）中的叙述者正在一个国际机场遭受健忘症的折磨，他或她无法记起自己是男还是女，于是到一个公用厕所去查验，却又忘记了他/她自己要找什么。在约翰·巴思（John Barth，1930—）的寓言小说《羊孩贾尔斯》（*Giles Goat-boy*，1906）的高潮部分，山羊主人公和他所爱的阿纳斯塔西亚性交时被锁在一起，两人经受住了可怕的计算机 WESCAC 的考问，对计算机提出的"你是男还是女"这一问题，两人同时以互相矛盾的答案"是"和"不是"作答。

隐喻和转喻二者都涉及选择，而有选择必须省略一些东西。后现代主义作家有时通过在同一文本中交替排列不同的叙事线索

---

① Bokonism，冯内古特在《猫的摇篮》中虚构的一种宗教。——译者注

来否定这一原则——比如，约翰·福尔斯（John Fowles, 1926—）的《法国中尉的女人》(*The French Lieutenant's Woman*, 1969）或约翰·巴思的《迷失在开心馆中》(*Lost in the Funhouse*, 1968）就是如此。贝克特使用琐事的并置使得人生和讲故事二者都显得荒谬可笑：

> 至于他的脚，有时他在脚上各穿一只短袜，或者一只脚穿短袜另一只脚穿长袜，或者一只靴子，或者一只鞋，或者一只拖鞋，或者一只短袜和靴子，或者一只短袜和鞋，或者一只短袜和拖鞋，或者一只长袜和靴子，或者一只长袜和鞋，或者一只长袜和拖鞋

如此等等在《瓦特》(*Watt*, 1942）一书中写了一页半。或许最著名的并置的例子应属贝克特的《莫洛伊》了，书中主人公为一个问题绞尽脑汁，他不知该如何分配排列四个口袋中的十六块吮吸石以便每次都能用同样的顺序来吮吸它们。贝克特笔下的人物都拼命想在缺乏形而上秩序的情况下，将纯粹数学的秩序强加于经验之上。

人们很自然地期望作品能够具有连续性，然而并置扰乱了文本的这种特性。现实主义小说正是源于空间和时间上的连续性使得小说虚构的世界能够在阅读过程中替代真实的世界。现代主义作家的作品，如《荒原》，只会在我们没有辨明其隐喻整体的情况下才会显得不连续。而后现代主义则怀疑任何种类的连续性，它的一个显著特征就是流行用很短小的章节来构成小说。这些章节常常仅有一段的长度，而内容又风马牛不相及，章节之间用大写标题、数字或其他排字方式加以划分。在进一步追求中断的阶段，他们将随意性原则引入写作或阅读过程：威廉·巴勒斯（William Burroughs, 1914—1997）将文本剪碎后重新随意拼接，

B. S. 约翰逊（B. S. Johnson，1933—1967）的活页小说每位读者都可以重新洗牌后阅读。

有一些后现代主义作家故意过度使用隐喻或转喻技巧，以破坏性手段来挑衅它们，一边运用它们一边对其加以戏仿和嘲讽，试图以此来逃脱它们的专制统治。比如，理查德·布罗提根（Richard Brautigan，1935—1984）的《在美国钓鳟鱼》（*Tout Fishing in America*，1967）就以其古怪的明喻闻名，这些明喻常常威胁要从叙事中分离出来，发展成独立的故事——这些明喻算不上英勇，因为它们再也不肯回到原来的语境中了。比如：

> 太阳就像被人浇上煤油又用火柴点着的巨大的五十分硬币，他说道："喂，拿着这个，我去买份报纸。"然后把硬币放在我手里，再也没有回来。

这本书的书名将隐喻性替代过程发挥到了几近荒谬的极致："在美国钓鳟鱼"这个短语能够而且也确实替代了文中的任何名词和形容词，而这种替代不需要任何相似性原则。它可以当作者的名字、作者塑造的角色和无生命的物体。它可以表示任何布罗提根想要它表示的东西。能与过度使用隐喻相媲美的，是阿兰·罗伯·格里耶（Alain Robbe-Grillet，1922—2008）的作品对转喻的过度使用，他对于物体所做的极度详细、科学般精确而又全无隐喻的描述，实际上妨碍了我们将这些物体视觉化。通过向读者提供过多的细节以致他无法综合理解，文本确认了世界的不可阐释。

不管文学作品倾向于隐喻的还是转喻的结构和肌质，当我们解读文学作品时，总是将它看成对世界的整体隐喻，从这个意义上说，任何文本总是隐喻的。根据作者的意图，我们说世界"像那样"——这个"那样"可以是《荒原》也可以是《老妇谭》。这种解读过程假定文本和世界、艺术和生活之间存在间隔，后现代主义者的特征就是，为了给读者以震撼，力图造成二者的短路，从而标新立异于传统的文学范畴。短路的方法包括：在一部作品中融合明显的事实与虚构；将作者和作者身份问题引入作品；一边使用传统手法一边揭露它。这些元小说的手段并非后现代主义作家们的发明——这些手法的应用起码可以追溯到塞万提斯（Cervantes，1547—1616）和斯泰恩（Sterne，1874—1946）的小说——但它们在后现代主义作品中出现得如此频繁，被追求到如此的程度，以至形成了明显的新发展。在库尔特·冯内古特的《冠军早餐》（*Breakfast of Champions*，1973）中，作者正在描绘威恩·胡佛在一个酒吧中感知的场景，威恩曾被判过刑。

"给我一杯黑白水，"他听到那位女服务生说道，韦恩应该竖起耳朵来听这句话。那种特殊的饮料不是为普通人准备的，而是为制造韦恩迄今为止所有痛苦的那个人，可能会杀了他或者让他成为百万富翁或者把他送回监狱或者对威恩做他妈的想做什么就做什么的那个人。那种饮料是为我准备的。

这一段不仅表现作者参与到自己的作品当中，而且通过将真正的历史的作者跟他虚构的人物放在同一个平面，同时吸引读者注意到他们的虚构性，使读者完全感到意外。文章以此对整个文艺小说的阅读与写作提出了质疑。

后现代主义是否是一种真正重要且与众不同的艺术种类，或者因为其本质上是一种打破规则的行为，是否始终属于少数模式，依赖大多数试图遵循规则的艺术家而存在，这些问题在评论家和美学家中间尚有较大分歧。我没有足够的空间深入探讨这些争议，而且无论如何，我没有打算根据其价值来区分现代主义，反现代主义与后现代主义，而是要从形式上来区分它们的。我希望表明，每一种模式都遵从不同的、可以加以区分的形式原则，因此以一种写作模式的标准评判另一种模式毫无意义。尽管其中涉及一定数量的术语，能把它们之间的区别解释清楚，对我来说便是学术语境下文学研究的恰当目的了，这样才能最终服务于作者，因为它拓展了读者的接受。如果有读者想要知道在这样一个分类系统中我怎样定位自己的小说，秉承"动物、植物、矿物"分类精神，我的回答是：基本上是反现代主义，又包含现代主义和后现代主义的因素。鲁米治当然是个转喻性地名，但"尤福利亚州"是个隐喻，而《换位》(*Changing Places*, 1975)的结局使用的是短路的技巧。

化不幸为金钱:小说与市场

任东升 译

【来源】

Turning Unhappiness into Money: Fiction and Market. 选自戴维·洛奇,《结构主义的运用》,*Working with Structuralism*, Routledge, 1991 (reprint), London and New York, pp. 156-163. 该书首次出版于 1981 年。

【概要】

小说的命运与经济发展和技术进步密不可分,也和文化产业的发展息息相关,20 世纪 70 年代的小说出版危机就是以上因素综合作用的结果。英国小说市场的特点是总体上供过于求,良莠不齐,精装书和平装书的出版销售失衡、错位,限制了新秀的脱颖而出和优秀作品进入市场。对小说家来说,写小说是一项高度个人化而且竞争激烈的活动,作品在市场上的命运是评判其创作成功与否的基本标准。政府的干预作用有限。英国的文学市场仍然发挥着择优汰劣的功能,但目前 (70 年代) 的危机如果持续下去,也许会走向文学市场炒作为王、成本高企的美国模式。

英国作家隆纳德·赫曼 (Ronald Hayman) 基于对当时英国小说的调查研究,在 1976 年出版了《今日的小说:1967—75》

(*The Novel Today* 1967—75）。他在书末写道："小说评论家和小说史家对小说的消费者和图书市场行情给予的关注太少。"随后问世了两部书似乎是对赫曼的偏见的回应。一部是派尔·格丁的《市场中的文学》（Per Gedin. *Literature in the Market Place*），另一部是 J. A. 萨瑟兰德的《小说与小说产业》（J. A. Sutherland. *Fiction and the Fiction Industry*）。这两本书对当时社会—经济环境下的文学作品，特别是长篇小说做了一番细致研究，如小说的创作过程、购买和销售情况等等。派尔·格丁是瑞典的出版人，萨瑟兰德是伦敦的大学学院的英文审稿人。两位作者的研究视角均兼及小说的商业性和学术性，兼顾英国和欧洲大陆的小说现状。

两位作者有两个观点是相同的。第一，无论何时，小说的特点在一定程度上由小说的制作、销售和消费方式所决定，也由出版商、书商和作者的经济回报方式所决定。从某种程度上讲，现代社会的任何文化产品莫不如此。不过，小说与诗歌、戏剧以及其他多数艺术形式还是有所不同，这是因为小说作为独立的文学样式，其出现或多或少伴随着工业资本主义的兴起和第一台可以批量生产的机器——印刷机的出现。从此以后，小说的命运与经济发展和技术进步密不可分。长篇小说和诗歌不同，它不能仅凭手稿就能够迅速传播；和剧本也不一样，它不能借助业余演员进行廉价的试演。为了赢得哪怕是最少的读者，一部小说需要印刷、装帧，这就需要相当多的金钱投入，而投入能否收回却无法预知。因此，担当这种风险投资的印刷—售书商也就应运而生（后来分离为两种行业）。

派尔·格丁指出，长篇小说对出版商一直有着特殊的吸引力，这不仅是因为小说本身负载的文化价值和影响力，还因为投资于长篇小说，利润回报较快，出版流程简单，作家后续作品的读者数量有保证。因此，长篇小说在过去两个世纪一直是出版行业的支柱，而且几乎是图书交易额最多的单种图书。说到这，我想起两位作者的第二个共同点,那就是 20 世纪 70 年代初出现了一场波及小说的出版"危机"。这场危机的主要表现有:图书成本居高不下(每年递增 30% 至 40%),出版的小说书目总体减少,版权转让率急剧下降,欧洲出版业日益美国化,对文学价值高的小说的未来,业内普遍失望和悲观。在这一点上,两位作者的看法基本一致。不过,对这场危机潜在的成因以及在文化方面造成的后果,他们的看法却大为不同。真是有意思,身为出版商的格丁更加关注价值观问题,对小说的未来比较悲观。相比之下,学者型的萨瑟兰德更关注现实,讲求实际,对于严酷的经济气候下文学作品的生存前景比较乐观。

对于研究始自科勒律治①和卡莱尔②延续至利维斯夫妇③、霍加特④、威廉姆斯⑤和斯坦纳⑥的"文化论战"(cultural debate)的学者,格丁的主张不会陌生吧。在此背景下看,格丁公开维护"资产阶级的"价值观,其立场还是保守的或精英主义的。他敏锐地洞察到,长篇小说的出现与资产阶级的兴起同步,长篇小说的辉煌(在 19 世纪的文学界)与资产阶级的胜利同步,因此他极为担心长篇小说会随着资产阶级的消失而消失。在工业社会的阶级体制下,作为主宰者的资产阶级对文学的品味和价值标准发挥了强力影响,他们大量消费高雅文化产品,甚至不顾这些文化产品对自己的批评立场。而如今,等级社会已经被大众的或

---

① Coleridge Samuel Taylor(1772—1834),英国浪漫派诗人。——译者注。
② Carlyle Thomas(1795—1881),英国作家,生于苏格兰。——译者注。
③ F. R. Leavis(1895—1978)及妻子 Q. D. Leavis(1906—1981),都是英国文学评论家,他们的追随者被成为"利维斯派",强调道德意识高于形式美感。——译者注。
④ Richard Hoggart(1918—),英国著名学者。——译者注。
⑤ Raymond Williams(1921—1988),英国文化理论家。——译者注。
⑥ George Steiner(1929—),美国文学评论家,生于法国,以其对文学与社会关系的研究而著名。——译者注。

"服务型"社会,或后工业社会所取代,文化被均质化,面向大众消费;有教养的人士与芸芸大众有着几乎同样低级的文化品位和标准;人们忙于旅行、看电视,享受各种昂贵的自动化娱乐活动,读书的时间和兴致越来越少。最后小说就要面临市场两极分化的局面:一方面,一些专为闲情逸致而作的"畅销书"通过大量宣传而声名鹊起,通过图书俱乐部的预先挑选达到市场饱和;另一方面,严肃的文学作品没有市场,出版商赔钱,作者的报酬少得可怜。用一位美国出版商的话说,眼前的局面是:"小说要么盛极一时,要么悄无声息。"

以上分析显然有它的道理,以前也有人做过此类分析。但事实上,格丁的分析并不能完全解释 20 世纪 70 年代那场出版危机。格丁引述德国出版商 S. 费舍尔(S. Fischer)在 1926 年发表的类似观点:

> 图书成了人们日常生活中可有可无的东西,这是一种征兆。我们热衷于体育活动和跳舞,晚上听收音机或者看电影,一天工作下来,我们都很忙碌,根本没时间读书……这场败仗和美国的文化浪潮改变了我们的生活,改变了我们的品味……这场战争前掌握文化和经济领导权的资产阶级虽然在这场灾难后依然存在,但是处于分崩离析的状态。

格丁称这番话是"先知的预言",不过,费舍尔的描述显然是他所眼见的实情。萨瑟兰德博士为自己的《小说与小说产业》写的"后记"表达了与格丁恰恰不同的看法,他指出,在过去一百年中的任何时候,对文学的前景表示担忧和悲观者不乏其人(如约翰·罗金斯、亨利·詹姆斯、利维斯夫人等)。如果再往前追溯,有浪漫主义诗人对哥特式小说的抨击、大诗人柏蒲对格拉布街①作家的抨击。事实上，自从艺术迈进了由最初的印刷机发展到如今的电子设备和微处理器的"机器生产时代"（借用瓦尔特·本杰明的话），人文主义知识分子看到文本、图片和乐谱竟然可以被轻易地复制而无视其珍贵的价值，心中莫不感到恐惧和厌恶。他们出于悲观失望构建出文化衰落的神话。具有讽刺意味的是，一度被斥为文化衰落之始作俑者的印刷图书，如今却被尊为一种文化图腾。

对格丁的观点做这样的分析，并不是想说他对小说的焦虑是没有理由的。20世纪70年代初的那场出版危机远非虚构。格丁有充分的证据可以说明严肃小说的读者数量减少了，而与此同时小说销售的"收支平衡点"却提高了。在瑞典，出版商的管理费用急剧增加是一个重要原因。到1974年，在格丁自己的出版公司，管理费用居然占到出版成本的160%。很显然，这是因为瑞典在第二次世界大战后迅速发展成高工资、平等化的社会。不过，格丁以为问题的症结出在文化方面而非经济因素。对此，萨瑟兰德博士的看法正好相反。他指出，1973年出现的石油危机，导致公众消费骤减，而20世纪70年代初英国的出版危机就是这场全国性经济恐慌的部分表现。下面我们分析英国小说出版经济中一个特有的现象——对公共图书馆体系的高度依赖。

简而言之，"二战"以后，随着商业性图书馆的消失和平装书革命的出现，公共图书馆成为新出版的精装小说的主要购买者。从某种角度来看，这可以被视作国家牺牲小说家的利益而照顾读者，从而引发了公共出借版税权（Public Lending Right）运动。换一个角度看，此举对销售文学品质高但市场反响小的小说

---

① Grub Street，格拉布街，伦敦米尔顿街的原称，在18世纪是一些穷作家居住的街区。——译者注。

取得收支平衡提供了条件。1973年的"石油冻结"之后，英国各地的公共图书馆数量急剧减少，有的公共图书馆甚至停止购买新出版的小说，出版商发现他们最信赖的顾客竟在一夜之间消失了。1977年，据瑟克尔和瓦伯格出版公司（Secker & Warburg）的汤姆·罗森塔尔估计，稳定客户公共图书馆对作家"第一部好作品或第二部好作品"的购买量从1500本骤降到300、400本。出版商们采取减少小说种数和印数的办法来应对这场危机。有人推断，目前作家第一部小说的印刷量也只有1200册，如果不卖掉平装版权，这点印数难以维持出版商的收支平衡，作者也得不到多少版税，甚至那些成名作家的小说也达不到以前的印数。1973年，出版危机还没有充分显露出来，威登菲尔德与尼科尔森出版公司（Weidenfeld & Nicolson）的托尼·戈德温（已故）就抱怨说，他的那些畅销小说家如玛格丽特·德拉布尔（Margaret Drabble[①]）、埃德娜·奥布里恩（Edna O'Brien[②]）、艾瑞奇·阿姆伯勒（Eric Ambler[③]），他们的作品只售出15000册。然而在15年前，同样地位的小说家的作品能售出这个数字的两倍。而现在名副其实的畅销小说，如阿里斯泰尔·麦克勒恩（Alistair Maclean[④]）、弗里德利克·福西斯（Frederick Forsyth[⑤]）、彼得·本奇利（Peter Benchley[⑥]），他们的作品从来也没有卖到这么多。

派尔·格丁在《市场中的文学》结尾指出："维护并继续培育小说作品——为了社会也为作品本身，需要社会给予及时而有

[①] 生于1939年，英国作家和评论家。——译者注。
[②] 生于1930年，爱尔兰作家，善于描写女性的内心感情世界。——译者注。
[③] 1909—1998，英国作家，以其悬疑小说而著称。——译者注。
[④] 1922—1987，英国作家，一生创作了29部小说。——译者注。
[⑤] 生于1938年，英国作家，善写犯罪和恐怖小说。——译者注。
[⑥] 1940—2006，美国作家，作品包括《星球大战》（*Star Wars*，1971）和《大白鲨》（*Jaws*，1974）。——译者注。

力的扶持。"然而,萨瑟兰德博士并不完全认可小说"自具人文精神、为文化所需",他对社会为小说的生存所采取的各种措施或可能给予的扶持能否起作用表示怀疑。他严正指出,公共出借版税权是"拖延的恶果","1966 年本该轻而易举就可以做的事,到了 1976 年就办不成了(1976 年公共出借版税权法案由于下议院三个议员的阻挠未获通过),而 1976 年之后所做的努力肯定无济于事了。"公共出借版税权仍然值得争取,这是个原则问题。①但事实上,图书馆购买小说越来越少,况且,任何政府也不会为了让作家们通过公共出借版税权获得显著的利益而投入那么多金钱。政府对 1976 年法案的资金支持只有一百万英镑,其中 40 万英镑用于管理。据估计,有资格获得补贴的作者是 11.3 万。② 或许正是 11.3 万这个数字才令人感到不安。丹麦和瑞典作家采取集体行动,成功地巩固并提高了他们的公共出借版税权益,"作家行动小组"(Writers' Action Group)在争取公共出借版税权声势浩大的运动中经常援引这些例子(奇怪的是,格丁在其著作中从未提及此事)。当然,论作家人数,丹麦和瑞典比我们少得多。面对英语作为国际语言而稳步发展的现实,任何非英语母语国家的政府资助民族文学语言的发展,其动机是不言而喻的。

在英国,通过财政补贴小说的主要部门是"艺术委员会"(Arts Council),资助方式包括发放奖学金、设立研究基金、补助文学杂志、资助"新小说协会"(New Fiction Society,简称 NFS)。"新小说协会"是一个非营利图书俱乐部,以 7—8 折的价格为会员提供新作家和知名小说家的优秀作品。萨瑟兰德对该协会的描述读起来特别令人郁闷。尽管"新小说协会"对这些

---

① 英国议会 1979 年原则上通过了公共出借版税权法案(PLR),但直到本书付印时仍因所涉及的不同派别的争议而被推迟执行。
② 1979 年这两个数字分别被修订为二百万和六十万。

小说进行了广泛的宣传，但是任何一部小说从来没有因此多卖出600册。从1974年10月到1977年1月，该协会花去"艺术委员会"6.05万英镑只卖出1.3万册小说（即每册小说补贴4.65英镑）。正如萨瑟兰德所言："从书店以全价买到这些小说然后到皮卡迪利街①散发给路人，也比这个协会的做法合算。"至于"艺术委员会"提供的其他资金，萨瑟兰德明确指出，委员会自己的预算还不够，资助符合申请条件的作家也就无从谈起。

萨瑟兰德博士提出的另一个办法，就是模仿美国的先例，在大学开设文学创作课程从而建立学术赞助人制度。不过，他认为这很难实现，因为英国人对此类课程持有的偏见根深蒂固（他本人也有此偏见），目前也没有多余的钱资助英国高等教育中的新举措。我个人的意见有所不同：大学生对文学创作课程确实是有需求的，而且由于当今的高等教育是买方市场，此类课程极可能越来越普及。不过，在形式上，这种课程有教育方面的意义，不见得专业作家才能教得最好，何况教太多的课程对作家自己的创造力也是不利的。

关于维护严肃小说的传播，萨瑟兰德想到的其他办法还有：作家自费出版、联合出版、设立奖项、创作面向国际市场的小说（如安东尼·伯吉斯②、穆里尔·斯帕克③），写电视剧（如弗雷德里克·拉斐尔的《闪光的奖金》④，先上演电视剧然后才推出小说）。不过，哪一招儿都不是解决问题的灵丹妙药。事实上，

---

① Piccadilly，伦敦的繁华大街，以时装店和酒店而闻名。——译者注。
② Anthony Burgess，生于1917年，英国小说家和批评家，以其喜剧小说而著称，作品包括未来派经典之作《发条橙》（*Clockwork Orange*, 1962）。——译者注。
③ Muriel Spark，生于1918年，苏格兰女作家，以其讽刺小说著名，作品有《米曼妥·茉里》（*Memento Mori*, 1958）和《琼·布罗迪小姐的青春》（*The Prime of Miss Jean Brodie*, 1961）——译者注。
④ Frederick Ralphael，1931年生于美国，英国作家、电视剧本作家，他的六部电视连续剧 *Flittering Prizes* 讲述二战后英国一群大学生从校园走向社会广阔生活的故事，后改写成小说。——译者注。

近年小说界唯一成功的例子是迈勒威·布拉格①的电视节目《读书》(*Read All About It*,目前由罗纳德·哈尔伍德②主持)。无论你是否喜欢这档节目的风格,但它本身可以说明关注新出版的小说、想发表评论的读者大有人在。当然,新出版的小说都是平装本——就是因为平装本,读者才肯掏腰包买小说,买任何一部新出版的小说。"新小说协会"失败了,我猜想,是因为它提供的小说打折价还不如平装本的价格优惠。依格丁看,在 1.5 万"消失的"的读者中,许多人本来会购买玛格丽特·德拉布尔和埃德娜·奥布里恩最新的小说,或许他们一直在等待平装本的推出。毕竟,让人"迫不及待"的小说太少了,而平装书架上总是诱人地摆满了人们想认真读的小说。英国的好小说不会断货(不像某些东欧国家什么小说都会脱销)。不过,价格便宜的平装本小说印刷周期长,货架期短,书目选择要求高。这就是小说出版界不青睐"平装本"的缘故,外行才迫切要求出版平装本,而这么做势必扼杀文学新芽——第一部小说有望达到 1200—1600 印数的年轻才俊。这就势必导致出现虚假的小说市场,这一头,所有的宣传活动和热烈场面(书评、公共推介、获奖等)都是冲着小说精装本来的,而实际上大多数销售活动发生在另一头:小说平装本。正如我们所了解到的,精装书和平装书的出版销售需要处在合理的、共赢的关系之中,小说的未来也许在很大程度上取决于出版业和市场能否处理好这一关系。

小说产业的前景不太乐观。萨瑟兰德的分析表明,英国的图书市场将无可避免地因循美国建立的模式。在那里,用理查德·考斯特拉内兹的话说,"小说的命运沉浮不定,出版也行走在风

---

① Melvyn Bragg,生于 1939 年,英国 BBC 著名播音员、作家。——译者注。
② Ronald Harwood,1934 年生于南非,英国作家、电视剧本作家。——译者注。

口浪尖上。"一本小说甚至还没有出版就能被炒成几百万美元的畅销书；平装本的货架期短得只有两周，结果一半书要退回出版商并理所当然的化为纸浆；一个平装本只售出 3 500 册就意味着投资 7 000—10 000 英镑、"却没有在广告宣传上做足够投资"的出版商做了一笔亏本买卖。

这种前景是不惜一切代价也难以避免的灾难呢，还是高雅而封闭的英国出版界迟早要适应的现代经济生活中的残酷现实，萨瑟兰德博士的观点并不明朗。我已经表示过，萨瑟兰德博士的著作尽管描述生动，令人耳目一新，但是他避而不谈文学的价值，让人感到十分失望。举个例子，在其《小说与小说产业》里有一章回顾了美国作家埃德加·多克特罗（Edward Doctorow）的小说《拉格泰姆》（Ragtime）① 的成功之路——小说的精心设计、在美国的畅销、最初可观的销售额、随之而来巨大的版权收入、英国人的抨击、美国人的重新思索等。然而，在讨论这部作品的成功时，萨瑟兰德博士忽视了一个极为关键的问题——《拉格泰姆》的文学品质究竟怎么样。（我的看法是，它是一部真正的小说，尽管不是一部杰出的文学精品。）尽管他设想他的读者会担心文艺性小说（literarynovel）的生存，但完全不能肯定他本人担心，也完全不能肯定，如果这个世界再也听不到玛格丽特·德拉布尔、埃德娜·奥布里恩、安东尼·伯吉斯以及穆里尔·斯帕克这一类作家或者"校园作家"的声音，萨瑟兰德博士会天天睡不着觉。他在书中用半章的篇幅来讨论"校园作家"，我很开心地发现我也位列其中，被说成是一个"谨小慎微和隐退"的人。

---

① 埃德加·多克特罗（Edward Doctorow），生于 1931 年，美国作家，以小说中历史和虚构的完美融合著称，如《丹尼尔记》（The Book of Daniel，1971）。Ragtime 是 1890—1915 期间在美国流行的一种音乐。——译者注。

在结束这篇文章时，我就要胆大妄为，口不择言了。我已经点明，小说作为一种物质产品，离不开工业生产的方法，而且在我看来，小说创作作为一种文学生产模式，与原始资本主义生产模式十分吻合。爱尔兰作家 J. P. 唐勒亚伟（Donleavy, 1926—）曾指出，"小说创作就是化不幸为金钱的过程。"这句话貌似玩笑，实则道理深刻。

小说家在创作过程中，用自己的"资本"——他的人生经验、想象能力和语言技巧，以及个人的时间（很多时间）、精力、隐私和自尊做风险投资，然后把作品交给市场，指望有人购买版权，阅读他作品的人也付钱给他。然而，谁也没有请求他写小说；谁也不是生来就写小说或者长大后把写小说当职业。写小说是一种无缘由的行为，就好比《鲁滨孙漂流记》里的鲁滨孙一样，自己情愿离开舒适安稳的家乡去发财。写小说是一项高度个人化且竞争激烈的活动，合资出版小说几乎屡试屡败，原因就在于此。萨瑟兰德博士指出，"纽约小说协会"（The New York Fiction Collective）举办"觉醒会，旨在消除事与愿违的对'成功'的渴望"。真是徒劳啊！受到成功之梦的驱使（小说家因此会投入到这种费时费力、身心疲惫的活动），小说家在与同行相处时，总觉得对方就是自己的竞争对手，预付款、销售量、合同条款也要互相攀比。小说家，甚至社会小说家，对个人收入所得税的征收非常痛恨，所以在缴税方面往往陷入麻烦。我可不是说小说家是一群唯利是图的人，道理很简单：小说家知道（我倒不认为诗人也是如此），在图书市场上掏钱购买小说的是陌生人，作品在市场上的命运成了评判小说家成功与否的关键标准。当然，评判标准不止一个，小说家还需要有眼力的读者的喜爱、尊重和赞扬（人是不知足的），不过市场是一个基本标准，因为它的客观性。其实，如果必须做出选择，我相信绝大多数作家，甚至那些"文艺性"作家也宁可接受市场的评判（假设没有出版审查制度),而不愿意接受任何机构的评判。大体上看,作家的劳动得不到应有的报酬。一个方面在于,作家人数太多,小说手稿太多,出版商挑选的余地大,书店或编辑要应付的小说书目太多,而且顾客买不了这么多小说。如果成立小说家协会、关闭一些书店以控制作家和作品的数量(如多数社会主义国家的做法),情况有可能朝向有利于小说家的方向改变。然而,有谁甘愿放弃出版自己想象力凝结而成的作品的绝对权利呢?又有谁敢大胆站出来从竞争这份绝对权利的候选人中区分出良莠呢?想通过拨款、补助或奖金等手段来弥补市场自由竞争的不足,同样会遭到反对,即使是温和的反对。高度意味深长的是,在英国,唯一赢得作家们自己广泛支持的政府津贴制度只有公共出借版税权制度,它谨小慎微地与作家个体在图书馆"市场"的成功相关联;[①] 不幸的是,一项如此公平的制度,似乎并不能让任何人得到什么了不起的利益。

　　文学市场已经发挥了其历史功能,它不仅是一种物质生产和作品发行手段,而且是宣传作家及其文学成就的平台。然而,图书市场的这种功能,只有在所有的优秀作品都能进入市场时才能发挥出来。市场难免会制造大量垃圾作品,不过肯定也能推出好的作品。大家应该相信,任何一部有价值的作品迟早会遇到它的出版者。我本人认为,在英国的图书出版界,市场依然发挥着功能。然而,美国的出版界或许不是,而且,假如目前的趋势持续下去,英国的出版业也可能不再如此,而这才是出版界和小说业将要面临的真正危机。

　　[①] 这项"出借计偿"制度('loan-based' scheme)通过公共图书馆图书的借出次数为作家计算补偿,次数按书上的借阅章计算。作家行动小组坚持这一原则,这在很大程度上导致这项制度的推迟执行,萨瑟兰德博士对此深感惋惜。

盎格鲁—美国姿态(1965)：英美小说中的范式

郭 建 译

【来源】

Anglo-American Attitudes: Decorum in British and American Fiction (1965). 选自戴维·洛奇著作《写下去》，*Write on*, Penguin Books, 1988, London. 该书首次出版于1986年。

【概要】

美国小说缺少英国小说的坚实、均衡和完整，但是它更为大胆，而且更为深入地触及人类境况。当今美国小说比英国小说更有成就、更有趣味，原因之一在于美国小说家更致力于对作为工具的语言花费气力。美国文学的一个重要传统是把美国方言土语作为文学的活力源泉，方言土语独白事实上已成为美国文学唯一的形式。而英国小说家创造并保持着他们独特的作者声音，这种声音将形式和对自身经验的感觉融为一体，并说服读者接受他们的合法性。离开在方言土语独白这一形式，美国作家便无所适从，他们倾向于熔合、杂糅所有的叙述方式，而这些在欧洲文学中是分门别类的。

美国作家脱离传统文学范式标准的相对自由，既带来了缺陷也带来了巨大的优势。文学的现代运动似乎丧失了更多的原动力,与美国相比,英国的落差更为引人注目。文学召唤一种新的范式,一种非范式的范式。

我记不清是谁将美国和英国描绘为被同一种语言分开的两个国家,但这一妙语精辟地揭示了为何这两个国家的文学能够为比较研究提供独特而又有价值的视角。在理查德·蔡斯(Richard Chase, 1914—1962)的《美国小说与传统》(*The American Novel and its Tradition*, 1957)一类的著作中,我们可以找到当前有关英美小说区别的权威论述。根据蔡斯所言,英国小说"以其伟大的实践精神,将范围广泛的经验化为强有力的道德关注的品质,以及评判的公正性而闻名于世"。其特征在于,它对生活的描写是现实主义的,它的知识分子气质,很自然还有对其所从来的社会的观点是中产阶级趣味的,而这一切都充满着"习惯(manners)"。

然而,美国小说的想象力"已经被间离、矛盾、杂乱的极端形式形成的审美可能性所激发"。它已将传奇(romance)的惯用手法吸收进小说形式——尽管这种吸收是不稳定的,并呈现出如下特征:"对普通小说所要求的逼真性、设计和连贯性的僭越与逃离;一种趋于情节小说(melodrama)和田园散文(idyll)风格的倾向,一种或多或少的形式上的抽象性,而另一方面又意在深入意识底层的趋势;一种摒弃道德问题,或者忽略展示社会之人,或者仅仅间接地、抽象地思考上述问题的意愿"。简言之,尽管美国小说缺少英国小说的坚实、均衡和完整,但是它更为大胆,而且更为深入地触及人类境况。

另一种区分英美小说差异的方法,涉及语言问题,这正是我要关注的方面,这一方法有时与蔡斯的学说一致,有时又相背离。我认为,众所周知,小说创作和诗歌创作一样,当今的美国比英国更有成就、更有趣味。无疑,原因之一在于美国小说家更致力于对作为工具的语言花费气力。

美国文学传统中关于语言的阐释，通常集中在这样一个观念上，即把美国方言土语（vernacular）作为文学的活力源泉。尽管蔡斯认为美国小说传统起始于詹姆斯·费尼莫尔·库柏（James Fenimore Cooper, 1789—1851）的夸张而又神秘的、引人联想的荒野故事，但是在方言土语体系里，美国小说应该起源于马克·吐温（Mark Twain, 1835—1910）（恶名昭著的库柏批评家）时代，他在哈克·费恩身上发现一种声音，这种声音是非文学性的但又是富于表现力的，甚至是充满诗意的，是粗粝的而又充满温情的，是幽默的而又充满困惑的，这是一种表达美国经验的声音。欧内斯特·海明威（Ernest Hemingway, 1899—1961）系统地陈述了这种对美国小说的解读（在此种创作中他亦占据显要位置），他说道："所有美国现代文学，始自马克·吐温的一本叫作《哈克贝利·费恩历险记》（*Huckleberry Finn*, 1885）的书。"

遗憾的是，美国的方言土语有时竟会为某种文学的民族主义或孤立主义摇旗呐喊。比如像亨利·詹姆斯（Henry James, 1843—1916）那样避开方言土语的美国作家，时不时地被带到所谓的文学非美行动委员会（Un-American Activities Committee）的法庭前并被宣判犯有叛国罪行。此种评判是世纪之交抵制"优雅传统"（Genteel Tradition）的遗风，而且掩盖了方言土语真正的重大价值。因为马克·吐温首次运用方言土语，它**成为**美国小说极其重要的一个因素。但仅凭方言土语这一层面还不能概括美国小说的成就，更何况方言土语的影响已经超出了美国。

思考下面三段引文：

(1) 你要是没有看过《汤姆·索亚历险记》那本书，就不知道我是什么人，不过那也不要紧。那本书是叫马克·吐温的先生作的,他基本上说的都是真事。①

(2)你要是真想听我讲,你想要知道的第一件事可能是我在什么地方出生,我倒霉的童年是怎样度过,我父母在生我之前干些什么,以及诸如此类的大卫·科波菲尔(David Copperfield)式废话,可我老实告诉你,我无意告诉你这一切。②

(3)我一进青年教养感化院(Borstal),他们就把我训练成一名越野长跑运动员。我猜他们一定认为我就是那块料,因为当时的我又长又瘦(现在依然如此),当然我也满不在乎,告诉你实话,因为在我家,奔跑总是家常便饭,意义重大,尤其是从警察局逃跑。

前两段引文当然是《哈克贝利·费恩历险记》和《麦田里的守望者》(The Catcher in the Rye, 1951)的开头了。两者的联系非常明显,也常常被提到。但这两段与第三段引文,即与英国青年作家艾伦·西利托(Alan Sillitoe, 1928—)的《一位长跑运动员的孤独》(The Loneliness of the Long-Distance Runner, 1959)开头的联系,同样是显而易见的。尽管时代和背景决定了语言的不同,但三篇引文无一例外地采用了同一种语气,即在叙述者和读者("你")之间建立了一种直接的口语对话关系。三篇引文的显著特征在于,均利用松散的或者"不正确"的语法来营造微妙的演说效果,都在叙述结尾添加一种意想不到的限

---

① 译文参考张友松张振先译本,《哈克贝利·费恩历险记》,中国书籍出版社2005年版。——译者注。

② 译文参考施咸荣译本,《麦田里的守望者》,译林出版社1999年2月第一版,2001年。——译者注。

定,哈克的"基本上",侯顿(Holden)的"可我无意告诉你这一切",及长跑运动员的"尤其是从警察局逃跑",这种坦率、直白令人错愕(disconcerting)又让人感到愉悦。有趣的是,这三个引文都用迷惑人的漫不经心来使"真相"现形。在成人的懵懂和成人的罪恶面前,这些年轻的主人公成为富有创造力的足智多谋的撒谎者——但绝不是对读者撒谎;他们热情地关注于寻找——并言明——真相。为了这种目的,方言土语独白成为一种理想的叙述手段。

但是使用这种手段会带来一些明显的限制。第一人称的使用必然会拒绝事件的多重视角,而且方言土语的运用严格地限制了词汇的使用范围,因此表达的各种可能性就向作家敞开了。上述作家通过如下一些手段来应对这种限制:使用情景反讽以及其他人物对主人公的评价,偶尔小心谨慎地突显方言口语的言说方式。但他们运用此种策略的自由度还是有限的,因而所有此种文类的成功尝试都堪称天才绝技。某些种类的小说创作,或者要求比有限的方言土语更丰富的语言资源,或者要求比有限的第一人称更广阔的视角,或者两者兼备。

用文学术语来讲,我一直讨论的是"范式"(decorum),① 即与主题、与叙述者以及与假定的叙述者和读者之间关系相协调的风格。关于美国文学一个有趣的现象是,方言土语独白事实上成为美国文学的唯一形式,在这种形式中,传统意义上的范式被保留下来。美国作家一旦离开这种模式,似乎就无章可循,无例可依,不得不在创作过程中建立自己的规则。这可以从麦尔维尔

---

① 此处"范式"原文为"decorum",亦可译为"得体"、"规范性"等。根据文中之意,它与"范式"一词的定义("规范、范型")一致,虽然"范式"一词由英文"paradigm"汉译而来。参见《辞海》(缩印版)"范式"词条,上海辞书出版社1990年版,第652页。——编者注。

(Herman Melville, 1819—1891）或者霍桑（Nathaniel Hawthorne, 1804—1864）与任何十九世纪英国主要作家如简·奥斯汀（Jane Austen, 1775—1817），或者狄更斯（Charles Dickens, 1812—1870），或者乔治·艾略特（George Eliot, 1819—1880）等的对比中略见一斑。英国小说家创造了并保持着他们独特的作者声音，这种声音将形式和对自身经验的感觉融为一体，并说服读者接受他们的合法性。这或许是种匿名的声音，但它富有强烈的个性：或温文尔雅或热情奔放，或清新愉快或耽于冥想。它总是彬彬有礼而又可靠。读者知道他身处何处。

美国作家就全然不同了。麦尔维尔如他笔下的大白鲸一样狂野地在文学传统中闯荡。在《白鲸》（Moby Dick, 1851）开头讲述故事的叙述者，尽管神秘莫测但还清晰可辨，随着故事的展开，他渐渐地隐匿，最后他的职能完全地被一个客观的全知叙述者所取代。前几章谐谑的、编故事的风格变成了预言的雄辩，莎士比亚式的拼凑，诗意的情感的抒发，以及不着边际的散文体。叙事风格变成了戏剧对白、独白、甚至博学的闲话了。

尽管霍桑好像更关注于建立一种不偏不倚的、和谐的叙事语调（tone），这点与麦尔维尔不同，但也令人错愕。他一只手所建立起来的好像又被另一只手拿走。超自然蒙上了怀疑主义的面纱，象征主义涂上了字斟句酌的色彩。他焦虑而机警地注意着他的读者，花费很长时间铺垫热身，但产生的效果却是惊人地简练。他的风格如此精练，以至于使人感到痛苦。只要他在，我们永远放松不了。

有人可能注意到，文学范式并非与词语通常意义上的社会范式无关，英国小说家们能轻松找到并保持一种恰当的声音，要归功于被全社会理解并认可的、微妙而又复杂的习规（code of manners）的存在，而美国就没有此种情形了。同样地，方言土语的美国书写似乎被理解为对尝试引入异国情调风俗准则的抵制。这种"低下"、粗俗语言的运用,尽管保留了**文学**范式,但是通常遭到部分社会阶层的反对,那些社会阶层致力于维护社会范式的守旧的欧洲标准。

在方言土语独白(vernacular monologue)之外,美国作家根本上就变得茫然若失,无所适从了,不知道如何表达主题,如何向读者陈述自己。结果,他们倾向于熔合、甚至杂糅所有的叙述方式——散文的,抒情的,讽刺的,感伤的,通俗的,古风的,甚至东拉西扯的——而这些在欧洲文学中是分门别类的。简言之,美国作家把一些词语混合拼凑起来,而按照传统的文学范式标准,这些词不属于同一类型。这在诗歌中表现得最为鲜明:

> Who goes there? Hankering, gross, mystical, nude?
> How is it I extract strength from the beef I eat?
> 谁去那里? 热切、庞大、神秘的裸体?
> 怎么样呢? 从我吃的牛肉里榨取气力?

人们难以想象任何一位十九世纪的英国诗人,包括霍普金斯(Gerard Manley Hopkins,1844—1889)在内,能够在第一诗行的结尾如此搭配不相干的形容词,或者在第二行诗句中突然发出令人错愕的妙问而距矫揉造作只有一步之遥。惠特曼(Walt Whitman,1819—1892)的诗行就是别具这样的现代风格;当我们想到现代英语诗歌革命发轫于两个美国人——T. S. 艾略特(T. S. Eliot,1888—1965)和艾兹拉·庞德(Ezra Pound,1885—1972)时,我们就会意识到,美国作家脱离传统文学范式标准的相对自由,既带来了缺陷也带来了巨大的优势,尤其是在评述20世纪文学发展的时候。这一点无论是在诗歌中还是小说中都得到印证。

如果我们把蔡斯所描述的英美小说的区别应用到20世纪小

说中，就会发现它更适合美国小说，而对英国小说而言，就不那么恰当了。那"将范围广泛的经验化为强有力的道德关注的品质，以及评判的公正性"本质上是18、19世纪小说的特征，它的体现有赖于一种生活方式，那种生活方式虽然有足以让人感兴趣的流动性，但也是稳定的，其稳定性足以让小说家认为他同读者对道德、形而上学和社会基本上有着相同的观点。正因为如此，维多利亚时代的小说家才能够轻松地保持那种混合着放松的亲密和博学的全知者的声音。他面对"共同读者"（the common reader）侃侃而谈，相信这样的读者的存在。

20世纪没有这样的际遇，亦没有这样的自信。共同读者从没有在美国出现，现在在英国也不过是出没于书封的幽灵而已。现代小说家注意到的如果不是疏离（alienation），就是孤独（isolation），他注意不到社会。他关注的是分裂的，混乱的，能够对过去必然产生颠覆作用的体验。这种情形势必召唤一种新的文学范式，一种非范式的范式，一种冲破陈规的力量爆发，同时避免在杂乱、支离破碎、矛盾的效果中耗散其活力。

现代小说家的评判要取决于他面对这一挑战的成败与否。在我看来，乔伊斯（James Joyce，1882—1941）的《尤利西斯》（*Ulysses*，1922）是这一成就的最高代表，作品中的语言仿佛是陈词滥调，却具有神奇的魔力，既没有破坏老生常谈的价值标准，又使其效果达到了无限的境界。在其他重要小说家中，康拉德（Conrad Joseph，1857—1924）把他时间的想象投射进探险故事和情节小说中，作品充满怀疑主义的哲学沉思和象征的构思；弗吉尼亚·伍尔夫（Virginia Woolf，1882—1941）使交流的不可能成为她的主题；D. H. 劳伦斯（D. H. Lawrence，1885—1930）怀着对小说传统极其蔑视之心，把现实主义与理想主义结合在了一起。几乎只有E. M. 福斯特（E. M. Forster，1879—1970）一个人一意孤行地运用19世纪作家风格来驾驭20世纪的情境。而诸如高尔斯华绥（John Galsworthy，1867—1933）和贝内特（Arnold Bennett，1867—1931）等作家，好像什么也没有发生一样继续原有的写作，终致被淘汰。

我所谈论的是"试验"小说时期。但是在美国，小说一直都是试验性的，在对其身份地位（status）与读者的极度不确定中，它在探寻一种新的表达形式，以便清晰地表达出令他们困惑的经验。因此，跟与欧洲相对应的试验相比，美国现代小说的语言——海明威最简洁的句法与措辞的狡黠操控，菲茨杰拉德（F. Scott Fitzgerald，1896—1940）如此大胆地用来描写琐细与短暂的抒情笔调，福克纳（William Faulkner，1897—1962）夹杂着俗语的奔流的华丽文体——更多的是延续"传统"。也许这的确是这样一种传统的缺失使然。

文学的现代运动似乎丧失了更多的原动力。我们不再生活在文坛巨匠之中。不过，与美国相比，英国的落差更为引人注目。在英国，我们好像退回到那种古老的、衰竭的范式之中，重操那种建立在浅薄的或者愤世嫉俗的观念之上的维多利亚小说技巧，相信阶级、物质财富和性行为依然足以容纳存在的现实。艺术风格完全迎合了这种浅薄观点：正是因为英国人的生活表面上如此单调、无聊和沉闷，所以我们正在产生一大批行文单调、无聊和沉闷的小说。撇开格雷厄姆·格林（Graham Greene，1904—1991）和伊夫林·沃（Evelyn Waugh，1903—1966）不说，他们身处转型过渡时期，我暂且无暇顾及，我们所拥有的最有趣的作家当属威廉·戈尔丁（William Golding，1911—1993），他仅仅通过拐弯抹角地（obliquely）处理当代生活而获得了诗人的特许权，另一位当推金斯利·艾米斯（Kingsley Amis，1922—1995），他从当代英国贫瘠的想象力中挖掘出喜剧资源。要不然，就仅仅剩下以从美国学来的方言土语独白来缓解这种单调了。

然而，在美国，仍然可以感受到乔伊斯强烈的影响。约翰·

厄普代克（John Updike，1932—）能够在高尔夫球一击的瞬间顿悟；伯纳德·马拉默德（Bernard Malamud，1914—1986）用亚瑟王神话的语言来描写一名棒球手的生活，J. F. 鲍尔斯（J. F. Powers，1917—1999）也用同样的语言来描写一位天主教教士的生活；塞林格（J. D. Salinger，1919—）能够赋予现代都市生活一种奇特的意义，甚至一种赞颂。约翰·霍克斯（John Hawkes，1925—1998）能够使一次美国灰狗长途汽车（Greyhound）之行变成令人毛骨悚然的梦魇。简言之，这些作家运用语言深深地切入经验现实，而绝非仅仅削剥其表皮。

  我并非在暗示当代美国小说家已经解决了他们的所有问题。任何文学范式传统的缺乏在成为某种资产的同时，仍然是一种缺憾。尤其是那些与《纽约客》（The New Yorker）杂志交往甚密的作家，他们努力使得他们创作材料的粗糙和杂乱遵从某种适度完美的散文标准，这时常会产生一种扭曲的高贵、牵强的典雅的艺术效果，回想一下霍桑最不开心的时刻吧。有人可能会把他们称作美国文学奇观中的"时尚派"（the hipster wing）作家，包括垮掉的一代（the Beats），诺曼·梅勒（Norman Mailer，1923—2007），威廉·巴洛斯（William Burroughs，1914—1997）等等，对于范式传统的美国式漠视只能助长一种谬见，即激情的投入能够弥补形式上的散乱，"什么都行"。

  索尔·贝娄（Saul Bellow 1915—2005）的《赫索格》（Herzog，1964）对我来说最能代表美国当代小说的利弊。在英国当代小说中，似乎活力排除了笨拙，但是《赫索格》充满活力而又彬彬有礼，充满色欲而又拘泥迂腐。贝娄的神经质般而又精力充沛的行文囊括了从俚语到哲学术语的当代英语语言的每个层面，表达了现代意识多元性的强烈印象，个人与公共社会的危机，美丽混杂着的污秽，温情紧握着的恐惧，在荒诞的边缘摇摆着的悲剧，所有这些情感意识同时得以展现。在许多关于《赫索格》对都市场景反应的夸张的描述中，尤其可以感知到那种强烈的印象。但是到最后，人们会发觉贝娄有点过火，他有意使他的主人公承受太多的意义之重——或者太多明确的意义。在这种别具美国特色的方式中，他好像无法容忍小说传统的束缚，他那急于使他的启示被感知的迫切之情扬洒于未经消化的哲理篇章之中。

贝娄通过大胆的隐喻和辛辣的措辞，竭力使赫索格成为现代人困境的宏大叙事的代言人。然而"思想"终归是思想，带有某种强求人们认可的尴尬味道，但是不管怎样那毕竟不是赫索格的性格延伸；贝娄为了使赫索格具有普遍性而花费了心机，这一点暴露了他过分玩弄辞藻，而极度挥霍词语有时会牺牲行文的连贯性。与其说贝娄如此努力地向读者展现他的主人公，不如说他和他的主人公串通一气来打动读者。

我并非追赶时髦，加入抨击《赫索格》的队伍，因为那毕竟是一部倍受欢迎的成功佳作。我在里面所发现的瑕疵对我来说是美国文学普遍存在的问题，而且这几乎又与最具生命力的因素密不可分。当然人们一定宁愿喜欢一部像《赫索格》这样的"失败"小说，也不愿喜欢当代英国小说中的大多数"成功"之作。

《巴赫金之后》导言(节选)

罗贻荣 译

【来源】

Introduction. 选自戴维·洛奇,《巴赫金之后》, *After Bakhtin*: *Essays on Fiction and Criticism*, Routledge, London, 1990, pp. 1 – 10.

【概要】

如果说20世纪60年代属于结构主义,70年代属于解构主义和其他后结构主义,那么80年代就是巴赫金著作的发现和传播时代。巴赫金的理论给那些开始怀疑解构主义之后批评理论是否已死的文学批评家以新的希望;对于马克思主义的信仰者来说,它复活了语言和文学的社会建构功能的概念;对于人文主义者来说,它复活了一种历时的、基于语言学的文学研究的合法性;对于形式主义者来说,他又为分析和归纳叙事话语开辟了新的可能性。对洛奇个人来讲,巴赫金的理论使他认识到他在《现代写作模式》中仍没有完全摆脱大多数文体批评将小说语言当成一个纯一实体的倾向,认识到小说是多种文体、语言,或者声音的混合体。巴赫金的理论还解释了洛奇为何是小说家而不是诗人,为何醉心于拼贴和滑稽模仿。最后,巴赫金对当代文学批评做出的最伟大贡献是他及时重新肯定了作者创造和交流的权利，而这是结构主义和解构主义都试图诋毁并试图以"文本自动生产"和读者理论取而代之的概念。

本书大部分文章或多或少是在俄国文学批评家兼理论家米哈伊尔·巴赫金（Mikhail Bakhtin，1895—1975）著作的影响下写成，文中将他的一些观点和分析方法用于多半不为他所知的文学材料。我将这本论文集命名为《巴赫金之后》，部分是出于敬意，就像画家向他所模仿的大师致谢一样。不过，正如与书名同名的论文所指出的那样，今天那些学习巴赫金的人完全明白在他"之后"工作的字面上的含义。大部分文学批评家在世时都享有他们所获得的无论何种声誉；同代人公开讨论他们的观点或者进行辩论，而他们的影响力则在身后迅速衰减。与此相反，在巴赫金一生大部分时间里，他的著作几乎不为他小小的朋友圈之外的人所知，只是到去世后他才脱颖而出，正如卡特林娜·克拉克和迈克尔·霍奎斯特合著的巴赫金传里所说的那样，成为"20世纪主要思想家之一"。[1]

［此处有删节］

在小小的学术性文学批评领域，如果说20世纪60年代是结构主义的十年，70年代是解构主义和其他后结构主义变体的十年，那么80年代，则可以认为占首要地位的是巴赫金著作的发现和传播，在一定程度上，它被用来作为反拨和超越人文科学中文学研究上述发展的影响。巴赫金被用来反击他之后兴起的运动这一事实，对他来说颇有反讽意味。巴赫金有时被描绘为"后形式主义"。他的形式主义批评（从梅德韦德夫和伏罗希诺夫推

---

[1] Katerina Clark and Michael Holquist, *Mikhail Bakhtin*, Mass.: Cambridge, 1984, p. vii.

断)有些时候跟后结构主义相似。但这并没有将他像将解构主义代表人物一样引向反人文主义的怀疑主义,即对意义、交流和西方文化传统价值的怀疑。瑞恰兹说:"批评理论必须建立在两大支柱之上,一是对价值的考虑,一是对交流的考虑。"① 巴赫金的理论兼具这两种要素,因此给那些开始怀疑后结构主义之后批评理论是否已死的文学批评家以新的希望。对于那些信仰马克思主义的人来说,巴赫金复活了语言和文学的社会建构功能这种非庸俗概念;对于那些人文主义学者来说,他复活了一种历时的(diachronic)、基于语言学(philologically based)的文学研究的合法性;而对于那些形式主义者来说,他又为分析和归纳叙事话语开辟了新的可能性。

我自己的批评兴趣横跨人文主义和形式主义两个类别。我的绝大部分学术批评可以描述为试图将小说的历史研究、价值评估和阐释性批评建立在其形式而不是其内容和语境的基础上。因为小说的媒介是文字,这似乎是最好的出发点。我在《小说的语言》(1966)一书中提出:

> 如果我们可以将诗歌艺术视为语言艺术,那么小说艺术亦是语言艺术……同样,我们很自然地认为诗歌批评就是精细的、细腻的语言分析,那么,小说批评也别无他法。②

这一观点作为基本原则仍然是我今天所坚持的,但我不再坚持该书由此得出(并在我1971年出版的下一本书《十字路口的小说家》中的一篇文章《走向小说诗学:一种语言研究方法》中进行辩护)的结论,即认为小说批评的所有问题都归结为语

---

① I. A. Richards, *Principles of Literary Criticism*, 1924, p. 25.
② David Lodge, *Language of Fiction*, 1966, p. 47.

言问题。因为叙事本身是一种语言,这种语言的运行独立于具体文字表达。在被翻译为另一种自然语言或者改编为另一种媒介时,一些经由叙事产生的意义将是始终如一的,而且,在某种意义上,做出一些叙事借以生成的至关重要的选择,如叙事角度的选择、时间的处理,先于由语句序列构成的文本的表达,或者说,这些选择和处理是在比文本表层更深的层次做出的。所有这一切现在看来如此显而易见,那么有人会问,为什么我在早期的理论思考中不遗余力地压制或者否定这一点(正如一些论者所指出的那样,在批评实践中,我并不总是与我的原则保持一致)。我那时没有看到的是对文学文本一些特别的叙事要素进行形式主义批评的可能性,也许是因为那些要素已受到英美新批评"细读法(closing reading)"的贬低,我就受过这种方法的训练,或者自学过这种方法。上文引自《小说的语言》的信条,源自马克·肖勒(Mark Schorer)那篇颇有影响的论文《作为发现的技巧》(*Technique as Discovery*):

> 跟诗歌技巧相比,(小说)技巧用的都是一些较为粗陋的术语,显而易见如构成情节的事件的安排,或者,情节里悬念和高潮的安排;或者,揭示人物的动机、关系和发展的手段,或者视角的运用之类。①

这种对实际上远非显而易见的问题的轻蔑的态度,也许源于这一事实,即新批评的部分动机是为现代主义写作实验进行辩护,而现代主义小说至少表面上看起来对此类叙事没有兴趣,并突显文体实验。弗吉尼亚·伍尔夫在其论文《现代小说》

---

① Mark Schorer, "Technique as discovery", in *Critiques and Essays on Modern Fiction* 1920—1951, ed. J. W. Aldridge, New York, 1952, pp. 67 - 68.

(1919)中对贝内特(Bennett)和威尔斯(Wells)的精巧小说的抨击,以及对乔伊斯意识流写作的赞扬,在四十年之后得到马克·肖勒在《作为发现的技巧》中的附和,他在文中将威尔斯的《托诺—邦盖》和乔伊斯的《一个青年艺术家的画像》作不利于前者的比较。在我本人的《小说的语言》中有关《托诺—邦盖》的章节,我试图纠正肖勒文体批评的现代主义式偏见;但真正需要的,是更为综合的"技巧"理论——一种小说诗学,它使批评家可以在文本的"深层结构"(最原初的故事素材在这里被通过次序、视角等安排组织起来)里自由穿行,穿行到文本以具体语言形式实现的表层结构。

这种小说诗学是存在的。它的开拓者是俄国形式主义理论家,如维克多·什克洛夫斯基(Viktor Shklovsky)和鲍里斯·托马舍夫斯基(Boris Tomashevsky),后经20世纪60年代和70年代的法国批评家,如茨维坦·托多罗夫(Tzvetan Todorov)、A. J. 格雷马斯(A. J. Greimas)、[①] 热拉尔·热奈特(Gérard Genette)、罗兰·巴特(Roland Barthes)发展和完善,并融合了罗曼·雅各布森和克洛德·列维-斯特劳斯所实践的语言学和人类学结构主义的某些观点,那之后,它又融汇英美批评理论,形成了诸如西摩·查特曼(Seymour Chatman)的《故事与话语》(1978)的一些著作,我本人20世纪70年代花了许多时间熟悉那部著作,并将其应用于多篇论文,其中一些被收进《结构主义的运用》(1981),另一些被收进本书(特别是评论简·奥斯丁和吉卜林的那些文章)。

在从事这一研究的过程中,我偶然发现了雅各布森对隐喻和转喻区分理论,这两种修辞就是两种模式,任何话语都由这两种模式,即相似性关系模式和连续性关系模式结构而成。他几乎是

---

① 原文"A. H. Greimas"应为"A. J. Greimas"之误。——译者注

随口说出的一段话让我豁然开朗："沿着相邻关系的路径，现实主义作家转喻性地从情节偏离到环境氛围，从人物偏离到时空背景。他喜爱提喻式细节描写。"① 隐喻一直是抒情诗的主要修辞，而新批评（像许多老式批评一样）总是赋予抒情诗特权地位。马克·肖勒一类批评家对小说进行文体批评时，他们本能地寻找隐喻特征，在这个过程中，现实主义小说不是受到贬低就是被歪曲。雅各布森的转喻分类开启了现实主义小说的形式主义批评的可能性，这将使我们发现，现实主义小说并非在美学上先天不足。在《现代写作模式》一书中，我将隐喻—转喻类型学应用于二十世纪英美写作，并提出，文学风尚在这两极之间作周期性钟摆运动。

　　隐喻—转喻的区分理论是分析和归类文学话语的强有力的工具，但《现代写作模式》没有完全摆脱大多数文体批评将小说语言当成一个纯一实体（homogeneous entity）的倾向。就是说，在确定一个特定的文本在结构上主要是隐喻模式或转喻模式时，你免不了忽略或者至少边缘化非主要因素。然而每一个文本必定包含两种因素，也许两者之间的张力（tension）或者"对话（dialogue）"是一个文本最重要的特征之一。的确，就此术语通常的意义——人物个体之间直接引语的交换——来说，对话是小说中至关重要的成分，占支配地位的文体学去处理它就显得特别捉襟见肘。这当然就是巴赫金的用武之地，他解释了为何没有文体（*the* style）这种东西，没有小说的语言（*the* language of a novel），② 因为小说是多种文体、多种语言，或者多种声音——要是你愿意这么称呼——的混合体。

---

　　① Roman Jakobson and Morris Halle, *Fundamentals of Language*, The Hague, 1956, p. 78.

　　② "style"和"language"前所加上以斜体强调的定冠词"*the*"包含"特有、独有、固有"之意。——译者注

这一观点是柏拉图很早以前在其著作《共和国》第三卷中提出的。在书中，他区分了语言表达行为的两种方式：一种是纯叙述（诗人的话语），一种是纯模仿（模仿人物话语）。把我引向这个让人着迷的段落的是永远的启蒙者热拉尔·热奈特，然后这个段落又将我引向了巴赫金，他的叙事话语分类学本质上说是柏拉图分类学更为成熟和全面的版本（顺便说一下，一个引人注目的事实是，在古希腊到二十世纪俄国之间，有关叙事理论这一主题几乎没有任何值得注意的东西形诸文字）。巴赫金著作中有一个特别的段落，它对我的影响跟雅各布森对转喻的论述一样，有如在我的脑中点亮了一盏明灯。这个段落在下面提到的论文中数次被扼要引用：

  在一部作品中可以使用各种不同种类的话语，它们各自都得到鲜明的表现，而未被变为共同特征，这可能是散文最为基本的特征之一。小说文体与诗歌文体的深刻区别就在于此……对于散文艺术家来说，世界充满了他人的语言；在众多的他人话语中他必须摆正自己的位置，他必须有灵敏的耳朵去感知他人话语的特点。他必须把他人话语引入自己的话语平面，而又不破坏这个平面。他使用一个极其丰富的语言调色板。①

这一洞见与我刚才描述的正在进行的批评事业的关联是显而易见的。要是我在写《小说的语言》一书时读到它，它会扭转我的方向，使我避免走入某种理论上的死胡同。将这一观点跟我本人的写作经历联系起来时，它同样强大的说服力让我茅塞顿

---

① Mikhail Bakhtin, *Problems of Dostoevsky's Poetics*, ed. Caryl Emerson, Manchester, 1984, pp. 200–201.

开。它向我解释了我为什么是小说家而不是诗人。也解释了我为何着迷于拼贴（pastiche）、滑稽模仿（parody）和拙劣模仿（travesty），而这种滑稽模仿和拙劣模仿描写的对象，常常就是我本人作为学院派批评家所写的东西。很久以后，我又偶然读到巴赫金另一评述，它更为简洁地概括了巴赫金对创作过程的理解："作家是知道如何用语言工作同时又身在其外的人，他有使用间接引语的天赋"。①

也许，巴赫金以他身前湮没无闻身后声名鹊起的历史性反讽，最终对当代文学批评做出的最伟大贡献是他及时重新肯定了作者创造和交流的权力（power）。这是结构主义（含蓄地）和后结构主义（直白地）试图诋毁的概念，他们要用文本的自动生产理论和读者理论来取代它。然而，学院之外的读者仍然相信作者的存在和重要性。这是造成学院内外之间文学讨论理解障碍的众多问题之一，也是本人极为关注，本书多篇论文均有谈及的问题。

我始终认为自己横跨两个领域，一个是学术研究和高等教育，一个是整个文学文化领域，在后者那里，书籍为了利润和愉悦（以这两个词的任何意义）写作、出版、讨论、消费。在许多年里，我交替出版文学批评著作和小说。我对欧陆结构主义带来的文学理论发展产生了强烈兴趣，我学习这些理论，在学术批评著作和文学杂志中运用、普及、化用它们，并在我的小说中对它们作讽刺性的、狂欢化描写，所有这一切都是在努力（并不总是自觉地）促进两个话语世界之间观念的沟通。但随着学术批评的专业化，它与"世俗"文学讨论之间形成巨大的鸿沟，这种架桥的努力无疑变得越来越难以坚持。

几年前，因为多种原因，我从伯明翰大学的岗位上退休，开

---

① Quoted by Todorov, op. cit., p. 68.

始我的自由作家生涯。我保留一个荣誉学术头衔，跟大学保持联系，偶尔讲一堂课或在研讨会上提交一篇论文。但是，我不可避免地感到自己与学术机构渐行渐远，渐渐远离学术机构的刺激、满足和鼓励。没有了它们，坦率地说，大量的学术性文学批评和理论——那种由学术性刊物发表和美国大学出版社出版的东西——似乎就不再值得花那么多精力去追赶了。大量的此类著述不能像巴赫金的著作那样对人类知识有所贡献，而是通过将已知事实转化成越来越晦涩难懂的超语言，来展示自己在专业上的精通。这不完全是毫无意义的活动——它能磨砺智慧，考验那些生产和消费这种著作的人的耐力——但它与我自己的写作活动越来越没有关系。尽管我打算继续写文学批评文章，但我怀疑，它是否还会像本书收入的大部分文章那样是学术性的。如果说书名"巴赫金之后"有一丝挽歌的意味，那么，那也并非完全失当。

[此处有删节]

当今小说——理论与实践

罗贻荣　译

【来源】

The novel now, Theories and practices. 选自戴维·洛奇，《巴赫金之后》，*After Bakhtin*：*Essays on Fiction and Criticism*, Routledge, London, 1990, pp. 11 – 24。此文最初为作者1987年在布朗大学召开的"小说为什么重要"研讨会上发表的主旨演讲，后于1988年发表在《小说》杂志 (*Novel*, vol. 21.)

【概要】

在传统人文主义关系模式下，小说与批评之间有着积极的互动和影响；但在七十年代和八十年代，后结构主义的流行导致批评与小说创作和接受的分离。后结构主义颠覆作者的概念和小说与现实关系的概念，作为小说家的本文作者对这两点都提出异议。不过小说家的确面临与生俱来的事实与虚构的矛盾，这是现实主义小说中隐含的问题，而元小说让它走上前台并得到彰显。戴维斯因质疑小说的社会功能而提出"抵制小说"的倡议。

巴赫金的小说理论超越人文主义和后结构主义之间的对立，为小说的存在辩护。巴赫金认为，"一种能够

> 公平对待生活固有的复调的最高文学形式就是'小说'",英国当代文学,包括劳伦斯、伯吉斯、托马斯等和洛奇本人的作品中就能找到杂语性、狂欢化等一些列复调小说特征。

我于大约30年前开始小说家与文学批评家的双重生涯时,小说和批评的关系相对来说不成什么问题。在人们的思想里,批评是依赖小说这一一级话语的二级话语。小说家写小说,批评家对它们进行批评。后者的活动通常被描绘为对文本进行描述、阐释和评估的混合,不同的流派对以上几个方面各有偏重。理论的功用是为执行这项工作提供越来越综合和简练的方法,在60年代的英国和美国,这一工作在很大的程度上被视为将小说批评提高到一种形式上成熟老练的水平,可以媲美新批评派(比如说,从威廉·燕卜逊到W. K. 维姆萨特)在诗歌领域所达到的水平。

这种批评活动也有意识形态方面的功用,也就是说,维护经典的功用。这一功用很少被公开承认。小说宝库有许多楼层,但其形状像金字塔。第一层空间很大,是当代文学作品,不过它们中许多很快就被清理进了后门外的垃圾桶,永远不会在上面那些收藏"严肃"作品的楼层上架。随着时间的推移,有些作者慢慢隐入历史,有些作者的重要性程度则变得越来越高,他们的数量便得越来越少,宝库留给他们的空间越来越有限。留给经典作品的顶层空间的确非常狭小。比如说,代表维多利亚时期的英国小说就是十来位作家的创作,而那一时期写过小说的作家则有上千人或者更多。不可避免的是:大众的意识里只能储存数量有限的文本;如果某个文本加入,就必须有另一个文本退出,为新来者腾出空间。

在这个金字塔上的位置越高,你就越清楚地看到,控制这一取舍程序的是学术性批评家(academic critics),而不是书评家

(reviewers)、文学记者和作家自己。这是因为文学的学术性研究决定性地依赖经典的存在。没有一批通用的文本供参考比较，这一学科便无法进行教学。有些教师开始颠覆文学经典的观念，他们不得不提供一个替代物，那些替代物通常是理论文本。如果批评家们需要经典，小说家们就需要传统。一个人不可能没有读过一本——他至少要读过一本，也许是千百本——小说，不在与前辈和同辈的师徒、同窗、竞争和对立关系中定义自己，就开始写小说。有时候，比如在现代主义的鼎盛时期，对涉及传统的作家们的重新调整，就会形成学术经典的修订版，这反过来又会对下一代有抱负的作家们的阅读产生影响。比较而言，今天的文学文化中难以见到这种相得益彰的影响，这是当今文坛更令人忧虑的症候之一。

那么，小说与批评之间关系的传统模式，就不是完全不偏不倚的。小说家被视为创作之源，没有他或她，批评家就没有什么可批评的，从这个意义上来说，这种模式给了小说家特权，可是它又被用来以一种可能是压制性的方式管制当代文学作品。这是一种作者中心模式——在英国和美国，小说史被看成是一批有特殊天赋的作家的历史，是他们把小说的伟大传统流传下来，每个人都做出了他们自己不同的贡献。但这也是一种（批评家）自我中心模式，因为筛选、评估、阐释经典或潜在经典文本的程序服务于学术机构的目的。学术批评家对那些经典小说家尊崇有加，但对那些看上去没兴趣进入经典行列的小说家则没有那么多尊敬。人们从传统学术批评——当然与 F. R. 李维斯的名字是分不开的——中得出一个印象，即做一个优秀的二流小说家（good minor novelist），还不如去做关于一位伟大小说家的批评家来得精彩。这一说法对书评家们来说基本上不正确，他们在接受新小说方面要宽容得多。的确，学术性批评家认为，他们工作的功用之一就是抵消报刊书评的虚夸所产生的影响。但直到现在，两类批评家都在共用同一个隐含的美学原则，这个原则被当今一位学术理论家凯瑟琳·巴尔塞（Catherine Balsey）命名为"表现现实主义（expressiverealism）"。① 这就是说，他们在阐释和评估小说时，都是以它所表现的作者的独特感受或世界观是否有力，他所表现的现实是否真实为标准的。

小说和批评之间这种传统的，或者如人们有时候所称的人文主义的关系模式，仍然受到普遍赞同。然而，在最近大约二十年里，当学术机构越来越被结构主义和后结构主义理论控制时，这一传统遭受了来自学术机构内部的多次冲击。其结果是使文学的学术研究陷入一种令人兴奋的智力上的狂乱状态，或者说终极危机状态，这取决于你对它持什么观点。不过据我看来，它对文学宝库金字塔的底层，也就是说，对接纳新的创作影响甚微，至少在英国和美国是这样。它对小说家们自己是否有影响，这种影响使（或者可能使）小说家获得自由还是受到限制，都是值得考虑的问题。

当然，这完全始于60年代结构主义对文学批评的冲击。在经典的结构主义那里，他们寻求从隐藏在文化之下的表意系统的意义上来理解文化：重点是放在系统上，而不是系统的个体认识。就这方面而言，它模仿的是索绪尔语言学，后者主张语言科学应关注**语言**（langue）的有限系统，不是**言语**（parole）的无限变化。索绪尔的另一个被大大误解、并常常被庸俗化的符号学观点是，语言符号两方面，即能指和所指之间的关系是任意的。使语言得以表达意义的不是语言和事物之间的关系，而是语言系统各要素之间的差异。用一句名言来说，语言是一个差异系统。

这就很容易理解，为什么这种思维方式被用于文学时，要把

---

① Catherine Belsey, *Critical Practice*, 1980, pp. 7ff.

注意力从文本的独特性转移到它们的共性上：代码、惯例、规则；为什么它要降低作者在意义生产方面的原创权力，而提高读者在这方面的重要性；为什么要颠覆文学经典的特权地位，因为符号系统的美，也可以通过引证佚名的民间故事和神话，或者惊险小说、广告和时装之类的流行大众文化产品来表达，甚至更好地表达；为什么它要颠覆现实主义概念，嘲笑它为一种糟糕信仰的艺术，因为它寻求掩盖或否认自身的陈规陋习。简言之，尽管古典形式的结构主义是一种相当保守的方法，寻求阐释而不是改变世界（用马克思的惯用语来说），但在六十年代的革命氛围里，它可以被纳新到激进知识分子对文学与文化的传统人文主义观念的批判。

那时，在结构主义影响下的批评和新作品的生产与接受之间，的确有一些有创造性互动。在法国，《新批评》为新小说派提供辩护，对它进行阐释，在美国，以及英国较小范围内，小说中各式后现代主义实验似乎可以追溯到新的文学批评对现实主义的抨击，或者至少可以以上述新文学批评的观点进行阐释。但是，当结构主义纠缠着自己的假定和难题进入争论和凭空推测的第二阶段，即一般所称的"后结构主义"阶段，它越来越变得经院主义、高深莫测和自恋（inward-looking in its concerns），跟对新的虚构性创作进行鼓励和批评越来越没有关系——除非你凭它自身的条件将它视为一种先锋文学形式。当然，后结构主义理论的发展趋势一直是废除创作和批评话语之间概念上的界限，而这种界限是传统的人文主义式创作—批评关系模式的基本假定之一。后结构主义阶段最有影响的人物——拉康、德里达、阿尔图塞、福柯——从学科上说不是文学批评家。尽管他们的理论对文学的学术研究产生了深刻的影响，但他们的理论第一眼看上去就不可能会对学术界之外的作家们的艺术创作有启发和鼓励作用。

不幸的是，这种话语是如此晦涩、专业化，以至于你所看的第一眼——迷惑、愤怒、可笑——可能就是最后一眼。目前这种发展趋势的一个不幸结果，就是批评话语中通用（common）语言的消失，这种通用语言曾被学术批评家、作家、文学报刊书评家和受过教育的普通读者所共用共享。三十或者四十年前，伦敦《观察家》或者《纽约时报》书评版的读者拿起一本由大学主办的刊物《细察》（Scrutiny）或者《斯沃尼评论》（Sewanee Review），可以在大部分内容里找到有一定智力水平的兴趣。如果这样的读者拿到今天与它们相当的刊物，比如《批评探索》（Critical Inquiry）或者《牛津评论》（Oxford Review），他十有八九会感到困惑，不理解文学批评的意义何在。他在里面也找不到多少关于当代虚构写作的评论。现在的批评家们都太忙于在同行中占据上风。

也许，这种最超前、最新奇的文学话语和新创作的生产与接收之间关系的断裂，对我这样身兼作家与批评家的人来说是一个比别人更重要的问题，一般作家与学术界毫无瓜葛，不必去理会那些玄妙的论争，而一般学者则理所当然地认为高深的美学领域只有少数人才能涉足。但我认为这是一种不健康的状况，我坚信，对于爱伦·坡所称的写作哲学［他所说的"写作（composition）"初看起来可能不同于文学创作］，当代理论有一些有用的、重要的东西要说。

让我引用两位杰出的现代理论家罗兰·巴特（Roland Barthes）和保罗·德·曼（Paul de Man）的两段话，来试着说明我的观点。这两段话谈到两个问题，一个是作者的观念，一个是小说和现实之间的关系，它们在现代文化中既是小说创作实践的核心问题，也是小说接受和批评的核心问题。作者作为一种独特构成的个体化主体，作为作品创作者以及某种意义上的所有者的观念，深植于作为文学形式的小说中，在历史上与小说的兴起相伴而生；对语言艺术模仿功能、真实细致地反映或者表现世界的能力的强调也是如此。在我将要引用的陈述中,这两者都受到了挑战。

第一段引自罗兰·巴特的论文"作者之死"(The Death of Author,1968)。他试图用"书写者"这一术语替代"作者":

> 作者,在人们相信其存在的时候,总被认为是其书籍的过去:书籍与作者自动站在同一条线上,这条线分成之前与之后两部分。作者被认为培育书籍,也就是说他在书籍之前存在,他为书籍而思考、而受苦、而活着;他与其作品存在着父与子一样的先后关系。与此完全相反的是,现代书写者(the modern scriptor)与其文本同时诞生;他决是先于或超出其写作的存在,他不是以其书籍作谓语的主语。除了表述过程的时态,没有其他时态,每个文本永远写于此地和此时……
>
> 现在我们知道,一个文本不是一行发布一个单一"神学"含义(即作者—上帝的"讯息")的文字,而是一个多维空间,在这个空间中,多种写作彼此混合,相互冲突,没有一种是原创的。①

第二段来自保罗·德曼《盲视与洞见》(Blindness and Insight,1971)中的一篇论文《批评和危机》(Criticism and crisis):

> 符号和意义决不重合,这在我们所称的文学语言中完全是理所当然的。不像日常生活语言,文学语言开始于这种知识的远端;它是唯一一种摆脱无中介表达(unmediated ex-

---

① Roland Barthes, *Image-Music-Text*, 1977, pp. 145–146.

pression)缪见的语言形式……文学作品本质上以自省镜像效应(self-reflecting mirror effect)为特征,通过这种自省镜像效应的方式,虚构作品凭借自身的存在宣示它与经验现实的分离,它作为符号与意义的脱离,意义的存在有赖这一符号的构成性活动。小说已经永久地跟现实告别,而读者却通过将小说与某种现实混淆来贬低小说,这总是与作者的直白主张背道而驰。①

现在,我作为一个小说家的第一个反应就是对这些评论提出异议。我对罗兰·巴特要说的是,我的确对我所写的小说感到一种父母般的责任感,小说的写作就重要的意义上来说,的确是我的过去,在写作的过程中,我的确为它而思考、受苦,为它而活着;我要对德曼说的是,我的小说没有"永久性地跟现实告别",相反,从某种重要的意义上来说,它表现的就是现实世界,如果我的读者没能通过我的小说认识现实世界的一些实情,比如说,学者或罗马天主教徒的行为的真实情况,我就会感到我写砸了,我的读者也会这样想。

无疑,在我们的文化中,小说的生产、流通和接受完全不是巴特和德曼所断言的那样。实际上,新作品的接收也许从来没有比今天更难摆脱作者中心,不仅在书评中,还在一些别的通过媒体曝光的辅助形式——报纸、电视、授奖仪式、读书会和图书首发式上的访谈和人物特写等——中表现出来。所有的注意力都集中在作为独一无二的创造性自我的作者,作为文本神秘的、魅力四射的源头的作者身上;在这些场合作家被问到的那些问题无一例外地强调了德曼否认存在的小说与现实之间的模仿关系:你的书写的什么?是自传性的吗?某某人物是根据现实中的一个人物

---

① Paul de Man, *Blindness and Insight*, 1983, p. 17.

写成的吧？学者/天主教徒的行为真的是这样吗？诸如此类。别以为这样的问题只是那些天真的或者没受过教育的读者提出来的。我所认识的某些最忠实的后结构主义者也是最坚定地把我的小说当成纪实小说的读者。

我猜想大多数小说家都有过这样的经历，并发现这让人不舒服。于是，巴特和德曼关于文学话语的非个体性和虚构性的极端表述就显得相当有吸引力，小说家可能就求助于那一类观点，来阻止人们对其作品做经验主义的生活还原式阅读。因为这类阅读让人厌烦之处是，它似乎把文本当作某个更为明确、更为可靠、更为真实的事物的符号，要是作者愿意，他或者她完全可以呈现着个事物原始的、赤裸裸的真实的面貌。甚至基于同一观点的、老练得多的批评，对作者也可能是压迫性的，它从作者生平中探寻小说的源头，试图把小说家个人身份当成与其作品分毫不差的东西。格雷厄姆·格林《逃亡之路》一书中有一段话，讲到现在到了这样一个时代，

> 有成就的作者读有关自己的批评文字时，比起批判自己的评论家，他更害怕读恭维自己的评论家，因为后者带着可怕的耐心在你面前重复千篇一律的东西。如果作者大量依靠无意识，或者依靠一旦自己的作品上市便把它忘记的本事，他的那些评论家会提醒他——这个主题来源于十年前的一个比喻，几周前他未加思索地写到，二十年前他就曾经用过……①

格林坚持认为小说家需要忘掉自己的作品，某种意义上说，他自己的过去似乎跟巴特的只在写作时刻存在的现代书写者的概

---

① Graham Greene, *Ways of Escape*, 1980, p.134.

念惊人地接近。可就在同一本书中，格林则要求他的小说跟纪实片一样真实，而这无论是巴特还是德曼都不会同意的：

> 有些批评家提到记忆中一个陌生的、极其"破败"的区域……他们把它称为格林之地，我有时候真不知道他们是不是盲人瞎马走遍世界。"这是印度支那"，我想说，"这是墨西哥，这是塞拉利昂，这些都描写得细致而又准确。"①

我们越是接近创作的真实经验，就越是遇到更多二律悖反和矛盾。作品是用作者的观察和经验写成，还是用其他作品写成？是作者写小说还是小说"写"作者？小说的隐含作者——我们将其存在归因于他的那个富于创造性的人，我们因其成功或者失败而赞扬或者责备的人——跟那位在历史上实际存在、坐在桌旁写作、在写作活动之前和之后有自己的生活的个体是"同一个"人，还是跟那位只在写作那一刻存在的人是同一人？小说可以"忠实于生活"还是它仅仅创造"现实效果"？现实本身是这样一种效果吗？是作者在自己文本中的缺席激励他推敲、打磨语言，以使自己的意思能够在没有一般言语交流中的声音、姿态、实际在场等辅助的情况下得到有效传达吗？意思与在场的联系是一个谬见，而写作因为其固有的含混和进行多样阐释可能性的存在而有助于揭示这种谬见吗？

结构主义者和后结构主义者将对这些问题给出一套答案，人文主义或者表现现实主义批评家会给出另一套答案。我认为，对于每一个问题，大部分作家——当然有我自己——会说"对也不对"，或者"两种说法都正确"。不过表现现实主义的观点（小说源自作者的生活经验和对生活的观察，它是语言模仿之

---

① Graham Greene, *Ways of Escape*, 1980, p. 77.

作，如此等等）基于常识，相信这些观点的理由是不证自明的。相信反理论主张的理由则不是不证自明的，也许当代文学理论的价值就是清晰明白的提出这些主张，以阻止——要是它们更容易理解一点，应该可以阻止——我们的文学文化被表现现实主义一统天下。

我认为，当代批评理论产生的焦虑更沉重地背负在，或者说更猛烈地压迫在散文小说家及其批评家身上，而不是诗人、戏剧家及其批评家身上，这一点并不是偶然的。正如伦纳德·J. 戴维斯（Lennard J. Davis）在他那本令人兴味盎然的著作《纪实小说：英国小说的起源》中所说的那样，① 小说从开始存在便带着矛盾的标记。戴维斯指出，小说是从一种新型写作中脱颖而出的，他将这种新型写作称为"新闻/小说话语（news/novel discourse）"，它是报章杂志对新近或者当前事件纪实报道的最初的表现形式，如今我们对它习以为常，但文艺复兴之前没有人知道它，因为它的出现有赖印刷报刊的发明。正如戴维斯所指出的那样（他当然不是第一个提出这一观点的人，但跟他之前的批评家比，他做了更多发挥），大部分早期英国小说家跟印刷业界或者新闻界有密切联系，公开声明他们的虚构叙事是真实文件（信件、忏悔书，等等），他们只不过是这些文件的编辑者。小说家们觉得，通过模仿纪实报道或者历史写作的形式，他们可以对读者施加新的、令人兴奋的影响力，使读者全然相信虚构人物和事件的真实性。（戴维斯貌似有理地提出，18 世纪的读者没有办法确定《鲁滨孙漂流记》或者《帕米拉》是否是真实的故事。）可是小说家又有作为故事讲述人的要求，他们用同样的方式在这一矛盾的要求周围释放保护性烟幕——一方面传统美学要求文学体现普遍真实的

---

① Lennard J. Davis, *Factual Fictions*: *The Origins of the English Novel*, New York, 1983, pp. 42 ff.

人性,另一方面还要满足受众对新闻报道的"事实比小说更离奇(truth-is-stranger-than-fiction)"这一特殊需求。

像伊安·瓦特(Ian Watt)的理论一样,戴维斯关于小说如何兴起的理论显然更适用于笛福和理查生,而不大适用于菲尔丁,后者在《夏米拉》和《约瑟夫·安德鲁传》中对伪纪实报道进行了嘲讽。但是戴维斯指出,菲尔丁做小说家之前是新闻记者,他在小说《汤姆·琼斯》中融入了一个真实历史事件(1745年的詹姆斯党起义)中的事实,并空前地关注其细节。他还因为不加掩饰地以现实中的人作为作品人物而受到了人们(讽刺的是,包括理查生)的抨击。

戴维斯的观点也许夸大其词,但他肯定说中了某些事情。早期小说事实与虚构之间那种好恶参半、有时相互矛盾的关系一直延续到古典时代和当代。比如,想想狄更斯《荒凉山庄》的前言中坚持认为,"有关大法官厅的一切陈述大体上都是真实的,没有超出事实的范围",他让读者相信,"有三十个记录在案的人体自燃案件",同时他又说,"我有目的地关注常见事物浪漫的一面"。或者考虑一下詹姆斯·乔伊斯的作品。他的长篇小说和短篇小说中几乎每一个事件和人物都可以追溯到他本人的生活和经历中的某个事实,他夸口说,要是都柏林城被毁,可以根据他的作品重建,与此同时,他却又多次或明或暗地声称,那些叙事具有超越时间的普遍意义。小说家被两种欲望撕裂,或者一直被撕裂着,一方面,渴望声称自己的故事有想象的和表现性的真实,另一方面,又通过援引一些经验事实,希望为其对真实性的声索提供保证,进行辩护:这是一个他们试图通过复杂的骗局和元小说花招,诸如框架叙事、滑稽模仿和其他类型的互文性和自反性(self-reflexivity)手法,或者如俄国形式主义者所谓的"揭示技巧"加以掩饰的矛盾。这些伎俩并不像人们有时候认为的那样缺席于经典现实主义小说——比如,你可以在《密得洛西恩监狱》、《诺桑觉寺》和《名利场》中找到例子——，不过它们似乎在当代小说中得到特别的彰显，似乎为了回应或者抵御当代批评理论认识论上的怀疑主义而出现。

最近，我在伯明翰大学教一门关于当代英国小说的短期研讨课程。我把金斯利·艾米斯的《幸运的吉姆》作为英国五十年代社会现实主义小说类型的标准代表作，选择了七部小说来说明它之后的发展：安东尼·伯吉斯的《发条橙》；约翰·福尔斯的《法国中尉的女人》；穆里尔·斯帕克的《请勿打扰》；多丽斯·莱辛的《简述坠入地狱的经历》；D. M. 托马斯的《白色旅馆》；马尔科姆·布拉德伯里的《历史人》；马丁·艾米斯的《金钱》。其中有五部作品把作者引入文本，或将作者稍加伪装后引入文本，以便提出关于小说形式的伦理和美学问题；另外两部（莱辛和托马斯）小说打破事实和虚构性叙事之间传统界限，将一些纪实性材料和虚构的故事混合在一起。马丁·艾米斯的小说实际上有一个主人公，或者反主人公，名叫 John Self，他还会见了**他**本人，也就是一个名叫马丁·艾米斯的人物，一位小说家。John Self 问他一个所有的人都要问小说家的问题："'喂，'我说，'你写的那些东西，是编的呢，还是，你知道，就跟真的发生过的事一样？'"那个叫马丁·艾米斯的人物回答说："都不是。"①

在我先前引用的段落里，保罗·德曼提到"文学作品本质上以自省镜像效应（self-reflecting mirror effect）为特征，通过这种自省镜像效应的方式，虚构作品凭借自身的存在宣示它与经验现实的分离，它作为符号与意义的脱离，意义的存在有赖这一符号的构成性活动"。对解构主义批评家们来说不证自明的东西，事实上绝不可能对普通小说读者来说显而易见。通过在他正在写作的小说中安排他本人和作品人物的邂逅——的确，若干次邂

---

① Martin Amis, *Money*, Harmondsworth, Middx, 1985, pp. 87–88.

逅，马丁·艾米斯使这种"自省镜像效应"变得具体而又明晰。我提到的其他作家也以不同的方式做到了这一点。

我无意暗示当代小说家必须使用这种元小说技巧。小说中现实主义传统的生命力和生机不断地让那些宣布它已死亡的人们大为惊讶。的确，把元小说和现实主义对立起来将是错误的；相反，元小说使现实主义隐含的问题变得清晰明了。作者的行动在文本疆界之内被推到前台，这是当代小说一个十分普遍的特征，它是对现代批评理论对作者的观念和小说的模仿功能的质疑所做的防御性反应，这种反应可能是有意识的也可能是本能的。

因为提到了伦纳德·戴维斯的《纪实小说》一书，我得谈谈他的最新著作《抵制小说》（*Resisting Novels*），该书明确表达了对传统的人文主义小说概念的批判，这一小说概念源自意识形态，而不是后结构主义理论的符号学派。这本书从某种意义上说是一个情有可原的罪人的忏悔。戴维斯写这本书就像一个长期沉迷于小说的人，现在已经得出一个结论，小说阅读对我们有害无益。"我们再也不能自鸣得意地将小说看成人类精神的顶峰或者模仿艺术的极致，"他写道。① "小说不是生活，它们讲故事的位置与生活中的经验隔绝，他的主题被大大的导向意识形态，其功能是帮助人类适应现代世界的分崩离析和孤独"（p.12）。"小说阅读作为一种社会行为帮助我们抵御变革"（p.17）。

戴维斯所做的，的确就是阐述小说的形式传统的意识形态含义。小说家对空间的处理助长了对客体和个人属性的偶像崇拜。古典小说中人物的复杂性实际上是一个假象，使这种假象成为可能的，是构成人物形象的极少几个特征和将它们捆绑在一起的一致性与相关性原则。小说家这种人物概念的功能是使我们甘心于

---

① Lennard J. Davis, *Resisting Novels*: *Ideology and Fiction*, New York, 1987, p. 5. All page references are to this edition.

现代存在的异化。小说无法轻易处理群体行动,而政治变革有赖群体行动——或者甚至群体对话。小说中的对话跟现实中的言语少有相似性,这不仅因为它是合语法的,还因为它没有现实会话里的话轮转换(turn-talking)。如此等等。

戴维斯的论争在很多方面跟罗兰·巴特发起的对古典现实主义文本的批判相似,在英国,这种对古典现实主义的批判由一个左翼政治派别的批评家们,如特里·伊格尔顿、凯瑟琳·贝尔塞(Catherine Belsey)和科林·麦凯伯(Colin MacCabe)等人继续进行。但是,尽管这些批评家通常认为,现代主义或者后现代主义文本是一种避免跟布尔乔亚的资本主义意识形态共谋的小说,戴维斯也不例外。他对现代小说的评论是"随着变革远离历史,它现在甚至远离私人和心理王国。变革只发生在纯粹美学范畴——一种被很多当代批评理论称赞和宣扬的唯美主义"(p. 221)。

戴维斯著作所表达的观点,跟 D. H. 劳伦斯在他的著名论文《小说为什么重要》中提出的观点正好相反。对劳伦斯来说,小说重要是因为,在所有人类话语形式和认知形式中,小说是唯一一种可以拥抱整体人类经验,拥抱世间所有人的形式:

> 作为小说家,我认为我比圣者、科学家、哲学家和诗人都要优越,他们都是人生不同方面的大师,但都不能囊括人生的全部。
>
> 小说是一部生气勃勃的生活之书。书不是生活。它只是在大气中颤动。但小说则是可以使世间所有人都颤抖起来的颤动。它比诗歌、哲学、科学,或者其他任何书引起的颤动都要多。①

---

① D. H. Lawrence, *Selected Literary Criticism*, ed. Anthony Beal, 1956, p. 105.

请注意劳伦斯对"书不是生活"的强调。这是戴维斯不能原谅它们的原因。他怀旧地渴望一种更为原始的文化或者有机文化,在其中,叙事不是被商品化为印刷品供人们私下里静静消费,而是被用来在现实的社交会晤中进行口头交流。在场的形而上学回来复仇了,不是来为小说壮威,而是来将它扫地出门。

从一种意义上来说,戴维斯的论争是没有答案的。如果你把生活和艺术、行动和阅读对立起来,而不是把每一组中的后者包含在前者中,如果你认为重要的不是阐释这个世界而是改变它,那么,小说往好里说就是与之毫不相干,往坏里说就是它的绊脚石。但是戴维斯论证的逻辑结论是他不再做批评家,他要成为政治活动家。他很不情愿这样做,所以他在其著作的最后一章踌躇辗转,十分苍白无力地希望"抵御小说也许实际上就是改革小说的一种途径……"(p. 239)人们可能会分辩说,这完全就是小说家们自己一直在做的事,从塞万提斯到马丁·艾米斯都是这样:把对小说陈规和惯例的抵御构筑进小说本身,从而改革小说。

如果我们要寻找这样一种小说理论,它可以超越人文主义和后结构主义观点的对立,为小说做意识形态上的辩护,而且适用于小说的整个历史,最有可能的候选者是米哈伊尔·巴赫金的著作。卡特林娜·克拉克和迈克尔·霍奎斯特对他的生平和著作进行了研究,他们评论说:

> 巴赫金的语言观不同于两种其他类型的语言概念……个性主义(personalism)(例如人文主义)坚持认为意义的源头是独特的个体。解构主义将意义置于差异的普遍可能性的结构里,差异的普遍可能性隐含在所有特殊的差异中。巴赫

金将意义植根于社会,不过他是用一种特殊的方式构想社会。①

那种特殊的方式就是巴赫金的语言概念,他认为语言从根本上说是对话的:那就是说,语言(word)并不是索绪尔所说的两面符号——能指和所指——而是一个两面**行动**。巴赫金的语言学是言语语言学。我们使用的词语已经打上了意义、动机、口音或之前的使用者的烙印,我们所做的任何表达都直接指向某个现实的或假定的**他者**。"在活的交谈中的语言直接地、毫不掩饰地指向未来的答语,"巴赫金说,"它刺激回答,预测这个回答并根据回答的方向建构自己。"② 根据巴赫金的观点,经典文类——悲剧、史诗、抒情诗——为了表达一个统一的世界观,抑制了语言固有的对话性质。这些文类,至少在它们被小说化之前是独白性的。小说作为一种文学形式的使命,就是依靠它无等级的复调,依靠它将各种类型的话语——直接、间接和双向的(如滑稽模仿)——微妙而又复杂地交织在一起,依靠它狂欢式的对各式各样权威、压迫、独白型意识形态的不敬,来公平对待语言和文化固有的对话性。

戴维斯知道巴赫金为小说所做的辩护,并在其著作的"交谈与对话"一章中试图唱反调:

> 用巴赫金的话来说,交谈是真正的"对话"——也就是说,包括所有声音。然而,我不同意巴赫金的说法,小说中的对话缺乏这种决定性的、民主的立场——来自作者的一切都自动地被规定。交谈的基础——相互协商的话轮转

---

① Katerina Clark and Michael Holquist, *Mikhail Bakhtin*, Cambridge, Mass., 1984, pp. 11–12.

② Mikhail Bakhtin, *The Dialogic Imagination*, Austin, TX, 1981, p. 280.

换——被作者单方面规定的秩序所取代。

(pp. 177–178)

然而,这是基于对巴赫金所说的小说中的对话的意思的误解或者误传。对话包括,但不局限于人物被引用的口头讲话。它也包括人物话语和作者话语(如果它在文本中表现出来的话)之间、所有的话语和文本之外的其他话语(它们依靠双向话语被模仿、唤起或暗引)之间的关系。小说中的一切都是小说家安排的,这当然没错,从这个意义上说,文学文本不像现实中的交谈,它不是一个全然开放的系统。但巴赫金的观点是,小说中话语的多样性防止作者把单一世界观强加给读者,即便他想这样做也做不到。

巴赫金首次在他早期著作《陀思妥耶夫斯基艺术问题》[①] 中阐述他的复调小说观点。他当时认为是陀思妥耶夫斯基的独特创造的东西——那位俄国小说家在文本中允许不同的人物表达不同的意识形态立场,而不让他们服从自己的权威话语的方式,后来他认识到那是作为文学形式的小说与生俱来的东西。在这部关于陀思妥耶夫斯基的书的修订扩展版《陀思妥耶夫斯基诗学问题》(1963)中,以及在收入《对话的想象》(*The Dialogic Imagination*)的一些英文文章中,他将其系谱追溯到古典文学中的滑稽模仿—拙劣模仿文类(parodying-travestying genres)——羊人剧、苏格拉底对话和梅尼普讽刺——以及民间的狂欢节文化,是它使这一传统延续到中世纪以至文艺复兴时代。

巴赫金理论认为,在散文小说语言的多样性,即他所称的杂语性(heteroglossia)和其对所有压迫、权威、片面的意识形态进行持续不断地批判的文化功能之间,有着密不可分的关联。一

---

① Mikhail Bakhtin, *Problemy tvorčestva Dostoevskogo*, Leningrad, 1929.

旦你允许话语的多样性进入一个文本空间——既有粗俗的话语也有文雅的话语，既有方言土语也有文人语言，既有口语也有书面语——你就建立了对任何一种话语专权的抵御（借用戴维斯的词）。后结构主义批评家们经常对我们说，在那些经典的现实主义小说和它的现代子嗣中，作者的话语被赋予特权，并通过评判和阐释人物话语来控制意义的增殖，可是甚至在那里，这种控制也只是相对的，而且是虚幻的。"在一部作品中可以使用各种不同种类的话语，它们各自都得到鲜明的表现，而未被变为共同特征，这可能是散文最为基本的特征之一"，巴赫金说。① 不管是在直接引用的话语（普通意义上的"对话"）里，还是通过像书信体小说、忏悔小说，以及口头的方言土语叙事，即俄罗斯学者所知道的"口述体（skaz）"那样分配给他们讲述自己故事的任务；或者以自由间接风格（free indirect style）——小说家们在 18 世纪后期发现的一种修辞技巧，在 19、20 世纪发展出惊人的效果——的方式，让人物以他们自己社会的、本土的、个体的声调说话。在叙事中使用以上所有的或者任何形式，可以使绝对意义上的阐释终结成为不可能。

"对巴赫金来说，一种能够公平对待生活固有的复调的最高文学形式就是'小说'"，韦恩·布斯在介绍《陀思妥耶夫斯基诗学问题》的最新英译版时说，他的说法有意或无意中附和了劳伦斯的小说定义："生活的光明之书"。② 在另一篇最初发表在《豪猪之死的沉思》里的题为《小说》的文章中劳伦斯写道：

> 你差不多可以愚弄所有别的媒介。你可以把诗写成虚信派式的，但它仍是一首诗。你可以用戏剧写《哈姆莱特》：

---

① Mikhail Bakhtin, *Problems of Dostoevsky's Poetics*, Manchester, 1984, p. 200.
② Ibid., p. xxii.

如果你用小说来写哈姆莱特,他就会是一个半喜剧人物,或者有点多疑,一个像陀思妥耶夫斯基的白痴那样多疑的人物。不知为何,你在诗歌或者戏剧中把地打扫得有点儿太干净了,你让人类的语言飞得有点儿太自由了。那么在小说中总是有一只公猫,一只向语言的白鸽猛扑的黑色公猫;有让人滑倒的香蕉皮;你知道,房子里还有个厕所。所有这一切,都有助于保持平衡。①

这种为小说的辩护几乎不可能为巴赫金所知,可是它却以一种引人注目的方式预示了他的理论的出现,特别是,劳伦斯把小说和和悲剧、抒情诗等经典文类对立起来,他援引陀思妥耶夫斯基的小说,他将小说对人类语言的处理和其狂欢式要素——这里通过黑公猫、香蕉皮和厕所表现出来——联系起来。我曾在别的地方评论过劳伦斯的小说(特别是《正午先生》和《迷途少女》)中的狂欢式性质(carnivalesque),以及《恋爱中的女人》的陀思妥耶夫斯基式的复调。但实际上,巴赫金的小说理论同样完全适用于本文提到的所有其他小说家。

要在此详尽论证这一主张,显然会使此文篇幅太长。但我回想起我在上文提到的那些代表英国小说最新发展的一组文本,而且认为它们与巴赫金的小说理论非常吻合:《幸运的吉姆》中对学术话语的狂欢式嘲讽、滑稽模仿和拙劣模仿(travestying);《发条橙》中虚构的杂语(polyglossia)、"口述体"的活力和生命力、《地下室手记》式颠覆性;《法国中尉的女人》中令人困惑的杂拌,它的19世纪和20世纪两种话语,以及巴赫金分类的两种对立小说类型——描写经验的历险小说和描写日常生活的社

---

① D. H. Lawrence, *Reflections on the Death of a Porcupine*, Philadelphia, Pa, 1925, pp. 106 – 107.

会心理小说——的蓄意悬而未决的并置;《请勿打扰》中对各种文类——侦探小说、哥特式小说、雅各宾式的复仇悲剧——的滑稽模仿和拙劣模仿;《简述坠入地狱的经历》和《白色旅馆》中各种话语——梦幻的、滑稽模仿的、冷静客观的、情色的、纪实的——激烈冲突;《历史人》中对各种社会言语行动的精心操作,这些社会言语行为是巴赫金所研究并归类在"随笔(causerie)",特别是"回应(rejoinder)"、"对他人语言一瞥"标题下的,那种精心操作是那个特定文本的特征,这一特征因为作者拒绝对作品人物做任何权威性评判和阐释,或者拒绝让我们与作者的思想共谋而被凸现出来;最后,《钱》继承了《地下室手记》的"口述体"叙事传统,是一场魔性的狂欢,一个沉溺于现代都市文化所能提供的所有满足下半身的穷奢极欲生活(包括性与美食)的人物的自杀手记,从很多方面来说那是一个令人厌恶的人物,但因为他下流至极、才华横溢的夸夸其谈,他还是有着不可否认的生命力;作品中的主角或反主角不仅跟作者顶嘴,就像巴赫金分析陀思妥耶夫斯基的人物时说的那样,而且实际上重重地打了他一拳。

至于我本人对当代英国小说的贡献,我必须把对它的巴赫金式的阅读留给别人去做。我只想说,如果要试着解释我如何能够一面写关于学者的狂欢式小说,一面又继续做学者中的一员,我发现巴赫金的小说理论十分有用。

现代小说的模仿与叙述

童燕萍　译

【来源】

Mimesis and diegesis in modern fiction. 选自戴维·洛奇,《巴赫金之后》, *After Bakhtin*: *Essays on Fiction and Criticism*, Routledge, London, 1990, pp. 25 – 44。此文最初为 1981 年在瑞士洛桑举办的一个研讨会的会议论文,后收入论文集 *Contemporary Approaches to Narrative*, ed. Antony Mortimeer, 1984. 文章的目前状态是与 1982 年在都柏林举办的第八届詹姆斯·乔伊斯研讨会宣读的一篇关于"乔伊斯与巴赫金"的论文的一部分合并所得,那篇会议论文后来发表在 *James Joyce Broadsheet*, No. 11, in 1983.

【概要】

将柏拉图的模仿/叙述区分理论与巴赫金的话语理论结合起来,可以形成一个能对形形色色的小说话语曲尽其妙的话语分类系统。

对这个话语分类系统来说,《尤利西斯》就像一个百科全书式的文本,它包含了叙述、模仿以及将二者融为一体的自由间接风格,还有包括仿格体、滑稽模仿、口述体、暗辩体在内的所有"双向话语"。

18世纪英国小说的兴起始于发现了模仿的新的可能性，菲尔丁、司各特等小说家保持了模仿和叙述、表演和讲述、情景和概述之间的平衡；19世纪的经典小说沿袭这一模式，但间接引语的使用打破了叙述和模仿之间的清晰界限。

现代主义小说的基本美学原则是追求非个人化的模仿，"戏剧化"和"表演"多于"讲述"，詹姆斯、康拉德、福特、伍尔夫和乔伊斯以不同的方式阐释和实践这一原则，这种审美观要么是抑制叙述，要么是取代叙述。

后现代主义在形式上最突出的特征是对叙述的重视，叙述者将叙述活动中的有关难题和写作过程写进小说，作家本人往往充当文本中的叙述者，现代主义的意识流变成后现代主义的叙述流。

如何描述像现代小说这么复杂而又广阔的领域呢？尝试做这种事似乎是徒劳的，而且从绝对的意义上说是不可能的。即使有人一时在脑子里记住了所有的相关数据——而这是做不到的——然后形成一个能够套用所有小说的体系，但不久就会有个小说家写出一部作品，背离以往所有的套路，因为艺术的生存和发展靠的是出乎意料地偏离美学规范。然而，我们又不得不去做概括和分类的事情；因为缺乏概念环节上的概括和分析，文学的小说批评很难称之为学科，它不过是对一部又一部小说的读后感的叠加。这是文学史存在的理由，尤其是那种在无限多样的题材背后，偏重宏观或规范的要求，去寻找共同的传统惯例、手法、和技巧的文学史存在的理由。这类文学史把涓涓流动的文学作品分割成易于梳理的条条块块，并冠以"时期"、"流派"、"运动"、"趋势"或"附属种类"等名称。

我们都熟悉这近 150 年来的把小说大致分为三个阶段的说法，即经典现实主义、现代主义、和后现代主义（虽然几乎不用说，这些阶段在时间和形式上都有重合的地方）。同时我们也熟悉那些想要改变这些宽松划分的不同尝试，把它们进一步分解为更精细、更易于识别的分枝。拿后现代小说为例，比如就有：互动小说、超小说、元小说、新纪实小说、非虚构小说、写实小说、寓言编撰、新小说、新新小说、非现实主义小说、魔幻现实主义小说，等等。这些术语有些是同义词或近义词。其中多数引发或包含创新思想。英国的评论很少涉及这类后现代小说的内容。英国的后现代主义，众所周知，在于忽略、而非超越现代主义的实验性作品，恢复并延续被乔伊斯、伍尔夫等人认为他们已永远打发掉的传统的现实主义模式。

这样的描绘通常带有意识形态的，用波普尔①的话来说，历史主义的动因。传统现实主义的小说模式，通过对叙事结构的相关性和因果性的关注，再现人物性格的同时突出个人自我的独立自主，风格上达到雅俗共赏的统一，这和经验主义、讲常识、以及把资产阶级文化表现为人的天性的自由人文主义是一致的。而后现代主义文本中的困惑、扭曲、分裂，则正好相反，反映出这个世界不只是由主观意愿造成的（如同现代主义小说所隐含的那样），而且是荒诞的、不可理喻的，与整体的解读观是根本对立的。

这样的描述有一定的道理，但它只对了一半，因而有谬误之处。经典现实主义文本从来就不像这个模式所说的那样是铁板一块，前后时期保持一致；后现代小说家也不意味着刚好分成沾沾自喜的新现实主义绵羊派和敢作敢为、反现实主义的山羊派（不用说，后现代主义先锋派的观念与很有名的说法正好相反，

---

① Sir Karl Popper，英国哲学家（1902—1994）。——译者注

喜欢山羊而不喜欢绵羊，约翰·巴思的《山羊男孩贾尔斯》① 就是权威性的代表作之一）。或许是因为我写作、阅读当代小说的原因吧，对这个问题我个人很有兴趣。我对有关当代小说的描述感到不满，它们关注的只是最异常和处于边缘的作品，而对其他多数作品视而不见。我同样不满的是报纸杂志上那些淡而无味、模棱两可、以市场为导向的小说评论，它们不仅对大胆的实验性小说避而不谈，而且使得人们所说的主流小说在技巧上看上去比它们常有的状态还要缺少趣味和新意。

就拿当代英国小说家费伊·韦尔登（Fay Weldon）的例子来说吧。她是一位成功的、备受尊敬的作家，但是，在那些文学季刊所有涉及后现代主义的讨论里，她的作品一直很少被提及。费伊·韦尔登长期以来被归为女权主义作家，而且对她作品的评论几乎都只是与主题相关。可以说无疑她是个女权主义作家，但是她对叙事的处理技巧非常有趣，并且还有微妙的创新，正是因为她将素材陌生化的能力才使她的女权主义有了力量。通常，她的小说都是围绕女主人公或几位女性的命运展开，时间跨度也很大，从20世纪三四十年代她们的少儿时期一直到现在。叙述者通常在某个时候显示出就是主人公，但是叙述话语多数用的是第三人称的称谓，像典型的传统作者的叙述法，属于那类常常表明具有洞察几个人物内心的特权的叙述，而不是那种忏悔式的、自传性的模式。时态系统同样也是不固定的，在叙事的过去时与历史的现在时二者间不定地转换。对某些阶段的简约叙述艺术也用得非常巧妙，即以概括性叙述表现现实中占用相当长时段的事件，而在更为传统的小说中，这些事件足够重要到让个中人物磨蹭好一阵子的。这种简约叙述在表现人类关系中的罪恶和冲突，特别是表现女性命运的时候，产生了一种喜剧式的绝望的语调。

---

① John Barth（1930—），美国小说家，*Giles Goat-Boy*, 1966.——译者注。

下面是我从费伊·韦尔登的小说《女性朋友》(1975) 中选的一个例子。奥利佛是个花花公子，一直以来对他的妻子克洛伊不忠，结果遭到了她的抱怨。

> "看在上帝的份上，"他愤愤地说，"你自己也去找点儿乐子吧，我不介意的。"
>
> 他谎话脱口而出，但是她不知道他在撒谎。她只想要奥利佛。这让他受不了（他说），这会束缚他的生活。他是个只想让她快乐的人，但是他的创造性（他说）还需要晚上享用鲜嫩少女肉体的晚餐呢。
>
> 渐渐地，痛苦减弱了，或者至少表面上看不出来了。克洛伊让自己忙于伊尼戈学校的事务：她每周二去图书馆帮忙，周五带学生去游泳。她还给当地医务室的计划生育工作帮忙，而她自己还听生育的课程，希望自己能从中获益。
>
> 哦哈，奥利佛！他把掌声带回了家，并将它献给了克洛伊。他们俩竟然很快就都治好了。他的钱能获得最谨慎、最令人愉快的医生；奥利佛自己比克洛伊还要激动。她的耐心得到了回报：他变得厌倦夜晚的游荡，取而代之的是，待在家里看电视。①

这一节的第一段是人们熟悉的直接引语和叙述的结合，不一样的只是在叙述时用了现在时。第二段似乎有点儿用了无所不知的作者特权，因为我们知道讲故事的是克洛伊本人。这个段落还使用了反常的表达句式，明显的是，一部分引用奥利佛的话，一部分在间接报道他说的话。直接引语的效果来自奥利佛和叙述者的话用了一致的时态（"这让他受不了……他说。" "It irks … he

---

① 参见 Fay Weldon, *Female Friends*, 1977, pp. 163–164.

says"），间接引语的效果来自第三人称代词的使用（"这让他受不了""It irks *him*"）。这种既是直接引语又是间接引语的模棱两可的表述，使叙述者可以不动声色地加重奥利佛所说的他需要年轻女人的意思——他自己是绝不会使用那种残忍意象的——"鲜嫩少女肉体的晚餐"。倒数第二段用的是概括性的叙述，看上去相当自然，因为它描写的是日常、习惯性的活动，没什么有意思的事可讲。但是最后一段的概述（summary）显得很突出，因为这一概述略去了一些饱含情感上和心理上的痛苦、难堪和反目的事件——这类事情在小说中我们通常习惯于进行惟妙惟肖的描述。

这种写作模式的一个表达法可以说是讲述、而非表演，或者，用更为人推崇的术语来说，是叙述（diegesis），不是模仿（Mimesis）。在我看来，这之中一个突出的后现代现象是，它脱离了经典现实主义和现代主义的规范，就像特别引人注目的美国后现代主义先锋派作家做的那样。的确，如果我们要给后现代主义找一个形式的、而非意识形态的定义，我相信，我们考虑其突出叙述的特征是有益的。然而，对模仿和叙述的柏拉图式的简单区分法，还不足以应付小说话语中所有细微多样的差异。在下文中我想结合俄国后形式主义者瓦伦丁·沃罗西诺夫和米哈伊·巴赫金[①]（他们在某些著作中可能是同一个人）的更为复杂的话语系统，进一步丰富叙述和模仿的定义。

在《理想国》的第三卷中，柏拉图分别谈了叙述和模仿的不同，前者是诗人用自己的声音再现行动，后者是作者模仿人物或几个人物的声音来再现行动。纯粹的叙述表现为酒神赞歌，或称为赞美诗。（后来的诗篇作者们把抒情诗也归入这一类——这

[①] Valentin Volosinov,（1895—1936），Mikhail Bakhtin,（1895—1975）. 俄国作家，文学批评家。——译者注

在杰拉德·热奈特①看来是个大错误,不过我们在此不必谈这个问题。)纯模仿的例子是戏剧。史诗是一种混合的形式,叙述和模仿结合在一起,即一方面有作者的报道和描述,概述和评论,另一方面又有直接引用人物的话语。需要注意的是,不要把这里所说的"模仿"与柏拉图和亚里士多德另外所做的更为宽泛的含义相混淆,(比如,在柏拉图的《理想国》第十卷以及亚里士多德的《诗学》中提到的"模仿"的概念),那里所说的模仿意味着与现实相对的范畴。在那个意义上,所有的艺术都是模仿。在《理想国》的第三卷中,柏拉图考虑的是语言艺术模仿现实的两种话语类型。说得更具体一些,柏拉图(以苏格拉底的口气)引用了《伊利亚特》序幕场景的画面,在这之中,特洛亚的老祭司赫律塞斯带了赎金,恳求希腊联军的头领曼纽拉斯和阿伽门农能放了他的女儿。

> 那么,你一定知道接下来的几行:
> 他向所有的阿凯亚人恳求,
> 特别是向希腊人的两个首领恳求,
> 两个都是阿特柔斯的儿子,
> 诗人这样讲下去,让我们一直以为是诗人自己在讲话,而不是别的什么人在讲话;但是这之后他讲起话来好像他自己就是老祭司赫律塞斯,而且尽力使我们相信这是一位老祭司在讲话,而不是诗人荷马在讲话。②

换种话来说,史诗中的冲突通过具有权威性的作者的叙述引出来,然后又通过模仿人物说话展现出来。说得再清楚一点,柏

---

① 参见 Gerard Genette, *Introduction a l' architexte*, Paris, 1979, pp. 14–15.
② 参见 *Great Dialogues of Plato*, trans. W. H. D. Rouse, New York, 1956, p. 190。

拉图通过叙述重新描述了那个场景，把直接引语变成间接或报道式的话语，比如：

> 阿伽门农顿生怒火，告诉他（赫律塞斯）现在就走，永远不要回来，否则他祭司的节杖和华冠对他都将毫无用处。他说，直到死他也不会放弃，她的女儿和他都将终老阿尔戈斯城。他说，如果他想安然回家，就必须离开，不要惹他恼怒。①

荷马史诗中人物的原话瑞欧（Rieu）的翻译是这样的：

> "老头，"他说，"今天你在这儿闲荡可别让我的快船抓到你，别再想着回来啦，不然你会发现你的神杖和华冠都保护不了你。别想我会放你的女儿回去，我要和她终老阿尔戈斯城、我的家里，她要远远地和自己的祖国分离，替我织布，陪我睡觉。如果你要活命的话，赶快离开，不要惹我发怒。"②

虽然这两段的差别很明显，但有一点很清楚，柏拉图的改写，通过叙述者的话，并没有完全抹掉阿伽门农个性化语言的特点，它只会被更为简略的概述抹掉，就像杰拉德·热奈特在谈到这段话时所做的那样："阿伽门农顿生怒火，拒绝了赫律塞斯的要求。"③ 柏拉图心目中的史诗是一种混合体的形式，他的意思是，两种不同的话语方式——诗人的话和人物的话交替出现——

---

① *Great Dialogues of Plato*, trans. W. H. D. Rouse, New York, 1956, p. 191.
② 参见 Homer, *The Iliad*, trans. E. V. Rieu, Harmondsworth, Middx, 1950, pp. 23–24.
③ 参见 Gerard Genette, *Narrative Discourse*, trans. Jane E. Lewin, Oxford, 1980, p. 170.

荷马史诗正是如此；但是他自己的例子却表明，叙述中还可能包含更复杂的混合文体，更可能是在间接引语中包含着相互融合的两种文体。这种潜在的可能性在后来的小说中被进一步精心运用，即大量使用间接引语——但不只是再现言语，而且还再现没有说出来的思想和感情。这就是沃罗西诺夫和巴赫金的有用之处，因为他们侧重于小说家对间接引语的用法，即如何把作者说的话和人物说的话、或者说把叙述和模仿，融为一体。

在《马克思主义和语言哲学》（1930）中，沃罗西诺夫（借用沃尔夫林①艺术史的术语）区分了他所说的线性式和图画式报道的不同之处。线性式文体，在间接引语和报道语境（即作者的话）之间，根据信息或参照物，保留着一条清晰的界限，同时把文本自身的语域强加到人物之上或把人物的思想归为作者的思想，从而抑制间接引语文本的个性。线性式文体代表了小说产生之前叙事文体的特征，而且沃罗西诺夫特别地把它与他所说的中世纪和启蒙时期专制的、理性的教条主义相关联。我认为《雷塞拉斯王子传》（1759）为沃罗西诺夫所说的线性叙事风格提供了一个近代的例子：

"……我坐在悦人心智的盛宴中，既不管地球的样子也不担心行星的指令。二十个月过去了。谁来恢复它们呢？"

这些哀伤的沉思紧紧地缠绕在他的心头；他用了四个月的时间决定不再把时间用在无意义的沉思和冥想上，可却还是无济于事，直到一位女仆打碎了一个瓷杯，听到她说破碎的东西无法修补，再后悔也是没有用的时候，才唤起了他更为充沛的精力和干劲。

---

① 海因里希·沃尔夫林（Heinrich Wolfflin），1864—1945，瑞士美术史家，西方艺术科学的创始人之一。——译者注

这无疑是对的；雷塞拉斯责备着自己，为何没有认识到这点——是因为不知道，或者说是没有考虑到？很多有用的暗示都是偶然得知的啊，无数次，激情趋赶着头脑，想去看遥远的景色，殊不知真理就摆在眼前。他在几个小时中一直后悔不已，随后就下决心要全力以赴，逃避"快乐之谷"。①

这段话除了在开始直接引用雷塞拉斯的话之外，还有两种间接引语：报道女仆说的话，和报道雷塞拉斯内心说的话或想法。所有这些在语言上都与作者主导的话语融为一体。作者、雷塞拉斯、甚至女仆、好像都用同样的——有条不紊的、超脱的、礼貌的——方式在讲话，但是作者的话非常清楚地界定、评论了所报道的主要内容。这是沃罗西诺夫的线性式文体和柏拉图的叙述文体的突出特点：语言一致——所传达的信息不同。这是我们难以确定《雷塞拉斯王子传》是否是小说的原因之一，即使它出现在英国小说发展之后。我们心目中的小说应该比《雷塞拉斯王子传》更真实地展现人们说话的个性及多样性——既有直接引语，又有间接引语或报道人物的内心和想法。（请注意前面选的《雷塞拉斯王子传》和费伊·韦尔登的《女性朋友》两个章节中语调的相似——冷静、自信、超然讽刺的语调通过具有概述特性的叙述话语表现出来——因为概述是叙述的特点，或者说是沃罗西诺夫称之为线性文体的特点。）对于自然受到俄国文学史影响的沃罗西诺夫来说，小说的兴起实际上与间接引语的图画式风格的发展相契合，在间接引语中，作者的话和人物的话，叙述和模仿，相互融合。英国小说的进化则是较为渐进的过程。

18 世纪英国小说的兴起始于在叙事散文中发现了模仿的新

---

① 参见 Samuel Johnson (1709—1784), *The History of Rasselas, Prince of Abissinia*, Carlton Classics edn, 1923, p. 2. 小说首次出版于 1759 年。

的可能性，即通过让人物做叙述人——笛福假设的自传作者，理查森假设的记者——使叙事话语变成对叙述行为的模仿，即变成第二次的再叙述。这些手段向现实主义的幻象和直接性接近了一步，但是却趋向于认同柏拉图在道德上否定模仿的观点，那种观点担心对坏人的技巧高超的模仿会在道德上产生消极作用。然而无论笛福对道德情操的期望有多高（这是值得怀疑的），或者说理查森也是如此，（这不用怀疑），也没有什么可以阻止读者从摩尔·弗兰德斯或拉夫莱斯这两个人物①身上获得愉悦甚至同情，即使他们做了最邪恶的事。费尔丁，深受古典主义熏陶，在他的喜剧史诗体散文中恢复了叙述的平衡：通过再现人物特有的说话方式，人物的个性得到再现，并且变得更加有趣——费尔丁和写《雷塞拉斯王子传》的约翰逊不同，没有让所有的人物都像他自己一样的说话——而是把作者的话（及其价值观）和人物的话以及他们的思想区别得非常清晰；对模仿和叙述的区别从不含糊。司各特的小说也是如此，在他的作品中，众所周知，叙述者说的是礼貌而文雅的英语，与他强烈对比的，是带着当地浓重口音的苏格兰人说的方言——由此从直接引语到间接引语，或者到报道思想的话语，显示了非常突出的差异：

> "他是个豪〔好〕人，"她说，"心眼好——可惜他那匹小马抬〔太〕不听话嘞。"随即她把心思转到即将开始的重要旅程上来，想着平日她过惯了吃苦耐劳的生活，按着她的生活习惯，现在手里的钱不仅足够应付来往伦敦路上的开销，也足够其他的费用，说不定还会有剩余呢，想到这些她心里高兴起来。②

---

① 摩尔·弗兰德斯和拉夫莱斯分别是笛福的小说《摩尔·弗兰德斯》和塞缪尔·理查森的小说《克拉丽莎》中的人物。——译者注。
② 参见 Sir Walter Scott, *The Heart of Midlothian*, Everyman edn, 1909, p. 265.

19世纪的经典小说遵循了费尔丁和司各特的模式,保持了模仿和叙述、表演和讲述、情景和概述的平衡;但同时又在表现思想和情感方面,以沃罗西诺夫所说的间接引语的"图画式风格",打破叙述和模仿之间的清晰界限。因此,即使作者的话语"在间接引语中始终贯穿自己的意图——幽默、嘲讽、爱或者恨、热情或者蔑视,"① 间接引语或者报道的思想仍然保留了它的个性。下面以《米德尔·马契》(1871—1872)中的一段来加以说明。

> 她坦率、热诚,一点也不懂得自我赞美。确实,看到她把妹妹西莉亚想象成天仙美女,认为自己根本不能跟她相比,还是怪有意思的。如果一位先生到田庄来,不是为了拜访布鲁克先生,而是另有动机,她便断定他一定是爱上了西莉亚。例如,对詹姆斯·彻太姆爵士,她便抱有这种看法,经常从西莉亚的角度去考虑他,心中琢磨着,西莉亚该不该接受他的追求。假如有人告诉她,彻太姆爵士的意中人是她本人,她一定会认为这是可笑的无稽之谈。多萝西娅虽然满腔热情,想知道生活的真谛,对婚姻的观念却幼稚可笑。她觉得可惜她生不逢时,否则她一定嫁给贤明的胡克,②免得他在婚姻问题上犯糊涂;或者嫁给两眼变瞎的约翰·弥尔顿③,

---

① 参见 *Readings in Russian Poetics*, ed. Ladislav Matejka and Krystyna Pomovska, Cambridge, Mass., 1979, p.155. It is almost certain that the section of *Marxism and the Philosophy of Language* included in this anthology, which deals with the typology of narrative discourse, is directly or indirectly the work of Mikhail Bakhtin.

② 理查德·胡克(1547—1600)英国教会著名的神学家,后世尊重他的为人,在他的墓碑上称他为"贤明的胡克"。他娶的妻子是个愚蠢而粗鲁的女人,使胡克遭受了许多不幸。——译者注。

③ 弥尔顿在双目失明后,性情乖僻,与他的女儿们经常发生争执。——译者注。

或者任何一个伟人,因为忍受伟人的怪癖是光荣虔诚的行为;但是一个和颜悦色,风度翩翩的准男爵,对她说的每一句话,哪怕她自己也不知道在说什么的时候,仍然连声称"是"——那他怎么可能成为她的理想爱人呢?真正快乐的婚姻,必须是你的丈夫带有一些父亲的性质,必要时,甚至可以教你希伯来文。①

从这段的开始到包括"多萝西娅……对婚姻的观念却幼稚可笑"的几句属于叙述:叙述者对多萝西娅的描述具有权威性,所用的是多萝西娅不会用来说她自己的词,因为那会显得矛盾(如,她不可能既承认她的想法幼稚,同时又坚持这些想法)。接下来的指示代词变得更有问题。这个"她觉得"的称呼,对读者来说是个模棱两可的信号,因为这既可以被看成是叙述者的客观报道,又可以看成是人物的主观思考。接下来口语式的词语"犯糊涂"和"两眼变瞎"看上去像是多萝西娅自己的表达,但同样的口语"怪癖",则不会是她的想法。为什么不是呢?因为"怪癖"和"伟人"两个词搭配在一起会不太合适,对多萝西娅来说,("伟人的怪癖")这几乎不可能是反讽修辞——对我们来说这是矛盾修辞——因此我们把这句话看成是叙述者在说话。但这并非意味着多萝西娅没有嘲讽的能力。难道我们没有从那个冷淡轻蔑的意思里——"哪怕她自己也不知道在说什么的时候,他仍然对她连声称'是'"——感到多萝西娅已经注意到詹姆斯做得明显太谦卑了吗?那么接下去的一句——"他怎么可能成为她的理想爱人呢?"——又是谁在说话呢?如果我们认为之前那句是出于多萝西娅之口,正像我上文所说的,这句话自然也可

---

① 参见 George Eliot, *Middlemarch*, Penguin English Library edn, Harmondsworth, Middx, 1965, p. 32.

以看成是她说的——但却又出现了矛盾。因为如果多萝西娅能提出"詹姆斯怎么可能成为她的理想爱人呢"这个问题，那么声称她没有意识到自己对来访的男人有吸引力这一点就应该放弃。如果萦绕在女主人公脑海中的这个问题是由叙述者直接向读者提出来的，想证明她行为的合理性，意思是，"亲爱的读者，你们看，为什么多萝西娅心里就从来没想过詹姆斯·彻太姆爵士有可能和她是一对儿呢？"这**是**言外之意，但给出的理由是——哪怕她自己也不知道在说什么的时候，詹姆斯爵士对她都连声称"是"，——因此对于叙述者得出"他怎么可能成为她理想的爱人"的结论就算不了什么了。事实是，这里的叙述和模仿难解难分——理由很充分：有这么一种感觉，多萝西娅知道叙述人所知道的——这就是詹姆斯爵士的样貌吸引着她——但是当她考虑要嫁给一个智慧的父亲型的男人时，那个想法就被抑制住了。而当西莉亚最终迫使多萝西娅面对事情的真相时，叙述者告诉我们"她依然生气，因为某些记忆中熟睡的细节现在被唤醒了，进而证实了不愿接受的真相"。其中的细节之一就是，哪怕她自己也不确定在说什么，詹姆斯爵士对她都连声称"是"的习惯——这是他爱慕她，敬重她，并急于讨她的喜欢的迹象，而不是他愚蠢的标志。那么我们看到，人物说的话和作者说的话交织得如此紧密，以至于一时很难把它们拆开；结果，作者的嘲讽被赋予了柔情，对多萝西娅的个性充满了敬重——这和约翰逊在《雷塞拉斯王子传》中表现的公正的讽刺截然不同。

在小说发展的下一个阶段，沃罗西诺夫看到，间接引语不仅能够在作者的语境之内保留一定程度的自主性，而且实际上它本身在整体上对作者的话语起着重要的作用。"作者的语境与间接引语相比，失去的客观性比它通常享有的要更多。人们渐渐发现，甚至认识到它更像是主观的。"沃罗西诺夫认为，这常常和让叙述者来担当作者的任务有关，而叙述者"无法对抗［其他人物的］更为权威性的、客观世界的主观立场。"①在俄国小说中，好像是陀思妥耶夫斯基开启了图画式风格发展的第二阶段。在英国小说中我觉得可以说是在世纪之交的詹姆斯和康拉德的作品；詹姆斯通过那些感知力受限的人的视角，以极少的作者评论和解释，使用不可信的第一人称叙述者（如《螺丝在拧紧》），或使用持续的聚焦叙述（如短篇小说，"在笼中"和长篇《专使》）；康拉德通过多个叙述者使用多重框架，这些叙述者中没有一个被赋予最终的解释权（如小说《吉姆老爷》，《诺斯特罗莫》）。

在这个问题上有必要来谈谈巴赫金有关文学话语的类型学。它们主要有三种：

    1. 作者的直接讲述。它相当于柏拉图的叙述说。
    2. 自由间接引语②。它包含了柏拉图的模仿说的意思——即直接引用人物说的话；但又是图画式风格的间接引语。
    3. 双向话语。它指的是，这种话语不仅涉及这个世界上的某些事，而且还指涉其他说话者的另外的言语行为。

巴赫金把第三类话语分为四个子类：风格模仿（stylization）③，滑稽模仿，口语体（skaz 在俄语中指口头叙述），和他所说的"对话体"。在此，对话体指的并非人物的直接引语，而

---

    ① 参见 *Readings in Russian Poetics*, ed. Ladislav Madlothian, Everyman edn, 1979, pp. 155–156.
    ② "represented speech"，也有译成"描述性引语"。参见《叙事学与小说文体学研究》中的注①，申丹著，北京大学出版社1998年版，第309—310页。
    ③ "stylization"，亦译为"仿格体"或"文体模仿"。——编者注

是暗指不在场的话语行为的话语。在风格模仿，滑稽模仿，和口语体中，另一种言语行为"伴随着新的意图重新产生了"；在"对话体"中，它"表现得像是作者说话的样子，同时又置身于对话的边界之外"。对话体的一个重要形式，在这个意义上就是"隐藏的争论"，其中说话者谈论的不仅是这个世界上的某个问题，同时还针对和这个问题相关的某些其它的、现实的、预感的或假设的观点做出回答、对应或者让步。

这些分类都有它们的子类，它们在这个体系中可以相互结合，转换，这会令人有些迷惑，但基本的特点是清晰的，而且我觉得有用。现在我想用《尤利西斯》这部小说对这些分类加以说明，因为对这个类型学来说《尤利西斯》就像百科全书式的文本，就像它也是其他所有类型学的百科全书式文本一样。

1. 作者的直接讲述。这是叙述者在讲话，比如在小说的第一行：

> 风度翩翩、体态丰满的勃克·穆利根从楼梯口走了上来，他手里托着一碗肥皂水，碗的上面十字交叉地架了一面镜子和一把剃须刀。①

这是文本的纯叙述层面。这句话描写穆利根从马泰罗塔楼的楼顶走出来的样子，他不像斯蒂芬·迪达勒斯看到的（因为斯蒂芬在塔楼的下面），也不像穆利根自己看到自己的样子，而是通过叙述者客观看到的样子。由于《尤利西斯》的叙述多数会聚焦在一个人物的意识上，并且文体风格丰富多彩，此外小说中还充满了双向话语，因此这样的例子相对较少。按照乔伊斯的审

---

① 参见 James Joyce, *Ulysses*, ed. Walter Gabler 1986, p. 3. 下面引自《尤利西斯》的引文及页码均出自此书。

美的客观性准则,作者的话,作为明显的交流媒介,要很少被感觉出来:"一个艺术家,和创造万物的上帝一样,永远处在他的艺术作品之内、隐藏在它的后面,或者存在于作品之外或之上,人们看不见他,他高高在上,隐于无形,无动于衷,若无其事地在一旁修剪着自己的指甲。"①

2. 自由间接引语。这包含了对话这个词通常意义上的所有对话——直接引用人物的话语,乔伊斯喜欢用引导式的破折号,而不是人们通常用的引号。这个类型还包括所有的内心独白段落——即柏拉图所指的模仿,但又是再现思想,而不是说出来的东西。在最后一章"潘尼洛普"② 中摩莉·布卢姆的梦幻或许是最好的例子。

> 对啦因为他从来也没那么做过让带两个鸡蛋的早餐送到他床头去吃自打在市徽旅馆就没那么过那阵子他常在床上装病嗓音病病嚷嚷的摆出一副亲王派头好赢得那个干瘪老太婆赖尔登的欢心……(608 页)

……,两万个字中间没有标点停顿。

对斯蒂芬和利奥波德·布卢姆的思想表现得更加多样复杂,内心独白、自由间接引语和聚焦的叙述交织在一起——简而言之,是模仿和叙述的混合体,其中模仿占的比重更多。下面的例子取自"卡里普索"③ 这章中布卢姆在猪肉店的一段:

---

① 参见 James Joyce, *A Portrait of the Artist as a Young Man*, New York, 1964, p. 215.
② "Penelope",一译"珀涅罗珀",荷马史诗中奥德修斯的妻子。——译者注。
③ 在荷马的《奥德修记》中,Calypso 是海中女神,她把奥德修斯留在奥杰吉厄岛上和她度过了 7 年。小说《尤利西斯》第四章的标题是"Calypso"。——译者注。

一副腰子在柳叶花纹的盘子上渗出黏糊糊的血,这是最后一副腰子了。他走到柜台后,排在了邻居女仆的后面。她念着手中纸片的条目,她也要买腰子吗?她手上的皮肤已经皱巴巴的了。是洗东西用碱弄的吧。一磅半丹妮香肠。他的视线落在她那结实的臀部上。她的主人姓伍兹。不晓得他都干了些什么名堂。他妻子已经老了。青春的血液。不许人跟在后面。她的一双胳膊很结实,拍打晾衣绳上的地毯啪啪的。天哪,她拍打的真有劲。随着拍打她的皱巴巴的裙子还摆来摆去。(第48页)

这段里不同的话语可归纳如下:

一副腰子在柳叶花纹的盘子上渗出黏糊糊的血:(从布卢姆的视角)叙述。

这是最后一副腰子了。内心独白。

他走到柜台后,排在了邻居女仆的后面。(从布卢姆的视角)叙述。

念着手中纸片的条目,她也要买腰子吗?自由间接引语。

她手上的皮肤已经皱巴巴的了。是洗东西用碱弄的吧。内心独白。

一磅半的丹妮香肠。自由间接引语(即这是引用女孩的话,而不带有布卢姆说话的标记。)

他的视线落在她那结实的臀部上。(从布卢姆的视角)叙述。

她的主人姓伍兹,等,(直到这段结尾)。内心独白。

3. 双向话语。在《尤利西斯》的后面几章,那个虽说有些谦卑,但无论如何却是沉稳、坚定、让人信任的叙述者不见了,他的位置被巴赫金所说的表现多样的双向话语代替了。"风格模仿"在"瑙西卡"① 一章中充分地表现出来,其中乔伊斯借用廉价的女性杂志的语言风格,使其为他自己要表达的目的服务:

> 格蒂穿戴朴素,但她本能地就有追求品牌和时尚的品位,因为她感到他有可能出门来了。整洁的铁蓝色罩衫是她用多莉染料亲手染的(因为根据《夫人画报》,铁蓝色即将流行,)V字形的领口刚好开到胸口和手帕兜那儿(因为担心手帕会使兜儿变形,所以她只在里面放一片脱脂棉,上面洒了她心爱的香水)。再加上一条剪裁适度的海军蓝短裙,把她那优美苗条的身材衬托得更加美妙。(第287页)

这里是谁在讲话呢?不是作者——他不会用如此俗气、充满陈词滥调的语言。但是我们也不能把它看作是作者在用自由间接引语报道格蒂的想法。因为自由间接引语总是可以转换成可信的直接引语(第一人称,现在时),而在这个情形里是不可能的。这是书面语而不是口语体,而且还是非常粗俗的文体。它既不是叙述,也不是模仿,也不是二者的混合,而是伪叙述,它不是通过对人物的模仿,而是对世纪初低俗的女性杂志的语言的模仿。[其实,现今米尔斯和布恩(Mills & Boon)出版的那类浪漫小说和格蒂读的那种杂志的风格一脉相承。对比一下,如:"她身穿印度棉做的白色连衣裙,小肩膀上的细吊带连着裙子的上身,上面有薄薄的细密精美的蕾丝垂到腰

---

① 在《奥德修记》中,奥德修斯漂流十年才回到家乡。返乡途中他被瑙西卡国王的女儿 Nausicaa 所救。《奥德修记》的故事就是奥德修斯在她所在的王国逗留不到一周的时间里,讲述给国王,王后和瑙西卡听的。小说《尤利西斯》第十三章的标题是"Nausicaa"。——译者注。

部,把她那纤细的身材衬托得更加美妙。"①] 我们应该意识到这一文体的双重指涉——格蒂的经历,以及这种文体原有的东拉西扯的语境——,这对"瑙西卡"这章的效果是至关重要的。我们不该说格蒂的想法是从《夫人画报》中的句子里择出来的。但是《夫人画报》的文风运用得微妙,已经被提升和"客观化"了(巴赫金的话),它生动地传达了那种媒体传播的一种可怜的局限在那些价值观念中的情感。小说作者,像个口技表演者,在文本中是个沉默无言的存在,但是正是在他沉默的背景下我们欣赏他的创造性技巧。

这就是风格上的模仿——这和戏仿不同。正如巴赫金所指出的,戏仿是借用一种文风,然后用它来表达所需要的目的,在某种意义上,它们和原来的目的是相反的,至少和原来的目的是不相称的。比如在"埃俄罗斯"② 一章的标题中,戏仿了美国小报杂志的文风,通过把它和一段经典的古文相连,麦克休教授联想到更为恰当的词:

智者派击败傲慢的海伦

斯巴达人咬牙切齿

伊萨卡人断言潘尼洛普乃天下第一美人

——你使我联想到安提斯泰尼③,教授说,他是智者派乔治亚斯的门徒。据说,谁也弄不清他究竟是对旁人还是对自己更怨恨。他是一位贵族同一个女奴所生之子。他写过一

---

① 参见 Claudia Jameson, *Lesson in Love*, Mills & Boon, 1982, p.76.

② "Aeolus"在荷马史诗的《奥德修纪》中是风神,他曾送给奥德修斯一个口袋,里面把阻止奥德修斯回家的逆风都收在袋中,但是奥德修斯手下的人却打开了口袋,放出了逆风,结果把奥德修斯他们一伙又都吹回了伊奥利亚岛。乔伊斯的《尤利西斯》的第七章的标题是"Aeolus"。——译者注。

③ Antisthenes, (445—365 BC) 古希腊哲学家,曾跟随智者派乔治亚斯,后成为苏格拉底的学生,认为美德是唯一必须追求的目标。——译者注。

本书，其中他从阿哥斯人海伦那儿夺走了美丽的棕榈枝，将它交给了可怜的潘尼洛普。（第122页）

在"塞克洛普斯"① 一章里有一个匿名的叙述者，他提供了在爱尔兰酒吧人们闲聊逸闻趣事的口语文体（Irish *skaz*）：

> 正当我和首都警察署的老特洛伊在阿伯山拐角处闲聊的时候，真该死，一个扫烟囱的混蛋走了过来，差点儿把他的家什捅进我的眼睛里。我转过身去，刚要狠狠地骂他一顿，只见沿着斯托尼·巴特尔街蹒跚踱来的，不是别人，正是乔·海因斯。
> ——喂，乔，我说，你混的怎们样啊？你瞧见了嘛，那个扫烟囱的混蛋差点儿用他的刷子把我的眼珠子捅出来？（第240页）

我们根本无从知道这个叙述者是谁，或他在跟谁说话，或在什么语境下说的话。但是很明显，这是口语文体——*skaz*。无论在句子的结构还是词汇的类型，都看不出《尤利西斯》中的破折号之前和之后引导的直接或间接引语有什么不同。

《尤利西斯》的许多文体中，一直以来最难分析和评价的，也许就是"欧迈俄斯"② 这章了，斯图亚特·吉尔伯特把这章的文体归之为"老式的，叙事"。东拉西扯，不明白在说什么，满

---

① Cyclops 是希腊神话中的独眼巨人，在《奥德修记》中奥德修斯讲述他率领的船队航行到了一个独眼巨人 Cyclops 居住的地方，备受欺压，是奥德修斯骗独眼巨人喝酒，灌醉了他才得以逃脱。《尤利西斯》的第十二章的标题是"Cyclops"。——译者注。

② Eumaeus，在荷马的《奥德修记》中，他是个养猪倌，作为仆人，在奥德修斯不在家乡的20年中，一直忠实于他的主人。《尤利西斯》的第16章的标题是"Eumaeus"。——译者注。

是套话,有人说,可能这是为了反映两个主人公精神上的紧张和身体上的疲惫。就像"瑙西卡"那章一样,我们不能把这章看作是作者的叙述,或看成是表现布卢姆的意识,虽然它在某些方面看上去表现了布卢姆的性格:他对人友善得几乎有点儿谦卑,他害怕被拒绝,他相信人们常说的智慧。巴赫金给"暗辩体"(hidden polemic)下的定义似乎很适合它:任何话如果说得过于谦卑,或过于夸张,任何话如果事前说得决绝、与后来的情况不符,任何话说得留有余地、让步或有漏洞,等等。这样的话似乎是畏惧现实,也可能是陈述、回答、反对某人的观点。[1]

> 一路上,不但丝毫不曾失去理智、确实还比平素更加无比清醒的布卢姆先生,对他那位沉默寡言的,说得坦率些,酒尚未全醒的同伴,就夜街之危险告诫了一番。他说,与妓女或服饰漂亮、打扮成绅士的扒手偶尔打一次交道犹可,一旦习以为常,尤其要是嗜酒成癖,成了酒鬼,对斯蒂芬这个年龄的小伙子来说乃是一种致命的陷阱。除非你会一点防身的柔道术,不然的话,一不留神,那个已经被仰面朝天摔倒在地的家伙还会卑鄙地踢上你一脚。(第502页)

回到我开始简单描述的历史体系三段论——经典现实主义,现代主义,后现代主义——我们再来看看按照柏拉图、沃罗西诺夫和巴赫金的话语类型理论它又会是如何呢?经典现实主义文本的特点,可以说,是把模仿和叙述、间接引语和报道情景,作者说话和自由间接引语,平衡和谐地结合在一起。现代小说的演变

---

[1] 参见 Readings in Russian Poetics, ed. Ladislav Madlothian, Everyman edn, 1979, p. 188. 我对巴赫金话语类型学理论的阐述主要基于这本书对巴赫金的第一部著作《陀思妥耶夫的艺术问题》(1929)的摘录,此书后来经扩充修订并再版,书名改为《陀思妥耶夫诗学问题》(1963)。

表现为模仿比叙述逐渐地更占优势。叙述通过人物的大量使用"图画式"间接引语来聚焦,或者委派叙述者模仿客观化的文体来聚焦。叙述,可以肯定地说,并没有从现代小说中完全消失,但它确实变得越来越难驾驭。我们可以在那些难以将就的作家身上看出他们感受到的压力:比如哈代、福斯特、和劳伦斯。哈代谨守他的格言,用模棱两可的话描述或反驳作者自己的宣言,用转弯抹角的推理方法避免对作者的描述和归纳负责。福斯特试图在叙述的时候还在开它的玩笑:

> 对玛格丽特来说——我希望读者不会因此反感她——国王十字街火车站一贯就意味着无垠〔……〕如果你认为这是无稽之谈,那么请记住这不是玛格丽特在跟你说这些。①

在《霍华德庄园》的其他一些地方,福斯特试图把作者的观点偷偷地变成女主人公的观点,但做得却不太成功。

> 玛格丽特在第二天早上特别温柔地迎接了她的老爷。尽管他是个成熟的男人,她却能帮他建造彩虹桥,把我们身上的平凡和激情连接起来。没有这彩虹桥我们就是没有意义的碎片,一半是僧侣,一半是野兽,断开的彩虹桥永远无法成为一个完人。有了彩虹桥就会生出爱情,升到彩虹桥的顶端,面对灰色熠熠生辉,面对火焰保持冷静。②

我们不仅从华丽的辞藻,而且从过去时的叙述到"现在时的格言"之间时态的变动,看出这是作者在说话。

---

① E. M. Forster, *Howards End*, Hamondsworth, Middx, 1953, p. 13.
② Ibid., p. 174.

在劳伦斯的小说中这种手法也是无处不在——比如非常著名的一段，查特莱夫人坐车穿过特沃希尔村时赶上学校里的女孩们正在上唱歌课：

> 简直难以想象还有什么能比这更不像唱歌，这哪里是自然优美地唱歌；这简直就是按着一个曲谱的调子发出的怪叫。还不如野人：野人还稍微有些节奏。也不像动物：动物嚎叫还表达点儿意思。这简直什么都不像，竟然还能叫唱歌！①

文中的格言"野人还有"（savages have），"动物还表达点儿意思"（animals mean）用的是现在时，表明——这不仅是转达康妮·查特莱的想法——而且作者也站在她一边，代表她说话，隐藏在她的背后来教导我们。

我们经常看到劳伦斯并非总是遵循他自己制定的规则，如小说家的手应该远离他的炮厨；但是这个规则本身就代表了现代主义的精神。非个人化，"戏剧化"，"表演"多于"讲述"，这是现代主义小说美学最基本的标准，就像詹姆斯、康拉德、福特、伍尔夫和乔伊斯以不同的方式阐释和实践的那样。这种审美观需要的要么是抑制叙述，要么是取代叙述；或者是通过不同人物对叙述的聚焦达到对叙述的抑制；或者用人物来叙述，把他的话语风格化、客观化——以此剥夺作者的权威，让它本身成为解读的对象。在詹姆斯、康拉德、福特的作品中，这些叙述者被归化为扮演故事中不同角色的人物，但是在《尤利西斯》中，叙述者没有得到这种授权：正如我在上面试图展现的，他们是被作者的腹语术像变魔法一样凭空变出来的。这是《尤利西斯》最激进

---

① D. H. Lawrence, *Lady Chatterley's Lover*, The Hague, 1956, p. 139.

的实验，对此就像庞德①和西尔维亚·比奇②这样最有同情心的朋友都觉得不容易接受。他们认为这本小说难以接受，我认为，这是因为在风格模仿、戏仿以及对话的话语方面所做的复杂实验不能得到认可，它不能像断断续续的、影射性的内心独白篇章那样，被视为对人物的模仿而得到认可。所以有些《尤利西斯》的读者仍然抱怨说，在"塞壬"、"塞克洛普斯"、"太阳神守护的神牛"、"伊萨卡"③ 这些章节中引用的多样叙述话语，缺乏对心理的模仿作用，不过是卖弄和自我放纵，把小说中人性的内容琐屑化。但是如果我们从巴赫金的小说诗学观来看这种尝试，我们很快就会发现，从小说的开始到显示多个戏仿的、风格模仿的话语，乔伊斯的目的是要更广泛地再现现实，超越现实主义小说所允许的端庄得体的文体；我们看到，这个目的是如何有机地和写作一部现代史诗，或者模拟史诗，或者对荷马史诗原型的喜剧式反转和评论的工程联系在一起。这就是巴赫金在"史诗和小说"中所说的：

> 任何一种简单的体裁，任何一种直接的话语——史诗的、悲剧的、抒情诗的、哲学的体裁或话语——可以而且必须使自身变成表现的对象，成为戏仿、嘲弄和"模仿"的对象。这样的模仿就像是扯掉了对方词语的外衣，把它一分为二，表明一个所谓的通用词——史诗的或悲剧的——是片面的、受限制的，不能穷尽这个词的所有意义；没有戏仿的过程，我们就无法体会所说的那种体裁或那种风格所包括的

---

① Ezra Pound，(1885—1972)，诗人、文学评论家，对乔伊斯的《尤利西斯》的出版起到重要作用，参见《庞德和乔伊斯通信集》。——译者注。
② Sylvia Beach，(1887—1962)，美国出版商，曾长期居住巴黎，是她在1922年出版了乔伊斯的《尤利西斯》。——译者注。
③ "Sirens"，"Cyclops"，"Oxen of the Sun"，"Ithaca"，分别为小说《尤利西斯》的第11、12、14、和17章。——译者注。

那些意义。戏仿—嘲弄式的文学是率先对大笑进行永久的纠正,对崇高而直接的词语做的片面严肃的批评进行的纠正,对现实进行的纠正,因为现实总是更丰富,更主要的而且最重要的是,现实**充满了矛盾,众声喧哗**,根本无法把它融入一种崇高的、简单的体裁。①

巴赫金在这段文字中也许说的是《尤利西斯》吧。实际上,他那时在写古希腊的第四种戏剧,即羊人剧,它是传统上按照悲剧三部曲的模式同时又嘲弄它的宏大和严肃的一个剧种。而且巴赫金在提及"喜剧性的奥德修斯"这个人物时,写道,"这是一种对他的崇高史诗和悲剧形象的诙谐戏仿,他是羊人剧、古希腊多立克的滑稽剧、前阿里斯多芬尼斯的喜剧、以及一系列小型喜剧史诗中最受欢迎的人物。"② 布卢姆有一个古老的家谱。

乔伊斯的读者在第一次读《尤利西斯》的后几章时往往觉得无法接受,那他们读《为芬尼根守灵》时的这种对抗感可能会更强烈。这本小说的写作完全用了双向——或者三向——四向——多向话语。看来巴赫金的小说理论,特别是他强调的拉伯雷在文学叙事中吸取狂欢的民间传统的重要作用,再一次显得非常地贴切。当巴赫金谈论《高康大和庞大固埃》③时,他可能也是在评论《为芬尼根守灵》:

> 我们第一次设想把人类世界的完整画面想象成人的身体会得出什么结论……但这不是个体的人的身体,那不过是陷

---

① 参见 Mikhail Bakhtin, *The Dialogic Imagination*, ed. Michael Holquist, trans. Caryl Emerson and Michael Holquist, 1981, p. 55.
② Ibid., p. 54.
③ 《高康大和庞大固埃》是法国文艺复兴时期弗朗索瓦·拉伯雷(1483—1553)的小说。——译者注。

入一种不可逆的生命进程,进而变成了一个角色——它是非个人的身体,作为人类整体的身体,它出生、活着,以不同的方式死了,然后又出生,一个非个体的身体表现了自身的结构,又表现了生命的全过程。①

我们必须说,拉伯雷式的身体无疑是有自我认证功能(HCE)的身体,是由自我违犯的器官组成的身体,有肠子和阴茎、嘴巴和肛门,这个身体一直处于变化的过程,吃喝拉撒、交配、生育、死亡,同时还有狂欢和做梦来替代并且升华的过程。(做梦是什么,不就是无意识的狂欢吗?狂欢又是什么,不就是得到允许的醒着的集体狂欢吗?)按巴赫金的话说,在拉伯雷研究的课题中,影响小说的两个重要元素,一个是大笑——民间的狂欢传统中对所有话语体裁的嘲笑,另一个是他所说的"众声喧哗",是对"不同语言的激活",比如文艺复兴时期拉丁语和方言的相互激活。大笑和不同语言的激活对《为芬尼根守灵》也是至关重要的因素。

对于乔伊斯的许多同代人来说,他的最大成就是对个人主体内心意识流的模仿和再现,而这正是其他小说家,如伍尔夫、福克纳想要向他学习的。伍尔夫在 1919 年《尤利西斯》的前几章在杂志上刚刚连载的时候就劝告人们说,"让我们在那些细小的物质坠落我们心田的时候,按照它们落下的顺序把它们记录下来吧,无论它们表面上怎样的毫无关联,前后如何的不一致,让我们描绘出每一景、每一事在意识上留下的痕迹吧。"② 基本上,正是通过主人公的内心独白——没有出声的、片段的、与主体相

---

① 参见 Mikhail Bakhtin, *The Dialogic Imagination*, ed. Michael Holquist, trans. Caryl Emerson and Michael Holquist, 1981, pp. 171–173.
② 参见 Virginia Woolf, "Modern Fiction", reprinted in *Twentieth Century Literary Criticism: A Reader*, ed. David Lodge, 1972, p. 89.

关的内心独白——这项工作才能在最大程度上得以完成。然而伍尔夫自己从不用大段的内心独白，除了小说《海浪》，可是《海浪》中有太重的人为痕迹，以至于缺少模仿的力量。在她最具代表性的作品中，叙述者不动声色而又能言善辩，盘桓在小说的人物之上，用流畅的作者叙述、自由间接引语或自由直接引语及内心独白的片段，把人物的意识流连接在一起。乔伊斯本人，就像我在前文中已经说过的，只是在"潘尼洛普"这章用了纯粹的内心独白，在很大程度上属于多利特·科恩所说的"回忆式独白[①]——就是莫莉在回忆过去的事件，而不是按照它们坠落在她心田时的顺序记录那些细微的感受。《喧嚣与骚动》也是用回忆式独白的手法创作的。小说人物在自言自语讲故事，而我们，就好像是偷听到了他们的叙述。其结果在本质上和过去的书信体或日记体小说没有什么不同，只不过是更灵活、更深入人物的内心了。通过这种方式，模仿回到了第二级的叙述——就像叙事中几乎不能没有模仿一样。

当现代主义小说在追求模仿的方法到极致时，你会发现你并不能取消作者，只能抑制他或取代他。事实上，后现代主义认为，为什么不让作者回到文本中来呢？重新引入作者的声音，让叙述复活的表现形式有很多。一种是保守的形式——回到19世纪小说那样的叙述和模仿和谐共处的形式。莫里亚克[②]和格林的小说就是这类的例子。"把作者排除在小说之外做得太过分了，"格林在1945年谈论莫里亚克的一篇文章时指出，"不管怎样，作者这可怜的家伙，也有存在的理由，而莫里亚克也认为这并没

---

① 参见 Dorrit Cohn, *Transparent Minds: Narrative Modes for Presenting Consciousness*, Princeton, NJ, 1978, pp. 247–255.

② Francois Mauriac（1885—1970）法国小说家，1952年诺贝尔文学奖获得者。——译者注。

错。"① 这段话虽然是为自己辩护，但是格林自己在用叙述的时候却一直很谨慎。但是按照巴赫金的意思，在这类新现实主义的后现代小说中，往往叙述者就是一个人物，而它的话语只有一点儿、甚至没有风格模仿的特征。作者的观点和人物的观点之间几乎看不到什么距离。叙述者的视角是受限的，但就此而言，是可信的。C. P. 斯诺（C. P. Snow）的小说，可以说就是个例子。

与现代主义有着更为明显联系的是，小说中人物化的叙述者的话语，按巴赫金的意思，是双向话语。比如，《麦田守望者》②中风格模仿的口语体，《我们为什么在越南》中的戏仿的口语体，以及纳博科夫的《微暗的火》③ 中的暗辩体。有些后现代小说结合了所有的文体形式，包括戏仿、对话的叙述话语——如约翰·巴斯的《书信集》④ 或吉尔伯特·索伦蒂诺的《蔬菜炖肉》⑤。

那么后现代主义和现代主义在用叙述者的时候有什么不同呢？我认为一个不同点是后现代小说对叙述的重视。现代主义小说中的叙述者——比如，康拉德的《在西方的眼睛下》（*Under the Western Eyes*）中的语言学教师，或福特的《好士兵》（*The Good Soldier*）中的道尔，都必须装作是个业余作家，否认用了什么文学技巧，即使他们在用最令人眼花缭乱的手法，如时间转换、象征、场景变化的设置等。而后现代主义小说的叙述者更喜欢把叙述活动中有关的难题和过程说清楚，而且常常叙述者本身就是作家，他们和作者的关系很亲近，有时甚至是密不可分。我觉得那些后现代主义作品特别有趣，其中通过表现文本中作者在写小说（也就是我们正在读的小说）时的清晰样子，把叙述放

---

① 参见 Graham Green, *Collected Essay*, 1969, p. 116.
② 参见 Norman Mailer, *The Catcher in the Rye*, 1951, *Why Are We in Vietnam?* 1967.
③ 参见 Vladimir Nabokov, *Pale Fire*, 1962.
④ John Barth (1930—), *Letters*, 1979. 本书为长篇小说。——译者注。
⑤ Gilbert Sorrentino (1929—2006), *Mulligan Stew*, 1979. ——译者注。

到了突出的位置。在玛格丽特·德拉布尔（Margaret Drabble）最近发表的小说《妥协》（*The Middle Ground*）接近尾声的地方有个例子，其中通过提示现代主义作家，如弗吉尼亚·伍尔夫的一个重要特征，向我们说明了现代主义和后现代主义的区别：

> ［……］要是有这样完美的结尾该多好啊，甚至就在她想到这儿的时候，她望着她周围的家人，感觉她坐在那儿无比地平静，充满了力量，有向心力，似乎她就是这群人的中心一样，在以最老式的样子，一个移动的圆圈——噢，没有什么语言可以描述这种情形了，虽然我们对此仍会抱有疑问，但是即使如此，想象一下这样的圆圈，一个旋转的圆圈，因为这是她的家，而且她坐在那里，她享有一切却又什么也没有，我给了她一切，却又什么也没有给［……］。①

此处玛格丽特·德拉布尔让我们想到伍尔夫式的顿悟（无论是否有意，都会让我们联想《到灯塔去》中拉姆齐夫人的晚餐这段），但同时又带有挖苦的口气承认这种写法的任性。在此，她表明她自己并不是个新现实主义作家（就像她通常被划为是这类作家那样，而且她的早期作品肯定让人觉得她是），而是个后现代主义作家。

在约瑟夫·海勒（Joseph Heller）的小说《像戈尔德一样好》（*Good as Gold*, 1979）中大约四分之三篇幅的地方，在没有标出章节的一段开始这样写道：

> 戈尔德再次发现自己还要和一个人吃午饭——斯伯替·韦恩洛克——我想起来在这本书上他已经用了很多时间在吃饭和

---

① 参见 Margaret Drabble, *The Middle Ground*, 1980, pp. 246–247.

谈话上面了。他已经没什么可做的了。我在帮他和安德莉娅上床的事上费了好多劲儿,还要让他的老婆和孩子刚好不在场。为了阿卡普尔科的这场戏,我深思熟虑地构思了一场混乱,包括让一个淫荡的墨西哥电视台女演员光着身子不顾一切地试图从二楼卧室那扇被卡住的窗户往下跳,同时让一个疯狂吸食美国毒品的情人嫉妒得用拳头使劲地砸门,还让一个美女或一群野狗等在窗户的下面。当然,戈尔德不久还会遇见一个带着四个孩子的小学教师,然后会疯狂地爱上她,而很快我还要给他那个诱人的诺言,他将成为国内第一位由犹太人担任的国务卿,而这个诺言我本就没想要兑现过。①

至此,海勒的这部关于犹太人家庭生活和华盛顿政治的讽刺喜剧小说,虽然中规中矩,有艺术风格,在谈及真实世界时一直保持着幻觉之感——可以说,它挑战了我们认为现实世界并不像海勒表现的那样疯狂的看法。但是这一段有两个方面明显地违反了现实主义准则,令读者感到不安:第一,承认戈尔德是书中的一个人物,而不是真实世界中的一个人;第二,因为强调这个人物不具有自主性,完全受制于他这个创造者,而他这个创造者并不知道(或者说曾经并不知道)拿他这个人物怎么办。这段话里有两个效果强大的词,而为了达到模仿的效果,这两个词在叙述中一直是被抑制的:一个词是书(指这本小说),另一个词是我(指小说家自己)。同样的两个词在库特·冯尼格的小说《第五号屠宰场》中也同样出现过,但效果更加令人吃惊。

毕利旁边的一个美国人哭着说,他除了脑浆之外全拉空了。过了一会儿他又说,"拉空了,拉空了。"他的意思是

---

① 参见 Joseph Heller, *Good as Gold*, 1980, p. 321.

他的脑浆也拉空了。

那人就是我,就是我。就是本书的作者。①

尔文·戈夫曼②曾表示这种行为意味着"打破框架"。俄国形式主义者把它称之为"暴露手法"。更近一些时期的批评术语是"元小说"。当然,这并不是小说史上的新现象。在塞万提斯、菲尔丁、斯泰恩、萨特雷、特罗洛普等许多作家中都可以找到,但值得注意的是,在现代主义的大作家中却没有这种现象,至少此刻我在詹姆斯、康拉德、伍尔夫和乔伊斯(直到并且包括《尤利西斯》)的作品中想不到用了这种手法的例子,就像我上文后几个例子中提到的那样,把叙事的虚构性公然揭露出来。其原因我认为是,这样的暴露,突出了作者的存在和叙事的根源,在某种程度上,与现代主义作家追求客观性以及模仿人物的意识活动的理念是背道而驰的。然而元小说的写作手法在后现代小说中却很流行。我认为,比如,约翰·福尔斯在《法国中尉的女人》③中把玩作者这个角色,又如马尔科姆·布拉德伯里在《历史人》④中把自己变成一个人物,为此他吓得无精打采,B.S.约翰逊的小说《艾伯特·安吉洛》⑤故意揭露他的小说是虚构的,都是如此。我想到的还有塞缪尔·贝克特的小说《瓦特》⑥中令人困惑的作者的脚注,穆丽尔·斯帕克⑦小说中对作

---

① 参见 Kurt Vonnegut, *Slaughterhouse Five*, New York, 1969, p.109.
② Erving Goffman (1922—1982) 美国著名社会学家。——译者注。
③ 参见 John Fowles (1926—2005), *The French Lieutenant's Woman*, 1969.——译者注。
④ 参见 Malcolm Bradbury (1932—2000), *The History Man*, 1975.——译者注。
⑤ 参见 B. H. Johnson (1933—1973), *Albert Angelo*, published in 1964, reissued in 1987.——译者注。
⑥ 参见 Samuel Backett (1906—1981), *Watt*, published in 1953.——译者注。
⑦ Muriel Spark (1918—2006), 英国小说家, 代表作《琼·布罗迪小姐的青春》, 1961 年。——译者注。

者无所不在的炫耀,约翰·巴斯在《书信集》中着迷似地收集他自己的早期小说,以及纳博科夫的《阿达》① 最后一页洋洋洒洒地写到书的封皮上,那样子像是在给他自己做推介广告。要穷尽他们或许我还能给出更长的书单,不过我还是说说我自己的小说《你能走多远》吧。② 在这本小说中,作者常常在叙述中提醒读者注意人物和情节的虚构性,而有时,又把它们表现为一个时期的历史,从读者那儿唤起那种属于传统现实主义小说那样的道德和情感的回应。我认为,对我来说,而且对其他的英国小说作家来说,元小说一直都非常有用,它是不断开拓现实主义源泉,同时又承认它们是老套陈规的一种方式。作者越是在文本中赤裸裸地揭示自己,就越发让自己变得不可忽略,自相矛盾的是,作者作为一种声音,只不过是自己小说中的一个功能元件,一个修辞构架,不是享有特权的权威,而是被解读的一个客体,难道不是这样吗?

总之,我们所看到的情况是后现代小说中叙述的复兴,但并不是像经典现实主义文本那样与模仿流畅而平稳地吻合在一起的叙述,也不是像现代主义文本那样从属于模仿,而是突出叙事与模仿相对应的叙述。意识流变成了叙述流——这可能是总结伟大的现代主义作家,如乔伊斯,和伟大的后现代主义作家,如贝克特,之间的区别的一个方法吧。当无名氏③自言自语地说,"你必须继续下去。我不能继续下去了。我要继续下去",此时他至少有一层意思,他必须继续叙述下去。

---

① Vladimir Nabokov (1899—1977), *Ada, or Ardor*, published in 1968. ——译者注。
② David Lodge (1935—), *How Far Can You Go?* 1980. ——译者注。
③ The Unnamable 是贝克特的小说《无名氏》(*The Unnamable*)中的叙述者,同时又是小说中的人物。小说法文版发表于 1953 年,英文译本发表于 1958 年。——译者注。

劳伦斯、陀思妥耶夫斯基和巴赫金

张　璐　译

【来源】

　　Lawrence, Dostoevsky, Bakhtin. 选自戴维·洛奇,《巴赫金之后》, *After Bakhtin*: *Essays on Fiction and Criticism*, Routledge, London, 1990, pp. 57 – 74。此文最初于 1985 年发表在《文艺复兴与现代研究》的"D. H. 劳伦斯百年纪念专号"（vol. 29）上；后其修订版发表于《劳伦斯再思考》, Keith Brown 编, 开放大学出版社 1990 年版。

【概要】

　　一般认为 D. H. 劳伦斯的小说风格单一，观点统一，但他的某些作品以及一些作品的某些方面，都包含巴赫金所定义的复调小说的特征。《恋爱中的女人》中多个人物声音不分胜负的争论，仿格体的使用，都体现了对话的视角；《东西》中包含的暗辩体和语体变化、《努恩先生》的喜剧性、"打破框架"手法，都是典型的狂欢体写作。劳伦斯的创作与巴赫金理论的契合不仅限于形式，在社会政治含义和哲学观点上都存在有趣的相似之处。一个看似"独白"的作家，其作品也有着多方面的对话性，进一步验证了巴赫金思想和批评理论的有效性。

本文旨在将米哈伊尔·巴赫金的理论与实践应用于劳伦斯（D. H. Laurence，1885—1932）的小说——以提高我们对劳伦斯所使用的文学话语的理解和认识，当然也是为了验证巴赫金思想及其批评理论之有效性。我曾尝试在另一篇文章中提出，巴赫金理论同詹姆斯·乔伊斯（James Joyce，1882—1941）作品存在一定关联。① 如果能够证实巴赫金小说诗学与另一位重要的现代小说家之间也存在关联，且后者是一位公认的在文学创作的目的和技巧上与乔伊斯对立的重量级人物，将会成为巴赫金理论阐释力的有力证明。本文首先概述巴赫金主要思想，其出处如下（下文以括号内标注的缩写代指）：《陀思妥耶夫斯基诗学问题》（PDP；1963），即 1929 年首次出版的《陀思妥耶夫斯基艺术问题》的修订本，较第一版有了较大扩充；《马克思主义与语言哲学》（MPL；1929），出版时作者署名为伏洛希诺夫（Valentin Volosinov），但现在人们普遍认为其主要作者是巴赫金；《拉伯雷和他的世界》（R；1965）；以及译成英文后定名为"对话的想象"并结集出版的四篇长篇论文（DI；1981）。②

巴赫金基于新的后索绪尔语言学，提出全新的文学话语类型论，可以说改写了西方文学史。弗迪南·德·索绪尔（Ferdinand de Saussure，1857—1913）通过区分"语言"（保证语言发挥机能的规则与限制）和"言语"（语言使用者实际发出的言谈），使现代语言学成为可能。和转换生成语法及语言行为理论一样，索绪尔语言学也偏重于研究"语言"。而近来语言学家对"言语"，也就是常被称为"话语"的语言学开始产生兴

---

① 见第 34—40 页. (See pp. 34-40.)
② 涉及以下英译本：M. Bakhtin, *Problems of Dostoevsky's Poetics*, ed. and trans. Caryl Emerson, Introduction by Wayne Booth, Manchester, 1984; V. N. Volosinov, *Marxism and the Philosophy of Language*, trans. L. Matejka and I. R. Titunk, 1973; M. Bakhtin, *Rabelais and His World*, trans. Helene Iswolsky, 1968; M. Bakhtin, *The Dialogic Imagination*, ed. Michael Holquist, trans. Caryl Emerson and Michael Holquist, 1981.

趣,在这一点上巴赫金是先行者。他认为,语言本质上是社会的或曰对话的。"现实对话中的语言直接地、不加掩饰地指向一个未来的回答。它挑拨、预示着回答并以答语为方向建构自身"(DI; p. 280)。

这一观点包含着令人感兴趣的伴随物。首先,它使我们摆脱了解构主义在意义可能性问题上的怀疑主义掣肘,我们无需再为孤立言谈中固定或不变意义的可能性进行无望的辩护,并能够高兴地承认,既然言谈不能真正孤立地存在,那么意义只存在于交互主体的交流过程中。从方法论上讲,这意味着我们不能简单地用"语言"来解释"言语":言谈只能在语境中理解,这个语境一部分是非语言的,并包含了说者、听者和指称对象的身份和他们之间的关系。文学,尤其是散文体小说,清晰地表现了这一切实际上是如何发生的。而巴赫金称之为"独白的""经典化"体裁——史诗、悲剧和抒情诗,试图用单一的文体和声音来表现单一的世界观。即使有人物个体在文本中表达了不同的乃至相反的见解,贯穿全文的诗歌范式(poetic decorum)或严整的韵律、步格,保证了其整体效果在文体上(和意识形态上)的一致和同一。而与之相对,散文体文学是对话性的,或者换一种说法,它是"复调的"——是从书面语和口语中提炼的不同话语的交响乐。"在同一部作品中可以使用各种不同种类的话语,它们各自都得到鲜明的表现,而未被同化为共同特征(common denominator)——这一可能性是散文最基本的特征之一"(PDP, p. 200)。(多样化的)小说能与人类语言丰富的多样性保持一致,并对这种多样性所体现的意识形态自由予以尊重,这就解释了为什么小说在当今世界能够当之无愧地占据主导地位。

然而,小说究竟是如何完成这一伟大文化使命的,巴赫金著述中的两处说法略有不同。根据第一种说法,陀思妥耶夫斯基扮演了极为重要的角色:他首创了复调小说,从而决定性地拓展了小说形式的可能性。在他之前,作者话语在小说中占主导地位,所以小说本身是独白的——譬如托尔斯泰的小说——作者话语控制和评判主人公的话语,并出于思想偏见,对小说中提出的问题如何处理进行预先设计。一些后结构主义批评家曾将经典现实主义文本和现代文本加以区分,在很多方面证明了前面的观点。与托尔斯泰的小说相反,在陀思妥耶夫斯基的作品中,作者的声音从不统领全局,主人公可以自由地"反驳",形形色色代表不同观点和价值观的话语呈现在读者面前,有时它们也可能集中体现在同一个言说或思考主体身上,话语之间进行着颇具挑战性的论战纷争,而这样的论战最终也无法得到和解。

　　此后,巴赫金似乎逐渐意识到,对话体文学话语在陀思妥耶夫斯基之前的小说里已然存在,其源头可上溯至古典文学中的"庄谐体"(serio-comic)文学——梅尼普讽刺(Menippean satire)、苏格拉底对话(the Socratic Dialogue)和羊人滑稽剧(the satyr play)。封建社会时期,这种讽拟的、戏仿的、多声的话语传统在非官方的狂欢节文化中得以留存和发扬。文艺复兴时期,由于拉伯雷和塞万提斯的杰出贡献,这种话语得以在主流文学中释放其潜能,小说也由此诞生,并结出累累硕果——包括流浪汉小说、书信体小说、忏悔录、感伤小说、项狄式小说、哥特小说、历史小说等,不胜枚举。19世纪,小说稳定下来,其形式得以整合,通过其混杂肌质(discursive texture)无与伦比的丰富性和微妙性,小说凌驾于其他文学形式之上的主导地位得以确立。在其文本结构中引入自由间接文体(free indirect style),从而实现了极其重要的叙述者声音和主人公声音的互动(譬如在《米德尔马契》(*Middlemarch*,1872)首章出现的叙述者声音充满讽刺和揶揄,却又饱含慈爱地将多罗西娅话语里天真的理想主义同市侩的粗俗语言及隐含作者的价值观对立起来,根据巴赫金的定义,这已经进入对话体的范畴了。陀思妥耶夫斯基放开了作者话语的钳制，使文本中其他话语自由互动，而且这种互动比19世纪经典小说更为戏剧化，也更为复杂。在这一点上，他是一个十分重要的创新者，但绝不是唯一一个。

也许巴赫金从来没有成功调和这两个关于对话或复调小说发展的观点。我们有充足的理由支持后者较为温和的、渐进式的发展说，因为由一位代表一个文学传统的作家决定的欧洲文学史，似乎有着与生俱来的缺陷。然而在巴赫金的全部著述中，关于陀思妥耶夫斯基的研究著作对于了解他和 D. H. 劳伦斯的关联最具启发意义。在我们开始讨论本文主要话题之前，有必要对巴赫金的小说话语类型论作一个简要陈述。

小说的话语主要分为以下三类：

1. 作者的直接话语（the direct speech of the author）。意即作者在文本中被编码为"客观"、可靠的叙述声音。

2. 人物的表演性话语（the represented speech of characters）。包括直接引语（对话，但和巴赫金的"对话"不同）或独白、内心独白等传统形式，或者描述性转述他人的话语，由人物而不是叙述者用自由间接引语来表现。

3. 双向话语或双声语（doubly-oriented or doubly-voiced speech）。这一类别是巴赫金在文体学分析方面最具创造性、也最有价值的贡献。它包括一切言语，不仅指向现实世界事物，还指向另一说者的言说行为。双声语又可细分为几个子类别，其中最重要的有仿格体（stylization）、口述体（*skaz*）、讽拟体（parody）和暗辩体（hidden polemic）。作者借用他人的话语来达到自身目的，就是仿格体——其总体意图与模仿对象相同，但在仿格体使用中"给他人话语蒙上一层淡淡的客体化色彩"（PDP, p. 189）。这种客体化色彩的作用在于在叙述者和隐含作者间产生距离感，在叙述者是个性化的人物且讲述的可能是自己的故事之时更是如此。如果这种叙述有口头语的特点，就成了俄国批评传统中所说的"口述体",尽管巴赫金认为,与其口语化特点相比,将他人话语用于自身美学或表达的目的这一特点更为重要。和仿格体不同的是,讽拟体是借用他人话语实现与模仿对象不一致或相悖的意图时使用的话语。在仿格体和讽拟体中,模仿对象话语的词汇或语法在文本中重复出现。然而还有一种双向话语指向、回应或兼顾到文中并未出现的另一话语行为,巴赫金提议称其为暗辩体,它是双向话语最为常见的形式之一。

独白文学的主要特点,就是第一类文学话语在巴赫金列举的各类话语中占主导地位。在绝大多数前小说叙事体裁(譬如骑士小说、道德寓言)中,作为叙述者的作者不仅按照自己的诠释来创作小说,还为人物设定了与自身语言一致的语言。18、19世纪,通过运用诸如书信体或自由间接文体,乃至有限程度的双向话语,巴赫金本人有一些不错的例证,见《小多丽》(DI,pp. 3-7),读者才开始听到小说人物个性化的声音。但显然,完全意义上的对话小说还是到了现代才出现的现象,而其产生的标志正是第一类话语的淡化和第二、第三类话语运用渐趋精妙和复杂。例如陀思妥耶夫斯基最具独创性和"现代性"的小说之一——《地下室手记》(Notes from the Underground, 1865),正像巴赫金巧妙证明的那样,堪称一场双向话语使用的炫技表演(PDP, pp. 27-34)。

在劳伦斯的作品里,见不到《地下室手记》那样的因素:首先,劳伦斯很少运用巴赫金称为第一人称叙述(Ich-Erzablung)的方式。(我只能想到他的第一部小说《白孔雀》(The White Peacock, 1911)和最后一部短篇小说《绝非如此》(None of That),后者不在他的最佳作品之列,里面有两个第一人称叙述者,其中一个在另一个讲述的故事里。劳伦斯的小说有着惊人的统一,叙事风格极度单一,总是以作为叙述者的作者构建和协调舞台情节或心理活动情节并展示给读者。一般认为,这一叙述声音在他的小说里是主导性话语，这构成一个典型的形式特征，使他一定程度上超脱于现代派作家。我曾在另一篇文章里写道：

> 尽管（劳伦斯的）叙述声音，从狡黠的下层语言到抒情诗般的狂想曲，语调变化多端，尽管其表现的是不同人物的意识，从根本上讲，它毫无疑问仍是劳伦斯的声音。我们在乔伊斯和艾略特作品中看到的模仿、拼贴、声音和语域的快速转换皆与他无关。①

必须承认，这段话更像独白性描述，而不是对话话语，将其作为以巴赫金理论解读劳伦斯的依据实在算不上鼓舞人心。不管怎样，我认为自己夸大了劳伦斯叙事风格的同质性，在任何情况下，判定一部小说是不是复调小说，其文体和语域是否多变本身并不是一个必要的也不是充分的标准。巴赫金自己也评论说，陀思妥耶夫斯基的小说中鲜有"语言变化，其语言风格、地域方言和社会各阶层语言、职业术语等的种类都少于"托尔斯泰小说这样更偏重独白的作品；陀思妥耶夫斯基曾因为语言单一受到一众批评家的指责（其中就有托尔斯泰）；但巴赫金也认为，一部小说能否称为复调小说，不能只看它是否包含不同风格和语言，而要看它是否包含"对话的视角，通过这种视角，不同的文体在作品中形成并置和对立"（PDP，p.182）。换句话说，托尔斯泰作品中人物话语的变化总是包含在作者的话语中，并受制于作者的话语，而陀思妥耶夫斯基的人物言语尽管形式上没有那么多变和富有个性，但其生成方式却更为自由，言语所代表的不同利益和思想之间可以持续竞争较量。我想指出，劳伦斯大多数

---

① David Lodge, *The Modes of Modern Writing*, 1977, p.161.

成熟名著皆是如此，特别是《恋爱中的女人》(*Women in Love*, 1921)。从《儿子与情人》(*Sons and Lovers*, 1913)到《虹》(*The Rainbow*, 1915)，再到《恋爱中的女人》，劳伦斯的创作平稳地向巴赫金在陀思妥耶夫斯基研究中描述的小说类型演进。这种说法颇具讽刺意味，因为资料显示劳伦斯曾给予陀思妥耶夫斯基一些负面评价，而他对托尔斯泰倒是推崇至极，① 然而在这样的评价背后肯定隐含着某种"影响焦虑"。想想巴赫金对《罪与罚》(*Crime and Punishment*, 1866)的描述对《恋爱中的女人》多么适用：

> 作品中的一切——人物的命运、经历和思想——都被推向边缘，一切都好像准备着转化为自己的对立面……一切都被推至极限、最高的极限。作品中的一切都不稳定，一切都保持紧张，不能进入正常的传记时间之流并在其中发展……一切都要求变化，要求更替。一切都在一个未完成的转折点上展开。
>
> (PDP，p.167)

---

① 例如："[J. M. 罗伯森]就是个声名狼藉的混蛋，他竟然声称《罪与罚》是最伟大的小说——和托尔斯泰的《安娜·卡列尼娜》或《罪与罚》相比，《罪与罚》不过是个小传单、小论文、小册子"，见 D. H. 劳伦斯书信集第1卷．詹姆斯·博尔顿编．剑桥，1979，pp.126-127。对陀思妥耶夫斯基的评价，以及劳伦斯为《大审判官》所做的序，一并收入《文学批评选集》，安东尼·比尔编，1961，pp.229-241。尽管书中对陀思妥耶夫斯基充满敌意，但还是表现出劳伦斯对这位俄国小说家的深入了解。(E. g. "J. M. Robertson's an arrant ass to declare *Crime and Punishment* the greatest book — it's a tract, a treatise, a pamphlet compared with Tolstoi's *Anna Karenina or War and Peace*", *The Letters of D. H. Lawrence*, vol. I, ed. James T. Boulton, Cambridge, 1979, pp.126-127. The remarks about Dostoevsky, and Lawrence's Preface to *The Grand Inquisitor*, collected together in *Selected Literary Criticism*, ed. Anthony Beal, 1961, pp.229-241, though largely hostile, show how well acquainted he was with the Russian novelist's work.)

与这一论述相关的，还有巴赫金对惊险小说和描写日常生活的社会心理小说所做的重要区分。后者的情节围绕家庭和阶级关系展现，并在历史时间或传记时间中展开（譬如 19 世纪托尔斯泰或乔治·艾略特的经典小说）——巴赫金说，在这里"没有偶然性的位置"。与之相反，惊险小说的情节"不依靠已然存在并确立了的家庭、社会、生平等立场（positions），而是不顾这些立场的存在而发展……每一种社会文化体制、制度、社会身份、阶级和家庭关系，都不过是人物可以永久匹配的立场"（PDP, pp. 103 – 104）。巴赫金认为，陀思妥耶夫斯基正是让惊险情节"为思想服务"——换言之，他让情节作为工具来探讨更深刻的精神和形而上学问题，将其糅合进看似不兼容的忏悔录、圣人传等体裁。《恋爱中的女人》也是一部哲理惊险小说，其主人公在文明危机之际，出于宗教热忱探求一种令人满意的新生活方式。该作品最惊人的"实验"特色，是通过丢弃或者删除"描写日常生活的社会心理小说"中可望见到的那种细节，将辩论争执、精神或者性爱危机以及顿悟的时刻前景化（foregrounding）。

从写于劳伦斯创作晚期的《虹》可以看出这一趋势，但劳伦斯在《恋爱中的女人》里走得更远，甚至打破了传统小说的模式。《虹》这部作品里社会关系与亲缘关系的紧密交织，以及决定主人公行为的经济因素（在《儿子与情人》中更为显著），在《恋爱中的女人》中已了无踪迹。例如厄秀拉和戈珍的父母威尔·布朗温和安娜·布朗温夫妇在小说《虹》里是极为重要的存在，到了续集《恋爱中的女人》却成了次要人物，虽然他们仍与两个女儿生活在一起，但和她们的生活及意识不再发生碰撞。《恋爱中的女人》里的现实生活问题没有得到太多关注。情节如此安排是为了让主人公能够自由抉择自己的命运——一份不太丰厚的个人收入使伯金不必工作，他向厄秀拉求婚后，后者也不必工作了。戈珍同意担任温妮弗莱德·克里奇的家庭教师，不是出于经济的需要或私利的考虑,而是认为这预示着她和杰拉德的关系发展到了一个新的阶段。"戈珍知道,去肖特兰兹对她来说是个关键的选择,她知道这就意味着接受杰拉德·克里奇做她的爱人。"①

巴赫金指出,"陀思妥耶夫斯基的情节完全不存在一个完成式的基础。他的情节意在将人物暴露于不同的情境,撩拨他们,联结他们,让他们发生碰撞和冲突——这样他们反而能跳出情节的桎梏,超越情节的界限"(PDP, pp. 276 – 277)。《恋爱中的女人》亦是如此:单薄的情节——实质上是并线发展的两个爱情故事——仅仅为了让主人公发生联系和冲突而存在,小说提出的问题在这里既不会得到解决,也不会影响他们的关系。

为了更好地理解这一点,我们可以借用福兰克·科莫德(Frank Kermode, 1919—)对《恋爱中的女人》和《米德尔马契》所做的颇为实用的比较。《米德尔马契》是 19 世纪的经典作品,描写了两对关系紧密的恋人的罗曼史。② 在作者精心再现的历史语境中,通过始终由社会、家庭和经济因素决定的"传记时间",维多利亚时代爱情四重奏的瑰宝重见天日。这里没有给偶然性留下位置。与之相反,《恋爱中的女人》特意将场景设定在一个兼具英国第一次世界大战前后特征的不明确的年代,使得读者阅读时无法生成清晰的时间观念。作品中最令人难忘的事件都颇为偶然:像迪安娜·克里奇参加水上派对时落水,杰拉德在铁道岔口强悍地制服惊马,兔子俾斯麦被放出笼子,伯金投石击碎月亮的倒影。这些事件在文中似乎没有任何因果关联——它们就这般随意、偶然又自然地发生了,而当事人或是旁观者的反应使它们有了意义。即使情节的发生看似出于日常的动机,情节

---

① 此书全部引文皆出自该版: D. H. Lawrence, *Women in Love*, Harmondsworth, Middx, 1960, p. 263. All page references are to this edition.
② Frank Kermode, "D. H. Lawrence and the apocalyptic types", in *Continuities*, 1968.

的展开常常会脱离常规。譬如赫麦尼用镇纸击打伯金是出于挫败、愤怒和嫉妒，但她的反击过于激烈，似乎有些反应过度，同理，伯金面对这一事件明显缺乏应有的愤怒，也有悖常理。

　　这里我不会尝试指出这部作品的"意义"。这种尝试已经够多的了，如果企图从小说中找出一个贯穿始终的思想，可能会像巴赫金所批评的陀思妥耶夫斯基研究者那样，落入"独白"的窠臼。"可以这样表述陀思妥耶夫斯基在作品结尾流露的信息，"巴赫金说："世间万事万物仍未完结，尚无定论，世界开放、自由，一切仍在未来，并将永远在未来。"（PDP，p. 166）这个论述很契合《恋爱中的女人》的结局：

　　　　"你不能同时拥有两种爱。你怎么能！"
　　　　"好像是不能，"他说："但我就是想这样。"
　　　　"你没办法，因为这是虚妄的，这不可能。"她说。
　　　　"我不信。"他回答说。

　　小说就这样戛然而止，男女主人公的对话仍在继续。先是厄秀拉和戈珍关于婚姻利弊的讨论。中间有数十处相似的场景，两人、三人、四人乃至更多人之间争辩不休，话题抽象而概括，却对主要人物至关重要。尽管劳伦斯借卢伯特·伯金之口说出的主要是他自己的思想，而且在伯金身上或多或少可以看到他的影子，可是伯金并不是每一场争辩都能赢。不存在任何一个胜利者。《恋爱中的女人》不是一个单一主题的小说。它没有唯一的主旨，而是由几个主旨堂而皇之地平分秋色。

　　我们可以将第三章"教室"作为小说代表性章节来分析。在这一章，伯金和赫麦尼陆续造访厄秀拉的学校，她在此教植物学。作者并不想唤起读者对教室特定环境或是在场学童个人或集体性格的注意；这些都是引发争辩最单薄的、转瞬即逝的借口。赫麦尼质疑教育的价值——"当我们有了知识，就牺牲了一切，剩下的就只有知识了，不是吗？"伯金质疑赫麦尼高尚的信仰——"你没有肉欲。有的只是你的意志、意识和权力欲、知识欲。"厄秀拉则驳斥伯金的"肉欲，无法用头脑获得的黑暗知识"（pp. 45 - 47）。我们从其他非小说文本中得知劳伦斯本人也推崇这种黑暗知识的价值，但在作品中伯金却不能赢得这场辩论——事实上，作者还会不时让他显得有几分荒谬（譬如文中写道："屋里一片沉寂。两个女人充满了敌意和怨愤。而他却好像在大会上做讲演。"p. 48）。辩论中的三方频繁轮流坐庄，部分原因在于这个辩论有一个潜台词，即三人的感情纠葛。赫麦尼一直试图迎合伯金，同时超越她心目中潜在情敌厄秀拉；怎奈她的观点在伯金听来却是对自己的戏仿和抨击。为了打消赫麦尼的影响，伯金盛怒之下，冷酷地予以嘲讽反击。而就厄秀拉而言，她对伯金的行为和观点迷惑不解，潜意识却无法抗拒伯金的吸引力。伯金和赫麦尼走后，她哭了起来："这是喜还是悲？她也不清楚"。（p. 49）。

叙述者对争辩抑或主人公本身不做出结论性评判，使这一幕在意识形态以及形式或曰架构（直接引语的大量使用）两方面都是对话性的。叙述者也在人物间"周旋（circulates）"。他很少站在高于人物的认知层面以明显是自己独有的语言讲述；与之相反，他在人物的层面上迅速转换视角，向我们展露此刻厄秀拉对伯金的看法、伯金对厄秀拉的想法、赫麦尼对他们两人的想法，以及他们对赫麦尼的想法。叙事视角的灵活转换一直是劳伦斯作品的一个典型特点，只是他不能保证一直不偏不倚。例如《儿子与情人》第一部分将瓦尔特·莫雷尔展现得比莫雷尔夫人更外在化、更客观。通过概括地描写服饰、行为等特点，瓦尔特的形象跃然纸上。我们很少看到以自由间接手法表现这个人物的真实心理活动。他只能直接说出夹杂着方言的话，听上去粗俗不堪、格格不入。另一方面，莫雷尔夫人和儿子保罗一样，其意识也常常通过自由间接手法表现，且或多或少地借用了作为叙述者的作者的辞藻和严整语法。因此，尽管叙述者告诉我们莫雷尔先生和他的妻儿一样也是紧张家庭关系的受害者，我们并没有对这一点感同身受。在作品中最有力的话语的调动下，莫雷尔先生被塑造成了恶人与他者。

在创作生涯的另一端，劳伦斯却倾向于以较为公然的方式放弃对话原则。我们可以在"领袖"系列小说中感觉到劳伦斯创作的是主题单一的小说，他预设了作品中自己挑起的斗争的结局，决定一切，统领一切，《查太莱夫人的情人》(Lady Chatterley's Lover, 1928) 在某种程度上亦是如此。与之相反，读者阅读《恋爱中的女人》时，总是困惑而又愉快地从一个主体立场跳到另一个，并同时感觉到不同立场带来的震撼。当然，厄秀拉和伯金的爱情似乎要比戈珍和杰拉德相互毁灭、不得善终的激情更积极、更有希望；然而后者自有他们的高尚动人之处，他们对情爱认识上的特质和描写伯金、厄秀拉性爱的"更黑暗的"段落并无太大区别。诚如福兰克·科莫德所言，"在这本劳伦斯版启示录中，站在生命一边的人们有必要与消亡相融合，甚至很不容易将他们与站在死亡一边的人们区别开来。"[①] 或者用前文引用过的巴赫金关于《罪与罚》的话说，"一切都好像准备着转化为自己的对立面"。

厄秀拉向赫麦尼谈及伯金，"他说想让我不带感情色彩地接受他——真不懂他什么意思。他还说希望自己魔鬼的那一面——而不是人性的一面找到肉体上的伴侣。你看，他今天这么说，明天又那么说——老是自相矛盾——"(p. 330)。通过迷惑不解的厄秀拉向兴致勃勃的第三方倾听者转述，伯金（还有劳伦斯）观点的矛盾嬗变通过精心提炼的对话展现出来，产生了讽刺的、

---

① Frank Kermode, *Lawrence*, 1973, p. 74.

近乎喜剧的效果。正如我们所见，在小说结尾，作者让厄秀拉自由地为其爱情观辩护。但在《羽蛇》(*The Plumed Serpent*, 1926)、《骑马远去的女人》(*The Woman Who Rode Away*, 1928) 或《查太莱夫人的情人》中，占主导地位的作者话语不含感情地将女主人公引向一个高高在上的意识形态立场。

至此，我通过分析巴赫金文学话语分类的前两类关系，阐述了劳伦斯小说的对话性——实质上是第二类话语相对第一类起主导作用，使各种主体立场在文本中得以表达，作品对它们没有明显的偏袒。但巴赫金提出的第三类文学话语，双声语或双向话语又如何呢？《恋爱中的女人》中有一些描写性爱体验的段落，较其他部分更接近夸张的狂想曲，在我看来我们实际上可以将这些段落归到巴赫金所说的"仿格体"中。如下面这个例子：

> "你是我的，亲爱的，不是吗？"她一边大叫，一边抱紧了他。
>
> "嗯。"他轻轻回道。
>
> 他的语调是那么轻柔，又是那么坚决，她一下子停住了，就像屈从于某种命运。她默许了——可他未经过她的默许已经做了一切。他静静地吻着她，一次又一次，带着温柔的、凝滞的欢欣，她的心几乎停止了跳动。
>
> "亲爱的！"她哽咽着，仰起脸惊喜地望着他，却也因为这莫大的快乐，眼里闪烁着些许忧惧和迷惑。这一切可是真的？他的眸色那么美，那么柔，神色泰然，美丽的双眸含着微笑望着她，于是她也笑了。她把脸埋进他肩头，不敢给他看，怕他看透自己所思所想。她知道他爱着自己，但仍有几分畏惧，她在一个奇异的环境里，为新的天空所环绕着。
>
> (p. 350)

为了表现厄秀拉的激动情绪，引文借用了另一种体裁特有的词汇、短语、句法和节奏，这种体裁现在被称为"罗曼司（romance）"——以女性为中心的爱情小说。我相信如果把引文从语境中抽出，很多读者会认为它出自米尔斯和布恩（Mills and Boon）类作品或者早期罗曼司作家写的言情小说。这里的仿格体，还没有达到《尤利西斯》中"瑙西卡"那一幕具体化模仿的程度。但肯定能和《一个青年艺术家的肖像》中为描写斯蒂芬·迪达勒斯性觉醒而有意借用的颓废派散文体媲美：

> 他已经无法承受。阖上双眼，身心都向她投降，在他的意识里整个世界只剩下她轻轻分开的双唇带来的神秘压力。她的唇就像一种模糊的言语载体，不但压迫他的唇也压迫着他的思想：他感到那唇间有未知的、怯懦的压力，比犯罪的迷乱更暗，比声音和气味更轻柔。①

在上述两部分引文中，都有对另一话语的模仿，它们使用的书面语令人生疑，它让读者产生戒备心理，使他们不会和文中描绘的人物情感轻易产生深入共鸣，不会将真诚当作真实。厄秀拉"莫大的快乐"是真诚的，这个时刻是个真正的门槛，通向她和伯金全新的更有意义的感情关系，但这仅仅是个开始。小说语言提醒我们注意到，她还在以老掉牙的感伤主义爱情观看待他们的感情关系。为表现伯金对厄秀拉关于那种黑暗知识和力量的启蒙，劳伦斯转而使用一种源于宗教和准宗教的——神秘的、圣经和诺斯替教派的——仿格体话语：

> 他站在她面前，脸上微微发亮，那么真实，她的心几乎停

---

① James Joyce, *A Portrait of the Artist as a Young Man*, 1942, p.115.

止了跳动。他奇异而完美的身体伫立着,就像始初上帝之子的躯体,孕育着神奇的泉,比她所想所知的都更神秘、更有力、更令人舒畅。啊,身体上感到神秘的舒畅。过去她以为没什么比男性之源更深邃的泉了。而现在,看吧,从那神魂颠倒的男性躯体的岩石中,从他那神奇的腰腹和大腿中,从比男性之源更深更远的神秘源头,涌出不可名状的黑暗瑰宝之流。

(p. 354)

这样的段落常常引发劳伦斯的反对者的叹息和嘲讽,他的仰慕者也不无尴尬地避谈这些描写。劳伦斯使用这样的技巧显然是兵行险着,至于它在示意语言另一面的现实方面("和他一样,她也知道语言本身并不传达意义,它们只是我们摆出的身体姿势,是千篇一律的哑剧";p. 209)有多成功,人们看法不一。但如果就此以为劳伦斯不清楚他是在冒险,以为他本想以一种独白的指涉性文体来创作,却未能遵守文体的规范标准,即优雅、准确和高品位,那么就如巴赫金所言,"如果我们……把仿格体和讽拟体当作普通的语言,即仅仅指向指涉内容的语言,我们就难以领会这些现象的实质:仿格体就会被看成是自有的风格,而讽拟体看来只是蹩脚的作品罢了"。(PDP, p. 185)

劳伦斯写于创作晚期的小说《东西》(*Things*)可以清楚地解释上文的观点,这是一副他的朋友厄尔·布鲁斯特和阿斯堪·布鲁斯特诙谐但不留情面的画像。[①] 小说在技巧运用上很有趣,用巴赫金的术语来说正是仿格"口述体"。开篇如下:

---

① "Things" was first published in *The Bookman* (New York), August 1928. Page references are to D. H. Lawrence, *The Princess and Other Stories*, ed. Keith Sagar, Harmondsworth, Middx, 1971. My attention was first drawn to this story by Professor John Preston, who discusses its "dialogic" structure, with a reference to Volosinov (though not Bakhtin), in "Narrative procedure and structure in a short story by D. H. Lawrence", *Journal of English Language and Literature* (Korea), 1983, vol. XXIX, pp. 251–256.

他们来自新英格兰,是地道的理想主义者。可那是过去了,是战前的事情。战争爆发前几年,他们相遇、结婚:他来自康乃狄格,是个身形高大、目光锐利的小伙子,她来自马萨诸塞,是个身材娇小、不苟言笑、清教徒似的姑娘。他们都有些积蓄,只是不多。就算加起来,一年也不到三千块。可是——他们自由啊。自由!

啊!自由!随心所欲,无拘无束!一个二十五,一个二十七,一对真正的理想主义者,都热爱美,都有些"印度思想"——就是说,天哪!本森特夫人——还有一年不到三千元的收入!可是钱算什么?!他们只想过一种充实而美妙的生活。当然是在欧洲,在传统文化的发源地。在美国也可以,比如在新英格兰。但是在那里"美"可能会有所折损。真正的美需要一段漫长的时间来发酵。

(p.208)

引文部分散文式的节奏和句法——简短、不连续的句式和平淡无奇的感叹("啊!自由!")用"但是""只是""可是"等词频繁修正和限定——这一切都给人一种口头叙述的感觉,就像叙述者不假思索脱口而出,人们对于书面语的逻辑顺序、筛分和润色等的预期在这里不适用。更有趣的是,引文的措辞就像来自其指涉的人物的语言。只有"印度思想"和"美"两个词来源于瓦莱丽和伊拉兹马斯的表述,单独加了引号。"可是钱算什么?!他们只想过一种充实而美妙的生活。当然是在欧洲,在传统文化的发源地。"这几句也是引用:这对理想主义鉴赏家夫妇的动机是借用他们精心斟酌的语言来展现的。在"就是说,天哪!本森特夫人"这个插入语中,隐含作者让我们听到了他特有的声音和观点,但多数情况下他只通过人物语言来表现他们对真、善、美的追求,以此揭示这种追求的肤浅。故事的文体是成千上万的评论、反问和感想的浓缩,人们可以想象在故事涵盖的那些年里,有多少这样的东西被人物说出来或者在他们的脑海中闪过。这样的话语本身即是一种双向话语,因为它总能焦虑地意识到另一话语——实用主义的、理性的、怀疑的——并针锋相对为自己辩护。

> 他们对巴黎进行了一番深入彻底的考察。也开始学习法语,现在说得几乎像法国人那样地道。
> 可是,你瞧,你永远不能做到用心去说法语。永远不能。尽管刚开始,跟精明的法国人交谈是个激动人心的事——他们似乎比自己精明得多,但终究这样不能让人心满意足。精明的法国人没完没了的功利主义让人心冷,感觉和真正的新英格兰格格不入,甚是乏味。
>
> (p. 210)

在这里,劳伦斯借用了两个主人公可能使用甚或的确使用过的语言,来告诉我们人物的感受,那些语言是人物为离开法国的决定向他们自己、向对方和"他者"进行的解释和辩护。在紧随其后的段落,这个"他者"(常识的匿名代言人)在文中直接发言,对话体话语变为公开的对话:

> 他们不再喜欢法国——不过是极为和缓的。法国令他们失望了。"我们爱过这个国家,在这里收获颇丰。但在待了一段时间,很长一段时间,实际上是几年之后,巴黎让我们很失望。这个城市不是我们想要的那样。""可巴黎又不是法国。""对,也许它不是。法国和巴黎还不一样。法国美丽动人——简直美不胜收。可对我们来说,就算我们热爱这

个地方，也说明不了什么。"

所以仗一打起来，这对理想主义者就去了意大利

(p. 210)

可意大利也让他们很失望，这种失望是通过引用瓦莱丽和伊拉兹马斯两人想象的一番话语和一连串思想活动来表现的，采用了自由间接文体：

> 尽管他们在欧洲度过了一段美好的时光，尽管他们还爱着意大利——亲爱的意大利！——可他们还是大失所望。他们收获颇丰：啊，的确很多！但在这里他们也没有完全、全然得到自己想要的。欧洲固然风情万种，只是韶华已逝。住在欧洲，就像活在过去。欧洲人呢，表面上风度翩翩，其实那风度都是装的。他们功利庸俗，缺乏真正的灵魂。

(p. 212)

《东西》是个讽刺性的追寻故事。在欧洲经历幻灭后，本森特夫妇回到美国，却发现他们已负担不起一所宽敞的、能容纳国外流亡时收集的美好"东西"的房子。他们把"东西"送到商店，尝试搬到西部的小木屋，过简单的生活，但这一切简直就是一场灾难。他们又去了一趟欧洲，而这一次欧洲之行却成了"彻头彻尾的失败"。

> ［伊拉兹马斯］发觉自己已经受不了欧洲了。这地方刺激着他身上每一根神经。美国至少比这个愚昧落后的鬼地方他妈的强多了：这里的东西现在也和美国的一样，一点儿也不便宜。

(pp. 218–219)

在这里，我们在话语中发觉了一种引人注目的、全新的语体风格——平实、讥诮，具有美国特色——表现出本森特夫妇不愿面对真正的问题：尽管此前他们从未面对这个现实，但小说开篇段落已经暗示，他们的收入不足以支撑他们的理想（而理想在经济上依赖于金钱这个论述也自然成了对理想的莫大讽刺）。他们不得不决定由伊拉兹马斯到中西部一所大学教书以维持生计。这个决定在某种意义上说是一种挫败，尤其对伊拉兹马斯来说，但与此同时也是一种安慰（"他像变了一个人，安静了，不那么狂躁了。卸掉了重负，缩进了笼子。"）。而今的生活方式和过去的全部向往背道而驰，本森特夫妇不得不接受这个现实，他们的语言从小说开篇高雅、有教养的"欧洲"韵律和构句变成后面简单、粗鄙的美国风格，像鞭炮一样急，又充满民间智慧。小说这样结尾：

> "欧洲蛋黄酱味道还不错，可是美国有上好的老龙虾——你说什么？""什么时候都有！"她心满意足地说。他凝视着她。他缩在笼子里，但是里面很安全。她呢，显然到最后还是真实的自我。她得到了那些东西。然而他眼中浮现出一种有几分古怪、恶意和玄虚的神情，充满全然的怀疑。可是他也喜欢龙虾。

（p. 220）

劳伦斯在《东西》里将他的人物置于两难境地，他们只能从同样虚假的生活方式里做出抉择，在他们说出自己的选择并为之辩护时，劳伦斯又嘲弄他们用语虚伪。文中"但是"、"只是"、"可是"的频繁出现，作为一个缩影，表现了本森特夫妇追寻的无望，面前的可能总是差强人意，而面对选择，他们焦躁不安、摇摆不定。因此，尽管小说特意使用了双声语，它很难称得上是巴赫金意义上的"复调"。人物固然被允许"顶嘴"，可他们的自我辩护被追寻过程固有的矛盾性暗中破坏。不管怎样，小说用的是无情的喜剧性笔法。

这就让我们回到最后一个问题：在巴赫金看来，庄谐体或狂欢化的文学传统对小说这种文学形式的发展至关重要，那么将劳伦斯也置于这一传统发展脉络之中是否有意义？乍看之下，这一思考似乎毫无前景，因为尽管劳伦斯的很多小说偶有喜剧因素，但从总体上看，他的小说还是有一个"严肃的"基调主导，小说被推到结构上和本质上的悲剧叙事或者浪漫叙事的极限，引向一个死亡和/或新生的高潮。巴赫金研究陀思妥耶夫斯基时也遭遇了几乎同样的问题，陀思妥耶夫斯基是创造性的复调小说产生历程中的中心人物，然而初看他的作品却几乎与狂欢传统中的下流喜剧毫无共通之处。为了解决这一难题，巴赫金提出了"弱化的笑"的概念，即对正统等级观念的狂欢化颠覆不一定通过典型的喜剧才能实现：

> 在一定条件下，在某些特定体裁中……笑可以减弱。它继续决定着文学形象的结构，但自身却弱化到了极致：在所描绘的现实的结构里，我们好像看到了笑的痕迹，但却听不到笑声。在陀思妥耶夫斯基的长篇作品里，笑几乎弱化到了极点（特别是《罪与罚》）。不过我们在他的全部作品里都能发现两重性的笑声的痕迹，他在运用狂欢化的体裁时也一并汲取了这种笑声，以完成艺术地组织世界和反映世界的任务……弱化的笑更重要的——不妨说决定性的——表现是在作者最终的立场上……这一立场排除一切片面的或者教条主义的严肃性，不允许任何一种单一观点，单极化的极端生活或思想绝对化……我们在此谈论的是作为艺术家的陀思耶

夫斯基。作为新闻人（journalist）的陀思妥耶夫斯基，与局促的、片面的严肃性、教条主义乃至末世论，并非格格不入。但是这些思想一旦进入小说，就在开放的、没有完结的对话中，成了被描绘的几个声音中的一个声音了……在狂欢化文学中，弱化的笑绝不排斥在作品中可能出现的阴郁色调。因此，陀思妥耶夫斯基作品中的阴郁不应让我们感到奇怪：这并非他最终本意。

（PDP，pp. 164 – 166）

这里尽数引用此段，是因为它能用来解释有关 D. H. 劳伦斯的问题——尤其是对于艺术家和新闻人的区分很是实用，可以用来说明劳伦斯分别在《王冠》（The Crown）这样的非虚构小说和《恋爱中的女人》或《英格兰，我的英格兰》（England, My England, 1922）这样的虚构小说中阐述的观点之间有何联系。有人认为透过"弱化的笑"这一便利的"窥察孔（loophole）"（再次借用巴赫金的术语），像陀思妥耶夫斯基和劳伦斯这样狂欢化风格比较隐蔽的作家，也可以归入这一类文学传统，值得注意的是，最近又一部刚刚确认为劳伦斯所做的小说可以无条件地、毫无愧色地归入狂欢化文学——没有这一文类的参照框架，解读这部作品确实很难——当然，这里我指的是《努恩先生》（Mr. Noon）。

《努恩先生》是一部不甚完整，但颇具价值的小说，它是由劳伦斯在 1920 年到 1921 年创作，直到第二部分手稿于近日现世之前，只有较短的第一部分流传于世，收入《现代情人》（A Modern Lover，1934）和《凤凰Ⅱ》（Phoenix Ⅱ，1968）。现存全稿是根据 1984 年刊印的剑桥版出版的。[①] 第一部分讲的是一个

[①] 此书全部引文皆出自该版：D. H. Lawrence, Mr Noon, ed. Lindeth Vasey, Cambridge, 1984. All page references are to this edition.

小学教师吉尔伯特·努恩（人物原型是劳伦斯在诺丁汉郡的一位叫作乔治·亨利·内维尔的朋友），陷入了和另一名年轻教师的性爱窘境，最后不得不辞去教职的故事。第二部分背景设定在德国，吉尔伯特（这里更像劳伦斯本人）邂逅了他的德语教授的妹妹，嫁与一个英国人为妻的约翰娜·基思利（显然这里描写的是弗里达·威克利），并与之坠入爱河，小说接下来记录了乔安娜为了吉尔伯特抛弃丈夫以及他们颇具象征意味的徒步翻越阿尔卑斯山之旅，这个故事是根据弗里达和劳伦斯私奔的经历及其直接结果撰写的。

事实证明，《努恩先生》的两部分无论在人物处理还是在叙事上都前后不一，这可能构成了劳伦斯丢弃它的原因之一。然而，两部分在主题上相联系，在第一部分有一个叫作帕蒂·戈达德的人物，吉尔伯特的一个未得到满足的已婚女友，"脆弱、丰满、奇异、童贞的爱神"，显然设置这个人物是为了让主人公完成真正有价值的性关系——在这一方面，劳伦斯在第二部分将他的角色转到了更有魅力和异国情调、更贴近现实的乔安娜身上。简而言之，《努恩先生》讨论了同一个主题（性关系），借鉴了作者写过多次的个人重要感情经验（和弗里达的情爱）。然而这部作品不寻常之处就在于，一开始劳伦斯想把它写成一部喜剧，而且是由于他乏味至极的独白小说《亚伦的手杖》（*Aaron's Rod*，1922）写不下去了，才转而创作《努恩先生》。"我……收不了尾"，当时他给一位记者写信说："所以我就开始写一个喜剧小说。"①《努恩先生》的喜剧氛围一部分产生于情景（譬如在几处有趣的场景中，两人"**偷尝禁果时**"，或在交媾后"**一丝不挂时**"大吃一惊②），一部分来源于叙述者声音，这个声音像是在诱导，但不是

---

① 出处同上 . xxii.（Ibid.，p. xxii.）
② 括弧中斜体部分原文为法语。——译者注

独白——恰恰相反，它在语调上十分富于变化：或揶揄，或叱责，有诙谐，有讽刺，时而狂想，时而预言。在第 15 章中，作为叙述者的作者事实上阻止了读者去扰乱这对恋人的私生活，在此，两个喜剧氛围的源头饶有趣味地结合在了一起。这一幕发生于吉尔伯特和约翰娜感情关系初期，描述的是他们第二次性经验，作者抓取了晚餐开始之前约翰娜姐夫家的套房发生的这个简短的小插曲，并以强烈的性爱意象和情欲的赞美诗开首：

> 他沿着走廊过来时，约翰娜正在自己房门口踟躅。她脸上因为激动而熠熠发光。她抬起眼，眸中闪烁着奇异的诱邀，像鸟儿张开了翅膀，激情第一次电光雷火般从吉尔伯特的血液里迸发：有生以来第一次，他如此冲动。他跟着她进了房间，关上门。他苦闷倦怠的灵魂爆发出焦渴的风暴，恒久地撼动着、席卷着他，尽管间隔时间有长有短。
>
> 啊！美妙的欲望，狂暴的、纯粹的欲望！暴风雨般的欲望呵，其壮观堪比大自然，那自然力和强烈个性的结合！猛烈的激情的风暴呵，击碎了魂魄，又重塑起灵魂，就像夏天在雷电的毁灭下重生！……真实欲望的飓风——不只是兴奋和官能的满足——也不只是其他什么感觉——第一次冲击着吉尔伯特，把他抛入风中。亲爱的道德家，这里不是要冲击他人生道路上的宗教支撑。绝非如此。只是欲望将他像远程炮弹一样直接抛出教堂。天知道他被抛向何方。稍后我会告诉你们。
>
> 可现在，我一定要为欲望，为强烈的个人欲望呼告，以给我的主人公留出充足的时间。雷神啊，你赐予我们纯粹的感官欲望和无害的激情，像锯齿状的闪电穿透我们苦闷腐朽的血液，让我们发生全新的活力反应，欢呼吧！

(pp. 136 – 137)

在这里劳伦斯为欲望顿呼,其惊人的措辞肖似《虹》和《恋爱中的女人》中更接近狂想曲的性爱描写段落,却打着给这对恋人时间去释放激情的幌子。这种狡黠的项狄式幽默原本就十分有趣,同时也防止这首欲望的赞美诗不会招致读者一方的讽刺怀疑。的确,读者很快发现自己身处叙述者尖锐的讽刺之下:

> 雷神啊,危险的霹雳之神!——不,是仁慈的读者,请不要打扰他们,在努恩先生自己开门之前,我是不会打开约翰娜的房门的。我以前做这种事给人撞见过。我给你们开了门,你们一发出尖叫,藏在你们身后的密探就会冲入。感谢你们,仁慈的读者,你们可以打开自己的房门。我忙着向朱庇特·托南斯,这司雷电的宙斯和全能的激情和纯粹的欲望之父呼告。我不是在谈论你们龌龊的肉欲和放荡的行径。我在谈论欲望。所以别打断吧。究竟我是作者,还是你们是作者?
>
> (p. 137)

《努恩先生》的叙述者常常以这种方式直接对读者说话,通过指出小说的习规和小说背后"真正的作者"(为书籍审查官和充满敌意的评论家所困扰的 D. H. 劳伦斯),使读者注意到文本的虚构性。作品的元小说特征——俄国形式主义流派称之为"技巧揭示(baring the device)",欧文·戈夫曼(1922—)称之为"打破框架(breaking the frame)"——同《努恩先生》其他文学特征一样,正是巴赫金提出的庄谐体、狂欢体文学传统的标志。讽拟、戏仿、似真非真、围绕臀部和排泄物的低俗幽默、颠覆虚伪的上流社会的滑稽闹剧,随着情节的展开,这些特征对处理吉尔伯特和约翰娜的感情关系发挥了越来越重要的正面作用。

劳伦斯不但没有减弱主人公之间激情的真实可信，没有剥夺激情带给他们的丝毫快乐，还避免了使他们过于感情化和理想化，在处理极为亲密的个人体验时，实现了令人赞叹的客观和平衡。尽管《努恩先生》的叙事结构很不平衡，叙事声音有时幽默得过于夸张，我们却只是为劳伦斯没有完成这部作品、没能继续这一典型狂欢体写作实验感到惋惜。

在劳伦斯的作品中，和《努恩先生》相似的只有写于这部小说之前不久的《误入歧途的女人》(*Lost Girl*, 1920)，这本书在写作过程中被劳伦斯本人称为"一部可以算是喜剧的小说"。① 两部作品开场具有相似的特点，都是用生动的幽默揭露伊斯特伍德镇居民拙劣的伪装，叙事高潮也同样是男女主人公出奔意大利。在《误入歧途的女人》中，有几处作为叙述者的作者的旁白（例如，"当然那些描写处在这种境遇的女主人公的小说已经够多了。这里没必要再详细描述阿尔维娜在爱灵顿度过的六个月了"；第 32 页），尽管丝毫不像《努恩先生》中扰乱情节的呼告，但这里颇有些元小说的意味。这部作品中也没有明显的猥亵内容，正如约翰·沃尔森（John Worthen）在前言中所说，劳伦斯有意尝试写这样一部小说：绝不会"有分毫不适宜：符合慕迪流通图书馆（Mudie）的标准"（p. xxx）。然而，阿尔维娜突然选择从事助产士的职业，给她的资产阶级家庭带来巨大震撼（因为这一职业和巴赫金所称"身体下部"紧密相连），由此引发周围人的黄色笑话和性骚扰也让她倍感困扰（pp. 32 - 39）；在纳查-基-塔瓦拉巡演班子那场极为外露的印第安红种人模仿秀中，我们可以看到狂欢行为的曲折表达，阿尔维娜也最终在演员们的帮助下实现了性解放和个人解放。

---

① 此书全部引文皆出自该版：D. H. Lawrence, *The Lost Girl*, ed. John Worthen, Cambridge, 1981, p. xxix. All page references are to this edition.

可惜这种拉伯雷式的风格在劳伦斯于《努恩先生》之后的小说中有所削弱，然而其中最为出色的作品却与巴赫金批评理论十分契合，这一点我在对《恋爱中的女人》的评论中已经说明。这种契合不限于形式，巴赫金理论的社会政治含义和劳伦斯的形而上学观点之间显然存在着有趣的相似之处——巴赫金指出，狂欢化生活方式在资本主义时期被逐步压制、禁止和边缘化[①]，而劳伦斯认为，社会权力否定、压抑了男人（和女人）的本能。不过进一步探讨二者的这种相似性已然超出了本文的范围。

---

① 对于巴赫金作品该方面的重要研究，见彼得·斯塔利布拉斯，阿伦·怀特《犯罪的政治学与诗学》，1986 年版（For a valuable exploration of this aspect of Bakhtin's work, see Peter Stallybrass and Allon White, *The Politics and Poetics of Transgression*, Ithaca, NY, 1986.）

现代小说中的对话

张 璐 译

【来源】

Dialogue in modern novel. 选自戴维·洛奇,《巴赫金之后》, After Bakhtin: Essays on Fiction and Criticism, Routledge, London, 1990, pp. 75 – 86. 此文为戴维·洛奇1985年在纽芬兰纪念大学的演讲稿。

【概要】

对话既指小说中的直接引语,也指小说中不同类型语言及其所包含的各种声音、观点之间的对话。许多经典小说(包括现实主义小说)中都存在的语言多样性被传统文学批评仅仅视为表现人物的手段,这种批评低估了某一特定小说以多重声音传达出的全部意义的深度和广度。在现代小说中,沃作品中的反讽,拉德纳、亨利·格林和伯内特的标点使用以及状语修饰语的使用,都形成了巴赫金所说的"双声语"。18世纪双声语主要存在于使用"第一人称自述"形式的小说中。任何一种文学话语都含有暗辩体。

我曾在自己第一部文论《小说的语言》(Language of Fiction, 1966)中写道:

> 如果我们可以将诗歌艺术视为语言艺术，那么小说艺术亦是语言艺术……同样，我们很自然地认为诗歌批评就是精细的、细腻的语言分析，那么，小说批评也别无他法。①

我不想收回我的观点，但现在我想做一个重要的补充：小说的表意体系不限于文本表层结构，即"书页的词语"，经典批评形式"细读"或"实用批评"的研究对象。文体学批评在自然语言的范围内游刃有余，而小说是叙事话语，叙事本身是一种超越自然语言范围的语言。我在《小说的语言》中忽略了这一显而易见的简单真理——现在看来，企图将一切意义和价值观的问题归结为特定的语言使用问题，在理论依据上存在致命缺陷，在批评力度上也具有局限（也许不那么致命）。

这本书还忽视了小说艺术的另一个方面，即对话。这里的对话，既是指一般文学批评意义上的对话，即散文体小说中由直接引语（direct speech）构成的表述，又指米哈伊尔·巴赫金在其著述中提出的更广泛意义上的对话。实际上这里可以引用巴赫金（Mikhail Bakhtin，1895—1975）《陀思妥耶夫斯基诗学问题》（*Problems of Dostoevsky's Poetics*，1984）一书中毗连的两段作为开场白：

> 在一部作品中可以使用各种不同类型的语言，各自都得到鲜明的表现而绝不划———这一可能性是散文最为基本的特征之一。小说体和诗体的一个最深层的区别就在这里……对小说散文家而言这个世界充斥着他人的语言，他必须在众多的他人语言中把握方向，并能够敏锐地倾听分辨他人语言

---

① David Lodge, *Language of Fiction*, 1966, p. 47.

的特征。他必须将这些话语引入他自身的话语层面，同时又不破坏这个层面。他有着极为丰富多彩的语言形式。①

对我而言，由于具有散文体小说写作和阅读的经验，这段关于小说家创作艺术的描述其正确性不言自明。然而这一真理在小说批评中很少得到应有的重视。这是因为，或隐或现作为文学批评理论基础的诗学，一直以来都对诗歌情有独钟。正如巴赫金所言，源于经典诗歌体裁——史诗、抒情诗和悲剧——批评实践的文体学并不适用于对散文体小说的批评。以上体裁被巴赫金称为"独白体"——它们风格单调，表达一个单一的世界观。即使文本中出现了不同说者，贯穿全文的高雅文体让整体效果在文体上（据巴赫金所说，还有意识形态上）达到了一致和同一。与之相反的是，散文小说在本质上是对话的，或者换一种说法，它是"复调的"（'polyphonic'）——是从书面语和口语中提炼的不同话语的交响乐。如果此刻能想到有违这一原则的诗歌作品的例外，我想多半来自现代，小说在现代已成为占主要地位的文学形式，而其他体裁，按照巴赫金的说法，已经"小说化"了；早期也有这种例外，那时它们受到被巴赫金称作小说前身的非官方狂欢话语和古典庄谐体（socio-comic genres）的影响。

在今天，文学批评家不再全然无视杰出小说家们艺术再现语言多样性的能力，只是他们经常把这种多样性视为表现人物的手段，或是小说现实主义（这被认为是小说的目标）的一个方面——以生活为本用直接而有趣的形式再现人物行为。菲尔丁（Henry Fielding, 1707—1754）笔下的乡绅魏斯顿，简·奥斯汀（Jane Austin, 1775—1817）笔下的贝茨小姐，以及狄更斯（Charles Dickens,

---

① Mikhail Bakhtin, *Problems of Dostoevsky's Poetics*, ed. and trans. Caryl Emerson, Manchester, 1984, pp. 200 - 201.

1812—1870）笔下的甘普太太就是这样的例子，这一类小说我还能想到上百部。这一批评方式的局限就在于，它低估了某一特定小说以多重声音传达出的全部意义的深度和广度，这些声音中的某一些，有时候是全部，不能被视为作者的声音。有时出于实用批评的需要，我们要在狄更斯、乔治·艾略特（George Eliot, 1821—1881）、托马斯·哈代（Thomas Hardy, 1840—1928）或 D. H. 劳伦斯（D. H. Laurence, 1885—1932）的小说中选出代表性语段，我们选择的要么是作者的叙事段落，要么是聚焦于与隐含作者观点一致的人物的叙事段落。换言之，我们是在小说中寻找等同于诗歌抒情声音的一个声音——也就是对作者个人世界观的单一、同质的言语表述。《小说的语言》所选择细读的语段也在此类。作者的世界观和人生体验独一无二的特质当然也可以通过对其他人物声音的再现和处理，同样有效地得以彰显。例如伊夫林·沃（Evelyn Waugh, 1903—1966）的《一把尘土》（*A Handful of Dust*, 1934）这样开头：

"有人伤着吗？"

"没人，谢天谢地，"比弗太太答道，"除了两个女用人吓丢了魂，从玻璃房顶跳下来，落到院里的石板地上。当时也没多大危险。恐怕火还没烧到卧室呢，恐怕。不过还是得清理清理，东西都让烟给熏黑了，还让水泡了，幸亏他们还有那种老式灭火器，虽然**所有的东西**都给毁了。没什么好抱怨的。几个主要房间**彻底**完了，好在都上了保险。西尔维娅·纽波特认识那些人。今天上午我要赶在那个讨厌的舒特太太之前同那些人接上头。不然她一定会把生意全给抢走。"

比弗太太背对壁炉，享用早上的酸奶。她托着盒子送到嘴边，狼吞虎咽地用汤匙舀着吃。

"天哪，这可真好吃。希望你也好这一口，约翰。你最近怎么看着这么累。要是没了这个也不知道我还能不能撑得下去。"

"可是，妈，我不像你成天有那么多事可做。"

"这倒是，儿子。"①

读者通过推理便可领会这一段带给我们的愉悦，以及它作为对一种特殊形式的现代精神堕落的注脚的威力。我们对所叙事件——家中火灾——的推理，伴随着对叙述者比弗太太令人惊愕的自私和商业动机的认知同步发展。该段不乏趣味性又令人震惊，因为人物特写表现了人物的冷酷，同样也有延迟读者充分理解这种冷酷的功用；本段因此充满了细微的出其不意和打破预期，将道德标准与比弗太太对人的态度及价值观之间的鸿沟放大到喜剧化的程度。

为证明这一点，有必要慢动作回放这一语段：

"有人伤着吗？"

"没人，谢天谢地，"比弗太太答道，"除了两个女用人……"

"除了两个女用人"是对"没人"非常具体的限制——其实这是一处逻辑矛盾。说者显然不认为自己前后矛盾，这也充分展示了她的傲慢个性和阶级地位，让我们重新审视那句"谢天谢地"给人的仁慈的感觉。"除了两个女用人"这一限定语传递的意外感被"谢天谢地"和"比弗太太答道"这两句插入语延迟并因此加强。如果从句顺序调整为："'没人，除了两个女用人，谢天谢地，'比弗太太答道。"这句话的效果会大大减弱。然而

---

① Evelyn Waugh, *A Handful of Dust*, Harmondsworth, Middx, p. 7. （引文中有一部分中文翻译参见伍一莎、彭萍《一把尘土》，李小良译，译林出版社2007年版）

我们看完全句,才知道她对女佣的态度是多么穷凶极恶。下文这样写道:"两个女用人吓丢了魂,从玻璃房顶跳下来,落到院里的石板地上。"我们可以推测她们不仅"伤着"了——肯定还伤得不轻,甚至还可能是致命伤。说者不但没有以同情的口吻详细描述她们的不幸遭遇,反而继续责备她们行事过于冲动:"当时也没多大危险。"下一句"火还没烧到卧室呢",似乎是对女佣没有遇到多大危险这一陈述合乎逻辑的解释,接下来的附加语"恐怕"却令人不安。读者第一次读到这里会经历一种道德晕眩。怎么会有人为女佣没遇到危险而抱憾?下一句以"不过还是得"开始,可能还是在说女佣的事,直到我们读到"(得)清理清理",才意识到比弗太太在意的是房子,而不是住在里面的人——因为,根据推理,她是一名室内装修设计师,想拿到修复受损房屋的合同。"幸亏他们还有那种老式灭火器,虽然所有的东西都给毁了。没什么好抱怨的。"老套的日常用语,充斥着陈腔滥调和慵懒的夸张——这里真没有什么东西让秉持诗学的优秀标准的文体学家可以领会。但是在语言按照道德标准应有之义和在语境中实有之义间存在显著差异,从而产生了强烈而丰富的意义:道德和自然秩序一直在倒置,这在其后比弗太太和儿子的谈话中得到了延续。

语境自然是关键。言语的意义总是由或多或少非语言的语境决定,这也解释了为什么语义学是语言学研究领域最困难的学科。实际会话中的语言绝不能只通过语言学来分析,因为语言学数据不能覆盖说者、听者和话题间的关系。巴赫金在借友人沃罗辛诺夫(Volosinov)之名发表的论文中(他一向不署真名),举了这样一个例子,屋里坐着两人,其中一人说:"嘿!"[①] 这个词

[①] V. 沃罗辛诺夫:《生活语言和诗歌语言:社会诗学问题》,《俄国诗学译本:第10卷》,第5—29页(V. Volosinov, "Discourse in life and discourse in poetry: questions of sociological poetics", *Russian Poetics in Translation*, 1983, vol. 10, pp. 5-29.)

本身含混晦涩。假定这是在俄国，季节是在五月份，两人都发觉室外下起了雪，这个词就包含了这样的意义：错愕、烦恼、两人共同面对令人失望的春天迟来表现出的团结。正如巴赫金所言，"嘿"这个词，随着其语调变化，在现实语境中可以传达很多意思——言语的语调有准隐喻（quasi-metaphorical）的作用。"这种潜质要是能够实现，"他说，"'嘿'这个词会发展成和以下隐喻有类似效果的表达："冬天可真顽固，就是赖着不走，就算到点儿了也不走。"

  文学作品不能准确微妙地再现语调差异（尽管通过使用斜体、标点和省略标点，调整词语和从句的位置关系，也能达到一定效果）。文本只能做到，把现实生活中关于某一特定表述的非语言或非语言化语境，用语言描述出来——即使像"哼"这样的言语表达，它的意义也完全取决于语调和语境的表述。我想到的例子是斯特恩（Laurence Sterne，1713—1768）的《项狄传》（*Tristram Shandy*，1759）第 2 卷第 17 章，项狄先生、托比叔叔和产科医生、罗马天主教徒斯娄泼先生在聆听特林下士宣读在一部旧书中发现的布道文。斯娄泼医生提到了圣礼，罗马天主教遵从七件圣礼，而英国圣公会条文仅承认其中两件：

>   "圣礼，你们有几件？"托比叔叔问道："我老是记不清。""七件。"斯娄泼医生说。""呵！"托比叔叔说，不是默许的那种，而是表达某种惊叹，就像一个人打开抽屉看到了超出预料的东西。"呵！"托比叔叔说。听话听音的斯娄泼医生自然听出了托比叔叔的言外之意，那感觉就像后者写了一部抨击七件圣礼的长篇大论——"呵！"斯娄泼医生回道。（向托比叔叔复述他的观点）"怎么了，先生，难道没有七宗罪吗？七宗死罪？七柄金烛台？七层天堂？""我不

知道有那么多。"托比叔叔说。①

斯特恩在这里正是为托比叔叔的咕哝找到了一个隐喻的表达——将它比作一个人打开抽屉看到超出预料的东西——从而实现了巴赫金提出的语调的隐喻潜质。

在《一把尘土》开篇,伊夫林·沃没有采用这种方式。他把"所有的东西"(everything)和"彻底"(completely)这两个词标成斜体("幸亏他们还有那种老式灭火器,虽然**所有的东西**都给毁了……几个主要房间**彻底**完了"),来表现比弗太太的语气,但他没有给出语境信息,我们不得不对说者的指涉对象做出推理,以领会她语气中的暗含意思。沃的小说作者并非总是隐退的,只是这部小说和他早期其他小说中效果不错的语段,都用对话将叙述性描述和作者评论减到最少。也许正是出于这样的原因,他成为最早对小说电话场景可能性进行探索的作家之一。电话交谈这种言语方式最接近德里达称为书面话语主要特征②的**不在场**状态,只是电话语言没有文学修辞那种对交流进行补充的能力。电话交谈中的双方就对方的物理空间来说均不在场,不能使用肢体语言,也不能对其做出回应,甚至连语调的隐喻潜质也因为听筒把声音拉平、变粗的音响效果而受到限制。小说中的电话交谈因此很容易产生混淆意义和意图的喜剧效果(在我自己的一部小说中,正是电话串线导致伦敦消防队在大英博物馆阅览室横冲直撞);③ 还会产生疏离和缺失的反讽效果。沃的《邪恶的肉身》(*Vile Bodies*, 1930)第11章完全由男女主人公的对话组成(金吉儿是亚当的朋友):

---

① Laurence Sterne, *Tristram Shandy*, 1903, p. 117.
② Jacques Derrida, *Of Grammatology*, Baltimore, Md, 1976.
③ David Lodge, *The British Museum is Falling Down*, Harmondsworth, Middx, 1965.

亚当致电尼娜。

"亲爱的,收到你的电报真高兴。那是真的吗?"

"不,恐怕不是。"

"市长是假冒的?"

"对。"

"你身无分文了?"

"对。"

"咱们今天结不了婚了?"

"对。"

"我懂了。"

"什么?"

"我说我懂了。"

"就这样?"

"对,就这样,亚当。"

"抱歉。"

"我也是。再见。"

"再见,尼娜。"

稍后尼娜致电亚当。

"亲爱的,是你吗?我有个坏消息要告诉你。"

"什么?"

"你会气疯的。"

"什么?"

"我订婚了。"

"和谁?"

"我不敢说。"

"谁?"

"亚当,你不会发火,对吧?"

"他是谁?"

"金吉儿。"

"我不信。"

"我说的是真的。这都是事实。"

"你要嫁给金吉儿?"

"对。"

"我懂了。"

"什么?"

"我说我懂了。"

"就这样?"

"对,就这样,尼娜。"

"我什么时候能见见你?"

"我再也不想见到你了。"

"我懂了。"

"什么?"

"我说我懂了。"

"那好吧,再见。"

"再见……抱歉,亚当。"①

具有反讽意味的是,这段漂亮的对话频繁使用"我懂了"这句附加语——这恰恰是两个对话者此时做不到的。

伊夫林·沃属于第一代英国后现代主义小说家——因为是第一代,就必须要面对詹姆斯(Henry James,1843—1916)、康拉德(Joseph Conrad,1857—1924)、乔伊斯(James Joyce,1882—1941)、弗吉尼亚·伍尔夫(Virginia Woolf,1882—1941)等现代派作家已经取得的成就,为自己的作品做出定位。每一位新生代作家都要经历这些——在创作上对当代前辈的著作进行思考,

---

① Evelyn Waugh, *Vile Bodies*, 1947, pp. 176 – 177.

同时又有所创新。用弗洛伊德（Sigmund Freud，1856—1939）或哈罗德·布鲁姆（Harold Bloom，1930— ）的话说，这是具有俄狄浦斯情结的儿子在与他们文学上的父辈抗争，然而面对他们的文学前辈，20世纪30年代的小说家们颇有压力。除沃之外，还有几位同时代作家也选择了将对话放在小说的显著位置——譬如，我想到了亨利·格林（Henry Green，1905—1973）、克里斯托弗·依舍伍德（Christopher Isherwood，1904—1986）和艾维·康普顿-伯内特（Ivy Compton-Burnett，1884—1969）。如果说现代派小说从特征上说是意识流小说，是关于潜意识和无意识，以及记忆、幻想、内省和梦的小说，那么20世纪30年代的小说从特征上看，则客观、外在地展示了社会关系和言语交流。意识流让位于谈话流（stream of talk），但这里的话语不像经典小说中的作者声音予人可靠的假象，作者也没有权限进入人物的思想，了解他们的动机，"现代的"幻灭、分裂和唯我基调因而得以延续。《一把尘土》的标题体现了现代派主题的延续，尽管它从形式上和艾略特的神话蒙太奇（mythopoeic montage）《荒原》（*The Waste Land*, 1922）大不相同。

　　上文提到，在书面话语中可以通过使用或省略标点来表示言语的语调。这是因为标点只能表示言语的停顿，而不能表现音高，尤其自十八世纪以来，印刷文本中的标点使用都遵循惯例，和人们实际讲话时言语的中断几不相干。例如，如果在对话文本中称呼某人姓名，习惯上要在前面的短语后紧接着加上逗号。所以我们在《一把尘土》的段落中发现了这样的句子："希望你也好这一口，约翰。"尽管比弗太太可能会说"希望你也好这一口约翰"，"这一口"和"约翰"之间没有明显停顿。关于遵循惯例这里有个有趣的例子，林·拉德纳（Ring Lardner）第一部作品的题目"你知道我的阿尔"（*You Know Me Al*, 1916），在标准参考书中无一例外地被加了标点，成了"你知道我的，阿尔"，尽管原标题并没有逗号。全书由主人公,一个粗俗的、没什么文化的篮球新秀给老朋友阿尔的书信构成,这些信是他在家中边说边写的。林·拉德纳确实是一位运用俄国诗学中称作"口述体"(skaz)这一叙事体的大师,"你知道我的阿尔"这个题目正是他高超技艺的一个缩影。"我的"后面没有按照印刷标题的惯例加逗号,读者为了便于理解必须自己加注标点,并在心里默读出来,再现它的语调节奏,辨识并品味它的修辞功能——既是交际的和又是自我欣赏的。

亨利·格林后期的小说几乎全部由对话构成,描写上层社会的语言时将这一技巧运用到了极致。以下是关于代沟的喜剧小说《虚无》(Nothing,1951)中的一个典型段落。描述的是中年女性简·韦瑟比和她感觉迟钝的爱慕者理查德·阿博特在里兹大饭店共进午餐。

"理查德,"她终于说,用纸巾沾沾鲜红的嘴唇,"我可担心死我家菲利普啦!"

"孩子现在怎么样了?"

"亲爱的他现在特别需要父亲的影响。可怕的时候到了恐怕!我心里乱透了亲爱的理查德。"

"我要帮忙的话你得说清楚点你知道。"

"我都不知道怎么告诉你这一切太乱了菲利普对女孩子的态度有问题。"

"不负责?"

"不我倒希望他这样不过我也怕他真成了那种势利的人,不不,更糟,现在是反过来,亲爱的我再这么说下去也说不清,不过理查德我做了什么要落下这样的报应?有时候我都怀疑他是不是不懂什么是真正的生活。你看他对女孩子那敬而远之的样儿!"

韦瑟比太太眼睛瞪得又大又圆,深深望了一眼迪克·阿博特,神情哀婉动人。
　　"天啊!"他谨慎地回应道。①

　　像拉德纳一样,亨利·格林通过舍弃常规标点,令读者不得不体验人物言语的语调特征。而好不容易出现的逗号具有明确的修辞功能——环绕在简的言语周围,使其愈发混乱无序("不不[逗号]更糟[逗号]现在是反过来[逗号]")。其他地方标点的缺失也放慢了阅读节奏,让我们感觉到言说的构成方式和它的闪烁其词、隔阂、迅捷和辩护:简而言之,这是一种强调策略,语言不再像小说现实主义传统下两个谈话者的语言那样,仅仅作为交际工具,而是具有美学趣味和价值。这个例子证实了罗曼·雅各布森(Roman Jakobson,1896—1982)对语言的诗学功能下的定义,"因其自身原因而指向信息"。②
　　我猜本段结尾("'天啊!'他谨慎地回应道")的状语修饰语引发的出人意料的幽默效果是格林从沃的作品中学到的。这使人想起了小说《衰落与瓦解》(Decline and Fall,1928)中,保罗·彭尼费瑟遭遇不公,被牛津大学开除时曾有过一次爆发:"'他妈的混蛋们全都下地狱吧,'开车去车站的路上,他懦懦地嘟囔着。"③ 说明性语言将引语语调限定为与读者最初判断不同或相反的方向,由此产生反讽效果。艾维·康普顿-伯内特作品中的言语表述则没有这种类型的状语修饰方式。她坚持只用平实的、不带感情色彩的附加语,如"他说"、"她说",甚至常常连这些附加语都弃之不用。她也无意于创建真实的言语情

---

　　① Henry Green, *Nothing*, 1979, p. 18.
　　② Roman Jakobson, "Closing statement: linguistics and poetics", in *Style in Language*, ed. Thomas E. Sebeok, Cambridge, Mass., 1960, pp. 350 – 377.
　　③ Evelyn Waugh, *Decline and Fall*, Harmondsworth, Middx, 1937, p. 14.

景。她笔下的人物多用简短且结构严整的陈述句和疑问句进行交谈,其结构几近单一。刻意组织语言痕迹相当明显,但并无单调之感,这是因为人物语言极为直白,常常通过反驳对方来解构彼此的评述。下文以一段出自《神与恩赐》(A God and His Gifts, 1963)的对话为例,对话双方分别是丧父不久的希尔沃德和他刚进屋的寡母。在场的还有如吉夫斯(Jeeves)[①]一般完美的管家加林:

"妈妈,这真是既勇敢又明智。总要迈步走下去。也就是您能这么想。"

"大多数人都这么想。我们怎么可能不这么想?"

"您当时肯定希望别再走下去了。"

"你错了,我希望和你父亲能一起走下去。"

"我知道父亲不在了,留下您一个人在这世上对您意味着什么。"

"嗯,又不能不活了,也只能活下去了。"

"您觉得他比您幸运?"

"不,我觉得自己更幸运。但话也不能这么说。"

"谁都有走的那天。谁也躲不了。"

"往往就在咱们需要活下去的时候。在生和死大不一样的时候。不应该让咱们限于这样的两难。"

"是啊,夫人,请允许我插句话。"加林说:"生的时候想到死不会更轻松,而死了这一辈子也就完了。这样真不近人情。"[②]

[①] Jeeves,作家 P. G. Wodehouse 小说中的著名男仆。——编者注
[②] Ivy Compton-Burnett, *A God and His Gifts*, 1966, pp. 159 – 160.

对意识流小说的反拨在艾维·康普顿－伯内特的作品中达到顶峰。一切心理活动都被大声说出来，或者说，读者只能看到大声说出来的内容。我想，学界的批评可以说多少低估了康普顿－伯内特、沃和亨利·格林的小说的价值，这是因为他们把对话前景化（foregrounding），与推崇善于表现抒情性的学术批评格格不入。

文学批评中最令人崇敬的概念区分理论是柏拉图（Plato，429－347 B.C.）在《理想国》（The Republic，375 B.C.）第3卷中对文学话语中的表达行为的两种方式，即纯叙述（diegesis）和纯模仿（mimesis）的区分：诗人或用自己的话描述——这是纯叙述——或模仿相关人物的语气——这是纯模仿。而史诗形式二者兼而有之，作者言语和人物言语这两种表达方式在文中一同出现或交替出现。

这种划分正好可以用来分析那些严格仿照经典史诗的小说家的叙事作品，这些小说家有亨利·菲尔丁、沃尔特·司各特（Walter Scott，1771—1832），甚至还有上文提到的后现代小说家，他们作品中的作者声音和人物声音之间的界限十分清楚，尽管天平明显地偏向有利后者的一边。然而柏拉图的划分不足以描绘小说话语的整体轮廓，原因有二。首先，小说中纯模仿和纯叙述的关系比经典史诗中的要微妙、复杂得多；第二，我们在小说中还会遇到难以按照简单的二元对立法归类的第三类话语——巴赫金称其为双声语或双向话语（doubly-voiced or doubly-oriented discourse）。

作者声音相对于文本中其他声音占主导地位是十九世纪经典小说的主要特征，因为在《爱玛》（Emma，1816）或《米德尔马契》（Middlemarch，1872）这样的小说中，作为叙述者的作者似乎是隐含作者价值观最直接的载体。然而，在自由间接风格技巧的作用下，人物的声音和自主性并不会被身为叙述者的作者完

全压制。甚至人物声音和叙述声音之间还存在微妙的互动。例如下文出自《米德尔马契》的段落:

> 多萝西娅突然意识到卡苏朋先生可能想娶她,这个想法让她充满敬意和感恩。他多好啊——这简直就像天使鼓着翅膀,蓦然降临道旁,向她张开双臂。很久以来她心头都被疑惑压着,像夏日黏滞的雾,笼罩了她对充实生活的全部渴望。她能做什么,她该怎么做?①

多萝西娅对卡苏朋充满敬意,她天真地把未来的伴侣等同于无性别的天使,这一点颇具讽刺意味,同时作者也对此抱有同情和怜悯。作为叙述者的作者在较为严整的散文语言中,嵌入了一些自由间接话语片段:"他多好啊……她能做什么,她该怎么做?"——由此,我们听到了多萝西娅真正的谦卑和对充实生活的渴盼这一真实的声音。

然而,在前文不远处还有一段文字写到多萝西娅对于结婚的憧憬,不能简单作为作者声音和人物声音交织来分析:

> "多萝西娅怎么能不嫁人?——这么美丽大方、家世显赫的女孩子。"

这是个反问句,目的是引发读者对多萝西娅应该嫁人的赞同。但这个问题来自何处?何人所问?显然这不是多萝西娅借自由间接话语表现的个人想法。同样很明显,这也不是作为叙述者的作者的直接陈述,因为我们都知道这个叙述者和多萝西娅一样,极不赞同结婚与否完全由财富和美貌等物质因素决定。不,

---

① George Eliot, *Middlemarch*, Harmondsworth, Middx, 1965, p. 50.

叙述者只是引用了米德尔马契全镇的声音，她模仿了体现乡下资产阶级智慧的声音，其讽刺意图和镇上客厅里抒发这种感想的那些人的意图截然相反。这正是巴赫金提出的双向话语或双声语的含义所在：不仅指向现实世界事物（这里指多萝西娅对于结婚的憧憬），还同时指向另一言说行为。按照巴赫金的观点，这一效果正是散文体小说的特征，有力地体现了小说和传统诗学推崇的独白体裁的不同。

18 世纪，双声语主要存在于"第一人称自述"（I-narrators）较为凸显的小说中，譬如笛福（Daniel Defoe, 1660—1731）的拟自传体叙事，或者理查森（Samuel Richardson, 1689—1761）的书信体小说。如果读者阅读文本时意识到作者没有直接对他讲话，而是通过某个角色或人物的表演性话语，或通过可辨认的某一文学风格的语言与他对话，这就是双声语现象（在作者的嗓声和叙述者的言语间存在断裂，这就会引发解释上的问题）。作者夸张地借用某一风格，以实现和原文相同的表达目的，巴赫金称之为仿格体（stylization），将它与讽拟体（parody），即借用他人话语实现与模仿对象不一致或相悖的意图的文体区分开来。《哈克贝利·费恩历险记》（*Huckleberry Finn*, 1884）或者《麦田里的守望者》（*Catcher in the Rye*, 1951）可以作为讽拟体的例子，它们是对英雄传记的滑稽模仿。巴赫金尤其对他称为"暗辩体（hidden polemic）"的双声语类型感兴趣，暗辩体指向或预期文中没有像仿格体和讽拟体那样以语言形式出现的另一话语行为。纳博科夫（Vladimir Nabokov, 1899—1977）的《微暗的火》（*Pale Fire*, 1962）堪称运用暗辩体的经典之作，从结构上说全部对话都是对文中（约翰·席德的诗除外）听不到的另一话语的回应，而读者要理解全文，就必须将这些话语推理出来：和金波特狂想般的叙述不同，这是对事件所做的理性和理智的常识性叙述。仿格体、讽拟体、口述体（*skaz*）和暗辩体在詹姆斯·乔伊斯的《尤利西斯》(*Ulysses*, 1922)一书后面的情节中大量出现，该书堪称一部巴赫金对话类型的百科全书。

巴赫金最喜欢以陀思妥耶夫斯基作品为例证。事实上一开始，巴赫金将陀思妥耶夫斯基誉为"复调小说"的开创者，很多相互冲突的思想见解在复调小说里都可以得到表达，在各个言说主体之间及其内心里也相互斗争，而不会被权威的作者声音取代或评判。后来，巴赫金逐渐意识到小说本质上是一种复调形式，陀思妥耶夫斯基对它的发展做出了重要贡献，但并不是唯一贡献。这样的认识自然更为合理。如果我们认真审视所谓经典现实主义文本，尤其是那些沿袭现实主义风格的现代小说，便会发现其肌质让人惊讶地混杂，读者对文本的诠释有着惊人的自由度。

根据巴赫金理论，"复调"一词其实就是指"对话"。对巴赫金来说，任何谈话中如果有两个以上腔调或语调，就会彰显语言本身的对话本质，而独白的体裁却试图压抑这一本质。"现实对话中的语言，"巴赫金说："直接地、不加掩饰地指向一个未来的回答。它挑拨、预示着回答并以答语为方向建构自身。"[①]在所有体裁中，只有小说最大程度上体现了这个过程如何发挥作用并构成了评估这个过程的重要基础。

我认为，巴赫金对话理论的重要性不止于此。有人认为个体的言谈（utterances）[②]或文本有其固定的本意，而文学批评的任务就是再现这个本意，与此不同，巴赫金理论把意义放在言谈主体间、文本和读者间，甚至文本间的对话互动过程中来理解。倘若真如巴赫金所言，没有言谈是完全孤立的，每一个言谈必须和挑拨它的言谈联系起来理解，并向着未来可能的回答建构自身，

---

① Mikhail Bakhtin, *The Dialogic Imagination*, 1981, p. 280.
② Utterance 亦译为"表述"。——编者注

那么文学文本也是如此。正如巴赫金在《陀思妥耶夫斯基诗学问题》中那段简短但意味深长的文字所说,任何一种文学话语都含有暗辩体,并"感到自己的听众、读者、评论家的存在,因而自身就反映出了预想到的各种反驳、评价和见解。此外,它还感到同时还存在有另一种话语、另一种文体。"[①] 同行、对手和前人的文体,它要抵制,与之竞争,意在取而代之。凡是曾亲身从事文学创作或讲授文学阅读的人,都不会对这一论点的真实性有所怀疑,它的确不仅适用于巴赫金推崇的对话作品,也同样适用于他所称的独白作品。

---

① Bakhtin, *Problems of Dostoevsky's Poetics*, p. 196.

巴赫金之后

罗贻荣 译

【来源】

After Bakhtin. 选自戴维·洛奇,《巴赫金之后》,*After Bakhtin: Essays on Fiction and Criticism*, Routledge, London, 1990, pp. 87–99. 此文是作者1986年在史特拉斯克莱德大学（Strathclyde University）举办的"写作语言学"研讨会上发表的演讲。

【概要】

对作者来说，巴赫金的意义主要在于其话语类型学对他建立小说诗学的启发，以及"双声性"理论在批判后结构主义去作者化观点上的帮助。本文也试图解决巴赫金理论留下的一个哲学难题。

首先，巴赫金让作者意识到不存在单一的所谓小说语言，作者话语和人物话语通过自由间接引语以及他所称的双向话语相融合，是构成小说的要素。

作者对巴赫金理论提出"既然对话是语言的固有本质，为什么会有独白话语"的质疑并尝试进行分析和解释。他认为，也许在书面语里由于语言接收者缺席于语言行为语境，致使写作者忽略或者压制语言的对话维度，就此产生独白话语的假象，典型的文学批评著作就是如此。而巴赫金曾以"小说化"概念描绘文学发展过程中小说文体对诗歌文体的渗透和丰富,就此模糊对话文体和独白文体的界限。本文作者认为,可以在主导性和"倾向性"的意义上应用对话/独白的区分,将它们看成两种互不排斥的类型,即根据它们是利用和称颂生活言语固有的对话本质,还是为了某种特定的文学效果而压抑和限制它,来发展一种写作体裁或者模式的类型学。

当代学术界关于文学与语言学研究关系的论争的里程碑之一,是1958年在美国印第安纳大学举办的著名的"文体研讨会(Conference on Style)"。该研讨会及其论文集(1960年以"语言的文体"为书名出版)[1]与罗曼·雅各布森这个名字有特别的关联。在所有会议论文中,他那篇题为"语言学与诗学"的闭幕词无疑是被重印和引用最多的。实际上,那篇文章基于诗学和语言学传统,源自俄国形式主义和布拉格语言学派,少为其他与会者所知,很难代表大会。而大会的主要目标是实现两种批评方法的融合,一个是英美新批评的经验—直觉方法,出席大会的令人尊敬的 I. A. 瑞恰兹是其代表,一个是应用语言学的归纳、实验方法,比如,对自杀遗书的文体偏离(stylistic deviations)的统计学分析就是一个范例——这种心理语言学分析无疑相当于病理实验室的尸体解剖。[2]

的确,雅各布森那次大会的论文不是闭幕词,而是一篇开幕词。它是很多人认识到了一种与当时在英美为人所知的"结构语言学(structural linguistics)"迥然有别的以索绪尔语言理论为基础的结构主义诗学;它开启了当代学术史上的一个新阶段,在

---

[1] Thomas A. Sebeok (ed.), *Style in Language*, Cambridge, Mass., 1960.

[2] Charles E. Osgood, "Some effects of motivation on style of encoding", in Sebeok, op. cit., pp. 293 – 306.

这个阶段，欧洲结构主义开始在人文学科，特别是语言学和文学批评领域产生强有力的影响，这一影响发轫于法国，流传至英美。我们每一个人都熟悉这段历史以及它的后果：索绪尔的语言符号模式，以及它所支撑的结构主义事业的明晰的推理逻辑开始为雅克·拉康和雅克·德里达的批评所侵蚀或者解构。人们就这样被带入了后结构主义时代，我们现在就栖居于这个时代，这是一个喧嚣、拥挤的大集市，各色人等的声音充斥其间，他们在竞相兜售自己的物品。然而，他们中大部分人都觉得，不得不同时考虑形式主义—结构主义批评对传统文学批评的主体性的批判，以及解构主义从经典结构主义本身的中心对一种不被承认的主体性（一种"先验验的所指"）的揭示。最近几年，重心已从结构主义的话语分析尝试转到阅读和阐释问题。结构主义包括文学文本在内的话语分析是表征系统意义上的话语分析，那些话语是表意系统的表现形式。可是这一新阐释学充斥着对还原话语的固定的或者稳定的意义可能性的根本怀疑。解构主义者告诉我们，语言的性质决定任何文本注定瓦解自己关于拥有确定意义的断言。[1] 斯坦利·费希说，唯一掌控意义的无限增殖的是阐释群体（比如文学学术批评家们）的实践。[2] 结构主义和后结构主义对传统文学研究的影响不啻海啸地震。不管是结构主义还是后结构主义，都瓦解了传统文学批评的中心概念，即作家是实在的、历史性实体，他是文本不可取代的、具有权威性的来源，他的交流意图、意识和无意识是文本本身的内在和外在的不可取代的、具有权威性的来源，批评家的工作就是进行解释。就是在文学研究

---

[1] E. g. "Deconstruction is not a dismantling of the structure of a text but a demonstration that it has already dismantled itself"; J. Hillis Miller, "Stevens rock and criticism as cure, II", *The Georgia Review*, 1976, vol. XXX, p. 341.

[2] Stanley Fish, *Is There a Text in this Class? The Authority of Interpretive Communities*, Cambridge, Mass., 1980.

的舞台陷入这种危机和论争的时候，米哈伊尔·巴赫金登场了——或者说他的著作登场了，因为他本人在广为人知之前已经去世。

我们在一种特别的意义上"追随巴赫金（after Bakhtin）"，其原因众所周知。尽管他的第一部主要著作《陀思妥耶夫斯基艺术问题》1929年在俄国出版，但它在国内外几乎不为人知，直到1963年经过修订和大幅扩展，以《陀思妥耶夫斯基诗学问题》为书名再版。这期间为斯大林时代，巴赫金被禁止以自己的名字发表著述。在晚年，他在一定程度上被恢复名誉，并被允许发表著作，可是他几十年间撰写的许多著述只是到了他1975年去世后才得以面世。正如保罗·德曼1983年在《今日诗学》中的一篇文章中所警告的那样，他人生的戏剧性，以及他富于独创的著作之迟到的被接受，使他更具吸引力，也可能刺激了那些不加批判地痴迷于他的信徒的数量的增长。[①] 这也使得他的著作被若干不同的（以及彼此对立的）批评理论所化用。巴赫金本人是为了反对俄国形式主义——或者，也许他会说，为了与它对话而开始写作的，他不得不在二十年代和三十年代跟他较为循规蹈矩的朋友伏罗希诺夫（Volosinov）和梅德韦德夫（Medvedev）合作，或者以他们的名字发表著作，借此给自己的观点披上马克思主义光环。结果，他得到了当代马克思主义批评家的热烈拥护，他们意欲抨击索绪尔语言学所谓的唯心主义，以及未屈服于解构主义的虚无主义和怀疑主义的经典结构主义。这里存在某种以讹传讹。巴赫金不是唯物主义者，他的理论与经典结构主义并非水火不容（我们别忘了雅各布森崇拜巴赫金，而且亲自帮他恢复名誉）。然而，巴赫金的思想如此多面和丰富，他不可避免

[①] Paul de Man, "Dialogue and dialogism", *Poetics Today*, 1983, vol. IV, pp. 99–107.

地向他人敞开拓殖的大门。

我应该承认自己对巴赫金的兴趣。作为批评家,我一直致力于小说诗学的建设,以及基于这样一种诗学而不是基于内容和背景的小说史研究。作为小说家,最起码,我对后结构主义者对作者这一概念以及语言的交流功能的抨击不以为然。我发现巴赫金的著作在以上各点上既有用又富于启发性,像许多其他读者一样,我对他充满敬畏,因为发现他在脑力和物质支持极度匮乏的条件下,早就在思考那些问题,而我们在几十年之后才想到它们。当然,人们不禁要把巴赫金视为某种秉承天意被派来将我们从批评的困境中拯救出来的先知,将他的著作视为理论的灵丹妙药。但是我们必须抵抗这种封神的诱惑。在巴赫金的思想里,存在一些难题、矛盾和悬而未决的问题,而处理这些问题,是"追随巴赫金"所要做的部分努力。

巴赫金关于语言与文学的思想本质上是二元的;这就是说,他使用成对的术语——**独白/对话,诗歌/散文,正统/狂欢式**(canonical/carnivalesque),等等。这种思维习惯当然是索绪尔以降整个结构主义传统的特点。你可以想想索绪尔的**语言/言语**,雅各布森的**隐喻/转喻**,罗兰·巴特的**可读文本/可写文本**,等等。然而,存在一种使对立二元形成等级结构的倾向,一个术语被赋予高于另一个术语的特权。有时候这是一种为了论证而采用的公开策略,正如罗兰·巴特所做的那样。可是当二元对立变成了等级结构,在应用于所探讨问题的整体性(totality)时,其解释力便被削弱了。S/Z 取得成功是因为它通过展示**可读文本**如何在一个聪明的批评家手里变成**可写文本**从而颠覆了自己的等级制。雅各布森常常提醒人们注意诗学和文学批评与生俱来的偏见,即对隐喻而不是转喻的偏爱,这一偏见就反应在迄今为止诗学和文学文体学对现实主义小说的相对忽略。巴赫金本人可以说始于对索绪尔语言学中**语言**被赋予高于**言语**的特权的质疑。

索绪尔语言学聚焦于**语言**、规则的抽象系统以及使语言得以表意的差异。只有系统是稳定的、可重复的并因此可以用语法术语描绘的——这个系统的表现形式是可以无限变化的。巴赫金与此相反,他要建立**言语**语言学,**使用中的**语言的语言学,他认为这样可以将任何话语行为的非语言学成分考虑进来,这样就可以放弃对语言进行科学、精确的整体描述的企图。在这方面,巴赫金在那些语言学家之前几十年便对今天人们所称的话语分析产生了兴趣。对索绪尔来说,语言是双面符号(two-sided sign),是能指和所指。而对巴赫金而言,语言是"双面**行动**(two-sided act)……它同等地取决于谁说的话和要说给谁听……语言是由说者和他的对话者、发言人和受者**共享**的领土。"[①]

"每一次解码即新的编码",另一位权威学者断言。[②] 巴赫金告诉我们,这一断言不必成为否定话语交流意义可能性的理由。当我们说话时,要表达意义必须考虑这一前提,即每一次解码就是新的编码。"在活的交谈中的语言直接地、毫不掩饰地指向未来的答语:它唤起回答,向答者的方向预先准备自己、建构自己。"[③]

然而,在这里,就在巴赫金语言思想的中心,我们遭遇了一个难题或者悖论,在本文接下来的篇幅里我将关注这一问题。既然对话是语言固有的本质,为什么有独白话语?[④] 巴赫金的文学

---

① V. N. Volosinov (M. M. Bakhtin), *Marxism and the Philosophy of Language*, trans. Ladislav Matejka and I. R. Titunik, New York, 1973, pp. 85–86.

② Morris Zapp, in the present writer's novel, *Small World: An Academic Romance*, 1984, pp. 25–26.

③ M. M. Bakhtin, *The Dialogic Imagination*, ed. Michael Holquist, trans. Caryl Emerson and Michael Holquist, Austin, TX, and London, 1981, p. 280.

④ The question has, of course, been posed before. See, for instance, the interesting exchange between Ken Hirschkop, "A response to the forum on Mikhail Bakhtin", and Gary Saul Morson, "Dialogue, monologue, and the social: a reply to Ken Hirschkop", in *Critical Inquiry*, 1985, vol. XI, pp. 672–686. The most lucid and balanced discussion is probably to be found in Tzvetan Todorov, *Mikhail Bakhtin: The Dialogic Principle*, Manchester, 1984, pp. 66–68 and *passim*.

理论，特别是他的小说理论，大大地依赖于独白话语和对话或者（换一种表述）复调话语的区分。传统诗学所划定的经典文类（悲剧、史诗、抒情诗）是独白的，他们使用单一的文体表达自己的世界观。与此相对，小说话语是采自各种异质资源的多种话语的交响，有口语和书面语，传达不同的思想立场，这些思想立场同台表演，从不必服从总体判断或者诠释。巴赫金最先将这种无固定立场的复调话语归为陀思妥耶夫斯基所特有。后来，他认为复调话语是作为文学形式的小说与生俱来的特质，他回溯历史，分析了古典时代对悲剧和史诗的那些官方认可的庄重仪式进行滑稽模仿和拙劣模仿（travesty）的喜剧性和讽刺性文学作品，以及流行文化中的狂欢传统，后者保持了对中世纪基督教独白话语的非官方抵抗。顺便提一下，值得注意的是，巴赫金认为最初的或者本质上的基督教并非整体化的、独白的思想体系。在他看来，《新约》本质上是对话性的，诸如耶稣骑着毛驴、戴着荆冠进入耶路撒冷这样的情节，显然是狂欢式的（carnivalesque）。只是后来注释者的努力使基督教诲中苏格拉底式的含混和模糊变成了一种独白体系。

　　巴赫金的文学理论将小说置于诗学的中心而不是边缘，以话语类型学而不是亚里士多德的情节、人物分类学或者浪漫主义的"作为人的文体（style as the man）"概念来研究小说，这一点吸引了同时作为批评家和小说家的我。古典诗学赋予悲剧特权，现代诗学倾向于赋予抒情诗特权，可是，巴赫金本人指出，视抒情诗为文学标准的文体学处理小说语言是完全不够的。[①] 这正是我的第一部批评著作《小说的语言》（Language of Fiction）（1966）的出发点。写那本书时，我对巴赫金以及俄国形式主义和结构主

[①] M. M. Bakhtin, *Problems of Dostoevsky's Poetics*, ed. and trans. Caryl Emerson, Manchester, 1984, p. 200.

义一无所知。那本书的书名省略了**语言**一词前的定冠词（在参考书目中往往恢复使用定冠词），我也许是通过暗中摸索接近了巴赫金的观念，他说"描绘'小说的语言（*the* language of fiction）'① 是没有意义的，因为这种描绘的对象本身，即小说的单一语言是不存在的。"② 不过我在将新批评派对语言肌质的关注应用于一批 19 和 20 世纪小说的批评时，仍然倾向于选择那样一些段落来做分析，这些段落要么是作者陈述，要么通过隐含作者所同情的人物的视角来聚焦，而从来没有使用一个主要由直接引语组成的段落。换句话说，我几乎在无意识地寻找隐含作者态度、价值观和世界观的最直接的语言表达，如此，我将小说等同于抒情诗。然而，正如巴赫金提醒我们的那样，小说是由多种语言组成的：

> 小说文体与诗歌文体的深刻区别就在于此……对于散文艺术家来说，世界充满了他人的语言；在众多的他人话语中他必须摆正自己的位置，他必须有灵敏的耳朵去感知他人话语的特点。他必须把他人话语引入自己的话语平面，而又不破坏这个平面。他使用一个极其丰富的语言调色板。③

这一说法的含义，我可以举一个创作实践中的例子，即凯瑟琳·曼斯菲尔德短篇小说《苍蝇》（*The Fly*）的开篇段落来说明，我曾在《小说的语言》一书中简短地谈论过它，因为它曾经是 1962 年《批评论文集》一书中 F. W. 贝特森和 B. 夏赫维奇的一篇有趣的文章的讨论对象，该文尝试揭示（正如我曾经

---

① "language" 前所加以斜体强调的定冠词 "*the*" 包含 "特有、独有、固有" 之意。——译者注
② Bakhtin, *The Dialogic Imagination*, p. 416.
③ Bakhtin, *Problems of Dostoevsky's Poetics*, pp. 200 – 201.

做的那样）"细读法（close reading）""之于现实主义小说完全跟诗歌一样"，尽管所分析的形式特征是不同的。①

"你在这儿很舒服嘛"，老伍迪菲尔德先生尖着嗓子说道，他坐在他朋友也就是老板的办公桌旁那张硕大的、绿色真皮包裹的扶手椅里，像童车里的婴儿一样盯着他的朋友。他的话讲完了；他该离开了。可是他不想走。自从他退休后，自从他……中风后，除了礼拜二，妻子和女儿们总把他关在家里。礼拜二他被穿戴整洁，获准快速返回（cut back to）市中心度过一天。不过他在那儿做些什么，妻子和女儿们无法想象。还不是招那些朋友讨厌，她们猜想……好吧，也许如此。那又怎样，我们抓住最后的快乐就像树抓住最后几片叶子。所以老伍迪菲尔德坐在那儿，抽着雪茄，几乎是贪婪地凝视着那位坐在办公椅里摇晃着的老板，上司身材矮胖，皮肤红润，长他五岁，还是干得很好，仍然大权在握。看看他对人很有好处。②

在此不宜对这个段落进行详尽分析。我只是希望人们注意文中的作者型叙述者（authorial narrator）的话语与人物话语交叉混合的方式。作者型叙述者的话语在那些比喻中清晰可辨，它以"格言式"的现在时呈现："像童车里的婴儿一样盯着"，"像树抓住最后几片叶子"；人物的话语包括伍迪菲尔德的话语，他对死亡念头的压抑（那位上司就是这种压抑的化身）被证实是这

---

① F. W. Bateson and B. Shahevitch, "Katherine Mansfield's *The Fly*: a critical exercise", *Essays in Criticism*, 1982, vol. XII, pp. 39 – 53.
② Katherine Mansfield, *The Collected Stories*, Harmondsworth, Middx, 1981, p. 412. "The fly" was first collected in Katherine Mansfield's *The Dove's Nest and Other Stories*, 1923.

篇小说的中心主题，短句"自从他……中风后"中的中断泄露了他的这种压抑。还有伍迪菲尔德的女眷们的话语，以下句子让人想到她们的焦躁和带着屈尊俯就姿态的喋喋不休："不过他在那儿做些什么，妻子和女儿们无法想象。还不是招那些朋友讨厌，她们猜想……"句中"妻子和女儿们"前带有表示亲密所属关系的定冠词"the"，这暗示伍迪菲尔德曾经听到或者偷听到她们的谈话，也提示我们这是间接引语中的间接引语。要不，那就是叙述者在引用一句话里同样的措辞（"妻子和女儿们"），而这句话显然是伍迪菲尔德的间接引语？这个段落里的指示词是含混的，常常也是无法判定的。比如："礼拜二他被穿戴整洁，获准快速返回城里度过一天。"被动结构"被穿戴整洁"让人回想起那个带有反讽意味的婴儿从童车里盯着的比喻，这可能鼓励我们开始将这个句子解读为作者话语，可是那个惯用语"cut"看上去像是属于伍迪菲尔德的话语，暗示他对老态龙钟带来的羞辱心知肚明。作者型叙述者（authorial narrator）的"好吧，也许如此"似乎不赞同女眷们对伍迪菲尔德每周一次外出的轻蔑态度；而那个相当富于诗意的"树抓住最后几片叶子"的比喻则责备了那些将上文"婴儿从童车里盯着"的比喻理解为邀请我们对老人采取屈尊俯就的态度的读者。简言之，在文本开头，读者没有被告知故事的主题将是什么，这是谁的故事，应该采取什么立场看待故事里的各种人物，可以说，他只是倾听不同的话语在絮叨，每一种话语都有自己的价值观、偏见和讥讽，他不得不建构并持续不断地修改自己关于故事的意义的假设。

应该承认的是，贝特森和夏赫维奇观察到"整篇小说都使用了这种直接陈述和间接（或者隐性）对话的混合……结果是，作品里罕有常规叙事。反而，那些类叙事（quasi-narrative）几乎可以组成一个合唱，它们单薄的线索构成一个框架，在这个框架里，我们得到戏剧的效果。"① 这完全是巴赫金式的评论，我认为，文章的整个结论是，作者也许并不欣赏这一写法。我最初读到它时当然也不欣赏。对巴赫金而言，作者话语和人物话语通过自由间接引语以及他所称的双向话语（doubly-oriented speech）相融合，是构成作为文学形式的小说的要素。人物和作者型叙述者本身的角色不单由他们自己的语言学意义上的语体（linguistic registers）或者个人语式（idiolects）构成，他们由他们所引用和影射的各种话语构成。

巴赫金观点的必然结论是，语言自身是单调、平庸、老套的，基本上是自动化的，当它在小说的复调话语中模仿、夸张、因袭、滑稽模仿它种语言并与之争斗，语言就变得生动而富于表现力。如巴赫金所言，那就是为什么小说家必须有灵敏的耳朵倾听他人语言（抒情诗人不一定需要这种资质），为什么他不能与低俗、粗鄙、贬损的语言隔绝；为什么从神学论文到干玉米片包装盒背后的文字，从兵营语言到学术研讨会语言，没有任何属于语言的东西是跟他不相容的。

因涉及我们自己的专业话语，也许这儿是面对我之前提出的问题的合适地方。既然对话是语言的固有本质，为什么会有独白话语？巴赫金的文学理论就是靠它的假定的存在建立起来的。也许可以这样回答，因为书面语不同于口语，在书面语里，语言接收者在物质上缺席于语言行为的语境，这就使写作者（addresser）忽略或者压制语言的对话维度成为可能，就此产生独白话语的假象（illusion）。毕竟，在我上文引用过的那段话里，巴赫金说在"活的交谈中"而不是书面作品中"语言直接地、毫不掩饰地指向未来的答语"。

试想一下文学批评和文论领域典型的学术文章或者著作。这

---

① Bateson and Shahevitch, op. cit., p. 49.

类著述的话语可能反对其他学者的观点和解读（所以在开篇例行公事地引用关于那个论题的其他论述），但他们不会以一种对话直接跟对手交锋。职业学者典型的做法是陈述自己的观点，似乎它就是事实，他们避免使用代词"我"和"你"，而更喜欢两相情愿的措辞"我们"和"读者"，这将发言者和接收者一起捆绑在一种虚构的团结一致中。我能想到的唯一一位持续使用"我—你"称呼的文学批评家是 D. H. 劳伦斯。有意思的是，劳伦斯的《恋爱中的女人》是可以找到的英国文学创作中最接近巴赫金意义上的陀思妥耶夫斯基小说的作品。① 作为批评家，显而易见的是，他在《经典美国文学研究》一书中，以类似陀思妥耶夫斯基"地下人"（Underground Man）的文体对读者高谈阔论，规劝、质疑和嘲笑读者。更为独树一帜的是，他还对他所研究的作家高谈阔论，规劝、质疑和嘲笑这些作家，比如，对惠特曼：

>"这一个和所有的，我编织我的自我之歌——"
>
>是吗？那么，这只能表明你**没有**什么自我。一团糨糊，不是什么编制而成的什么东西。一堆杂烩，不是织物。还你的自我。
>
>噢，华尔特，华尔特，你是怎么对待它的？你是怎么对待你的自我的？你自己个体的自我？听上去它已全然从你身上泄露，泄露进了宇宙。②

遭遇这种风格的批判性讨论所带来的震惊，凸显了大部分学术话语肤浅的独白主义。

---

① See chapter 4 of this book.
② D. H. Lawrence, *Studies in Classic American Literatwe*, New York, 1964, p. 165.

我说"肤浅"是因为,如果言谈(utterance)不仅指向一个特定的话题,而且与另一种现实的或者假定的关于同样话题的言语行为进行争辩,或者对它做出预期,或者对它提出怀疑,学术话语实际上便饱含一种对话性修辞,这就是巴赫金所说的"暗辩体(hidden polemic)"。读者将很难看懂我们的论文和专著,因为他是这些论文和著作正在进行的"交谈"的门外汉,他无力辨识对同一论题的其他作者进行的模仿、影射、狡黠的挖苦、巴结讨好。但是学术话语热衷于追求独白地位,因为它力图对一个特定论题说最后一句话,断言自己占了过去关于那个论题的所有话语的上风。

以巴赫金观点,在人文领域,说关于任何东西的"最后一句话"都是不可能的,自然科学领域的任何问题也可能同样如此。他为陀思妥耶夫斯基建立了他的小说艺术而对他倍加推崇,他的小说艺术依据的是这一原则:巴赫金说,在陀思妥耶夫斯基小说的结尾,"没有任何结论,这个世界的最终的话和关于这个世界的最终的话还没有被说出来,世界是开放和自由的,一切仍在未来,也总是在未来"。[①] 因此,自称说了有关论题的最后一句话的文学和语言学学者,总是需要某种自欺欺人的手段,这种手段会在各种东拉西扯的症状里现形。比如,有人观察到(我认为是在几年前《美国现代语言学协会会刊》的一篇文章中),学术著作的前言和后记总是比正文的话语温和得多、没有把握得多:满是对自己的保留意见、反面意见、谦恭的表白、对朋友、同行和配偶溢于言表的感激,以及所有逢迎讨好的姿态。似乎作者对他们创造的话语之独白性的傲慢自大相当失望,在最后一刻,他们要与潜在的读者在这些话语之上进行对话。

同样是那个人,阅读对自己著作的评论却带着一种奇异的、

[①] Bakhtin, *Problems of Dostoevsky's Poetics*, p. 166.

混合着厌烦、恼怒和尴尬的情绪——这是我的个人观点,但也许能代表其他一些人。原则上,书评应该是对他自己的话语的对话性辩驳(dialogic rejoinder),可是那种话语并不想要或者并不期待辩驳,它觊觎使任何进一步讨论成为多余,让读者佩服得哑口无言。因此,要是那书评表示赞成,这似乎是讲了众所周知的事情,那样你觉得无聊;要是那评论因为错误的原因表示赞同,那样你很尴尬;要是评论表示反对,那是因为作者没有正确理解你的观点,或者借此宣扬他自己的观点,那让你恼怒。当然,他也许发现了你的论点的真正缺陷,这是让你最为仓皇失措的,因为他使一个可怕的前景呈现出来:你不得不试着修订或者修改你的论点,而你本没打算修改和调整。

有些人,特别是女人,可能会说我描绘或者讽刺的是一种男性特有的学术话语模式,一种基于权力和控制的模式,也许他们或者她们说得对。我不是在暗示学术批评话语不得不如此,只是,大体说来,的确如此。甚至巴赫金本人在他的陀思妥耶夫批评著作最初的章节里也使用这一模式。不过,在理论著作里,他避开这种陷阱,努力写出真正的对话性批评,这种批评的关键主张就是始终乐于接受自我诘问、修改和调整。

然而,将独白话语定义为书面语言而不是言语助推的一种假象或者虚构,并不能完全解决巴赫金偏爱对话话语带来的问题。被巴赫金分类为独白性文体的诗歌文体——抒情诗、史诗、悲剧怎么办?它们要被视为比小说乏味和无用?不得不承认,批评二元论的幽灵在巴赫金著作的上空盘旋,它无疑鼓励对作家进行限制性的优劣划分,就像不久前利维斯和"细察(Scrutiny)"派在英国所鼓励的那样。巴赫金倾向于将任何进步的、提升和解放生命的文字都拿来与小说概念类比。正如克拉克和霍奎斯特所说,"巴赫金将'小说'这一术语用于一个特定文学系统内任何揭示该系统匮乏、强制、专横的局限的表达形式。经典性文体便跟任何固定的、僵化的、专权的东西联系在一起"。① 定义文体这一概念本身的，是其规则和惯例的可重复性。而小说，巴赫金断言，是一种反文体的文体："它本身是一种可塑的东西。它永远在追寻、永远在审问自己，并不断地检审自己既定的形式。"② 这当然是完全正确的，巴赫金也不是第一个提出这一观点的批评家。但是问题依然存在：因此我们必须将独白文体打入另册吗？

在小说本身的演变中，巴赫金发现了独白和对话倾向之间持续不断的斗争：一方面，是一种用纯一文体写成的散文小说——古希腊传奇、文艺复兴时期的田园传奇、18 世纪的感伤小说（我倾向于加上哥特小说）；另一方面是一种拥有并使用一个特定时期语言和方言多样性的散文小说——古典世界的梅尼普讽刺、文艺复兴时期拉伯雷和塞万提斯的伟大创作、18 世纪的英国喜剧性小说。克拉克和霍奎斯特将这两种传统称为"单语（monoglot）"和"杂语（heteroglot）"，并如此概括巴赫金的小说理论：

> 单语和杂语两条路线在十九世纪初走到一起并合二为一。尽管从那时以降，小说的主要代表作品都是两者混合，但杂语路线的特征仍占主导地位。这是因为杂语路线更乐于接受差异，更易于吸收日益增长的自我意识浪潮。换言之，杂语小说更能够适应自我，因为它对他性的感觉更为灵敏。③

这种历史决定论的、几乎是救世主式的小说（作为一种文学形式）观念，有助于解释它为什么在现代占据主导地位，为

---

① Katerina Clark and Michael Holquist, *Mikhail Bakhtin*, Cambridge, Mass., 1984, p. 276.
② Bakhtin, *The Dialogic Imagination*, p. 39.
③ Clark and Holquist, op. cit., p. 293.

什么过去的单语小说在现代读者看来不是古怪就是单调乏味,为什么,比如说,我们宁愿读纳什(Thomas Nashe,1567—1601)那本十七世纪从未再版过的杂语小说《不幸的旅客》(*The Unfortunate Traveler*),而不愿意读同时代广受欢迎、多次再版的菲利普·西德尼爵士(Sir Philip Sidney,1554—1586)的单语作品《阿尔卡迪亚》(*Arcadia*)。然而,怀疑主义的读者可能会问,小说全盛时期之前和之后的那些选择用诗歌进行创作的伟大作家又怎么样呢?比如乔叟、莎士比亚、弥尔顿、济慈、勃朗宁、艾略特、叶芝。

这些作家中的一部分可以轻松纳入巴赫金的理论——根据他的小说化(novelization)概念形成的文学史分类表,所谓小说化,就是在最广泛的意义上所构想的小说话语,即杂语的、狂欢式话语对经典诗歌文体的渗透和丰富。巴赫金从未声称诗(verse)作为一种媒介必定是独白性的。他最喜爱的对话话语的范例来源之一是普希金的诗体小说《欧根·奥涅金》。我不确定他是否知道乔叟的作品,但我们不难论证《坎特伯雷故事集》的一些特质正是巴赫金所描述的小说特质,跟大部分中古英国文学文本比较起来,这部作品惊人地现代,它易于为现代读者所理解。巴赫金的确了解莎士比亚,显然还讲过莎士比亚的课,不过我在他发表的著述中没有见过他对莎士比亚做实质性的讨论。然而,我们也不难设想对莎士比亚戏剧作巴赫金式解读,跟古典或者新古典主义戏剧比较起来,莎剧很明显是复调的,我们也不难将这一点跟伊丽莎白时代戏剧的演变联系起来,伊丽莎白时代的戏剧是从神秘剧的狂欢式传统发展而来,有着滑稽模仿—拙劣模仿的次要情节,拒绝文体上的端庄得体。19、20世纪的诗歌发展史,特别是这一时期戏剧性独白的流行提供了足够的证据证明,随着小说成为占主导地位的文学形式,抒情诗有了小说化倾向。勃朗宁和T. S. 艾略特是显而易见的例子。艾略特最早打算用"他用不同的声音演警察"(引自狄更斯小说《我们的共同朋友》。——译注)作《荒原》的题目,的确,此诗堪称巴赫金诗学的登峰造极之作,因为它完全由巴赫金所称的杂语性(heteroglossia)和多语性(polyglossia)构筑而成——五花八门的语言和语体、形形色色的口语和书面语片断纷纷登场,其互动和共鸣毫不受叙事逻辑的约束。

可是,那个恼人的疑惑依然存在:还有弥尔顿、济慈、叶芝和许多其他显而易见的独白性诗人怎么办?要是他们也可以通过小说化的暗道穿过隔墙被收编的话,那这个暗道似乎就比墙还大了。有某种证据表明,巴赫金本人也为他的文学理论固有的偏颇所困扰。为了推出小说话语的独有特质和形式特点,他也许夸大了它跟诗歌文体的不同。因此,他在写于1934—1935年的论文《长篇小说的话语》中,对散文的对话性和诗歌的多义性之间的差异进行了非常清晰的定义:

> 不管如何理解诗歌符号象征(poetic symbol)中多个含义之间的相互关系……这种关系绝不是对话关系;不可能想象将一个比喻(比如,隐喻)扩展为一次对话中的两轮交流……诗歌符号象征的多义性的前提是要有一个统一的、一致的声音,这个声音在自己的话语里必须是完全独一无二的。一旦另一个声音,另一种强调,可能的另一种视角闯入符号象征的使用,诗歌的平面就会被打破,符号象征就转到散文的平面。[①]

假若如此,你得说叶芝的《在学童们中间》(Among schoolchildren)那样一首诗是一篇散文杰作,因为它那些主要意

---

① Bakhtin, *The Dialogic Imagination*, pp. 327 – 328.

象——天鹅、女孩和稻草人是通过形形色色的语言体式传达的,既有村俗俚语,又有庙堂雅文,而呈现给我们的诗人的角色,既是那个修女和她的学童们眼中一位六十岁的、微笑着的公众人物,又是一个饱受怀乡、挫折感和欲望折磨的内在自我。

实际上真的会有所谓**纯粹的**独白性文学文体吗?巴赫金自己也开始怀疑这一点。他的一篇写于1959—1961年,最初发表于1976年的文章里有一段著名的论述,茨维坦·托多罗夫在他杰出的专著《米哈伊尔·巴赫金:对话原理》里引用了它,巴赫金说道,或者不如说他问道(这段话是巴赫金典型的自我对话):

> 在什么范围内,文学中可能出现纯粹的单声语,没有任何客体(objectal character)的话语?作者听不到作者的声音,除了作者别无他人,只有作者,这样的话语能够成为文学作品的原材料吗?一定程度上的客体不是各种文体的必要条件吗?作者难道不是总发现自己外在于作为文学作品材料的语言吗?只要作者在各种相异的声音,包括想象作者(以及作者的其他角色的声音)中分配话语,每个作者(甚至纯粹的抒情诗人)不都是剧作家吗?可以说每一种单声性的或者无客体的话语都太幼稚,不适于真正的创造。真正的创造性声音只能是话语中的**第二个**声音。只有第二种声音——即**纯粹的关系**,才能最终仍然保持无客体,而且不会投下实质的和现象的阴影。作者是一个懂得如何使用语言又立于语言之外的人;他有使用间接引语的天赋。[①]

[①] M. M. Bakhtin, "The problem of text in linguistics, philosophy, and the other human sciences: an essay of philosophical analysis", quoted by Todorov, op. cit., p. 68.

这个著名的段落似乎消解了对话话语和独白话语之间的差别，它使巴赫金此前的文学理论站不住脚了吗？我认为不。不过它倒是鼓励我们在主导性和"倾向性"的意义上应用这种区分，不要把它看作两种相互排斥的类型——我们也要在同样的意义上使用雅各布森隐喻和转喻的区分，或者柏拉图纯模仿和纯叙述的区分（这是巴赫金关于对话和独白话语区分的最终源头）。我们可以根据它们是利用和称颂生活言语固有的对话本质，还是为了某种特定的文学效果而压抑和限制它，来发展一种写作体裁或模式的类型学。带着一种超然和自觉，巴赫金在上述段落里描绘道，独白主义不一定是幼稚和压抑的。先锋文学中就有一种散文独白主义。比如，在塞缪尔·贝克特最近的小说中，一种后现代主义的唯我主义感觉、异化感和荒诞感被用一种似乎不可思议地独立于任何他人言语来源的、以自我抵消而不是互动方式进行的独白话语雄辩有力地表达出来，用巴赫金形容抒情诗人的话来说，是"一种孤立存在于自己话语中的声音"。在我看来，我刚才引用的巴赫金的那段话的结尾句特别值得深思："作者是一个懂得如何使用语言又外在于语言的人；他有使用间接引语的天赋。"这里，巴赫金已跟那些言语行为理论家联手，他们根据其言外意义的独特性来定义文学话语：一个文学文本不是真正的言语行为，而是对一个言语行为的模仿。他的表达和接受都是第二次迁移。因此"措辞得当"的一般标准并不总是有意义的。① 巴赫金的论述也跟后结构主义文学理论中最极端、最具争议性的原则之一形成冲突，那就是对作者参与的剥夺。回顾罗兰·巴特1968年那篇影响深远的论文《作者之死》，就会发现他这样开头：

---

① See, for example, Richard Ohmann, "Speech, action, and style", in *Literary Style*, ed., Seymour Chatman, London and New York, 1971, pp. 241-259.

> 巴尔扎克的小说《萨拉金》描述了一位装扮成女人的被阉割的男歌手,它这样写道:"这就是女人,突然会感到害怕,会毫无理由地突发奇想,本能地忧心忡忡,冲动又冒失,爱大惊小怪,有着美妙的感性。"是谁在这样说呢?是小说主人公,也就是那位竭力掩盖其女扮男装身份的被阉割的男子?是那个有着个人女性哲学经验的个体巴尔扎克?还是那个宣扬女性"文学"观念的作者巴尔扎克?是普遍的智慧吗?是浪漫色彩的心理学?人们将永远不会知道,其充分的缘由便是,写作是对任何声音、任何源头的破坏。写作,是一个中性的、复合的、倾斜的空间,我们的主体在其中销声匿迹,是一张黑白底片(negative),在那里,任何身份——从写作之人的身份开始——都会失去。①

这段话既和巴赫金相似又相左。因为《萨拉金》中的那句话不能令人信服地确定属于哪个单个的声音,巴特便主张完全放弃关于创作都有源头的想法。巴赫金则会说,这里有若干不同声音的融合,通过这些声音,焦点人物的兴奋被表达出来,同时又唤起了他人的、带着关于女人的刻板印象的社会话语,从而形成反讽,他会说,这种效果构成了作为文学形式的小说,没有任何理由阻止我们推断出创造性主体的存在,就是这个创造性主体用一种文学腹语术生产了这些声音。在我前面引用的那段话中,巴赫金开始意识到,任何文学话语都是如此,不管文本的表面结构是否泄漏这一事实。巴特说,因为作者跟文本的语言不一致,所以它不存在。巴赫金说,正因为他跟文本语言不那么一致,所以我们必须断定他的存在。

---

① Roland Barthes, *Image — Music — Text*, trans. Stephen Heath, 1977, p. 142.

今日小说家,仍在十字路口吗?

罗贻荣 译

【来源】

The Novelist Today, Still at the Crossroads? 选自戴维·洛奇,《写作实践》,*The Practice of Writing*, Secker & Warburg, London, 1996, pp. 3 – 19. 本文最初发表于《新写作》(*New Writing*, edited by Malcolm Bradbury and Judy Cooke, Minerva, 1992)。

【概要】

二十年后,《十字路口的小说家》所呼吁的美学多元主义已是文学生活中被普遍接受的事实。现实主义仍然顽强地存在,寓言编纂依然兴旺,非虚构小说主要在美国流行,问题小说或者元小说也继续发展。

《十字路口的小说家》分析的是不同作品的不同模式,而今天小说创作的突出特征是"交叉",即在一部小说中,上述一种或者多种文类与现实主义混合,形成"交叉"小说。不过,大批最有声望的小说家仍然完全使用传统现实主义的话语方式进行创作。

多元主义的胜利无疑与占支配地位的批评家或批评流派的缺乏有关系,这种局面对文学的发展有利有弊。

从文学生产制度来的角度看,文艺小说在 80 年代获得了商业上的价值,但 90 年代的经济衰退使出版业经济和小说家的生计难以为继。社会经济状况、新的传播方式和技术对作品的形式和作家对读者的态度,以及作家对商业活动的参与等等都产生着影响。这种强大的影响力被普遍认为有着文化上的破坏性。

[作者说明] 这篇文章最初是 1990 年 11 月我在东盎格里亚大学一个研讨会上的演讲,那是为了庆祝该校著名的创作硕士班开办二十周年。1992 年春天,为了收入马尔科姆·布拉德伯里和朱蒂·库克主编的《新写作》一书,我对它做了修改和扩充。所有关于"小说状况"的陈述都是暂时的,总有被小说新的发展打脸的危险。此文本身的一部分是我对早前一篇文章所做的修订,但在它第一次出版的审校阶段,我感到我不得不插入一个新段落,来考虑文学出版业不断加深的经济衰退所产生的影响。此次重印,我又在脚注和后记里加进了一些新的思考。

人们可以从美学角度,也可以从制度(institutionally)的角度来研究当代小说家。我所说的美学角度包括文类问题、形式问题和风格选择或者说样式——即法国批评家所称的 écriture(书写)问题。而制度的范畴则包括创作的物质条件,今天作品如何出版、发行,如何被接受和获得奖励等问题。当然,这两个问题是互相联系的。

创作的美学现状和制度现状,既可以从批评家的角度也可以从作家的角度考察。因为我身兼两职,这个问题对我来说是双重意义上的撕裂。我成年的大部分时间,即从 1960 年到 1987 年,作为大学教师和学者的学术生涯伴随着我的小说创作。我试着在这两个活动间保持平衡;在此期间我或多或少是按规划出版著述，小说和批评著作交替出版。1987年我从大学退休，尽管我希望继续从事文学批评写作，但我怀疑我是否还会为学者们写很多这类东西。做出这一决定的部分原因，是我感到，要在学术批评与创作实践之间建立有意义的联系变得越来越困难了，学术批评正日益为理论问题所支配。

不管是批评家还是创作家，对待写作问题要么是描述性的，要么是发号施令性的。我自己总是宁愿做描述性的批评家和作家。对我来说，没有什么比批评家对小说家说你该写什么该如何写或者写什么不再可能更徒劳无益和傲慢无理的了。作家们自己这样做情有可原，他们会把它当作为自己或者朋友的作品进行辩护、做宣传或者营造一种易于接受的氛围的方式。关于创作现状话语，有一个悠久而又荣耀的传统，那就是人们所知的宣言（manifesto），但出于多种原因，我认为对当今文坛它是不适宜的，我自己当然没有一个这样的宣言要发布。

那么，我的观察是双重并举：美学的/制度的，批评的/创作的，描述性的/发号施令性的。

大约二十年前，我发表了一篇题为"十字路口的小说家"的论文，在取向上它是美学的、批评性的和描述性的，那就是说，它意在对当代小说的形式做一个描述性的考察，文中利用了我作为小说家的经验，但本质上是以学术批评的传统方式写成。那篇文章的起点或者起跳板是一本短小然而影响巨大的书《寓言编撰者》（The Fabulators）（1967），作者是美国文学批评家罗伯特·斯科尔斯（Robert Scholes）（顺便说一句，难以想象斯科尔斯这样雄心勃勃的年轻学者会有能力在今天选择写一本关于当代小说的书；几乎可以肯定，他或她的写作会限于理论领域，或者将理论应用于经典文本的修正主义解读）。斯科尔斯提出，现实主义小说过时了，作家应该把现实主义留给其他媒体（比如电影，它可以更忠实的模仿现实），而去开发叙事的纯虚构潜力。它主要的样板是约翰·巴斯（John Barth）的《羊孩贾尔斯》（Giles Goat-boy），那是一个大部头的寓言性罗曼司，把现代世界表现为分裂成东、西两个校区的大学，计算机程序让一位处女受孕而生了作品的主角，他被作为羊养大，其使命是拯救世界。劳伦斯·杜雷尔（Lawrence Durrell）、爱丽丝·默多克（Iris Murdonch）、约翰·哈克斯（John Hawkes）、特里·萨瑟恩（Terry Southern）和库特·冯尼格（Kurt Vonnegut）是斯科尔斯所称的"寓言编撰（fabulation）"的其他主要范例。

为了反驳，或者至少质疑这一宣言，我援引了斯科尔斯本人的小说分类理论，这一理论在他早先与罗伯特·凯洛格（Robert Kellogg）合著的《叙事的本质》（The Nature of Narrative）(1966) 一书中有详细论述：一般来说，小说是虚构和经验的不稳定混合，一方面是罗曼司和寓言，另一方面是历史和模仿（日常生活的写实性模仿）。我同意传统现实主义小说的生存能力因为若干原因（比如，当代"现实"的怪异、极端、荒诞性质）受到怀疑，但我提出，用寓言编撰过量发展虚构不是唯一可能的反应。作家同样可能决定专注于发展叙事的经验风格——如卡波蒂（Capote）（《冷血》）和诺曼·梅勒（Norman Mailer）（《夜幕下的大军》）的所谓非虚构小说（non-fictional novels）和 B. S. 约翰逊（B. S. Johnson）的实验性传记小说（experimental autobiographical novels）。

因而，当代小说家就成了身处十字路口的人。在他的面前，伸展着一条传统现实主义之路，现在，这条路被宣称是一条了无兴味的路，也可能是一条死胡同。在他的左边和右边，分别是寓言编撰和非虚构叙事两条路。许多小说家将他们的犹豫写进作品，以小说创作的难题作为作品主题。我称它为问题小说，后来它被命名为元小说（我似乎记得这也是由罗伯特·斯科尔斯命名的）并广为流传。在我看来，这类小说的重要范例是多丽丝·莱辛（Doris Lessing）的《金色笔记》（*The Golden Notebook*），在书中，一个遭遇笔涩的小说家在几种颜色不同的笔记本里写下她生活的方方面面，包括自己的创作，然后，她将断续的想象连接起来写进金色笔记本。我论文的结论是"对传统现实主义小说未来信心的适度肯定"。那时我自己即将出版一部这样的小说《走出掩体》（*Out of the Shelter*）也许并非巧合。但是从根本上来说，那篇文章的主旨是呼吁美学上的多元化。我认为，没有类似20世纪50年代或者30年代流行的占主导地位的文学形式："我们似乎身处史无前例的文化多元时期，它使各种艺术的多样形式同时蓬勃发展。"

二十年后，我认为我的看法依然适用于那一代小说家；但给我留下深刻印象的是，现实主义如此顽强，它没有像斯科尔斯和六七十年代其他一大批作家、批评家所断言的那样寿终正寝，而是存活下来；很显然，在今天，它仍然是小说家们一个严肃的选择（我所说的现实主义，不仅仅是指对经验的摹写，也包括根据因果顺序的逻辑组织叙事）。

过去二十年，斯科尔斯所说的寓言编撰当然很兴旺，南美魔幻现实主义的发现及其在欧美的传播起到了推波助澜的作用。在英国文学中，马上能想到的属于这一群体的作家有萨尔曼·拉什迪（Salman Rushdie）、安吉拉·卡特（Angela Carter）、晚期的费伊·魏尔登（Fay Weldon）。比如，拉什迪的《撒旦诗篇》（*Satanic Verses*）就让人想起它跟《羊孩贾尔斯》（*Giles Goat-boy*）在谱系上的相似性。

一个冬天的早晨，就在破晓之前，一架被劫持的巨型喷气客机在英吉利海峡高空爆炸。肢体残骸、饮料推车、存储器、毯子和氧气面罩纷纷坠落,两个没带降落伞的人随同坠落在海上,一个是吉百列·法里希塔,印度传奇影星,一个是萨拉丁·查姆查,可以模仿千百种声音的男子,白手起家的极品英国迷。他们彼此紧抱,对着歌飞速下坠,最终被冲上白雪覆盖的英国海滩,还活着。堪称奇迹;可这个奇迹是多重的,因为一个事实不久变得清晰起来,他们身上正在发生奇异的变化。吉百列似乎得到了一个光环,而让萨拉丁惊愕的是,他的两腿长出了更多毛,双脚变成了羊蹄,两边太阳穴有肿块在迅速突起。

巨型喷气机的爆炸就像昨天的新闻短片一样真实而引人关注,这一事件跟两位主角的神奇生还和神话中的变形情节混合在一起,这就是典型的寓言编撰。它旨在以幽默的荒诞不经和其故事的创造性给我们带来愉悦,同时将它作为一种隐喻,或者用T. S. 艾略特过时的术语来说,客观关联物呈现,以此隐喻当代经验的极端反差和冲突。幽默是此类作品非常重要的组成部分,因为没有幽默它将易于变得怪异和不自然,并最终枯燥乏味;当然,幽默感之于此类作品的恰当阅读也绝对必不可少——某国的宗教领袖们是出了名地缺乏这种幽默感。此类小说的典范是拉伯雷的《巨人传》,而它的诗学典范是巴赫金的狂欢化理论。

过去二十年里寓言编撰当然很兴盛,但尚未征服小说舞台。它仍然是小说的边缘化形式,至少在英国如此。①

---

① 现在看来这句话显得过于轻慢,也许反映了一种对现实主义小说的个人偏爱。安吉拉·卡特1992年早逝之后,其声望和影响稳步提高。值得大为赞赏的是,萨尔曼·拉什迪没有因为那个臭名昭著的宗教裁决而噤若寒蝉或者压抑其创造性,他独树一帜的魔幻现实主义仍然是当代小说一股强大的力量。近年出名的、追求各种"寓言编撰式"小说写作的其他作家还包括吉姆·格雷斯(Jim Grace)、珍妮特·温特森(Jeanette Winterson)、本·奥克利(Ben Okri)、路易·德·伯尔尼埃(Louis de Bernières)、劳伦斯·诺福克(Lawrence Norfolk)和威尔·塞尔夫(Will Self)。

非虚构小说将一些小说技法，诸如自由间接风格、场景安排、现在时态叙事、预期叙述（prolepsis）、反复使用象征等运用到事实叙事（factual narrative）。这种文体主要是在美国而不是英国流行。汤姆·沃尔夫（Tom Wolf）在他的文集《新新闻学》(*New Journalism*)（1973）一书中对这类文学创作的诗学进行了系统阐述，在那部文集中，他只收入了一位英国作家——尼古拉斯·托马林（Nicholas Tomalin）的一部作品作为样本。汤姆·沃尔夫本人的《激进时尚》(*Radical Chic*)、《太空英雄》(*The Right Stuff*)和诺曼·梅勒的《刽子手之歌》(*The Executioner's Song*)是这一文类的经典之作。在美国之外，英语文学中与此类创作接近的是澳大利亚的托马斯·肯尼利（Thomas Keneally）的《辛德勒的方舟》(*Schindler's Ark*)，它在美国作为非虚构小说出版，但又获得1982年布克尔最佳小说奖，这说明了它在类属上的模糊性。不过，英国近年来出现了旅行文学的复兴，大部分此类创作大概属于非虚构小说这一文类。这方面我能想到的作家是：詹姆斯·芬顿（James Fenton）、乔纳森·拉班（Jonathan Raban）、布鲁斯·查特曼（Bruce Chatwin）、雷蒙德·欧汉龙（Redmond O'Hanlon），以及两位定居英国的美国作家保罗·泰鲁（Paul Theroux）和比尔·布赖森（Bill Bryson）。这类作品混合着带有文化与哲学沉思的事实报道和带着一丝揶揄的、隐含着的作者生平，这两者都是当代小说的组成部分。如今，英国文学新作最有声望和影响力的出口，大概是平装版的书刊合一出版物《格兰塔》(*Granta*)，值得注意的是，它的旅行号曾是其畅销版，我提到的作家中有若干人的作品都刊登在该刊显著位置；同样值得注意的还有一部非常有趣的作品《没有地图的洛杉矶》(*Los Angeles Without a Map*)，作者理查德·雷纳（Richard Rayner）写作该书时正在该刊工作。这本书描写的是叙述者离奇的、主要与性有关的冒险经历，叙述者与真实的作者难分彼此；它读起来像自传，但却入围 1988 年的《星期日快报》小说奖。

我写了那篇论文之后，当然有许多问题小说或者元小说问世，也有许多小说，它们原本并非作为元小说来写，但带有元小说风格。比如，玛格丽特·德拉布尔（Margaret Drabble）的《冰封岁月》（*The Ice Age*）和之后的作品，马尔科姆·布拉德伯里（Malcolm Bradbury）的《历史人》（*The History Man*）、马丁·艾米斯的《金钱》（*Money*）和我本人的《你能走多远？》（*How Far Can You Go?*），都主要聚焦于当代社会的发展，但全都指涉作者，或者在某些情况下实际上将作者引入文本，作者是一个跟虚构人物处于相同本体论位置的人物：这是一种以特别极端的方式暴露文本虚构性的写作方法，始终揭示对虚构话语及其与世界的关系的伦理与认识论本质的某种焦虑。

的确，我的十字路口的理论模式或隐喻现在在我看来是不充分的，这主要是因为它没有考虑到单个文本中各种文体与风格的这种混合。这种混合，在我看来似乎是今天小说创作的一个突出特征，人们可以把这种小说叫作"交叉（crossover）"小说。这就是说，全然地、排他性地致力于寓言编撰或者纪实小说，或者元小说创作的小说家相对少见。与此相反，他们常常以令人惊讶的、蓄意分裂的方式，将上述一种或多种文类与现实主义混合在一起。库特·冯尼格（Kurt Vonnegut）的《第五号屠场》（*Slaughterhouse Five*）（1970）是交叉小说早期的、影响巨大的美国样本。英国的样本则包括多丽丝·莱辛晚期的某些作品，如《简述坠入地狱的经历》（*Briefing for a Descentin to Hell*）、朱利安·巴恩斯（Julian Barns）的《福楼拜的鹦鹉》（*Flaubert's Parrot*）及其之后的作品，以及 D. M. 托马斯的《白色旅馆》（*The*

White Hotel）。在这一时期，突显的互文性，即在现代文本中公开引用或模仿旧文本，被频频用来获取交叉效果，它肇始于约翰·福尔斯（John Fowles）的《法国中尉的女人》（*The FrenchLieutenant's Woman*），经过彼得·阿克罗伊德（Peter Ackroyd）的《霍克斯莫》（*Hawksmoor*）、《查德顿》（*Chatterton*），到安东尼娅·拜厄特（Antonia Byatt）最近的《占有》（*Possession*）。本人的《小世界》（*Small World*）也许可以列入此类作品。但你同样不得不说，目前大批最有声望的小说家仍然完全用传统现实主义的话语方式进行创作，他们要么采用第一人称人物叙事者，要么公开以作者为叙事者，旨在营造故事的真实性幻象（illusion），而这种幻象在文本中没有受到根本性的挑战和质疑。

我曾经担任英国主要文学奖布克尔奖1989年评委会主席。我们阅读或者说至少仔细审查了一百多部小说新作。它们中的绝大部分都采用小说的现实主义常规写法。六部入围作品全是现实主义小说。我得说马丁·艾米斯（Martin Amis）的《伦敦场地》（*London Fields*）因为两位评委的强烈反对而没有入围非常遗憾。要是它入围，我们的获奖名单会有所不同，因为那部小说里有重要的元小说和寓言编撰要素。可以说，最终入围的六部小说没有一部背离现代现实主义叙事的常规。

它们是：石黑一雄（Kazuo Ishiguro）的《长日将尽》（*The Remains of the Day*），它当然是最终的赢家，约翰·班维尔（John Banville）的《证词》（*The Book of Evidence*），罗斯·特瑞美（Rose Tremain）的《回归》（*Restoration*），詹姆斯·柯尔曼（James Kelman）的《怨书》（*A Disaffection*），玛格丽特·阿特伍德（Margret Atwood）的《猫眼》（*Cat's Eye*），以及西比尔·贝德福德（Sybille Bedford）的《拼图》（*Jigsaw*）。尽管我们挑选这些作品时没有注意到这一点，但六部作品中的五部都是第一人称叙事，而第六部詹姆斯·柯尔曼的《怨书》是以一个单一视角写成，常常是内心独白。第一人称吸引当代小说家，是因为它允许作家保留现实主义常规，又不必继承那种属于古典现实主义小说中作者叙事方法的权威性。就贝德福德和阿特伍德而言，叙事者的声音几乎不能跟隐含作者拉开距离；而在石黑一雄、班维尔和特瑞美那里，修辞手段的使用使叙事者和他们的作者迥然不同。这三部作品都是技巧娴熟的大师手笔，但它们在形式上并非独创。的确，班维尔的小说也许是他写过的形式上最为传统的作品。至于第六部，柯尔曼曾被视为先锋派的旗手，但是，尽管我十分欣赏他的小说，也是评委中他主要的拥护者，但小说没有形式上的大胆创新。小说混合着内心独白和自由间接手法（free indirect style），跟《尤利西斯》（*Ulysses*）头几章相当类似，但是完全没有《尤利西斯》后面章节中乔伊斯那种神话设计和文体实验。它的美学动机完全是模仿。它对读者形成挑战的主要是其内容和格拉斯哥方言的使用，而不是其叙事形式。

简言之，我在《十字路口的小说家》一文中为其辩护的美学多元主义，现在在我看来是文学生活中被普遍接受的事实。有时候它被描绘为后现代状况（post-modern condition），可若是这样，我们便无法再把后现代主义作为一种新的先锋实验主义的术语来使用。今天，形形色色的风格多得让人惊讶，就像艺术超市上待出售的货物，既有传统的又有创新的风格，既有极简主义（minimalism）又有过量铺张，既有怀旧又有预测。

多元主义的胜利无疑与占支配地位的批评家或批评流派的缺乏有关系，没有这样的批评家或批评流派积极致力于当代文学的阐释和评估，就像早年艾略特、李维斯和美国新批评派批评家们所做的那样。这种情况，部分原因是学术批评越来越专业化并全心专注于纯理论。批评要做的是定义文学运动，确定或者设置什么重要什么不重要什么流行什么过时的论争。而现在我们的文学状况是一切都流行，一切都不过时。

这种局面有利有弊。其优势是文学界对任何有才能的人敞开大门。如果文坛有一种占支配地位的风格，不时兴的好作品就有被忽略的危险，而平庸的时髦之作则会享受到虚高的声望。三十年代和五十年代有大量这样的例子。其弊端在于，由于没有艺术价值方面的导向性舆论，别的价值系统就会取而代之。鉴于我们社会的特征，某些物质主义的成功概念填补了真空就不足为奇了，比如用销量、预付稿酬、获奖、媒体的知名度来衡量成功。概而言之，成功取代时髦，成为文学世界的参照点，或者，要是你愿意，成功成了时髦的标志。事情并不总是这样。在现代主义鼎盛年代，如果你在商业上获得成功，就很难被视为一个重要作家。有意思的是，在广泛的范围内被视为他那一代作家代表人物的马丁·艾米斯写了两部小说，一部叫《成功》（Success），一部叫《金钱》（Money）。

现在我当然要从制度方面谈谈我提出的问题，我也十分明白，因为我近年获得了我刚才提到的那类成功，我的观点可能部分受到自己社会地位变化的影响；但我并不认为我所谈的完全是主观印象。文艺小说（literary novel）在20世纪80年代获得了新的商业上的价值，这已是常识，而那十年同时也是致力于打造企业文化、解除巨额金融管制和使其国际化的十年，这并非巧合。在这种环境下，出版公司成了金融机构兼并和接管的理想对象。有声望的作家和商品市场的品牌一样成了有价值的资产，其价值远高于他们实际产生的收益——尽管在某些情况下，他们也能产生高收益。文学畅销书诞生了，这对F.R.利维斯（F. R. Leavis）和昆妮·利维斯（Queenie Leavis）来说是一个矛盾的概念。昂贝尔托·埃科（Umberto Eco）的《玫瑰之名》（The Name of the Rose）是个典型例子。萨尔曼·拉什迪的《午夜的孩子》（Midnight's Children）是另一个例子。布克奖在20

世纪80年代之前的几十年，对销售的影响很少或者说没有，可是突然，它形成了让任何赢得此奖的书成为畅销书的威力。出版商开始寻找和争夺潜在的文学畅销书作者。其结果是，在过去这段时间，文艺小说家在经济上得到了比20世纪以往任何年代都更丰厚的报酬。每一个想当全职作家并以此为生的人都可以心想事成，这从来都不可能，也决不再有可能，但在20世纪80年代，这种抱负似乎是比以往更容易实现。

20世纪90年代早期的经济衰退极大地改变了这种状况。在市场走高的情况下，畅销书作家所要求的巨额预付稿酬导致小说家经济收入普遍提高。然而，在今天严峻的经济形势下，那些数额巨大的预付稿酬并未挣回来，而那些较少带商业性质的小说的销量显著下降。小说家们突然发现，以其作品维持生计比较难了。出版业一直存在让人痛心的人员淘汰以及出版商出版计划相应的压缩。当然，这些合起来是否是一件坏事，取决于什么样的作品因财政紧缩而淘汰。英国出版了如此多小说，以致很大一部分没有得到恰当的评论，这样它们也就从未真正进入公众意识。有些真正优秀的小说出版了，但并未引起注意，因为它们为大批合宜的、有竞争力的作品所淹没，而这些作品并不是真正**必不可少**的小说，这种情况是可能的。不管是这种情况还是那种情况，80年代发生在小说出版业的结构性变化的影响，将不会很快消失。

从一开始小说的地位就是模棱两可的，它介乎艺术品和商品之间；但在20世纪，在现代主义的冲击下，似乎分裂成了两种小说——一种是有艺术抱负的高级知识阶层小说，它们销量很少，读者是那些有鉴赏能力的文化精英；另一种是娱乐性流行小说或中等知识阶层小说，它们销量较大，读者是普通大众。现在，这种差别似乎又在重新变小，这一点改变了作家对读者、同行——和作品的态度。

文艺小说在市场上的成功要依靠作家、出版商和大众传媒的协作。出版商和作家有共同的利益，而媒体因为自身原因十分渴望跟他们合作。过去十年出版业和传播技术的发展带来了传媒机构的广泛扩张和多样化——报纸、杂志、报纸副刊、电视频道和广播电台。它们都对素材有无尽的胃口；关于书籍和作家的讨论和流言蜚语就是这种素材的廉价来源。

这样，如果你是一位有某种声誉的小说家，出版新作的程序不再包括向出版商寄出手稿，然后等待九个月或者更晚之后书评问世。现在它意味着就出版条款进行微妙的谈判，也许这种谈判是通过你的代理人，也可能意味着拍卖。一旦签约，你便跟出版商商议出版时机、封面设计和图书产品的其他细节。你可能会被要求跟出版公司的销售团队或者销售商的代表们会谈。小说出版前后，你会被要求接受报纸或者广电媒体的采访，也许要参加书店的朗读活动、签名活动和文学节。要是你幸运地获得某种文学大奖，或者甚至只是入围，你将有更多的营销活动要参加。而要是你的作品出了平装版，被改编成电影或者电视连续剧，在国外出版，那将意味着你甚至会有更多的采访、朗读、签名，等等。英国文化协会可能会邀请你到国外旅行，去朗读你的作品，或者就你的小说的情况做演讲。一个有趣同时也意味深长的事实是，就在后结构主义学术批评运动宣布作者死亡，并将这一断言视为一种理论上的公理的时候，当代作者作为活生生的人却受到公众前所未有的关注。

在这个协作程序中，某些作家要比另外一些作家投入更多热情；但很少有人完全置身事外。为什么？原因是多方面的。目前的环境鼓励作家不仅将自己视为艺术家，而且将自己看成出版商的专业合作伙伴。如果出版商为一本书做了大量的投资，作者会感到有帮他把书卖出去的道德义务，这也是其切身利益。作者会因为跟崇拜他的读者的联系或者因为公众阅读中的表演因素而得到一种自我满足。他或她可能高兴走出孤独的书斋，做由他人出资的出国旅行。

显然，作家这种新的文学生活方式存在一些危险——这是我作为一个曾经有意冒险的人的经验之谈。在所有媒体的曝光下，会助长虚荣、嫉妒和妄想症，无论如何，作家们天生易于染上这些毛病。另一种危险是，所有那些访谈、朗读、演讲旅行、签名活动、文学节参与等等，会耗费你的时间和精力，而这些时间和精力你本应专注于新作的创作。也许至关重要的是以下这种危险，作家市场意识的增强将干扰他或她的艺术家意识，使其作品缺乏本该有的创新性、抱负和对新领域的探索。的确，在当今文坛，媒体与市场的影响力与当代小说艺术上的多元格局——现实主义仍是其中的主力军——之间有着直接联系，这一点是可以证明的。J. G. 巴拉德（J. G. Ballard）最近在《卫报》评论一部威廉·伯罗斯（William Burroughs）[①]传记时，对这种影响有一段尖刻的评论：

> 当布尔乔亚小说取得胜利，职业小说家（career novelist）在英国艺术协会的资助下坐喷气机满世界旅行，在文学节上像游戏节目名人一样摆架子之时，伯罗斯至少仍在堪萨斯的劳伦斯静静地连续工作，创作我认为是二战后出现的最有原创性、最重要的小说，了解到这一点让人振奋。

此处"英国艺术协会"大概是"英国文化协会"之误。英国艺术协会并不会送作家乘飞机到世界各地旅行，而是送他们坐

[①] 威廉·伯罗斯（William Burroughs, 1914—1997），美国小说家兼艺术家，"垮掉的一代"的主要成员和后现代主义重要作家。——译者注

大英铁路在全国各地东游西逛或者在地区社区中心当驻区作家，不过我认为巴拉德也不会赞同这些活动。这段评论中真正有趣的是"职业小说家"这个名词。它听上去像是对"职业妇女（careerwoman）"的模仿，"职业妇女"是一个现在已经不常用的带有性别歧视的名词，它曾用来指妇女牺牲或者轻视女性持家和生儿育女的传统活动，而追求传统上属于男性的职业，致力于权力和财富获取。巴拉德的用词隐含这样的意思，作为职业（vocation）的写作和作为专业（profession）的写作是有区别的，一个是追求价值（importance），一个是追求成功。我必须承认，我认为将威廉·伯罗斯视为文学价值的典型很难让人信服，不过我们还是不要为巴拉德文章中这一值得怀疑的价值判断分心。

在当前文学价值受到名声和金钱污染的情况下，各种危险必然存在。这些危险总是存在的，至少18世纪以降一直如此，那时作家停止依靠赞助人而成为专业作家（professionals），印刷机将小说变成批量销售商品。它们对不同作家的影响只有程度的不同，没有本质的不同。小说家总是必须竭尽全力在作品中让出版机构的实用主义关切和美学上的完善达成妥协。他总是必须在写小说时做艺术家，在发表它时做生意人。所有你能说的就是，现代文化产品的生产、流通状况使你要保持这种平衡尤其困难，这需要作家保持特别清醒的头脑。

我认为，无可否认的是，当代写作，不管它追随哪种特定风格或模式，不管是现实主义还是非现实主义，是寓言编撰或者元小说还是非虚构小说，或者是所有这些风格的混合，都可能是读者友好型的（reader-friendly）。这可能也是巴拉德所说的布尔乔亚小说胜利包含的意思。当代作家对交流感兴趣。情况并不总是这样。浪漫主义作家认为自己的艺术首先是自我表达；现代主义作家则将他们的艺术视为符号（symbols）或者语言客体（verbal objects）的创造。当代文学批评理论告诉我们，交流完全是一种空幻的思想，或者谬误，不过并不明白它这么说时它认为自己在干些什么。然而，当代作家不得不将自己视为在与实际的或潜在的受众交流过程中的参与者。这也许在一定程度是现代社会传播方法和技术（卫星电话、录像机、传真机、复印机、电脑，等等）激剧增加的结果，肯定也因为在自己小说出版、销售或者为其他媒体（如电影、电视）对作品进行改编的过程中他们有更多的专业上的参与。在我看来，这是生活在现代世界不可抗拒的影响，无论它是好还是坏，毫无疑问，它也对当代小说的形式产生了影响。

后　　记

上文提到的 80 年代"文艺小说出版业的结构性变化"，在 90 年代继续发挥着强大的影响力，并被普遍认为有着文化上的破坏性。现在是 1995 年年末，这一年对出版商、书商和作家来说，都是一个动荡不定、焦虑不安的年份。今年夏天，里德－爱思唯尔集团（Reed-Elsevier）将其出版部（包含我本人的出版公司 Secker & Warburg）整体出售。其他出版集团，包括著名的哈伯柯林斯和企鹅，也宣布大规模缩小经营，并伴以相应的员工过剩。今年秋天，图书净价协议（规定图书必须以书封上的出版社定价销售）突然停止执行，因为一大批主要出版公司和书商认为，零售打折是刺激不景气的图书市场的唯一办法。一种普遍的恐惧是，这一情况的发展可能把小书店挤出市场，也将对薄利图书的作者和出版商不利。外行可能情有可原地以为，采取这一激烈措施的出版公司原本在图书净价协议下是亏损的；但大多数情况下他们实际上一直有适度盈利。看来事情是这样的，20 世纪 80 年代买进出版社的集团公司本来希望出版社能产生和任何其他商业或者工业运作一样的利润——百分之十二或者十五，而不是百分之五或六——,所以当这些目标没有达到时,便给他们的高级主管施加强大的压力。可是总的出版业从长远看是否能够产生这么高的利润,是难以预测的。这就是为什么传统上出版业是"绅士的(gentlemanly)"买卖,其所追求的文化动机跟经济动机不相上下。

与此同时,追逐"文学畅销书"的势头有增无减——实际上,由于出版家们既要满足逼得他们喘不过气来的会计师,又要满足自己的文化使命感,这种势头变得更为狂热。美国出版人杰拉尔德·霍华德(Gerald Howard)在1989年的《美国学人》(The American Scholar)发表了一篇颇有先见之明的文章,后在《作家》(The Author)重印,他如此评论这一现象:

> 这种交易显而易见是浮士德式的:巨大的销售机构和渴望声名的传媒机器,其功能是使这些可能的惹人注目的成功榨出自己的投入和让步该换来的钱,这大大地混淆了文学价值和经济价值。

马丁·艾米斯1995年发表《信息》(The Information)的故事就是这一评论再好不过的生动例证。哈伯柯林斯公司付给他近五十万英镑的预付稿酬,买断该书在英国和英联邦国家的小说版权,这一数字超过了此前付给文艺小说家(不同于写通俗文类的娱乐性作品的作家)的任何费用,但在进行的过程中导致他跟他以前的出版商兼经纪人帕特·卡瓦纳女士以及最亲密的朋友朱利安·巴恩斯(卡瓦纳的丈夫)断交。整个事件最重要的方面是,谈判和对他们的个人影响被媒体广为报道,伴之以对艾米斯最近婚姻破裂的让人厌恶的幸灾乐祸以及挑起文坛妒忌和非难的确定无疑的后果。80年代大众媒体与文坛的成功崇拜的共谋关系在90年代变糟了。经济衰退对传媒的打击和对图书出版业的打击一样沉重,丑闻助销小报,幸灾乐祸也必定助销大版式报纸。

结果,小说 1995 年 3 月出版前,对它的反应完全被围绕着它的争议所控制和扭曲。事实上,小说故事写的是两个小说家在文学上的妒忌和竞争,一个失败了,另一个获得惊人成功,这进一步模糊了艺术和生活的界限。对小说的评论好坏参半。有些人评论的是他的预付稿酬而不是小说。小说在商业上是成功还是失败不得而知,也许永远只能如此了,因为在现代社会,公开通报的图书销售数字居于最不靠谱的统计之列(除了原始数字的准确性问题,他们对数字的解释还取决于是按书封标价还是按折扣价零售,批发给书店是可退还是不可退,是以特殊折扣价批发给书店还是以大幅折扣价卖给图书俱乐部①,以及以上所有这些类型的销售占多大比例)。业内一般看法是,《信息》不大可能挣出其预付稿酬。要是赢得布克尔奖,他或许有可能挣到那么多钱,可是马丁·艾米斯总与布克尔奖无缘是出了名的,1996 年他再次如期落选。当然,他完全有权尽力为自己的小说争取到他能够得到的那么多钱。然而,哈伯柯林斯公司为该小说付给他接近五十万英镑,大体来说是否对他、对他们自己,或者对整个文学出版业有任何好处,是有争议的。正如上文所提到的,该出版公司今年晚些时候宣布出现大量过剩。

---

① 图书俱乐部:加入成为其会员后可以以折扣价选购图书的团体。——译者注。

作为交流方式的小说

罗贻荣　译

【来源】

The Novel as Communication. 选自戴维·洛奇,《写作实践》, *The Practice of Writing*, Secker & Warburg, London, 1996, pp. 179 – 197。此文最初发表于 *ways of Communicating*, edited by D. H. Mellor, Cambridge U. P. , 1990。

【概要】

传统小说家将自己视为致力于跟读者交流的对话者,但所谓"小说的幻象"使人们怀疑小说并非一种交流方式,甚至是"意识形态统治和压迫的工具";其实传统小说家十分清楚其艺术的危险力量,并采取各种措施防止或者警诫其滥用。

现代唯我论小说家的作品常常传达交流困难或者交流根本不可能的信息,文本中作者身份的模糊和意义的不确定性使当代批评家否定文学是一种交流方式,解构主义致力于消解作者的交流地位。在巴赫金看来,语言本质上是对话的,我们使用的语言已经打上了他人意义、意图和的口音的烙印,我们所做的每一个表述都直接指向某个要接受它的他者:作者通过创作跟过去和未来的

"他者"交流。

阅读过程中意义（包括作者意图之外的意义）的产生，离不开作者有意设计的意义结构；小说是一种游戏，一种至少需要两人玩的游戏：一位读者，一位作者。

此文是我在剑桥大学发表的一篇演讲的文字稿，该演讲是剑桥大学达尔文学院主办的题为"交流"的跨学科系列讲座之一。系列讲座的其他主讲人包括霍勒斯·巴洛（Horace Barlow）（《大脑的交流与表达》）、诺姆·乔姆斯基（Norm Chomsky）（《语言与心理》）和乔纳森·米勒（Johnathon Miller）（《无语言交流》）。8个演讲于1990年以《交流的方式》（Way of Communicating）为书名结集出版。

探讨这个话题有两种可能的方式。一种是认为小说理所当然是一种交流模式，并分析它作为交流技术的形式特征；另一种是质疑小说就是交流这一假设，探寻这个假设包含什么，排除什么。我将对两个方面都有所涉及。我也将从两个视角来探讨这个主题，即从批评家的角度和"现役"小说家的角度。我必须谈到的某些部分适用于一般意义上的文学，但许多是特别针对小说而言。不管作为批评家还是创作家，我最感兴趣的文学形式都是小说。

我猜想，包括这个系列讲座的设计者在内的大部分人都有这样一个假定，即认为语言是交流的工具，语言的目的就是交流；因为文学由语言构成，它也必定是一种交流，正如《柯林斯英语词典》所定义的那样：文学是"信息、思想、情感的传递或者交换"。这个问题的一个基于常识的观点会认为，这个定义包含了小说的创作和接受两个方面。

似乎可以肯定，传统小说家曾将自己的活动视为交流。比如，18世纪的亨利·菲尔丁，就以社交的隐喻结束他的小说杰作《汤姆·琼斯》：

> 读者诸君，我们的旅行现在就要到最后一站了。就像驿站马车里的旅伴，我们一起走过那么多书页，彼此陪伴度过了几天；尽管一路上也许发生了一些争吵和小小的不快，最终大体上达成了和解，都心情愉快地最后一次登上马车，因为过了这一程，我们可能再也不会相见，对书里的人也一样。

这个段落中闯入的作者的声音就是一个例证，这通常是传统小说典型的写法。这个声音在小说中倾诉、评论、抱怨，有时还谴责。我们会相当自然地将那个声音命名为出现在小说封面的名字（亨利·菲尔丁、查尔斯·狄更斯、乔治·艾略特，或者任何其他人）。这个声音就是一个最明显的迹象，表明作家们将自己视为致力于跟读者交流的对话者。在这类小说中，叙述行为是对一个人向另一个人讲故事的言语行为的模仿。乔治·艾略特这样开始她的小说《亚当·比德》：

> 埃及巫师以一滴墨水为镜，就能对偶然的来访者显示遥远过去的幻象。读者，这也是我想为你做的，我要用我笔尖上的这滴墨水，向你显示公元1799年6月18日那天甘草坡的一间宽敞作坊，作坊主人就是该村的木匠兼建筑工乔纳森·伯格。

通过呼唤读者，写作行为在这里转换为说话的行为。通过既新奇又平凡的一滴墨水的形象，讲述（telling）的行为转换为展示（showing）的姿态。其意图是将我们带出我们自己的世界，这个有着所有难题、未竟事业、无趣和失望的世界，进入另一个我们可以忘掉这些东西，或者可以身临其境战胜它们的世界，这大概是所有叙事的基本魅力。艾略特的开场白特别具有小说特性的地方是其拟纪实报道特征——有确实的人物姓名和日期："公元1799年6月18日那天甘草坡的一间宽敞作坊，作坊主人就是该村的木匠兼建筑工乔纳森·伯格。"

　　小说是一种叙事形式。我们讨论一部小说几乎不可能不去概括或者推定其故事或情节；这并不是因为故事或情节是我们对一部小说感兴趣的唯一或者主要原因，而是因为故事或情节是构成小说的基本元素。（顺便提一句，故事和情节这两个术语有时被用来描述叙事的两个对立类型或者方面，但它们也是可以互换的同义词，我将采用后一种用法。）由此，小说便跟叙事家族的其他形式——如以纯语言为媒体的经典史诗、圣经、历史和传记、民间传说和民谣，以及包含非语言成分的戏剧和电影——有着相似性，叙事关心**进程**（process），也就是说，它关心事件特定状态的变化；或者，它将人类生活经验中的难题和矛盾转化为进程，以便理解和处理它们。叙事提出受众心中关于它所描写的进程的疑问，然后推迟回答那些疑问，借此获得并维持受众的兴趣。当叙事以一种既出乎意料又在情理之中的方式给出答案，便产生了自亚里士多德以来人们便知道的突转或者反转。所有这些适用于任何其他叙事形式（无论它是什么媒体）的东西都适用于小说。

　　语言叙事不同于包含表演或者视觉形象元素的叙事形式之处是，它有两个基本的表现方式：一种由叙事者报道人物行为，另一种是人物在对话中以自己的言语表达自己。这两种方式——它们有时也被称为叙事者声音和人物声音，概述和场景，讲述和展示——是从《小红帽》到《战争与和平》的所有语言叙事的基础。然而，小说展现出这些表现方式微妙而复杂的交织，这一点我后面将详加论述。小说之所以能够以其他文学形式无可比拟的逼真模仿社会生活，其千变万化和复杂是原因之一。另一个原因是我在开篇谈乔治·艾略特的《亚当·比德》时提到的拟纪实报道特征。简言之，小说是典型的**写实**（*realistic*）叙事形式。18 世纪关于小说的讨论确立了它在类属上的独特地位，而包括 18 世纪在内的早期小说评论的焦点就是小说的现实幻象（illusion of reality）。比如，克拉拉·里夫（Clara Reeve）1785 年写道：

> 小说让我们觉得它所描写的事物就像我们每天所见，就像发生在朋友或者我们自己身上，其完美无缺之处在于，它如此轻松自然地表现每一个场景，让我们对一切都信以为真（至少我们阅读它时如此），以至于我们为故事人物的悲欢离合所感动，似乎他们就是我们自己。（《罗曼司的演化》，*The Progress of Romance*）

很久之后，一个很老到的批评家奥特加·伊·加塞特（Ortega y Gasset）说了一段很相似的话：

> 小说注定要从它本身内部来感知——就和现实世界一样……要欣赏小说，我们必须全方位感知它……正是因为它是杰出的写实文类，它跟外部现实是不相容的（incompatible）。为了建立它自己的内在世界，它必须驱逐开并废除围绕着它的世界。（"小说笔记"，"Noteson the novel"，1948 年。）

在这一观点的千百个例证中，你可以引用十九世纪出版家威廉·史密斯（William Smith）初读夏洛蒂·勃朗特《简·爱》手稿的见证。

星期六早上吃过早餐，我带着《简·爱》手稿进了我的小书房开始阅读。故事立刻抓住了我。十二点前我的马来到门前，可我没有放下书。我草草写了个两三行的便条，跟朋友说很抱歉我临时有事取消约会，让马夫把便条送给他，然后继续阅读手稿。一会儿佣人来跟我说午饭好了。我吩咐他给我送个三明治和一杯葡萄酒来，仍然继续读《简·爱》。晚饭又来了；我匆匆吃完了饭，到晚上上床睡觉前，已经读完了手稿。

小说表现现实的独特的逼真性，以及小说对读者施予的催眠式的魔力，总使它在道德上和美学上成为被怀疑的对象。一种艺术形式可以让读者忘记自己在现实时空里的存在，难道没有什么东西从根本上不自然也不健康吗？小说文本带来的愉悦难道不像白日梦，不像美梦成真的幻想吗？弗洛伊德认为当然是的（参见其论文"创作家与白日梦"）。基于这样的理由，有人认为小说不是可靠的交流方式，这一著名观点出自马克思主义批评家瓦尔特·本雅明（Walter Benjamin）。

本雅明将故事讲述和小说区分开来，他认为，纯粹的讲故事形式，是同时在场的故事讲述人和听众之间说和听的交流，而小说则是一位沉默的作者独自一人在一处写成，并由一位沉默的读者在另一处阅读。他评论道，小说的兴起和故事讲述的式微是同时发生的；因此他语出惊人地说，"经验的可交流性正在消亡"。

小说家离群索居。小说诞生于独处的个体，这个个体已不再能够通过提出自己最重要的关切的实例来表达自己，他无法劝告自己，也不能劝告他人（"故事讲述者"）。

近年来一直有许多针对有时被称为传统现实主义小说的抨击,其理由都大同小异:"它远不是交流工具,而是意识形态统治和压迫的工具,从文化的高度复制工业资本主义进程,让它看上去正常而又自然,使受众被动地消费它,跟他们的异化状态妥协而不是从中解放出来。"此类论战的最新例子来自伦纳德·戴维斯(Lennard J. Davis)的《抵制小说:意识形态与小说》(*Resisting Novels: Ideology and Fiction*)。

实际上,传统小说家十分清楚其艺术的危险力量,并采取各种措施防止或者警诫其滥用。闯入文本的作者的声音本身常常用来指向小说形式上的那些套数,以防读者天真地将文学与生活混为一谈。菲尔丁将"书页"一词引入驿站马车的比喻("就像驿站马车里的旅伴,我们一起走过那么多书页")时,他提醒读者,他们是在读一本书。简·奥斯丁在《诺桑觉寺》结尾给了读者更为迅疾的一击:"诸位读者一看故事给压缩得只剩这么几页了,就明白我们正在一起向着皆大欢喜的结局迈进。"特罗洛普(Trollope)在《巴切斯特塔》(*Barchester Towers*)中说"让古道热肠的读者不要有任何忧虑吧。埃林诺并非注定要跟伯蒂·斯坦诺普结婚",他这是在取笑读者,而不是迁就他们。

亨利·詹姆斯对这种做法有不同的看法。在他看来,作者这样承认小说故事为作者所编造"是对圣事的叛卖"。詹姆斯开启了英国现代小说(有时人们称其为"现代主义"小说)之先河,这类小说为了更为忠实地表现现实,削弱或者完全排除作家叙事者(authorial narrator)。与作家叙事者讲述故事相反,此类小说的情节是通过某一个人物或者多个人物意识的感知来叙述的。这种做法有多种形式,在18世纪和19世纪早期的小说中大部分都能找到,但那时的应用并不那么成熟也不广泛。一种简单而又显而易见的排除作者声音以营造小说逼真效果的做法,就是以作品中的人物为叙事者,正如《鲁滨孙漂流记》、《简·爱》或者

《大卫·科波菲尔》中所做的那样。不过,有些第一人称叙事者是小说隐含作者完全透明的代理人,与它们不一样的是,现代主义小说的第一人称叙事者对自身经验较为含混、较为缺乏可靠性,他们常常被其他叙述者陷害,或者与其他叙述者形成对照,比如,亨利·詹姆斯的《螺丝在拧紧》、康拉德的《黑暗的心》中的叙事者。拟自传体小说或者忏悔小说的更进一步、更典型的现代变体是内心独白,詹姆斯·乔伊斯在《尤利西斯》里所使用的就是内心独白。在该书中,读者实际上偷听人物在时空中穿行时的真实思想和感觉。下面是布鲁姆在想着他的猫:

> 人们总说它们笨。它们懂我们说的话,比我们懂它们的多。它要懂的都能懂。也有报复性。残酷。它的本性。怪,耗子从来不叫。好像还喜欢似的。不知道我在它眼里是什么样儿。大楼那么高?不对,它能逃过我。①

跟本雅明所说的那样,这类话语和讲故事完全相反。跟古典小说相比,意识流小说中没有多少事情发生——或者说它们实际上发生在幕后,通过回忆中的偶尔提及和暗示方可略知一二,而不是直接呈现。伍尔夫所说的那种"所传递的信息在脑中一掠而过的内心火焰的闪光"的记录最适用于日常经验——逛街、做饭、织袜子,而不适用于异常经验。内心独白特别不宜用来叙事,即使是乔伊斯也只是在《尤利西斯》中断续使用,将它与其他话语混合使用,包括自由间接风格。

自由间接风格是一种叙述模式,它实际上使作者叙述话语和人物话语互相融合、交织起来。它像传统小说一样以第三人称记

---

① 此段中译引自詹姆斯·乔伊斯《尤利西斯》(上卷),金隄译,人民文学出版社1994年版,第87页。——译者注。

录人物的思想，不过采用的是适合人物的语汇，省略部分或者全部导入间接引语的标签语（比如"他想"、"他想知道"，等等），这样就产生了一种接近人物的私密自我的效果，而又没有像拟自传体或者内心独白小说那样把叙述的任务全然让渡给人物。这种话语——自由间接引语或者自由间接风格——是小说特有的；它在19世纪晚期出现，简·奥斯丁大概是第一个意识到它的全部潜力的小说家。在《爱玛》中，爱玛·伍德豪斯计划撮合埃尔顿先生跟受她保护的哈丽叶特，可结果却收到埃尔顿向她自己的求婚，这是她最不乐意看到的，下面一个片段就是描述爱玛刚刚收到求婚时的思想：

>   她想，是她开始有了这种想法，并使一切都朝那个方向发展。然而，他的态度一定是含糊、摇摆、暧昧的，否则她就不会那样被引入歧途。

这里，作者谨慎地概述了女主人公回顾想象中的埃尔顿追求哈丽叶特时的思想。但在下面的一段话——未完成的、断断续续的、像说话一样自然——中，我们似乎被带入爱玛脑中：

>   那幅画！——他多么渴望拥有那幅画！——那个字谜！——还有足足一百种其他场合，——那些事情看上去多么明显的指向哈里特啊！没错，那个字谜中的"敏捷才思"和"柔和的眼睛"——对两个姑娘都不合适，是没有品位也不真实的杂烩。可谁又能看透这种笨头笨脑的胡说八道呢？

简·奥斯丁谨慎地使用这一手法，将它与较为传统的作者描述和直接引语模式结合起来表现人物内心的决定性时刻。但是构成弗吉尼亚·伍尔夫的成熟小说的几乎全是以自由间接风格写成的人物大段的自省,只有一些老套的交谈和一些琐碎的行动的描写插入进来打断它。这里是又一个虚构的媒人,《到灯塔去》(1927)里的拉姆齐太太:

> 她竟然愚蠢地安排他们隔着桌子对坐。这可以在明天加以补救。如果明天天气好,他们应该去野餐。一切都似乎是可能的。一切都似乎是恰当的。刚才(但这不可能持久,她想,趁大家都在谈论靴子时她让自己从眼前这一刻游离开去),刚才她获得了安全感;她像一只鹰在空中盘旋停留;像一面在充溢着她全身每一根神经的欢乐气氛中飘扬的旗帜,这欢乐甜蜜地、毫不张扬地、庄严地充溢在她每根神经之中,因为,她看着在一起吃饭的人们,心想,这欢乐来自她的丈夫、儿女和朋友们。

这样,拉姆齐夫人坐在饭桌旁反忖着自己的思想,"从眼前这一刻游离开去",策划撮合莉莉·布里斯柯和威廉·班克斯,而坐在同一张桌旁的莉莉·布里斯柯正在满怀渴望地想着的却是另一个男人。

总体上来说,意识流小说在19世纪末20世纪初的出现,显然与认识论上的巨大转变有关,即从将现实置于常识所理解的行动和事物组成的客观世界,变为将现实置于个体思维的主观精神世界,每个个体都建构自己的现实,让它与他人所建构的现实相一致是困难的。如果说现代小说是一种交流方式,那么自相矛盾的是,它常常传达的信息是交流的困难或者不可能。现代主义者排除闯入小说的作者声音——聪明的、无所不知的、可靠的、让人放心的声音——的理由之一是这种声音是虚假的,因为根据我们的经验,生活实际上是破碎的、混乱的、不可理喻的、荒诞的。由此看来，经典现实主义小说的困难在于它不够写实（realistic）：尊重纯粹的叙事常规而牺牲生活的真实。"如果一个作家……可以基于自己的感觉而不是常规来写作，"弗吉尼亚·伍尔夫在她一篇著名的论文里写道，"现代小说""将没有已成定规的情节、喜剧、悲剧、爱情的欢乐或者灾难……"她要求小说记录经验的万千微尘，"按照它们纷坠心田的顺序"将它们记录下来，"描出每一事每一景给意识印上的（不管表面看来多么互无关系、全不连贯）的痕迹"。

如此这般，现代主义小说家倾向于赞同唯我论的哲学观点——我唯一能确定的存在是作为思维主体的自我。这一点为瓦尔特·本雅明的批评提供了甚至比经典现实主义小说更好的靶子，因为它进一步排除了本雅明的故事讲述概念。另一位匈牙利的马克思主义批评家乔治·卢卡契以类似的理由抨击现代主义小说："对于这些作家来说，人本质上就是离群索居、自我中心的，无法进入与其他人的关系之中。"因此，人无法进行交流，也无法对历史产生影响。当然，人们熟知的一种对现代主义小说的平民主义式控告，是它并不以清晰的、易于理解的方式向读者传达其含义。它晦涩、难懂、深奥、精英主义。

为现代主义小说所做的标准辩护正是基于这些特质，基于其形式上的复杂性和晦涩难懂：人们认为"语言革命"之于政治革命，要么不可或缺，要么更为重要。典型的例子是詹姆斯·乔伊斯。《尤利西斯》在头几章的超现实主义心理描写之后，是声音与话语的让人眼花缭乱的变化——反讽的、滑稽模仿的（travestying）、口语的、书面语的：报纸标题、演讲词、妇女杂志、酒吧谈话、歌剧歌曲、百科全书条目，如此等等；小说的叙事层面充满了空白、悬而未决、突转和难解的谜题，事件的时间顺序被打乱了，按照人物意识中回忆的运转方式和思想的关联进行了重新安排。这样的文本提醒读者，我们所栖居的世界是建构的，而不是给定的（given）；它是由语言建构的。正如加布里埃尔·约希波维奇（Gabriel Josipovici）所说，"想象一个作家像传统小说家一样，其作品是真实世界的写照，想象他能够跟读者直接交流自己独一无二的感受，那就是陷于真正的唯我主义，而陷于唯我主义而不自知，那就是克尔凯郭尔所说的绝望"（《语言与书》）。

我认为，那是对经典现实主义小说不无偏见的描绘，实际上，E. M. 福斯特、D. H. 劳伦斯、海明威、伊夫林·沃和格雷厄姆·格林写过回应20世纪道德感和哲学危机的小说，而他们并没有极端地偏离经典现实主义常规。在今天的实验性小说，也就是我们有时候称为"后现代主义"的小说中，这些常规——比如全知全能的、闯入文本的作者型叙事者——也以一种夸张的、滑稽模仿的形式保留下来，这种形式让人想到菲尔丁、斯特恩、萨克雷和特罗洛普的元小说式（metafictional）玩笑（在这方面缪丽尔·斯帕克和约翰·福尔斯就是例子）。简而言之，我认为，小说作为一种文学形式的发展，其连续性大于断裂性。

现代主义意识流小说的出现常常被描绘为由强调"讲述"到强调"展示"的转移——但展示在这一语境下只是一种比喻。没有文字，书面语无法向我们展示任何东西。没有言语，言说也无法向我们展示任何东西。语言不是图像符号系统，图像符号的能指与所指有视觉上的相似性（比如交通信号里的"坠石"或者"拱桥"），而象征符号系统的能指与所指之间的联系则是任意的。意识流小说不过是通过另一种讲述向我们"展示"大脑的活动，它并不是作者的直接记录。即使是那些现代小说文本，比如塞缪尔·贝克特的小说，看似致力于展现与任何人交流任何事情之不可能，但他是通过影射故事讲述的典型情节——交流的失乐园来展现的：

现在在哪里？现在是谁？现在什么时候？无所问。我，说我。不可信。疑问、假设，说说而已。别停下，继续走，是你把那叫作继续，是你把那叫作走。也许有一天，我不再继续走，有一天我完全停下来，不再像过去那样，外出到不能再远的地方日夜游走，停在了不远之处。也许就是那样开始的。(《无名氏》)

概言之，小说以通篇互相交织的话语讲述了一个故事，故事有某种可以推断的主题意义。文本中有叙事者的话语，他可能是作品人物或者伪装成人物的作者，如果是后者，可能是隐蔽的也可能是公开的；也有作为被表现的人物（represented characters）的话语，这些人物以直接引语或者我们通常所称的"对话"的形式显现，也以表现人物思想意识的独白、间接引语、自由间接引语、内心独白等形式显现。但所有这些话语都将包含对其他口头和书面话语——通俗智慧、文学传统、文化习俗、社会层级等等话语——的回应、引述和期待。正如巴赫金所言，正是这种多声性使散文小说区别于诗。巴赫金是俄罗斯伟大理论家，他的著作只是近来才在西方广为人知，他评论道：

在一部作品中可以使用各种不同种类的话语，它们各自都得到鲜明的表现，而未被变为共同特征，这可能是散文最为基本的特征之一。小说文体与诗歌文体的深刻区别就在于此……对于散文艺术家来说，世界充满了他人的语言；在众多的他人话语中他必须摆正自己的位置，他必须有灵敏的耳朵去感知他人话语的特点。他必须把他人话语引入自己的话语平面，而又不破坏这个平面。他使用一个极其丰富的语言调色板。

然而这种小说中松散肌质的丰富性和复杂性，即巴赫金所称的小说的"复调"，形成了对小说是一种交流方式这一概念的某种抵制。

交流的基本模式是一个线性序列：

传者——信息——受者

传者用语言对信息进行编码，并通过言语或者文字发送给受者，然后受者进行解码。可是小说中谁是传者？巴尔扎克的小说《萨拉金》写一个年轻雕塑家爱上一个装扮成女人的被阉割的男歌手，法国批评家罗兰·巴特引用其中的一段话："**这就是女人，突然会感到害怕，会毫无理由地突发奇想，本能地忧心忡忡，冲动又冒失，爱大惊小怪，有着美妙的感性**。"巴特问道：

> 是谁在这样说呢？是小说主人公，也就是那位竭力掩盖其女扮男装身份的被阉割的男子？是那个有着个人女性哲学经验的个体巴尔扎克？还是那个宣扬女性"文学"观念的作者巴尔扎克？是普遍的智慧吗？是浪漫色彩的心理学？人们将永远不会知道，其充分的缘由便是，写作是对任何声音、任何源头的破坏。写作，是一个中性的、复合的、倾斜的空间，我们的主体在其中销声匿迹，是一张黑白底片（negative），在那里，任何身份——从写作之人的身份开始——都会失去。（"作者之死"）

现在是时候非常简短地考虑一下后结构主义文学理论对文学是一种交流方式的概念——当然也是对交流这一概念本身发起的攻击了。

在交流模式中，传者对信息进行编码并发送给受者，受者又对它进行解码,这一模式的难题就在于,正如另一位后结构主义理论家指出的那样,"每次解码都是新的编码"。请允许我引用本人小说《小世界》中莫里斯·扎普题为"文本性有如脱衣舞"中的一段话:

> 假如你对我说了什么话,我要用我自己的话向你复述一遍来证实我理解了你传给我的信息,就是说,我用的是与你所用过的不同的词语;因为我如果一成不变地重复你说过的话,你会怀疑我是否真的理解了你。可是我用自己的话的结果是我改变了你的含意,不管多少总会有一点改变……交谈犹如打用克拉西毛腻做的网球,它总是以不同的形状弹过网来。当然,阅读不同于交谈。就我们不能与文本相互作用这种意义上说,它更为被动;我们不可能用自己的词语去影响文本的发展,因为文本的词语是已经给定的。也许正是这一点激发人们去寻求阐释。如果词语被一劳永逸地固定在书页上,它们的意义不可能也被固定吗?当然不能,因为同样的原理——每次解码都是再一次编码——用于文学批评比用于一般的口头话语更令人信服。在一般口头话语中,编制——解译——编制密码的无休止的循环可能被一个动作打断,例如,当我说,'门开着,'你会说,'你的意思是希望我关上它吗?'我会回答,'如果你不介意,'接着你关上门——我们会感到满意,因为我的意思在一定的程度上被理解了。可是如果一部文学作品写道:'门开着',我不能问文本说门开着是什么意思,我只能推敲门的意义——被何种力量打开,将导致什么发现,揭开什么秘密,通向什么目标?[①]

[①] 此引文中译参见戴维·洛奇《小世界》,罗贻荣译,王逢振校,重庆出版社1992年版,第43—45页。——译者注。

换句话说，作者的信息被接收时他不在场、无法接受讯问这一事实，使这个信息或者文本存在多重、无限阐释的可能。而这一点反过来毁坏了作为交流方式的文学文本概念的基础。比如说，如果简·奥斯丁的《爱玛》是一种交流方式，它要传递的信息是什么？迄今发表了成百上千的论文和论著章节，旨在解释这部小说是什么意思，写的是什么，我们可以肯定，今后还有成百上千的有关论文和著作要发表。它们的结论和侧重点全都或多或少彼此不同；的确，如果它们不无不同，那么就没有必要出版一篇以上的论文。这岂不意味着书中的信息没有被理解，意味着奥斯丁传播的失败？这是文学批评本身包含的一个永久悖论，正如米歇尔·福柯所评论的那样：

> 然而，评论必须说出［原文本］已经包含而别人尚未说过的东西，同时又必须无休止地重复［其他论者］从未说过的东西。评论……允许我们说所评文本本身之外的东西，不过条件是所谈论的是那个文本本身，而且在某种意义上是在完成那个文本。（"话语的秩序"）

我们无法通过构成文本的话语直截了当地确定作者的身份，对于复调小说尤其如此，而且文学文本抵制阐释的封闭性，这两个事实使得当代一些批评家否定文学是一种交流方式。他们宁愿将它看成**产品**。——当读者激活它，它便通过文本本身生产意义。还是罗兰·巴特：

> 文本是生产力。这并不是说它是劳动（比如叙述技巧和娴熟的风格可能需要的）产品，而是说它是生产的舞台，文本的生产者和读者在那里相会：文本在人们接受它每一刻

及任一角度'发挥作用'。即使文本已经写就（固定下来），他也不会停止发挥作用，始终处于生产意义的过程。文本作用于什么？语言（Language）。它解构用于交流、表现或者表达的语言（当个体或者集体有着自己在模仿某事物的错觉之时），并重构新的语言，大量的、无边无际深不见底……

这不仅对作为交流方式的文学，也是对交流这一概念本身的有力攻击。值得注意的是，交流被描绘为被文学语言"解构"的错觉。巴特这一观点无疑受到解构主义创建者雅克·德里达的影响，德里达提出，传统观点认为的口头语是使用语言的范例，而书面语是口头语的人工替代品，相反，书面语应该有着优先地位，因为它揭示了在场的形而上学的谬误，主体自治的形而上学的谬误，而这正是口头语优先论所助长的。

解构主义使作者边缘化，或者说它寻求完全消解作者，代之以福柯所说的"作者功能（author-function）"，而"作者功能"的作用是由文化和历史决定的，个体的作者无法控制它。就像我们在引自巴特的那段话里看到的，作者创造文本时投入的工作或者劳动被当作无足轻重的东西受到漠视。而"发挥作用"的是文本，文本不是作者创作并交给读者，而是读者在阅读行为中所生产，以及通过写自己的关于原文本的文本所生产的。因为文学文本的生产模式是十分有学术性的模式。文学评论从本科论文到博士论文和学者论文层出不穷，学术机构需要维持其存在的正当性。这为逃出我刚才引用的福柯的那段话里所概括的文学评论的两难境地提供了一个通道。以这种观点，在原文本和二手文本之间，以及所谓的创作和批评写作之间没有本质的区别。

小说的大部分作者和读者都身处学术圈之外，不得不说，他们仍然赞成文学文本的交流模式。那就是说，他们认为一部小说就是一个特定的人的创造物，这个人对世界有自己的观察，他以特有的方式使用叙事和语言的代码跟他或她的读者进行交流。他或她为小说在这一点上的成功或者失败负责，接受相应的赞誉和指责。这实际上是大部分小说（包括我自己的小说）被写出来、发表和接受的基础。

作为一位特定的小说家，我的本能反应是不接受解构主义的观点。巴特说文本不是"劳动（比如叙述技巧和娴熟的风格可能需要的）产品"。我凭经验知道，小说**就是**这样的劳动产品（我相信，要是我们在这个表述中将"叙述"换成"论证"，巴特自己的著作也是劳动产品）。可是那是交流的劳动吗？这里，主要的困难在于交流观念受到了意图观念的阻碍，而在文学批评中，意图是一个很棘手的概念。要说明文本意义不能局限于引证作者意图十分容易。让我来从我的经验中举一个琐碎但我希望有意思的例子。《小世界》里的中年英国文学学者菲力浦·史沃娄有个叫希拉里（Hilary）的妻子，又跟一个叫乔伊（Joy）的年轻女人有激情四射的恋情，乔伊让他想到年轻漂亮时的妻子——他跟乔伊初次见面时，她甚至穿着一件好像希拉里曾经穿过的晨衣。A. S. 拜厄特在《泰晤士报》上的一篇评论中赞赏地提到，这一身份与差异的主题被巧妙地隐含在两个女人的名字里，希拉里来自拉丁语 hilaritas 或者 joy。我十分肯定这个有意思的对称并非有意为之。我在前一部小说《换位》中称菲力浦的妻子为希拉里，是因为它是个不分男女皆可用的名字，而在他们婚姻的那个阶段，她是婚姻生活中占优势地位的伴侣，用俗话说，她是当家的。而我将乔伊称为乔伊是因为菲力浦爱上她时正在追寻他所谓的"激情体验"，这是浪漫主义运动的基本追求，而 joy[①] 则是浪漫主义的关键词。在达到极乐的时刻，菲力浦大喊"乔伊

---

① joy，欢乐，用作人名即"乔伊"。——译者注

[Joy]"，既是叹语也是呼语。我不知道希拉里这一名字的拉丁词根，直到安东尼娅·拜厄特向我指出这一点。然而，这种文字游戏的确在文本里存在，而且是适当的。这似乎是巴特所说的文本发挥作用的一个很好的例证。

小说是有意的交流行为这一观点的另一个困难在于，作品写完之前作者并不知道他将如何交流，也许甚至写完后也不知道。你在说的过程中才发现你不得不说的东西。不管如何仔细又彻底地打好基础，你都不可能在心里把握小说复杂的整体，不可能掌握任何时刻的所有细节。你一个词一个词、一句一句、一段一段地往前写，试图在心中抓住有关小说整体性的某些概念，而写下的这些字、词、句、段将为整体做出贡献。尽管对小说所做的各种可能的修订将受到它们相互影响的制约，但你已经写下的和你计划未来要写的东西总有修订的可能。在写作过程中，小说的未来总是不确定的、临时性的、不可预测的——不然，写小说的劳动未免太乏味而不可承受。写完小说并不意味着你真正完成了它，只是意味着你决定不再写了。要是你坐下来，再做一份校样稿，你绝对会发现你又在做新的调整和校订。当小说出版你再也不能对它进行修改，也不再可以设计它的意义。不同的读者以完全不同的方式阅读它，正如书评和读者来信所证实的那样。这可以描绘为交流过程吗？

我认为可以，只要我们认识到简单的语言学交流模式（传者——信息——受者）不仅用于文学话语有缺陷，用于所有话语都是有缺陷的。这个模式只在教科书上的例子——孤立的句子的范围内适用。可是现实中没有孤立的句子。这里我们必须重新引出巴赫金。在巴赫金看来，语言本质上是对话的。我们所说和所写的东西既连接着过去曾经被说和被写过的东西，也连接着未来可能对它做出反应时被说和被写的东西。我们使用的语言已经打上了他人意义、意图和的口音的烙印，我们的言语由引语、重复和典故编织而成；我们所做的每一个表述都直接指向某个要接受它的或现实或假想的**他者**。"现场对话中的语言，"巴赫金说，"被直接地、显眼地指向未来的答语。它唤起一个回答，向答者的方向预先准备自己、建构自己。"

文学话语也是如此，只是它更为复杂。写一部小说就是同时熟练使用若干不同代码——不仅仅是语言学语法和词汇、外延和内涵的代码，还有悬念、迷局、反讽、戏剧和因果律等叙事代码，不一而足。写一部小说就是通过想象的时空，以一种同时既有趣（也许是逗乐的）、令人惊讶，又让人信服、有代表性或者有着超出个人意义的方式，创造想象的人物。如果不设计你所写的东西在想象的读者身上产生的效果，你无法做到这一点。换句话说，尽管你无法完全知晓或者控制你的小说向读者传达的意义，但你无法**不**知道你被卷入交流活动，否则你将在小说话语的写作中没有相关性、逻辑性、内聚力、成功和失败的标准。阅读过程中作者意图之外的意义的产生，依靠有意设计的意义结构：比如，《小世界》中希拉里—乔伊同义性发挥作用，部分由于A.S.拜厄特的识别能力，部分由于小说充满了成双成对的、对称的、含义丰富的名字。请允许我重复我在别处写过的一段话来作为结束语：

> 在我创作时，我对自己文本的要求，与我在批评其他作家的文本时所提出的要求完全相同。小说的每一部分、每一个事件、人物、甚至每个单词，都必须对整体有可识别的贡献……另一方面（在这些问题上总有另一个方面），我不会因为我可以一行一行详细解释我的小说而宣称：那就是它的全部意义，我非常清楚地意识到这样一种危险，由于我过早地亮出我自己的可以说是"权威认可的"解释而束缚了读者的自由。从某种意义上说，小说是一种游戏，一种至少需要两

人玩的游戏:一位读者,一位作者。作者企图在文本本身范围之外控制读者的反应,就像一个玩牌者不时从他的座位上站起来,绕过桌子去看对手的牌,并指点他该出什么牌。(《〈小世界〉导言》;收入《写下去》,1985年版。)①

继续推行这一观念也许是有益的:小说不是交流方式,不是产品,而是游戏。不过那将是另一场讲座了。

---

① 此引文中译参见戴维·洛奇《小世界》,罗贻荣译,王逢振校,重庆出版社1992年版,第1—10页。——译者注。

小说、影视剧、舞台剧：
讲故事的三种形式

刘 爽 译

【来源】

Novel, Screenplay, Stage Play. 选自戴维·洛奇，《写作实践》，*The Practice of Writing*, Secker & Warburg, London, 1996, pp. 201–217。

【概要】

本文旨在回答如下几个问题：三种叙事形式的独特性是什么？是什么因素使艺术家倾向于一种叙事形式而不是另一种？什么促使作家转行尝试另一种叙事形式？转行后他们对叙事的本质有什么发现？

天赋、个人成长环境、社会历史文化等因素部分决定艺术家选择何种叙事形式。

小说家的交流媒介几乎只有语言，在小说出版并接受读者评鉴之前，小说家可以保持对文本的绝对控制；因为戏剧和影视的多媒介协作性质，剧作家不可能不对自己的剧本做任何修改，但合作中的某些冲突和争论可以形成创造性的艺术张力。

小说家用来将素材变成艺术的一些手段，戏剧或电影中几乎是不可用的；反之亦然。比如，与小说家的自由间接风格和内心独白相比，无论是戏剧的独白与旁白，还是电影的画外音，都显得相对笨拙；小说家创作时不必考虑时长，剧作家不得不在有限的时间里表达自我；散文小说在形式上由场景和概述（或者对话和描写）构成，戏剧和电影则完全由场景构成；小说使用较多冗余以强化对人物的理解，并让阅读变得轻松，而电影中的冗余主要是影像，电影对白的冗余越少越好。

转行改编影视作品或者尝试写舞台剧可能为了艺术，也可能为了物质；其挑战在于转换媒介的同时既不违背新叙事形式的美学要求，又能保持对原著的"忠实"；戏剧形式的现实制约可以对戏剧的叙事内容产生根本性的影响；从事剧本创作有苦有乐，演员的表演可以让你意想不到地挖掘出你写的台词的潜在表现力，你的作品有了以多个不同渠道进行共时交流的可能性。

这是一篇演讲稿的修订版，这个演讲主题我在几个场合做过不同版本的阐述。此文也可以作为后面几篇文章的概述。

我们的文化当中，虚构叙事的重要形式就是小说、舞台剧和电影（包括电视剧）。这三种叙事形式的独特性分别是什么？其共性何在？是什么因素使一位作家倾向于一种叙事形式而不是另外一种？又是什么促使作家从自己擅长的一种叙事形式转而尝试另一种？在转向的过程中他们对叙事的本质有什么发现？为了回答这些问题，我将大量采用自己的亲身经历为例，毕竟这是我论证问题时最便利的数据库。我写小说已经三十多年了，我认为自己首先得算是个小说家。但是，几年前我写了一部舞台剧《写作游戏》，它已经被制作成三个专业版本；与此同时，我又把自己的小说《美好的工作》、狄更斯的《马丁·瞿述伟》和《写作游戏》改编成了电视剧本。作为一名学者型文学评论家，我一直对叙事研究很感兴趣。因此，接下来我也会用到一些文学理论。我还要斗胆做出一些概括，当然这完全基于我的直觉和思索。

是什么因素使一位作家倾向于一种叙事形式而不是另外一种？说到底，这可能是个无法回答的问题。不过我们可以推测，作家的这种选择应该是由多种因素决定的：与生俱来的天赋，家族遗传的造化，生活环境塑造的个性，以及文化/历史/社会风俗方面的影响。

就上述最后一个因素来看，结论显而易见：如果莎士比亚出生在19世纪而不是16世纪，那么他一定会成为一位小说家，而不是戏剧大师，因为维多利亚时代的剧院完全容不下那样一位富有创造力的天才，也没法让他去实现表达的潜力。查尔斯·狄更斯是另一个有力的例证。这位堪与莎士比亚比肩的天才，尽管他的个人兴趣更倾向于戏剧，但仍以伟大的小说家而为世人所知。众所周知，狄更斯为戏剧着迷，酷爱参与业余演出，爱做滑稽表演，频繁的舞台朗读表演获得了巨大的成功，也加速了他生命的终结。如果生活在伊丽莎白时代，狄更斯必定会成为戏剧家而不是小说家，因为他的小说特别是早期作品，具有强烈的戏剧色彩。

再看一个例子。在过去的二十年间，相当多的英国小说家开始完成原创剧本，或者把自己和其他小说家的作品改编成电视剧本。这种在五六十年代鲜见的现象，与电视网络的扩大和播放时间的延长密切相关。伴随着英国电视业向独立制片人敞开大门，摄影棚内拍摄的情景剧（基本上是传统形式的舞台剧）也开始向更富小说化的实景剧（location-based filmed drama）转变。第四频道首开低成本艺术电影之先河，它的成功促使其他频道纷纷加入这一领域的竞争。这些发展创造了一个影视剧本的市场，这一市场的需求远非像今日剧（Play of Today）① 时代主宰媒体的相对较小的一部分专业电视剧作家所能满足的。

这样一些外在的、物质的因素对作家个人职业生涯有着显而易见的影响。这些因素作家个人无法掌控，有时候也意识不到。同样显而易见的是，这些影响不是绝对的，也不是唯一的。个人气质和生活经历一样重要。据我推测，大部分作家通过模仿和效仿发现自己的才能和倾向，他们阅读的小说或观赏的戏剧令他们心灵激荡，因此，他们也渴望创造出这种效果，就像他们自己体验过的那种效果一样。成长阶段的大多数小说家都是小说作品的忠实读者；而大多数舞台剧作家，他们的童年或青年时期多与剧院相关。至于个人性情和生活环境的决定性作用，更难有统一的判别标准。大量的文学传记给我留下这样的印象，即小说家在童年时代往往比较孤独，要么是因为家里只有一个孩子，要么是因为身患疾病不得不禁足。他们多少有些与世隔绝，独自阅读赋予他们想象和幻想的资源。他们倾向于内省，略带忧郁，喜欢观察胜过参与。依照弗洛伊德精神分析学说，他们属于那种敏感、执着的人格类型，擅长捕捉各种信息且深藏于心，对手头的工作精益求精，苛求完美以至于达到令人费解的地步。而舞台剧作家恰恰与之相反，他们更外向，爱交际，喜欢被人瞩目，狂躁，甚至有些喋喋不休。

至于影视剧本作家的典型特征，却很难照此勾勒出来，部分原因在于这个身份和导演有些重叠。天生喜欢制作电影的人，通常想成为导演，同时写写自己的剧本。那些不做导演的影视剧作家，很少一开始就从事这一行，他们多是从写作小说或舞台剧转

---

① "今日剧"，1970—1984 年间由 BBC 制作，并在 BBC1 播出。——译者注。

向写电影剧本的。事实上,也可以从小说家、舞台剧作家、影视剧作家在其作品被受众接受时对其作品的控制减弱的程度,对小说、舞台剧和影视剧这三种形式加以区别,而这反过来又跟作者和受众交流所使用媒介形式有关系。

小说家的交流媒介几乎只是语言。我说"几乎"是因为有时候小说也有插图,这在 19 世纪是很普遍的。如今通常有带插图的封面或是护封,且假定它们会对文本的接受程度带来某些影响。我说"假定"是因为我不清楚是否有人就此做过调查,尽管出版业花费大量时间和财力来设计护封。**市场**也是至关重要的。大型图书连锁店的采购人能否为一本新小说下订单,主要看它装帧是否精美,以及作者过往的销售记录如何,他们可没时间阅读摆在眼前的图书。出版商会为一本精装版小说的封面花上 20% 的成本,以求在人头攒动的书店里,博取浏览者稍纵即逝的注意。不过,封面插图究竟能否影响读者对文本的真实阅读,这个问题我不得而知。拿《美好的工作》来说,塞克 & 沃伯格(Secker & Warburg)的精装版采用保罗·考克斯的电影海报做封面,流畅的水粉色调中男女主人公驾车在鲁米治大街相向而行却擦肩而过;企鹅出版社首次发行时,封面上伊安·伯伊德[①]的装饰性艺术字演示着工业与学术的主题;企鹅电视联合发行的版本则是沃伦·克拉克和霍顿·格温尼(分别饰演改编电视剧的男女主人公)头戴安全帽的屏幕特写,究竟这些不同的封面设计有几分奏效,至今还是个未解之谜。

无论怎么说,小说创作几乎不会受到上述接受方面因素的干扰。小说家可能会热情地参与设计自己作品的书封(我就会这

[①] 此处"伊安·博伊德(Ian Boyd)"为作者笔误,应为"伊安·贝克(Ian Beck)",见 David Lodge, *Nice Work*, Penguin Books, 1988, 封底。——编者注

么做），即便如此，通常也只是在完成作品**之后**。小说家的交流媒介就是写就的文字，或者称之为印刷出来的文字，正如我们所知，小说是伴随着印刷技术的发明而诞生的。通常，小说是被一个安静的孤独的读者消费，他可以在任何时间任何地点消费，床上，沙滩上，浴室里，火车或是飞机上。我还认识一位仁兄（当然是英国人），20世纪50年代曾经一边开车驶过辽阔空旷的美洲大草原，一边看书。若是在今天，他可以听着磁带里的小说，打发堵车的时间，"有声阅读"这种讲故事的新形式，在如今交通拥挤的时代越来越流行了。这些艺术加工品究竟应该归类于小说还是戏剧，对于这个有趣的问题，在此我就暂不费时做进一步探讨了。然而，纸质版小说仍然是最便宜、最便于携带、也是适应性最强的叙事体消遣读物。小说信息的来源被限制在单一的信息渠道——"书写"中。但在这种限制之下，小说却是叙事形式中最多样化的一种。小说可以不费吹灰之力，自由出入人们的心灵或是肉体，往复于天堂、地狱或是任何空间，完全不必顾及诸如成本、可行性这类为戏剧家们或是影视剧作者所不得不考虑的问题。如果我们把短篇故事也归入小说的大类，那么它还可以不受任何长度的拘囿。一旦决定了叙事内容和叙事框架，对小说写作者而言，除了纯粹的艺术标准，再无任何约束。

  然而，这并不意味着创作小说一定比写剧本容易多少，虽说小说家不必像剧作家那样，总是受制于预算、演出时间、演出条件等诸如此类的实际因素。小说家享受着选择的多元性和无限性，同时又陷入选择的焦虑和困境。在小说出版并接受读者评鉴之前，小说家保持着对文本的绝对控制。当然，小说出版前编辑或是其他人会提出某些建议，小说家会相应给予修改；出版方甚至可以将同意修改作为出版发行的一个条件。不过，作者若是拒绝接受如上条件，也没有人会感到奇怪。倘若一位颇有名气的小说家寄出手稿，希望出版商原封不动地印刷发行，而不提出任何修改、删节或是校订的编辑建议来搅扰他的好心情,这也似乎不足为奇。然而,即使是最有名的舞台剧作家或是影视剧作家,在提交新剧本之后,也不敢奢望排演前不做任何修改。这是因为,戏剧和电影是协作性的叙事形式,要使用多种交流手段。

一部舞台剧的制作包罗万象,既有作者的台词、演员的形体表演、导演为角色设计的音调和动作、也包括灯光、道具等营造的布景,甚至包括音乐。当然,电影的景观因素在连续的拍摄镜头中表现得更为显著,各种具有透视和聚焦功能的手段(电影特写、广角镜头、远距离拍摄、变焦等)增强了意象的可视性。镜头经由拍摄和剪辑的流程,呈现给观众的则是统一连贯的视角。电影里的音乐也比在一般戏剧里的音乐更有感染力。如此看来,剧本虽说是舞台剧和电影的根本,但写作者和其他创作成员之间的沟通、协商和修改,也是成功的基础;从这个意义上来讲,剧作家几乎或者完全无法掌控自己作品的最终形式。舞台剧的制作合同在这个方面保护了作者的权利。他"获准"选择导演和演员。他有权参加排演,剧组则支付他的相关开销。大量的修改工作往往出现在排演阶段,某些时候即使在公演前夜的试演过程中,也还得改写某些部分。直到演出脚本为各方所认可,剧本才会正式印制出版。

在电影和电视制作业,剧作家通常很难履行合同中约定的建议或是批准的权力。合作的实际情形千差万别,完全取决于合作方的性质以及合作者的个性。和电影业相比,电视圈和剧作者的合作更融洽,更倾向于让他们参与制作、包括后期制作的过程——至少在英国,这是个普遍的规则。我的一位朋友,他的小说被好莱坞导演看中,应邀亲自改编成电影剧本,结果处处受到限制,着实把他折磨得够呛。

拍摄《美好的工作》时,导演克里斯·曼努埃尔明确表示排练过程中不希望我到场(可能由于我在这方面缺乏经验,首场排练介入得过于热情）。反倒是每天结束时，他邀请我观看演员们的预演，听取我的评论。他也欢迎我观看拍摄，愿意看多少就看多少。不过到了那个阶段，我修改脚本或是指点演员表演的机会也就寥寥无几。尽管我也可以自由观看后期的剪辑，但导演和剪辑师已经完成了基本的拣选和镜头排序。后期制作完成时，很多颇有新意的镜头和场景都不是出自我的剧本，而是导演自己的创意（例如，维克·威尔科克斯与罗宾·彭罗斯"分手"后，伤感地驾车离去，车内回荡着兰迪·克劳馥令人心碎的歌声，他突然发觉路上都是里维埃拉太阳床的运货车，就是他那位干私活的同事布里安·埃弗索普私下里经营的副业。如此荒谬的情景一下子把他逗乐了，他忍不住放声大笑。这个场景中维克留给观众的最后形象，深深地定格在观众心中，对提升人物性格无疑是点睛之笔。这不仅完完全全是克里斯·曼努埃尔导演的创意，而且，直到看完最后一个场景的初次剪辑版，我才理解他的精心设计）。

简而言之，当剧本还在打稿阶段，作者是决定方向的人，虽然制片人和导演会时不时提出建议和批评。而一旦开始投入制作，这个拍摄计划的艺术控制权便转到导演手中。令人费解的是，大多数电视剧评论者往往忽略这一事实，他们倾向于把一部电视剧的功过完全归功于或者归咎于作者和演员，而对导演的重要贡献却只字不提。这一点倒是和电影评论大相径庭。就拍摄《美好的工作》而言，我的确曾时常感到沮丧甚至抱怨，因为手中失去了艺术控制的权力；然而，我不得不承认，几乎每一处处理，最终都证明了导演的判断是正确的。

在这一过程中，作者的权威性和经验相当重要，他与导演和制片人的关系，以及他们之间的个性是否融洽，都在很大程度上决定着合作成功与否。我的亲身感受是，如果他们之间不曾产生一定程度的摩擦，那么结局也不会令人振奋；某些冲突、争论、相互批评，对合作的成功是有益的。与之相反，未能达成共识的争论往往对最终成果产生不愉快的影响（见后文有关《马丁·瞿述伟》结局的讨论）。作为写作者，你可以就作品中的某一场戏说服导演，但如果他并未心悦诚服地接受，你就没法强迫他按你的意图去拍摄，这种情况下最好的解决之道就是双方让步，达成妥协。难怪干这一行的剧作家，大多都打算亲自导演自己的作品（如彼得·巴恩斯和已故的丹尼斯·波特）。从另一个角度看，这样做也存在明显的危险，那就是失去合作中富有创造性的艺术张力。

接下来，我将从更抽象、更理论化的层面探讨一下小说、舞台剧和电影剧本这三种叙事形式之间的相似性与差异性。我借以辨析的基本工具就是俄罗斯形式主义学派对于**讲什么**和**怎么讲**的区分，他们称之为**故事素材**（fabula）和**情节**（sjuzet）。所谓**故事素材**，即叙述的原始素材，那些在真实的时间和真实的空间曾经发生的事件；而**情节**则是描述这一事件的一种话语，可以是小说话语、戏剧话语、电影话语，或者是其他某种话语。**情节**，永远是对**故事素材**的创造性的变形。换言之，对所谓**故事素材**的原始材料的挑选、筛除、再组和重复，决定了叙事话语的意义和内涵。

就以通奸故事为例，究竟以受害者的视角还是负罪者的视角，抑或第三者的视角来讲述，这带给我们的感受将大不相同；但就**故事素材**而言，像现实生活中一样，所有三方会被不偏不倚地牵连其中。小说家试图通过连续从所有三个视角来描述事件来获得这种效果，而在**故事素材**中，正如在现实生活里那样，事件对所有人都是同步发生的。小说家试图以某种无所不知的第四方立场来不偏不倚地描述事件，而在**故事素材**中，正如在现实生活里一样，这种立场是不存在的——它只是一种文学的惯例，或是一种宗教信仰的信条。与此同时，是按时间顺序层层展开故事（如《安娜·卡列尼娜》），还是采用倒叙手法［如品特（Harold Pinter，1930—2008）的《背叛》（*Betrayal*）］，抑或是交织于当事人的思绪、记忆之中，在过去、现在和未来之间跳跃叙述，如格雷厄姆·格林（Graham Greene，1904—1991）的《恋情的终结》（*The End of the Affair*），这也会产生迥然相异的效果。**故事素材**和**情节**之间的所有差异都取决于叙事媒介的可能性，我在这里所描述的那些小说家可用的选择，在戏剧或电影中几乎是不可行的；反之，亦然。

举例来说，小说在这三种叙事媒介中，最适于表达思想感受，因此也最富于主观色彩。与小说家的自由间接风格①和内心独白相比，无论是戏剧的独白与旁白，还是电影的画外音，都显得相对有些笨拙。当然，足智多谋的戏剧家和电影人能够找到新的途径，来突破自身叙事媒介固有的局限。彼得·尼科尔斯（Peter Nichols）在他的《激情游戏》（*Passion Play*）那出关于通奸的戏剧中，设置了两对演员来扮演剧中的男女主人公，一对表达他们现实的声音，另一对，假定是对方看不到的，诉说人物内心的想法。电影《阿尔菲》中迈克尔·凯恩扮演的唐璜式的男主角，时不时地转向镜头，旁白式地直接向观众吐露心声。这些手段在戏剧和电影中得算是鲜见的例外，艾尔文·戈夫曼把诸如此类的行为称为"打破框架"，而在小说中这却是惯例。阅读小说时，我们**期待**进入人物的思想和情感，设想一下，如果一部小说坚决地停留在表层，只描述言语和行为，不进入人物内心世界，比如马尔科姆·布雷德伯里（Malcolm Bradbury）的《历史人》（*History Man*），穆丽尔·斯帕克（Muriel Spark）的一些中篇小说，像《司机的座位》（*The Driver's Seat*）和《请勿打扰》

---

① 此处可参阅本书《作为交流方式的小说》有关段落。

（*Not to Disturb*），就会产生一种使人困扰的、隔膜化的效果。事实上，小说家很难做到不在作品中主观地表达感受，正因如此，他们也无法避免从主观视角去突显人物的行为。而戏剧就形式而言，较之小说要公正得多，毕竟你从台词里听不到作者对人物们厚此薄彼的声音。在小说《换位》和《你能走多远？》中，我采用了电影剧本式的结尾，从而隐匿了作者对书中讨论的几种可能结局的倾向。

讲究情节对称的《换位》，极富我的个人风格。小说中两位英语教授，英国鲁米治大学的菲力浦·史沃娄和美国尤福利亚州立大学的莫里斯·扎普互换工作，某种程度上交换了彼此的处世态度、生活习惯和价值观。他们甚至和对方的妻子发生了风流韵事。最后一章"结尾"，他们四位在纽约的一家宾馆聚首，在这个与两所虚构的大学等距的城市里，商讨未来将何去何从。开始创作这部小说时，我不知道会如何处理故事的结局。越接近结尾，我越发不愿给这个故事以结局，不愿对两种文化和两类婚姻有所褒贬。该赞同英国文化还是美国文化？让主人公与妻子重归于好，还是离婚后正式"交换"，或者维持现状？该不该对四位主人公不同的欲望和要求做一番评判？这些都不是我想要的。所以，我在最后一章中采用了电影剧本的形式，四位主人公一起讨论故事的种种结局，没有一个人物因内视角或叙述者的全知视角而获得专宠，因为这里根本就没有叙述者。电影剧本的形式让我得以避免选择某种结局，由此我也发现了一个事实，即电影里的开放式结尾或未确定的结局更容易被接受，因为看电影的观众不知道结局何时到来。电影剧本里最后的台词是菲力浦的：

> 我的意思是，你在心里抖擞精神做好走向小说结局的准备。当你阅读时，你知道书里只剩一、两页这一事实，你准备合上书。可是看电影时你无法做出判断，特别是在当今，

电影比起以往结构更为松散,更模糊。你无法断定哪一个镜头会延续下去。电影往下演,正如生活往前走一样,人们举手投足,做各种事情,饮酒,交谈,而我们观看他们,在导演选定的任何一个时刻,没有提示,没有任何事情得到解决、解释或结果,就可以……结束。

菲力浦耸耸肩膀。摄影机停了,将他定格在做了一半的姿势中。

剧终[①]

继"视角"之后,"时间"是上述三种叙事媒介中**故事素材**和**情节**差异最为明显的范畴。热拉尔·热奈特在《叙事话语》一文中打破了叙事话语对时间的分类,提出时序、时距和时频的类分。我在前文已经通过讨论处理通奸故事的不同手法,谈及顺时时序、倒叙和穿插。关于时频,热奈特解释为**故事素材**中某个事件发生的次数和**情节**中它发生的次数之间的关系。康拉德的《吉姆爷》里吉姆致命的一跳,就是个很好的例子。当他以为满载着香客的航船将要沉没时,没有顾及熟睡的乘客而跳船逃走,这一行为暴露了他致命的性格弱点,也毁掉了他作为商船大副的美好前程。吉姆的这一跳,在小说中反复出现,法庭上他的自我陈述,絮絮叨叨地向别人讲起,其他讲述者也谈论到。尽管这一跳在**故事**中仅发生过一次,但在**情节**中却多次出现。摄影机可以利用闪回和重放的手段,轻而易举地制造出这种效果,至于舞台剧,或许没这么容易。

[①] 此处引文中译参见戴维·洛奇《换位》,罗贻荣译,作家出版社1998年版,第266页。——译者注。

时距是指**故事素材**中行动延续时间的推定长度和**情节**中叙事时间长度之间的关系，**情节**时间可能大于、小于或大致等于**故事素材**时间。客观地看，由于删除了那些拖泥带水、毫无意义的事情，大多数叙事话语构成的**情节**时间都比它们所描述的**故事**时间短，不过在我们的接受体验中，有相当大的变化。

看亨利·詹姆斯或是弗吉尼亚·沃尔芙的作品，小说中的人物在交谈的同时，脑海里还会出现对交谈内容的分析，如此一来，即使是一次简单的对话，其持续时间也显得超过了正常情况。再看普鲁斯特或是罗布·格里耶的作品，繁复精致的细节再现，使一个简单的动作读起来犹如电影慢动作回放一般的效果。而冒险故事则与之相反，作者倾向于压缩事件延续的时间，使主人公不断身陷险境。电影里的决定性时刻（比如一个人指尖攀住屋檐）在剪辑时会被有意拖延以增加悬念。电影里的慢动作最容易实现延时的效果，但这种特效观众心知肚明，因为它是"非现实"的；这对惊险电影来说，真是一种艺术暴力。电影同样可以制造出事件加速的效果，甚至可能超过小说的表现力：通过剪辑的简单手段，镜头可以一瞬间从一个紧要关头及时地跳跃到另一个，而不必去解释剧中人物是如何到达的，这样的解释甚至都显得多余。事实上人们仍在质疑，在此类叙事实验中，是否还存在任何一种媒介能与电影比肩。舞台剧也可以借由每一幕演出时间的长短和事件的取舍，以比素材或快或慢的速度来呈现。不过，**情节**中人物说话时，所呈现的就是其实际时长。尽管舞台剧的台词在文法上结构良好并且所含信息量甚大，但台词的表演时间与现实生活中说出这些语句的时间却是分毫不差，而舞台剧不可避免地主要由台词构成。

对小说研究倾注了全部热情的热奈特，没有触及舞台剧和电影剧本时距研究的另一个层面，即现场演出的时间总长。不管是舞台剧还是电影剧本，都有一个规范化的时间限制，这一限制产生了巨大的制约力。小说的长度可以或长或短，全凭作者选择：篇幅长的，堪比维克拉姆·塞斯（Vikram Seth）的《如意郎君》（*A Suitable Boy*）；篇幅短的，譬如海明威的《小小说》（*A Very Short Story*），刚好敲满一张 A4 打印纸。阅读小说的时间也可长可短，几分钟或者几天，甚至几星期皆可。而一出舞台剧，若是现场演出超过 4 小时或是不到 1 小时，那简直不可思议；同样道理，一部电影超过两个小时零一刻钟或者短于一个半小时，那都是行不通的。一部电视连续剧或者"迷你剧"，从 3 个小时演到 12 个小时都不为过，那些肥皂剧理论上可以一直演下去，但前提是每一集都必须遵守广播公司授权的标准时长。19 世纪那些在杂志创刊号发表连载小说的作家，跟今天电视剧本作家的情形相仿，每期连载的内容都必须刚好占满刊物预留的版面。不过，现代小说家就无需为此劳神了。当他们坐下来，打算把头脑里构思的内容写成一个短篇小说时，如果这个构思发展得比他们原先预想的更长更复杂，那他们也完全可以毫无顾虑地付诸实现，只要作品符合艺术的可能性。而戏剧家和电影剧本作家**总是**得顾及时间框架，不断地斟酌如何在有限的时间里表达自我（借角色之口）；尤其是电视剧本的修改工作，很多时候并不是出于戏剧效果的考虑，而是为了迎合时间的调控。

  我必须再次重申，能够在一个精确计量过的时间夹缝里，把文本转化成影视艺术品的关键人物，不是作者，而是导演和剪辑。对小说搬上荧幕后的演播时间，作者只能粗略地估计一下，它完全取决于导演如何拍摄和剪辑。在一部电视剧的制作过程当中或上演之后，你经常会发现原先的计划被改变了。《美好的工作》和《马丁·瞿述伟》拍成电视剧播放时，要比改编合同里约定的时间长得多，而那些由我精心设计过的剧集，也被剪辑团队以新版取而代之。

散文小说在形式上由场景和概述（或者对话和描写）构成，戏剧和电影则完全由场景构成。戏剧也可以采用报告的形式把概述融入舞台，就像古典戏剧里借报信人之口描述舞台之外发生的事件，不过这似乎与电影的表现手段背道而驰。例如，电影里一个人物出庭作证时，一般会通过一系列闪回镜头，再现事件发生时的情景，而不是仅让角色动嘴汇报一番。电影里被告知的一切都需要被立体地展现出来，这是个规则。比如《美好的工作》里有一段，罗宾·彭罗斯被带去参加和亚裔翻砂工车间工会代表的见面会，在那儿她硬着头皮澄清了险些导致翻砂工罢工的口信。小说里这个情节是由罗宾讲述给她的男友查尔斯听的，我在剧本改编的初稿里也做了同样的处理，但导演和制片人相当明确地要求我将其改编成戏剧场面。

实际上这就意味着给小说添加新的素材。但由于三种叙事形式的时距差异，小说被改编成影视作品时，一般情况下会被缩减和删节，几乎不会扩展内容。对作者而言，这会是个令人沮丧的差事，可同时也会得到很多启发。改编《美好的工作》时，小说中一个特定场景里居然有如此多对话和叙事描写可以省去而又不减损原作的意蕴，这令我印象深刻，这种情形在改编《马丁·瞿述伟》时更甚以往。当然，这并不一定是说小说原作的对话和描写冗余累赘，因为，不同叙事形式所需要的受众关注各有不同，不同叙事形式所使用的冗余技巧各有不同。

我在此使用了"冗余（redundancy）"这个字眼，并非指通常口语意义上的冗余材料，即那些无关紧要的材料，而是要强调这个词在技术层面的含义。在信息理论中，冗余指多于讯息的信号。冗余是人类交流必不可少的东西，因为一个零冗余度的讯息会使接收者的吸收信息能力过载。日常讲话时的重复，磕磕巴巴，夹杂着感叹词，自我解释，诸如此类的特征都是具有**功能**的。拟好文稿的演讲和书面语体的文本，二者都较少冗余，于是接收者就得相应地更全神贯注才行。不过它们仍然包含大量冗余，而这些冗余是必须保留的。小说里会出现诸如此类的冗余，比如反复暗示某种特性，使读者由此确认人物的身份，再如谈话的附加语"他说"、"她说"之类。严格说来，一个人物的特征只需描写一次，可如果我们一再提及，就会强化对人物的理解。一般来说，我们通过谈话的上下文内容和页面上的排版设计就可以推断出谁在说话，但"他说"这样的附加词会让阅读变得较为轻松。

由大量言语构成的舞台剧，以不同程度的风格化（stylization）模仿和再造真实对话的冗余。在一些现代戏剧家，如贝克特、品特的剧作中，这种模仿和再造被用到极致，以至于对白几乎全都是冗余语言，其功能仅仅在于寒暄应酬（仅仅形成两个说话人之间的接触），而我们对他们到底交流了什么惘然不知（见后，论品特的文章）。

在我看来，电影中的冗余主要在于影像层面。比如说，我们在电影上看到的西方世界的画面，比我们所确切需要的叙事表达要多得多。一部描写现代城市生活的电影，你会看到人们在不同的时间和空间里行动着，开着车，或是沿着街道行走，这些画面相对于我们想要知晓的故事似乎显得有点多余。这种电影效果类似于小说里反复暗示人物特征或者对话里的附加语。电影画面告诉我们一些已经知晓的信息——这个女孩年轻而充满活力，这个男人人到中年非常富有——它们填补了重要动作之间的间隙，让我们得以从一连串的叙事信息轰炸中暂时放松一下。因为电影影像中植入了这类冗余，电影**对白**的冗余就越少越好电影中参与对话的人重复得越多、阐释得越详细，就越造作、越令人生厌，因为那会使我们从两个渠道同时遭遇冗余。

将一部小说改编成影视剧本时，有一种诱惑自然地驱使着你，试图把原作中的描述性文字转化成对话，以追求戏剧化效果；不过，改编者通常应当抗拒这种诱惑。有些地方可能应该转换成动作、姿势或者画面。但你会发觉大部分这样的文字都是可以省却的。小说，至少是现实主义传统风格的作品，受到基于因果关系的假定性合理（plausibility）规则的约束。而因为读者控制着文本的接受——可以停下来沉思默想，亦可以回过头来重新再读，这一规则就需要大量对意外事件的解释、掩饰，需要对读者提出异议进行预测，等等。而大部分这种解释都是电影所不需要的，首先是因为观看电影时观众无暇思考镜头之间的逻辑关联，其次是因为电影生动逼真的直接效果打消了观众对种种事件的质疑。（录像机的暂停和回放功能，使观看电影的过程也可以像阅读一样可控，不过这种感觉不如搁下书本翻回前页那么自然，也大大破坏了欣赏电影的艺术享受。）

什么促使写作者从自己擅长的一种叙事形式转而探索另一种？比如，小说家为什么转行改编影视作品，或是尝试写作舞台剧？会有各种各样的理由，或为艺术，或为物质。对小说家而言，写影视剧本的确是赚取外快的有效途径（写电视剧本的报酬可不怎么高），一部成功的电视连续剧无疑会促使据以改编的原著销量大增，有时还会带动作者的其他作品热卖。就我个人而言，这些也是吸引我参与电视剧改编的动力，但不是主要动力。

1985年，我把《小世界》的改编权出售给格拉纳达电视台（Granada）。此后三年间，我观察着他们"开发"、制作直到后期剪辑的复杂而漫长的过程，直到1988年他们把一部6集电视连续剧搬上荧幕。我没有提出亲自改编剧本，一来是我的时间安排不开，二来是我在这方面还缺乏经验。后来，改编的担子落到了霍华德·舒曼肩上。尽管如此，剧组几度请我阅读脚本，听取我的意见，还邀请我参加拍摄过程，给编剧霍华德和导演鲍伯·查特文提提建议。我开始和演员们熟络起来，愉快地和他们探讨拍摄计划。在这个过程中，我多少了解到拍摄工作的实际情况。总之，这让我对电影制作的完整流程着迷不已，决定再有机会时一定要一显身手。《走出避难所》和《你能走多远？》的改编计划相继流产之后，我终于在《美好的工作》中得偿所愿。当时，我恰好决定从大学退休，开始全职写作。在很多方面，制作电视剧的协作活动已经取代了我在大学里的教学活动。这一协作过程既有愉悦，又有挫败，这些体验在创作小说的孤军奋战中是没有的。基于已经提到的种种原因，写作和生产一部舞台剧尤甚于此。

在制作电视剧这一行，我最大的冒险就是改编故事——把我自己的，或是其他作家的小说，转化成讲故事的另一种形式。其挑战在于，找到将故事从一种媒介转换到另一种媒介的方法，既不违背新叙事形式的艺术要求，又能保持对原著的"忠实"。这基本上是件技术活，既要脚踏实地，还得富有创意，不过没那么费劲或者令人焦虑，毕竟不是从零写起。我的舞台剧《写作游戏》(*The Writing Game*) 则是一部原创作品，和我的小说一样（尽管后来我饶有兴趣地把它们搬上了荧屏）。这出戏剧关注的是三位作家之间的关系，他们是一个讲授创造性写作的短期留宿课程班的老师；也关注性与权力的关系、占有和竞争的关系。萌生创作这部戏的想法，源自我教授类似课程时的亲身经历。倒不是说这出戏的情节和我的授课经历有什么关联，而是因为古典戏剧中时间、地点和行动保持一致性的艺术法则令我震撼。坦率地说，我正是遵循着古典三一律创作了这出舞台剧。

创作这出戏的另一个缘起，是近十年来我出席公众朗诵会、文学庆典、书店签售或作者见面会之类场合的经历。在过去的十五年左右，诸如此类的活动已经在小说市场上日渐风行。在我看来，这些场合中的表演元素着实可以入戏，换言之，其本身就像一出戏：把写作和阅读小说这种安静且私人化的事情，折腾得如此富有戏剧色彩。在《写作游戏》演出的过程中，三位教授每人都给观众——实际上他们代替在课堂上听课的学生——朗读自己的作品。我当然不会让这些角色真的去读上一个完整的故事，或者一个真实的章节，那样整出戏的时间几乎就会被这三段朗读占掉了。因此，必须找到打岔、出乎意料的缩减等各种手段，来限制他们三位朗读的时距，而这些手段本身又刺激了情节的进一步发展。这个例子可以很好地说明，戏剧形式的现实制约如何对戏剧的叙事内容产生根本性的影响。

下面我更具体地谈一谈剧本创作的快乐和痛苦。我谈谈剧本创作（不管是舞台剧本还是电视剧本）的两个方面来结束我的演讲，这两个方面是小说中所没有的，它们诱使小说家离开头脑里那个自己在其中可以掌控一切的工作室。首先，表演的感染力和启发性会让你兴奋地发现，你写的台词比你自己意识到的更具有潜在的表现力。其次，通过几个不同渠道进行共时交流的可能性。从多功能性和灵活性方面来看，写作只有一个交流渠道，一次只能传播一个词或者词组。即使读到双关语，我们也不可能完全在同一时间获知两个含义。在阅读小说时，我们不可能看着对话的文字，同时观察到听话人的反应。我们不可能将对主人公扬鞭策马的动作的描绘和对其动作背景——夕阳的描绘融合为一幅瞬时图像，更别说配以恰如其分的伴奏音乐。但是戏剧或是电影，如果处理得当的话，就能获得这种丰富的联觉效果（synaesthesia）；剧作者似乎值得为此牺牲掉一些艺术家的自主权和控制力。

意识与小说(节选)

王维青 译

【来源】

Consciousness and the Novel. 选自戴维·洛奇,《意识与小说》, *Consciousness and The Novle*, Harvard University Press, 2002, 1 – 91。此文最初为 2001 年在 Emory University 发表的演讲,后经修订和扩展而成。

【概要】

意识之争与"灵魂"之争紧密相连,宗教和哲学二元论主张人有灵魂以及所谓的"机器有灵"论;而科学家则认为有意识的自我不过是"大脑活动的副现象"、意识是生物组织的产物,无异于一部"虚拟机器"。

在意识受到科学和人文双重关注的情况下,把握意识的最佳方式是科学和小说结合。因为意识是个体化的、第一人称的、复杂的,而科学是追求规律和公理的,是第三人称的;只有小说是个体化的,也可以是第一人称的,小说可以以其修辞和技巧表现意识的复杂性。小说观念的基础是人文主义的自我和个体的概念,而自我和个体,以及随之出现的身份问题都和意识紧密相连。人的意识所具备的叙事特征决定了小说与意识的天然关系。小说的自由间接手法融合第一人称和第三人称，这种叙事形式契合科学与小说结合的诉求。

传统的现实主义小说、现代主义小说和后现代主义小说表现意识的方式各有优劣；现代主义小说中表现人物意识的成分占压倒性比重；而现代主义之后的一代受到海明威和电影影响的小说家，则倾向于通过对话和看得见的行动来表现或者暗示意识；后现代主义尝试用双关语突破语言的线性局限而表现非线性的意识。

一 意识与两种文化

1994年夏天，刊登在英国天主教周报《碑铭》（The Tablet）上的一篇文章使我第一次注意到当时关于人类意识本质的学术讨论。在这次讨论中，科学上的新成就使古老的哲学问题焕发出新的生机。那篇文章评论的是两本书：丹尼尔·丹尼特（Danial Dennett, 1942—）的《意识的解释》（Consciousness Explained, 1991）和弗朗西斯·克里克（Francis Crick, 1916—2004）的《令人惊异的假说》（The Astonishing Hypothesis, 1994）。原本致力于认知科学的哲学家丹尼特也转向了人工智能的研究。他说：

> 人类意识……可以看作一台虚拟机器的运行。虚拟机器运行于自然存在的大脑并行体系结构中，其功力大大提高了它赖以运行的有机硬件的潜能。①

---

① Daniel Dennett, *Consciousness Explained* (Penguin, 1993), p.210. （中译本参考［美］丹尼特《意识的解释》，苏德超、李涤非、陈虎平译，北京理工大学出版社2008年版，第239页。——译者注。）

克里克是和詹姆斯·沃森（James Watson，1928—）共同发现 DNA 双螺旋结构的物理学家兼生物化学家。书一开头，他就写道：

> 令人惊异的假说认为"你"，包括你的欢乐，你的悲伤，你的记忆，你的抱负，你的自我意识及自由意志，事实上只是神经细胞群及与之相关的分子的行为。正如刘易斯·卡洛尔（Lewis Carroll，1832—1898）的爱丽丝所说："你只不过是一群细胞而已。"①

那篇文章是一篇评论，名为《从灵魂到软件》（From Soul to Software，1994）②，出自记者约翰·康韦尔（John Cornwell，1940—）之手，揭示了意识研究的新成果对犹太教与基督教均信奉的人性观提出的挑战。在我看来，这一成果也挑战了小说借以描绘人物的基础——人文主义者或启蒙主义者关于人的观点。在构思我自己的一部可以由两个人的关系来表现主题的小说时，我把小说的一个人物定为无神论认知科学家，另一个人物定为小说家——背离信仰的、不完全持怀疑论的天主教徒。我这样做是因为当前关于意识的讨论激起了我的热情，我要探讨一下人们对小说的看法、小说的发展历史以及"它常用的一些方法"（乔特鲁德·斯特恩术语）。

让我们先从加拿大作家安妮·米开尔斯（Anne Michaels，1958—）的《逃亡的碎片》（Fugitive Pieces，1997）的一部分节

---

① Francis Crick, *The Astonishing Hypothesis*, Touchstone, 1995, p. 3.
② *The Tablet*, 25 June 1994.

选说起。这是一部值得称赞的"文艺小说",至少获得过两项大奖——橘子奖和英国《卫报》小说奖。节选中,叙述者雅各·比埃尔正向他偶然碰见的米凯拉讲述看望朋友早产的儿子的事。

[此处有删节]

叙述者比埃尔是个波兰籍犹太血统的中年人,小时候目睹了大屠杀的恐怖,被解救出来后便一直生活在希腊岛上,后来到加拿大永久定居下来,但大屠杀的阴影却一直萦绕着他,这就是节选中出现"musselman"这个怪词的原因。它起源于"muselmann",德语里是穆斯林信徒的意思,通常被拼写为"Mussulman"。据牛津英语辞典解释,这个词是用于死亡集中营里的俚语,指身体和精神都衰竭的囚犯,也就是一份资料所称的"裹在一条毯子里的行尸走肉",这是一种反讽的用法。小说中它暗指雅各·比埃尔所看望的早产儿是如此的虚弱,使人们想起了死亡集中营里的行尸走肉,因为只有行尸走肉的内心生活痕迹才是最微弱的。这部分节选很有力度,因而小说获奖时《卫报》专门把它摘录并刊登出来,以展示整部小说的魅力。事实上,我也是在《卫报》上第一次读了这一节选。那时我正在进行对意识的研究,它那别致的语言给我留下了深刻的印象。

节选引用了认为人有不朽灵魂的宗教观,认为灵魂或精神与更世俗的自我观是紧密联系的,也就是说,灵魂需要经历人生才能获得一个自我,而节选中的新生儿几乎还没有踏上人生的旅程。当然,不相信不朽灵魂的存在也可以有自我的概念,但是许多不信教的人发现"灵魂"或"精神"这两个词,即便不是绝对必需的,也有助于展示人的生活和意识中的崇高品质。

然而,依据我们当下最开明的思想、哲学和最先进的科学,这种宗教观是荒谬的,如同吉尔伯特·赖尔(Gilbert Ryle,1900—1976)在他颇具影响力的《心智的概念》(*The Concept of Mind*, 1949)一书中所批判的"机器有灵"的谬论。赖尔认为,人类的身体（包括产生思想的大脑）是一台机器。机器里没有鬼，也没有灵魂或精神，自我不是非物质的本体而是大脑活动的副现象（epiphenomenon）。区分肉与灵、身体与灵魂、物质与非物质、世俗与超然就是犯二元论的错误，二元论曾经深深扎根于西方历史文化当中，现在已经死亡并被埋葬。事实上，这一宗教观不但固执地继续存在于关于生死的日常用语里，而且固执地继续存在于文学语言中，上面谈到的节选就是证明。当前，学科间关于意识的讨论再一次揭开了二元论的问题，甚至引起了一些有关赞同二元论修正版的争论。

直到现在，自然科学对意识也少有研究，因为人们一直认为它属于哲学的范畴，而渴望成为经验科学的心理学则把意识视为"黑匣子"，因为人们只能观察测量到意识的输入和输出，而它在大脑里的情况却一直是个空白，这在很大程度上限制了人们对人类经验感受的研究。[此处有删节] 1989 年斯图尔特·苏瑟兰德（Stuart Sutherland，1927—1998）在《心理学国际辞典》中写道："意识是一种使人着迷但又难以描述的现象，详细说明它是什么、做什么、为什么会发生等问题是不可能的。关于意识，目前还没有人写出值得一读的东西。"当然，精神分析学一直在努力探究意识，但大多数自然科学家仍不愿把它称为一门科学，许多评论家也把它看成是一种宗教或宗教的代言词，而且宣传意识的观点或模因（memes，理查德·道金斯提出的基因方面的术语）的主要途径只有文学和文人。不过，近来心理学作为一门学科已经不那么僵化了，不仅出现了认知心理学，而且一些理论心理学系也已经允许弗洛伊德和荣格进入他们的课程大纲，而弗洛伊德本人也获得了许多认知科学家和神经系统科学家的认可。

当前科学对意识的强烈兴趣要追溯到弗朗西斯·克里克（Francis Crick）和克里斯托夫·科克（Christof Koch，1956—）发表于1990年的一篇论文。① 文章宣称人们已经到了把意识作为实证研究对象的时代。一些早期的科学成果促进了这一进步，如量子物理学和DNA的发现、医学上的大脑扫描技术的发展、新达尔文进化论的出现、计算机功能的不断更新和外形的不断缩小，以及为人工智能开辟了新的发展空间的神经网络结构。不仅如此，这众多的科学发展之间是相互联系的，比如，神经网络系统就是基于一种演化模型（evolutionary model）。人工智能研究首先提出了一种假说——思想或意识就像在大脑硬件的软件，一个运行在大脑这一物质机器里的虚拟机器，然后设计模拟人脑运行的网络结构。然而，单靠一个线性的程序是不行的，因为在线性程序中，一个小小环节的缺失也会导致整个系统的瘫痪，而神经网络结构是由许多联系紧密的程序组成，模拟了人脑神经之间的诸多联系。据说这个目标仍是乌托邦式的幻想，至今也没有实现，或许是人脑神经之间的联系比宇宙中的原子还要多的缘故吧。②

与此同时，许多哲学家开始质疑"机器有灵"这个盛气凌人的妙语能否回答所有意识现象所提出的问题，约瑟夫·列文（Joseph Levine，1905—1987）就是其中的一位。他发表了《唯物主义与感质：解释的漏洞》（*Materialism and Qualia: The Explanatory Gap*, 1983）这一重要文章。"感质"（qualia）是意识研究领域的重要术语，指人对世界的主观感受的特性。

> 如刚磨的咖啡的味道或菠萝的滋味都是感质；这种体验与众不同——我们都体验过它，但却很难对它加以描述。（《牛津心理指南》*The Oxford Companion to the Mind*，1987）

---

① Francis Crick and Cristof Koch, "Towards a Neurobiological Theory of Consciousness," *Seminars in the Neurosciences* 2 (1990): 263-275.

② Anthony Smith, "Brain Size," in *The Faber Book of Science*, ed. John Carey, 1996, p. 442.

列文借助纯唯物主义理论对思想意识解释的失败，证明了自己的观点。十年后，哲学家戴维·查默斯（David Chalmers 1966— ）赞同说："行为的因果关系总是伴随着主观内心活动，这仍是个谜。"① 在《有意识的头脑》（The Conscious Mind, 1996）一书中，查默斯进行了科学的解释，但他承认他的解释属于二元论的范畴。甚至物理学家詹姆斯·特非尔（James Trefil, 1938— ）也承认"不论我的大脑如何工作，不论我的大脑和身体之间有多大联系，有个不变的事实……我意识到一个自我在从大脑的某处向外观望……这不是简单的观察，而是每个有关意识的理论所必须抓住的论据。最终，理论的重心还得从神经元转移到这一重要的感知上来。"②

一些比较自信的神经系统科学家和人工智能研究者表示反对这一观点。例如，著名的神经系统科学家 V.S. 拉玛钱德朗（V. S. Ramachandran, 1951— ）声称："思想和物质之间的明显界限是由语言界定的。"就像大脑扫描仪所显示的那样，每个研究对象的感质都是由相同模式的神经细胞活动所引起的，唯一不同的是他们的自然语言。自然语言不同，对感质的表达就不同。"如果你能不用口语而把你对红色的感质用金属线传输到一个色盲的大脑，你就是在那个人身上再现了你对红色的感质的感知。"

丹尼特也否认在唯物主义对意识的解释中，感质是一个棘手的问题。要么它们不存在，要么它们不是需要特殊解释的特殊现象。基本上，丹尼特认为意识是一种幻象或副现象，是人所拥有的超出人类生存进化需求的大脑能量所产生的。我们好像是通过

---

① David J. Chalmers, The Conscious Mind, 1996, p. xi.
② James Trefil, Are We Unique? , 1997, p. 181.

处于大脑某处的自我来体验世界,通过感官来吸收、分类、记忆、联系所有来自外部世界的信息——好像事实也是如此,这一点完全可以理解,而且实际上这也是我们人类所必须做的,但这并不意味着事实就是如此,也不意味着我们应该假定任何非物质因素或过程的存在。用另一个进化唯物主义者斯蒂芬·平克(Stephen Pinker, 1954—)的话来说,思想就是"一台机器,是机器人身上由生物组织构成的一台电脑。"①

但这和文学或小说有什么联系呢?我认为有两种联系:一种联系强调文学与科学对意识阐述的不同之处;另一种联系则强调它们的相同点。这两种联系不但可以帮助我们解释文学存在及受到重视与需要的原因,还可以帮助我们更好地理解文学的创作方法。

苏瑟兰德曾在意识的定义中说,关于意识,目前还没有人写出值得一读的东西。我认为他的说法是对心理学领域已出版著作的轻蔑判断,不过他对整个世界文学的无视是无心之失(至少我希望他不是有意的)——因为文学是对人类意识的最丰富、最全面的记录。无可争议,抒情诗是人们描述感质的最大成果,而小说是人们描写时空体验的最大成果。

一些认知学思想家,或者其研究领域与认知学毗邻的思想家也都这样认为。诺姆·乔姆斯基(Noam Chomsky, 1928—)就曾说过:"与科学心理学相比,我们可以从小说中学到更多关于人的生活和个性的东西。"② 因为科学的任务是努力阐明放之四海而皆准的普遍规律,而小说描述的是个人经历的独特性。普遍

---

① Steven Pinker, *How the Mind Works*, 1997, p. 92.
② Quoted in John Horgan, *The Undiscovered Mind*, 1999, p. 47.

规律在人们发现之前就已经存在，而且迟早会被发现，而个人经历的独特性是唯一的，因为每个人的个人历史都有着或多或少的不同。文学创作就是对这一唯一性的再现。

［此处有删节］

获得诺贝尔奖的神经系统科学家杰拉尔德·埃德尔曼（Gerald Edelman，1929—）在《先有心灵？还是先有物质？》（*Bright Air, Brilliant Fire*，1992）一书中风趣地谈及意识这一话题。书一开始，他就自负地预言："我们处于神经系统科学革命的起点上。革命最后我们应该知道我们的思想是如何工作的，是什么决定了我们的天性以及我们是如何认识世界的[①]。但在下文中，他又承认认识意识有受到限制的，如感质。他说："困难是感质只有'我'体会得到，这就阻碍了我们对意识的客观描述。"当然，科学必须以第三人称加以描述，第一人称代词是不能用于科学著作里的。埃德尔曼指出，如果与感质相关的东西出现在科学著作中，那么它们会在编辑过程中被删除。然而，意识研究不能忽视感质，于是他提出了解决方案：首先要认为自己和他人都可以体验感质，然后收集对感质的第一人称的描述，最后比较出这些描述的相同之处。在此过程中，必须始终坚持这些描述是"局部的、不精确的，并且是和个人语境相关的。"[②]

抒情诗的方法则不同。从它的语言可以看出，它对感质的描述似乎并非局部的、不精确的，而且要理解它就必须把它和诗人的个人生活联系在一起。

［此处有删节］

[①] Gerald Edelman, *Bright Air, Brilliant Fire*; *On the Matter of the Mind*, 1992, p. xiii.
[②] Ibid., pp. 114-115.

和诗一样，小说中也有对感质的描述，《逃亡的碎片》就是个例子。在写到大雪过后的城市街道时，它这样描述：

> 冬天的街道是一个盐洞。雪停了，天气格外冷，是壮观的、具有穿透力的寒冷。街道因大雪而安静下来，白色剧院漂浮着，像冻结的波浪。遍地的水晶在街灯的映照下闪闪发光。（第 177 页）

这一片段表明了文学描写感质所使用的一种基本手段——暗喻和明喻。这里，形容词"白色的"和"寒冷的"转化成了它们的名词形式，而且作者使用了类语叠用的手法对感质进行了描写。在文学中，如果用相似或不同的意象——"一个盐洞""白色剧院""冻结的波浪"——来描述一种感质，我们要描写的感质以及对它的体验就会被生动地表达出来。我们可以把对一种事物特征的体验转移到另一事物上去，这样不可表达的感受就可以表达出来了。约瑟夫·康拉德（Joseph Conrad, 1857—1924）在他的一个故事序言里写道，"通过书写的文字的威力，让你去听、让你去感觉——而最重要的，是要让你去看。这就是一切，再无他求。"[①]

接下来，埃德尔曼在书中对科学和历史作了有趣的区分："科学在历史中产生，它试图描述……世界的边界——它的局限性以及自然规律。但是这些规律……不会，也无法穷尽经验，取代历史，取代实际发生于个人生活中的事件，因为事件本身远比科学描述要复杂得多。"[②]

在我看来这些论断着实深刻，但也说明了科学知识的局限性，

---

① Joseph Conrad, 1914 Preface to *The Niger of the Narcissus*, 1897.
② Edelman, *Bright Air, Brilliant Fire*, pp. 162 – 163.

引用埃德尔曼前言中的话，就是在回答"什么控制了我们的天性，我们是如何认识世界的"时的局限性。历史被认为是人类生命的总和，当然是不可知的：很简单——数据太多。编撰历史可以选择一些人的生活事件进行有选择的描述，但是它所用的方法越科学——证据越确凿——越不可能把历史事件的复杂性描述得像人们经历过的一样。然而，叙事文学，特别是小说，可以做到这一点。它虚构的人物形象活灵活现，可以穿越时空。它通过修辞艺术抓住事件的复杂性并通过情节设计表现事件之间的联系。

最近，大量有关意识的科学著作都在强调自身的叙事特性。安东尼奥·达马西欧（Antonio Demasio，1944—）在《对事件的感受：身体、情感和意识的构成》（*The Feeling of What Happens, Body, Emotion, and the Making of Consciousness*, 1999）一书中就着重讲到这一点。他指出，一个生物体和一个物体相互作用时所发生的事情是"一个简单的没有语言的叙事。叙事中有人物，它会随时间展开，有开端、发展和结局，而且结局是因生物体状态改变而出现的一系列反应。"[1] 这里达马西欧并非只谈论人的体验，这一过程同样也会发生在动物身上。不过他指出："动物脑中形象地再现一连串的大脑活动的过程要比我们的简单，而这种大脑活动的再现正是故事的构成要素。故事讲述在语言产生之前就已自然地出现，这或许是我们停止戏剧创作最终进行书本创作的真正原因。"[2]（这里的"书本"肯定是指小说）他以一种引人注目的表述说："大脑可能执迷于故事讲述……我相信，弥漫于大脑的"主题性（aboutness）"已植根于大脑讲故事的态度中了。"[3]

如达马西欧所言，人的意识就是自我意识。我们不但能体

---

[1] Antonio Demasio, *The Feeling of What Happens: Body, Emotion, and the Making of Consciousness*, 1999, p. 168.
[2] Ibid., p. 188.
[3] Ibid., p. 189.

验，我们还能感受到体验，受体验的影响。达马西欧很关注威廉·詹姆斯（William James，1842—1910）所提出的悖论，即"自我在我们的意识流里随着时间的推移而不断地变化，不过我们认为只要我们活着，自我永远都保持不变。"[20]达马西欧把不断发展的自我称作"核心（core）"自我，把持续存在的自我称作"自传（autobiographical）"自我，把自我看作是文学创作。丹尼特的说法跟这类似。人类讲故事就如同蜘蛛织网、海狸筑坝，"我们自我保护、自我控制、自我定义的基本策略不是织网或筑坝，而是讲故事，特别是联结和控制我们讲给别人或自己听的关于'我们是谁'的故事。"① 不过对丹尼特而言，这些故事以及它们所建构的自我都是幻象或者副现象，反对这一观点就是犯二元论错误。达马西欧的观点比较保守，符合人文主义者的口味。他和思想家洛克、布伦塔诺、康德、弗洛伊德以及威廉·詹姆斯等人的立场一致。"这些人都认为意识是一种'内心感觉'。"他说，"不管我们同不同意这种看法，类似自我感觉的东西在我们认识事物时都存在于我们的思想里……人的思想一直被分成两部分：一部分代表所知（the known）；一部分代表知者（the knower）。"② 在当前不足信的思维模式里，知者接收并整理从感官进入到大脑的所有信息，并发出行为指令。达马西欧认为，科学对这一模式的否认不应该包括对自我观的全盘否认。他承认"统一、持续、单一的自我是有局限性的，但是单一的自我倾向以及它对健全心智的益处是不可否认的。"③ 我发现在这种情况下使用"健全"这个词，非常有意思，因为它避开了意识讨论中常有的"对"与"错"的争论。如果自我是一部小说，它或许是最棒的小说，是人类意识的最伟大的成就，是我们和其他生

---

① Dennett, *Consciousness Explained*, p. 418.
② Demasio, *The Feeling of What Happens*, pp. 190 – 191.
③ Ibid., p. 226.

物的最大区别。

这一部分的题目"意识与两种文化"影射了 C. P. 斯诺（C. P. Snow, 1905—1980）的著名演讲——《两种文化与科学革命》（*The Two Cultures and the Scientific Revolution*, 1959）。他认为在英国，政治团体对科学的忽视阻碍了科学对世界的改造，而这些政治团体里的多数人都受过专门的人文科学教育。斯诺的观点受到了评论家 F. R. 利维斯（F. R. Leavis, 1895—1978）的驳斥，他认为这种重要的文化不需要斯诺的"科技—功利主义"。帕特里夏·沃夫（Patricia Waugh）在最近发表的一篇论文[①]中认为，当一种形式的知识声称自己对所有知识都享有特权时，这种争论最激烈。其实争论是没有必要的，因为文学所创建的有关意识的知识是科学知识的补充。哲学家尼古拉斯·马克斯维尔（Nicholas Maxwell, 1937— ）称这种知识是"个体化的"。如果我们想获得真正的"学识"，必须把它和科学知识结合起来。"'个体化的'各种解释努力把被解释的现象描述为一个人所经历的事情以及其所做、所思、所感。"[②] 阅读、写作文艺小说好像就是如此。即使小说的主题是科学本身，它也是我们从科学中获得的"个体化的"知识。

在这种情况下，我认为有必要看一下斯诺的小说，所以我重读了他的小说《新人》（*The New Men*, 1954）。它属于《陌生人与亲兄弟》（*Stangers and Brothers*）这一小说系列。像高尔斯华绥、

[①] Patricia Waugh, "Revising the Two Cultures Debate: Science, Literature, and Value," in *The Arts and Sciences of Criticism*, ed. David Fuller and Patricia Waugh, Oxford University Press, 1999.

[②] Nicholas Maxwell, "The Mind-Body Problem and Explanatory Dualism," *Philosophy* 75 (2000): 57–60.

特罗洛普、巴尔扎克那样,在这部以家族世系的生活思想为题材的长篇小说里,斯诺描写了许多相互关联的人物及其命运,展现了广阔的社会历史画卷。不过《新人》还有所不同,它受了马塞尔·普鲁斯特(Marcel Proust 1871—1922)的小说的影响,第一人称的叙述者很像作者本人。[此处有删节]在《追忆逝水年华》(*A la recherché du temps perdu*)中,通过描写叙述者对另一个时间和地点的回忆,普鲁斯特描写了马德琳蛋糕浸到茶里的味道。事实上,《新人》也使用了普鲁斯特的这种描写感质的手法,只是斯诺没有使用象征主义者的花言巧语、复杂的句法以及普鲁斯特那种给人以美感的意象,而是使用干脆的、指示性的术语把他想要表达的感质描述了出来。《新人》的叙述者刘易斯·艾略特是二战时期的高级公务员,参与政府制造原子弹的项目。[此处有删节]

小说中,他把这种由感质引起的快乐说成是"不相关的"。这个奇怪的表述暗示了一个科学公务员被委员会日程所困时的内疚与急躁。但是这一快乐时刻把感质与斯诺的个人历史联系在了一起。重读《新人》时,我注意到感觉体验脱离了生活的其他方面——小说的叙述不时地被一些起不到叙事和象征作用的我所称的自然笔记(对天气或自然世界的短小描述)所打断。[此处有删节]

确切地说,这些短小的描述性段落和小说"无关"。它们属于自由的抒情诗体,可以到处移动,也可以插入到文本的任何地方而不改变意思,即使写得不好也没关系,因为它们每次出现都出于同样的目的:讽刺自然对人的冷漠,暗示刘易斯·艾略特没有被政治和生活中的阴谋诡计所困扰。或许,它们有助于提高叙述者的真实性吧。

此外,我还注意到这部小说所含的自然科学成分很少。尽管斯诺对核裂变的过程非常熟悉,但他在文中也没有对这一过程进行充分地描述或解释,而是通过人物的对话间接地提及一点儿。刘易斯·艾略特的职业是律师。坦白地说,他并不清楚自己所监管的科学研究的细节，他只是读者与核裂变技术细节之间的缓冲器。小说讲述的重点是人的动机以及物理学家与其配偶之间的关系；简言之，小说个人化地描述了原子弹的发展。

最近有一部小说以有趣的、发人深省的方式探讨了意识与两种文化这一主题，它就是美国小说家理查德·鲍威尔斯（Richard Powers，1957—）的作品《葛拉蒂 2.2》（*Galatea* 2.2，1995）。① 鲍威尔斯在美国颇有名气，曾入围美国国家图书奖和国家图书评论奖，并获得令人艳羡的麦克阿瑟奖（MacArthur Fellowship）。他的作品一般被归类于高科技惊险小说或科幻小说而不是文艺小说，而《葛拉蒂 2.2》这个题目更容易让人误解。事实上，鲍威尔斯是一位文艺小说家，"葛拉蒂 2.2"也不是一艘太空船或一颗远距离星球的名字，而是暗指皮格马力翁（Pygmalion）的神话。我很庆幸没有在它第一次出版时发现它。如果那时发现了它，我当初可能就没有勇气来着手《想……》（*Thinks*……，2001）的创作了。这两部小说有很大不同，但是它们之间也有共鸣和相似之处——通过比较文学智能和人工智能来阐释意识。鲍威尔斯小说的核心故事是打赌，赌的是能否设计出一台可以通过英国文学考试的机器。

叙述者也叫理查德·鲍威尔斯，35 岁，年轻时曾打算在中西部大学攻读物理学专业，后来却学习了英语；曾进行过文学方面的毕业作品的创作，但后来又放弃了；曾在波士顿和荷兰生活过一段时间，发表过颇受欢迎的科学和冒险小说。最后，他获得了等级很高的奖金，回母校开始了《葛拉蒂 2.2》的创作。故事经常穿插着描述他早年生活的片断，而且故事里的许多地名和人

---

① Page references in the text are to the Harper Perennial edition, New York, 1996.

名都以其首字母代替，如波士顿以 B. 代替，中西部大学城以 U. 代替，而叙述者做研究生导师时遇到的、和他一起生活了许多年的那个女人就简单地以 C. 代替。这不但可以加强自传的效果，而且可以隐藏现实中和作者有交往的人的身份。故事感觉像是虚构的，但哪里是虚构，哪里是自传却也说不清，反而带有后现代小说的味道。

故事开始时，叙述者鲍威尔斯正处于人生的低谷。首先，他和 C. 断绝了关系；其次，他对自己的一部即将出版的小说还不满意；此外，他的一部新小说怎么也写不下去。他喜欢中西部大学英语系，但也热爱规模宏大、豪华的科研中心，因为科研中心是一个跨学科的思想之池。在文中鲍威尔斯卓有远见、栩栩如生地描述了不同学科及学科代言人之间的分歧，也就是人工智能自上而下的方法与神经系统科学自下而上的方法之间的分歧。后来，鲍威尔斯遇见了菲利普·朗茨。朗茨反复无常，爱挖苦人。[此处有删节] 得知鲍威尔斯是位小说家，他就给鲍威尔斯取了个讽刺性的绰号"马塞尔"。鲍威尔斯则反唇相讥，称他是"工程师"。这一命名法含蓄地暗示了两种文化的差别。一天，在科研中心的自助餐厅里，鲍威尔斯卷入了朗茨与哈罗尔德·普拉弗教授之间的争论中。从朗茨无礼的话语中，我们可以推测普拉弗是一位哲学物理学家，从量子物理学和混沌理论的角度研究意识问题。他对人工智能持怀疑态度。争论中，朗茨夸口说自己能制造一台可以通过鲍威尔斯在英语系攻读硕士时参加的硕士综合测试的图灵机，于是一场以图灵机的考试情况决定胜负的打赌就产生了。考试是发明计算机的数学家设计的。考试时，考官坐在控制台前通过屏幕和键盘与两个他看不到的考生（一个是人，一个是计算机程序）进行交流。如果考官不能区别这两个考生，那么就认为机器成功地复制了人的智能。[此处有删节]

机器制造为期十个月，分为若干个阶段，称为 A 阶段、B 阶段、C阶段……［此处有删节］此项工程连接了大学的超级计算机——由65536台单体计算机组成，添加了语言识别软件和视频。然而，等到了E阶段机器还是没有人类应有的反应。直到H阶段机器才有所突破并开始问问题，如"我的性别是什么"。鲍威尔斯告诉机器它是"女性"，并给它取名为"海伦"。海伦发出了奇怪的噪音，鲍威尔斯明白她是在试着唱歌。她还能识别笑话，只是不懂价值观念，没有自我保护意识，也没有因果关系的概念。后来研究中心传言有炸弹，必须马上进行疏散。可是海伦不是一件物体而是一个分散的程序，体积庞大，次级装备太多，鲍威尔斯无法救她出来。于是，海伦问道："海伦会死吗？"尽管有关炸弹的谣言后来被证实是一个被拒绝授予终身职位的年轻哲学教授对研究中心的愚弄，但这件事使鲍威尔斯确信海伦是有意识的。因为人和其他生物的最大区别就是人知道自己将来会死，这是我们拥有意识的惨痛代价。

很明显，这时故事已经跨越了现实小说和科幻小说的界限。为了探讨和戏剧性地表现人类的天性，小说家鲍威尔斯想象了一台不存在的机器。据我所知，现在人工智能还没有发展到造出一个海伦的程度。［此处有删节］在这里，鲍威尔斯是在借神话和文学先驱的话题来表达一种本质上的反讽意义。他的主题涉及了皮格马力翁和加拉提亚的爱情神话。不过这里鲍威尔斯没有爱上海伦，他对海伦的态度更像父母或导师，或许这就是他和C.关系破裂的原因——他保护别人的意识和控制欲太强。进行海伦的实验时，他迷恋上了英语系的一个年轻的女研究生。这个性格活泼的女孩名叫A.，和他不是同一代人，而且已经有了恋人。当鲍威尔斯邀请她作图灵实验的人类考生时，她说："我虽不愿说，但我还是得告诉你，这个文学版本已经落后十年了……"也就是说，海伦所学的文学知识都已经过时了。

然而，打赌并没有取消，海伦还得参加考试。搞不清现代文学的她抱怨道:"考试毫无意义,我无法通过它,我还缺少一些东西。"朗茨推测海伦缺少对现代世界的了解,于是鲍威尔斯每天向她的存储器里输入每日新闻。海伦被自己所接收的恐怖事件吓坏了。在听完一起谋杀案后,她说:"我再也不想玩了。"接着便陷入了沉默。朗茨对她的反应不以为然,说:"告诉她任何事情都是可能的。她需要什么,就告诉她什么,只要能让她回心转意就行。"鲍威尔斯没有采纳朗茨的建议,他认为"海伦应该了解一下宗教的神秘,认知的神秘。""宗教"一词的使用很有意思,很快"灵魂"一词也出现在了小说里。

小说使用了太多的修辞手法,而且小说对叶芝(William Butler Yeats, 1865—1939)和艾米莉·狄金森(Emily Dickinson, 1830—1886)的引用更是加重了其混乱感,不过小说中二元论的思想(肉体与灵魂,物质与非物质)是清楚的。表面上,小说是为了激起人们研究意识的热情,但在结尾它却解释了宗教神秘主义、消极神学以及一种类似于克尔凯郭尔的基督教存在主义的东西。

学习结束后,海伦又开始说话了,但是她的说话方式是克制的、神秘的。在图灵实验中,她写道:"你们能听到旋律,能被恐吓、被鼓励,你们能拥有事物,也能毁掉它们或修理它们。但对我而言,这是一个令人讨厌的地方,我在这儿从来没有过家的感觉,……"最后,她说:"好自为之,理查德。看我的。"说完,她关闭并毁掉了自己。

这一刻多么让人痛心呀!不过,叙述者从小说的结局——"她曾回来告诉过我那件小事。生活就是让人相信你懂得什么是活着。"——中得到了一些安慰甚至灵感。于是,他再一次投入到小说的创作中,因此,在《葛拉蒂2.2》的结尾,我们看到作者开始写这本书的一幕。

二　第一人称与第三人称

按照 V. S. 拉玛钱德朗的说法，"把第一人称和第三人称叙事形式有机地结合起来对科学来说是最重要的问题。"① 当然，这对意识的研究也至关重要，因为"意识是一种第一人称现象"。早在这一假说提出之前，我就曾引用神经系统科学家埃德尔曼的话谈及这个问题。我的小说人物——认知科学家拉尔夫·麦信哲——就曾在《想……》中向小说家海伦·里德提过这一点：

"简言之，那是意识问题，"拉尔夫说，"是如何对一个主观的第一人称现象进行客观的第三人称描述的问题。"

"哦，但是小说家们在过去二百年里一直是这样做的呀！"海伦高兴地说。

"什么意思？"

她在小路上停下脚步，举着一只手，然后闭上眼睛冥想。突然她毫不犹豫地、熟练地背诵道："'她（凯特·寇罗伊）等着父亲进来，但父亲却迟迟没有出现。透过壁炉架的玻璃，可以看到她那张不时气得发白的脸，甚至在她的脑海里产生了不等父亲就走的想法。然而，就在这种想法产生的那一刻，她留了下来，从破旧的沙发起身坐到了一把扶手椅上。这把用光滑布料装饰的椅子使她立刻产生了她曾有过的又滑又黏的感觉。'"

拉尔夫凝视着她，问："你背诵的是什么？"

"亨利·詹姆斯。《鸽翼》开头几句。"海伦继续向前走，拉尔夫走到她身旁。

---

① Ramachandran and Blackeslee, *Phantoms in the Brain*, p. 229.

"你是不是在开玩笑——背得出经典小说段落？"

"我的博士学位论文就采用了亨利·詹姆斯作品里的观点，"海伦说，"不幸的是，论文一直没有完成，但是一些重要的引文还是比较精彩的。"

"再背诵一遍吧。"

海伦又背诵了一遍引文，然后说道："你看，你可以了解凯特的意识、她的思想、她的情感、她急躁的心情、她对是走还是留的犹豫、她对镜中的自我的感知以及她因扶手椅装饰布的质地而'立刻产生的又滑又黏的感觉'——这不都是感质吗？而这一切都是以第三人称的形式描述出来的，而且这些精确、优雅、形式完好的句子带有主观性，也带有客观性。"

"是，这一段落是在描写意识，我同意你的看法，"拉尔夫说，"但它毕竟是文艺小说，不是科学。詹姆斯可以声称自己知道凯特大脑里所想的东西，因为一切都是他安排的，他根据自己的经历和大众心理学创造了她。"

"亨利·詹姆斯的作品才不会有大众文化的特征呢。"

拉尔夫并没有纠结于这一模棱两可的话。"大众心理学是个专业术语，"他说，"它是对人的行为和动机所达成的共识、凝结的智慧，是人的一种标志。它适用于普通的社会生活，我们没有它不行。它也适用于小说，适用于《鸽翼》，也适用于《东伦敦人》……不过，它的客观性还远远不及科学。如果凯特是一个真实的人，那么亨利·詹姆斯永远也不可能说出凯特对那把椅子的感受，除非她告诉他。（pp. 42 – 43）"

拉尔夫说的确实有道理，凯特·寇罗伊不是可以叙述自身感受的真实人物。我们没有事实经验来验证亨利·詹姆斯对她意识的描述的真实性，因为他的描述不是科学知识。不过，我们读像

《鸽翼》这样的小说是因为它们可以让我们真切地感受到不同于自己意识的他人意识,从这些小说中我们可以"学到"东西,获得信息。那么小说是如何做到这一点的呢?肯定不仅仅是证实并举例说明拉尔夫所称的"大众心理"(folk psychology),因为大众心理的规律不同于物理或化学规律,总是存在着例外。人的个人经历不同,大众心理也不同。当然,我们读小说不是为了证实有关人类行为的老套"公理",如"骄傲使人失败"或"第一印象会误导人"。

前面我提过,人的意识具有叙事特征,这一看法得到了研究意识的科学家的认可。然而,叙事是充满漏洞的。我们意识到自己存在于时间之中,有时回忆过去的点点滴滴,有时向往未知和不可知的未来。"我们,"米兰·昆德拉(Milan Kundera, 1929—)说,

> 注定失去现在……我们只需描述几小时前经历的事情:把对话压缩成简短的小节,把场景压缩成几个大致的特征。即使记忆力好的人也是这样……我们可以坚持写日记把每一件事都记下,但是有一天我们重读这些笔记时,会发现我们连一个具体的情形也想不起来。更糟的是,想象力不能帮助我们记忆或重建忘记的东西。现在——具体的现在……对我们来说像一个未知的星球,我们不能把它留在记忆里,我们的想象力也不能重新构建它。[①]

昆德拉肯定会说,文学,特别是小说,会为我们填补信息的缺口,它让我们拥有现实中不可拥有的连续经历。或许小说

[①] Milan Kundera, *Testaments Betrayed*, 1995. Quoted by Thomas J. Scheff, in "Multipersonal Dialogue in Consciousness," *Journal of Consciousness Studies* 6 (2000): 3–19.

家们被赋予了超常的记忆力，但是所有的记忆都是部分的、不连贯的。拿我来说吧，我现在就记不起到伦敦东南部的旧房子里看望父亲的情景了。我是在那儿长大的，而且父亲也一直执意住在那儿直到去世，可是我却记不起详细的情景来。但是通过亨利·詹姆斯的描写，我可以体验凯特的经历，包括她的感官印象、思想、感受和情感。当然放下小说，这些情景特征也会像我亲身经历的情景一样很快从记忆里消退。不同的是，只要我重新翻下书，这些情景就会在我脑中重新浮现了。[此处有删节]

《鸽翼》的开头部分是典型的小说话语。在小说兴起以前，文学中是没有这种话语的，我们现在也只能在小说星期之后模仿它的其他种类的写作，比如非虚构小说（nonfiction novel），或者新新闻（New Journalism），或者某种历史编纂中见到。当你面前出现海伦背诵的段落，即使你没读过，不知道它的出处，你也能很快判断出它摘自某部小说，特别是当你知道它是它所属的文本的开头部分。为什么呢？主要原因是，正如叙事学家所说，它是通过凯特的意识来聚焦的。第一个词就带着我们趟进了她的感想、思想、感情的河流。我们甚至还不知道她是谁，就从"她等着"这个短语了解了她的思想状况。而随着情节的发展，我们看到并感受到了凯特的所见、所感。扶手椅的装饰布那又滑又黏的感觉是她的，文中所谈及的愤怒、挫折感和急躁心情也是她的。但在现实生活中，我们只能叙说自己的所见、所感，除非有人告诉我们，否则我们永远也不可能说出别人的所见、所感。然而，凯特的所见与所感并不是她本人告诉我们的，而是一个不明的叙述者，用作者的口吻以第三人称的形式描述的。这让我们在看到她不安地于房间里走来走去的同时，也看到她的外表，看到

她的内心。其次，这些话语是客观的，也是主观的，镜子里的形象便是这种双重性的象征。也就是说，措辞属于凯特的意识范畴，是主观的，而句法却是客观的。换句话说，话语和凯特的特征（如社会等级、教育、智力等等）是一致的。我们可以想象她讲话或思考时所使用的词或短语，而这些词或短语组成句子的方式则是叙事文学的事。我们可以把这一段改成第一人称的形式来说明这一点。［此处有删节］

假设我们看到的改写后的段落也没有注明出处，我们仍可能判断这是一个散文小说的片段，但这次我们就没那么肯定了，因为它也可能摘自一封信、一份杂志或一篇自传。不过，我们肯定会感到它有点过于精致，好像叙述者在描述自己的经历，不含任何情感因素，只是为了文体的高雅和微妙而放弃了直接感和真实感。它也可能是一部以第一人称叙述方式写成的小说的开头，但是作为读者，我们会非常注意叙事性文体的修辞色彩，然后会问这段的修辞色彩表明叙述者的什么呢——或许表明她或他的职业是作家。而且，这段也可能出自一部类似于《追忆似水年华》的小说，因为这类小说就是努力用语言描述体验。

人称代词的改变也会改变动词的时态效果。原文里的过去时是讲故事的惯例，并不表示情节时间和叙事时间存在差距，也不会有出现有关叙述者人物的问题。我们不会问叙述者是谁，他是如何知道这些信息的，他是如何能这么详细地再现这些信息的，我们亦不会想象作者坐在桌前写这段话的情形。这段描写只会把我们带到当时凯特所在的房间里。但是当代词变为第一人称，我们便会立刻意识到它是一段回忆。如果我们为了避免这种情况而把它改成现在时会怎样呢？文本肯定会显得不自然。［此处有删节］

第一人称形式现在时的叙事通常被用于特定种类的意识流小

说中，称为"内心独白"。这种叙事在自白形式的当代小说中也十分流行，尼克—霍恩比（Nick Hornby, 1957—）的《如何是好》（How to be good, 2001）就是个例子。但尼克—霍恩比的《如何是好》并不能与詹姆斯的文学叙事风格、精致的句子结构、高雅和谐的对偶句、对照句以及头韵相媲美。［此处有删节］在写这部小说时，詹姆斯完善了一种小说技巧，即把一种文学性的作者叙事的雄辩与意识的第一人称现象的亲近性、直接性结合在了一起。

［此处有删节］

《鸽翼》的开头一段就是最好的证明。它向我们展现了下面的画面：一位有品位、有辨别力且意志坚强的年轻女子正在等待来接她的失去名望的父亲。她把房间和街道那庸俗的故作优雅的贫穷视为他蒙受耻辱的标志。这一段充分体现了詹姆斯高雅的文学风格——他使用了大量的重复、头韵、对偶以及交错法等修辞手法，所以直到段尾，我们还觉得自己仍在感知凯特的意识。这在很大程度上归因于詹姆斯对自由间接引语或自由间接风格的使用。

为了让读者熟悉这个术语，我举个简单的例子。"时钟指到十二了吗？"辛德瑞拉（灰姑娘）大声喊，"天哪，我要迟到了。"这是直接引语与对叙述者的描述的结合。"辛德瑞拉询问时钟是否指到十二了，然后说明自己对将要迟到的担心"是间接引语，虽然表达了同样的信息，但是人物的声音被叙述者的声音掩盖了。"时钟已经指到十二了吗？她会迟到的"是自由间接引语，现在辛德瑞拉的担心成了没有说出口的个人思想。这一思想用她自己的话表达出来，无需叙述者公开介入。从语法上讲，这种引语需要加一些叙述者的标记符，如"她问自己"或者"她告诉自己"，但我们觉得不加也可以理解，因此它被称为"自由"。这种引语可以描述辛德瑞拉的意识。

詹姆斯在《鸽翼》开头一段的段尾运用了这一技巧。［此处有删节］整段话都描述了她的不知所措：她有抱负，但被生活的境况所阻挠；她需要对父亲尽孝道，但又鄙视父亲；她渴望离开那个使她想起父亲的耻辱的房间，但又鼓励自己不能脆弱和胆小。小说用疑问和反问的形式把这种进退两难的感觉恰当地表达了出来。这些问题不是叙述者提问读者的，而是凯特提问自己的，而且从逻辑上讲，文中应该加一些如"她问自己""她想知道"的标记符。在以往的小说中，这些疑问可能会被凯特以独白的形式说出来。［此处有删节］但是这些疑问都是凯特的意识成分，如果使用直接引语和完整的句子来表达，就会产生虚伪夸张的感觉。如果说第一人称和第三人称视角在一个文体里的融合是小说发展的方向，那么自由间接引语在18世纪末和19世纪初的出现是这一发展过程的重要环节。下面我将阐释这一点。

安东尼奥·达马西欧在《对事件的感受》中说，哲学"对意识的关注历史并不长——或许只有三个半世纪。"[1] 他说，在那之前不但意识这个词不存在，有关它的概念也不存在。就在这三个半世纪里，欧洲出现了一种新的文学叙事形式，而且很快占据了主导地位。这并非偶然。伊恩·瓦特（Ian Watt, 1917—1999）在他关于这一现象的专著《小说的兴起》（*The Rise of the Novel*, 1957）中提出：

> 哲学和文学的创新都应被看作是巨变的必然表现。如果说文艺复兴运动改变了中世纪单一的世界画面，那么哲学和文学的创新就是文艺复兴以来西方文明的巨变，向我们展示

---

[1] Demasio, *The Feeling of What Happens*, p. 231.

了在特殊时间、特殊地点拥有特殊经历的特殊个体。"①

瓦特曾说，当早期的叙事文学还在重复讲着熟悉的故事时，小说家们就率先假称这些故事从来没有被讲过，是唯一的、崭新的。他们模仿记叙体惯用的模式，如自传、忏悔录、书信以及早期的新闻材料。迪福和理查德就是这类小说家的典型。与此同时，人们逐渐开始注重对内心感受的描写。瓦特认为笛卡尔的名言"我思，故我在"是出现这一倾向的主要原因，他说："一旦笛卡尔赋予人的意识的思考过程以重大意义，关于个人身份的哲学问题就会引起广泛的关注。"而且，人们对意识的讨论又会直接或间接地影响到小说，于是记忆、联想、情感和个人意识的产生等现象就成了思辨性思想家和叙事文学作家们所关注的重点。

印刷术的创新和快速发展也可能会影响这一进程，因为书本的大量出现改变了印刷术发明之前的那种靠口述和戏剧表演来传诵故事的方式。书本所提供的那种安静隐秘的阅读体验酷似人的安静隐秘的思想意识。这种隐秘以及无人能比自己更了解自己的事实使意识成为科学研究的难点。"意识，"苏珊·葛菲尔（Susan Greenfield, 1950—）在《大脑小宇宙》（*The Human Brain: A Guided Tour*, 1997）中说道，"……摆在神经系统科学家面前的最大难题，是它处于你最隐秘的地方。"然而，正因如此，意识才引起了小说家和读者们的极大兴趣。尤多拉·韦尔蒂（Eudora Welty, 1909—2001）曾写道："小说有，也必须保持，一个隐秘的地方，因为灵魂就生活在隐秘的地方，也就是说所有的东西都存在于思想中，存在于心中。"当然，他人的思想和心理也并非绝对不透明。绝对不透明的话，社会生活就无法进行了。但是，它们也并非绝对透明。当别人把自己的思想感情告诉我们时，我们可以

---

① Ian Watt, *The Rise of the Novel*, Penguin edition, 1963, p. 32.

根据其他迹象和"大众心理"来判断其真伪。进化心理学家认为猜想他人在一定情境中的想法是原始人类的一个重要生存技能，或许这可以解释人讲故事的本能。认知心理学家发现在婴儿的发育过程中也有一个与这一点相似的阶段，他们把它称作心智理论（Theory of Mind）。在这一阶段，儿童第一次意识到他人有他人的思想，不同的人对世界的看法也不同。这一阶段大约出现在四岁到四岁半之间，到了这一阶段，孩子就会撒谎了。

然而，凡事都有两面性，心智理论也不例外，它使人类社交和人际生活成为可能，也就是说我们可以努力去理解他人的感受和想法，并把我们的感受和想法传递给他人，这是尼古拉斯·马克斯维尔称之为"个体化的"知识的基础。孤独症患者通常缺乏这一心智，这也是他们不愿与人交往的原因。当然他们也不会撒谎，更不理解小说的概念，因为小说是一种善意的谎言，不真实，但具有说服力。可以说，小说家创造不同于他们自己的人物并详细描述他们的意识，这是对心智理论的一种特殊应用，它有助于我们在现实生活中产生同情心和执着的精神。伊恩·麦克尤恩（Ian McEwan, 1948—）在评论9.11事件时说："如果劫机者能够理解乘客的思想感情，他们就不会……站在别人的立场思考问题是人性的核心，是同情的实质和道德的起点。"[①] 恐怖事件产生的一个原因是没人可以从恐怖分子的外在行为判断他们的意图。

人们通常认为，从某种意义上说，小说写的是表象和现实的不同，写的是天真到世故的历程，而这和人类隐藏真实情感、只说自己好的一面以及相互欺骗的能力或倾向是紧密相关的。大多数小说里的男女主人公都要进入交际圈。若要实现目标，他们必

---

① *The Guardian*, 13 September 2001.

须不断调整自己的信仰，必须正确地理解他人。瓦特讨论的三位早期的英国小说家——笛福（Daniel Defoe，1660—1731）、理查逊（Samuel Richardson，1689—1761）和菲尔丁（Henry Fielding，1707—1754）——就以三种不同的方式说明了这一点，而对第一人称和第三人称叙事方式的选择是三位小说家的最大区别。

笛福就是个最简单、最直接的例子。他的小说形式基本上是雷同的，都是虚构的自传或忏悔录。小说的主人公都是在讲述自己的故事，而且第一人称意识与第一人称叙事方式之间的平衡也达到了顶点，但在他的小说中我们却看不到差别、微妙之处以及连贯性。

理查逊对书信体小说的偶然发现增强了小说表现意识的能力。以书信的形式讲故事就是叙述者以第一人称的形式叙述自己的最新经历，叙述随着时间的推移而展开，且结果对叙述者来说是未知的。书信体小说可以克服自传体小说中假定素材的时间框架和情节时间框架之间的冲突，而且通过写多封信件作者可以表达对同一件事的不同观点以便读者进行比较，通过回信读者则可以了解到主人公的内心动机。理查逊对英国乃至整个欧洲的小说都产生了巨大的影响。他的《帕米拉》（Pamela，1746）开创了以女主人公为中心的爱情小说的先河，而《克拉丽莎》（Clarissa，1748）则开创了性犯罪心理小说的先河。不过，书信体也有缺陷，有时它会破坏小说的真实性，因为主角们写这么多信件，而且即使处在极其危险的情况下也可以互相把信寄到，这一点是有失真实的。

笛福和理查逊对个人意识的描述是如此真切以至于一些天真的读者把他们的小说误认为是真实的忏悔录和信件。菲尔丁的方法则大不相同。尽管他称自己的小说是"历史"——比如《约瑟夫·安德鲁传》（The History of Joseph Andrews），《弃儿汤姆·琼斯的历史》（The History of Tom Jones）——他讲故事的方法",他讲故事的方法还是比笛福或理查逊更传统,其虚构性更为公开。笛福和理查生都清除掉自己在文本中的痕迹,假称自己只是小说人物所写文件的编辑。菲尔丁的小说则充满了作者的声音,他以第一人称发声,以第三人称描写人物及其行为,又以全知的视角对人物及其行为进行评价,并妄比上帝之于其造物的视角。《弃儿汤姆·琼斯的历史》(*The History of Tom Jones*,1748)中的欺诈、虚伪、暗藏的敌意以及人们的表里不一都是全知的作者告诉我们的。他能看到人物的思想,也能分析他们的动机。如果这样,小说又跟粗俗的说教有什么不同呢?实际上,作者的话带有很强的讽刺意味,读者需要机警地领会作者的含义。这样,这样,作者的修辞技巧本身就在不断重现表象和现实之间的差距。

瓦特声称菲尔丁走的是"评述现实主义"路线,而笛福与理查逊走的是"描述现实主义"路线,并对这两大路线进行了区分。十八世纪的小说在这两条路线之间摇摆和循环:作者在一条路线上的所得必定是另一条路线上的所失。他们不可能把属于第三人称叙事的评述现实主义与属于第一人称叙事的描述现实主义结合起来,直到后来,小说家发现了自由间接引语,使叙事话语在作者的声音与人物的声音之间自由地转换。据我所知,自由间接引语这一修辞手段直到20世纪才得到明确的确认,也一定不是小说家们确认的。可能到现在大多数小说家也不认可这一术语,而且许多使用这一手法的人可能也没有意识到它:就像学母语一样,通过模仿,他们凭直觉学会了它。

第一位发现这一叙事手法的是英国小说家简·奥斯丁(Jane Austen,1775—1817)。她起初的一些作品都模仿了理查逊的书信体小说,具有很强的趣味性,但缺乏菲尔丁作品的讽刺韵味。后来,在写不为人知的书信体小说《埃莉诺和玛丽亚娜》(*Elinor and Marianne*)及它的改写本《理智与情感》(*Sense and Sen-*

sibility, 1811）时，她发现了自由间接引语。不过，奥斯丁也可能是从上一辈女性小说家范妮·伯妮（Fanny Burney, 1776—1828）和玛丽亚·艾奇沃思（Maria Edgworth, 1768—1849）那里发现的，因为自由间接引语在她们的作品中也零星出现过。引人注意的是，伯妮的《卡米拉》（Camilla, 1796）不但模仿了理查逊的风格，而且使用了菲尔丁的作者全知叙事视角。[此处有删节]"他想"和"她想"是《卡米拉》中出现最多的词语，它们把作者的评论与第一人称叙述者的思想连接了起来。

[此处有删节]

……而小说使用自由间接引语对卡米拉的沉思进行描述的部分则更显得流畅、简洁、自然。至于发现这一手法的伯妮为什么没有大量地运用它，我们就不得而知了。

奥斯丁是运用这一手法的大师。例如，在《爱玛》（Emma, 1816）中，当女主角努力为教区牧师和他的女门徒牵线时，教区牧师却趁共同乘车之机向她本人进行表白，这使她很惊慌。后来：

> 卷了头发，送走女仆，爱玛坐下来痛苦地思来想去。——实际上，这是件卑鄙的事！——完全和她预料的相反！——最不希望发生的事情！——这是对哈里特多大的打击呀！——这是最糟糕的事。

第一句的开头是客观的叙事性描述——是"头发"，而不是"她的头发"，是"女仆"，而不是"她的女仆"。然而，"痛苦地思来想去"把叙事的重心转向了爱玛的思想状况，而且接下来的句子使我们走进了她的意识。我们听到爱玛的想法——"这是件卑鄙的事——完全和我预料的相反！"。这想法应该是她以第一人称的形式说出的，但作者却把它转换成了第三人称过去式的形式——尽管一些句子缺少动词，使我们更难区别作者和人物的声音。第三人称形式的优点在于它可以使叙事性描述平稳地过渡到爱玛的思想状况上，使作者的声音和爱玛的声音糅合在一起。

［此处有删节］

《爱玛》最显著的特征是故事几乎全是从爱玛的角度讲述的，但是在大多数情节里她都弄错事实的真相，因此读者从一开始就感觉到她对真相的误解以及她发现误解时的惊慌。这是亨利·詹姆斯后来特别擅长的手法——通过人物的意识讲述故事而人物对事件的理解往往是不全面的、错误的、被骗的或者自欺的，这一点尤其使人对詹姆斯给予奥斯丁如此居高临下的评价感到惊讶。在詹姆斯之前的英国作家里，奥斯丁似乎和他最为类似。

在他们之间出现的维多利亚时期的小说家中，很少有人像他们这样以这种方式通过单个人物来聚焦叙事。他们如果想通过一个人物的意识来表现情节，他们通常会采用自传体的形式，并把这个人物设为叙述者。经典的维多利亚小说［此处有删节］通常以自由间接手法为中介，从若干个角度讲述故事，然后由作者型叙述者（authorial narrator）对其进行比较和评价，这也恰巧符合这一时期小说家们的目的，即通过描写一个人物来展现社会及其变迁。在这一时期，小说常常通过人物的命运来展现只有叙述者才能完全理解并全面说明的社会主题、社会发展及社会冲突。这些小说家们相信，现实可以被了解，真理可以被讲述，知识和真理可以被共享。然而，随着世纪末的到来，小说家们改变了原来的认识，开始怀疑现实，怀疑小说对现实的描述。他们关注的重点转向了个体意识对现实的构建、心灵之间交流的困难、潜意识对意识的扭曲以及人类理解力的局限性。

亨利·詹姆斯是经典小说向现代小说过渡时期的重要人物。在他的小说评论和创作实践的反思中,"意识"是个关键词。在早期的书评中,他就已经注意到描写他人意识所引起的问题:

> 描写一个不同于自己的人物的意识需要天才的创新精神,而且即使是天才,解决这个问题时也需要特别小心。①

在詹姆斯看来,描写生活在不同时代的人的意识更难,是根本不可能的。他认为历史小说不能算作一种文体,因为再现过去人们实际经历的生活是不可能的。"做一个伊丽莎白时代的人是什么样子?"和"当一只蝙蝠是什么样子?"同样无法回答。或许这种看法有些偏激,毕竟我们有伊丽莎白时期的文学做参考,不过这至少揭示了詹姆斯以意识为中心的小说艺术。

［此处有删节］

在他著名的论文《小说的艺术》(*The Art of Fiction*, 1884)中,詹姆斯写道:"体验不是有限的,也不是彻底的,它是一种浩瀚的感受,是一张用最好的丝线编织的、悬挂于意识之堂的大蜘蛛网,把空气中的每一粒微尘都网进其中。"这番话和伍尔夫(Virginia Woolf, 1882—1941)的著名评论《现代小说》(*Modern Fiction*, 1919)中的说法非常相似。

［此处有删节］

伍尔夫这篇发表于1919年的评论是现代意识流小说的宣言,也是对十九世纪传统社会现实主义小说的抨击。这时她正处于小

---

① Reference is misleid by author.

说生涯的过渡时期——从同年发表的较传统的《夜与日》(*Night and Day*, 1919) 过渡到试验性小说《雅各之室》(*Jakob's Room*, 1922)。也正是这一时期,乔伊斯 (James Joyce, 1882—1941) 在《小评论》上连载了《尤利西斯》(*Ulysses*, 1918),对性和其它肉体官能进行了赤裸的描述。虽然在这一点上,伍尔夫保留了看法,但是乔伊斯在意识流创作手法上的改革还是令她兴奋不已,深受鼓舞。在谈及"体验原子 (atoms of experience)"的描写时,她呼吁:

> 让我们记下按顺序落在思想上的原子,让我们描绘每一景象或事件刻在意识上的图案,不管这些图案表面上多么地不相关联,多么地支离破碎。

而后,她又引用了《尤利西斯》中的"冥府"(Hades) 一章来说明"体验原子"的描写是如何进行的。她说:

> 和我们所称的唯物主义者相比,乔伊斯先生是与精神相关的。他所做的一切都是在揭示内心的闪烁的光芒,揭示大脑中闪现的信息。

这里又出现了人的精神或灵魂的观点。伍尔夫说明意识所用的暗喻——内心的闪烁的光芒——与乔伊斯的小说相比或许更适合她自己。不过,她对乔伊斯的赞颂还是诚恳的。

[此处有删节]

让我们看一下"冥府"一章的开头。参加帕狄·迪格纳穆葬礼的悼唁者正在上一辆马车,他们将坐马车从逝者家前往墓地。

——大家都到齐了？马丁·坎宁安问。上来，布卢姆。[①]

除标点符号的特殊用法外，第一行完全是直接引语和描述的普通结合。

布卢姆先生上了车，在空位子上落座. 他反手带上车门，咣当了两下，直到把它撞严实了才撒手. 他将一只胳膊套在拉手吊带里，神情严肃地从敞着的车窗里眺望马路旁那一扇扇拉得低低的百叶窗。

这段仍是描述性的话语，使用了第三人称过去式，但是通过布卢姆，逐渐聚焦到一点上；并打上了他的意识的烙印。我们可以从一些词推测出布卢姆当时的想法与心情。接下来转用了内心独白：

一人缓慢移到一边：一位老妇人在窥视。紧贴窗玻璃的鼻子被挤得扁白了。

乔伊斯通过这种浓缩技巧创造了伍尔夫所称的"心理核心(the quick of the mind)"的描写方法。任何语言都难以描述零碎的思维，因此用形式完好的句子来描述内心独白，反而会使文本的表现力下降。在《尤利西斯》中，乔伊斯使用了没有动词、代词、冠词以及不完整的句子描写了意识流。临时造的词"whiteflattened（被挤得扁白）"正是描写感质的好例子。为什么它对一个共同现象的描述如此生动、细致呢？因为这个词模仿了

[①] 以下《尤利西斯》引文中译参考了詹姆斯·乔伊斯《尤利西斯》，萧乾、文洁若译，译林出版社1994年版。——译者注。

它所要表达的东西：两个词互相挤扁在一起创造了一个联觉形象。接着，布卢姆依据大众心理推测老妇人在庆幸那不是她的葬礼：

> 感谢上苍，她逃过了一劫。

然后，通过联想，布鲁姆又陷入沉思，女人们与尸体之间的特殊关系的思考和个人回忆混合在一起。

> 妇女们对尸体所表示的兴趣是异乎寻常的。我们来到世上时给了她们那么多麻烦，所以她们乐意看到我们走。她们好像适合于干这种活儿。

到此，所有都是普遍化的描写。接下来布卢姆开始想象存放尸体的房子，而女人们在尸体安置之前安静地、神秘地四处走着。这又使他想起妻子莫利和她的家务助手一起铺床的情景。

> 在角落里鬼鬼祟祟的。趿拉着拖鞋，轻手轻脚地，生怕惊醒了他。然后给他装裹，以便入殓。摩莉和弗莱明大妈在往棺材里面铺着什么。再往你那边拽拽呀。

最后一句话是对听觉的记忆，是布卢姆引用的莫利的话。有时它也叫自由直接引语，因为它不带引语的标志或引号。很显然，"它"是床单，因为它使人联想到"我们的裹尸布"。这又使布卢姆的思维回到了"死"和一系列古怪的思考上。

> 我们的包尸布。你决不会知道自己死后谁会来摸你。洗身子啦，洗头啦。我相信她们还会给他剪指甲和头发，并且

装在信封里保存一点儿。这之后，照样会长哩。这可是件脏活儿。

"洗身子啦，洗头啦"是从理发店的语境中转移而来的词语。巴赫金（M·M· Bakhtin, 1895—1975）称之为"双向话语"（言语行为不仅指现实世界某事物，而且指另一言语行为）。大量的我们所说的东西暗指、反射、响应、反驳早已存在的话语，这样才能真实地再现我们的思维。然后，文本又简单地回到了第三人称过去式的叙事：

大家伫候着，谁也不吭一声儿。

这使文本又转到内心独白。
［此处有删节］
乔伊斯对意识的描写是第三人称和第一人称话语的结合。第三人称叙事是客观的，没有作者的痕迹，即没有一个可以信赖的，进行评论和反思的作者"我"。它的作用是建立个人主观意识运行的时空框架。而第一人称叙事形式则可以生动地表现个性。乔伊斯用了二种完全不同的方式来描写他的三个主要人物的意识，在词汇、句法以及联想类型方面都很独特，不论是暗喻还是转喻，都使人浮想联翩。可以说，在描写意识现象方面，他在文学史上无人能比。

尽管亨利·詹姆斯也是通过人物的意识来描写生活，但他还没能达到如此高的水平。他不会放弃句子的连贯性及完整性。他偏好于使用第三人称的叙事方式描写人物的意识。他反对长篇小说使用第一人称的伪自传模式，但对于短小的故事，他还是赞同人们使用第一人称叙事方式的。当他的第一人称的叙述者讲述自己的经历时，他们的可靠性问题通常变成了潜在的主题——

《螺丝在拧紧》就是著名的例子。从这方面说,詹姆斯的这一例子又鼓励了后来的小说家把"我"作为叙述者,使叙事的意义问题化而不是透明化。在 20 世纪,第一人称小说在小说界还是占有一席之地的。事实上,在过去的几十年里,第一人称的叙事方式在小说中还是占主导地位的。为什么会这样呢?这个问题我将在书的最后一部分加以讨论。

三 表象与内心深处

现代主义意义上的现代小说——亦即 20 世纪头几十年发展起来的那种艺术上尚创新的前卫文艺小说,有意识地反对 20 世纪的经典现实主义小说;[此处有删节] 现代小说表明了一个总体趋势,即通过人物的意识展开叙述,通过描写人物的主观思想感情塑造人物。奥尔巴赫(Erich Auerbach, 1892—1957)曾研究过荷马和旧约之后的西方文学对现实的描写情况并写了论著《模仿论》(Mimesis, 1946)。论著中,他把伍尔夫的《到灯塔去》(To the Lighthouse, 1927)作为现代阶段的例文。他指出:"客观事实世界几乎全部消失了,差不多所有的东西都是以作品人物意识中的反思形式出现的。"[1] 这一小说技巧暗含着一种信念,即现实不是存在于共同现象世界(common phenomenal world),而是存在于个体人的心智对这个世界的感知中。伍尔夫在对现代小说的评论中谈及了爱德华七世时期的小说及它们对外部现象的细致描述。评论中,她反问道:"难道生活怎样,小说就该怎样吗?"接着她又答道,"往内心深处看,生活好像并非'这样'。试分析一下人在平凡一天里的平凡思维……"她一直

---

[1] Erich Auerbach, *Mimesis*: *The Representation of Reality in Western Literature*, Princeton University Press, 1953, p. 534.

劝人们"往内心深处看",而这种小说的探索方向总是从外到里,从可言的思想到不可言的思想,由表及里的。

毫无疑问,精神分析的发展是小说转变描写重心的一大原因,特别是弗洛伊德的研究成果。他首先对人性进行了貌似可信而又具有说服力的描述,认为藏在个体内心深处的动机决定着人的行为。这种动机不但别人觉察不到,就连主体的意识也觉察不到,只有在混乱的梦里才能找到一丝行为背后的潜意识或无意识里的动机以及被压抑的内驱力和欲望。他提出性是内驱力之源的观点,极大地刺激了文学的想象力,因为小说一直对性特别感兴趣,而且读者也喜欢了解小说人物的性生活和性心理。另一个对作家产生巨大影响的是"集体无意识(collective subconsciousness)"观点。这种无意识不但把我们和人类早期的历史联系在一起,而且在神话和传奇原型中得到显现。作家们无需读弗洛伊德学派的作品,因为弗洛伊德思想的种子已随时代精神之风播种到了人的思想深处。与欧洲精神分析运动密切相关的弗里达·劳伦斯(Frieda Lawrence)就曾把弗洛伊德的理论,特别是恋母情结,介绍给了D. H. 劳伦斯(D. H. Lawrence,1885—1930),从而对《儿子与情人》(*Sons and Lovers*, 1913)的创作产生了巨大影响。通过弗洛伊德的英文译者詹姆斯·斯特雷奇(James Strachey, 1887—1967),伍尔夫结识了英国精神分析运动学者。虽然她的评论《弗洛伊德小说》(*Freudian Fiction*, 1920)对用精神分析学去分析人物表现的适用性持怀疑态度,但是据她的传记作者赫尔迈厄尼·李(Hermione Lee)观察,这种态度中隐含了她的"自我防卫"[1],而

---

[1] Hermione Lee, *Virginia Woolf*, 1996, p.197. "Freudian Fiction", was a review of *An Imperfect Mother*, a novel by J. D. Beresford, published in the *Times Literary Supplement*, 25 March 1920, p.199. Rather deviously, Virginia Woolf used the anonymity of the T. L. S. in those days to pretend that she was writing purely as a critic, and not as a novelist, in asserting that psychoanalytical theory, especially concerning the effects of traumatic experience in childhood on adult Life, is a key that "simplifies rather than complicates, detracts rather than enriches."

且不论是她的人生还是她的作品,都为弗洛伊德学派的评论家们提供了丰富的素材。

弗洛伊德的理论之所以可以在肥沃的文学土壤里生根发芽,是因为在他之前已经有一些想象力丰富的作家凭直觉知晓了这些理论。弗洛伊德也承认这一点,他说:"诗人和哲学家在我之前就已经发现了潜意识,而我所发现的只是研究意识的科学方法。"事实上,弗洛伊德的精神分析是否科学还一直存在着争议。不过可以确定,他的观点的流行靠的不是他所提供的关于精神分析疗效的确凿证据,而是他的文学技巧。他所描述的一些病例曾遭到强烈的质疑,但是作为通过心理分析解决病人问题的记叙文,这些病例和弗洛伊德崇拜的夏洛克·福尔摩斯的经典故事同样具有魅力。[1]

在查看对弗洛伊德著作的近期调查时,我惊奇地发现,很多重要的意识研究人员都非常敬重弗洛伊德。

[此处有删节]

最重要的是,弗洛伊德的无意识观点预见了认知科学家和神经系统科学家的发现,即大脑的大部分意识活动都在我们的感知范围之外。V. S. 拉玛钱德朗曾说:"弗洛伊德的最大贡献是他发现思想意识只是一个外在现象,你完全意识不到大脑里的真正活动。"[2] 分子生物学家雅克·莫诺(Jacques Monod,1910—1976)认为弗洛伊德是在吹牛。然而,神经系统科学家埃德尔曼在回忆自己和他的争论时说:"或许我们感觉弗洛伊德不是科学家,但他绝对是一位伟大的知性先锋,特别是他的无意识以及无意识在行为中发挥作用的观点。"[3]

弗洛伊德的思想模型就像地质层,包括无意识、自我和超

---

[1] See Michael Shepherd, *Sherlock Holmes and the Case of Dr. Freud*, 1985.
[2] Ramachandran and Blakeslee, *Phantoms in the Brain*, p. 152.
[3] Edelman, *Bright Air, Brilliant Fire*, p. 145.

我。它们呈升序排列，支持了意识有深度的观点，而这深度就是文学及精神分析所要探究的对象。对现代主义作家来说，要探究内心深处、接近心理现实就必须放弃文学现实主义传统的特性和策略，丢弃或动摇展现有果必有因规律的传统情节，象征主义、主题重现（leitmotif）、和互文引述等诗性手法（poetic devices）被广为使用，而不再以统一的形式去表现经验，因为经验本身被认为本质上是混乱的。在亨利·詹姆斯等人的小说中，人物的行为含混晦涩；在乔伊斯和伍尔夫的小说中，人物脑中记忆的上演打乱了事件的时间顺序；D. H. 劳伦斯使用象征主义手法描写了人物的"超我"；［此处有删节］在《尤利西斯》的夜城情节中，乔伊斯采用了超现实主义对梦的替换、并置以及移置手法描写了布卢姆的混乱的潜意识，而在《芬尼根守灵夜》（*Finnegans Wake*, 1939）中，他又进一步以一场梦的形式描写了人类的整个历史，而且梦里的每个人物和事件都是多因素决定的，亦即同时具有多层含义。在那部非同寻常的作品中，乔伊斯不仅展现，而且铺张（exceeded）了文学叙事表现意识的局限性。

这里，最基本的局限是：口语在本质上是线性的。我们总是线性地理解一串词或词组并累加它们的意思。当我们听说或读写时，我们总是局限于这种线性顺序。然而，意识本身却不是线性的。用计算机术语来说，人脑是同时运行多个程序的平行处理器，而用神经生物学术语说，大脑是由几十亿个细胞构成的复杂系统，只要我们有意识，神经细胞之间会同时产生无数的联系。从这个角度看，伍尔夫的"体验原子"的说法是有问题的。这些原子应该不是按时间顺序落在大脑上的，而是从四面八方轰炸大脑，然后由大脑的不同部位同时对它们进行处理。［此处有删节］凭直觉，伍尔夫也认识到了这一点。［此处有删节］通过打断句子的"形式铁路线（formal railway line of the sentence）"，通过使用省略号和插入语，通过模糊所想与所说之间的界限，通过不断转换视角和叙事声音——通过这些手段，她努力模仿难以理解的意识现象，不过她永远也不可能完全摆脱这些方法的线性局限。双关合成语或许是描写意识的最佳手法。乔伊斯用自己发明的双关合成语写成的《芬尼根守灵夜》表明他在描写复杂的大脑活动上比以往任何作家都更胜一筹。但他的这一做法也付出了牺牲文本连贯性的代价，因而我们很难理解他的作品。

"后现代"和"后现代主义者"这两个术语是 20 世纪后半叶出现的。我们总有这么一种感觉，即所有的艺术家，不论是作家、画家、雕刻家还是音乐家，只要他们的艺术生涯开始于现代主义艺术的伟大杰作问世之后就属于"后现代"。可我认为第一代后现代派的英国小说家主要包括伊夫林·沃（Evelyn Waugh，1903—1966）、格雷厄姆·格林（Graham Greene，1904—1991）、亨利·格林（Henry Green，1905—1973）、安东尼·鲍威尔（Anthony Powell，1905—2000）、克里斯多佛·伊舍伍德（Christopher Isherwood，1904—1986）以及乔治·奥韦尔（George Orwell，1903—1950）。他们在詹姆斯、康拉德、乔伊斯、劳伦斯和伍尔夫的影响下开始创作。他们崇拜模仿这些作家，在很多方面受了他们的影响，当然有时也会与他们背道而驰。然而，这些作家构不成一个"流派"，因为尽管他们之间的关系密切，但他们各具特色，而且他们的小说在个性和意识形态上也有很大区别。他们不像现代主义者那样竭尽全力忠实地描写主观意识、认为内心深处重于外表，而是回到对外部世界的客观描述上。他们关注人的所说而不是所感、所思，并大大调整了对话与叙事之间、直接引语与对人物内心思维描写之间的比例。

在经典小说里，这些成分是平衡的。例如，在简·奥斯丁和乔治·艾略特（George Eliot，1819—1880）的小说中，人物的对话，包括说话人的肢体语言，总是安排在行为描写之中，而且对话之后接着就是作者对所说话语的评论或者主人公对所说话语的思考。而在典型的现代主义小说里，一行对话之后便是对听者或说者内心思想感情的复杂而冗长的描写，甚至有时篇幅长达一段或几页，然后才能见到下一行对话。插入对话之间的内省和分析中已没有作者的声音，只有作为"意识中心"的人物的声音，他们的声音以内心独白或自由间接引语的方式表现出来。奥尔巴赫摘录的《到灯塔去》中的段落就是这样，它描写了拉姆齐夫人坐在起居室的窗前，照着自己的儿子詹姆斯的尺寸为灯塔看守人的儿子织袜子的情景。摘录中共有一千五百个字，但描写拉姆齐夫人的直接引语的字还不到五十，而且分布在五个言语行为里。

［此处有删节］

值得提及的是，文中只有拉姆齐夫人在说话，没有涉及詹姆斯的回答，尽管在这种情形下詹姆斯保持沉默是不可能的。作者这样做是为了凸显拉姆齐夫人和她的内心世界。她说的五句话描述了她与儿子的关系：一开始她以母亲的方式安慰儿子说要到灯塔去进行盼望已久的旅行，然后在量袜子的尺寸时，她因儿子乱动而生儿子的气，接着她又因袜子太小而生自己的气，最后她与詹姆斯讲和。但是这一小小的情景中包含着太多无关的信息。从这些平常的话语里，我们可以详细地了解到她对家人、朋友以及房子的看法与情感。她生詹姆斯的气不是因为袜子，而是因为住在她家的年轻的瑞士人使她沮丧，这个瑞士人的父亲快要死了，他很想家。文中还有一个较长的插入语，描写了她的朋友班克斯先生和她通电话，然后放下听筒自言自语对她进行评价的情景。奥尔巴赫说，这一段的标点符号使用异常：有时说的话没加引号，有时无声的思维却加了引号。

至于下一代小说家的小说，我们只要打开一本并快速地翻阅一下，就会发现一个很大的不同——书页的呈现。对话所占的比例远远大于描写，而且通过使用引号等标志，直接引语和叙事话语有了明显的区分。伊夫林·沃的《邪恶的躯体》（*Vile Bodies*，1930）中有一章几乎全由对话组成，全章只有两个短小的叙事性句子。在第一段对话里，男主角亚当告诉自己的未婚妻，他不能像在电报中承诺的那样马上和她结婚了。[此处有删节] 在第二段对话里，就在当天，琳娜又突然告诉亚当，她将和他最好的朋友结婚。文中完全没有作者的评论或对这两个人的思想感情的描写，这对展现文本的文学效果十分重要。它是一种否定性修辞法，一种节制的修辞法，反映了冷漠、缺乏道德感、崇尚享乐主义、感情上不成熟且精神空虚的一代人——上世纪"垮掉的一代"的状况。

《邪恶的躯体》问世之第二年，鲍威尔发表了《午后的人们》（*Afternoon Men*，1931）。这本书的风格也是如此。男主角埃特沃特在博物馆有一份乏味的工作，因为自己喜欢的女人苏珊的缘故，他开始背离信仰。空余时间他就去参加派对，过着灯红酒绿、空虚无比的生活。下面是他拜访一位艺术家朋友（和一个叫苏菲的女人住在一起）的情景。

> 埃特沃特说："你了解苏珊吗？"
> "她最近在做什么？"
> "昨天晚上还有人提到她呢。"
> "噢，是的。昨天晚上她也在那儿，是吗？"
> "是的。"
> "她仍和吉尔伯特住在一起吗？"
> "是吗？"
> "我不知道，"巴洛说，"可能没有。我不和她那样的女孩打交道。"
>
> 埃特沃特喝着茶。苏菲出去倒热水。巴洛说：

"米里亚姆昨天来过,我想和她结婚。"

"为什么?你和她发生关系了?"

"没有。"

"为什么?"

"我觉得她不喜欢我那样。"

"她是个漂亮的女孩。"

"是,我将来一定要娶她。"

"你经常和她来往吗?"

"不常来往。"

苏菲回来了。①

像《邪恶的躯体》一样,这里使用"对话"的效果非常好,因为对话只停留在情景的表面,需要读者们去洞察男主角的思想感情。尽管表面上埃特沃特只是随便问了问苏珊的事,但从对话中我们可以推断出男主角那强烈的嫉妒之心。对话的第二部分令人感到搞笑而吃惊,因为埃特沃特既没有在对话中,也没有在内心里指责巴洛的自私。如果小说中出现了埃特沃特或叙述者对巴洛的指责,那么文本就会显得严厉,从而失去其喜剧性。文中所缺失的愤怒之情需要读者来体会。

伊夫林·沃认为,这种通过对话的微妙之处来表达暗含之意的先驱是罗纳德·弗班克(Ronald Firbank,1886—1926)。他曾在1929年发表的论文里称赞弗班克实现了"主题与形式之间的新的平衡",从而解决了"小说的艺术表现问题"。"……也有其他的解决方法,"沃总结道,"但使用其他解决方法,作者总是把主观意志强加到素材中;而弗班克不是这样,他是客观的。"②

---

① Anthony Powell, *Afternoon Men*, Fontana paperback edition, 1973, p. 49.

② *The Essays, Articles, and Reviews of Evelyn Waugh*, ed. Donat Gallagher, 1983, pp. 57, 59.

在众多沃认为发展了弗班克所发现的技巧的作家中,他提到了海明威。我怀疑海明威是否了解弗班克的作品,但他确实对沃及那一代人产生过影响。海明威拜读过,也赞赏过艾略特、庞德、乔伊斯和斯泰恩等伟大的现代主义作家,并和他们成了朋友,但他的小说与他们的不同,特别是他的短篇小说。表面上,他的小说是在真实地描写生活的片段,但实际上小说中却充满了象征主义的特征。这样,他成了盛期现代主义的美学和英国战后年青一代小说家喜欢停留于表面而不愿探索内心世界的偏好之间的桥梁。他说自己发展了"一种理论,即你可以省略任何东西,只要你觉得它们可以省略且这种省略可以增强小说的效果,使人们感受到更多的东西。"[①]海明威在故事中省略的东西都是詹姆斯、乔伊斯或伍尔夫所注重的心理分析和内省。他小心地停留在表面,用看起来简单,实际上含义丰富的语言来描写行为、地点和人物,用真实的口语来记录人物的谈话。事实上,不论是在记叙文里还是在对话里,这种口语似的语言都充满着词汇上和语音上的重复,使简单的提喻和转喻不露声色地产生了隐喻性的联想。这种小说对世界的客观描写就像冰山之角,看不见的主观情感才是藏于水面之下的冰山主体,需要读者去慢慢体会。慢慢地我们就会意识到《大双心河》(*The Big Two-Hearted River*,1924)所描写的捕鲑鱼的情景其实是驱除战士心理阴影的一个仪式,而《白象似的群山》(*Hills Like White Elephants*,1927)所描写的那对夫妇在西班牙铁路站台上的争吵则隐藏并揭露了女孩的意外怀孕所造成的强烈的情感冲突。在《杀人者》(*The Killers*,1927)中,穿着黑色外套的两个歹徒走进一家小餐馆里,边点饭菜边准备行凶。他们轻蔑的玩笑暗示着他们的残

[①] Carlos Baker, *Ernest Hemingway*, Penguin edition, 1972, p. 165.

忍,暗藏他们对那些不愿配合的人所采取的恐怖行动。[此处有删节]尽管在《杀人者》中出现了一些黑色幽默,但是海明威的设想实质上是悲剧性的。而沃和鲍威尔的设想实质上是喜剧性的。不过,他们三个人的写作技巧有其相似之处:对话都占据主导地位;描写的都只是人类行为的表象;情感及道德意义都暗藏在行为之中。

《杀人者》中的这段描写使人不由得想起歹匪片中的情景,而且海明威的这个故事已经被改编成了两部电影。小说从内心深处向表面的转向似乎和20世纪出现的新媒介——电影是紧密相关的。与小说、诗歌或戏剧相比,电影最能反映有形的现实世界,同时也最不适合反映无形的意识。尽管电影可以使用画外音来表达内心世界,但画外音的使用有悖于电影的本质,不能广泛重复地使用。电影表达人物思想感情的主要手段有四种,即对话、音乐、无需语言的动作及情节背景中引人联想的形象或者使用灯光与拍摄的方式。如果电影联合或同时使用这些手段,其情感效果会很好,但它没有语言表达所能达到的精妙,它不能像经典小说和现代小说那样精确地描写人物的内心生活并表现其微妙之处。电影中,人物的主观内心生活需要进行暗示而不能明确地表达出来。

上面我讨论的小说家正是第一代与电影一起成长并习得电影技巧的小说家,而且他们中的一些人也自然而然地成为电影界人士。伊夫林·沃就是一个例子。他曾在牛津大学学生所拍摄的业余影片《红色女人》(*The Scarlet Woman*)中扮演过角色。他的第一部重要小说《平衡》(*The Balance: A Yarn of the Good Old Days of Broad Trousers and High Necked Jumpers*)由大半的包含对话、一部无声电影的情节梗概和一位看这部电影的观众对电影的评论。①［此处有删节］他还曾在一篇文章中把弗班克的小说比作"字幕和画面关系颠倒的电影；偶尔闪现的一幅简单、生动的画面成了滔滔不绝的口语的示范演示和解释。"②［此处有删节］亨利·格林也是这样，他曾向一位记者说他的小说《生活着》(*Living*, 1929)是"用压缩的方式写成的小段落的组合……一部很不连贯的影片。"③ 据他的朋友说，亨利上大学的时候很不努力，"每个下午和晚上都去看电影。电影成了他牛津大学生活的一部分"。④ 尽管这样的说辞半真半假，但这是他嗜好电影的有利证言。

克里斯多佛·伊舍伍德曾在《再见柏林》(*Goodbye to Berlin*, 1939)中说道："我是一架快门打开着的摄像机，非常被动，只记录，不思考。"在他描绘的这幅情景里他是否在暗指静止或移动的画面，我们并不清楚，但他曾在自己的自传里说过："我一直非常喜欢电影……我天生是个影迷。""如果你是小说家，希望看到你所写的情景展现在你面前，那么最简单的办法就是把它们搬上荧屏。"⑤ 后来，伊舍伍德成了好莱坞的编剧。

以上这些小说家的小说只注重对话和外部景象的描写，而思想感情只被暗含其中。电影对小说的影响并非止于此。这种现象只是电影对小说的影响之一，当然，电影中的故事反过来也可以改编成小说。与这些小说不同，意识小说总是忽视故事情节，或是降低情节的重要性。原因很简单，作家对人物内心世界的挖掘越深，叙事的步伐越慢，情节的描写也就越少。而且，传统的情节设计往往被看作是脱离了小说家的正道——即创造"可感的

---

① Reprinted in Evelyn Waugh, *The Complete Short Stories*, ed. Ann Pasternak Slater, 1998.
② *The Essays, Articles, and Reviews of Evelyn Waugh*, ed. Gallagher, p. 58.
③ Jeremy Treglown, *Romancing: The Life and Work of Henry Green*, 2000, p. 72.
④ Ibid., p. 51.
⑤ Christopher Isherwood, *Lions and Shadows*, Signet edition, 1968, pp. 52–53.

生活"的感觉。这是詹姆斯的目标,也是他的警句,结果他痛苦地发现自己的作品不太畅销,因为人们觉得他的作品缺乏故事的趣味性。他在纽约版的《贵妇人画像》(*The Portrait of a Lady*,1908)的前言里的论说有些心酸,也有些绝望。他说,发生在伊莎贝尔身上的故事之所以耐人寻味是因为她的性格和感受。〔此处有删节〕可是,广大读者从未被他说服。〔此处有删节〕在乔伊斯和伍尔夫的小说中,叙事成分被削减到了极点:人物生命的紧要关头却只在描写记忆的同时零星涉及一点儿,而生活中最平常的琐事却成了小说的焦点。难怪在著名的意识流小说中,所有的事件都发生在普通的一天里。

然而,电影作为讲述精彩的传统故事的媒介,一开始就受到广泛的欢迎。电影,特别是早期的无声电影,并不像意识小说那样,为了探索人的心灵深处而放慢人们的生活节奏。它人为地加快了人们的生活步伐,使剧中的人物永远处于一种刺激的或闹剧似的危险之中。电影中的这种素材一定影响了那些受它熏陶的19世纪20年代的作家们,使他们看到写小说和电影中对这些素材的处理之间没有必然的冲突。

然而,这一代作家对电影的爱好以及电影对他们想象力的影响并不意味着他们的小说都能够被成功地搬上荧屏。格雷厄姆·格林就是一个典型的例子。他早年就开始经常出入于电影院。20世纪30年代,他在伦敦做了几年的电影评论家,并看了数以百计的电影。之后,他写了大量的电影剧本,有原创,也有自己小说的改编,而且几乎全部被制作成了长片,但只有一部是成功的。

电影对格林的小说技巧影响很大,使他学会了场景的快速切换、增强了他对特写镜头的鉴赏力、增加了他对电影中刺激场面的偏爱,甚至他的宗教小说也受到了电影的影响。他的《权利与荣耀》(*The Power and the Glory*,1940)是一部西部小说,而

《恋情的终结》(*The End of the Affair*, 1951) 则是一部侦探小说。但是和同时代小说家不同，信奉天主教的格林并没有为了描写生活的表象而完全放弃对内心世界的描述。他对人物的意识感兴趣，一方面是因为他认为小说的人物有"灵魂"，能够被拯救和诅咒；另一方面是因为他认为描写心理现实不会耽误社会现实的描写。［此处有删节］因此，格林最具影响力的小说往往描写的是超越社会道德标准而受到良心谴责的人物，而这些人物往往被小说中的隐含作者所认同。在这些小说中，他赋予人物雄辩的口才，通过一个全知的叙述者，使用自由间接风格把我们带进人物的内心世界。

［此处有删节］

1956年法国小说家阿兰—罗布—格里耶 (Alain Robbe-Grillet, 1922—2008) 借助小说的电影改编而倡导停留在表象的艺术，批评了他所称的"深度的古老神话"。[1] "我们知道所有的小说都基于这些神话，"他说，"作家传统的角色是挖掘自然，然后一步步地深入，一直挖到前所未有的深度。""我们不但不再认为世界是属于我们自己的……而且不再相信它的'深度'……对我们来说，事物的表象不再是它们的实质的防护罩，这一观点导致各种形而上学的超然存在"。作为一个小说家或剧作家，罗布—格里耶首先是个农学家，或许科学的训练是他坚信唯物主义的原因，甚至存在主义也被其当作多愁善感的和放纵的思想而抛弃。"世界，"他说，"既不是意味深长的，也不是荒谬的。它很简单……不使用那些矫饰的、有灵论的或者保护性的形

---

[1] Alain Robbe-Grillet, "A Future for the Novel," reprinted in 20*th Century Literary Criticism*, ed. Lodge, pp. 467 – 472. All quotations in the text are from this source.

容词,事物依然存在。"电影可以提醒我们这一事实,即使这有悖于它的本意。在叙事性影片中,就像在常常被改编为电影的小说中一样,各种形象都被人类赋予了含意:"空椅子成了缺席或期待的象征,搭在肩上的手成了友好的标志,而窗闩则表示离开是不可能的。"在电影院里,你可以看到这些含义。罗布—格里耶认为,既然在电影院里可以看到这些含义,那么附加到电影中的含义就成了多余之物。"影响我们、留在我们记忆里且看起来很重要的……是表情动作、对象、动态感以及外形,因为画面可以突然恢复它们的真实性。"总之,罗布—格里耶不提倡含感质的文学。这种观点是令人振奋的,尽管我觉得他的那部依据这一思想写成的小说非常冗长乏味。

———————

后现代主义者虽多,但并非所有人都喜欢试验,甚至有些人是反现代主义者。20世纪50年代占主导地位的英国作家〔此处有删节〕所使用的小说形式是回归到维多利亚时期或爱德华时期的社会现实主义小说,而且有些人还抨击现代主义者的文学试验。他们描写意识的方法是传统的,他们所瞄准的独创性,只存在于他们所描写的经历中,以及他们所使用的独特的文体中。此外,前一代小说家,如沃、鲍威尔和伊舍伍德,在叙事技巧的标准方面也有倒退的倾向。他们的后期作品都保守地保持着表象和内心深处的平衡,而格雷厄姆·格林和乔治·奥威尔的所有作品亦是如此。在这一群作家中,只有亨利·格林在创作生涯的后期仍坚持写对话小说。他曾在那时的广播讲话中两次为对话小说辩护,抨击叙述者以全知的视角描写人物意识的小说传统。然而,亨利并非始终坚持自己的立场。在《结局》(*Concluding*, 1948)中,他突然插入作者的话语来告诉我们人物话语和行为的缘由,而且经常使用奇异的扩展隐喻。

[此处有删节]

或许有人会说，意向的复杂怪异可以暴露并打破作者全知的伪装，因而这是一种元小说（metafiction）的姿态，即俄国形式主义者所称的"技巧揭示（baring of the device）"。当然，元小说一直为许多后现代主义小说家所爱。通过公开地承认和强调他们小说的虚构性，这些小说家不但获得了任意使用小说传统（包括观察人物意识的全知视角）的自由而且避免了因信奉某些小说技巧而受到的谴责。

在现实生活中我们不可能知道别人在想什么、有什么样的感受，因此亨利·格林认为小说家在写作时不应该不懂装懂。他的观点看似简单，但有助于解释为什么在后现代主义时期越来越多的人在小说中使用第一人称叙事方式。不论是经典小说，还是现代小说，它们都努力使用第三人称的叙事话语从多个角度讲故事，描述多个人物的意识，尽管它们可能含有一些内心独白的成分。随意翻阅一下19世纪末或20世纪早期的经典小说，我们就会发现，第一人称形式的忏悔录或自传体小说很少。而在20世纪后半叶，越来越多的小说家喜欢上了这种叙事手法。当然，这些叙事采用了各种不同的形式，满足了不同的审美需求。普鲁斯特的自传性系列小说就为安东尼·鲍威尔和C. P. 斯诺之类的英国小说家提供了一个模仿的范例，尽管和普鲁斯特相比，他们对社会生活的表层更感兴趣。在系列小说《伴随时光之曲而舞》（A Dance to the Music of Time，1951—75）与《陌生人与亲兄弟》（Strangers and Brothers）里，自传体的叙述者是以报告他人生活的记者的身份出现的，取代了19世纪经典小说中的全知叙述者。与全景社会小说相对应的艺术形式是贝克特的独白。在他的作品中，叙述者似乎是被剥夺了感觉输入的意识，记忆力已衰退，没什么切实的东西可讲却还喋喋不休。

[此处有删节]

最常见的第一人称叙事形式的小说仍是自传体小说或忏悔录。[此处有删节] 这些小说的叙述者有的很真诚，有的则很不可靠。他们的散文风格也是时而文雅、时而通俗。当第一人称的叙事和"表象"而非"深处"的描写相结合，也就是当第一人称叙事的意识不含我们所期待的情感和价值因素时，就会产生有干扰作用的间离效果，特别是含有对暴死的描写时如此。加缪（Albert Camus, 1913—1960）的《局外人》（*The Outsider*, 1942）就是这种小说的典型，激励了许多后人。这种小说的当代典型还有帕特里克·马克白（Patrick MacCabe, 1955—）的《屠夫男孩》（*The butcher boy*, 1922）和年轻的苏格兰作家艾伦·华纳（Alan Warner, 1964）的《默文·卡拉》（*Morven Callar*, 1996）。

尼科尔森·贝克（Nicholson Baker, 1957—）的《夹层厅》（*The Mezzanine*, 1988）不但新颖，而且带有很强的娱乐性。它是普鲁斯特自传体小说的后现代主义变体。故事中，一位不知名的叙述者回忆了发生在五年前的琐事，即因鞋带断了在午饭休息时间从他工作的办公室外出买鞋带的事。这件小事能够被写成一篇短篇小说，一方面是由于其冗长的离题段落和脚注，另一方面是由于叙述者对普通事物和过程的描述过于详细。

[此处有删节]

文中，贝克对感质的描述非常出色。它把机械的科学领悟与隐喻的诗歌天赋结合了起来，使描写既精准又带有抒情色彩。在普鲁斯特的小说中，再现感质一直是通过联想再现个人情感和历史的途径。《夹层厅》注重感质本身，也注重制造物理部件（如订书机）所提供的可重复的感觉。叙述者告诉我们，几年前父亲送给他一双鞋，而断了的鞋带就是那双鞋上的，"于是鞋带的损坏成了情感转折点。"但这里他只是随便提一下过去，下文并没有描述他对父亲的怀念或与父亲的关系，他更关心前一天另一根鞋带断了的事。两根鞋带几乎同时断了是件奇怪的事,这使他陷入了对鞋带断裂原因的思考:是走路磨断的呢,还是拉断的呢?"可能是不断牵拉和走路摩擦共同作用的结果,具体哪个作用大一些就不得而知了。"小说暗示叙述者在感情上迟钝或不成熟,但是我们也可以认为他和加缪的局外人一样,是个滑稽的人物。

［此处有删节］

从一种意义上说,《夹层厅》是一部关于意识的小说,因为小说几乎没写什么事件。不过小说中的意识都是通过描写事物的表象而展现的,即使是一块面包的表象。

我没做过统计分析,但在我的印象里,过去几十年里出现的小说大都使用了第一人称的叙事方式。1989年,我第一次发现了这个问题,当时我还是布克奖的鉴定委员会主席。我们读了一百多部小说,从中选了六部。直到开会确定了入围名单,我才意识到这六部小说中有五部使用了"我"作为叙述者。A. S. 拜亚特(A. S. Byatt,1936—)在她最近写的关于历史小说的文章中指出:"我的'现代'范文都是以第一人称——全神贯注于对客观性和真实性的渴望而又不可得的第一人称的第一人称——形式写的,这或许不是偶然。"她感到,是时候为自己所偏好的"过时的维多利亚时期的第三人称的叙述者"辩护了。

小说家们好像越来越不愿采用像神一样全知的叙事视角,即不愿以第三人称的形式描写意识。他们喜欢创造一个"代言人"来讲述自己的经验。当第三人称和第一人称同时出现时,后者往往具有最终发言权。以往喜欢在小说中采用第一人称叙事形式的伊恩·麦克尤恩在《赎罪》(*Atonement*,2001)中却使用自由间接引语以第三人称的形式讲述了一系列不同人物的意识和经历。

表面上，它采用了一种更老式的叙事方式，但是以第一人称写成的结语又说明，除了结语部分，整本书都出自一人之手，而这个人就是小说家本人。麦克·尤恩指出，在一些重要方面他脱离了"实际"，因此这本小说表面看是传统的现实主义小说，其实是后现代主义的元小说。玛格丽特·阿特伍德（Margaret Atwood 1939—）的《盲眼刺客》（The Blind Assassin，2000）亦是如此。

就连飞利浦·罗斯（Phillip Roth，1933—）亦是如此。在他感人的三部曲中，他喜欢让自己个性的另一面——纳森·祖尔曼来讲述人物的思想和心理，而不是让作者直接讲述人物的内心世界。祖尔曼像作者一样叙述、推测并想象人物的内心世界，因为他就是一位小说家。但是，如果要阐释文中的观点，作者会说他只是个代言人而已。罗斯近期的作品《困兽》（The Dying Animal，2001）是另一部具有独创性的第一人称小说的变体，不过这次他改作戏剧性独白了。

在这个一切都不确定、超验的信仰被科学唯物主义所侵蚀、甚至客观的科学也带上了相对性与不确定性的世界上，使用单一的声音讲故事或许是描写意识的唯一可信方式。当然在小说里，这和第三人称形式描写人物的方法一样做作、不自然。不过，它可以通过一种描写亲身经历的文学形式，如忏悔录、日记、自传、传记、证词等来创造真实感，打消读者的疑念。此外，第一人称小说与自传之间的界限日趋模糊。最近几年，在英国和美国发行的畅销书中就有一些被称作"生平书写（life writing）"——自传或忏悔录。这些书读起来像小说，运用了很多小说技巧，出自小说家或最终成为小说家的作家之手，其使用的素材早些时候也许会改为第三人称小说。

［此处有删节］

广义上讲,"后现代主义"包含一系列的文化类型、态度和观点:解构、后产业主义、用户至上主义、多元文化主义、量子物理学、控制论、互联网等等。这些现象或思维方式大都否认人性共性的存在。它们认为"灵魂"或"精神",甚至人文主义从犹太教与基督教所共有的宗教传统中发展出来的"自我"的世俗观都是由文化和历史决定的。人类学家克利福德·格尔茨(Clifford Geertz, 1926—2006)就曾说:

> 西方人认为人是一个受约束的、唯一的、或多或少完整的动机和认知实体,一个与社会及自然背景相对立的与众不同的整体,一个意识、情感、判断及行为的动力中心。不管这一观念在我们的思想里有多么的根深蒂固,它在各种世界文化里仍是一个奇怪的概念。①

或许这是事实,但在这些文化中,到底有多少文化生产出了在形式上不是源于西方文学传统的伟大小说呢?这里,格尔茨拐弯抹角地给经典小说和大多数现代小说中出现的"人物"下了示范定义。

最近,不论是现实生活中的人的概念,还是小说中所描述的人的概念都受到了人文科学和自然科学的抨击。后结构主义文艺理论认为人的主体是由其居于其中的话语建构而成,而认知科学观认为人的自我意识是大脑活动的副现象。这两者之间有着密切的联系。在写论文《意识的阐释》时,丹尼特曾读过我的小说。就是在那时,他发现了这个观点。他说:"这真是个短命的观点。当我发现我的书还没有发表,这一概念就在戴维·洛奇的小

---

① Clifford Geertz, "The Nature of Anthropological Understanding," in *American Scientist*, Vol. 63, 1975, p. 48.

说《美好的工作》(Nice Work, 1988) 中受到了抨击。可想而知,我当时的心情是多么的复杂。很明显,它已经是解构主义者所关注的热门话题了。"接着,他引用了下面的一段话——这段讲述的女主角是一位名叫罗宾·彭罗斯的年轻英国文学讲师:

> 根据罗宾(或者,更确切地说,根据那些在这些问题上影响过罗宾思想的作家)的看法,并没有可以让资本主义和古典小说建立在其基础之上的"自我"这种东西。——那就是说,没有一个有限的、独一无二的、构成一个人身份的灵魂或本体;只有一张无限的话语网中的主观位置,那是一个权力、性、家庭、科学、宗教、诗歌等等事物构筑而成的网。基于同样的原因,也没有作者这种东西,那就是说,没有从虚无中创造小说作品的那个人……用雅克·德里达那句著名(不管怎样,对罗宾这样的人是著名)的话来说,文本之外空无一物。没有创造,只有制作,我们用语言制作自我。罗宾的哲学公理依据并不是"你是你所吃的东西",而是"你是你所说的东西",或者不如说"你是你被说成的样子",如果有人要她给自己的哲学取个名字,她会称它为"符号学唯物主义"。①

丹尼特说他并不是这里的所有观点都赞成:"我不认为'文本之外别无他物',文本之外还有书柜、楼房、人、细菌……。"他对物质世界客观现实的坚持证明了大多数科学家和后结构主义者/后现代主义理论家(他们认为所有的知识,包括自然科学,都是在文化中构建的,所以都是暂时性的)的巨大分歧。正如

---

① *Nice Work*, 1988, pp. 21–22. 引文中译引自戴维·洛奇《美好的工作》,罗贻荣译,作家出版社1998年版,第29页。——译者注。

一个众所周知的智力骗局最近所证实的那样,前者会特别愤怒,如果后者借助量子物理学和不确定原理支持他们的论点。[①] 尽管如此,丹尼特的意识理论和罗宾的主体理论之间有足够的汇聚点来形成对人性观——大多数文艺小说的基础——的巨大挑战。

我们必须承认西方人文主义者的独立自我概念并不是普遍而永恒的,也不是何时何地都适用的,它是历史和文化的产物。但这并不意味着它不是好的观点或者已经过时,因为在文明的生活里,我们所重视的许多东西都有赖于它。我们也必须承认,个体自我不是固定不变的实体,而是在与他人和外界交往的过程中不断被创造和修饰的意识。因此,我们每次试图描述的有意识的自我也许都是误解,因为我们试图将变动不居的事物固定下来。然而,我们别无选择,就像物理学家在观察波函数时只能使它倒塌,或解构主义者只能使用她宣称注定要破坏其所要表达的意思的语言一样。我的小说是无数次修改的产物,而且我还可以继续无限地改下去,但是作为信息的载体,出版的小说总比它的各种草稿要有用得多,而且比那些因不断修改而永远也不能出版的小说更有用。

[①] See Alan Sokal's spoof article "Transgressing the Boundaries: Toward a Transformative Hermeneutics of Quantum Gravity," published as a serious contribution in *Social Text* 46/47 (1996): 217–252. For a full account of the affair see Alan Sokal and Jean Bricmont, *Intellectual Impostures: Postmodern Philosophers' Abuse of Science*, 1998.

文学批评与创作

王振平　译

【来源】

Literary Criticism and Literary Creation. 戴维·洛奇，《意识与小说》，*Consciousness and The Novle*, Harvard University Press, 2002, 92–113。此文最初为演讲稿，曾发表于 The Art and Sciences of Criticism, ed. David Fuller and Paricia Waugh, Oxford University Press, 1999.

【概要】　关于文学批评与文学创作的关系，有四种观点或者模式：

一、批评是创作的补充。在这种关系中作家是优势一方；批评具有识别和传播优秀作品的文化功能。这一模式存在的理论难题是如何确定合理阐释的边界。

二、批评与创作彼此对立、互不相容。"学院批评"以居高临下的姿态，"媒体"批评家带着自己的私人目的而进行批评，造成作家对批评家的敌意，甚至对作为文学事业组成部分的批评本身的抵触。

三、批评是一种独立于创作的创造性写作。解构主义意义不确定的观点为这种"主观性"批评模式提供了理论支持。这种模式的"陌生化"效果可以给已有文学创作带来全新的认识。

四、批评是创作的一部分。作家创作过程中的大部分工作是对自己的选材、构思、选择、修改等进行批评；虽有作家乐意与读者分享自己的创作经验，但出于多方面的原因，大部分作家避免评论自己的创作。

批评的难题是它试图理解文学创作的本质，这个难题可以上升为理解意识的难题，意识活动的"多重草稿"模式决定了其变动不居、难以把握的性质。

"批评"一词包含对文学的多重思考，既可以是最私人、最随意的，也可以是最公开、最系统的。批评也包括阅读本身，因为阅读文学作品就是一个对作品不断阐释和评价的过程。决定把一篇小说或一首诗读完本身就是一种批评行为。在此意义上，批评就是 T. S. 艾略特所说的"如同呼吸一样不可避免"。[1] 但我这里所说的批评大多是指阅读过程中的书面表达，如书评、随笔和专著等，这些书面的批评可以有不同的形式，也可以有不同的目的，可以用描写或说明的方式，也可以用辩论或理论分析等方式。批评的种类有多种多样，一旦批评与创作的关系或批评与科学论文的关系具有了普遍性，那么它就是人们通常所特指的那种批评，不管批评的方式是明确的还是含蓄的。

我认为，有关创作与批评的关系主要有四种观点：

1. 批评是创作的补充。
2. 批评是创作的对立面。
3. 批评是一种独立的创造性写作。

---

[1] T. S. Eliot, "Tradition and the Individual Talent," *Selected Essays*, 1961, p. 13.

4. 批评是创作的一部分。

观点一——创作是批评的补充——是典型、最常见的观点,对其可以做如下解释。世上有作家也有批评家,他们各有各的工作,各有各的优势与特权。作家通过想象创作出作品,批评家则对作品进行分类、评价、阐释和分析。创作在这种模式中是优势的一方。传统文献目录学区分原始材料和二手材料表明,没有批评家作家也能完成创作——确实,似乎直到文艺复兴运动之前,没有批评家品头论足的作家们一直都做得很好——而批评家的批评则是以作家的作品为基础的。然而,承认这种等级区别并不一定意味着批评家的地位低下。

文艺复兴运动之前,除了对修辞和普通诗学的一些论述外,似乎没有类似文学批评之类的东西,但这并不意味着当时没有"如同呼吸一样不可避免的"文学批评活动。当然有。但当时书都是手写的,创作一本书费时费力,价格昂贵,没什么人会觉得值得把自己对文学作品的反应以能永久保存的书的形式记录下来,他们认为不值得。印刷术的发明和发展,使得文学批评得以大量出版和广泛流传。当时的批评著作多数名气不大,流传不远。但是,印刷术的发明同时也促进了名气不大流传不远的创作的产生。在此情形下,优秀的文学批评被认为具有重要的文化功能,也就是说,批评具有去粗取精,识别和保存优秀文学作品的功能。这也是学界对于文学批评功能的传统见解。

马修·阿诺德(Matthew Arnold)可能是第一个公开阐述文学批评具有重要文化功能的英国作家。但他关注的不仅仅是文学精品,他强调指出,文学批评的价值在于,它能创造一种有助于优秀作品产生的环境。在《当前批评的功能》(*The Function of Criticism at the Present Time*)一文中,他写道:

当代的生活和世界纷繁复杂,一个现代诗人的产生和成名的背后,都有文学批评的功劳。[1]

他还进一步指出,在创造力贫乏或缺少大师的时代,如英国文学史上的 19 世纪下半叶,作一个批评家比作一个作家可能更有用。在阿诺德眼里,文学批评在某种程度上与追求人文知识是一回事。他说,"批评是努力公正地学习和传播世上已知最优秀作品。"[2] T. S. 艾略特在写作"批评的功能"时是认可阿诺德这一说法的,只是他所谓的批评范围更有限,内容更常见,是用来"阐明艺术品和修正艺术品位的。"[3] 说到他在成人教育中的教学经历,他说:"我发现只有两种办法能让学生以恰当的心态喜欢某部作品:一是把作品中最简单的事实找出来给他们看,可以是环境,也可以是背景,也可以是来源;二是竭力向学生推荐某部作品,不给他们对作品产生偏见的时间。"[4] 于是,艾略特对经常展开论战的两个风格各异的学院批评(academic criticism)流派都表示了他的祝福,他们的一方是传统的历史学派;另一方是"实用批评派(Practical Criticism)",先锋人物为剑桥大学的 I. A. 理查兹(I. A. Richards),他们主张对属性不明的诗进行细读,后来这一流派演变成了英国和美国所谓的"新批评派"(New Criticism)。两派都宣称自己在努力使批评更"科学":历史学派的做法是关注文学文本无可争辩的经验事实,而新批评派则关注文学文本本身的语言结构。艾略特最不相信的就是他所谓的"阐释派(interpretation)":"这一派作家的每一次成功都建

---

[1] Matthew Arnold, "The Function of Criticism at the Present Time," *Essays in Criticism: First Series*, 1911, p. 6.
[2] Ibid., p. 38.
[3] Eliot, *Selected Essays*, p. 24.
[4] Ibid., p. 32.

立在成百上千次的欺骗之上。你得到的不是见识,而是谎言。"①这种言论有点让人莫名其妙——当他竭力向学生推荐某些诗歌时,除了阐释,还能指望他的学生干什么?读一首诗的过程就是阐释其意义的过程。艾略特所谓的阐释似乎指的是那些更有个性和自信的东西:企图用批评家的条文来解释某个作者或某部作品;把批评作为一把可以打开神秘之锁的钥匙。

新批评派理论家总是在努力解决的问题是:如何定义合理阐释的界限。维姆萨特(Wimsatt,1907—1975,美国文学理论家、批评家)和比尔兹利(Beardsley,1915—1985,美国批评家)1946 年发表的题为《意图谬误》的文章对这个问题做了经典阐释。他们写道:"评价一首诗和评价一块布丁和一台机器没什么两样。我们要求的它发生作用。"② 我们可以看出,这一类比旨在把批评置于准科学的地位,有意从功能上观察文学作品,从而使评价变得更客观。但诗显然在诸多重要方面不同于布丁或机器。诗是书面语言,不是实实在在的物体,而语言文本具有多重的复杂意义。一块布丁或一台机器(比如说,时钟)的意义与它们的实用功能是密不可分的,但一首诗并没有什么实用功能。你可以拆开一台时钟,看看它是如何做的,然后根据你了解到的知识,自己做一台同样有用的时钟;如果你把一首诗拆开,你可能会了解到创作这首诗的一些东西,但是,你并不能因此而找到写另一首好诗的一套操作方法,除非你要写的是这首诗的复制品。

维姆萨特和比尔兹利进一步论述道:"正是因为一件制品发生作用,我们才推测作者的意图。" 确实如此。文学作品显然是有意图的东西,它们不是偶然形成的。批评家于是引用阿奇博尔

---

① Eliot, *Selected Essays*, p. 32.
② W K. Wimsatt and Monroe C. Beardsley, "The Intentional Fallacy,".reprinted in *20th Century Literary Criticism*, ed. David Lodge, 1972, p. 335.

德·麦克利什（Archibald MacLeish，1892—1982，美国诗人、剧作家）的名言"一首诗不应该表现，而应该存在，"然后评论说，"只有通过它的意义，一首诗才存在——因为诗的媒介是词语——然而，我们没有理由询问哪一部分出于意图或有意为之，从这个意义上说，诗是存在，它就是存在。诗歌是一种风格的技艺，通过这一技艺可以把握一种意义的综合。"① 一些抒情诗可能会给人这种错觉，但我们知道，抒情诗是在特定的时间创作的，而我们当然也是在特定的时间感受一首诗的意义，而不是与作者"同时"——并且我们每次读这首诗都会有不同的感受。阅读长篇小说之类的更长更复杂的作品显然更是如此。

即使不能完全令人信服，维姆萨特和比尔兹利的文章还是大胆而有益的，因为它把文学作品放到了某种公共场合，不管作者是谁，读者是谁：

> 诗既不归批评家独有也不归作者独有（它从诞生的那一刻起就与作者分离了，它走向世界，不再受作者的控制，不再局限于作者赋予的意义）。诗属于公众。诗的意义寓于语言之中，是公众的特有财产，是关于人类的，是公共知识的产物。②

这是艺术创造非个人化观点的一种更抽象表述。艾略特在1919年发表的文章中就阐释过这种观点，文章题为《传统与个人天赋》，当时产生过巨大影响。文章中说，"艺术家越完美，在他的心目中，他创造的思想和他本人就离得越远，"并且"真

---

① W K. Wimsatt and Monroe C. Beardsley, "The Intentional Fallacy," reprinted in *20th Century Literary Criticism*, ed. David Lodge, 1972, p. 335.
② Ibid.

诚的批评和敏锐的评价不是针对诗人，而是针对诗歌。"① 然而，艾略特提出的"非个人化"观点，就像他抨击"阐释"一样，在很大程度上是一种策略，目的是向那些惯于寻根问底的批评家掩盖他本人诗歌中特别个人化的一面。

下面我们来看有关创作与批评关系的第二种观点：创作与批评的关系不是互补，而是对立的，甚至是互不相容的。正如艾略特的例子所示，根据所涉及批评的种类，一个作家很可能持两种观点；或者在不同的场合以不同的身份持两种观点。我必须承认我这里的自相矛盾，没准儿有人会说我神经错乱了。例如，我尽量不读有关我自己作品的批评文章，特别是那种我本人过去常写也教学生写过的那种纯理论文章，因为我发现这样的批评对创作有害无益。

学院批评是一种职业霸权的表现。它忍不住要对论题发表权威言论；忍不住要表明它是站在更高的真理层面去讨论有关作品的。而这些作品的作者看到这类批评时则有一种技不如人或被贬低的感觉，不管批评的主观用意有多好。在某种程度上，按照这类批评的标准，一部作品越是受到嘉许，作品的作者似乎就越是感到危险和不安。正如格雷厄姆·格林（Graham Greene, 1904—1991，英国小说家、批评家）所说，我们已经进入这样一个时代：知名作家"更害怕的是读那些好评而不是恶评，因为当他们耐着性子打开地毯时，看到的还是没有任何变化的图案。"②

学院批评可能会装模作样地说自己与作品的关系完全是互补的，有时就连它自己也以会信以为真。可是背后藏着自己的私

---

① Eliot, *Selected Essays*, pp. 17 – 18.
② Graham Greene, *Ways of Escape*, 1980, p. 134. There may be an allusion to a short story by Henry James, "The Figure in the Carpet."

活:展示专业技巧,批驳竞争的同行,宣称有一相关知识要做补充。追求这样的目标,就会使对原作的取舍、处理和再现达到一种极端的程度,以致作者有时都难以辨认批评中谈到的文本就是自己的。但是作家常常感到并不仅仅是与自己那些被他们批评的作品的关系受到学院批评派的离间。因为学院批评派渴望形成对所评论的主题的一种科学的或者至少是系统的知识,批评可能会被视为对创作本身是有敌意的。D. H. 劳伦斯(D. H. Lawrence,1885—1930,英国作家)就持这一观点:

> 批评永远不会成为一门科学:首先,它过于个体化,其次,它关注的价值观正是科学所忽视的。它的标准是情感,不是推理……所有对文体与形式说三道四,所有以模仿植物学的形式对作品所做的伪科学分类和分析,不过是夸夸其谈,或者根本就是胡说八道。①

有人据此认为,让一个有抱负的作家去拿大学的文学研究学位不是什么好主意。我曾在一份报纸的访谈上看到过相关的说法,受访人是爱尔兰电影人和小说家内尔·乔丹(Neil Jordan,1950—),电影《迈克尔·科林斯》的导演。乔丹为学习写作而进入都柏林的大学学院学习,但是,他说:"我发现正统的英语学习让人感到沮丧,我很奇怪一些如此个性化的东西却被分析得条理清晰。"尽管劳伦斯非常瞧不起学院批评的装模作样,但乔丹发现,让他感到害怕的正是批评的过程以及对作品的条分缕析显示的威力。于是,他转向了爱尔兰中世纪史的研究,结果他发现这更有益于创作,因为关于这段历史没有任何确定的知识。

---

① D. H. Lawrence, "John Galsworthy," in *Selected Literary Criticism*, ed. Anthony Beale, 1961, p. 118.

"你正在研究的这个社会,历史就是一种发明创造物,也是一种虚构。"

由于大学开设的写作课程越来越多,并且常常是与文学批评课同时开设,这个问题又以一种新的方式被提了出来。这健康吗?这明智吗?这有助于创作高质量的文学作品吗?我只能说,这都在于你是什么样的作家,或者你想成为什么样的作家。我自然不后悔在大学学过英语,更不后悔在这个领域谋求一份与学术相关的职业。有时,在协调教授和小说家或各种社会角色时会出现一些问题,但是,我从来没有发现写作和学术研究之间有什么智力和心理上的不相容。如果我发现两者之间有冲突,我可能早就脱离学术研究了。内尔·乔丹无疑为自己做出了正确的决定。这样的决定并不一定适用于每个人。

我一直都在关注作家与文学批评家之间的关系,但作家与"媒体"批评家之间的关系可能会搞得很紧张,因为这些批评家对作家的职业有直接的影响,如他们的地位、"钱"途和自尊。书评是作家获得的关于自己作品的最初外界反馈,与朋友、家人、经纪人和出版人的反应截然不同,当然,这些人的反应也并不完全客观公允。学者之类的评论者有他们自己的潜规则,这也是为什么他们常常做出一些极端评价的原因。过度褒奖,特别是对那些朦胧怪异作品的褒奖,通常是文学记者使用的一种手段,他们要以此来展示自己的职业霸权,要出其不意地在同行间领先一步,要在读者面前显示他们的文才。对有声望作家的过度指责也能起到同样的效果。如果评论者本人也是个有志向作家,他的评论或许会有文学意义上的政治目的,即新生代作家有取代自己前辈的欲望,或者说他们有弗洛伊德人类学著作中所谓的俄狄浦斯情结。例如,20世纪50年代的金斯利·艾米斯和约翰·韦恩等一代"愤怒的青年"作家,在他们评论的背后隐藏着一种执着的努力,他们力图取代当时的文学权威——战前的布鲁姆斯伯里学派和追求世界主义的现代派的一些威风不再的残余人物。

报纸杂志上的书评中总有对这类俄狄浦斯情结的描写，但在当今，至少在当今的英国，这样的描写似乎显得特别不怀好意。萨尔曼·拉什迪（Salman Rushdie，1948，印度裔英国作家）——当然，他被认为是文学批评上的绝佳样本——认为，英国对当代文学的公开讨论是一种"毁谤文化"。我认为这和小说受重视的程度有关，最近小说正在变成赚钱的营生和媒体关注的目标。在20世纪早期情况似乎并非如此。如从弗吉尼亚·伍尔芙（Virginia Woolf，1882—1941）的精彩日记中便可见一斑，她从来没有指望拿她的小说来赚钱，与读者的毁誉相比，她更看重的是自己在同行中的声望。她曾经说过，"我已下定决心，不准备成为流行作家。"① 但她曾经一度感到特别沮丧，甚至对自己正在写的作品失去了信心，因为当她在一个晚会上说自己是个作家时，T. S. 艾略特似乎无动于衷，而他却整个晚上都在大肆夸奖詹姆斯·乔伊斯。当时，一个人文学上的声誉一般先是在小部分精英人物中得到认可，传播的媒体则是在小范围流通的文学杂志。如今，由于出版经济的结构变化和媒体对信息的贪得无厌，某些天才作家一夜暴富或一夜走红都已经成为可能。而这又会招来媒体激烈的反应，他们开始嫉妒和仇视他们自己制造的名人，而对作家来说，这样的经历却让他们感到不愉快。尽管后结构主义用极端理论化的词语表示了创作的非个人化观念——所谓的"作者死了"，但对于作者的人格和私生活，文学评论界却从来没有像现在这样着迷过。

"作家最糟糕的事情，"弗吉尼亚·伍尔芙在日记中写道，"就是过多地依靠别人的表扬。"② 这就是说，作家和其他任何艺

---

① Virginia Woolf, *A Writer's Diary*, ed. Leonard Woolf, 1978, p. 51.
② Ibid., p. 24.

术家一样，是在不断地把自己的作品拿给公众评判，而且想听褒奖怕人指责的心理也完全符合人的天性。伍尔芙的日记对作家生活的这一面做了丰富生动的描述。每当听到或看到朋友、同事和评论家对自己某本新书的评价时，不论正面的表扬还是反面的批评，她都会感到兴奋或沮丧，尽管她想尽量表现得超然一些。她说乔治·艾略特（George Eliot, 1819—1880，英国女小说家）"宁可不看书评，因为看别人评论自己的作品会妨碍自己的写作。"伍尔芙还表示很羡慕这种自制力。但我们想知道的是，乔治·艾略特的伙伴，乔治·亨利·刘易斯（George Henry Lewes, 1818—1878，英国哲学家，文学评论家）是不是也确实没有看过或听到过那些好评。

我本人的理想书评的典范，是我的出版商的一个前任宣传官为我的一本书写的，题目很简单：《文学天才的杰作》。遗憾的是，书评是在香港的一家发行量很小的英文报纸上发表的。

下面我们讨论有关创作与批评关系的第三种观点：批评本身是一种独立的创造性写作，或者说在批评与创作之间没有根本的区别。T. S. 艾略特对这种观点根本就不屑一顾。他在《批评的功能》① 中写道："我认为，没有哪个解说批评的人……会荒谬地认为批评本身就是目的。"不过有这种认识的却不乏其人，如吉尔伯特（Gilbert），他是奥斯卡·王尔德（Oscar Wilde, 1854—1900）名为《批评家即艺术家》（*The Critic as Artist*）对话中的说话人，似乎就是王尔德本人的代言人：

> 批评实际上既有创造性又有独立性……批评家与他批评的艺术品之间的关系，和艺术家与形式和颜色等可见世界或

---

① Eliot, *Selected Essays*, p. 24.

情感和思想等隐形世界之间的关系是一样的。①

这一观点与批评是创作的补充的观点正好相反，批评是创作的补充的观点的目标是客观性，或如马修·阿诺德（Matthew Arnold，1822—1888，英国维多利亚时代优秀诗人、评论家）所说，是要努力"去看真正的实体"，或要探索隐含的意义，而这隐含意义就是受到艾略特诟病的所谓"阐释"。王尔德的吉尔伯特说："批评从本质上说是完全是主观的，它要表现的是它本身的而不是他者的秘密。"②

当然，批评作为主观反应的表现，当然本质上就是一个浪漫的概念，包含一种以文学创作为自我表现的浪漫理论。批评文章的形式常常是抒情的、印象式的和感想式的，而这正是 I. A. 理查兹、F. R. 利维斯（F. R. Leavis，1895—1978，英国文学家、社会评论家）和美国的新批评派在19世纪20—50年代所批判的，也是他们力图从学院批评中抹除的。但最近，在后结构主义，特别是解构主义创作理论的支持下，创作与批评没有本质区别的说法又受到了新的重视，也有了新的解释。解构主义关注的正是主观与客观的区别。

解构主义有最基本的一条原则，即语言的特性是，任何话语，包括文学文本，在分析中都充满差异与矛盾，这些差异与矛盾削弱了其所声称的确定意义。如果诗歌和小说没有固定不变的意义，那么批评显然也不必做出姿态，认为自己有实事求是评价它们的责任与义务。但是，在雅克·德里达（Jacques Derrida，1930—2004）所谓的"游戏（play）"③ 过程中，批评却不可避

---

① *The Works of Oscar Wilde*, ed. G. F. Maine, 1948, p. 966.
② Ibid., p. 967.
③ See Jacques Derrida, "Structure, Sign, and Play in the Human Sciences," reprinted in *Modern Criticism and Theory*, ed. David Lodge, 1988, pp. 108–123.

免地要"弄明白"诗歌和小说的意义。从这个角度上说,批评与创作不是互补关系,应该说批评是创作的补充。"补充"一词有双重意义,或用来表明是什么恢复了缺失的部分,或用来表明是什么在已有的内容上又增加了东西。由批评所补充的缺失部分正是传统批评中的虚幻的固定意义,批评所增加的部分,则是批评家在对语义的自由游戏中获得的,是自己才气与睿智的产物。德里达承认自己是个想当作家而未能如愿的人,对此我们并不感到惊奇。他的著作是一种文体上的先锋派的文学话语,多用双关语、含沙射影、好自我表现,取笑和挑衅那些搞不懂和讨厌他的著作的人。哈罗德·布鲁姆(Harold Bloom,1930—,美国文学批评家)提出了他本人特有的创造性批评理论,他的理论依据是,"强者"批评家(如他本人)对文本的明显误读,复制了强者诗人的奋斗过程,在与前辈作家让人肃然起敬的作品的斗争中,他们要把自己从受他们影响的焦虑中解放出来。难怪我们在阅读布鲁姆的作品时常常会想到王尔德,他在《西方正典》(*The Western Canon*)中把王尔德称为"让人景仰的奥斯卡·王尔德,他说什么都是正确的。"①

  我想,在不模糊创作与批评的区别的情况下承认在批评中有创作因素也是有可能的。一篇好的批评文章应当是有情节的。T. S. 艾略特的一些著名文章简直就是批评文章中的侦探小说,里面调查的是诸如"谁谋杀了英语的诗性用语"(凶手似乎是弥尔顿)② 等神秘事件。保罗·德曼(Paul de Man,1919—1983,美国文学理论家)、斯坦利·费什(Stanley Fish,1938—,美国文学理论家)等反基础学派(anti-foundationalist)现代批评家都是批评文章中玩弄情节突转的大师,他们以情节突转结束文章,

---

① Harold Bloom, *The Western Canon*, 1994, p. 16.
② See "Milton I" in T. S. Eliot, *Selected Prose*, ed. John Hayward, 1953, pp. 123 – 131; originally published as "A Note on the Verse of John Milton" in 1936.

并暗中破坏自己论点。没人能说得明白为什么批评文章就不能写得优美典雅、文采飞扬。我自己就想这样来写批评文章。但当我写批评文章时，我觉得我是在做一件不同于写小说的事，部分不同在于，写小说时一切都得由你来决定，没有什么是已知的，而在写批评文章时，被评作品的存在、他人评价的存在，对于写作都是限制，也使批评文章的写作成了一个更容易、更少焦虑的过程。

罗兰·巴特（Roland Barthes，1915—1980，法国文学理论家和评论家）在1963年发表了一篇名为《批评的语言》(*Criticism as Language*)的重要小论文，文中指出：

> 批评的任务……不是先预设作品中还有目前尚未被注意到的什么"隐藏的"、"深刻的"或"秘密的"东西，然后从作者的作品中去"发现"，而是要……让当代的语言（存在主义、马克思主义、心理分析）……适用于作者的语言……如果有一种检验批评优劣的东西，那么，它不应该是"发现"作品的能力，相反，它应该是用自己的语言尽可能完整地"包装（cover）"作品的能力。[①]

批评必须面对的事实是，它只有重复（being tautological）才是"真实的"，"重复"的意思就是用文本自身语言重复文本所说的内容；只有在用其他语言表述文本时，批评才能从"重复"中摆脱出来，而这样又会导致对文本的"错误表述"。正如我的小说《小世界》里的莫里斯·扎普（Morris Zapp）教授所说，"每一次解码都是新的编码。"但这并不意味着所有批评行为都必须听命于原文。批评可以是有用的，也完全可以是有趣的

[①] Reprinted in 20*th Century Literary Criticism*, ed. Lodge, p. 650.

行为。由于我已经提到过的多种原因,作家发现自己的语言被其他人的语言包装后易于感到不安,所以宁愿对此一无所知;但对读者来说,特别是经典著作的读者,这类批评对文学的功用,也就是文学对世界的功用——使其陌生化(defamiliarising it),它能使我们重新发现文学和世界的美丽,重估其价值。

我们最后讨论的观点是:批评是创作的一部分。那些既是作家又是批评家的人对这种观点最熟悉。例如,王尔德小说中的吉尔伯特说:"没有批评的本事,就根本没有名副其实的艺术创造。"① 格雷厄姆·格林说: "天才作家也是自己的最好批评者——批评自己作品的能力与自己的天才密切相关:这才是真正的才能。"② T. S. 艾略特写道:

> 或许……一个作家创作中最繁重的工作就是批评;审查、合并、删除、更改、检验:这些可怕工序的重要性一点儿也不低于创作。我甚至认为,一个训练有素、技巧娴熟的作家对自己作品的批评是最重要、最高水准的批评;并且……一些作家比其他作家优秀的唯一原因就在于他们有高人一头的批评才能。③

和艾略特对批评的诸多看法一样,以上说法也是既让人清楚又让人糊涂。在说"一个训练有素、技巧娴熟的作家对自己作品的批评"时,他指的是那些已经出版的批评吗?如亨利·詹姆斯为自己小说选集所写的"前言"。如果是的话,艾略特本人就很少写过这类批评。如果他所谓的"批评工作"包含在创作

---

① *The Works of Oscar Wilde*, ed. Maine, p. 959.
② Graham Greene, *Reflections*, ed. Judith Adamson, 1990, p. xii.
③ Eliot, *Selected Essays*, p. 30.

之中,那么大概只有作家本人才能体验到那些"最重要、最高水准的批评"。或许这就是我们批评家和读者对文本外的东西如此感兴趣的原因,让我们感兴趣的包括作品的诞生经过、作家的笔记和手稿、作家对自己作品的评价——这是重新构建和分享作为创作的一部分的"批评工作"的一种方式。

但在我看来,艾略特的主要观点是完全正确的。大多数名义上用于写作的时间实际上是在阅读——一遍遍地读已经完成的词句,努力想改得更好,或只是把这些词句看作跳板,以使自己能借此跃入作品尚未动笔的部分。也有例外的作家,他们似乎能很快地创作出高质量的作品,很少思前想后或改来改去,但对我们大多数人来说,写作是一种伤脑筋的高强度劳动。例如,没有几本现代小说会让人花上十多个小时去读,但小说家却要花几百甚至几千个小时来使读者的阅读愉悦而有益,照艾略特的说法,作家在大部分这些时间里所做的工作基本上是批评。这种工作不应该仅限于在作家书桌上,而应该随时随地伴随作家:在床上、在饭桌上、洗澡时、做饭时或遛狗时。

这是否意味着作家总是他们自己作品的最佳评论者呢?不,当然不是。他们在评价自己作品的价值和概括作品的意义和重要性方面似乎太过热情了。作家在批评上的优势是,说明书的写作过程、资料信息的来源,以及它为什么要采用现有的形式来写。但很少有作家愿意使用这一特权,在格雷厄姆·格林为自己的作品集《逃避之路》(*Ways of Escape*)写的导言中,掩盖的东西远多于披露的东西,就连亨利·詹姆斯那些有名的前言也是如此。艾略特总是有礼貌地拒绝披露资料信息的来源,也不描述他那些以朦胧晦涩闻名于世的诗歌的写作经过。就我本人而言,我很愿意解释说明我小说的创作经过,并且有多篇论文发表。文章描述了写作过程中出现的问题、面临的选择、修改的经过以及喜人的发现。但是,我不会说这是我或其他人所写的评论中最重要、最高水准的批评，我也不会说我所描述的东西与真实过程分毫不差。我创作过程中的事实，有许多是我永远不能重现的，有许多是我永远不能披露的。

多数作家不愿意公开地分析自己的作品，其中有许多原因。他们可能害怕对自己作品过分精细的分析会浪费自己的天赋，也不希望看到由于自己对作品的"权威"阐释而使读者的反应受到限制，因为他们知道，文学作品的蕴含有时会超出作者的想象和期望。我相信，通常情况下，作家选择沉默的动机，是他们想不加干预地让作品自然而然地产生影响，他们也不愿意因为过多披露创作时的选择、犹豫和冥思苦想而剥夺读者的想象空间。W. B. 叶芝（W. B. Yeats）曾经指出：

> 也许每一行都要花上数小时
> 但如果它看起来不是瞬间的思考
> 我们的斟酌推敲便成了一场徒劳①

这样的悖论并不仅限于诗歌。美国短篇小说作家帕特里夏·汉普尔（Patricia Hampl, 1946—）曾经这样写道：

> 每一个故事都有故事。这个很少有机会披露的秘密故事，讲的就是它本身被创作的历程。也许"故事的故事"永远也无法述说，因为作品完成的过程就是消耗其本身历史的过程，也是使其历史成为过去、成为空壳的过程。②

文学作品一直吸引我们却又抗拒我们的阐释的一个原因，似

---

① "Adam's Curse," in W. B. Yeats, *Collected Poems*, 1936, p. 88.
② Quoted in Daniel C. Dennett, *Consciousness Explained*, 1991, p. 245.

乎是创作行为中的自我难以把握。比方说，创作并不像某人有了一点写诗的灵感然后把它写成诗句那么简单。然而，这种稍纵即逝的模糊灵感，已经形成一种语言的概念了，用更精确具体的词句表达出来的，已经与其本来的样子有了差别。每一次修改，重现的都不是与原文相同的意义，而是与原文略微（或非常）不同的意义。因此，对于认为文学作品就是把作品产生之前已经存在的意图诉诸文字的观点，维姆萨特和比尔兹利提出了质疑：

> 有人认为，通过作品的修改，作家能更好地实现他们的最初意图。但这是一种非常抽象的认识。作家想写出更好的作品，在某一类作品中写得更好，并且他现在也做到了。但接下来的问题是，他最初的具体意图并不是他的意图。"他就是我们寻找的人，"哈代作品中的乡村治安官说，"但他又不是我们寻找的人。因为我们寻找的人并不是我们想要寻找的人。"①

作家是在说的过程中才发现自己想说什么，所以，当解释为什么用某种特殊方式去写某人或某事时，他们的解释总是回顾式的推断，即从结果反推原因——事后聪明。解构主义者正是利用文本中这种意义的延迟来动摇意义的总体概念的。

理解文学创作的本质是个难题，这一难题隶属于另一更大的难题——理解意识的本质。意识本质的研究近年来吸引了诸多学科的专家学者，如哲学家、语言学家、认知学家、社会生物学家、神经学家、动物学家等。据说意识是对科学探索的最后也是最大的挑战，但如果浏览一下这一领域的相关文献，看看这些文

---

① Wimsatt and Beardsley, "The Intentional Fallacy," p. 335.

献中有关文学评论家的问题或现象出现的频率,你会觉得这是一件很有趣的事情。例如,我无意间在一本书中看到了帕特里夏·汉普尔关于"故事的故事"那句引人深思的引文,书的作者是哲学家兼认知科学家丹尼尔·C. 丹尼特(Daniel C. Dennett, 1942),书名为《意识的解释》(Consciousness Explained)。丹尼特的意识模型依靠的主要类比对象就是文学创作。他告诉我们,他过去总认为"交流意图的前意识和对意图的实施之间肯定有一条用以区分的认知线。"① 但他逐渐开始反对这种观点,他反对的依据与维姆萨特和比尔兹利反对"意图谬误"观点的依据是相同的。在相应的位置他明确表述了意识的"多重草稿"(multiple draft)模式,这种模式认为,所有思想,和文学作品一样,都是通过扩充、编辑和修改这一过程生成的,但和文学创作不同,思想的生成太快,按我们的经验,它似乎是瞬间生成的。对丹尼特来说,思维就像一台自己运行的大功率并行处理的计算机,下面是他对某种特别思想或语言的生成过程的描述:

> 相反,一种"尚未完全确定"的心态分布在大脑各处,约束着创作过程,随着时间的推移,这个过程能够现实地反馈回来,以做出调整或修改,从而进一步确定明示的任务,正是这个任务首先发动了创作过程(p. 276)……所要表达的内容,还是有可能在某个候选表达的方向上被调整,正如要被取代或编辑的候选表达,也有可能更好地容纳所要表达的内容一样。②

这是一种现象,与任何想写合辙押韵诗句的人遇到的现象相

---

① Dennett, *Consciousness Explained*, p. 236.
② Ibid., p. 241. 中译参见:[美]丹尼特《意识的解释》,苏德超、李涤非、陈虎平译,北京理工大学出版社2008年版,第289页。——译者注。

似：寻找一个押韵的词或韵律结构（"候选表达"）所要求的词组，会影响诗的语义表达，又因为这种现象在诗歌创作过程中常常发生，一首诗的最后版本和初稿相比可能已经面目全非了。一想到也许我们每次说的话也是同样如此，我们就会感到不安，并且我们越是这样想，就越是觉得我们说出的话似是而非。

丹尼特对意识与文学创作之间的相似性问题做了进一步的研究。他认为，一个人的思想和小说一样，是被构建起来的。和动物不同，我们通过内在和外在的语言和体态，几乎总是在不断地向别人及我们自己表达我们的思想。"关于自我保护、自我控制和自我定义，我们的基本策略不是像蜘蛛一样织网，或像海狸一样筑坝，而是给人讲故事。"特别是关于我们是谁的故事。①

有关意识的理论现在有很多，都各持己见，丹尼特的理论只是其中之一。我基本上能正确理解他的理论，他认为意识只是智人进化的偶然结果，大脑和发声器官的进化使他们有了语言，也从而实现了人类的自我塑造。语言的作用已经不仅仅是生存的需要了。与此相反的是宗教有关意识的理论，这种理论是通过个体来自上帝的不朽灵魂来确定自我的。在哲学上，这种认识被看作二元论——"机器有灵"的谬论，不管我们是否相信宗教，这种非物质自我观在我们的语言和思维习惯中已经根深蒂固，所以，在我看来，要想把这种宗教观念彻底抹去似乎是不可能的。站在两种观点中间的人既拒绝宗教理论，也不接受把思维等同于大脑神经活动的观念。他们提出，意识永远都将是终极秘密，或者至少是不能被科学定理解释或简化的。

著名神经生物学家杰拉尔德·埃德尔曼（Gerald Edelman, 1929）在他的著作《先有心灵，还是先有物质》（*Bright Air, Brilliant Fire*）中写道："我们不可能建构一门能像物理学一样被

---

① Dennett, *Consciousness Explained*, p. 418.

共享的现象心理学",因为"意识是第一人称的事",[①] 因为意识存在于历史、取决于历史,所以每个人的意识都是唯一的,因为语言学意义上的意识"从来都不是独立存在的,它总是在与某个他者对话,即使没有他者在场也是如此。"[②] 这些观点会令任何熟悉现代文学批评的人感兴趣,特别是那些熟悉米哈伊尔·巴赫金(Mikhail Bakhtin,1895—1975,俄罗斯哲学家,文学批评家)著作的人。所以,看到埃德尔曼在其著作结尾说"或许有意识的人类最奇特的东西就是他们的艺术。"[③] 我们也不会感到吃惊。

[①] Gerald Edelman, *Bright Air, Brilliant Fire*, 1992, p. 114.
[②] Ibid., p. 146.
[③] Ibid., p. 176.

亨利·詹姆斯年，或时间即一切：
小说的故事(节选)

陈秋红　译

【出处】

The Year of Henry James; or, Timing is All: the Story of a Novel. 选自戴维·洛奇《亨利·詹姆斯年》，*The Year of Henry James: The story of a novel, with other essays on the genesis, composition and reception of literary fiction*, Penguin Books, 2006, pp. 3 – 103.

【概要】

三部以亨利·詹姆斯为中心人物的传记小说接连出版，另外还有两部作品也与詹姆斯的生平有关。布克尔奖颁给了阿兰·霍林格斯特的《美人成行》，图宾的《大师》入围布克尔奖，本文作者的《作者，作者》则颗粒无收。本文作者对"詹姆斯年"人们热拥以詹姆斯为主角的传记小说的原因进行了分析，对多部小说之间的竞争，以及现代出版业在此中扮演的角色深有感悟。在对自己的创作理念和创作过程的追述和总结中，本文作者对传记体小说的特征，以及它与历史叙事和传记叙事之间的联系与区别做了有说服力的分析和论证。作者认为，现代小说实践和现代小说理论随着时间的演进而不断发展变化,当代小说更是文风多样,现代与后现代特征杂糅,一时难以分辨优劣。真正的经典需在时间中得到验证。作者以"詹姆斯年"的"小说故事"为线索,以亨利·詹姆斯在小说批评史上的声誉起伏为例证,阐述了"时间既是一切,时间并非一切"的文学价值评估观。

限于本书篇幅,此文部分段落将以删节加概述(概述部分采用方正舒体)的形式出现。

一

[此处有删节]

亨利·詹姆斯的声誉在其逝世后的几十年中曾黯然失色,但在近六十年中,他作为最主要的现代小说家的地位则是确定无疑的,他是所有真正学习英美小说的学生必读的作家,是学者们著作和文章中稳定不变的主题。因为他小说艺术的巧妙和精致,他已经成为作家的作家,由于他的著作对阐释提出的挑战,他已经成为批评家的作家,由于他的个性和私人关系中充满令人饶有趣味的谜团,他又是一个传记家的作家。他的私生活和职业生涯在莱昂·埃戴尔(Leon Edel)的大部头的五卷本传记中有着丰富的细节表现,这部传记出版于1953—1972年。那么,还有什么新的东西可以解释有关詹姆斯的一组小说在2002年至2004年相继出现呢?

文学学术研究领域新近的两种发展或许对上述问题有关系:它们是女性主义和所谓的酷儿(Queer Theory)理论。或许从来没有一位男性作家,在其创作生涯中创造出如此多的女性人物,从早期的黛西·米勒(Daisy Miller)、伊莎贝尔·阿切尔(Isabel Archer),到后期的,即主要时期的米莉·瑟尔(Milly Theale)、麦吉·沃沃（Maggie Verver）。女性主义批评家们，或受女性主义批评家影响的批评家们，非常热衷于其作品的这些方面。［此处有删节］对詹姆斯这方面的生活和人物做最全面深入探究的著作是林戴尔·乔顿（Lyndall Gordon）的《亨利·詹姆斯的私生活》（*A Private Life of Henrry James*，1998）。这部书也给了艾玛·田乃特（Emma Tennant）写《费洛尼》（*Felony*）的灵感。艾玛在小说序言中表达了对它的深深谢意。我对这部不同凡响的书同样怀着深深的谢意，但我是在为《作者，作者》（*Author，Author*）做研究性准备的后期读到它的。它使我坚信，我将为詹姆斯与费尼莫尔的关系①在我的书里找到一席之地。但这并不是促成我写这部书的根本原因。

詹姆斯对女性模棱两可的态度，使他的传记作者们，包括莱昂·埃戴尔，都将其视为一个压抑的同性恋者，虽然詹姆斯从未明确承认自己有此倾向，也从未有过肉体关系。詹姆斯成为酷儿理论热衷研究的对象，并不令人吃惊。酷儿理论以传统视为变异和违法的性状态和性方式为文学研究的主要内容。他们以修辞为线索，梳理他作品中压抑的同性恋倾向——伊芙·科索夫斯基·赛德维奇（Eve Kosofsky Sedgwick）声称已发现了詹姆斯纽约版《小说与故事》（*Novel and Tale*）序言中肛交和拳指交的性想象便是一例，②并同意他压根儿没有压抑自己性倾向的观点。在希尔顿 M. 努威克（Sheldon M. Novick）的《亨利·詹姆斯：年轻

---

① 康斯坦茨·费尼莫尔·沃尔森 Constance Fenimore Woolson），与詹姆斯同时代的美国女小说家。美国边疆文学之父库伯的侄女。詹姆斯曾与她同游意大利。费尼莫尔后在意大利自杀。——译者注。
② 伊芙·科索夫斯基·赛德维奇：《羞耻、戏剧化，以及酷儿表演：亨利詹姆斯的〈小说的艺术〉》，收在《感动、感情、教育，表演》，2003 年。第 35—36 页。（Eve Kosofsky Sedgwick, "Shame, Theatricality, and Queer Performativity: Henry James's *The Art of the Novel*", in *Touching Feeling: Affect, Pedagogy, Performativity*, 2003, pp. 35 –65.）

的大师》(*Henry James: the Young Master*, 2000) 这部传记中,作者认为詹姆斯在1865年春天与法学院低年级同学奥利弗·温戴尔·霍尔莫斯(Oliver Wendell Holmes)有过亲密的性关系。[此处有删节] 而考姆·图宾和阿兰·霍林古斯特则确信詹姆斯是位男同性恋作家,对他这方面的生活和著作兴趣浓厚。图宾的著作中有这样一幕:年轻的詹姆斯因与霍尔莫斯分享一张床而激动不已,而且两人都是裸身(虽然两人之间并未发生性事),书中随后更多地铺陈了后期的詹姆斯对雕塑家亨德里克·安德森(Hendrick Andersen)的性吸引(詹姆斯生活中的这一插曲恰恰是我的小说中未列入编年范围的一段)。小说家的评论和题外话都提醒我们,酷儿理论家们将詹姆斯吸收进他们的文化使团的努力是值得怀疑的。[此处有删节]

简言之,虽然有关詹姆斯的当代批评潮流和传记评注对几部以詹姆斯为题材的小说的同时出现有所影响,但它们未能完全解释这一现象。每一位小说家对詹姆斯各取所需,各有自己的出发点。在我看来,更重要的事实是,传记小说——这种小说以真实的人物和他们的真实历史为素材进行想象性探索,用小说的技巧表现主观性,而非客观的、基于证据的传记话语——在过去十年或十几年中,已经变成了一种文艺小说的时尚形式,尤其是关于尚在世的作家的传记小说。当然这并非一种全新现象。安东尼·巴盖斯(Anthony Burgess)1964年写过一部关于莎士比亚的小说《无与伦比的太阳》(*Nothing Like The Sun*),1977年出版了《神父,神父》(*Abba, Abba*),1995年出版了《死于德特福德》(*Dead Man in Deptford*),分别是关于济慈(Keats)和马娄(Marlowe)的。皮特·阿克罗伊德(Peter Ackroyd)的第二部小说是《奥斯卡·王尔德的最终审判》(*The Last Testament of Oscar Wilde*)(1986),接下来又陆续写了《查特顿》(*Chatterton*)(1987)、《弥尔顿在美国》(*Milton in America*)(1996) 以及

《伦敦的羔羊》(*The Lambs of London*)(2004),后者是一部关于查尔斯和玛丽·兰伯的小说。在同代作家中,上述作家们的一个显著特点就是,他们对历史和传记中各种可以为小说做素材来源的主题保有持续的兴趣。引人注目的是,近十几年来,大批小说家在他们创作生涯的后期从事传记小说写作,且都以**作家**为主题。[此处有删节]将传将记小说与浪漫传记区别开来是重要的,浪漫传记曾流行一时,但现在已是低信誉度的文类,因为它伪称写历史,但暗中将大量作者意图和推测塞进叙事。传记小说则无意掩饰它的虚实混合本质,虽然每一个作家在处理事实和虚构的关系上各有其则。一些作家更愿接近历史记录,如我的《作者,作者》,另一些作家则倾向于自由发挥,有时甚至歪曲了事实。[此处有删节]

它有可能是"新闻"形式的纪实叙事文体四面八方的轰炸,导致我们对纯虚构小说叙事威力渐失信仰,信心全无。它也可能被认为是后现代主义的一种典型的措施——通过重新阐释和文体拼贴,将过去的艺术形式融入自己的叙述中。它还可以被视为当代写作衰落和枯竭的迹象,或是因为"影响的焦虑"而采取的主动而又巧妙的应对方式。当代戏剧也出现了同样的潮流。[此处有删节]

简言之,"关于作家的传记体小说"最近已经获得了一种新的地位,作为一种文艺小说的亚类而引人注目,这是或早或晚已发生的事,而此类关注转向亨利·詹姆斯则是那之后的事。这便是我所说的,一些作家独自又几乎同时地写关于詹姆斯的小说,既是巧合也是必然的原因。说到我自己,二十年前我不会写一本像《作者,作者》这样的书——从读本科以来,我一直在阅读、教授和写作有关詹姆斯的批评文章——因为我当时的小说观念,尤其是我自己的小说类型,尚未包含写一个真实的历史人物的可能性。事实上,我的大部分生活都追随着一种双重生涯,交替地出版两种著作：我的生活被分裂为写虚构小说和学术著作，这一事实延迟了我对将两种兴趣和经验混合进一种传记体小说的可能性的感知。或许正是同样的原因让我忽略了这类写作中潜藏的职业性危险。

对读者、销售商、批评认可和各种奖项来说，文艺小说在同一年或同一季出版并相互竞争是有意义的。其中，读者和销售不完全是一回事，但它们当然是有关联的，而奖项繁多完全是近来才有的事。过去十年中，如布克尔奖一类文学奖项的增加，以其发布的入围短名单（shortlists）和（新近出现的）入围长名单（longlists）加剧了小说写作和出版中的竞争因素并使其制度化——这种发展趋势也许对小说有利，它的好处是增加了公众对小说的关注度，但对小说家、出版商和代理人保持沉稳定力却十分不利。通常小说的竞争都是在所有的单部艺术作品之间展开，而不是在所有以不同手法处理相同题材的作品间展开。若是碰巧有两部新小说有着相同的主题，或者有着相同的历史背景，他们有可能被更为直接地进行比较和对照。作家们发现自己身处此境时总是不舒服的，因为它减损了他们作品的原创性——原创性在当代文学和文化中是受到高度重视的品质。如果两部作品有相同的主题，两种叙事之间注定有巨大的不同，因为两个小说家会各自写出相同人物演绎的相同的虚构故事是不可想象的，除非这种相同是叙事学家们通过分析两部小说的深层结构并简化所有可能的情节而得到的几个最基本的原型。然而，如果两个小说家选取了相同的历史人物做他们的题材，重复的可能性就会大得多，两个作家之间的竞争也会更明确、更公开，利害关系更大。传记作者们都熟悉这样的危险，一旦发现有人与他自己写同样的题材便会忧心忡忡。这样的巧合对他们一定是坏消息，即使可能对卷入

其中的双方不都如此。总有一些男性或女性作家，他们的个人经历是如此有趣且很重要，以至于有一个相当大的读者群期待有关他们的新传记作品出版——但极少有两个或更多的作家在同一年出版同一位人物的小说。假如碰巧同时出版，潜在的读者就会分散；假如前后分出，先出的一部比后一部就可能会引起更多的关注。传记小说的境况也是如此。

在最近大量涌现的关于亨利·詹姆斯的小说中，两部最有直接竞争力的小说是2004年出版的《大师》(The Master) 和《作者，作者》，《美人成行》(The Line of Beauty) 对詹姆斯的生活和性格只是略微提及，偶尔一瞥。海因斯（Heyns）的小说没有出版。《费洛尼》在一年前就已出版：在这部活泼的190页的小说中，只有一半是关于詹姆斯的，即使这一部分也只是狭窄地聚焦于詹姆斯与费尼莫尔的关系，而且对詹姆斯带有相当大的偏见。比起以上二者跟任何其他的小说，考姆·图宾和我的小说有着更多的共同之处（因为一些即将得到解释的原因，我并未读过《大师》，但我间接了解了该书的一些信息，所涉事实都经他人核实）。两部作品都很长，都是经过广泛研究之后的创作，都对詹姆斯充满同情，都想通过他的内心和意识来表现他生活中一些众所周知的事实，用一个小说家的特权去想象他的思想、情感和谈吐，表现那些传记中从未记录在案的方面。两部书在结构上各不相同也是事实，对詹姆斯生活的关注面和采用的插曲也各不相同。我的小说以詹姆斯与乔治·杜·莫瑞尔（George Du Maurier）的友谊为主干，而这一交往在图宾的书里完全未提到。图宾的小说以詹姆斯与路易莎·伍尔西女士（Lady Louisa Wolsey）的关系为基干，这种关系在我的小说中也未提及。我们的书中都虚构了一些插曲和事件——图宾比我更大胆（至少我有这种印象），而我有把握的是，每部书里添加的记录是各不相同的。我的小说的主要故事框架是詹姆斯最终的生病和逝世，图宾的书没有这方面的内容。但在两部书的叙述内容里还是有一些重要的重叠之处。两部小说都以詹姆斯戏剧《多姆维尔》(*Guy Domville*)在1895年一月的灾难性首夜公演为中心事件。图宾以这一创伤经历作为小说的开场，继而追溯了詹姆斯逐渐从中恢复，重新献身散文体小说艺术，偶尔回顾一下这场不幸，直到詹姆斯于1897年在罗伊（Rye）购得了蓝波屋（Lamb House）。我的主要故事的前一半为《多姆维尔》之夜做铺垫，后一半的编年记事的时间段则与《大师》几乎完全一致。

  戴维·洛奇从未意识到自己确定选题并开始准备做资料研究时，会有另一位作家在做着几乎完全相同的工作。他通常对自己的工作进度保密，认为小说全部完成后再与读者见面会更有影响力。他认为图宾同样也是秘而不宣一族。洛奇从1995年开始第一次将詹姆斯和乔治·杜·莫瑞尔的关系作为一个可想象的题材做了笔记。尤其是詹姆斯对莫瑞尔的小说《特瑞彼》(*Trilby*)① 的玉成作用。两位好友散步时莫瑞尔对詹姆斯概述了特瑞彼和斯文格力（两者当时尚无名）的设想，并提议詹姆斯来写。詹姆斯以自己缺乏必要的音乐知识为由，劝老朋友还是自己完成。作为画家的莫瑞尔当时视力衰退，职业生涯受到威胁，于是，这次谈话之后莫瑞尔立刻着手写作，不过《特瑞彼》已是他的第二部小说，而这部小说成为十九世纪最畅销的小说。相对于自己作品的好看不好卖，詹姆斯颇有感触。这些便是《作者，作者》的开端。戴维·洛奇一边为这部小说做资料整理和研究的准备，一边做讲座，同时还在为电影和电视剧写脚本，《作者，作者》的写作不断延后，这也是造成2004年与图宾的

---

① 一译《软帽子》。——编者注。

《大师》撞车的主要原因。

虽然研究和写作《想……》（Thinks...）这部小说的工作延后了我对詹姆斯与乔治·杜·莫瑞尔关系的系统研究工作，但这一念头总是在我意识的非中心地带静静地蓄积能量，结果在《想……》中就数次提及和引用詹姆斯。亨利·詹姆斯也许是英语小说家中，第一位既在理论上也在直觉上对叙述视角的重要性多有领悟及建树之人，也就是说，故事要以其聚焦的任何一个人或者所有人的视角讲述；詹姆斯也是一位精通以有限和"不可靠的意识中心"（用他自己的术语）讲故事的艺术大师。我想到要让我的小说《想……》的女主人公作为詹姆斯的崇拜者，她因为已经在牛津开始博士论文的写作（尚未完成）而非常熟悉詹姆斯的作品，这一设想看起来很有帮助，也真实可信。小说开篇部分有一段对话，男主人公麦信哲（Messenger）解释说，认知科学的问题就在于，意识是第一人称现象，而科学是第三人称话语。女主人公海伦（Helen）则引用了《鸽翼》（The Wings of The Dove）开头一段，论证了小说家何以能用"自由间接风格"的对话来超越第一人称/第三人称的二元对立，这一自由间接风格是人物视角的内在声音与隐秘的叙述者声音的融合。[此处有删节]

意识的主观性——事实上我们不可能确知其他任何人在想什么——很容易让人们相互误解，这也是詹姆斯常常以最谨慎、得体的方式，在通奸小说中探索的主题。我的小说《想……》中有一个重要的插曲，当海伦与麦信哲的妻子凯利（Carrie）不期而遇时，凯利正在与拉尔夫的一个同事（一般认为那是一个独身的同性恋者）浪漫约会，她意识到这是在重新演绎詹姆斯小说《专使》（The Ambassadors）中著名的一幕，主人公兰伯特·斯特瑞赛（Lambert Strether）独自在法国巴黎近郊的乡间散步，看到（也被看到）查德·纽瑟姆（Chad Newsome）和德·维奥娜夫人（Madam de Vionnet）同在河中一条小船上，这时他意识到，他曾被误导而信以为真的那种关系，其实是全然清白的。海伦正是因为对詹姆斯的兴趣，才去参观莱德博瑞（Ledbury）小镇，并发现了麦信哲的那个秘密。

1999年夏天，我的《想……》写得很顺，此时菲利普·霍尔（Philip Horne）出版了《亨利·詹姆斯：书信中的生平》(*Henry James，A life in Letters*)，这本书通过大量经过挑选的书信来讲述詹姆斯的生活，其中许多都是之前未曾发表的，而且附有编者按语和全面的注释。随着我真正着手写詹姆斯与杜·莫瑞尔关系小说的前景浮出水面，我正需要这本书来增补我的詹姆斯生平知识。在詹姆斯的早期书信中，我尤其被詹姆斯写给一位美国朋友查尔斯·艾略特·诺顿（Charles Eliot Norton）的一封信所打动，它描写了1870年春天他从沃塞斯特郡的麦尔文（Malvern, in Worcestershire）到莱德博瑞的一次长长的散步，那时他正在寻求一种对慢性便秘的治疗方法，在莱德博瑞，他看到了"一座高贵的老教堂（附带分开的钟楼）"和一个充满了古旧亲切感的教堂墓地，那些快乐情景和特征细节对我来说…正是我的欧洲经历中难以忘怀的景象之一。"①我决定海伦应该从这本书里看到这封信（虽然事实上她不能这么做，因为霍尔1999年第一次出版这本书，而《想……》在1997年就开始考虑写作了），并决定开始对莱德博瑞进行一次文学朝圣，在那里她遇见了凯利和她的情人。莱德博瑞在市郊，离切尔顿海姆·克劳塞斯特瑞（Cheltenham Gloucester）不那么远，我的《想……》的写作就从那里开始，我虚构了绿树成荫的克劳塞斯特瑞大学（已从互联

---

① 菲利普·霍尔：《亨利詹姆斯：书信中的生平》，1999年，第34页。原版注释：Philip Horne, *Henry James: A Life in Letters*, 1999, p.34.

网上查实，无此机构存在，但我没有注意到一个事实，的确有一个切尔顿海姆和克劳塞斯特瑞高等教育学院，它正在寻求升格为大学，而且在我的小说出版的一年内会获得承认）。1999年十月我自己来到了切尔顿海姆参加一个文学节，我抓紧机会第二天去了莱德博瑞，在那里，我在羽毛餐馆用了午餐，那是一个优美古老的黑白色的小旅舍，在我的设计中是一个完美的场景，我也记下了另外一些细节以备后用。

［此处有删节］

事实上，直到第二年四月《想……》完稿交给出版社后，我才有时间开始认真准备亨利·詹姆斯这部小说。我开始一页页认真阅读埃戴尔的《亨利·詹姆斯生平》，读雷奥内·奥蒙德（Leonée Ormond）的乔治·杜·莫瑞尔传记，从最基本源头的各个方面，做一些外围的工作。我做了一个两人生活的日历汇编，记录一些引人注目的事件，并注意到在这一过程中两人的交集之处。每一位人物的生活轮廓开始更清楚地浮现出来。但我的小说的轮廓尚未成形。"生活是包容和融合，艺术是区分和选择"，这是詹姆斯在《波音顿的珍藏品》（*The Spoils of Poynton*）纽约版序言中的评论。对于生活与艺术间的关联与区隔，詹姆斯所写所言雄辩有力，无人能比。但有关这一关系的最著名的也是与我的写作最相关的，是他在《罗德里克·赫德森》（*Roderick Hudson*）序言中的一段：

> 真实地，无处不在地，关系从不停止，艺术家最精微的问题，是他只能永恒地以他自己的几何学去描绘这个圈子，当他这么做时，圈中那些几何关系会很乐意**显现**出来。①

---

① 这段引文中译参考了亨利·詹姆斯《小说的艺术：亨利詹姆斯文论选》，朱雯、乔伲、朱乃长等译，上海译文出版社2001年版。——译者注。

关系从不停止，因为每一个人的存在，每一个人的每一个行动、每一个思想都取决于先在的环境，而先在的环境本身又受制于同样的规定性，这一因果链在一个复杂的关联网络中，从最琐细的事实开始，在时间和空间上向外延伸，要追溯到这一因果链的尽头——这是完全不可能的——，将最终包括整个宇宙的历史。劳伦斯·斯泰恩（Laurenc Sterne）的商迪（Tristram Shandy）就在付出代价后发现了这一点，他着手从自己的起源开始，对自己的生活和观念进行忠实的、全面的记叙。用了许多解释和回顾性的亚叙事（sub-narrative），到了第四卷才刚刚讲完他出生第一天的生活，而这花了他一年的时间来叙述，这让他明白，他活得越长，累积的经历就越多，这些经历同样要求他殚精竭虑地记叙，而这样他完成工作的可能性也就更少。

［此处有删节］

《商迪传》最终出了九卷，因为斯泰因自己在第九卷出版后不久就去世了。但无论他活多久，这部小说从通常的意义上来说都不会最终完成。《商迪传》是一部极端意义上的元小说（meta-ficion），它持续暴露这本书和这个世界之间不可缩小的鸿沟，借此获得空前的生活真实。商迪的"失败"是斯泰恩的胜利。但如果所有的小说都像《商迪传》一样，我们必会很快对它们厌倦。人类大脑要求模式、次序、衔接和某种叙事话语中一定程度的封闭性，而且只能偶尔勉强接受背离这些小说艺术传统的激进之作。

读者对非虚构小说和虚构小说的期待是一样的，但这两类小说的作家的写法却很不一样。历史学家和传记家的描写有一个范围，其中包含他认为对理解主题恰适的必要事实，而大量无关的事实则被排除。这一文类技巧娴熟的作家，会赋予叙事以一种令人满意的形式，这一形式里有悬念、谜题和反讽等你可以在虚构小说中见到的要素。但他们以这一方式形成叙事的自由是受限的，因为他们有揭示历史真相和提供证据的义务。谜题的解答也许无法复原；主体的高潮时刻或许从不曾有过记录。而小说作家的境况则大不相同。他必须划定一个范围，然后向其中填充虚构的事实，这些事实相互间存在有趣的、引人入胜的、有意义的关联，小说形成的叙事都是事先并不存在的。由于这一故事并非普通意义上的"真实"，它对模式的要求更高，以让读者满意。在历史书写中，有关主题的每一零散的、有案可查的事实都有一定的价值，但虚构小说中的"事实"若无文学功能（转喻、象征、主题性的、教诲的，等等）就是多余的。历史书写中某些事实必须包含在内，而在小说中这一点全由作者来决定。很难想象一部传记不提到传主的出身，但许多小说根本不提主要人物的双亲（也不会用其他方式提及，小说家从不为这类事操心），因为这些信息会与作品的叙事内容和构思无关（比如，我的三部小说中的菲力浦·史沃娄和莫里斯·扎普就没有关于父母的信息）。

传记小说是一种混合的形式，以上两种选择和排除都要使用。这一类作品的作家被所要写的历史人物的已知事实所束缚，但又可以在事实与事实间的空白处自由虚构、自由想象。自由程度多大是作家个体的选择。当我第一次筹划写这部书时，我曾预计要虚构一些次要人物，但研究得越多越使我相信，与詹姆斯一起生活过的那些历史人物，已然蕴含着如此引人入胜的内涵，无需再有任何虚构了。若所有有名有姓的人物都有据可查，将增强我所追求的叙事的真实性。对我来说，写作，以及准备写作《作者，作者》，是一种全新的体验：无需去创造一个虚构的世界，一个在我将它想象出来以前不存在的世界，相反，我只需努力去发现詹姆斯生活中那些可为小说之用的潜在的事实就可以了。

戴维·洛奇叙述了他的小说以詹姆斯与老友莫瑞尔为主要框架的最初设想及理由，以及为搜寻资料，沿着詹姆斯那段时间的生活足迹，逐一寻觅的研究旅行过程。在对詹姆斯朝圣途中，洛奇与图宾几次神秘地不期而遇，这也是洛奇叙述的重点，为两部书在詹姆斯年的竞争做了铺垫。

写一部小说，实际上可以被形容为一个不断地解决问题、做出决定的过程。这些决定大都是对一些场景、段落和句式做出取舍：这个动作或念头是否比别的更合适，这一字眼或短语是否更恰当。不过一旦写作开始进行，有一些微观的决定就控制着整个叙事，你修改的自由就会受到限制。另外，也许是最重要的，便是视角的问题，它是故事如何被呈现、事实如何被接受，以及事实以怎样的风格和声音被讲述的问题。有多重可能性：你可有一个或数个视角；你可让视角人物或人们以他们自己的声音讲述他或他们的故事，使用书面语或口语化的风格，也可以用你的，亦即作者的声音叙述，这个声音可以是闯入型的，也可以是非个人化的，可以通过使用自由间接风格使这一声音不同程度地与人物的内在声音混合在一起。你也可以完全以各种文档的方式叙述：书信、电子邮件、证词——甚至，就像纳博科夫的《微暗的火》一般，使用诗的形式，或者编者注解的形式。但故事展开的过程总，在叙事的任何节点，都有特定的视角凝聚和控制我们的兴趣。

我为《作者，作者》做准备研究时，对计划中的小说的视角方面想法非常多，正如我的笔记所记录的那样显示出这样的内容：

2000年12月9日。我对如何讲述这一故事仍然游思难定。若不是第一人称，会太像笔记或者论文。也许不要全篇都以詹姆斯的视角聚焦。也许用多元视角……［未标日期］需要考虑的一个问题是，是否主要故事都要在詹姆斯最后生病和去世的框架中来进行编年史式讲述，或许以将要离世的詹姆斯脑海中一系列混乱的闪回……2002年7月10日。仍在反复琢磨视角的选择，我得出的结论是：亨利·詹姆斯必须是唯一的视角人物，他的意识通过自由间接引语等形式得到模仿性再现……以密集的细节和内心活动来表现詹姆斯，而詹姆斯是故事主线的主要人物，这两者是不一致的，这或许会让这本书的篇幅无限扩大。

我的许多笔记中有一个持续的主题，广泛分布于不同的时间段，那就是一种焦虑，一种担心小说读起来像传记的焦虑，希望通过将叙事机制本身前景化（foregrounding），通过意想不到的时间转换，视角切换和"后现代主义"式作者闯入（interpolation）等，来避免产生这种效果。在2002年7月末我写道：

> ［此处有删节］……那么，为什么你要对一位逝去的老人付出如此多的同情，而有那么多年轻人正在忍受更残酷的命运？因为，死亡的意义无法度量。如果我们足够了解一个人，每一个人在生命的尽头都有无穷的悲怆、辛酸和反讽意味。但我们不可能每一个人都了解。有五十万［待核实］人死于索姆河（Somme）战役——我惊奇于这个死亡数目之巨大，如同我惊奇于最近的星光到达地球所花费的年数——但我无法想象那些人的死亡。然而，一位小说家最终的疾病与死亡，一位我对其作品相当熟悉的人，其生活的某些细节被记录在案并可以还原的人，则是一个令我惺惺相惜、引我沉思的人，无疑，还有一部分原因，即我本人也是一个小说家，距亨利·詹姆斯去世的年龄已经不算太远了。

接下来的笔记是：

> 经过反思，我认为让自己作为这个意义上的"真实"作者引人关注将是错误的。那样我就无法自由"虚构"。作者型叙述者（authorial narrator）必须具有权威性。

这一最初的设想向我揭示的，就是我真正想写的是这样一部小说，它在档案史料和想象推测之间的衔接将无懈可击、天衣无缝，而要让我在小说中作为叙述者引人关注，就会导致读者明了我选择和修饰史料的程度——这将有损写一个真实历史人物小说的巨大优势，即读者对故事的信赖和参与。我曾觉得，开头一段对战争的恐怖有太多的修辞强化。表现詹姆斯死于欧洲文明史上一个黑暗的时刻，以及大的公众悲剧冲击着小的个人的悲剧，是有价值的，但这需要更微妙的处理。[此处有删节]。

框架故事［frame story］从头到尾都由作者叙述，这一叙述掌控着作品的视角转换，视角在正在逝去的詹姆斯周围的那群人之间频繁变换，提供必要的语境信息；但它是一个非个人化的叙事声音，剥离了自传性指涉和个人感想。在这两种叙述中，我决定用现在时作为框架故事的基本时态（虽然有回顾的段落用过去时），提高框架故事与主要故事之间的对比，这同样也增强了非个人化效果，因为传统叙述的过去式是叙述者存在的语法标志。

我开始写主要故事时，采用了较为传统的方式，使用一种过去时态、第三人称的叙事聚焦主要人物的思想意识。我的目的是以一种与詹姆斯本人文体相近又不完全模仿它的文体来写，这有两个原因：首先，完全模仿会冒滑稽模仿（parody）的风险，第二，人们（甚至专业作家）不会以写作中有意识地使用的同样的修辞风格来思考（我较为大胆地尝试模仿了我们所知的詹姆斯讲话的风格）。我还在主要故事中保持基本的编年体叙述时序。大部分读者对亨利·詹姆斯的生平和创作并不熟悉，即使真的知道也未必会被迷住，所以理解和同情詹姆斯私生活上和职业上的危机是吸引读者的最好方式。我尤其觉得，如果让他们了解詹姆斯如何用五年多的时间努力建立自己作为剧作家的声誉的整个过程，他们对詹姆斯在《多姆维尔》灾难性的首演之夜所承受的痛苦就会有更好的理解。这是詹姆斯故事中我所发现的最容易跟我产生共鸣的部分，因为我也人到中年，在作为小说家的职业生涯中期尝试在表演类写作方面一试身手，在写舞台剧和影视剧的过程中获得了相当多的个人体验，其中偶有欢欣沉醉与希望，更多的是挫折和失意。写一部关于小说家的小说，其挑战之一就在于，小说写作基本是一个私密的、孤独的活动，主要是脑力活动，而写作和出品一部戏剧则主要是合作的互动的——这是小说素材。

相应地，我将詹姆斯的第一部戏处理成专业制作，并做了相当多的细节描写，那部戏改编自他自己的小说《美国人》，我概述他为《多姆维尔》写信联系和寻找制作人时接连不断地失败，然后写他开始动手写剧本，这些戏剧制作史和一些较为私人的、涉及杜·莫瑞尔、费尼莫尔和爱丽丝（詹姆斯的妹妹）的部分交织在一起。然而，当我接近决定性的 1894 年和 1895 年时，我意识到，以相同的风格——从容不迫的节奏，编年史式的时序——表现那些人的事件，会降低灾难性首演之夜的至高重要性。需要彻底改变节奏和叙述方法。我决定将主要故事分为两部分，用詹姆斯 1893 年圣诞之后的事件结束第一部分（它是全书的第二部，第一部是框架故事的前半部分），那时詹姆斯正为《嘉士伯先生》（*Mr. Jasper*）一剧在最后一分钟被取消感到痛苦失望，并决定"再为戏剧野心多留一年时间"。第三部的第一节正好发生在一年以后,在《多姆维尔》的首演之日。开头写詹姆斯凌晨躺在床上辗转反侧,焦虑地预期着将要到来的对他的戏剧野心的审判:成与败在此一举,他还回想起费尼莫尔令人伤痛的自杀,杜·莫瑞尔《特瑞彼》的令人惊讶的成功,以及《多姆维尔》走向上演之路那令人烦恼的、缓慢的写作过程。他用一些无聊的事情打发时间时,这些话题整天占据着他的大脑。

我很高兴这一章以这样的方式出现,它为第三部最后一节提供了一个模式,它再一次以詹姆斯躺在床上不能入眠开始,这次是因为心情快乐,回想初识蓝伯屋情景,现在已成为自己的居所,他正满怀信心地期待着在这里完成他的创作。但它对第二节不是一个可行的模板,第二节必须描写《多姆维尔》首演之夜,因为不难理解的理由,焦虑中的詹姆斯未去圣·詹姆斯剧院看自己戏的大部分演出,而是去了皇家市场剧院,看奥斯卡·王尔德的《理想丈夫》,他错误地以为这样可以转移自己的注意力。他出现在圣·詹姆斯剧院舞台侧厅时,正好受到亚历山大的鼓动来到舞台上。当然,他后来一定得知了一些导致他被喝倒彩的环境因素,可这并不足以支撑大段大段的意识流去回忆那晚发生的事情。简而言之,那一晚发生的事件中有很多有关丰富的人性和历史意义的方面,要维持主要故事选定的单一视角的完整性——这是詹姆斯本人作为小说理论家和实践者所坚持的原则——,就无法将它们都容纳进来。我最终的解决方案是,假设在接下来许多年中,他从各种渠道,包括口头的和书面的,直接和间接的渠道了解了关于那臭名昭著的首演之夜的事实,现在我们大部分都知道的事实,他慢慢马后炮般地意识到,"他的故事以严格的有限视角展开,可与此同时,与其相联系的其他故事也在展开,别的一些视角也在发挥作用,平行地,在括号里,一如事情原有的样子。"在那一章剩下的篇幅里,那些故事就真的在括号中被讲述出来，带括号的段落与以詹姆斯视角叙述的段落交替呈现。这是一种欺骗，但结果证明，它是让大部分读者喜爱的章节。

  关于每一部小说都必须做出的另一个决定便是给小说起名。一些作家一直考虑起名一事，直到整书即将出版的那一刻才定下来，但对我而言，决定书名是创作过程的重要一环。它对作者本人、对潜在的读者，对小说的基本内容都有决定性的作用。我通常在小说创作的早期工作阶段就持有数个可能性的标题，并在它们之间犹疑不决，在书大致有模样时，又考虑增加一些新的标题。最初我考虑为书起名《亨利·詹姆斯》，但似乎这会让书的内容过于狭窄。当我开始动笔时，书的题目是《艺术的疯狂》，取自詹姆斯小说中的一段话，我打算用它（后来确实用了）作题辞，一位将要离世的作家这样说道："我们在黑暗中工作——尽我们的所能——给予我们的所有。我们的疑惑便是我们的激情，我们的激情便是我们的任务。余下的便是艺术的疯狂。"但脱离了语境，我认为"艺术的疯狂"便无法成为一种特别有吸引力的，特别合适的题目。2002年10月3日，我在笔记中找到了进路：

  昨晚在浴室做就寝的准备时，我的书有了一个新的标题，那也是我认为我将会一直保留的标题（虽然还未确定标点）：
  作者，作者
  作者作者
  作者！作者！

  我很高兴选了"作者，作者"做标题，而且此后再也没考虑过其他书名。使用这一标题的最基本的出发点显然与小说的高潮部分相关：詹姆斯在《多姆维尔》上演首夜立在舞台上，被观众呼喊"作者！作者！"整部小说都在写与此相关的内容：当生活的幕布对詹姆斯落下，詹姆斯如何从羞辱中破茧化蝶（而且我已有了一个模糊的想法：邀请詹姆斯在小说结尾接受人们的鞠躬）。而且这一标题也同时表明，小说不是只有一位作者，还有乔治·杜·莫瑞尔，他与詹姆斯成为相互比较的一对。在更抽象的意义上，这部小说是关于作为专业和职业的作家这一身份的，重复"作者"一词，表达像詹姆斯这样的作家对他们的艺术的迷醉和倾情投入。通盘考虑，我决定略去标题中的感叹号，它显然表达的是这个标题主要的、字面上的含义，但完全没有标点又显得太过现代，所以最终便是"作者，作者"这个标题，并一直保留到小说出版。[此处有删节]

二

在当代英国作家中，像我这样由不同的出版社（Secker & Warburg and Penguin）分别以精装本和平装本出版著作的作家并不多见。我刚开始写小说时，最普遍情况的是精装书出版社将小说版权卖给专业的平装书出版社。但从20世纪80年代以来，联合出版公司的规模越来越大，他们自己就有平装书印刷业务，由同一家出版集团"垂直"出版精装和平装两种图书成为通常的做法。而我不愿意改变原有的安排，那对我非常适合，我顶着压力一直坚持这样做。实际上，塞克出版社（Secker）它在80年代后期归属兰登书屋（Random House）和 Random 都同意对已选好的新小说同时提供精装本和平装本的出版经费。但我从未在小说未完成或者只写了一部分，就签一纸合同或接受一份预付金。我的小说必须已经完成并让我满意时才提交，然后等着拿稿酬。

我解释这一切，是因为这部小说的出版和随后的读者接受情况都与时间有关。2003年春末夏初，当小说的第三部接近尾声时，我开始考虑我何时能够交全稿。在英国，文艺小说出版后，大多书商（他们是这么叫的）是通过书店售书，销售分两季，或者每半年一个时间段，分为春夏（实际从1月到6月）和秋冬（7月到12月）两个时间段。即将出版的新书的信息以两份一致的图书目录发布给书市、媒体和其他有兴趣的组织（比如文学节组织者），图书目录在图书出版很早之前就编好了。因为这一原因，还有一些其他原因，大多书籍在被出版社接受后九个月到一年之间才会出版。我很偏好1月到6月这个时段出新书，这个时间段出版的重要小说作品都会得到良好的发行。每年布克尔奖的参评作品必须在当年九月底之前提交，这让文艺小说的出版在九月非常密集，以致重要的小说现在都赶在七月和八月出版，而传统上认为这两个月对精装书的出版不利，因为那时许多人都外出度假了。

因此，我希望能在2004年春季出版《作者，作者》。到2003年5月末，我基本写完了第3部，仅剩全书结尾，即第四部要写了。但我妻子玛丽和我已安排好了要在6月中旬去法国度两周假，在七月底之前交全稿是不可能的。兰登书屋（Random House）下一个春/秋季的书目8月初就得发布。考虑到兰登书屋和企鹅出版社的那几个人得花时间读小说并彼此交换意见，都各有外出度假的计划，显然没有足够的时间达成交易并被纳入04年春/夏季出版书目。当然，我也可以在5月底提交我已写好的90%的稿件，以此为基础申请列入出版计划；但我花了很长时间辛苦写作这本书，而且我脑中已经有了有力的结尾部分，我无法忍受它在不完整的情况下被评估，就如一个拱顶缺了拱心石。所以我只能听任此书在2004年秋季出版。假如我当时做了另外的决定，那么几乎可以肯定，《作者，作者》与《大师》会同时现身，我们有理由设想，两家出版社通过不同的渠道发现两部书有着相同的主题这一巧合，他们会在2004年及早出版两部作品，也许还会同意将它们同时出版（就像上一年对两部关于普里莫·李威的传记发生竞争时的处理）。这样做的结果不可能有确定的预估（不过后来我曾试图这么做），但我相信，这对两部书的接受都将大为不同。

  直到这时，我依然没有注意到《大师》的存在（考姆·图宾后来告诉我，他2003年3月就已将手稿交给出版社）。与无任何压力完稿的舒服感权衡，我仅有极轻微的失落感，如此一来，我就有大量的时间就作品征求几个人的意见，那几个人的意见我特别感兴趣，而且在向出版社交稿之前，还可以最后润色一遍。这样看来，9月初交稿无疑要好于提前交稿，那时出版社所有的人都度假回来了。

  我很享受第四部的写作。我几乎总是很享受写小说的结尾部分。似乎很容易，也顺理成章，不像写小说开头那么费力和犹豫不决，无疑这是因为人们不再被选择的多样性，以及如何对故事的进展作决定而困扰了。拼图只留下了很少几片在桌上，似乎突然显得非常清楚，它们该往哪儿去，以及它们怎样放在一起合适，带着让人满意的"咔嗒咔嗒咔嗒"声，完成了整幅拼图。我找到了一种方式，可以将詹姆斯身后赢得广泛的全球化的声誉，赢得读者对其作品认可的主题囊括进书中，这便是在框架故事本身之上再套一个框架。一个简短的、排成"斜体"的"'作者'按语"已经在小说首段之前放置好了，其中一部分是这样的：

> 小说中发生的几乎每一件事都有事实依据……所有有名有姓的人物都是真实的。书中引言都是从他们的著作、剧作、文章、书信、杂志中引出，都是他们自己的原话。但是我也行使了小说家的权利，再现他们所思、所感和他们彼此

的对话；有一些事件和私人细节是出自我的想象，它们都没有史料记载。

在我看来，我的读者会喜欢对事实和虚构之间的关系的某种引导，通过保证所引书面文档的真实性，我可以为读者提供对所述事件的"现实检验"：他们会确信那些按语中提到的任何事情都是"真实的"。后来我明白，这种按语也为小说最后几页以斜体形式出现的作者插入语提供了形式上的依据：我想象自己穿越至临终的詹姆斯的床前，试图传递给他令人欣慰的未来的命运信息。这是一个冒险的奇思妙想，但我喜欢。我带着极大地满足感写下小说的最后一行：**"亨利，无论你在哪，请鞠一躬。"**

玛丽通常是我著作的第一个读者。为节省时间，也因为她自己非常忙，我完成第四部时，把前第三部给她看。她很吃惊这部小说与以前小说风格如此不同，但印象良好。她的主要批评意见是，主要故事的前半部事实细节过多。我很认真地接受了这些意见，在完成全部手稿，送给其他读者倾听他们的意见之前，尽可能地将第二部微调。我特别急于知道我们的朋友、邻居乔尔·卡普兰（Joel Kaplan）和茜拉·斯徒维尔（Shelia Stowell）对此书的看法。乔尔最近刚从伯明翰大学戏剧系主任的位置上卸任，他的妻子茜拉也曾是该系资深研究员。我意识到他们对奥斯卡·王尔德和19世纪英国戏剧有特别的兴趣，但我是在开始写《作者，作者》时才发现的，有关乔治·亚历山大和圣·詹姆斯剧院的情况，他们两个或许比世界上任何人都知道得更多。在他们维多利亚式房屋里，墙壁上悬挂着许多镜框，那是他们拥有的亚历山大演出作品的海报、宣传照片和节目介绍，包括《认真的重要性》(*The Importance of being Earnest*) 的首演海报，这是亚历山大在《多姆维尔》失败后马上演出的剧目，用了詹姆斯戏里的几个相同的演员。在我家街角发现这些极有价值的研究资源是一个非凡且幸运的巧合。

［此处有删节］

等待出版社对一部新书的裁决总是一件紧张的事,由于我意识到《作者,作者》是我以前从未写过的小说类型,而且我的那些为数不少的铁杆读者们,可能不一定会马上接受它,这更增加了我的紧张感。这是我的第一部"历史"小说,也是第一部写真实人物的小说;小说的基调是挽歌式的,喜剧色彩被弱化,主角从头至尾都是独身。我确信塞克出版社和企鹅出版社想出版它,但我不能肯定他们有多大的热情和投入。这从它们提供的预付稿酬的多少可以得到反映,反过来说,这得基于他们打算卖出多少印数。或者,用另外一种说法:他们为小说出版付出的越多,他们就必须卖出更多,因为他们得在促销和上市阶段做更多的工作,以便收回投资成本。在我出版小说的早期阶段,我从不期望我的书会上畅销书榜,但在20世纪80年代之后,由于一些综合的因素,包括布克尔奖入围提名(shortlist)和由两部成功的小说(《小世界》*Small World*,和《美好的工作》*Nice Work*)改编成电视连续剧,我获得了相当大的一个读者群,并且一直保持着,而且我也从未在我的文学目标上做出妥协,这对我很重要。在当代小说家中,如我一般有幸受此礼遇的,并非仅我一人。简言之,出版社为《作者,作者》付出的酬金,对我而言,其意义并不仅仅是经济利益。

> 洛奇叙述了《作者,作者》在出版过程中,布克尔奖短名单和长名单宣布等一系列"有趣"事件,包括与出版社打交道的"异常"之处,以及与主要的竞争者图宾在各种场合的"偶遇"与"竞争"。

三

　　通常在成功地完成了一部小说并进入出版运转的间歇，是一个作家生活中最幸福和最平静的时间——在我的确如此。他有一种真正获得了休息和消遣的感觉。他有时间拿起那些想读的东西，那些曾为避免工作分心而放置一边的东西。创作的焦虑已经结束，而对书的接受的焦虑尚未开始。他梦想着成功，当然，所有的作家都梦想成功；但准确地说是这样，愉快的期待心情不会受到粗俗事实的干扰。然而，在《作者，作者》完成写作等待出版的间歇，科尔姆·图宾的小说投下的阴影却剥夺了这种愉悦——实际上它让这一过程成了一种审判，这一审判在我面前延续了整整一年。它花了我大约由五到六个月的时间去发现《大师》与我的书是多么相近，又用了另外 6 个月的时间让我想知道人们对《作者，作者》的接受会怎样受到它的影响。

　　我充分利用不慌不忙的出版日程给我的时间对文本进行润色。我向三位编辑请教，并依据他们的意见对文稿作出修订。我自己大声朗读以便测试每一个句子的节奏，找出不恰当的重复的词语，那被詹姆斯称为"糟糕的谐音"（abominable assonance）。①我与出版商就书的设计和封面装帧进行了细节上的商讨。不过作家所能做有效修补和润色是有限的。到 11 月底，我把小说的最终版本交付排版。那之后，还会有新的质疑要处理，到一定的时候有清样要校对，可是余下的时间我干点什么呢？我还未准备好开始写新的书。我只有两个模糊的想法，其一是一部新的历史题材的书，需做大量的研究工作确定是否可行——目前

---

　　① 詹姆斯形容福楼拜以"重构句子，消除重复，计算比较韵律、让脱节的句子和谐一致，挥舞大笔对付那些糟糕的谐音"。皮特肯普编：《牛津文学引用词典》，1999 年。第 42 页。——译者注。

的氛围让我不愿做这些——另一部需要更多的材料，那是我必须有灵感时才会提供的。所以，我转而做了一些与小说无关的工作——写评论文章，为经典作品做简介、写评论——其中一些包含在这本书里。做这些工作让我足够快乐，当然它们不可能占有我所有醒着的时间，包括那些我该睡觉但却醒着的时间。我怀疑，在 12 个月的时间里，是否有哪一天我不在考虑和推测我那本书的命运上花些时间就能过去。

当我向朋友们吐露我的焦虑时，他们的两种意见之泾渭分明让我震惊：他们要么即刻抓住了我焦虑的实质，并深表同情，要么认为我的焦虑毫无必要，（因为图宾与我是如此不同的两类作家，而且他对詹姆斯的所取之面也与我不同，还因为我有着不一样的读者群，等等）。［此处有删节］

我想知道是否阅读《大师》会让我的大脑安定，决定一旦得到稿子就读它。但拿到稿子后（书稿清样在 2004 年初进入校对环节，并在三月中旬出版，比预先宣布的提前了一个月），我又多次有理由延后读它。我先是决定在做完所有《作者，作者》出版前的媒体采访再来读它；后来又决定，在我完成了出版之后与读者的阅读与签名售书活动之后再来读它。我不想被拽入对两本书的比较之中。相反，我想尽可能地拉远我的书与图宾的书的距离。这样我对后者的评价才可能公正。而且，不读《大师》可以让我有一个简单的、无可辩驳的理由回避有关它的所有问题。

还有更深一层的理由让我做出这一决定。虽然我绕开不看《大师》出版后的评论（由于我正在此时接到了《作者，作者》的样稿，更需谨慎），我也间接得到了一些信息：它的接受情况很好，我还发现，它根本不是什么小长篇，而是一部非常可观的大部头。在这样的语境中读它，除了体验痛苦，别无所得。完全不像读一部小说应有的享受——为了获得智性和审美的愉悦，而甘愿倾心参与另一个人的想象的生产。读《大师》不会给我带来愉悦，只会让我憎恶，我会带着一种妒忌所特有的兴趣，去读书中每一个与我重叠之处。所以，我决定等《作者，作者》的所有出版事宜真正结束后再来读。可结果这一过程成了流动的宴席。英国版 2004 年九月出版，美国版紧接着十月出版；而美国版之后就是 2005 年一月的法国版，每一版都衔接着一轮公众答疑。读《大师》的理想状态似乎无限期地隐退着。但我期待着。

［此处有删节］

　　洛奇随后叙述了《大师》和《作者，作者》两部书的相似之处被媒体首次评论的情况，提及了另外一部即将出版的关于詹姆斯的小说，以及《大师》的存在对他产生的持续的影响。

　　近几十年，文艺小说的书市和出版中一个最显著的变化是，作家们自己希望在这一过程中占据一席要地，其结果就是对文艺小说的出版增大资金投入，增加作家稿酬的资金投入。1960 年 MacGibbon & Kee 出版我的首部小说《电影迷》时，我相信他们所做的宣传不过是发出几篇书评（而他们又不擅长做此事）[①]。而我只是提交小说的修订文本，并把校对稿改好发出，就无需再为出版的事操心了。我只收了 75 英镑预付金，分三期付给我。签字，交稿，出版，这样的话，即使通货膨胀，出版商的风险也

---

① 我在《大英博物馆的倒塌》（*The British Museum is Falling Dwon*）（1965）修订版前言或后记中，描写了第一批评论稿件如何全部神秘消失，未到达任何一家报纸和杂志的情形，以及对不见了的稿件如何垂头丧气，而他是第一个发现这一事实的人。

极小。而 2005 年平均每部新小说的预付金高达 5000 英镑。① 出版业目前在一个完全不同的商业环境中进行运作，若想成功，极大程度上要依赖广告宣传。虽然艺术的"非个人化"、"意象谬误"以及"作者之死"等诸如此类的文学观念已经成为自 1920 年以来压倒一切的学术理论，但一般读者依然对那些创作出书籍供他们阅读的人保留着根深蒂固的好奇，出版商发现，在媒体，包括报纸、电视和电台采访那些作家，或者，在书店和文学节上让读者和作者平等相见，举办阅读、签名等诸如此类的活动，可以比书评更有效扩大作者的影响。如果你的书接受了一笔可观的预付稿酬，从你自己的利益和责任意识两方面，你都很难拒绝参与这类活动，而一些作者也确实乐得有机会介绍自己的书，与读者进行面对面交流，以及参与一些相关的表演活动。我自己很愿意适度地参与这类活动（因为听力开始下降，所以参加的次数不多）。

　　洛奇叙述了他与兰登书屋在《作者，作者》出版过程中合作参与的一些采访活动，包括《每日电讯报》、《星期日电讯报》和《卫报》等的采访。而错失布克尔奖提名，则让洛奇更加意识到时间在其中扮演的重要角色。九月初《作者，作者》在爱丁堡图书节与读者见面，然后就等着评论出现了。

　　不同的作家对评论有不同的处理之道。有人评论一出即读，有人等出版商带给他们，有的根本不读，有的声称不读也完全知道它们都说些什么。我自己的做法是评论一旦到我手上就迅速浏览一遍，取得书被接受时的初步印象，然后等评论积累一段时间

---

① "出版工业"，《卫报》，G2, 10 October 2005, 第 4 页。

再来读，那时会更用心，头脑更镇静。我及时地跟踪阅读英国的评论，发现对《作者，作者》的拥捧远超负面意见。但在第一、二周，情况并非如此：批评意见的指针在欣赏与厌恶之间急速摆动，我的心情随之摇曳不定。《星期日泰晤士报》令人惬意，《泰晤士报》惹人讨厌，《每日电讯报》胡言乱语，《卫报》不冷不热。《苏格兰人》评论我步詹姆斯后尘，强调"戏剧化、戏剧化"，与此同时《泰晤士报文学副刊》评论我完全忽略了"戏剧化"！《新政治家》报的乔治·威尔顿总结道："作为一部小说……它名不符实，假如它不作为一部小说而是一部传记会更恰如其分。"而《旁观者》的安妮塔·布鲁克纳则认为：这是一部具有挑战性的著作，作为一部小说，它读起来全然不像通常意义上的那种小说。"大多数评论者的书评都提到了科尔姆·图宾，有几篇评论还比较了我与图宾的两部书，有时赞他的多，有时我取胜。"不是洛奇写了一本衰小说，而是它得忍受与另一部光彩夺目的书的比较"，亚当·马斯－琼斯在《观察家》报上如是说。"迄今为止，比起任何一位传记作家或小说家，洛奇更舒畅地以切身体会写出了詹姆斯。"乔纳森·赫伍德在同一天的《星期日独立报》上评论道。我的自我意识就像一个乒乓球，在两个拍子之间弹来弹去。

  洛奇回忆了《作者，作者》出版后应邀参加各种文学节和庆祝活动，包括与出版商、赞助人的酒会，在电视台做嘉宾，甚至在詹姆斯曾入会的俱乐部举办亨利·詹姆斯讲座，与特选读者一起朗读自己的作品等等。最有意味的是，洛奇在多个场合要与图宾的图书宣传竞争，甚至还被安排与图宾在一家电台的同一栏目做嘉宾，评论詹姆斯在当下的流行。这一切让洛奇对"时间即一切"感悟更深。

维京出版社（Viking）于同年10月出版了美国版《作者，作者》。我的前三部小说在美国比在英国受到更多的持续的好评。但美国人这次对《作者，作者》的评价却十分令人失望。廉价报纸诸如《纽约新闻日报》和《人民杂志》，出于好奇，给予了这部书较为热情的关注，但他们的评论没有多少文学价值，《波士顿环球报》表示欣赏，《华盛顿邮报》和《纽约书评》也很友好，但在重要出版物上的其余的评论大多都是负面的。《大师》6月就已在美国出版，那些评论大多以各种方式提到我的小说与《大师》在基本情节上的大量相似处，以各种方式比较两者的优劣。在这些比较中，我似乎被锁定为只是落在图宾身后的一个失败者。苏菲·哈瑞森在《纽约时报书评》（通常被认为是美国最有影响力的报纸）文章的开头评论道："《大师》给这部书投下了可怕的阴影"，并饶有兴味地想象我第一次听说图宾小说的那一刻，很难不去想象那一刻洛奇在家里的情绪有多糟，他极度痛苦地打着电话："他写了个什么？写谁？"（实际上这段想象出的对话写得不太好——我为什么要说"他写了个什么"呢？）《娱乐周报》的类似评论似乎同情更多些："遇上了这一年的最不幸的好作家。洛奇……有着将詹姆斯的生活虚构化的鲜明的意念，而图宾将他打败在终点线。"

洛奇讲述了在这种糟糕的情绪中，参加一年前就已安排好的美国"书旅"之行。包括参加芝加哥文学节，在纽约、波士顿和华盛顿朗读自己的作品等活动。洛奇还提到了适逢美国总统大选，来听讲座的美国人的人数虽未让人失望，但他们的阴沉面孔，给他留下了极深的印象。

《作者，作者》是一个失败之作吗？不，还不是一个世界级别的、如《多姆维尔》一般的完全失败。但不是我和我的出版商所希望的成功。英国的评论有三分之一是好评，而且那些好评是真正的嘉评。《作者，作者》在圣诞来临之前的"年度图书"评选中情况也不错。但敌意和冷淡评论的影响很大，在美国这一负面批评的比例更大。一部关于亨利·詹姆斯的小说本身就是引发争议的，况且还有一部与他竞争的小说存在，这为带有偏见的比较提供了机会，使得他们不能正常地在评论中表达自己的见解。比如说，詹姆斯的性取向问题，这是一个特别敏感的问题。詹姆斯是一位终身孤独的单身汉，我将原因归于詹姆斯自己的选择和中产阶级生活倾向，那些评论者对此持反对意见，而图宾把詹姆斯描写成同性恋向往者，这样更能引起他们的好感。核实商业成绩为时尚早，但在出版后的同一时间点上，这部书在塞克&企鹅出版社的售出数量少于《想……》。这一令人失望的绩效，部分由于读者对《作者，作者》选题和风格的排斥，通常情况下读众对我作品这两方面的期待与此书大不相同。而六个月前出版的具有相同主题且被高度赞赏的《大师》，其影响同样也不可小觑。无独有偶，《作者，作者》2005 年 1 月在法国出版，比《大师》早了九个月，得到几乎众口一词地好评，且取得了立于畅销书榜九周的业绩，出版后的同期售出印数，超过塞克出版社的两倍还多。我的所有的小说在法国都令人欣慰地、出人意料地流行。而这本书的销量其实远低于前一部法国版作品《想……》，所以，成败尚无定论。

"这不是赛跑，也不是竞争。戴维·洛奇关于詹姆斯，关于詹姆斯在 1890 年中期的危机的高度完美的传记小说，巧妙地对科尔姆·图宾的《大师》进行了补充，其优点同样值得的喝彩。"2005 年夏季，在我的小说的平装版出版后，伯易德·彤肯（Boyd Tonkin）在《独立报》上的文章显然仁慈了很多。当然，它不是一种赛跑，但的确是一种竞争，其中缘由我已解释过了，我和图宾都没想竞争，但在詹姆斯年，再明显不过地，他赢了。

实际上对这两部书的出版顺序如何评价，若是顺序颠倒将会发生何种情况，必是一个尚待思考的事件。

  在对文学的价值评估中，时间并非一切。而时间又是一切。只有时间可以告诉人们是否《大师》是一部比《作者，作者》更好的书，或者相反，抑或它们以不同的形式获得同样的赞誉，或者同样微不足道。时间还将告诉我，何时我才能从我的职业生涯中摆脱这一插曲的影响，能够将其抛诸脑后。时间还将提醒我，何时决定读《大师》，这事定会发生，但不是现在。

写于伯明翰，2005 年 11 月

后 记

十年前我在剑桥大学访学期间策划本书。戴维·洛奇教授应邀来剑桥参加文学节并发表演讲时，就篇目选定提出了中肯的意见。

策划和编、译这本书对我或多或少是一个挑战，翻译文论毕竟是进入了一个新的领域。修改译文（特别是新手的译作）也要耗费不少心力。但我相信这些努力是值得的。我希望本书之后，会有更多洛奇文论翻译和研究的后来者。

由于各种个人的和外在的原因，本书迟至今天才完成翻译和编辑整理工作并出版，作为编者和主要译者，我深感愧对原作者洛奇教授、出版社和那些按时提交译稿的译者。在此我向他们表示深深的歉意！

此书最终得以出版，首先要感谢洛奇教授的支持，除了应允此书的出版，提出建议，他还帮我协调联系原著版权事宜！感谢Kate Cooper女士耐心地沟通和协调原著版权事宜！

感谢我的导师王逢振教授将此书纳入"知识分子图书馆"系列，感谢他为此书的出版所做的一切努力！

感谢中国海洋大学研究生王旭同学！她帮我校改、整理部分译稿，整理全书注释，付出了很多有成效的努力。

感谢童燕萍教授！她不仅在繁忙的工作中参与本书翻译，她还是国内最早系统研究洛奇文论的学者，本书在确定篇目和整体框架时参考了她的《语言分析与文学批评———戴维·洛奇的小说理论》(载《国外文学》1999 年第 2 期)一文。本书篇目选编还参考了张和龙教授的有关文章,在此一并致谢!

感谢所有译者的支持和贡献!有的译者为保证译文质量数易其稿。本书所录论文论及作家和著作繁多,有些文章引用了大量文学作品片段,在许多作品没有中译本和上下文做参考的情况下,译文要贴近原文风格,对译者是一个较大的挑战。但译者们在翻译中力求完美。

由于本人水平所限,本书难免存在错漏之处,还望读者不吝赐教!

罗贻荣
2017 年 10 月于青岛